El séptimo velo

Jurado del Premio Biblioteca Breve 2007

Luis Alberto de Cuenca

Pere Gimferrer

Manuel Longares

Elena Ramírez

Ángela Vallvey

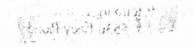

Seix Barral Premio Biblioteca Breve 2007

Juan Manuel de Prada
El séptimo velo

Diseño original de la colección:
Josep Bagà Associats

Primera edición: febrero 2007
Segunda impresión: abril 2007
Tercera impresión: junio 2007

© Juan Manuel de Prada, 2007
www.juanmanueldeprada.com

Derechos exclusivos de edición
en español reservados
para todo el mundo:
© EDITORIAL SEIX BARRAL, S. A., 2007
Avda. Diagonal, 662-664 - 08034 Barcelona
www.seix-barral.es

ISBN: 978-84-322-1235-2
Depósito legal: M. 27.722 - 2007
Impreso en España

A Jimena, luz en mi noche

Grande es esta fuerza de la memoria, grande de verdad, Dios mío. Es como un depósito oculto inmenso e infinito.

¿Quién puede llegar hasta el fondo? Es una fuerza propia de mi alma que pertenece a mi naturaleza. Pero ni yo mismo puedo abarcar todo lo que soy.

SAN AGUSTÍN, *Las confesiones*

PRÓLOGO

Llegué a la ciudad de mi infancia apenas una hora después de que mi madre hubiese expirado. Cuando las personas que amamos son ya ancianas o llevan largo tiempo consumidas por la enfermedad, tendemos a representarnos anticipadamente su muerte, en un ejercicio mental preparatorio del trance que nos aguarda. Al contemplar su progresivo deterioro, el avance minucioso de las arrugas, la pérdida inexorable de facultades, los estragos de la decrepitud, en esos meses o años de convivencia previa con la muerte, apreciamos y valoramos lo que pronto perderemos y aprendemos a encarar ese futuro más o menos próximo en que faltarán. Nuestra piedad actúa como un mecanismo de defensa, previniéndonos contra su muerte; y así, las lloramos antes de tiempo, honramos su memoria antes de tiempo, nos atribulamos y desesperamos antes de tiempo, porque sabemos que ese dolor sostenido, consuetudinario casi, nos herirá más livianamente que el dolor abrupto que sobreviene a una pérdida que hemos preferido ignorar. Desde que a mi madre le declararan aquella metástasis cancerígena que interesaba los pulmones y el hígado y hacía inútil cualquier intervención quirúrgica, me había esforzado por asumir su muerte irremediable, convirtiendo su agonía en una despedida dilatada, asistiéndola siempre que podía en sus extenuantes sesiones de quimioterapia. Un espectador desavisado habría interpretado mis desvelos como una conmovedora muestra de entrega filial; pero yo sabía íntimamente que mi propósito era también egoísta, pues ya tenía experiencia de la muerte como golpe fortuito que nos desarbola y trastorna, y no me veía con ánimos para volver a soportarla.

Ahora que su fin había llegado, como era previsible desde que los médicos le detectaran con tardanza algo negligente la metástasis y se empeñaran en diferir su muerte con tratamientos abrasadores, sentía como si esa convivencia preparatoria con el dolor me inmunizase contra el llanto. Sentado ante su cadáver en la habitación penumbrosa de la funeraria, traté de rescatar ese depósito de lágrimas, vergonzantes o tumultuosas, que se supone que un hijo debe derramar, como testimonio secreto de gratitud, antes de atender las muestras de condolencia de familiares y amigos en el velatorio. Pero mis esfuerzos resultaron vanos. El dolor permanecía ahí, escondido en alguna fibra de mi sensibilidad, pero era un dolor absorto, incluso resignado, mil veces recreado por la imaginación, tan poco plañidero que podía confundirse con la ausencia de dolor. Por contraste, mi curiosidad era acuciante e insidiosa, tanto más acuciante e insidiosa cuanto sabía que no podría ser satisfecha. Cuatro horas antes, mi padre (así lo llamaba yo entonces, con esa certeza que nace de los vínculos consanguíneos antes que de los afectos) me había telefoneado; la voz que me llegaba a través del auricular era premiosa, como enfangada de flemas: «Tu madre se nos va», soltó sin mayores preámbulos, «esta vez se nos va seguro», insistió en un susurro ronco. Y antes de que yo pudiera decir nada carraspeó y añadió en un tono mucho más solemne: «Te suplica que vengas, tiene que contarte algo muy importante.» El patetismo de la frase me irritó un tanto: una madre moribunda no necesita suplicar a un hijo que la ama su presencia; y tampoco precisa emplear como reclamo una hipotética revelación perentoria.

Naturalmente, no expresé ese fastidio a mi padre, que a fin de cuentas actuaba como emisario de una voluntad ajena; me limité, antes de colgar, a asegurarle que en un plazo máximo de dos horas estaría allí, que es el tiempo que suelo tardar en cubrir el trayecto que separa Madrid de la ciudad de mi infancia, sin pisar el acelerador (pero hacía cinco años que no pisaba el acelerador, los mismos que llevaba viudo). No lo expresé, porque hubiese sonado quisquilloso o ingrato; pero ese fastidio se fue agrandando a medida que pasaban los minutos y mi automóvil se mantenía empantanado en mitad de uno de esos atascos descomunales que, los viernes por la tarde, convierten la salida de Madrid en una epopeya de la paciencia. Era un fastidio entreverado de perplejidad y exasperación: durante cincuenta años, mi madre había sido la depositaria de mis confidencias, aun de las más lastimadas o escabrosas; ninguna mujer (tampoco, desde luego, ningún hombre) había entablado conmigo una fluencia mutua tan intensa y fecunda. A menudo, mientras exponía a su generosa comprensión algunas circunstancias de mi vida que normalmente los hijos evitan a los padres por pudor o misericordia, había llegado a experimentar, de forma casi física, una especie de agradecida dependencia, como si un secreto cordón umbilical aún nos uniese; y me constaba que era una impresión recíproca. Como casi todas las madres, la mía sólo concebía para mí el mejor porvenir, incluso cuando, por imperativo cronológico, mi porvenir se iba achicando; pero es consustancial a las madres seguir viéndonos como alevines de hombre cuando ya peinamos canas. Le costaba, por supuesto, aceptar que la realidad refutase sus figuraciones, le costaba aceptar que su hijo hubiese empezado a chapotear en un mundo tenebroso tras quedarse viudo. No se recataba de amonestarme cuando yo le desvelaba ese mundo tenebroso que a nadie más me hubiese atrevido ni siquiera a insinuar; y si yo reaccionaba con destemplanza a sus amonestaciones, mi madre, en lugar de enojo, mostraba una delicada pesadumbre que luego se disipaba, cuando notaba mi arrepentimiento. E inmediatamente, para que ese arrepentimiento no me humillase en exceso, encontraba la forma de ahogarlo con una brusca oleada de simpatía y esperanza, la única esperanza que me era deparada, en medio del infierno que estaba atravesando.

De esta corriente de confianza mutua había quedado apartado mi padre desde el principio, no tanto porque nosotros lo hubiésemos excluido sino más bien porque nunca había sido un hombre preparado para tal intensidad de los afectos. Así, al menos, me lo había tratado de explicar, por aquietar mi conciencia, durante todos aquellos años que precedieron a la revelación que iba a trastornar mis precarias seguridades. El amor que no se dice a sí mismo acaba pereciendo por asfixia o inanición, tal vez por eso los enamorados se ensimisman en la repetición de unas fórmulas rituales que actúan a modo de promesas renovadas. Y mi padre, que había sido educado en la represión verbal de ciertos afectos, había mantenido siempre conmigo una relación elusiva, huidiza, incluso avergonzada de sí misma. Tanto que, a la postre, acabó convirtiéndose en una figura de autoridad más o menos severa o permisiva a la que debía respeto, un borroso respeto que se había ido desdibujando a medida que transcurrían los años, hasta convertirse en una suerte de rutina moral, una de esas rutinas que engendran tedio y melancolía, ni siquiera sentimiento de culpa, pues resultaba evidente —en su austeridad que era casi desapego, en su pacífica aceptación del vínculo exclusivo que se había establecido entre mi madre y yo— que mi padre no deseaba una regeneración de esa rutina, incluso que se sentía cómodo en su desplazamiento.

Al menos una vez a la semana, viajaba a la ciudad de mi infancia, para ocuparme personalmente de los traslados de mi madre al hospital y de velar su sufrimiento, mientras aquellas soluciones químicas viajaban por sus venas cada vez más cárdenas y abultadas a medida que enflaquecía, como una lava abrasiva que arramblaba a su paso todo vestigio de vitalidad. Eran sesiones maratonianas que mataban incluso sus ganas de hablar y que, una vez terminadas, le infundían una especie de modorra aflictiva, a veces sobresaltada de náuseas, hasta convertirla en un gurruño; pero en los preparativos de la tortura, mientras médicos y enfermeras revoloteaban en su derredor, enchufada a una maraña de tubos que eran su salvación y su condena, y más tarde, en la convalecencia que seguía a cada sesión, hablábamos sin parar (o más bien hablaba yo, a ella le faltaba el resuello), porque según me había confesado mis palabras eran su mejor descanso. Y aunque era yo quien mantenía encendida la llama del coloquio, también mi madre intervenía de vez en cuando, con preguntas o comentarios escuetos si aún la martirizaba la resaca de la quimioterapia, o incluso con alguna parrafada si se hallaba de humor. Gozábamos entonces de una intimidad absoluta, el trasiego del personal sanitario era tan sólo un runrún lejano y la penumbra hospitalaria era el mejor acicate de la confidencia, pero jamás me anticipó que tuviera que contarme algo muy importante, nada perentorio o dramático o solemne. Mi impresión, más bien, era que ya nos habíamos contado todo lo que merecía la pena ser contado, no parecía mediar entre nosotros secreto alguno, no desde luego ninguno de esos secretos cuya omisión pueda interpretarse como reticente o traicionera. Aunque era una mujer ya septuagenaria, aunque no participaba de esa especie de desfachatez exhibicionista que parece haberse adueñado de nuestra época (pero quizá el exhibicionismo sea el aspaviento de quienes nada valioso tienen que mostrar), no era mi madre mujer introvertida, mucho menos pudibunda o mojigata, que se retrajera o amilanase ante una verdad que necesitaba expeler. Y empleo este verbo de connotaciones un tanto fisiológicas porque la sinceridad era para ella una segregación natural, incluso cuando pudiera ofender o embarazar a su destinatario. Y así, por ejemplo, nunca había tenido rebozo en reconocerme que el amor que profesaba a mi padre, sin alcanzar la categoría de rutina moral, había sido más bien una forma de gratitud, compasiva más que apasionada, que sin embargo nunca había flaqueado, sino que por el contrario se había robustecido a medida que ambos se hacían viejos.

Para que yo no interpretase que esa forma de gratitud era manifestación de una inercia o un conformismo, mi madre encomiaba sus virtudes (que eran más bien virtudes sin brillo, laboriosidad y honradez y sobriedad y también abnegación, o quizá las virtudes con brillo sean meros oropeles) y rememoraba una y otra vez aquellos pasajes más difíciles de su biografía, cuando recién llegada a Madrid, huérfana de exiliados y sin medios de subsistencia, fuera de las habilidades prestidigitadoras que le había enseñado el abuelo Fidel, el legendario abuelo Fidel, mi padre le ofreció matrimonio. Utilizaba esta expresión de registro mercantil, «ofrecer matrimonio», a sabiendas de que al hacerlo me mostraba un flanco desguarnecido para que yo cuestionara la naturaleza transaccional de aquel casamiento: a cambio de una oferta de seguridad y protección, mi madre había entregado la libre disposición de sus sentimientos. Pero entonces ella se revolvía con vehemencia (o sólo con abatimiento, si aún convalecía de la sesión de quimioterapia) y me recordaba que en aquella época una mujer sola no podía disponer libremente de sus sentimientos. Al menos ella había encontrado a un hombre bueno que no los pisotease, un hombre que los había mantenido en usufructo durante medio siglo, devolviéndoselos intactos.

Había sido una mujer bella, incluso en la edad provecta, hasta que el cáncer le lanzó su dentellada. Bella de ese modo intrépido, nada señoritingo, de las mujeres que guardan el rescoldo de una infancia sufrida y por temperamento, más que por disposición genética, se resisten a convertirse en matronas; más pizpireta que sensual (en sus retratos de juventud guardaba cierto parecido con Miriam

Hopkins, una actriz de comedia que ya casi nadie recuerda), con un punto de travesura o socarronería en la mirada. La devastación de la enfermedad había borrado sus rasgos más graciosos, algo que la vejez no había logrado antes, excavándole las cuencas de los ojos, abombando su frente como si hubiese sufrido un ataque de meningitis, demacrando sus mejillas; sólo los pómulos altos y la barbilla bien definida bajo la piel macilenta testimoniaban a la mujer que había sido. En las horas de postración que seguían a las sesiones de quimioterapia solía poner su mano entre las mías, como un animal aterido que busca su madriguera; era una mano casi yerta, abultada de venas en las que parecía haberse fosilizado la sangre, una mano sin pulso ya, pero todavía sensible a las caricias. Me miraba con una suerte de abstraída ternura, desgraciadamente sin fuerzas para la travesura o la socarronería que antaño iluminaban su rostro; quizá en esa mirada viajasen juntos, en delicada amalgama, la compasión y el vago reproche. Ella siempre había contemplado con preocupación mis tendencias misántropas y depresivas, que se habían agudizado con la viudez; creo que, de un modo tortuoso, con esa infinita capacidad aflictiva que caracteriza a las madres y las empuja a cargar con culpas que no les incumben, juzgaba que mi vocación de soledad era el fruto indeseado de alguna falla en mi educación sentimental, y por lo tanto de alguna negligencia o descuido suyo. La martirizaba la idea de marcharse del mundo sin haber logrado rectificar esa vocación; por eso cuando supo que, ya cuarentón y un poco resabiado, me iba a casar con Nuria, casi veinte años más joven que yo, se sintió aliviada, incluso dichosa, como quien expía un pecado y obtiene la absolución. Nuria había sido mi alumna en la facultad, después doctoranda en un curso especial sobre mecenazgo eclesiástico en la Alta Edad Media; era jovial y resuelta, el contraste idóneo para mi indecisión y mi pesimismo ceniciento. Durante años habíamos mantenido ese coqueteo intrascendente (y semiclandestino, según impone el puritanismo académico), tan común entre maestros y discípulos, que disfraza el interés erótico de interés intelectual. Habíamos mantenido algún escarceo (extramuros de la universidad, por supuesto, lo otro se juzga indecente) y planeado escapadas de fin de semana, pero sin más implicación que el puro disfrute del instante; luego, durante la semana, veía a Nuria requerida y asediada por sus compañeros de clase (con quienes ella misma me había confesado que también mantenía escarceos y planeaba escapadas) y me resistía a juzgar a los competidores, no quería incurrir en la pasión innoble de los celos y además sabía que jugaba con desventaja, ellos eran sin duda más vigorosos y divertidos que yo. Cuando Nuria me pidió que le dirigiera la tesis me sobresalté tanto como si me hubiese «ofrecido matrimonio»; y acepté bajo el efecto todavía de ese sobresalto, sabiendo que mi aquiescencia equivalía a una promesa nupcial. El asunto sobre el que versaría su tesis era la recepción de Petrarca entre los poetas cortesanos españoles; pero ambos sabíamos que el petrarquismo estaba sobradamente estudiado, tanto como para que la conclusión de su tesis pudiese ser postergada *sine die* sin riesgo de cataclismo.

Suele afirmarse que los viejos buscan a las jóvenes por concupiscencia, por satisfacer un declinante impulso lúbrico. Nada más falso: las buscan para exorcizar el invierno, para que su calor y su júbilo conjuren el aliento de la muerte. Acaso yo no mereciese aún el calificativo de viejo (no, al menos, en términos estrictamente biológicos), pero mis propensiones taciturnas demandaban, como los augurios fúnebres del viejo, un reactivo que las derrotara y disolviera. Nuria estaba poseída de ese sagrado entusiasmo de las criaturas que aún creen en el futuro (su porvenir expandiéndose, mientras el mío se achicaba); estaba poseída también por una curiosidad incesante, ávida, sin método ni esclusas, que se extendía mucho más allá de los mecenazgos eclesiásticos y el petrarquismo, derramándose sobre el mundo. Era una curiosidad un poco suicida, que se utilizaba a sí misma como cobaya; al pedirme que nos casáramos seguramente estaba poniendo a prueba si el matrimonio es, como dicen algunos, la sepultura del amor. También dicen que suegras y nueras están condenadas a enzarzarse en mil querellas que no son sino escaramuzas de una disputa única y esencial, la disputa por el hombre que ambas quieren en exclusiva. Pero mi madre renunció enseguida a esa disputa, más bien saludó la irrupción de Nuria en mi vida como un benéfico traspaso de poderes que por fin la liberaba de la congoja que durante años la había atenazado, mientras me veía envejecer en soledad. Quizá ya la asaltasen por entonces premoniciones de muerte, aunque aún no le hubieran diagnosticado el cáncer; quizá descubriese, con el mismo vergonzante alborozo que yo, que Nuria era intrépida y socarrona, más pizpireta que sensual, y que incluso guardaba un cierto parecido (muy diverso al de mi madre, pero en cierto modo complementario) con Miriam Hopkins, aquella actriz de comedia que ya casi nadie recuerda. Hicieron enseguida buenas migas; y juraría (aunque mi madre nunca me lo declaró) que aquel rasgo de supervivencia edípica que me había conducido hasta Nuria la enorgullecía íntimamente.

Nuria se mató, o la maté, antes de que se cumpliera el primer aniversario de nuestra boda. Viajábamos a la ciudad de mi infancia, para rendir una de esas periódicas visitas que tanto congratulaban a mi madre, y que incluso mi padre, más esquivo o displicente, aguardaba con expectación, conquistado también por la efusividad de Nuria. En honor a la verdad, aquel día Nuria no estaba efusiva como en ella era costumbre, sino más bien pesarosa y casi irascible. Habíamos parado a repostar gasolina poco después de atravesar el túnel de Navacerrada; allí, mientras yo bregaba con la manga del surtidor, se había retirado hasta un desmonte para mantener una conversación telefónica, una conversación de largos silencios y sucintas palabras, según pude observar, mientras la esperaba montado en el coche. Nos pusimos otra vez en marcha y Nuria olvidó abrocharse el cinturón de seguridad; o tal vez no lo olvidara, extrañamente no había hecho otra cosa desde que salimos de Madrid que quejarse del cinturón, sostenía que le apretaba demasiado, que le oprimía el vientre, una pejiguera que no tomé en consideración, o que despaché mentalmente (un resabio misógino) como uno de esos síntomas fastidiosos que anuncian la menstruación. Pisé el acelerador con alegría, con esa incitación un poco mema que provoca en los conductores el ronroneo pacífico del motor. Atravesábamos un viaducto cuando reventó una de las ruedas traseras; nos sobresaltó más la sacudida que el estallido del neumático. Intercambié una mirada de alarma con Nuria, que lanzó instintivamente su mano izquierda sobre mi muslo, hasta clavarme las uñas a través de la tela; yo me aferraba al volante tratando de sostener la dirección, a la vez que levantaba el pie del acelerador y lo llevaba al freno, pero todo fue en vano, o quizá el frenazo brusco no hizo sino agravar la situación. El coche, ingobernable ya, embistió oblicuamente contra la mediana, que actuó como un trampolín; mientras dábamos una vuelta de campana, sentí toda la energía cinética provocada por el impacto concentrada en mis costillas, que crujían como un haz de ramas secas, oprimidas por el cinturón de seguridad, a la vez que los añicos del parabrisas me acribillaban el rostro. Antes de que el coche hubiese concluido su pirueta, entre el granizo de cristales rotos, vi a Nuria salir catapultada por el hueco del parabrisas, como una marioneta a la que alguien hubiese quebrado los hilos, ingrávida y perpleja como un ángel que descubre que puede elevarse, aunque le hayan arrancado las alas; aún recuerdo su rostro demudado, los ojos absortos de horror y la melena como un pájaro despavorido, la boca atrapada en un grito que la garganta no llegó a proferir, su rostro último que desciende sobre mis pesadillas como un sudario, para ahogarme la respiración. El coche ya se arrastraba por el asfalto, entre un rechinar de hierros desguazados, mientras Nuria sobrevolaba el viaducto y caía al barranco, convocada otra vez por las leyes de la gravedad. Aunque las costillas fracturadas y la sangre que descendía copiosamente por mi frente me invitaban a la inconsciencia, reuní fuerzas para desabrocharme el cinturón y salir por la ventanilla de mi asiento; otros coches se habían detenido en la carretera y sus ocupantes se congregaban en mi derredor con gesto contrito, dispuestos a auxiliarme, pero los aparté a manotazos para asomarme al quitamiedos del viaducto. Abajo, en lo hondo, entre unas peñas, distinguí a Nuria, su cadáver doblado en una contorsión inverosímil, su melena súbitamente desbordada por una floración de sangre que se extendía como una mancha invasora, una mancha expandiéndose, mientras su porvenir se achicaba, mientras su porvenir ya no existía. Caí desvanecido.

Morte bella parea nel suo bel viso. Recuerdo que musité este verso de Petrarca, que tantas veces habíamos recitado juntos, cuando la vi a la mañana siguiente expuesta en la morgue, ya no más traviesa ni socarrona, como un monumento funerario de sí misma. Había conseguido que me trasladaran desde el hospital en ambulancia, sentado en una silla de ruedas; salió a recibirme un médico forense que se deshacía absurdamente en cortesías, como si a la natural conmiseración que despierta la viudez recién estrenada se sumara en él una aprensión medrosa. Supe que le habían hecho la autopsia la noche anterior, con el consentimiento de sus padres. Si no hubiese estado aturdido por un dolor que aún no había logrado digerir, me habría irritado esta usurpación, me habría irritado sobre todo que hubiesen abierto y cosido su cuerpo, independientemente de quién hubiera prestado el permiso para hacerlo; pero en aquellas circunstancias, todo salvo la pérdida de Nuria se me aparecía impregnado de superficialidad, nimio y sin relieve. La habían tendido sobre una camilla; su belleza sepulcral se congregaba en sus labios, que se habían tornado lívidos y sin embargo preservaban su carnosidad; una sábana la cubría cándidamente desde el arranque de los senos hasta las rodillas: con repeluzno y sorda cólera discurrí que la sábana no sólo protegía su desnudez, sino que también escondía los costurones que habrían dejado en su torso, después de la autopsia. Todo mi ser rechazaba la muerte de Nuria; todavía la incredulidad se sobreponía al duelo. Entonces el forense exageradamente cortés lo dijo, o más bien lo deslizó, con cautela: «El niño se perdió, claro; murió en el acto con su madre.» Su tono era compungido, nada insidioso; al principio sus palabras sólo acentuaron aquella impresión de irrealidad que se había adueñado de mí después del accidente: «Creo que se equivoca de persona —murmuré exasperado—. Nosotros no teníamos hijos.» El forense tardó en responder, de repente aquella aprensión medrosa que se adivinaba detrás de su deferencia lo agarrotaba y enmudecía: «Me refiero al niño que esperaban», se atrevió a decir por fin, en un hilo de voz. Por un segundo, mi conciencia se eclipsó, como si sobre ella hubiesen desfilado esas nubes raudas que a veces ensombrecen los campos; un segundo más tarde, un torrente de adrenalina recorría mi cuerpo. «Le repito que se equivoca —protesté con velada furia, pero más bien estaba implorando clemencia—. No esperábamos ningún niño.» El forense adoptó entonces un silencio contrito e infranqueable, parecía dispuesto a aguantar el chaparrón a pie enjuto, no le pagaban por mojarse en los charcos. Busqué entonces el rostro de Nuria (de su cadáver), ya casi azulenco de tan pálido, una máscara de hieratismo que protegía bajo siete velos su secreto: recordé que la tarde anterior se había mostrado pesarosa, incluso irascible, en puridad llevaba unos cuantos días destemplada; recordé también que no había cesado de remejerse inquieta en el asiento del coche desde que salimos de Madrid, quejosa del cinturón de seguridad que le oprimía el vientre; recordé (y el turbión de recuerdos simultáneos iba componiendo un rompecabezas que mi inteligencia repudiaba) la conversación telefónica que había mantenido en la gasolinera, una conversación de largos silencios y sucintas palabras que la dejó aún más destemplada, tanto que había olvidado abrocharse el cinturón. Pero se supone que abrocharse el cinturón debe ser casi un gesto reflejo en las embarazadas, su instinto de protección se vuelca sobre esa vida que gestan en las entrañas, pueden llegar a desentenderse del mundo circundante, pueden llegar incluso a olvidarse de sí mismas, pero jamás de ese alevín de hombre que late en su misma sangre, que ilumina y explica su futuro. Salvo que no lo deseen, entonces el huésped se torna un intruso.

Nuria no había mostrado prisas por ser madre, aunque desde luego tampoco se había negado a la procreación; cuando tratábamos de anticipar mentalmente nuestra vejez la imaginábamos ajetreada de nietos (nietos que acaso yo no pudiese disfrutar, a poco que mis hipotéticos hijos fuesen padres tardíos como yo). Nos habíamos concedido, es cierto, una tregua antes de iniciar esta empresa, pues ambos sabíamos que los hijos reclaman una dedicación que interrumpe esa otra dedicación más ensimismada que al principio los cónyuges se reclaman recíprocamente; pero esa tregua, de plazos borrosos y nada conclusivos, no excluía la interferencia de lo imprevisto. Que esa interferencia hubiese convertido a Nuria en una madre desnaturalizada me lastimaba muy vivamente, pues me impedía entregarme al dolor de la pérdida, que así quedaba enturbiado de suspicacias y lucubraciones obscenas. El forense había retrocedido un paso, como si ese tumulto de suspicacias y lucubraciones que ensombrecían mi ánimo mientras trataba en vano de rechazarlas, mientras trataba en vano de digerirlas, formase en mi derredor una nube de gases mefíticos. Algo parecido a una náusea, o más bien a un espasmo, me obligó a incorporarme de la silla de ruedas; noté que los pulmones me pesaban como fardos empapados de agua, amenazaban con rasgar la pleura y reventar las costillas quebradas. Acezaba al hablar, pero el forense no hizo siquiera ademán de devolverme a la silla, su cortesía se había retraído o declarado en huelga. «¿De cuánto estaba embarazada?», pregunté, y me asusté al escuchar mi propia voz, sonaba como un estertor, como si el cadáver de Nuria hubiese creado en la morgue un campo magnético que engullese cualquier vestigio de vida. La respuesta del forense se hizo esperar, además de tardía fue renuente: «Nueve o diez semanas, tal vez.»

Demasiadas para mantener oculto un embarazo, aun aceptando que se hubiese tomado un tiempo antes de declararlo, por cerciorarse de que en efecto era viable. Eran, además, las semanas quizá más molestas, cuando el huésped (o el intruso) provoca con su presencia cambios hormonales, vómitos y jaquecas; la irritabilidad que Nuria había mostrado últimamente, los cambios de humor que contrariaban su carácter efusivo se explicaban de súbito. Me maldije por no haber reparado en síntomas tan evidentes, maldije mi torpeza masculina que Nuria habría interpretado como falta de interés, incluso como un desvío. Pero ni siquiera el desvío (que no era tal, sino tan sólo esa ignorancia del hombre que se desentiende de la fisiología femenina, por considerarla demasiado abstrusa o imprevisible) justificaba su silencio. Traté de excusar ese silencio con razones un tanto peregrinas: quizá hubiese acordado con su ginecólogo postergar el anuncio del embarazo hasta que ambos supieran con certeza que no se iba a malograr; quizá Nuria hubiera decidido comunicármelo aquel mismo fin de semana, aprovechando la visita a mis padres, para convertir el anuncio en una celebración familiar. Pero sobre estas explicaciones traídas por los pelos empezó a crecer la sombra de una sospecha, que no tardaría en ramificarse y ahogarme entre su fronda. Y a medida que esa sospecha crecía, alimentada por una imaginación calenturienta, mi dolor se metamorfoseaba en algo más obsceno, un sentimiento estéril que participaba del rencor y el despecho, capaz de concebir las monstruosidades más indignas: primero pensé que Nuria se había propuesto abortar sin consultármelo; luego, envilecido por la pasión innoble de los celos, me figuré que ese hijo en ciernes lo habría engendrado otro hombre, tal vez alguno de aquellos compañeros de facultad que la requerían y asediaban, con quienes había mantenido en el pasado algún escarceo, según la propia Nuria me había confesado. Era una bajeza sin atenuantes, y también una perversidad, convertir a Nuria en una adúltera o en una madre desnaturalizada, pues mientras estuvo viva y a mi lado no había mostrado jamás indicios de ser una cosa ni la otra; pero las sospechas, aunque crezcan sobre un terreno más yermo que las certezas, aunque no las abone sino la ofuscada y enferma imaginación, arraigan y crecen mucho más rápidamente. Y Nuria no estaba para disiparlas, Nuria ya navegaba hacia ultratumba, aferrada para siempre a su secreto.

«Le harán la prueba de paternidad, ¿no? Tengo derecho a saber quién era el padre», interpelé al forense, en un acceso de mezquindad. Mis palabras habían sonado como una increpación, emergían de un mundo tenebroso que desde ese mismo instante se adueñaría de mí, tejiendo pasadizos de carcoma, laberintos de vacío en cuyo centro se agazapaba la angustia, como un corazón que bombease alquitrán en lugar de sangre. El forense me miró con un vago espanto y una abrumada piedad, como si hubiese llegado a vislumbrar ese inframundo de aflicciones sórdidas que había empezado a roerme; sacudió la cabeza de izquierda a derecha (más que un ademán denegatorio parecía como si estuviese espantando el acoso de una pesadilla), mientras extendía el embozo de la sábana que cubría el torso de Nuria y los estropicios de la autopsia sobre su rostro, queriendo quizá protegerla de los efluvios de mi mundo tenebroso. «Se ha vuelto loco», musitó, tal vez emplease un tono interrogativo, pero a mí me pareció más bien una constatación. Y luego añadió: «¿A quién quiere hacer daño?» Y a la vez que me invitaba a recapacitar y a reprimir la floración de mi mundo tenebroso, me devolvía a la silla de ruedas, seguro de que ya no iba a oponer resistencia, como si hubiera cargado una carretilla con los escombros de una demolición.

Dejé de existir durante meses. Dejé incluso de pensar, sumido en una suerte de letargo vegetativo que ahora ni siquiera logro recordar; supongo que aquel estado mental limítrofe con la catatonia fue una reacción defensiva del instinto de supervivencia, un parapeto anímico contra la avalancha de dolor y sospechas que había estado a punto de anegarme. No lloraba apenas, desde luego jamás con sollozos; a veces me fluían las lágrimas como un agua sigilosa, a veces brotaba desde lo más profundo de mi garganta un gemido ronco, que más que señal de duelo parecía aviso del moribundo que teme que lo den por muerto. Me pasaba la mayor parte del tiempo sentado en una butaca, junto al ventanal que antes iluminaba mis lecturas; pero entonces hubiese sido incapaz de descifrar un solo renglón, así que miraba sin curiosidad el tráfago de la calle, el desfile monótono de los coches y el trasiego de los peatones que me parecían siempre el mismo, hormigas del mismo hormiguero, indistintos como autómatas o clones. Al cabo de las horas, si acaso, entraba en la habitación que había compartido con Nuria y me tumbaba sobre la cama que había sido tálamo, aspiraba el olor de las sábanas por si aún guardasen memoria de su presencia (una reminiscencia más allá del jabón) y me envolvía en ellas, figurándome que eran mi mortaja, mientras la noche entraba de puntillas y arrastraba su mancha creciente por las paredes, igual que las pastillas que me había recetado el médico arrastraban su bálsamo de olvido por mi sangre hasta dejarla quieta y dormida.

La simple rutina de levantarme y acercarme a la cocina para combatir el hambre se convirtió en un engorro del que gustosamente hubiera desistido. Pero a cada poco mis padres venían de la ciudad de mi infancia y me llenaban el congelador de recipientes que mi madre previamente había cocinado con esmero (un esmero inútil, pues la desgana me impedía disfrutar de sus habilidades culinarias) y etiquetado, especificando su contenido y la fecha en que debía comerlo; así que diariamente descongelaba uno de aquellos recipientes y lo engullía sin calentarlo siquiera, sin paladearlo siquiera, como quien cumple una prescripción médica. Cuando me visitaban para reponer los recipientes, ambos se sentaban a mi lado junto al ventanal y trataban en vano de darme conversación, hasta que mi padre empezaba a remejerse inquieto en su asiento, aquejado de una quemazón que le impedía soportar por más tiempo aquel coloquio fantasmal, y entonces balbuceaba alguna excusa poco verosímil y nos dejaba solos a mi madre y a mí, esperando quizá que de esa intimidad brotase una llama que prendiese mi abulia. Mi madre apoyaba entonces una mano en el brazo de mi butaca, buscaba la mía y la oprimía con fuerza, con la fuerza menguante que le dejaban los años y el cáncer todavía no diagnosticado que para entonces ya había empezado a erosionarla: «Estoy aquí, mi niño, estoy a tu lado», me trataba de animar; pero hasta mí sólo llegaba el eco amortiguado de su voz, como si me hablase desde las catacumbas de algún sueño, mientras mi atención —las ruinas de mi atención— seguía prendida del desfile monótono de los coches y el trasiego de los peatones, hormigas del mismo hormiguero.

Me había refugiado en aquel estupor casi mortuorio, consciente de que algún día los parapetos que había erigido para protegerme empezarían a resquebrajarse y ceder. Pensaba que la resurrección resultaría atroz, que mi memoria se convertiría en una especie de mausoleo insomne dedicado a la evocación de Nuria y, sobre todo, a la imposible elucidación de aquel enigma que se había llevado a la tumba. Pero descubrí, al principio con desconcierto, después con alivio, que aquellos meses de insensibilidad habían servido sobre todo para aletargar aquel espacio de mi conciencia donde se concentraba el dolor. No para extirparlo, desde luego, pues a menudo padecía sus punzadas; pero eran punzadas de un dolor sordo, mitigado por los fármacos, que de vez en cuando se rebullía, emitía su débil protesta para advertirme que seguía allí, que aún no había sido derrotado, que esperaba su oportunidad para desatarse y repetir sus estragos. Comprendí que el mejor modo de combatirlo consistía en soslayar el recuerdo y entregarme a una amnesia voluntaria; era como renunciar a una parte de mi vida sensible, y también como matar a Nuria por segunda vez, pero al mismo tiempo era el único remedio a mi alcance para evitar que el mundo tenebroso que se agazapaba dentro de mí me devorase. Porque lo verdaderamente temible no era el dolor que la pérdida de Nuria pudiera infligirme, sino ese lecho de ortigas donde se revolcaba el dolor, ese amasijo de sentimientos mezquinos, tortuosos, que alimentaba la sospecha. Por las noches, en mi duermevela enfangada de pastillas somníferas, Nuria me visitaba, su rostro demudado, los ojos absortos de horror y la melena como un pájaro despavorido, y me reclamaba a su lado, me tendía una mano y me invitaba a palpar su vientre grávido, para que comprobase que la vida que allí se gestaba latía al unísono con mi sangre; pero cuando alcanzaba a tocarla, me despertaba con un sobresalto, el corazón desbocado y los pulmones aspirando aire convulsamente, como si hubiese estado a punto de ahogarme. Esas visiones nocturnas eran el desquite que mi mundo tenebroso se tomaba conmigo: ya que no lo dejaba emerger durante la vigilia, se infiltraba en mi conciencia dormida, con la esperanza de que su rescoldo se extendiese a las horas diurnas. Así que poco a poco fui aumentando las dosis de somníferos, para proteger mi conciencia con una espesa capa de corcho, inexpugnable incluso para mi mundo tenebroso.

La enfermedad de mi madre contribuiría paradójicamente a mi recuperación, o mejor dicho, a mi amnesia voluntaria. Del mismo modo que un desengaño amoroso se cura volcando con renovada fe sobre otra persona el cúmulo de sentimientos defraudados, también el dolor admite este tipo de traspasos, que además suelen ser purificadores, pues al mudar de causa el dolor aquilata su naturaleza y se hace más generoso. Como, por otra parte, el desenlace de su enfermedad estaba cantado, aunque no supiésemos cuándo sobrevendría exactamente, ese dolor remozado se hizo también más sobrio, menos jeremíaco. Y, de un modo misterioso, me reconcilió con la vida, me demostró que aún no estaba del todo insensibilizado, me obligó a admitir que dentro de mí había algo que se resistía a claudicar. Ese fondo de supervivencia había tirado de mí cuando creía estar a punto de hundirme en los torbellinos de mi mundo tenebroso, me había trazado un camino de salvación que fosforecía en la oscuridad, como las líneas blancas sobre el asfalto de la carretera, que cada vez se sucedían a mayor velocidad bajo las ruedas de mi automóvil, a medida que se iba disolviendo el atasco. Había dejado por fin atrás el túnel de Navacerrada, también el precipicio que se había tragado a Nuria, y con ella la secreta vida que se gestaba en sus entrañas. Al atravesar el viaducto, volví a contener la respiración y a aferrarme al volante, como hacía siempre que pasaba por allí. Pensaba supersticiosamente que de este modo —los músculos tensos, el aire retenido en los pulmones— podía repeler mejor el aguijonazo del recuerdo, el rostro demudado de Nuria al salir catapultada por el hueco del parabrisas, el eclipse de mi conciencia —como si sobre ella hubiesen desfilado esas nubes raudas que ensombrecen los campos— cuando el forense me reveló que estaba embarazada. Aquella noche no había nubes en el cielo: las estrellas tenían un brillo que prefiguraba la helada, los ejércitos de pinos que flanqueaban la carretera parecían huir despavoridos a la luz de los faros, como un bosque de Birnam que escondiese entre su fronda un augurio funesto. Pisé a fondo el acelerador, por primera vez en muchos años, para espantar la zozobra de ese augurio; el ruido del motor parecía triturar la noche, parecía triturar la cólera y el dolor y la ansiedad que anidaban dentro de mí y transformarlos en un simulacro de euforia, ese cosquilleo de bienestar que nos transmite la aceleración, en una suspensión de los sentidos, mientras el automóvil taladra la oscuridad y el paisaje circundante se volatiliza, hasta quedar reducido a una cinta de asfalto, hasta que la conducción se convierte en algo demasiado parecido a una anestesia, el sueño de una anestesia.

De ese estado lindante con la inconsciencia me extrajo el soniquete del teléfono móvil. No necesité consultar el número que había quedado registrado en la pantalla; no necesité siquiera escuchar la voz átona y calcinada de mi padre para saber lo que estaba anunciándome. Había un ligero sinsentido en sus palabras, como si me hablase en una lengua extranjera, arenosa, que acentuaba la impresión de irrealidad:

—... Murió sin un espasmo, como si se hubiese quedado dormida —dijo al fin.

Como un pájaro que apenas se atreve a alzar el vuelo, pensé. El aire estancado del coche se llenaba de un vaho que se infiltraba en mis huesos. Ese pájaro que era el espíritu de mi madre batía las alas dentro de mí, buscando una rama donde posarse. La noche recuperaba sus contornos, a medida que levantaba el pie del acelerador.

—Habrá que llamar a un médico para que certifique la muerte, organizar el velatorio... —También mi voz sonaba extraña, usurpada por un burócrata—. De todo me encargo yo, si lo prefieres. En apenas una hora estoy en casa.

Pero mi resolución era postiza, todos aquellos trámites se me hacían extraordinariamente gravosos.

—No te preocupes, ya se encargan los del seguro. —En la aparente calma de mi padre subyacía un fondo de reserva, esa empalizada de pudor o reticencia que siempre se había alzado entre nosotros y que ni siquiera la muerte de mi madre conseguía allanar—. El médico ya está de camino y la funeraria avisada. Elegí la más cercana a casa, ya sabes, la que está según se baja al río. He pensado que es mejor no andar llamando a nadie hasta mañana por la mañana. No tiene mucho sentido sacar a la gente de la cama, ¿no te parece?

—Desde luego —convine maquinalmente.

Aunque, bien mirado, tampoco tenía mucho sentido avisarlos cuando se levantaran: mi madre siempre había detestado los velatorios, encerronas de la hipocresía solía llamarlos. Una vez despachados los engorros burocráticos, quedaba otra sombra de incomodidad; el pájaro que batía sus alas dentro de mí se transmutó en un repentino murciélago.

—¿Y qué era eso tan importante que tenía que contarme? ¿Tú tienes idea?

Se hizo un silencio crepitante de interferencias, quizá fallara la cobertura o quizá a mi padre le ofendiese mi curiosidad, demasiado abrupta dadas las circunstancias.

—Llaman al timbre. Debe de ser el médico —dedujo enseguida, y en la inflexión de su voz se transparentaba el alivio, como si aquel timbrazo providencial lo exonerase de una responsabilidad que prefería postergar o declinar incluso—. Será mejor que te centres en la carretera. Ya hablaremos luego.

Y cortó la comunicación sin despedirse. Traté, siguiendo su consejo, de centrarme en la carretera, pero de esa baraja de olvidos que es la memoria empezaron a desprenderse, como naipes que creía extraviados, un tropel de recuerdos que apenas llegaban a concretarse pero que, al arañar mi conciencia, despertaban continentes hibernados de mi propia biografía, tan ligada a la de mi madre por vínculos más poderosos que la estricta consanguinidad. Quizá en la evocación de aquellos pasajes biográficos hubiera algo de vanidad melancólica; en cierto modo, era como desafiar el poder omnímodo de la muerte, que nos despoja de las personas que nos explican, dejándonos amputados para siempre, pero no puede despojarnos de esos yacimientos de memoria que nos dejan en herencia, para evitarnos la intemperie del desconsuelo. Llegué a la ciudad de mi infancia algo más tarde de la medianoche; una niebla de consistencia casi arácnida ascendía del río, embalsamando las calles y reblandeciendo los muros de los edificios con esa humedad aterida que tienen las órdenes de desahucio. Llamé otra vez a mi padre, que tenía desconectado su teléfono móvil; luego combiné el número de casa, pero nadie me respondió, no desde luego mi madre como yo hubiese deseado, nunca más su voz como una brusca oleada de simpatía o esperanza volvería para exorcizar mi mundo tenebroso, nunca más podría tomar mi mano entre las suyas y oprimirla con la fuerza menguante de los años y susurrarme: «Estoy aquí, mi niño, estoy a tu lado.» Imaginé el estruendo del teléfono sonando en la casa vacía, repentinamente lóbrega tras la muerte de mi madre, cada timbrazo extendiendo su reverberación en el aire yerto, y colgué con un vago repeluzno. Conduje por calles cada vez más estrechas, flanqueadas de iglesias y conventos de monjas que ya sólo cobijaban cadáveres de monjas, hacia la parte baja de la ciudad, donde el río tejía su eterna estrofa de agua. Entre las guedejas de la niebla, atisbé el letrero luminoso de la funeraria, tan parecido al de uno de esos bares donde embarrancan los borrachos que han aprendido a dormir recostados sobre la barra.

No había nadie en el vestíbulo de la funeraria: una radio encendida y mal sintonizada propagaba un zumbido como de emisión alienígena; sobre una especie de aparador descansaba un libro de condolencias, aguardando la firma que lo estrenase. Avancé a través de un pasillo sin iluminación, hasta alcanzar una dependencia de la que brotaba una claridad lánguida, apenas perceptible. Al fondo de dicha dependencia, tras el cristal que protege a los difuntos del ajetreo del velatorio, se afanaban los empleados de la funeraria, como escaparatistas de unos grandes almacenes a quienes hubiesen encargado la renovación del género expuesto, coincidiendo con el cambio de estación o la inminencia de las rebajas. Había en su trajín una diligencia desapasionada (si la contradicción es admisible), como si el esmero formal con que ejecutaban su labor no excluyese cierta desgana intrínseca, esa desgana que contagia la muerte cuando deja de ser una circunstancia intempestiva o luctuosa y se convierte en rutina. Acababan de instalar el ataúd, todavía cerrado, sobre las andas y empezaban a rodearlo con un parapeto de coronas fúnebres que mi padre habría encargado para tratar de contrarrestar la frialdad desangelada del velatorio. Algunas de aquellas ofrendas florales, a la luz cenital, casi ártica, del fluorescente, ya delataban los primeros síntomas de marchitez, una plácida y voluptuosa decrepitud; de una de las coronas pendía una escarapela cuya leyenda —«Tu hijo no te olvida»— leí con perplejidad y algo de fastidio, molesto de que mi padre hubiese usurpado mi dolor, convirtiéndolo en un sucedáneo protocolario.

Me había sentado en una butaquita en el ángulo más oscuro de la habitación, por evitar que los empleados de la funeraria se sintieran escrutados mientras concluían los preparativos. Se trataba de un escrúpulo absurdo, pues aquella pareja de bigardos no mostraba en sus movimientos y actitudes embarazo alguno, sino más bien desenvoltura y una expeditiva urgencia: tal vez aún alcanzasen a pillar abierto algún bar, tal vez aún consiguieran repescar en algún telediario para insomnes el resumen de la jornada futbolera. Habían calzado el ataúd, antes de aupar a golpe de manivela su cabecera, de tal modo que quedase levemente inclinado, para que los asistentes al velatorio que desfilaran al otro lado del cristal tuviesen una visión menos oblicua del rostro inerte de mi madre, que yo imaginaba contraído por los dolores atroces que había padecido durante los últimos meses. Los empleados de la funeraria removieron por fin la tapadera del ataúd. Uno de ellos, provisto con un estuche de maquillaje que añadía una nota pintoresca o incongruente a su traje de luto, le iba tendiendo al otro los adminículos que le requería, pinceles y bastoncillos de algodón y polveras con su borla y diversos potingues cosméticos que en el trasiego de una mano a otra se confundían con instrumental quirúrgico. Cuando dieron por concluidos aquellos retoques de última hora (ya antes la habrían amortajado en alguna dependencia contigua), retrocedieron unos pasos y se intercambiaron una mirada aprobatoria, acompañada de un mohín que no llegaba a ser risueño ni jactancioso, pero que desde luego denotaba cierta satisfacción, cierta cohibida complacencia ante el trabajo bien hecho. Supongo que eran estas momentáneas gratificaciones las que hacían más llevaderas las servidumbres de su oficio. Antes de abandonar el habitáculo, se volvieron hacia mí, en busca de un gesto de conformidad que esbocé distraídamente. De un manotazo pulsaron el interruptor que mantenía prendido el fluorescente y con algo más de delicadeza graduaron la luz de unas lámparas alógenas, hasta crear un efecto de penumbra, esa penumbra tibia y ambarina, apenas una fluctuación de la oscuridad, que alumbra las travesías a ultratumba.

Oí a lo lejos sus voces destempladas (o al menos sonaron destempladas a mis oídos, que anhelaban silencio), instruyendo a mi padre sobre los usos de la funeraria, tal vez condoliéndose zalameramente, por ver si le arrancaban alguna propinilla. En otra época mi padre había sido lo que, con ingenuidad o malicia hiperbólicas, se denomina en provincias un potentado, antes de que tuviera que vender su fábrica de dulces y galletas a una compañía extranjera por un precio simbólico. Si la designación de potentado nunca se había compadecido con el volumen de su negocio, desde luego adquiría ribetes sarcásticos después de la venta precipitada y forzada del mismo, veinte años atrás. Siendo todavía muy joven, mi padre había adquirido por cuatro perras una confitería de gran predicamento en la ciudad, famosa sobre todo por sus buñuelos, que se elaboraban en un obrador propio, según la tradición repostera artesanal. En los años de hambruna que siguieron a la Guerra Civil, la confitería se había quedado sin clientela; mi padre entendió que la supervivencia del establecimiento exigía un abaratamiento de los costes y una diversificación de la oferta. Empeñándose hasta las cejas, importó maquinaria alemana de segunda mano y ensanchó las dependencias de la confitería para poder instalarla; en unos pocos años, el establecimiento arruinado se había convertido en una fábrica de dulces que trabajaba a pleno rendimiento, empleando a una docena de personas. Fue en aquella época de expansión cuando conoció a mi madre, en una de sus frecuentes visitas a Madrid, donde trataba de colocar sus productos y contratar representantes que divulgaran sus excelencias. Mi madre acababa por entonces de regresar a España, después de un exilio francés al que la habían obligado las circunstancias. Hija de unos artistas empleados por el gobierno de la República para endulzar las tribulaciones de los soldados en el frente, había acompañado a sus padres, siendo todavía una niña, en el éxodo a través de los Pirineos hasta cruzar la frontera. En este éxodo regado de penurias se había quedado huérfana de madre; su padre, el legendario abuelo Fidel, tras sobrevivir como ella misma al internamiento en aquellos atroces campos de concentración que el gobierno francés improvisó para acoger la avalancha de exiliados españoles, montó un menesteroso circo ambulante que era en realidad una tapadera sufragada por los servicios secretos británicos para facilitar la evasión de judíos y en general enemigos de la ocupación alemana. De aquellos años heroicos, sobresaltados por el riesgo, mi madre apenas hablaba, en parte por no contrariar a mi padre (que tenía prohibido hablar de política en casa), en parte porque el recuerdo de las adversidades sufridas durante el éxodo que siguió a la caída de la República y el internamiento en los campos de concentración se sobreponía en su memoria a los episodios menos desdichados de los años posteriores. Cuando el abuelo Fidel falleció, víctima de la diabetes, poco después de la victoria de las fuerzas aliadas, mi madre, que para entonces contaba poco más de veinte años, resolvió extrañamente volver a España. Según ella misma reconocía, aquella decisión fue impremeditada, el fruto de una impulsiva ventolera. Analizado con la perspectiva de los años, su regreso se explicaba como la supervivencia de un rasgo de tozudez: dos guerras sucesivas habían rectificado su biografía; quedarse en Francia significaba acatar resignadamente esta rectificación.

En Madrid, además, vivían parientes y amigos de sus progenitores difuntos, que quizá podrían echarle una mano mientras encontraba medios de subsistencia. Pronto descubriría, sin embargo, que en aquellos años ásperos la mera hospitalidad se había convertido en una virtud infrecuente. Aunque por imperativo cronológico mi madre difícilmente podría ser considerada sospechosa de adhesión a la República, la malicia popular hace herederos a los hijos de los pecados de los padres. Después de llamar en vano a muchas puertas, consiguió trabajo en un espectáculo de variedades de la Gran Vía, donde durante al menos un par de temporadas ofreció cada noche un número de ilusionismo, luciendo las habilidades que había aprendido del abuelo Fidel. Pero la clientela habitual del establecimiento, una patulea de señoritos perdis y estraperlistas rijosillos y puteros de incógnito (también de jerarcas del régimen, repartidos entre los tres estamentos citados), no parecía especialmente entusiasmada con el repertorio de mi madre. Poco a poco fue cundiendo el desinterés cada vez que ella salía al escenario; y empezaron a escucharse los primeros silbidos y protestas. Fue entonces cuando apareció providencialmente mi padre, como aquellos ángeles de las hagiografías que irrumpen en los burdeles para defender la virtud de las doncellas cuya virginidad está a punto de ser inmolada; mi madre, que seguramente no fuese doncella, se refería a este episodio con una ironía no exenta de gratitud.

Menos explícita era cuando trataba de explicar las razones que la condujeron a aceptar los requiebros y la «oferta de matrimonio» de aquel dulcero de provincias. Imagino que descubrió en él prendas que lo distinguían de los tiparracos asiduos del establecimiento, babeantes de lujuria y pringosidad; imagino también que para entonces la epopeya de soledad que había iniciado tras la muerte del abuelo Fidel la había dejado exhausta. Su entrega tuvo algo, pues, de claudicación, de resignado desistimiento de la voluntad. Mi padre se la llevó consigo a la ciudad de mi infancia, afrontando paladinamente los chismorreos de los lugareños, que se hacían cruces de que tan buen mozo y disputado partido se hubiese encaprichado de una cabaretera; y aunque luego se demostraría que el encaprichamiento le iba a durar cincuenta años, sus paisanos nunca se lo perdonaron del todo, o sólo de ese modo reticente y despechado con que en las ciudades de provincias se perdonan los deslices de los miembros más conspicuos de la comunidad. Por lo demás, las habladurías nunca degeneraron en rechazo declarado, pues en aquellos años la fábrica de dulces se había convertido en uno de los principales focos de generación de riqueza para la ciudad: menudeaban los pedidos procedentes de las provincias más apartadas y mi padre se vio obligado a establecer un sistema de turnos para atender la creciente demanda, con el consiguiente incremento de la plantilla. Mis recuerdos de infancia están íntimamente vinculados al olor nutritivo y dulcísimo que las chimeneas de la fábrica repartían por la ciudad, desde primera hora de la mañana, como un bálsamo olfativo que aquietaba el ánimo y adormecía el hambre. Un olor que se hacía más intenso cuando mi padre regresaba a casa, después de una larguísima jornada, derrengado y poco expansivo, pero todo él impregnado de aromas que dejaban una estela de cálida beatitud por los corredores. Por entonces vivíamos en una vieja casona de tres pisos, a las afueras de la ciudad, rodeada de tapias musgosas que nos protegían de la curiosidad circundante; durante algún tiempo pensé ilusamente que pronto aquella vasta propiedad se llenaría con una prole copiosa entre la que yo campearía como primogénito. Tardé años en desengañarme; casi tantos como en comprender la razón por la que mis padres preferían dormir en habitaciones separadas.

A una década de prosperidad y crecimiento del negocio siguió una declinación sostenida y creciente. Al principio, mi padre achacó el descenso de las ventas a una racha adversa; pensaba que los gustos de la gente son veleidosos por naturaleza, pero acaban volviendo a las lealtades originarias. Así que, en lugar de acomodarse a las veleidades, se aferró a las viejas fórmulas que habían impulsado su éxito, seguro de que a la larga los sabores tradicionales triunfarían sobre los aditivos y los conservantes. Pero mientras ese triunfo se aplazaba, los excedentes de producción empezaron a apilarse en los sótanos de la fábrica, donde enseguida se revenían y enranciaban, orgullosísimos de no sucumbir a las artimañas de la repostería industrial. Pronto mi padre hubo de suspender el sistema de turnos que había impuesto en la época más próspera de su negocio, con la consiguiente reducción de plantilla; pronto aquel olor nutritivo y dulcísimo que embalsamaba la ciudad se fue haciendo más y más infrecuente, casi una desvanecida reminiscencia de la memoria que sólo resucitaba en las vísperas de las fiestas más señaladas, cuando por nostalgia o mala conciencia la veleidosa clientela que había desertado de los sabores tradicionales concedía a sus paladares una tregua que los retrotrajese al pasado. La decadencia del negocio tardó en hacer mella en la economía doméstica, pues mis padres habían tenido la prudencia de vivir austeramente mientras duraron las vacas gordas: pero poco a poco tuvimos que aceptar ciertas privaciones para acomodarnos al nuevo estado, entre las que se contaba el despido paulatino de los miembros del servicio, que a mis padres les dolía casi tanto como una amputación, no porque significase una merma en su estatus, sino porque sabían que con cada despido provocaban una tragedia familiar. De este modo, a medida que nos íbamos quedando solos, la casona de tapias musgosas, que había sido el emblema de nuestra fortuna pretérita, se convirtió en el signo lacerante de nuestro infortunio. Cuando nuestra estancia en la casona ya empezaba a hacerse insostenible, mi padre consiguió venderla con amplia ganancia a una inmobiliaria que planeaba derruirla y construir sobre su solar un hórrido bloque de pisos; nosotros, entretanto, nos mudamos a otro no mucho menos hórrido y fuimos tirando con un mediano pasar con los beneficios de aquella transacción, pues para entonces la fábrica de dulces languidecía en un estado próximo a la quiebra. Al menos hasta que mi padre consiguió que una compañía extranjera asumiera las deudas y resucitara su trajín de antaño; las chimeneas volvieron a humear otra vez, pero el olor nutritivo y dulcísimo que había embalsamado la ciudad en otro tiempo fue suplantado por el olor fementido de los aditivos y los conservantes.

Paradójicamente, aquel descalabro del que ya nunca lograríamos reponernos actuó como un revulsivo sobre mi madre, que cobró plena conciencia de sus obligaciones conyugales. Durante años, había alimentado una especie de cortés desapego (si la contradicción es admisible) hacia el hombre que le había brindado protección y riqueza. Claro está que ella no se había casado por disfrutar de estas ventajas, pero quizá, de forma más o menos intuitiva o inconsciente, había llegado a pensar que detrás de ellas se agazapaba una promesa suplementaria de comodidad, incluso un sucedáneo de dicha. No tardaría en comprender que la dicha no se puede impostar; encajó el chasco con tranquila dignidad, como quien asume que se ha condenado de por vida al pago en cuotas de un desengaño. E incluso llegó a habituarse a esa condena perpetua, como quien tolera un achaque crónico o acepta resignadamente su jubilación. Ese acatamiento de su fracaso la había afectado, incluso físicamente: la muchacha de rostro anguloso y audaz, con un punto de travesura o socarronería en la mirada, se había convertido en una de esas mujeres matronales que a los veinticinco años aparentan diez más y a los cuarenta siguen representando la misma edad, como si se hubiesen quedado estancadas en un marasmo de benévolo y condescendiente tedio que las mantiene incorruptas. Con la debacle del negocio familiar, sin embargo, volvió a ser la mujer que había sido antes del matrimonio, una mujer por lo tanto inédita para mí; de repente, se sintió atolondrada y llena de vergüenza, como si en un instante afrontara los reproches que no se había hecho en casi treinta años de apatía conyugal. Comprendió que durante todo aquel tiempo había estado perpetuando una estafa; y decidió de pronto resarcir a mi padre de todos los agravios que le había infligido, siquiera por omisión. Para entonces yo ya no vivía con ellos (me había instalado en Madrid, donde trataba de hacerme un hueco en el feudo universitario), pero cada vez que visitaba la ciudad de mi infancia constataba, al principio con incredulidad, luego con sincero alborozo, la metamorfosis de mi madre, dedicada en cuerpo y alma, con abnegación auténtica, al salvamento anímico de mi padre: a una edad en que otros matrimonios ya han agotado sus reservas de afectividad y sucumben al hastío, ellos parecían estar aprendiendo a aceptarse mutuamente, quizá incluso a quererse. Iban al cine juntos, organizaban excursiones a tal o cual pueblo, salían a cenar de vez en cuando a un restaurante (siempre que su mediano pasar se lo permitiese), incluso habían empezado a dormir juntos, algo que nunca antes habían hecho, salvo para cumplir protocolaria y esporádicamente con el débito conyugal, y que por haber alcanzado ambos una edad en que todos los débitos se condonan, adquiría un sentido más hondo, más misericordioso también. Esta metamorfosis de los afectos que durante décadas habían permanecido hibernados o raquíticos favoreció, a su vez, en mi madre una recuperación de su estampa juvenil: al disolverse aquel marasmo de tedio que la había convertido en una matrona indolente, su rostro se iluminó y se hizo más vivaz (más arrugado también, pero las arrugas son síntoma de vivacidad) y pizpireto, como si por fin su temperamento, durante tanto tiempo reprimido o proscrito, hubiese resucitado con renovado brío. Se había casado buscando ese sucedáneo de dicha que proporcionan la protección y el acomodo; pero sólo cuando el hombre que le había brindado estos alicientes quedó desposeído de su riqueza había vislumbrado la verdadera dicha. Quizá la felicidad consista, a la postre, en reconciliarnos con lo que verdaderamente somos, con lo que verdaderamente fuimos, renunciando a vanas aspiraciones y vanos consuelos.

Ni siquiera los estragos de la enfermedad habían logrado apagar el rescoldo de esa reconciliación, que había aliviado el último trecho de su existencia. En la penumbra tibia y ambarina de la funeraria, las facciones de mi madre no parecían atenazadas por esa rigidez apergaminada que aflige a los cadáveres, sino más bien teñidas de un leve arrebol, como si la sangre detenida hubiera decidido recuperar sus itinerarios, y su expresión conservaba esa audacia respingona que evocaba vagamente a Miriam Hopkins. A buen seguro, se trataba de un efecto logrado por la pericia reparadora de los empleados de la funeraria; pero confesaré que por un instante pensé, en la soledad de la sala, que estaba asistiendo a ese trance secreto en que los muertos, un instante antes de liberar su alma, contemplan la morada celeste que les ha sido reservada. De estas vagas ensoñaciones me extrajo la entrada repentina de mi padre en la sala del velatorio; absurdamente, eché en falta aquel olor nutritivo y dulcísimo que se traía consigo de la fábrica cuando yo era niño, aquel olor que llenaba con sus vaharadas las dependencias de la vieja casona, creando un espejismo de beatitud. Se había despedido por fin de los empleados de la funeraria, y creyéndose solo se acercó en actitud recogida a la gran luna de cristal que se interponía ante el cadáver de su mujer. Respiraba con dificultad, como si tuviese que bombear el aire mediante algún aparatoso sistema de émbolos; al expelerlo, sus pulmones dejaban escapar un tenue y acongojante silbo. Como no había reparado en mi presencia, me hice notar con un carraspeo.

—Julio, ¿eres tú? —dijo, sin acertar todavía a verme en la oscuridad—. No sabía que hubieses llegado.

Se había puesto un traje rescatado del fondo de algún armario (de repente, me golpeó el olfato el tufillo de la naftalina), confeccionado en su día a medida por algún sastre local, cuyas hombreras le caían sin embargo a cada lado del cuerpo. El avance de la senectud lo había avellanado, jibarizado casi, encogiendo su esqueleto; algunas circunstancias de su fisonomía habían crecido, en cambio, hasta la hipertrofia, como la nariz, que se le había vuelto rosácea como moco de pavo, pese a no haber probado el alcohol en toda su vida. Llevaba el pelo, el escaso pelo que sobrevivía a la calvicie, peinado hacia atrás, mitigando la palidez del cráneo, cada vez más parecido al cascarón de un huevo de avestruz. El mentón breve, casi mezquino en el óvalo de su cara, resaltaba aún más los estropicios de la vejez; comprendí, con una piedad sobresaltada de grima, que había olvidado ponerse la dentadura postiza.

—Vine directamente aquí. Llegué hace apenas veinte minutos. —Me había levantado de la butaca y acercado a mi padre, para evitarle el escrutinio de la oscuridad—. Me hubiese gustado estar aquí, para ayudarte.

Por un segundo ambos vacilamos, como esos viandantes que se topan en la acera y no saben por dónde tirar y aguardan a que el otro tome la iniciativa. En ese titubeo se compendiaba la naturaleza elusiva de nuestra relación. En los ojos claros, casi sajones, de mi padre se avecindaba la inminencia de las lágrimas, también un desasosiego como de animal acorralado que los impedía mantenerse fijos. Para evitar que me contagiase aquella desazón lo estreché entre mis brazos; bajo el traje demasiado amplio, se percibía esa vibración medrosa que nos asalta en las circunstancias agónicas, cuando preferimos alejar de nosotros un cáliz que, sin embargo, sólo a nosotros corresponde apurar. Creo que fue el apremio de esa congoja lo que lo impulsó a abrazarse a mí con ímpetu.

—Siempre te quise como a un hijo, Julio —balbució en un murmullo ininteligible—. Como a un hijo...

La naftalina me embriagaba con su olor arqueológico. El rostro serenísimo de mi madre contrastaba con el patetismo un tanto desmedido de la escena que se desarrollaba ante sus ojos, ciegos ya para las contingencias mortales.

—Pues claro que sí, siempre me he sentido querido —dije, todavía sin comprender. Me abrumaba tanto consolar a mi propio padre que mis facultades intelectivas habían quedado en suspenso—. No tienes por qué reprocharte nada.

Aún prosiguió sollozando contra mi pecho durante un par de minutos, murmurando palabras que eran un puro barboteo. Recordé con cierta aprensión (eran rescoldos de memoria que creía extinguidos) las muchas ocasiones en que, siendo niño, al arrancar a llorar ante él, después de una regañina, me había acogido entre sus brazos con la misma sensación de incomodidad que entonces yo mismo padecía; recordé también, esta vez con gratitud, que jamás me había puesto la mano encima.

—... como me pidió Lucía. Pero no hubiese hecho falta pedírmelo, para mí fue un placer.

Había recuperado el aplomo; lo noté porque su cuerpo huesudo ya no temblaba. Había apartado el rostro de mi pecho y sus ojos sajones ya me miraban sin turbación. El nombre de mi madre había sonado en sus labios como una invocación o un sortilegio, como si al pronunciarlo se disipara el miedo que nos infunde la noche, también la sombra amenazadora de la muerte.

—Lucía... —repetí yo. Ahora era a mí a quien empezaba a faltarle el aplomo—. ¿Qué te pidió Lucía?

Una ligera contracción endureció el rostro de mi padre; era como si, tras el acceso de debilidad que acababa de acometerlo, se hubiese tornado repentinamente discreto, remiso a soltar prenda. Me avergüenza reconocer que lo zarandeé:

—¿Qué te pidió, Antonio? ¿Qué te pidió Lucía?

Mis palabras sonaron como un improperio en la penumbra del velatorio. Pero la nota de beligerancia no la ponía el tono áspero y desgañitado de mi voz, sino sobre todo la mención a mis padres por sus nombres de pila, algo que jamás había hecho antes en mi vida, ni siquiera cuando me refería a ellos en su ausencia, ni siquiera cuando hablaba de ellos ante extraños, siempre el vínculo consanguíneo erigiéndose como un asidero, siempre el tumulto de la sangre ensordeciendo el runrún de la sospecha.

—Que me comportara como si lo fuera. Decidimos que no te lo diríamos nunca —dijo.

Las palabras le brotaban blandas, y no sólo porque les faltase el filtro de la dentadura postiza. Su cuerpecillo escuchimizado se estremecía como un junco. Tomó aire desde muy adentro:

—Cuando nos casamos ella ya estaba embarazada.

Y entonces, por un segundo, mi conciencia se eclipsó, como si sobre ella hubiesen desfilado esas nubes raudas que a veces ensombrecen los campos. El mundo tenebroso que había logrado mantener a buen recaudo durante los últimos años, encerrado en cámaras precintadas, reanudaba su carcoma, anegaba otra vez con su pujanza cualquier vestigio de vida sensible, otra vez el rencor y el despecho y una como ofendida perplejidad danzando en un aquelarre enloquecedor. Retrocedí hasta una butaca y me dejé caer como un fardo; para tratar de combatir el estupor, me miré ensimismadamente las palmas de las manos, pero no logré descifrar las rayas que las cruzaban, era como si al desbaratarse la certeza de mi filiación se hubiesen enmadejado y confundido, como si su escritura que yo creía indeleble se hubiera borrado de un plumazo, o aún peor, convertido en una maraña inextricable. Dirigí la mirada (también la mía, como la del hombre que había tomado por mi padre durante cincuenta años, acuciada por el llanto) hacia el lugar donde reposaba el cadáver de mi madre, esperando hallar en su rostro sereno una explicación o siquiera una pista que me sirviera de lenitivo, pero se había tornado una máscara de hieratismo que protegía bajo siete velos su secreto.

—¿Y por qué me lo decís ahora? —pregunté, con un plural inexacto, o al menos indeterminado—. ¿Por qué me lo habéis ocultado durante todo este tiempo? Sinceramente, me parece un poco ridículo.

—Te aseguro que en su momento no lo era —se defendió—. Hace cincuenta años, en una sociedad provinciana y fisgona como ésta, nos habrían hecho la vida imposible. A tu madre siempre la vieron como una intrusa, imagínate si encima se hubiese sabido que venía embarazada de Madrid, la habrían puesto como chupa de dómine. Y a ti te habrían señalado con el dedo, te habrían cargado con un sambenito horrible.

La malicia popular hace a los hijos herederos de los pecados de los padres, bien lo sabía. Antonio me pareció entonces un hombre escrupulosamente anodino, con esa inexpresividad que adquieren ciertos hombres cuando se quedan calvos, cuando la gran explanada de la frente empequeñece sus rasgos faciales.

—Me lo podríais haber dicho a mí sin que nadie se enterase. No teníais por qué irlo cacareando por ahí.

—Hubiésemos destrozado tu niñez. Ahora todo lo ves desde una perspectiva distinta, pero te ruego que te pongas en nuestro lugar. —Y su ruego, en efecto, adoptó una entonación implorante, casi plañidera—. Ambos deseábamos lo mejor para ti, eras un niño demasiado sensible, cualquier nadería te afectaba. Luego, cuando te hiciste mayor, pensamos que si habías vivido sin saberlo, ya no tenía sentido revelártelo. Al fin y al cabo, a tu padre no lo ibas a conocer...

Aquel afán de protección, seguramente bienintencionado, me lastimó retrospectivamente. De improviso, episodios del pasado que creía dilucidados y archivados, cobraban, a la luz de aquella revelación tardía, contornos inéditos; era una impresión desconcertante, semejante a la del cinéfilo que al rebobinar una película que cree saberse de memoria descubre una trama clandestina que le había pasado inadvertida y que desbarata por completo las teorías y lucubraciones que había elaborado hasta entonces. Sólo que, para más inri, aquella película era mi propia vida, convertida de repente en un relato ininteligible.

—¿Por qué? ¿Había muerto? —inquirí.

Antonio había apoyado la frente sobre el cristal que nos separaba de la cámara donde se exponía el cadáver de Lucía. Un cansancio antiguo en el que se mezclaban la contrición y el desaliento le había descolgado la mandíbula y las flojas mejillas.

—Probablemente. —Acompañó la vaguedad de su respuesta con un encogimiento de hombros—. Desde luego, para Lucía, como si lo estuviese. —Con ánimo un tanto vengativo, pensé que mi madre lo había mantenido engañado, en el mismo limbo de ignorancia en el que ambos habían decidido recluirme—. Acordamos que no hablaríamos nunca de este asunto: yo le prometí no hacer preguntas y ella, a cambio, me aseguró que la sombra de ese hombre jamás se interpondría entre nosotros. Ambos cumplimos nuestra promesa.

El sarcasmo me rechinaba entre los dientes:

—Así que me revelas un secreto que podrías haberte guardado, me sueltas que no eres mi padre y pretendes que me trague que no sabes nada sobre el tipo al que has estado sustituyendo durante todo este tiempo.

—Sé que era francés —repuso desmayadamente, herido por la beligerancia de mi última expresión—, sé que se llamaba como tú...

—¿Y crees en serio que si Lucía me bautizó con su nombre fue porque se había olvidado de él? —Me asustó mi crueldad, mi capacidad para infligir daño a quien acaso no lo mereciese—. ¿Nunca te has parado a pensar que quizá lo hizo para no olvidarlo nunca?

Había sido un golpe bajo. Antonio se estremeció dentro del traje holgado, como si junto con las hombreras cayesen a lo largo de sus brazos los últimos vestigios de su aplomo. Estaba atormentando a un viejo, y a cambio no obtenía reparación ni consuelo; me estaba comportando como un perfecto miserable.

—Yo no he dicho que lo hubiese olvidado —balbució—. Sólo he dicho que para ella era como si hubiese muerto. —Dirigió una mirada ensimismada al cadáver de mi madre antes de proseguir—: A veces recordamos más a los muertos que a los vivos.

La salita del velatorio se me figuró durante unos segundos un reducto sellado donde empezaba a faltar el aire, como aquellos aposentos que los faraones egipcios mandaban construir en las pirámides, contiguos a su propia cámara mortuoria, para tapiar en vida a aquellos deudos a los que habían elegido como compañeros forzosos en su singladura hacia ultratumba. Antonio habló con una voz ronca y monótona, de una acritud mitigada por el desánimo; era la voz de un octogenario que sólo anhela morir, dormir, tal vez soñar:

—Te juro que nada sé sobre ese hombre, ese tal Jules. Imagino que acompañó a tu madre en su regreso a España y que luego la abandonó, cuando supo que estaba embarazada. Pero no quiero ensuciar su memoria, tal vez hubo otras razones. Lucía me dejó claro desde el principio que esperaba un hijo al que deseaba criar y yo lo acepté sin hacerle preguntas, la quería demasiado, tanto que me vi con fuerzas para quererte a ti, como parte de ella que eras. —Formuló esta precisión sin énfasis ternurista, no era su propósito ablandarme ni estimular mi piedad—. Quizá no te he querido como merecías, pero lo he intentado, con toda mi alma lo he intentado. Ambos considerábamos que habíamos tomado la decisión correcta, hasta que apareció ese cura y convenció a tu madre de la conveniencia de contarte lo que habíamos callado.

La intervención inopinada de un cura en los asuntos familiares se me antojó absurda, también un tanto pintoresca. Lucía nunca había buscado la compañía de las sotanas; quizá fuese una mujer religiosa a su particular manera, pero desde luego nada beata ni clerical.

—¿Un cura? ¿Hablas en serio?

—Un cura, sí, un cura. —Había un residuo de exasperación en su desánimo—. Un cura con el que al parecer tuvo amistad en su juventud, recién llegada a Madrid. Un cura que la acogió, Lucas se llama. Le había perdido el rastro, pero hace unos meses él la llamó: cumplía sus bodas de oro sacerdotales y la invitó a asistir a la ceremonia. Lucía estaba para entonces muy debilitada ya, pero se empeñó en ir; yo mismo la llevé a La Bañeza, a una residencia de curas jubilados donde se celebró la misa. —Suspiró resignadamente: él en cambio nunca había sido un hombre religioso, o sólo lo había sido de un modo farisaico, mientras tuvo que serlo, en una ciudad provinciana y fisgona—. Me pareció un buen tipo, el padre Lucas. Nos invitó a comer después de la ceremonia y luego él y tu madre estuvieron charlando mucho rato a solas. Imagino que hablarían de los viejos tiempos, tal vez tuviese noticias de tu padre. Durante estas últimas semanas conversaron mucho por teléfono; yo nunca quise saber qué se traían entre manos, hasta que de repente Lucía me vino con que debía contarte la verdad, que no quería morirse sin hacerlo. Pero todo se aceleró y... bueno, me dejó encargado que lo hiciera yo.

Su rostro se había congestionado de repente, como si el mal trago le hubiese causado un ataque apoplético. Me miró largamente, parecía que la asfixia le impidiese pronunciar más palabras; la esclerótica cada vez más dilatada y el temblor de los labios acentuaban su aspecto agónico:

—En fin, ya lo hice.

Me pasó un brazo por la espalda, sin atreverse a abrazarme,

como quien por pudor prefiere no agravar el dolor ajeno con pegajosas muestras de pesadumbre pero, al mismo tiempo, quiere mostrar austeramente su solidaridad con ese dolor. Clavé de nuevo la vista en el rostro de mi madre, que se había apartado otra vez la máscara de hieratismo para recobrar la serenidad; pero había un residuo sardónico en esa serenidad, o al menos así me lo pareció en aquel instante en que tantas seguridades fingidas se desmoronaban dentro de mí. Con cruel delectación, con ese perverso regodeo que se infiltra en el pensamiento cuando el mundo tenebroso se enseñorea de él, decidí que en aquel cajón de madera pulida y manijas de bronce no yacía mi madre con la sangre detenida y los órganos consumidos por el cáncer, decidí que ni siquiera yacía un ser humano al que los humores encerrados empiezan a destruir. En aquel ataúd sólo acechaba la nada absoluta, la nada voraz, la ininteligible nada, ávida de esa otra nada que mora en toda vida y crece sigilosamente, día a día, como una gangrena insidiosa, la nada que había dejado su semilla dentro de mí desde el instante de mi concepción y que poco a poco me iba devorando, hasta que llegara el anhelado momento en que yo también fuese encerrado en un ataúd y condenado a la putrefacción, condenado a disolverme en la nada.

El mundo era una noche sin fisuras. Escuchaba en mi derredor la pululación de la nada, como una polilla a punto de desovar.

PRIMERA PARTE

El padre Lucas había sido un hombre de complexión fornida; aunque sus formas ya no eran airosas —se le acusaba el vientre, la espalda se le había encorvado—, aunque la vejez había encogido su esqueleto, aún se percibía en su fisonomía un rescoldo de fuerza nerviosa, de jocosidad y rudeza, que delataba una juventud aguerrida, quién sabe si pendenciera incluso. Debía de haber tenido el cabello negro y encrespado, aunque para entonces ya era casi blanco y le raleaba en la coronilla; la gruesa nariz chata y la boca jocunda que al sonreír mostraba una dentadura despoblada, como una almena de la que hubiesen ido desertando los centinelas, le hacían parecer, más que un cura que acababa de cumplir cincuenta años de ministerio, un boxeador retirado, deseoso de narrar sus hazañas en el *ring* y hasta de volver a calzarse unos guantes, siquiera para acompañar con manoteos y aspavientos la narración. Sólo al reparar en el bastón que empuñaba con una de aquellas manazas, anchas y ásperas, como de campesino que labra su propio huerto, recordé que me hallaba ante un octogenario.

—Tú debes de ser Julio, el hijo de Lucía —dijo, irguiéndose no sin esfuerzo de una de las butacas de escay que se desperdigaban por el vestíbulo de la residencia—. Llevaba un rato esperándote.

Había un no sé qué precipitado, casi imperioso, en su voz, que contrastaba con su timbre, resquebrajado por la ronquera. Tal vez necesitase, como yo mismo, disimular la zozobra que aquel encuentro le provocaba con una máscara confiada que, a la postre, resaltaba su azoramiento. Reparé, bajo las cejas canosas e hirsutas, en el azogue de su mirada; sus ojos brillaban inquisitivos, sin atreverse a parpadear, como si rastrearan en mi fisonomía las concordancias con el hombre que me había engendrado, el furtivo hombre que había sembrado su semilla antes de hacer mutis, sin aguardar la cosecha.

—Por favor, no se levante, no es necesario. —No me atrevía a devolverle el tuteo, juzgué que habría resultado falso y tal vez irrespetuoso—. Le agradezco mucho que me haya recibido.

Como hiciese caso omiso de mi petición, me acerqué y le tendí la mano, no tanto para estrechar la suya como para que pudiera utilizarla como asidero.

—Vamos, vamos, ¿me has tomado por un viejo? —rezongó, mientras erguía a duras penas su corpachón de gladiador cansado—. Estaría bueno.

Reparé en su rostro sanguíneo que se hacía casi púrpura en las mejillas, indicio quizá de una antigua lesión coronaria. Aunque acababa de afeitarse, le asomaban los cañones de la barba aquí y allá, entre las arrugas; algunos cortes tiernos, como diminutos estigmas, delataban que su pulso era efectivamente el de un viejo. Cuando por fin se hubo erguido, me estrechó la mano con efusión, casi con violencia, como si se empeñara en mostrar un vigor que ya le iba faltando; la calidez del gesto contrastaba con la temperatura de su piel, en la que ya parecía infiltrarse el aliento de la muerte.

—Siento mucho lo de tu madre. —Frunció los labios en un puchero compungido—. Y te agradezco que me lo comunicaras.

—Supongo que ella lo hubiese querido así —dije, atajando el capítulo protocolario de los agradecimientos—. Además, lo hice por interés propio. Necesitaba hablar con usted.

El padre Lucas me escrutó sin sorpresa, calmosamente; quizá mis palabras sonasen en exceso perentorias, intimidantes incluso, pero no parecían haberlo turbado. Luego sonrió, mostrando fugazmente su dentadura diezmada; pero sus ojillos vivaces seguían observando, sopesando, analizando mis reacciones.

—Seguro que no has venido hasta aquí para confesarte... —dijo. Me había lanzado un guiño de astucia, para subrayar la intención jocosa de su comentario.

—Más bien al contrario —respondí de forma un tanto glacial—. Creo que esta vez tendrá que confesarse usted.

Por un segundo, la mano del padre Lucas que asía la empuñadura del bastón se engarfió; las manchas de vitíligo palidecieron y se abultaron las venas que la surcaban, en las que parecía fosilizarse la sangre. Involuntariamente, me asaltó el recuerdo de las manos de mi madre moribunda, que tantas veces había sostenido entre las mías, mientras la sometían a las sesiones de quimioterapia.

—¿Te lo contó Lucía? —preguntó, y de repente su voz, hasta entonces aparentemente desenfadada, se tiñó de una inconcreta ansiedad.

—No le dio tiempo. Fue mi padre... —Aún me costaba hablar con propiedad—. Quiero decir, Antonio, quien me lo contó, cuando mi madre ya había muerto.

Nunca he sido persona curiosa, ni siquiera inquisitiva; más bien al contrario, me he esforzado siempre por rehuir las confidencias ajenas, por evitar los descargos de conciencia, incluso cuando esos descargos y confidencias de algún modo me atañen, o sobre todo entonces. Si alguien trata de compartir conmigo un secreto, si intuyo, por su disposición al discreteo o al desahogo, que se apresta a alumbrar algún pasadizo en sombra de su biografía, para aliviarse de recuerdos que lo oprimen o reconcomen, me repliego como un caracol en su concha. Ni siquiera cuando ese secreto me ha sido abruptamente declarado, antes de que pueda precaverme, infrinjo estas cautelas: como quien, al pasar ante una puerta entreabierta, oye sin querer el retazo de una conversación comprometedora y carraspea para hacer notar su presencia, en lugar de aguzar el oído y acercarse sigilosamente a la rendija que deja escapar un murmullo de palabras tentadoras, así yo también procuro declinar la oportunidad de saber o averiguar lo que otros desean a toda costa que sepa o averigüe. Supongo que esta actitud retraída me ha granjeado alguna malquerencia o animadversión y también cierta fama de persona esquiva; pero a cambio me ha permitido vivir más tranquilo, porque los secretos que llegamos a conocer mal de nuestro grado acaban de algún modo infectando de malestar nuestros días, acaban removiendo ese mundo tenebroso que hubiésemos preferido mantener anestesiado. Yo ya había probado las consecuencias que acarrea el descubrimiento (o más bien el vislumbre) de un secreto que hubiese preferido ignorar, cuando ante el cadáver de Nuria supe que en su viaje hacia ultratumba la acompañaba otra vida de la que hasta entonces no había tenido noticia, una vida que tal vez yo mismo hubiese engendrado o tal vez otro hubiese engendrado a mis espaldas; y me había prometido entonces, mientras convalecía de aquel descubrimiento o vislumbre, que nunca más volvería a detenerme ante una puerta entreabierta, por muy tentador o hipnótico que resultara el murmullo que se escapara por su rendija, por mucho que me interpelara o incumbiese. Pero lo que mi padre, o la persona que durante tantos años había considerado mi padre, me había revelado en la funeraria (otra vez ante el cadáver de una mujer amada, como si la muerte convocase los secretos, igual que convoca los gusanos) abría de par en par esa puerta. Y el secreto que esa puerta escondía no sólo me interpelaba o incumbía; yo mismo me convertía en la sustancia de ese secreto, en su meollo más intrincado y agónico. Quizá sea posible sobrevivir a la jauría de secretos que nos merodean y hostigan y nos lanzan su zarpazo; más difícil resulta resistir su mordisco cuando se inmiscuyen en nuestros genes, se funden con nuestra sangre, nos roban el aire que respiramos. Me sentía devorado en vida, literalmente comido a dentelladas.

—¿Te encuentras bien? —dijo entonces el padre Lucas, incomodado por mi silencio—. ¿Te parece que salgamos a dar un paseo?

Su voz me llegaba enlentecida o difuminada, como se supone que llega la voz del médium a quien se halla en pleno trance hipnótico. Durante días, había anticipado aquel encuentro, había planeado minuciosamente mi repertorio de preguntas, pero no sabía cómo formularlas.

—No creo que le convenga... —acerté a farfullar—. Hace un frío de mil demonios.

—No te preocupes por mí. —Se encogió de hombros y echó a andar hacia la puerta, con ese arrojo temerario tan característico de los viejos que no calibran sus limitaciones—. El frío amojama las carnes.

Hablaba con esa cazurrería vehemente que nace de las ganas de sentirse vivo. Crucé una mirada de alarma con la recepcionista de la residencia, una joven algo ajada, con aspecto de novicia repetidora, que suspiró e hizo un ademán resignado con ambas manos, como exonerándose de responsabilidad, expresivo de las muchas veces que habría tratado en vano de contrariar los propósitos de aquel cura trabucaire. El padre Lucas conversaba bajo la marquesina de la entrada con otro sacerdote más provecto y achacoso (a éste se le distinguía por el alzacuello que el padre Lucas no llevaba), a quien sostenía del brazo otro hombre que repetía sus rasgos, tal vez un hermano menor, con quien habría pasado el fin de semana; por el gesto contrariado que había adoptado el otro sacerdote se notaba que estaba enumerando sus alifafes, retahíla a la que el padre Lucas apenas prestaba atención, como si ya se supiese de memoria la murga, y que interrumpió con un manoteo que no se puede decir con exactitud que fuese desabrido, sino más bien condescendiente, pero de una condescendencia gruñona. Imaginé que esa misma condescendencia la habría empleado miles de veces para abreviar los circunloquios de las beatas que acuden al confesionario a que se les absuelva de pecados insignificantes y archisabidos.

—Hay que fastidiarse, están todos hechos unos carcamales —dijo, no sin coquetería, cuando me reuní con él, después de ceder el paso en la entrada al sacerdote quejicoso y a su acompañante, mohínos ambos tras recibir el rapapolvo del padre Lucas—. Si ya se sabe que llegar a viejo no es plato de gusto para nadie, ¿a cuento de qué tanta jeremiada?

—Será que necesitamos que alguien nos diga que él también padece nuestros mismos dolores —aventuré—. El dolor compartido consuela, supongo.

Hacía, en efecto, un frío que amojamaba las carnes, y hasta el espíritu. La residencia para sacerdotes ancianos de La Bañeza se erigía en uno de esos descampados acongojantes que antaño fueron tierra de cultivo y que la despepitada avaricia municipal convierte en parameras de sus desmanes: carreteras con rotondas superfluas, urbanizaciones de chalés adosados para zascandiles que así se hacen la ilusión de vivir en el campo, hangares comerciales donde la pobre gente se aprovisiona de los mismos víveres que antes compraba en la tienda de ultramarinos de la esquina, sin reparar en que las monedillas que se ahorra en tal o cual oferta se las gasta en gasolina. Como parapeto contra tanta fealdad indeleble —desmontes y absurdas pistas de asfalto, un infierno de grúas y ladrillos tapiando el horizonte—, los curas de la residencia mantenían un jardín con sus trazas de bosque, invadido de malezas y setos de boj que la podadera se había olvidado de trasquilar. Algunos árboles que la primavera volvería a hacer frondosos alargaban sus ramas sarmentosas al cielo; un viento de rachas breves y traicioneras las hacía frotarse entre sí y castañetear.

—¿Hace mucho que para por aquí? —le pregunté, por dilatar un poco mi interrogatorio.

—Suficiente para ver morir a muchos —me respondió con una suerte de tristeza abstracta, impersonal—, y así y todo cada vez somos más. Cuando yo era joven estaban llenos los seminarios. Ahora los seminarios se vacían y en cambio las residencias de curas están a reventar.

Se quedó contemplando los penachos de vapor que brotaban de su boca al hablar, como si en ellos viajara el último hálito de un mundo que se apaga. Me estremecí, menos instado por el frío que por el brusco desaliento que oxidó su voz:

—¿Nos llegaremos a extinguir?

Y antes de que acertara a contestar a su pregunta, que tal vez fuera retórica o una forma velada de exorcismo, el padre Lucas murmuró:

—En ese caso, quienes vengan a sustituirnos serán mucho peores.

Arrancó otra vez a andar, tanteando con el bastón la hojarasca que borraba los senderos, como el zahorí que ausculta el terreno, siguiendo un curso de agua subterránea y vivificadora. Aunque arrastraba un poco los pies, parecía hacerlo más por prevención que por exigencia del reúma o la artrosis; la espalda encorvada, en cambio, revelaba un principio de decadencia. Sin que mediara por mi parte invitación o estímulo alguno, empezó a rememorar su juventud, o al menos aquellos pasajes de su juventud que explicaban su posterior encuentro con mi madre. Tardé en darme cuenta de que aquel preámbulo no constituía un meandro de la nostalgia —era hombre de acción, poco propenso a las ensoñaciones—, sino más bien una delicada maniobra de acercamiento al meollo de mi interés.

—Pero no has venido para que te cuente batallitas —dijo, adoptando un tono jocoso.

Todavía era capaz de caminar a paso ligero. El seto de boj que respaldaba nuestro paseo nos abrigaba del viento. No sabía por dónde empezar, así que solté a bocajarro:

—¿Por qué le metió los perros en danza a mi madre, después de tanto tiempo?

Creo que mi pregunta lo solivió un tanto; fue una reacción refleja, apenas perceptible, pero durante una fracción de segundo tensó la mandíbula, como el boxeador que se dispone a descargar un puñetazo.

—Él me lo pidió —respondió al fin, casi en un susurro.

—¿Él? ¿Quién es él?

Creo que el frío estaba anestesiando mis entendederas. El padre Lucas estalló:

—¡Coño, quién va a ser! Tu padre, tu padre Jules. —Miró a izquierda y derecha, absurdamente receloso de que alguien nos estuviera escuchando, y luego se lanzó—: Tardé en reconocer su voz, han pasado muchos años y además había perdido el acento francés; bueno, más bien lo había sustituido por otro rarísimo que no te sabría describir.

Me sentí de repente ingrávido y como subido a un carrusel que trastornaba mis percepciones sensoriales. La hojarasca, bajo mis pies, tenía una consistencia de espuma; no me atrevía, sin embargo, a bajar la vista, por temor a que me sobreviniera un vértigo.

—Quiere decir que está vivo...

—No me atrevería a jurarlo —dijo, algo temeroso de formular afirmaciones rotundas, algo temeroso de que sus palabras me brindaran un asidero para seguir inquiriendo, para seguir importunándolo—. Cuando me llamó estaba en las últimas, o al menos eso me aseguró; y, desde luego, la debilidad con que hablaba así lo hacía presagiar...

—Será muy anciano, entonces.

El inciso pareció ofenderle; no tanto porque resultara una obviedad como porque le recordaba que también él empezaba a serlo.

—No te creas que tanto. Tendrá aproximadamente mi misma edad. En la residencia tenemos curas diez años mayores que yo, dando guerra todavía. —Casi sin darse cuenta, estaba pidiendo excusas por su longevidad—. Pero sí, debía de verse a las puertas de la muerte; de lo contrario no creo que me hubiese llamado. Ya sabes lo sincera que se pone la gente cuando piensa que se va a morir.

—Seguro que usted lo sabe mejor que yo.

Lo dije sin intención beligerante, pero el padre Lucas debió de interpretarlo como una pullita, porque se detuvo y empezó a hurgar entre la hojarasca con la contera del bastón.

—Bueno, algo sé de eso —concedió enfurruñado; pero enseguida esbozó una sonrisa sagaz que mostró su dentadura despoblada—: Tu padre se había enterado de que estaba en esta residencia, no me quiso explicar cómo. Se me ocurre que a lo mejor se lo dijeron en la parroquia de Cuatro Caminos donde estuve destinado, allá en mi juventud; pero su voz sonaba lejanísima, como si me llamara desde el planeta Marte. Vete tú a saber. —Se encogió de hombros, sacudiéndose la tentación lucubradora—. Me pidió que le transmitiera a Lucía una cosa. Bueno, más que pedírmelo, me obligó a aprendérmela de memoria...

—¿Qué cosa? —lo apremié.

—Me dijo que no había pasado ni un solo día de su vida en que no le hubiera dedicado un pensamiento. —Observé que al padre Lucas le provocaba cierto rubor repetir aquella manifestación amatoria un tanto soberbia o indemostrable—. Eso me dijo. Y me hizo jurar que se lo diría a Lucía. Nada más. No te creas que me resultó tan sencillo localizar a tu madre, le tenía completamente perdida la pista.

Habíamos iniciado el regreso a la residencia; el edificio disfrazaba su uniformidad con una fachada escalonada, como un oleaje de ladrillo avanzando sobre la paramera. Aquella frase de Jules, tan pretendidamente solemne, se me antojaba afectada y cursi; pero tal vez el encono empañase mi juicio.

—De algún modo, algo se removió en tu madre cuando le transmití el recado —prosiguió el padre Lucas—. Se le metió en la cabeza que debía contarte la verdad sobre tus orígenes. Vino aquí con su marido y traté de disuadirla. ¿Qué sentido tenía, a estas alturas? Pero ella erre que erre. Estaba enferma y...

—Y la gente se pone muy sincera cuando piensa que va a morir —lo atajé.

Yo mismo me asusté de mi mordacidad. Pero sentía crecer dentro de mí una mata de ortigas que me lastimaba e invitaba al sarcasmo.

—También quiere reparar los errores cometidos —añadió el padre Lucas, más indulgente que yo, o quizá más ducho en descifrar las razones que sólo el corazón entiende—. Sólo que a veces una reparación a deshora lo embrolla todo.

El cielo de plomo, avinagrado y hosco, apenas dejaba asomar los rayos del sol. Tampoco había nubes que mitigasen su crudeza desahuciada; ni la teología escolástica hubiese logrado explicar una tan vasta desolación.

—¿Cómo los conoció? —dije, para exorcizar aquella impresión de ahogo—. A mi madre y a ese Jules, me refiero.

—Fue en el tren. —La voz del padre Lucas se hizo memoriosa, casi salmódica; era el mismo tono al que acabaría acostumbrándome en los días sucesivos, un tono que llegaría a actuar como un bálsamo sobre las ronchas que aquella revelación me había levantado, el mismo tono apaciguador que acabaría aquietando mi mundo tenebroso—. Yo volvía de Sigüenza, de una excursión con un montón de chiquillos del barrio. Como tantos otros, llegaban a Madrid con una mano delante y otra detrás, no tenían donde caerse muertos. Tu padre... —hizo una pausa incómoda— ¿me permites que lo llame así?, tu padre hablaba español con muchas dificultades, pero enseguida se ganó a los chiquillos con sus trucos de magia. Era mago escapista, ¿lo sabías? Como Houdini.

—Desde luego, ha demostrado competencia en el oficio.

Noté que mis pullas provocaban cierta incomodidad al padre Lucas, tal vez porque iban dirigidas contra un ausente, tal vez porque le recordaban que se había involucrado, sin pretenderlo, en una enojosa querella familiar de la que hubiese preferido mantenerse al margen. Pero ya era demasiado tarde.

—Seguramente me habrían pasado inadvertidos si tu padre no hubiese empezado a hacer escamoteos. —Chasqueó la lengua contrariado, lamentando quizá que la fatalidad le hubiese tendido una emboscada—. Dos viajeros, tal vez una pareja recién casada, que llevaban muchos kilómetros en el cuerpo y un aspecto un poco marchito, como de apenas haber pegado ojo en los últimos días. Pero, chico —aquí su voz recobró cierto alborozo, un alborozo casi contrito, como si quisiera hacerse perdonar su debilidad—, siempre me he pirrado por el circo y sus artistas, qué le vamos a hacer. Mi primera vocación, antes que la de cura, fue la de sansón de circo. —Se detuvo por un instante y enarcó el brazo izquierdo, como si tratara de resaltar sus bíceps, pero se trataba de un gesto paródico. Como no le reí la gracia, continuó—: En un gimnasio de la calle Fuencarral, donde solía entrenarme antes de meterme en el seminario, coincidía con Eduardini y toda su *troupe*. Tú sabes quién fue Eduardini, supongo.

—Pues no, la verdad —dije, con sequedad algo aguafiestas.

Me fastidiaban las digresiones del padre Lucas, que introducía en la conversación para aliviar la congoja de hurgar en una herida que él mismo había destapado, creyendo que ya estaba cicatrizada y que, inopinadamente, había empezado a sangrar y a enconarse.

—¡El gran Eduardini! Por favor, pero si fue uno de los artistas más célebres de su época. —Mi ignorancia circense lo consternaba muy sinceramente—. Hasta intervino en una película de Bergman, con su *troupe* de enanos. Era un tipo estupendo y jovial, malabarista y augusto en el circo Price. Y no veas con cuánto cariño y condescendencia trataba a sus enanos... Pero, bueno, a lo que iba: Eduardini me introdujo en el medio circense y me presentó a Juan Carcellé, el empresario del Price, que me propuso participar en las veladas de lucha libre que se celebraban allí, una vez por semana. Me zurraron de lo lindo... pero sarna con gusto no pica. Y, además, tenía entrada libre a las sesiones de circo, y podía colar de vez en cuando a los chicos del barrio. ¡Cómo adoraba aquel ambientillo! El redondel iluminado, el tufazo de las fieras, la agitación de los chavales cuando se anunciaba con un redoble de tambores el número de los trapecistas... Aquellos artistas del hambre eran como mi familia.

—Pero nos habíamos quedado en aquel tren que volvía de Sigüenza...

Un segundo después de haber atajado sus remembranzas me arrepentí de haberlo hecho. Me prometí no volver a interrumpirlo; después de todo, tenía derecho a explayarse, a cambio de alumbrar mis enmarañados orígenes. Pronto tendría ocasión de descubrir que su verdadera vocación, antes que la de cura o sansón de circo, era de índole memoriosa.

—Aquel tren, sí... —Se había enfurruñado someramente y le costaba retomar el hilo de su evocación—. Cuando supe que eran gentes de circo, pegué la hebra con tu madre, que me contó su odisea: hija de un exiliado, también prestidigitador por cierto, que monta un espectáculo itinerante en Francia, después de pasar por los campos de concentración... En fin, ya conocerás la historia. —Pero intuí que tal vez él la conociese mejor que yo, o que al menos supiese detalles que a mí se me escapaban—. También me contó que, tras la muerte de su padre, es decir, de tu abuelo, el circo se había deshecho y había decidido regresar a España. Me sorprendió que hubiese tomado aquella decisión, a la hija de un exiliado desde luego no la iban a recibir con los brazos abiertos. Pero me sorprendió todavía más que se franquease conmigo con tanta naturalidad, no sé si lo hizo por inocencia o porque descubrió en mí un espíritu cómplice.

—Seguro que más bien por lo segundo —me apresuré a conjeturar, por desagraviarlo de anteriores desplantes—. Y el escapista Jules, ¿también se franqueó?

Todavía, al mencionar su nombre, sentía una suerte de pinchazo lacerante. Pensé que debíamos desandar el camino a la residencia, pero el padre Lucas blandió el bastón, instándome a enfilar un sendero de gravilla que bordeaba el edificio. Dejamos a un lado un estanque de aguas cubiertas por una capa de hielo; bajo la superficie traslúcida me pareció entrever el ajetreo acorralado de los peces a los que quizá empezase a faltar el oxígeno, como un cardumen de recuerdos que se amotinan y pugnan por salir en tropel. El padre Lucas golpeó la costra de hielo con la contera del bastón hasta quebrarla; el esfuerzo le hacía resollar, y el aire que expelía de los pulmones, al contacto con el aire más gélido de la atmósfera, se transformaba en un vaho espeso, casi tortuoso, agravando la magnitud de su esfuerzo.

—Vamos por este camino, si no te importa. Tengo que concelebrar misa en la capilla. Ya sólo sirve uno para concelebrar misas con otra media docena de vejestorios. —De nuevo había asomado a sus labios aquella tristeza abstracta que lo había asaltado un rato antes. Al reanudar el paseo, los engranajes de la memoria se pusieron otra vez en funcionamiento—. Jules apenas abría la boca, pero no por timidez o desconfianza, sino porque su español era muy rudimentario. Se expresaba mejor con las manos, tenía a los chavales de la excursión encandilados con sus escamoteos. Te confesaré que cuando Lucía, con su desparpajo habitual, me declaró que no estaban casados me escandalicé un poco, entonces todos éramos más mojigatos que ahora. Aunque enseguida se me pasó el sofoco, al saber que Jules padecía una enfermedad muy peculiar.

El seto de boj se había interrumpido; al faltarnos su abrigo, el viento racheado se hacía más fastidioso y nos traía, como en jirones o ráfagas, el ruido de los coches que se alejaban en la carretera, amplificado por el efecto Doppler.

—¿Cuál? —pregunté sin excesivo énfasis, como predispuesto a la extrañeza.

—Yo pensé que sólo ocurría en las películas, entonces estaban muy de moda. Gregory Peck en *Recuerda*, por ejemplo. —Intuí que también el cine se contaba entre sus aficiones, quizá no tan pujante como la circense—. Luego me interesé por el tema y resulta que no, que era un trastorno bastante habitual entre combatientes.

—¿Amnesia, quiere decir?

—Amnesia, en efecto —asintió el padre Lucas, satisfecho de haber avivado mi curiosidad—. La padecieron muchos soldados, sobre todo en la Primera Guerra Mundial, menos en la Segunda, la metralla era más mortífera para entonces. Jules había peleado en la Resistencia, incluso lo habían condecorado por sus hazañas, pero él no recordaba nada de aquellos años. Imagino que tiene que resultar bastante enojoso que te traten como a un héroe sin que puedas reconocerte como tal.

Quizá tanto como que te traten como hijo de alguien sin que puedas reconocerte como tal; quizá tanto como que te traten como padre sin que puedas reconocerte como tal. Ambas circunstancias concurrían en mí; y, ciertamente, resultaban bastante enojosas. El padre Lucas guardó silencio por unos segundos, como si se condoliera de mis conflictos de identidad. Luego prosiguió:

—El circo de tu abuelo Fidel lo recogió a las afueras de un pueblo, tenía una herida en la cabeza. Lo curaron y se quedó con ellos. Aprendió el oficio de mago, para el que tenía condiciones innatas, y se enamoró de Lucía, se enamoraron mutuamente. —Había corregido su tendencia divagatoria y se había vuelto súbitamente compendioso, como si deseara pasar de puntillas sobre las circunstancias que juzgaba más dolorosas para mí—. Con el tiempo, llegaron a sentirse descolocados en Francia, por razones diversas, así que se liaron la manta a la cabeza y se vinieron a Madrid, hay que echarle bemoles. —El eufemismo sonaba incongruente con su desenvoltura, pero supongo que era un residuo de aquella mojigatería que él mismo había reconocido—. Yo les ofrecí ayuda, creo que en el fondo aquello de proteger a la hija de un exiliado y a un combatiente de la Resistencia excitaba mi vanidad. Les busqué alojamiento, una habitación en una casa de patrona. No te creas que fue tan fácil, no estaban casados y eso dificultaba mucho las cosas. También los recomendé en varios sitios, hasta que por fin les encontré acomodo en un local de la Gran Vía, el Pasapoga.

—Allí la conoció... —volví a titubear antes de referirme a quien yo había creído mi padre durante tantos años— Antonio, su marido, mi... padrastro.

Se me hacía duro designarlo así, con aquel sufijo despectivo y envilecedor, pero el lenguaje no proporcionaba otro término más ajustado y menos infame, y además la infamia de la palabra se extendía a mí, si él era mi padrastro yo me convertía automáticamente en su hijastro, confinados ambos en la hez social, poetastros y medicastros y politicastros. El padre Lucas se había sonrojado un tanto, lo cual no se notaba tanto en el color de su tez, de natural sanguínea, como en las muestras de azoramiento:

—Sí, el Pasapoga, menudo antro de perdición debía de ser. —Se frotó la gruesa nariz chata, como si algún pensamiento poco piadoso se le hubiese refugiado en las fosas nasales—. Nunca entré allí, y mira que me quedé con ganas de ver su número. Pero mejor así, un cura en el Pasapoga hubiera ahuyentado a la clientela, ni Balarrasa se hubiese atrevido a tanto. —Definitivamente, el cine lo encandilaba, se había pasado muchas horas en la sala oscura, quizá tantas como en el confesionario—. Y si allí la conoció Antonio, para entonces tu padre ya se había tenido que marchar.

—¿Tenido que marchar? —Me había molestado la perífrasis exculpatoria—. ¿Tan importante era lo que tenía que hacer, para dejar sola a una mujer embarazada?

Habíamos rodeado el edificio de la residencia; en una de sus paredes laterales se abría, precedida de una breve escalera, la puerta de doble batiente de la capilla, sobre cuyo dintel se alzaba una cruz de yeso descascarillada y poco airosa. El padre Lucas ascendió pesarosamente los escalones y se recostó sobre uno de los batientes de la puerta, para vencerlo con su peso. Me miró con repentina severidad, también con repentina nostalgia:

—No seas imbécil. Nadie hubiese renunciado a Lucía por las buenas. Ningún hombre deja escapar a una mujer así por gusto.

Hubo algo en su voz (un atisbo de derrumbe, un rescoldo de emoción reprimida, tal vez un amago de confidencia) que me turbó extraordinariamente. El padre Lucas también era un hombre, a fin de cuentas, aunque fuese un hombre de Dios, curtido en las renuncias. Se internó en la penumbra de la capilla, que tenía algo de gruta clandestina o catacumba, sólo sobresaltada por la luz minutísima del sagrario, como una pavesa que se resiste a declinar su fuego. Antes de doblar hacia la sacristía, donde debía reunirse con los otros sacerdotes concelebrantes (carcamales, los hubiese llamado él, con más coquetería que desabrimiento) y vestirse el alba y ceñirse el cíngulo y tal vez ponerse la casulla cuyo peso aún soportarían sus espaldas fornidas, el padre Lucas hizo la genuflexión ante el sagrario. Fue entonces, al comprobar cuán dificultosamente doblaba la rodilla, cuánto le costaba hincarla en el suelo y, en especial, cuánta abrumada lucha hubo de oponer para conseguir erguirse otra vez (me pareció incluso escuchar el quejido de sus articulaciones, como cuadernas de un barco a punto de descuajaringarse), cuando cobré conciencia de lo viejo y gastado que estaba, también de su muy sacrificado temple y de la acérrima naturaleza de su voluntad.

—Espere, por favor —dije, decidiéndome a seguirlo por el pasillo central de la capilla.

El padre Lucas ni siquiera se volvió; parecía absorto en la contemplación de un Cristo en la cruz, tallado a imitación de los cánones bizantinos, majestuoso y membrudo, que presidía el altar. El Cristo tenía un gesto a la vez hierático y magnánimo, ni un leve rastro de agonía asomaba a su rostro.

—No me puede dejar marchar así —le susurré, sumándome a la contemplación. Era más una súplica que un reproche.

Lo miré de refilón, temeroso de perturbar su recogimiento. Entonces descubrí que sus ojos se habían humedecido con la inminencia del llanto y que sus manos manchadas de vitíligo se anudaban sobre la empuñadura del bastón, como si ensayasen una plegaria. Experimenté una sensación de tibio bienestar que incluía, desde luego, cierto alivio físico (unos pocos minutos más a la intemperie me habrían llenado de sabañones), pero que sobre todo se extendía como un bálsamo sobre esos pasadizos del espíritu donde anida mi mundo tenebroso. Era una sensación que no recordaba haber vuelto a saborear desde la niñez, mientras me preparaba para tomar la Primera Comunión. Cuando volvió a hablar, el padre Lucas lo hizo con una voz de la que se había disipado la jovialidad; tampoco era una voz exactamente afligida, sino más bien despojada de fingimientos, de una sobriedad que nacía de la paz consigo mismo:

—La llamada de Jules reavivó en mí el recuerdo, tuve de repente la necesidad de volver a saber de Lucía, de volver a hablar con ella, de volver a verla.

No me molestó aquella confesión o desahogo (por el contrario, más bien me halagó), puesto que yo mismo había sentido con frecuencia la imperiosa necesidad de reunirme y hablar con ella, a pesar de que nuestras separaciones nunca duraban más allá de un par de semanas, pues nunca había logrado entablar con ninguna otra persona una fluencia mutua tan intensa y fecunda. Los brazos del Cristo, extendidos en escuadra sobre el leño horizontal, evocaban, más que las agonías de la crucifixión, la hospitalidad de un anfitrión que invita a tomar posesión de su casa.

—Lo entiendo perfectamente —dije, para favorecer su confidencia.

—Sabía que lo harías —asintió con un amago de sonrisa—. También los curas somos humanos, aunque algunos se esfuercen por aparentar lo contrario. Te mentiría si te dijese que no calibré las consecuencias de mi decisión. Sabía que, al transmitirle el recado de Jules, estaba liberando un viento que podría traer tempestades. Pero la tentación era demasiado fuerte, cedí a ella. Creo que, de algún extraño modo, yo también estuve enamorado de Lucía. —Su perfil rocoso se había ablandado, como si el reconocimiento de su debilidad le hubiera apartado una máscara de rudeza o prevención—. Entiéndeme bien, no enamorado en el sentido convencional de la palabra, quiero decir que nunca la deseé para mí ni me planteé colgar los hábitos por ella, pero me gustaba estar con ella, compartir con ella mis inquietudes, era una dulce camaradería, y creo que a ella le ocurría lo mismo. No sé, a lo mejor peco de soberbia, pero es lo que quiero pensar.

—Seguro que fue así.

—Así lo sentía yo entonces. —Mi asentimiento le había infundido confianza. La llama diminuta del sagrario se copiaba en sus ojos, incendiándolos con una suerte de sosegado entusiasmo—. Quedábamos todos los sábados en el cine, en las sesiones dobles. Yo iba con los chavales del centro, menudo jaleo montaban, sobre todo con las películas de vaqueros, eran sus favoritas. —Sacudió una mano como si tratase de ponderar aquel jolgorio juvenil—. Siempre me gustó mucho el cine.

—Ya lo había notado.

—A tu madre, en cambio, creo que le interesaba más bien poco. Yo, para mortificarla, le decía que en realidad se citaba conmigo en el cine para evitar pasarse por el confesionario. —El padre Lucas sonrió, ahora abiertamente, mostrando su dentadura desvencijada—. Lucía se ponía entonces hecha una furia, una furia de mentirijillas, y me aporreaba la espalda, me decía que cuando volviese la República ella misma se iba a encargar de que me diesen para el pelo. Tenía una risa traviesa que era una delicia, me recordaba la de aquella chica de *Un ladrón en la alcoba*, ¿cómo se llamaba?

Procedente de la sacristía, nos llegaba un rumor de pasos que se arrastran, carraspeos y murmullos impacientes. Quizá la tardanza del padre Lucas empezase a exasperar a los concelebrantes.

—Miriam Hopkins —me apresuré a responder, con legítimo orgullo.

—Vaya, veo que eres buen fisonomista. Y cinéfilo, además. Sospecho que éste es el comienzo de una buena amistad. —Me miró con aquellos ojos inquisitivos, sopesadores, en los que por un momento resplandeció el júbilo—. Bueno, desde luego Lucía nunca me pidió la absolución, pero me lo contaba todo, todito todo, no creo que buscara tanto el consuelo como la oportunidad de disfrutar de la amistad. Al salir del cine nos esperaba siempre Jules, creo que en el fondo estaba un poco celoso de nuestra camaradería —intuí que le envanecía aquella posibilidad—, o tal vez sospechase que Lucía me contaba cosas sobre él, y esto le provocaba cierto disgusto. A veces iban a merendar a mi casa. Con el vinillo y las chanzas que nos gastábamos, Jules se iba relajando. Podría haber sido un hombre afable, pero la enfermedad que padecía lo coartaba un poco, y en ocasiones lo atormentaba y hacía desconfiado. Aquellos años que se habían borrado de su memoria ejercían sobre él una influencia mucho mayor de la que habrían ejercido si los hubiese podido recordar sin dificultades. Eran para él una perpetua fuente de zozobra. No sé, juraría que sufría mucho.

Alguien había encendido desde la sacristía las luces de la capilla, que perdió súbitamente su prestigio de gruta clandestina. El padre Lucas se mordió el labio inferior, entre meditativo y pesaroso, como si evaluase sumariamente alguna cuestión que no se atrevía a afrontar.

—Habría tanto que contar... —dijo.

—Cuéntemelo —lo animé, exhortándolo casi—. Hace un rato reconoció que llamó a mi madre después de calibrar las consecuencias de su decisión. Estoy seguro de que también ella se lo pensó mucho, antes de permitir que yo supiera lo que había mantenido en secreto durante tanto tiempo. No habría dado ese paso si no hubiese estado segura de quererlo.

A la capilla acababa de entrar un pequeño grupo de mujeres pías y algo más que talluditas, con aspecto de andar por casa, tal vez monjas de paisano o empleadas de la residencia, tal vez ambas cosas a la vez. Llegaban escalofriadas, sacudiéndose el frío; la atmósfera caldeada de la capilla ejerció sobre ellas un instantáneo efecto benéfico. El padre Lucas se había quedado absorto calibrando mi propuesta, pero la llegada de tan exigua feligresía lo extrajo de sus cavilaciones.

—Las obligaciones me reclaman —farfulló, a modo de excusa.

—Por favor, prométame que me lo contará —insistí, un poco a la desesperada.

Lo había agarrado de la manga del jersey, que era de una lana basta y estoposa, como recién trasquilada. El padre Lucas me escrutó largamente, tratando de averiguar si detrás de aquella muestra de ansiedad había un convencimiento cierto:

—¿Estás seguro de que quieres saberlo?

Asentí, profusamente asentí. Ya no podía convivir por más tiempo con aquel secreto que me devoraba a dentelladas.

—Será mejor que te busques un hotelito por aquí cerca —me aconsejó en un tono admonitorio que intentaba ser también disuasorio—. Tenemos para largo.

—Lo buscaré, no se preocupe.

El padre Lucas soltó un bufido o un refunfuño; dirigió una mirada contrita hacia las feligresas que se repartían entre los bancos, como si quisiera hacerlas testigos de mi insensata cabezonería. Luego alzó el bastón, parecía que lo enarbolase contra mí:

—Allá tú. Hablaremos después de la misa.

Y se retiró a la sacristía, arrastrando los pies con una pesantez que no le había descubierto antes, balanceando el corpachón de espaldas fornidas y más encorvadas que durante el paseo que acabábamos de dar, como si sobre la carga natural de los años se amontonase la carga más abrumadora de los recuerdos antiguos que se disponía a convocar, ahora ya sin recelos ni reticencias. Hablamos, en efecto, después de la misa y durante más de una semana, sin más cesuras que las impuestas por sus obligaciones de cura jubilado, que eran más bien pocas y rutinarias, y por los achaques que lo afligían, que eran imprevistos y muchos más de los que a él le hubiese gustado reconocer. Hablamos a calzón quitado, como suele decirse, o más bien habló él, en soliloquios peripatéticos por el jardín de la residencia, cuando el frío de la mañana empenachaba su respiración, y también en soliloquios sedentarios, en su habitación despojada como una celda monástica, cuando el crepúsculo teñía su voz de herrumbre. Habló y habló, sin recatarse de introducir divagaciones y excursos, como un volcán que libera su lava antes de quedarse apagado para siempre, como si con su salmodia quisiera exorcizar el imperio de la oscuridad que ya se avecindaba a lo lejos y arañaba el cristal de la ventana en su habitación, llamándolo a su seno. Habló durante días, explayándose en mil detalles que quizá resultasen superfluos o redundantes, pero que yo desde luego no me molesté en abreviar, nunca más volvería a atajar sus remembranzas como había hecho, por impaciencia o descortesía, durante nuestro primer encuentro. Habló durante días, como si quisiera vaciarse de palabras, un enjambre de palabras brotando de la cornucopia de sus labios, pululando en nuestro derredor, al principio torpes y ciegas, pero pronto provistas de una organizada arquitectura, como si al hilo de la memoria un edificio se levantase ante nuestros ojos, un edificio con vistas a un pasado más inhóspito que halagüeño, también con sótanos de apariencia tenebrosa donde sin embargo germinaba pudorosamente una semilla de inquieta esperanza, el temblor de una alegría que no osa decir su nombre. Habló durante días, con voz que se iba desgastando a medida que se quedaba vacío de recuerdos, a medida que empujaba aquel continente de dolor que hasta entonces había permanecido incógnito, carretadas de dolor arrastradas por pedregales y ciénagas, a medida que aquel submarinismo de la memoria lo colocaba al borde de la asfixia. Habló durante días, como quien se empeña en la tarea inabarcable de inventariar el mundo, pero mientras hablaba el tiempo parecía suspenderse, la sangre parecía interrumpir su penoso discurrir por las venas y los planetas detener su trayectoria, como si el universo físico pendiese de su voz. Sólo la noche, cayendo como una mortaja de postración, conseguía callarlo durante unas horas, conseguía dejarlo afónico, pero después de la tregua su voz volvía a alzarse, renovada como el sol, para auscultar y contagiar con su calor los yacimientos de olvido que sepultaban la existencia de aquel padre prófugo y fantasmal de quien nada había sabido hasta entonces.

Su primera impresión, mientras se disipaban las brumas de la inconsciencia, antes incluso de que la punzada de dolor en la sien se hiciera nítida y persistente, fue de un tibio bienestar. Una impresión en cierto modo comparable a la que acompañaba su despertar de los domingos, cuando las sirenas de la fábrica Renault no estremecían el alba y podía quedarse en la cama hasta bien avanzada la mañana remoloneando entre las sábanas, como un cachorro que se despereza. Sintió la caricia voluptuosa del sol en los párpados, sintió la blandura muelle de la hierba que le servía de lecho; al extender un brazo, pudo comprobar que estaba cubierta de un rocío sutilísimo que se le quedaba prendido entre los dedos. Aspiró el aire bendecido de polen; para completar aquel cuadro bucólico, llegó a sus oídos el zumbido de las abejas, atareadas en su recolección de néctar. Mientras duró aquella ensoñación —apenas unos segundos—, llegó a creer que era el hombre más feliz de la Tierra, como seguramente lo fue Adán en el Paraíso, antes de probar el fruto prohibido; y a esa sensación de beatitud plena se sumaba, como en Adán, la certeza de saberse recién creado y por lo tanto indemne al pasado, liberado de recuerdos enojosos que ensombreciesen el puro disfrute del instante.

Entonces probó a moverse. Y al girar levemente la cabeza, todavía con los ojos cerrados, todavía poseído por aquella dulce somnolencia, se impuso la certeza de un dolor vivísimo que le taladraba la sien y parecía abrasarle el cerebro. Era, sin embargo, un dolor muy distinto de cualquier otro que hubiese sufrido antes: las contusiones y magulladuras, las heridas recientes, incluso las heridas ya cicatrizadas, son en cierto modo gritos de la carne que avivan y exacerban nuestros sentidos; pero aquel dolor, mucho más intenso y lacerante que los que hasta entonces había probado —las consabidas descalabraduras infantiles, las torceduras en reyertas o tumultos adolescentes, los dedos trizados entre los engranajes de la maquinaria, allá en la fábrica Renault—, se acompañaba sin embargo de una extraña torpeza nunca antes experimentada. Era como si el dolor, punzante como un berbiquí, fuese a la vez una gangrena que anestesiara sus facultades mentales y convirtiera su cerebro en una sustancia inerte. Probó a mover otra vez la cabeza, ahora con más prevención si cabe, y se repitió aquella impresión, acompañada de ese ramalazo de vértigo que nos sobresalta en sueños, cuando se nos figura que el suelo falta bajo nuestros pies. Se aferró con ambas manos a la hierba que le servía de lecho, clavó las uñas en la tierra húmeda para espantar aquella ilusión de caída en el vacío y abrió los ojos, cautelosa y tímidamente abrió los ojos.

Aquella sutilísima frescura que regaba la hierba no era rocío, sino sangre, una constelación de sangre que salpicaba el verdor, como si hubiera sido asperjada con un hisopo. A la luz de la mañana, las diminutas salpicaduras adquirían un brillo casi exultante, como si celebraran el gozo de haber sido derramadas. Jules —«me llamo Jules, Jules Tillon», ése fue su primer pensamiento, tan elemental como desesperado— pensó al principio que se trataba de su propia sangre, pero enseguida comprobó que la hemorragia ya casi restañada de su sien apenas había formado un pequeño charco sobre la hierba que le había servido de almohada, un charco de aspecto bituminoso que había empapado sus cabellos y se había refugiado entre las ternillas de la oreja, que le pareció de corcho cuando la palpó, como si se la acabasen de injertar mientras dormía. Un vago horror se sobrepuso a su perplejidad cuando descubrió que lo que había tomado por el bucólico zumbido de las abejas era en realidad el vuelo insistente de las moscas que merodean la carroña, que se aparean entre la carroña y dejan a su prole en herencia una carroña que las engorde. Se alzó como impulsado por un resorte, sacudiéndose la ropa frenéticamente, como si la tuviera infestada de gusanos; había sido un acto instintivo que tuvo que interrumpir cuando comprobó que apenas se tenía en pie, que la torpeza que un minuto antes atenazaba sus miembros embotaba también su sentido del equilibrio. Manoteó en busca de un punto de apoyo y lo encontró en una pared de pizarra sobre la que reclinó su espalda; descubrió entonces que aquella pared, algo derruida y alfombrada de musgo, era la tapia que cercaba un cementerio. Ante sus ojos se extendían los túmulos de una tierra feraz, abonada por los cadáveres que allí dentro se pudrían, coronados por cruces rústicas de madera; al fondo, apartados de las tumbas más plebeyas, se alineaban unos pocos sepulcros con lápidas de granito, y también un par de panteones que las familias más adineradas del lugar habrían ordenado erigir para proclamar su pertenencia a un estamento superior. Nada perturbaba el silencio del lugar, salvo el zumbido de las moscas. Jules no lograba espantar la idea de que aquella visión, matinal y fúnebre a un tiempo, perteneciese en realidad a un sueño del que aún no había logrado despertar del todo.

Le bastó seguir el vuelo de una de aquellas moscas para que esa impresión onírica se aderezara con sus ribetes de pesadilla. Muy cerca del lugar donde él mismo había permanecido tumbado, yacía el cadáver de un hombre que, además del boquete a la altura del pecho donde la mosca se había detenido a desovar, mostraba varios impactos de bala que habían desfigurado horriblemente su rostro; entre el estropicio de esquirlas de hueso y masa encefálica derramada, Jules creyó distinguir unas facciones enjutas y obstinadas, como de monje que un día decide hacerse soldado, en una muestra de suprema austeridad. Vestía una camisa remangada hasta más arriba de los codos, de una tela basta y pardusca que mitigaba el escándalo de la sangre, y llevaba un pañuelo anudado al cuello, un pañuelo que quizá hubiese sido rojo, pero que la mugre había oscurecido hasta tornar casi cárdeno; una brisa ratonera lo hacía tremolar como si fuera un crespón. Entre ambos había una extraña arma, que sustituía la habitual culata de madera por una armazón metálica; con un gesto casi reflejo, Jules se la colgó en bandolera y la empuñó con aplomo en previsión de un ataque. Aunque no sabía quién era su enemigo, aunque nunca había probado a disparar un arma, percibía de un modo casi animal la proximidad del peligro.

De un modo casi animal, así funcionaba su inteligencia, atrapada en las telarañas del dolor y el desconcierto. No sabía dónde estaba (aunque, desde luego, sí sabía que se hallaba en un cementerio), no sabía cómo había llegado hasta allí, ignoraba quién podría ser aquel hombre de facciones enjutas y obstinadas que había corrido peor suerte que él. Intentó recordar el día anterior; se topó entonces con un infinito páramo devastado, una extensión sin contornos ni horizontes. Pero este inútil esfuerzo retrospectivo le devolvió la noción de memoria, la certeza de que en otro tiempo pasado —no lograba determinar cuándo— ese páramo sin accidentes, esa especie de atonía mental, había estado habitada de circunstancias distintivas que había dejado de recordar. En otro tiempo había tenido memoria; y la pérdida consciente de esa facultad le contagió una tristeza tan vasta —tan indeterminada, en realidad— como la porción de tiempo que se había desvanecido de su memoria. Antes de echarse a andar (no lograba sustraerse a la sospecha de que estaba huyendo, sin saber de quién), volvió a escrutar el rostro despedazado de aquel hombre, tal vez su camarada o tal vez un absoluto desconocido, que congregaba en su derredor un enjambre de moscas; con soliviantada lástima, concluyó que le resultaba imposible reconocerlo. En cambio, reconocía (era un magro consuelo) que las moscas eran moscas, que merodeaban la carroña, que la sembraban con sus huevos; también reconoció como golondrinas aquellas criaturas aladas que surcaban el aire como saetas disparadas por la ballesta de Dios, y reconoció que los cementerios son el lugar donde los hombres entierran a sus muertos. Al descubrir que, al menos, podía dar nombre a las cosas, y hasta determinar la relación que guardaban entre sí, se dejó poseer por una momentánea alegría; pero tal alegría se desvaneció al constatar, una vez más, que no podía determinar cómo encajaba él entre todas.

Empezó a caminar, con la torpeza de un resucitado; a cada paso, un vahído amenazaba con arrebatarle el sentido. La realidad circundante giraba en su derredor, como si estuviese montado en un carrusel; las cruces de los túmulos formaban de repente un ejército de lanzas enhiestas que hostigaban su avance. Le pareció como si su cerebro pegase bandazos dentro de las paredes craneales, como la mercancía mal estibada en el interior de la bodega de un barco cuando arrecia la marejada, como una nuez podre en el interior de su cáscara cuando la sacudimos. Al pasar ante el cadáver del hombre entregado a la pitanza de las moscas no se atrevió a bajar la mirada, no tanto para evitar el repeluzno de toparse con unos ojos minerales, velados por la definitiva sombra, como por temor a perder el precario equilibrio que lo sostenía en pie. Jules se dirigió hacia la puerta del cementerio, siempre con una mano apoyada en la tapia pizarrosa, aprendiendo a distinguir sus anfractuosidades como un ciego que prueba a memorizar mediante el tacto los lugares por los que pasa. El camino que conducía hacia el cementerio descendía en suave declive hasta el pueblo (¿qué pueblo?), escoltado por dos ringleras de árboles esbeltos cuyas copas entrelazadas formaban una cúpula de verdor. Junto al portón del cementerio, había aparcado un Renault sedán negro, con los guardabarros indecorosos, demasiado indecorosos para lo que aconseja la pulcritud de un coche funerario; Jules no hubiese podido asegurar si en verdad se trataba de un coche funerario, en cambio pudo establecer de un solo vistazo que procedía de la fábrica de Billancourt, quizá él mismo hubiese participado en su montaje. Unos metros más allá, recostada sobre el tronco de un árbol, distinguió una motocicleta todavía más baqueteada y condecorada de barro que pedía a gritos la extremaunción. Dejó atrás ambos vehículos sin molestarse siquiera en probar si podría conducirlos; el mero acto de sostener entre las manos un volante o un manillar se le antojaba ímprobo; y el de manejarlos, directamente sobrehumano.

Así que siguió caminando, dejándose llevar por la pendiente del camino. Un sol ufano resplandecía en el cielo; pero sus rayos apenas lograban filtrarse entre la fronda de los árboles que escoltaban el descenso. Sólo unas monedas de luz acertaban a derramarse sobre el camino; y cada vez que caían sobre el rostro del trastabillante Jules, obligándolo a parpadear, multiplicaban su extravío. Para mitigar aquella penosa sensación de inestabilidad, se llevó una mano a la sien lastimada; enseguida tuvo que retirarla, pues nada más rozar la brecha en el hueso sintió como si una aguja candente le perforara las meninges, inoculándole una suerte de hormiguillo abrasivo que se extendía hasta el último rincón de su organismo, ofuscando su visión, poblando sus tímpanos de un zumbido mucho más bronco y horrísono que el de las moscas, extendiendo a sus articulaciones un tembleque que no podía dominar. Se tuvo que detener, acuciado por una náusea; sin tiempo para inclinarse (pero prefería no hacerlo, en cualquier caso, para evitar el desmayo), una sustancia biliosa le trepó a la garganta, desbordó sus labios, se deslizó sobre su barbilla, pringándole con su viscosidad la camisa. Una vez repuesto, se dejó llevar de nuevo por la inercia del descenso; detrás de los árboles atisbó casas de paredes encaladas y tejados de pizarra, plazoletas donde se esponjaba el sol, una iglesia más bien chaparra, con sus campanas de bronce mudo y sus soportales en los que extrañamente no se refugiaban los viejos del lugar, huyendo del calor del mediodía. A Jules le sorprendió que no llegase hasta sus oídos ningún rastro de vida, ni siquiera el ladrido desconsolado de un perro, como si el pueblo hubiese sido evacuado ante la amenaza de una peste; esta apariencia de desolación, todavía más amedrentadora por exponerse a la plena luz del día, reavivó su sospecha nunca descartada de estar habitando un sueño, atrapado en su telaraña. Pero se trataba, desde luego, de un sueño mucho más elaborado que cualquier otro que hubiese incubado hasta entonces: sobre el silencio expoliado del pueblo, le llegaba la algarabía de los pájaros que se congregaban en la fronda, curiosos quizá de que un individuo de andares indecisos y zigzagueantes osara infringir la cuarentena decretada en el lugar.

A medida que dejaba atrás el pueblo, las construcciones de paredes encaladas fueron sustituidas por otras de aspecto más descuidado, serrerías en cuyo patio se apilaban los troncos (Jules se congratuló de percibir el olor característico de la madera recién cortada, todavía rezumante de savia) y talabarterías que pregonaban el olor acre y belicoso del cuero curtido (ni siquiera este olor lo desagradó, pues le certificó que sus sentidos, aunque averiados, seguían funcionando). Luego, por fin, el pueblo cedía paso a la campiña y el camino que Jules recorría se adelgazaba hasta convertirse en vereda, que acompañaba el curso de un riachuelo, quizá revoltoso cuando las aguas del deshielo hinchasen su cauce, pero para aquella época del año, que era la del estiaje (aunque Jules había perdido conciencia del tiempo distinguía por los signos de la naturaleza que el verano imponía su dictadura), había disminuido hasta convertirse en un hilo tenue que caracoleaba entre las piedras del lecho y tejía meandros bajo los salientes de la ribera. Distinguió al fondo un prado que el calor no había logrado agostar, una de esas campas donde los mozos y mozas de los pueblos se suelen juntar para revivir los antiguos juegos paganos (pero no había rastro de mozos y mozas) y, más allá aún, un lago que no supo discernir si abastecía de agua al riachuelo o, por el contrario, era su desembocadura. La urgencia de la sed lo hizo temerario; empezó a correr, decidido a hundir la cabeza en aquel lago que quizá con su frescor lograría borrar una pesadilla demasiado pertinaz. Unas malezas altas como arbustos entorpecían el acceso a la orilla; cuando las apartó, contempló una escena mitad idílica, mitad siniestra, que le confirmó que estaba soñando.

Una muchacha de apenas dieciocho años cantaba en una lengua extranjera una canción a un tiempo desgarrada y exultante. Le pareció hermosa como una náyade, como a Acteón debió de parecerle hermosa Diana cuando la sorprendió en su baño (aunque, desde luego, Jules ignoraba el episodio mitológico y desconocía quiénes pudieran ser las náyades); hermosa de un modo agreste, inquieto, incluso levantisco. Se había adentrado en el lago hasta la cintura, y aunque cubría su desnudez con una especie de camisón o vestido holgado, el agua le había adherido la tela al cuerpo, resaltando unos senos breves, también levantiscos, y unos pezones oscuros como medallas de bronce. Mientras cantaba frotaba con una escoba el lomo enjabonado y rugoso de un elefante; Jules nunca había visto un elefante (o, más precisamente, no recordaba haberlo visto), pero sabía lo que era por las láminas de algún libro escolar y lo había fijado nítidamente en su imaginación. El elefante le volvía la grupa y hundía la trompa en el lago, antes de extraerla con un balanceo parsimonioso y enarbolarla y expulsar un chorro de agua a presión sobre el lomo que la muchacha le estaba enjabonando (y se notaba, por sus resoplidos gustosos, que aquellas abluciones lo reconfortaban e incluso halagaban, o tal vez lo reconfortase y halagase que fuera una muchacha tan hermosa quien lo asistiera en sus higienes). La atmósfera polinizada y los vislumbres del sol espejeando sobre el agua del lago contribuían a aureolar la estampa de una textura onírica. Aunque la visión de tan insólito lavatorio actuase sobre Jules como un sortilegio, despertando pasiones extrañas y perturbadoras, pudo sobre él la pujante impresión de irrealidad, y también la emergencia del miedo, que lo obligó a retroceder, enredándose entre los juncos. La muchacha reparó entonces en su presencia: la canción se quedó estrangulada por un gesto de estupor, y en sus facciones traviesas se agolpó una mueca de alarma cuando descubrió que el intruso sostenía un arma entre las manos. El elefante, al detectar que la muchacha estaba amenazada por algún peligro, desplegó las orejas como mantas y se giró con una suerte de ágil pesantez y empezó a remar con sus colmillos en el agua, levantando un torbellino de espumas, antes de elevar su trompa al aire y lanzar un barrito que hubiese derruido las murallas de Jericó y que, desde luego, bastó para derribar a Jules. Nunca en su vida había estado tan asustado; o, más precisamente, no recordaba haberlo estado.

—Tranquilo, *Nazareno*, es un amigo —dijo la muchacha, en aquella lengua que Jules acertaba a comprender, aunque fuese más áspera que la francesa.

Acarició al elefante detrás de las orejas, devolviéndole el sosiego. Empezó a caminar hacia la orilla; aunque el miedo aún no se le había disipado, Jules reparó en que también la mancha negra del pubis se le acusaba debajo del camisón mojado.

—¿Dónde has dejado a los tuyos? —lo inquirió ahora la muchacha, en un francés casi irreprochable que, sin embargo, empleaba el tuteo con un desparpajo no del todo francés—. ¿Todavía hay boches por aquí?

Aunque había captado el matiz peyorativo de la palabra, no lograba entender qué pintaban los alemanes en aquel enredo (mucho menos entendía qué pintaba un elefante). Recordó, de repente, que algunos veteranos de la fábrica Renault gustaban de contar, en la refacción de media mañana, lances de una antigua guerra que Francia había librado con los alemanes, antes de que él naciera; por un instante, consideró seriamente, con sobrecogida incredulidad, la posibilidad de haber sido trasladado en el tiempo hasta una época remota. La muchacha ya se agachaba para asistirlo, mientras el elefante se sacudía el agua del baño, rociándolos a ambos con una llovizna que refrescó y aquietó un tanto a Jules.

—Me llamo Lucía —se presentó la muchacha, mientras se inclinaba para explorar su herida en la sien—. Trabajo en el circo de mi padre.

Y señaló hacia el prado que se extendía al otro lado del lago. Jules distinguió a un grupo de gentes vestidas con ese desaliño abigarrado que caracteriza a los cíngaros; habían extendido viandas y manteles sobre la hierba, improvisando una jira, y mientras comían y bebían se entregaban a la bulla y el regocijo. Detrás de ellos, se alineaban los vehículos de su caravana, furgones de remolque atestado y carromatos con fieras que también disfrutaban del banquete.

—¿Dónde estoy? —preguntó Jules. Eran las primeras palabras

que brotaban de su boca desde que despertara en el cementerio, y apenas pudo reconocer su voz.

—El pueblo que has dejado atrás se llama Roissy-en-Brie —respondió Lucía, que ya había descubierto la herida en la sien de Jules y había fruncido el ceño, preocupada por su aspecto—. Estamos a menos de treinta kilómetros de París.

—¿Y qué hago aquí? —insistió Jules, a quien la precisión geográfica no parecía ayudar demasiado.

—Eso me lo tendrás que explicar tú, cuando te hayas repuesto. —Su preocupación se tiñó de un vago horror cuando distinguió, bajo la costra reseca de sangre, una sustancia palpitante que quizá fuera el córtex cerebral—. Imagino que matar boches.

Lucía había reconocido la metralleta Sten que Jules llevaba colgada en bandolera, el arma que los británicos habían repartido entre los combatientes de la Resistencia. Tenía el cargador casi vacío.

—Luego entonces... —farfulló Jules, sobrepasado por los acontecimientos— ¿estamos en guerra?

La realidad circundante se había vuelto a montar en un carrusel, ahora más acelerado y confundidor. Sólo el rostro de Lucía, antes travieso y ahora mucho más grave, se mantenía quieto en medio de aquella danza mareante, envuelto en ese halo que irradian los seres angélicos. Jules recordó entonces una enseñanza del catecismo a la que nunca, ni siquiera en la infancia candorosa, había concedido demasiada credibilidad: Dios asigna a cada hombre un ángel custodio que vela por su salud.

—Eres un ángel, ¿verdad? —preguntó, en un susurro que era casi una despedida del mundo consciente.

—Será mejor que vayamos al campamento. Allí podrán curarte.

Lucía se echó su brazo por encima de los hombros, para ayudarlo a incorporarse. El gesto avergonzó a Jules, pero también le resultó agradable, tan agradable que se dejó deslizar voluptuosamente por el tobogán del desmayo. Su cuerpo inerte era una carga demasiado gravosa para Lucía, que reclamó auxilio:

—¡André! ¡Padre! Venid, necesito ayuda.

El elefante fue el primero en acudir a la petición de auxilio; envolvió con su trompa al desvanecido Jules y amortiguó su caída. Al poco, llegaron los interpelados, a quienes secundaron otros miembros de la *troupe*, que hicieron corro ante el desconocido. André había sido el más presto de todos; era un treintañero atezado y membrudo que gustaba de evidenciar ambas circunstancias pavoneándose en camiseta de tirantes. Aunque habría que especificar que tal alarde no respondía tanto a una vocación exhibicionista, sino más bien a un afán por ocultar su verdadera identidad: André Blumenfeld (que ese era su apellido, aunque nadie lo hubiese pronunciado en los últimos años) ejercía pacíficamente la cirugía en Marsella, hasta que la ferocidad antisemita del régimen de Vichy lo obligara, antes de que comenzasen las redadas y deportaciones de judíos, a organizar su fuga a través de los Pirineos. Entonces tuvo noticia de la existencia de un circo trashumante, regentado por un exiliado español, Fidel Estrada, en realidad una tapadera financiada por los servicios secretos británicos, que tenía encomendada la misión de recoger a los perseguidos por el régimen nazi y conducirlos hasta las estribaciones de los Pirineos, donde los aguardaban *passeurs* que por trochas y despeñaderos los introducían en Andorra o en alguna localidad fronteriza española —Seo de Urgel, Ripoll, Massanet de Cabrenys—, desde donde podían organizar su huida a territorio aliado, previa escala en Gibraltar. André Blumenfeld había reunido ahorros suficientes para emprender tan arriesgado y costoso periplo, pero se había enamorado obcecadamente de Lucía, la hija única del viudo Fidel Estrada, quien sin acabar de corresponder plenamente a sus solicitudes terminó aceptándolas, quizá más por una especie de afabilidad compasiva que por convencimiento. Blumenfeld decidió entonces, en un rapto de temeridad, quedarse en el circo de Estrada, que accedió a regañadientes a cambio de que aprendiera algún oficio circense y lo desempeñara con la presteza que se presume en alguien que lo hubiese mamado desde la cuna, para no levantar sospechas. De aquello hacía apenas algo más de dos años; André Blumenfeld, a la sazón un tipo más bien enclenque, blanqueado por la luz fluorescente de los quirófanos y reblandecido por una existencia burguesa, pensó que su habilidad innata en el manejo del instrumental quirúrgico podría transformarse, con dedicación gimnástica y un adiestramiento que supervisó el propio Estrada, en disposición para las volatinerías y los juegos malabares.

—Apareció de repente entre los juncos —le explicó Lucía—.

77

Tiene una herida con muy mala pinta en la cabeza y delira como si tuviese fiebre. Ni siquiera sabía dónde estaba.

André dirigió una mirada desaprobatoria a Lucía, a quien no parecía preocuparle demasiado que sus formas se acusaran bajo el camisón mojado. Si había algo a lo que André no había logrado habituarse después de dos años de vida a salto de mata era, precisamente, esa impudicia —a veces aderezada con sus ribetes de jovial promiscuidad— que cultivaban las gentes de circo. André no se tenía por puritano ni gazmoño, pero no soportaba que la vitalidad de Lucía, tan pujante y tentadora, se expresase con un desparpajo que él juzgaba indecoroso. A veces, cuando sacrificaba su virilidad por respeto a Lucía (y también por no contrariar a Estrada, que le había pedido que tratara de reprimir sus apetitos), se preguntaba si su continencia no sería un derroche sin objeto. Formuló una sonrisa sarcástica:

—Tal vez la fiebre le sube al verte.

Lucía interpretó aquel comentario, en apariencia halagador, como una agria censura, y enmudeció. Acababa de sumarse al corro su padre, Fidel Estrada, que ya casi no podía desenvolverse sin lazarillo; la diabetes que padecía desde años atrás, a falta de un tratamiento adecuado, había acabado estragando su vista. Aunque todavía lograba completar sus números de prestidigitación, lo hacía más bien de memoria, como quien ejecuta una ceremonia archisabida; también de memoria se afeitaba, pero como los años mudan los rasgos se trataba de una memoria defectuosa, y solía hacerse cortes allá donde la piel lo sorprendía con arrugas imprevistas. Fidel Estrada no había cumplido aún los sesenta; pero la barba entrecana de varios días, las mejillas hundidas y los ojos acuosos y como afligidos en su progresiva despedida de la luz le transmitían un aire decrépito.

—¿Se sabe quién es? —preguntó, sin dirigirse a nadie exactamente.

La figura blanca de su hija, a quien la ceguera iba tornando etérea (o angélica, como había pensado Jules), le permitió enfocar su curiosidad, pues si había algo que lo humillaba y afligía, una vez aceptada la irrevocable difuminación del mundo, era delatar su desvalimiento ante sus interlocutores.

—Un combatiente de la Resistencia —respondió Lucía—. Puede que haya boches por la zona.

—Y puede que no sea un combatiente —la atajó André, a quien no se le había escapado el indisimulado afecto que Lucía demostraba por el desconocido—. No entiendo por qué estás tan segura.

—Lleva una metralleta Sten, padre —dijo ella, buscando una connivencia que le aliviase el disgusto que la desconfianza de André le provocaba.

Fidel Estrada asintió apreciativamente. Preguntó:

—¿Habéis mirado si lleva algún documento de identidad?

André le palpó la camisa y le hurgó en los bolsillos del pantalón, antes de denegar con la cabeza. Jules se dejaba zamarrear sin inmutar su desmayo. André reparó en las callosidades de sus manos, propias de un obrero manual, y en la nobleza de sus facciones, en las que aún no se resguardaba la astucia, facciones angulosas, pugnaces, desbordantes de una como ingenua generosidad, empalidecidas por la hemorragia, pertenecientes a un joven con poco más de veinte años. Antes de que el aguijón de los celos volviera a enviscarlo, André examinó su herida: estaba hinchada y pulposa, y empezaba a supurar una sustancia amarillenta. Bajo la costra de sangre reseca, vislumbró el cuero cabelludo literalmente desollado, el hueso temporal astillado y, allá al fondo, el lóbulo cerebral asomando sus circunvoluciones a través de la grieta. Emitió un silbido.

—¿Tan grave es? —inquirió Lucía.

—Me temo que sí —dijo André, que procuraba revestir su voz de inflexiones calmosas, recuperando al cirujano que en un día fue—. Como para quedarse lelo toda la vida. Si no se muere antes de la septicemia, claro.

Lucía acariciaba la trompa de *Nazareno*, o más bien la había asido para evitar derrumbarse.

—Tú podrías evitarlo.

—¿Cómo? No tengo instrumental adecuado. Y el cerebro no es un órgano cualquiera, no basta con meter el bisturí y suturar. —Se había exaltado un tanto, le fastidiaba declararse incapaz de afrontar una operación para la que quizá le faltase maña—. Le han disparado a quemarropa casi, puede que el hipocampo esté afectado.

—Pero la bala sólo lo ha rozado —insistió Lucía.

—Un mero roce, que en cualquier otra parte del cuerpo dejaría una herida sin importancia, en el cerebro puede significar la muerte

—se defendió André—. Aunque te parezca increíble, sabemos menos del cerebro que del planeta Marte. Además, no puedo meterme a operar sin anestésicos, no puedo...

—Sí puedes.

La tozudez de Lucía tenía para André una significación más precisa y mortificadora que para el resto de circunstantes. Aunque de manera tácita, sabía que lo estaba retando: «Si me amas, puedes»; y en ese reto se incluía una amenaza, o al menos un chantaje sentimental. André buscó la comprensión de Estrada:

—Podría hacer una faena de aliño, en todo caso. Y al fin y a la postre, ¿para qué? Tal vez se me quede entre las manos, tal vez lo deje tarado para los restos. —Hablaba sin eufemismos, para subrayar la dificultad de la intervención—. Y eso por no mencionar la posibilidad de que una patrulla alemana en retirada nos pare en el camino y descubra que cobijamos a un miembro de la Resistencia. Nos pasarían por las armas. Fidel, usted nos ha inculcado que, ante todo, no debemos levantar sospechas.

Estrada se quedó rumiando las admoniciones de André, con gesto inexpresivo que su ceguera hacía inescrutable. Aunque partidario de la democracia, dejaba siempre claro a los integrantes de su *troupe* que las decisiones que afectaban a la intendencia del circo y a la seguridad de su clandestina misión las acordaba él; no admitía apelaciones ni protestas, tampoco intentos de inclinar su ánimo hacia la inclemencia o la magnanimidad. Como De Gaulle, no soportaba que su autoridad fuese discutida.

—La radio inglesa asegura que las divisiones alemanas quedaron destruidas —dijo Estrada con voz de oráculo—. En un par de días Leclerc entrará en París. Esas ratas ya sólo luchan a la desesperada para salvar el pellejo.

El elefante *Nazareno* expresó su conformidad con un resoplido. André le estaba tomando el pulso a Jules, su pulso exangüe que aún se resistía a claudicar.

—Usted lo ha dicho, Fidel: a la desesperada. Y en su repliegue no vacilan en disparar contra todo lo que se mueve. Como las poblaciones las encuentran desiertas a su paso, se desfogan con el primero que pillan. Si nos sorprenden encubriendo a un miembro de la Resistencia...

—Quizá se enfaden tanto como si supieran que acogemos judíos —lo cortó sin contemplaciones Estrada—. Evitaremos las poblaciones donde aún se libren escaramuzas y elegiremos siempre las carreteras menos transitadas, como hasta ahora. Llegaremos a París a tiempo de ver su liberación y ese muchacho nos acompañará. No se hable más.

André había encajado la pulla de Estrada con resignada rabia; a su veredicto —que había colmado a Lucía de una maligna felicidad— no se atrevió a oponer el más mínimo reparo, sino que, por el contrario, solicitó a uno de los miembros de la *troupe* que lo ayudara a cargar con el cuerpo de Jules hasta su caravana, donde tal vez podría improvisar un quirófano de campaña, ayudado de su escaso instrumental quirúrgico y su aún más escasa provisión de antisépticos. Las reticencias que hasta entonces había mostrado se disolvieron cuando comprobó la reacción unánime de alborozo, casi un rugido de alegría, que se propagó entre las gentes del circo. Eran todos, de un modo u otro, parias que habían encontrado en el vagabundeo y la bohemia una forma de camaradería, también de redención; casi todos escondían, en algún pasaje de su biografía, episodios turbios que habían provocado su expulsión de la sociedad: crímenes pasionales, desavenencias familiares, proscripciones y destierros, un catálogo de calamidades y penurias que los hermanaba en la desdicha. Estrada los había recolectado al principio en tugurios inmundos, en teatruchos ínfimos, en pensiones tenebrosas y malolientes, en la mera calle, donde ejecutaban sus números menesterosos, apelando a la caridad de los transeúntes. Poco a poco, a medida que se difundía la fama del circo, los postulantes acudían a Estrada con su hato de ilusiones maltrechas y hambrunas mal digeridas; algunos llegaban acompañados de una prole legañosa que la ley no reconocía, porque era hija del amancebamiento, o de los sucesivos amancebamientos que habían jalonado su existencia nómada. A todos les fue encontrando Estrada acomodo, guiado por una especie de sexto sentido que le permitía detectar dormidas virtudes bajo los ceños excavados por la adversidad, bajo las pieles tatuadas por humillaciones sin cuento. Quizá porque él también había padecido la humillación y la adversidad, sabía que esta escuela constituye el último reducto donde aún aflora la decencia de la raza humana; también sabía que el orgullo pisoteado era el mejor acicate de la regeneración. Y así, con un puñado de hombres y mujeres condenados al ostracismo por depravados o maleantes, Estrada había logrado cuajar una hermandad de payasos y acróbatas y amazonas y domadores, un ejército de artistas del hambre unidos por la veneración a su patrón; había logrado, sobre todo, rescatar en ellos una serie de pasiones elementales —la ruda bondad, la audacia de quienes nada tienen y nada pierden, cierta disposición generosa para el sacrificio y la abnegación— que las circunstancias inhóspitas de su anterior vida habían sepultado bajo paletadas de vileza y mezquindad. Aquellas gentes respondían a la confianza gratuita que Estrada había depositado en ellas del único modo que sabían hacerlo, con una lealtad canina y siempre dispuesta. Desde que las tropas aliadas hubiesen desembarcado en Normandía, infligiendo derrota tras derrota a los invasores, esa lealtad, mantenida en las tesituras más angustiosas, se desbordaba de expectación y júbilos presentidos. La aparición de Jules, rescatado casi de las aguas como Moisés, la interpretaban como un augurio dichoso, premonitorio de la tierra prometida.

—Está bien, está bien, abrid paso —repetía André, mientras cargaba el cuerpo exánime de Jules hasta su caravana, tratando en vano de contener las expansiones de ánimo—. Al final conseguiréis que nos caigamos.

En su labor porteadora lo asistía Laurent, un alsaciano con cejas como toldos y bigotazo de villano de cine mudo; estas abundancias pilosas, que se extendían al pecho, añadidas a unos brazos que parecían esculpidos en granito (los había ejercitado picando piedra en algún presidio de las colonias), lo convertían en el perfecto sansón de circo en cuanto se enfundaba una pelliza de piel de leopardo. Con su gorra visera y sus pantalones de pana ceñidos con un cabo de soga, esta impresión intimidante se desvanecía; como casi todos los forzudos profesionales, Laurent escondía un alma de cántaro. Subieron la escalerilla de la caravana cuidando de no zarandear a Jules.

—Lucía, cambia las sábanas de la cama —solicitó André, a quien la recuperación de su antiguo oficio infundía insospechadas dotes de mando.

La caravana de André, recalentada por el sol de agosto, almacenaba un aire cautivo y angosto, casi anfibio. El desorden de lozas desportilladas y calzoncillos sucios pregonaba que su inquilino era un hombre soltero. Lucía apartó de un tirón las sábanas que todavía escondían un rescoldo de somnolencia resudada y las sustituyó por otras que aguardaban el recambio en una alacena, procurando no distraerse en descifrar la constelación de manchas que historiaban el colchón. André y el alsaciano Laurent depositaron al herido sobre la sábana que Lucía aún no había tenido tiempo de alisar. La palidez casi mortuoria de Jules, que el cuajarón de sangre en la sien resaltaba por contraste, no lograba oscurecer su hermosura de doncel durmiente, un poco inmadura todavía, pero ya aguerrida y sombreada de barba.

—Por favor, di que me hiervan una olla de agua —pidió André, a quien no pasaban inadvertidas las miradas devotas que Lucía dirigía a Jules, mucho más devotas que las que a él jamás le hubiese dedicado—. Y te rogaría que te quedes fuera, no será un espectáculo muy agradable.

Había en sus palabras una petición de piedad, como si más que ahorrarle las truculencias de la operación deseara mantenerla alejada de aquel hombre. André había abierto su maletín quirúrgico; los escalpelos y bisturíes tenían un no sé qué de panoplia carnívora. También hizo un gurruño con un pañuelo, para utilizarlo como mordaza, evitando que Jules se mordiera la lengua.

—Vamos, a qué esperas. Laurent hará las veces de enfermero —la conminó André.

El alsaciano asintió pesaroso, un poco intimidado de la responsabilidad que acababa de adjudicarle. Por un segundo, Lucía temió que si dejaba solo a André lo acometiese la tentación de dejar morir al herido, pero enseguida se avergonzó de haber concebido esta monstruosidad. André alineaba sobre la sábana los instrumentos que se disponía a utilizar, después de desinfectarlos con un paño empapado en alcohol, como el soldado alinea las piezas de su fusil, después de engrasarlas. Lucía salió de la caravana mordiéndose las lágrimas, atropelladamente, y transmitió al corro de curiosos que se congregaban en derredor las instrucciones que acababa de darle André. Se organizó un revuelo propio de zafarrancho, del que Lucía no quiso participar; en su lugar, se acercó mohína a la orilla del lago y empezó a arrojar guijarros al agua, lanzándolos en un vuelo rasante que los hacía rebotar varias veces sobre su superficie y salir disparados como vencejos que abrevan al vuelo. Un juego propio de chiquillos morugos.

—Vaya, ese muchacho te ha hecho tilín, ¿eh?

Su padre se acercaba tanteando con el bastón los salientes de la orilla. Había guasa en su voz, una guasa suave y festiva a la que quizá Lucía replicó con una hosquedad desproporcionada:

—Pues como a ti, entonces. Tú fuiste el que ordenaste que lo recogieran.

—Llevo mucho tiempo aguardando esto —dijo Estrada—. Y quiero que todos los que me rodean puedan compartir mi alegría.

Se le notaba esa alegría no sólo en la inflexión de la voz: el brillo de la mirada, que se le había ido apagando a medida que se quedaba ciego, había vuelto a asomar, como un azogue que remueve los escombros de la noche. Quizá fuese un brillo ilusorio, como el de las estrellas muertas que aún vemos titilar cuando ya se ha decretado su extinción, pero en su supervivencia había un residuo de voluntad invicta, ese rapto de optimismo que acomete a algunos moribundos, cuando ya a punto de expirar se levantan de la cama e, incendiados de alucinaciones, se entregan a un ajetreo extenuador. También se le notaba dicha alegría en la renovada elasticidad de sus movimientos, que se habían tornado medrosos y agarrotados cuando los contornos del mundo se empezaron a desdibujar y que de repente se volvían gráciles, como demostró al ponerse en cuclillas junto al lago, mientras con el bastón vareaba el agua. Lucía lanzó un último guijarro y se sentó a su lado, reclinándose en su regazo; era el mismo gesto que había repetido en mil ocasiones, desde que seis años atrás iniciaran un éxodo que los había arrojado miserablemente de tierra en tierra, de una en otra gente, cerrando a su quietud siempre el camino. En aquellas ocasiones en que se sentía desfallecer, cuando no se veía con fuerzas para resistir las adversidades del tiempo que le había tocado en suerte vivir, Lucía se refugiaba en el regazo paterno y entonces se amortiguaba el estruendo de las bombas, se aquietaba el llanto que amenazaba con dejarla seca y se sentía dueña anónima del mundo, como si las vicisitudes más amargas no tuviesen poder sobre ella, mientras su padre le borraba el rastro salado de las lágrimas en sus mejillas, mientras le atusaba y acariciaba el cabello con manos que expulsaban los demonios. Permanecieron así, en silencio, durante casi un par de horas, mientras hasta sus oídos llegaban, procedentes del carromato de André, los gritos del herido, a quien paradójicamente el dolor había devuelto la consciencia. Eran gritos sofocados por la mordaza que le habían metido en la boca, acompañados seguramente de forcejeos y corcovos que el forzudo Laurent se encargaría de reprimir; poco a poco, sin embargo, a medida que Lucía se iba sintiendo más invulnerable en el regazo de su padre, los gritos se fueron pacificando, hasta hacerse primero gruñidos sordos y luego resoplidos, cada vez más débiles y aquietados.

—Saldrá de ésta, ya lo verás —dijo Estrada—. Y llegaremos a París con tiempo de presenciar la entrada de los liberadores.

—Por fin vas a conocer a tu héroe, después de escucharlo tantas veces en la radio. ¿Será tan alto como cuentan?

Desde aquel lejano 18 de junio de 1940, cuando De Gaulle lanzase su ardoroso llamamiento a la resistencia desde los micrófonos de la BBC, Fidel Estrada había mantenido viva la llama de la esperanza gracias a los mensajes radiofónicos de aquel general que hablaba con una retórica que merecía ser esculpida en el mármol, una retórica que sobrevolaba los páramos de la derrota para ensartarse en un horizonte de luz que ni los augures más optimistas vislumbraban. Era una retórica aprendida en la lectura de los clásicos grecolatinos que apelaba a una Francia eterna, todavía erguida en el tabernáculo de los corazones, mientras la Francia de los generales tibios y los lacayos de paisano se ponía de rodillas ante el invasor. Fidel Estrada sentía crecer dentro del pecho una marea de pasiones que creía dormidas cuando aquella voz triunfaba sobre las interferencias, perforando los cementerios de la noche. Las alocuciones del general De Gaulle habían sido su viático durante cuatro largos años de incertidumbre, el ensalmo que exorcizaba las flaquezas y las tentaciones de desistimiento.

—Alto como una cigüeña y hecho un pincel, con el quepis bien calado y la guerrera ceñida a la cintura, ya lo verás.

—Que se te cae la baba —dijo Lucía, haciéndole una mamola—. Ni que estuvieras enamorado de él.

Estrada sacudió la cabeza, un poco avergonzado de sus efusiones.

—Manda cojones, quién me iba a decir que mi ídolo sería un general católico y de derechas.

—A lo mejor es que tú también habrías sido católico y de derechas, si te hubiesen dejado serlo. A lo mejor quienes se proclamaron católicos y de derechas en España tenían menos derecho a hacerlo que tú.

Estrada se revolvió con fingida furia; entre ellos eran habituales estos juegos.

—¿De derechas tu padre? Mira que eres picona. —Trató de buscarle las cosquillas; pero Lucía se escabulló, con un esguince travieso—. ¡Te voy a poner el culo como un tomate!

Le gustaba figurarse que Lucía era aún una niña, y hablarle como a una niña, y cubrirle el rostro de besos como a una niña, que es lo que a todos los padres les gusta hacer con sus hijas, aunque hayan dejado la niñez entre las azucenas olvidada. En realidad, Estrada nunca se había sentido cómodo en ninguna ideología, quizá porque había contemplado con ojos primero atónitos y después asqueados los desmanes que las ideologías alientan, amparan y justifican. Había militado contra Franco, por aversión a esa cruzada amasada en sangre que dejaba muertos en las cunetas y en los desmontes; pero también había visto en Madrid a las hordas descontroladas asaltar conventos y arrojar a los frailes por las ventanas, para que se destriparan sobre los adoquines. Había presenciado la impávida barbarie de los gerifaltes nazis, las redadas de judíos y el fusilamiento a mansalva de rehenes civiles y la extensión de un régimen policial sostenido sobre la tortura y la delación; pero también la pasividad cómplice de los comunistas, hasta que Hitler abrió el frente oriental. Entre el fragor de tanta sangre, la voz encendida del general De Gaulle había sido su guía; y el amor acendrado a Lucía, su refugio. Acabaron ambos enzarzados en una pelea de mentirijillas sobre la hierba: quizá ya ninguno de los dos tuviese edad para estas cucamonas, pero a ambos parecía importarles poco.

—Cuánto hemos pasado juntos —dijo Estrada, oprimido por un sentimiento que no era exactamente de nostalgia, sino quizá de pura perplejidad—. Todavía me parece que te estoy viendo cuando cruzamos los Pirineos, sobre mis hombros, o de la mano de tu madre.

El recuerdo de la mujer que no pudo culminar con ellos el paso por la frontera y se quedó enterrada bajo la nieve se derrumbó sobre ellos, como un fardo de herrumbre. También el sol empezaba a derrumbarse en lontananza, allá al Oeste, desde donde les llegaba un rumor remotísimo de morteros y baterías antiaéreas, como una tormenta que se trama en algún paraje extramuros de los mapas.

—Ha merecido la pena, después de todo —lo consoló Lucía—. Verás a tu héroe paseándose por París.

—Supongo que sí. Sólo lamento que ya no podré verlo con nitidez. —Hizo una pausa muy pudorosamente despechada—. El mundo se apaga, ya sólo veo manchas.

Lucía lo acarició muy someramente, apenas rozó con las yemas de los dedos sus párpados, sus pómulos abultados, la barba picajosa entreverada de invierno.

—Yo seré tus ojos, te lo contaré todo con pelos y señales.

El crepúsculo mugía como un toro que se desangra e incendiaba con sus estertores el agua del lago. Los vencejos empezaron a sobrevolar su superficie, como antes lo habían hecho los guijarros lanzados por Lucía, a la caza de los insectos que se refugiaban del calor entre los carrizos; después de llevarse a su presa en el pico, se alzaban en un vuelo vertical y en el cielo trazaban, como arquitectos improvisados, estelas que eran bóvedas y arbotantes tejidos en el aire, ábsides y cúpulas de elegancia ojival, catedrales de algarabía. De vez en cuando alguien les traía noticias de la caravana convertida en quirófano donde André llevaba más de cuatro horas encerrado, donde ya la claridad declinante y el cansancio empezarían a entorpecer su labor. Eran noticias un poco embarulladas y contradictorias, fundadas tan sólo en lo que sus emisarios habían podido escuchar de refilón al arrimar el oído a la caravana, pues André había cerrado a cal y canto la puerta, y cerrada permanecía. Cuando el alsaciano Laurent por fin la abrió, resollante como el buzo que ha prolongado su inmersión durante mucho más tiempo del debido, Lucía se temió lo peor. Enseguida apareció André, limpiándose las manos enguantadas en sangre con un paño húmedo; la camiseta de tirantes empapada en sudor, el cabello enmarañado y la mirada de pupilas dilatadas le daban un aspecto como de conyugicida o fabricante de bombas caseras que ha calculado mal los componentes. Bajó la escalerilla de la caravana tambaleándose.

—¿Vivirá? —le preguntó Lucía, que había corrido a su encuentro.

André se enjugó el sudor de la frente con el mismo paño que había empleado para limpiarse las manos. La sangre dejó en su piel un chafarrinón.

—Vivirá —dijo, en un tono más compungido que celebrato-
rio—. No sé en qué condiciones, pero vivirá. Quizá convenga que le
tengas preparadas unas hilazas y emplastos, para mitigarle la fiebre.

Antes de que pudiera concluir sus instrucciones, Lucía ya se había arrojado a sus brazos, entumecidos tras el esfuerzo. Al sentir su
cuerpo breve, como una delicada ánfora, pegado al suyo, y la saliva
exultante de sus labios, André tuvo la certeza de que aquélla era la
mujer que podría hacerlo feliz, la mujer que le estaba predestinada.

No se pusieron otra vez en marcha hasta la mañana siguiente, para favorecer la recuperación de Jules, a quien decidieron no mover de la caravana hasta que hubiese salido de peligro. Aunque André había logrado suturar la herida, era preciso drenarla a cada poco, con los primitivos medios de que disponían, para evitar el peligro de nuevas infecciones. Lucía se encargó gustosamente de velar ante el lecho del convaleciente, de cambiarle los vendajes y lavarle la cicatriz, mientras él permanecía en una especie de letargo febril y agitado de delirios, en los que Lucía creyó atisbar, como fogonazos de magnesio que ciegan por un instante, retazos o más bien jirones de una biografía estremecida por el horror. La comitiva del circo logró llegar a París sin tropezarse con ninguna patrulla alemana en desbandada; para sortear este peligro, eligieron siempre accesos poco transitados, con frecuencia caminos comarcales, y rodearon las localidades que salían a su paso. Dejaron a un lado Nogent-sur-Marne y se las ingeniaron para esquivar Vincennes y Monteuil; a veces, en las cunetas, se tropezaban con cadáveres de soldados invasores, con una mirada pánica a la que sólo osaban asomarse las moscas, y también con vehículos militares con las ruedas reventadas o el depósito de carburante perforado por una ráfaga de ametralladora. Siguiendo este rastro de abandono y muerte entraron en París en la tarde del 25 de agosto, pocas horas después de que lo hicieran los tanques Sherman de la Segunda División Blindada de Leclerc. La ciudad era una algazara de campanas retiñendo hasta reventar los tímpanos de ángeles y arcángeles y potestades y demás espíritus bienaventurados que habitan en las buhardillas del cielo, un júbilo de bronce y nubes como galeones barrocos, casi cárdenas a la hora del crepúsculo, emborrachando el aire. Los parisinos también participaban de esta borrachera, asomando a los balcones las banderas tricolores que durante tantos años habían guardado en el forro del colchón o gritando su alborozo en la calle, por fin liberados de toques de queda y bandos protervos, por fin otra vez dueños de una ciudad que milagrosamente había sobrevivido a las bombas, primero por expreso deseo de Hitler, que había querido poseerla intacta, para profanarla más gustosamente, como se profanan las vírgenes en el tálamo, y ya por último gracias a la desobediencia del general Von Choltitz, que se negó a hacerla saltar por los aires, desoyendo las órdenes furiosas del Führer. La División Leclerc había conseguido la rendición de la guarnición alemana casi sin necesidad de hostilidades, después de que les allanara el camino la batalla de las barricadas, capitaneada por los voluntarios de las Forces Françaises de l'Interieur (FFI), los *fifís* que en la hora de la victoria patrullaban las calles entre ovaciones populares, montados en automóviles cuyas portezuelas ya habían embadurnado con brochazos de pintura blanca en los que podían leerse las siglas de su organización. Desfilaban entre un estruendo de cláxones, con las ventanillas bajadas, asomando un brazo en mangas de camisa, moreno de pólvora, que saludaba a la multitud con el saludo comunista o disparaba al aire un revólver; las detonaciones sonaban fraternas y joviales como cohetes de verbena. Las muchachas se abalanzaban sobre los capós de los automóviles, como si quisieran ser fecundadas por la trepidación de sus motores, y metían la cabeza por las ventanillas, para arrancar un beso a los *fifís*, que tenía un sabor de vino calentorro y semen retenido. El redoble desatado de las campanas añadía a la escena una inminencia nupcial.

Unos soldados senegaleses, encargados de vigilar los accesos a la ciudad liberada, los desviaron hacia la campa de Porte de la Villette, donde solían instalarse los circos itinerantes. Era un entorno suburbial de casuchas sin carácter, habitadas por obreros que volvían derrengados del taller y niños raquíticos que hurgaban entre los montículos de chatarra que habían dejado otros circos, en busca de algún tesoro pobretón que su fantasía transformaba en fastuoso. La llegada de la comitiva circense, con sus *roulottes* de pintura descascarillada y sus fieras de aspecto famélico y pitañoso, enseguida se supo en el barrio, que trasladó su celebración a la campa, donde Estrada ya había concedido un día de asueto a la *troupe*. Empezó a sonar un acordeón que arrastraba entre las notas festivas un sutilísimo hilo de melancolía, esa melancolía escueta que impregna a las razas perseguidas. París relumbraba en la noche, como una Atlántida que emerge de las aguas y celebra su primer domingo.

—Nunca le agradeceré suficientemente lo que ha hecho por mí, Fidel.

André se había apartado del jolgorio que ya empezaba a extenderse en la campa. Estrada no necesitaba distinguir sus facciones para reconocer que aquella manifestación de gratitud —tan sincera, por otra parte— era el preámbulo de una petición.

—Oh, vamos, André, sólo he cumplido con mi obligación —dijo, a la vez que le hacía un sitio en la escalerilla de su caravana—. ¿Qué piensa hacer a partir de ahora? ¿Volverá a trabajar como cirujano? El otro día, desde luego, demostró que se halla en plena forma.

Como con frecuencia ocurre entre quienes guardan celosamente la memoria de algún secreto dolor, el clima de bullanga y festejo reavivaba en Estrada la conciencia de su viudez, que sentía como una amputación, igual que el manco siente un hormiguillo en el brazo que no tiene, en las noches que preludian tormenta.

—Aún falta mucho para eso —respondió André, con una voz que también delataba una amputación—. Hasta que los tanques no entren en Berlín no estaré seguro de que haya concluido esta pesadilla. Lo primero será saber si aún viven mis familiares.

Se hizo un silencio luctuoso entre ambos. Estrada extrajo del bolsillo de la camisa un paquete de cigarrillos arrugados que había guardado como oro en paño para aquella ocasión, después de meses de abstinencia, y le ofreció uno a André. A la llama diminuta del chisquero le pareció vislumbrar que los labios de André temblaban, que apenas podían sostener el cigarrillo.

—Quisiera pedirle algo —dijo, después de dar unas primeras caladas ansiosas.

—Adelante.

—Se trata de Lucía. —Hablaba aturulladamente, como si se ahogara, y la brasa del cigarrillo se avivaba al ritmo de aquel tropel de palabras—. Usted sabe cuánto la quiero. La quiero tanto que en estos años no se lo he dicho nunca a las claras. No quería que mis intenciones fueran malinterpretadas, podía parecer que mi amor era fruto de la desesperación. Ya sabe, cuando uno siente que su vida corre peligro necesita más que nunca sentirse vivo. He deseado mucho a Lucía pero jamás le he tocado un pelo, la he respetado para que usted pudiera comprobar que mi amor no era un capricho. Voy en serio, Fidel, y estoy dispuesto a todo. La religión no será un problema, si es necesario me convierto. Sé que a usted, en el fondo, le gustaría que nos casásemos en una iglesia...

—Un momento, André —lo interrumpió Estrada—. ¿No le parece que se está equivocando de persona?

—Usted es su padre, tiene que darnos su permiso, o su bendición, o como se diga.

A Estrada le hizo gracia aquella ingenuidad abrumada de André, quizá deudora de ciertos estereotipos que circulan sobre los españoles.

—Lucía no es de mi propiedad, no puedo decidir por ella —dijo, procurando que sus palabras no sonasen en exceso didácticas—. Le agradezco mucho la consideración que muestra hacia mí; y me haría muy feliz saber que Lucía elige a un hombre como usted, que la va a tratar como a una reina, pero primero debe averiguar si ella le ama. ¿Sabe si Lucía le ama?

André apretó la mandíbula. La voz le brotaba terca y cohibida a un tiempo:

—Aprenderá a amarme. Las mujeres, sobre todo si son jóvenes, confunden el amor con el deslumbramiento. Pero con el tiempo...

—Con el tiempo llegan a cogernos asco, si no nos aman desde el principio —lo cortó Estrada, algo menos condescendiente—. No diga majaderías, André. Esa leyenda de las mujeres veleidosas nos la hemos inventado los hombres, para nuestra comodidad. Habrá mujeres veleidosas, como hay hombres necios. —Lo miró con una fiera intensidad que estremeció a André; por un segundo pensó que había recuperado la vista—. Pero le aseguro que Lucía no es una de ellas.

—Entonces, ¿qué me recomienda que haga?

Aquella desorientación propia de un niño chasqueado resultaba incongruente en un hombre como André, que había probado repetidamente su valentía. Pero quizá el amor sea la única pasión que también desarma a los valientes, o sobre todo a los valientes.

—¿Qué quiere que le recomiende? Conquístela, seguro que sabe cómo hacerlo. —Y se permitió una apostilla irónica—: Tiene mi permiso, mi bendición, o como se diga.

André sonrió, entre avergonzado y confuso. En el redondel formado sobre la campa por las caravanas del circo habían encendido una hoguera que crepitaba en la noche y elevaba al cielo una munición de pavesas, ávidas de convertirse en estrellas. Los obreros y los niños del barrio bailaban con los acróbatas y las amazonas, levantando mucho polvo, y la música del acordeón atacaba los compases de algo que parecía un pasodoble, en honor quizá de Estrada, que no había bailado en su vida un pasodoble. Olía a sudor y a urgencia sexual, ese olor casi acre que nace del fructuoso reconocimiento de la carne, más allá incluso de la lascivia; hasta las fieras, las pocas fieras que le iban quedando al circo —además del elefante *Nazareno*, una pareja de leones gotosos y otra más de caballos que ya se habían olvidado de piafar—, participaban de aquel clima de improvisada promiscuidad, nostálgicas quizá de aquellas coyundas con humanos que les asigna la mitología, y se revolvían inquietas en sus jaulas, como apremiadas por el celo, y fundían sus relinchos y rugidos y barritos con el anonimato del ruido, la alegría y la música. André paseó la mirada por aquel fraterno tumulto con una como ofendida envidia, hasta posarla en su caravana, por cuyo ventanuco asomaba la luz ambarina de un quinqué. A André le hubiese gustado que esa luz, como la de aquellas lámparas que las vírgenes sabias de la parábola evangélica alimentaban de aceite para prevenir el regreso del esposo, aguardase su llegada y le indicase el camino, pero era la luz que alumbraba la vigilia de Lucía, absorta desde hacía unos días en la convalecencia de aquel combatiente rescatado en Roissy-en-Brie. Lucía, en efecto, no era mujer veleidosa, pero a cambio cultivaba una forma absorbente de curiosidad que dirigía sobre las novedades, olvidándose por completo de otros asuntos que entonces se le antojaban secundarios y, por lo tanto, postergables. Desde que aquel joven apareciese inopinadamente a orillas del lago, no había hecho otra cosa que acompañar su sueño inquieto. La música del acordeón, que entraba por el ventanuco en ráfagas borrachas, despertó de repente a Jules; parpadeó con perplejidad, incapaz de reconocer la abigarrada angostura de la caravana.

—Tranquilo, estás entre amigos —se atrevió a susurrarle Lucía.

Al instante reconoció a la muchacha que se bañaba en el lago con un elefante; aquella imagen, seráfica y a un tiempo monstruosa, lo había acompañado en su descenso por los precipicios de la inconsciencia. Trató de incorporarse sobre la cama, pero el hambre acumulada de tantos días le impedía casi moverse, anegándolo con una marea de debilidad.

—¿Dónde estamos? —preguntó—. ¿Por qué suena esa música?

Lucía se inclinó sobre el lecho, acomodó su cabeza en la almohada, cuidando de no rozar su herida, y se quedó un momento en muda contemplación. Aunque la convalecencia había enflaquecido a Jules y la barba le emboscaba las facciones, le seguía pareciendo hermoso, al modo meridional.

—Los boches han entregado París. En cuatro días los habremos echado de Francia —dijo—. Pero ya va siendo hora de que me digas tu nombre.

Un alud de incertidumbres se abalanzaba sobre él, pero prefirió postergarlas, para no resultar descortés:

—Jules, Jules Tillon. Vivo en Billancourt, trabajo en la fábrica Renault.

—Más bien di que trabajabas —lo corrigió Lucía—. Las bombas de los aliados la hicieron papilla.

Jules la miró con una pasmada y desarmante inocencia:

—¿De qué bombas me estás hablando?

—Tienes que descansar y terminar de recuperarte —dijo Lucía, poniéndole una mano en el pecho, como un bálsamo de sosiego; pero ella misma empezaba a sospechar que aquellas lagunas o vastos océanos de memoria extraviada no se habrían de rescatar sólo con reposo—. Los boches nos invadieron hace cuatro años, invadieron medio continente. —Tras la revelación consternada, trató de espabilarlo—: Y si no seguimos invadidos es gracias a gente como tú.

Pero la afirmación, que había intentado ser halagadora, sólo contribuyó a sumirlo en un marasmo de estupor. Hasta entonces, Lucía no había concedido demasiada importancia a los síntomas de amnesia que Jules ya había mostrado en su encuentro a orillas del lago. Había pensado que eran fruto de un aturdimiento, una secuela pasajera de aquella herida que había provocado su desmayo; había pensado también que, como el borracho que emerge penosamente de la ebriedad y apenas puede recordar los acontecimientos de la noche anterior, quizá tampoco Jules lograra recuperar aquellas horas que precedieron a la refriega o escaramuza en la que había resultado herido. Ahora empezaba a considerar que aquella pérdida de memoria era mucho más grave de lo que se hubiese atrevido a concebir. Sobre la jofaina que André empleaba para sus abluciones, colgaba de la pared de la caravana un espejo que empezaba a perder el azogue; al reparar en él, Jules trató de incorporarse otra vez de la cama, esta vez reclamando la ayuda de Lucía, que dejó que le rodeara los hombros con un brazo. Tambaleándose, se contempló ante el cristal bruñido que le devolvía la imagen, bajo un cráneo enturbantado de vendas, de un rostro que no reconoció como propio, tampoco como ajeno, sino más exactamente como una proyección futura (y poco benévola, desde luego) de su fisonomía, en la que fue descubriendo arrugas que antes no estaban, angulosidades que denunciaban los estragos de la convalecencia, pero también otros estragos acaso más indelebles que prefiguran la edad adulta, una barba frondosa y, sobre todo, una mirada de la que ya había desertado la vehemencia juvenil, una mirada que ha abrevado en los pozos donde bulle el horror, taciturna y como hastiada de la condición humana.

—Cuatro años... —murmuró, como si tratara de aprehender ese vasto lapso de tiempo que empezaba a sentir como un expolio.

Alcanzaba a recordar la invasión de Polonia, a la que el gobierno francés había respondido con una declaración de hostilidades inmediata; pero Polonia quedaba muy lejos, por mucho que los periódicos se esforzaran en aproximarla con titulares desgañitados. Alcanzaba incluso a recordar que las tropas francesas se habían llegado a movilizar, apostándose detrás de la llamada línea Maginot, una barrera de fortificaciones erigidas en la frontera con Alemania después de la Gran Guerra; pero aquel estado de vigilancia sesteante no merecía la designación de guerra. Jules tenía por entonces diecisiete años y se había librado de chiripa de la leva. ¿Qué había ocurrido desde entonces?

—Cuatro años, Jules. —Lucía presionó con ambas manos sus antebrazos, para ayudarlo a sostenerse en pie y también para confortarlo—. Y quizá hubiesen sido muchos más si a ese demente de Hitler no le entra la ventolera de atacar a los rusos.

—Pero no se pueden haber borrado así como así —se lamentó

Jules, mientras la angustia se apoderaba de cada célula de su cuerpo—. Tiene que haber una manera...

—Te ayudaré en todo lo que pueda —se ofreció Lucía, tratando de espantar el desaliento que le suscitaba acometer una tarea infinita—. Hablaremos con gente que te conozca, ellos te ayudarán a recordar. ¿Tienes familia, padres, hermanos...?

No dijo novia o esposa adrede, y un segundo después ya se avergonzaba de su mezquindad. O quizá no fuera mezquindad, sino un absurdo instinto de competencia. La voz de Jules se hizo feble, más feble si cabe, como si la mención de su parentela más próxima lo abrumase, o tal vez lo abrumara el pensamiento de que la guerra los hubiera incorporado a su catastro fúnebre.

—Padre, madre, hermana, sí... Vivimos, vivíamos juntos en Billancourt. Dios quiera...

Y calló, ahogado por un vahído.

—Iremos a verlos cuando estés mejor. Pero ahora debes reponer fuerzas. Te calentaré una sopa de cebolla.

Lucía lo condujo otra vez hasta la cama; esta vez se atrevió a ceñirle delicadamente la espalda, para hacerle sentir su proximidad cálida y atenuar su desvalimiento. Se arrepintió de haberlo hecho cuando oyó que alguien abría la puerta de la caravana a sus espaldas. Eran André y su padre; le bastó cruzar una mirada con el primero para saber que lo abrasaban los celos.

—Vaya, nuestro durmiente por fin ha despertado —dijo Estrada, haciéndose el desentendido. La ceguera le servía con frecuencia como coartada para fingir que le pasaban inadvertidas situaciones incómodas que su inteligencia, siempre alerta, detectaba antes incluso de que los demás las asimilaran—. Dele gracias al cielo, y sobre todo a André, que ha sido su salvador.

André respondió a la jocundidad de Estrada con una mueca que se pretendía risueña, pero que más bien le brotó contrariada. Procuró adoptar un tono más circunspecto cuando se acercó al herido, que se había derrumbado en el lecho con un suspiro exhausto; también procuró evitar cualquier roce con Lucía. El despecho le mordía la víscera del orgullo.

—Nunca podré pagárselo como merece, doctor —dijo Jules, en un hilo de voz.

Era la primera vez que lo llamaban doctor en dos años, con la misma unción y la misma apabullada gratitud que empleaban sus pacientes en la consulta; esta deferencia atemperó su encono. Aflojó las vendas que cubrían la herida y comprobó que el hueso del cráneo había empezado a soldarse y el cuero cabelludo tenía buena encarnadura.

—¿Cuándo cree que estaré en condiciones de hacer vida normal? —preguntó Jules.

—Quince días, tres semanas tal vez —dijo André, sin comprometerse—. ¿No le duele la cabeza?

—Alguna molestia al moverme, pero eso es lo menos preocupante. —Jules calló, compungido—. Lo menos de todo.

Lucía, que calentaba en un infiernillo la cazuela de la sopa, intervino:

—Jules ha perdido la memoria. No recuerda nada de los últimos años.

Nada más alejado de su propósito que dirigir un reproche a André; pero el tono abrupto que había elegido para formular el diagnóstico quizá no fuera el más adecuado. André se sulfuró:

—¡Os lo advertí, maldita sea! —A la consternación se sumaba una atolondrada furia que no sabía contra quién dirigir—. Era suicida operar en aquellas condiciones. Si al menos hubiese tenido anestésicos...

Jules alargó un brazo, en un ademán que se pretendía tajante, pero que resultó tímido, apenas notorio:

—Usted no tiene la culpa, doctor. Ya antes de que me operase la había perdido.

Y les contó, en una narración desgalichada y algo inconexa, su despertar en el cementerio de Roissy-en-Brie, su paseo sin rumbo por el camino flanqueado de álamos, siguiendo el curso del riachuelo, hasta alcanzar el lago donde Lucía lavaba a *Nazareno*. Un sentimiento de alivio se fue apoderando de André, a medida que se desvanecía la comezón de conciencia; luego, ese alivio quizá egoísta se transmutó en una viva compasión. Estrada palmoteó brevemente, como si quisiera espantar el acecho de los augurios funestos:

—Nada, nada, en cuatro días nuestro amigo se habrá restablecido por completo y pedirá a gritos que lo dejemos marchar.

Jules sorbía ruidosamente las cucharadas de sopa que Lucía le acercaba a la boca. El calor nutritivo y sabroso de la sopa le desperezaba el paladar, le aquietaba el estómago, apaciguaba sus tripas vacías.

—Por supuesto —asintió—. Aquí no me puedo quedar.

—¿Por qué no? —se rebeló Lucía, muy imbuida de su condición de ángel custodio. Más que un ímpetu posesivo, la guiaba el temor de que su marcha lo lastimase con descubrimientos poco benignos—. Aquí en el circo tienes techo, aunque no sea fijo, cama y comida. No es mucho, pero para los tiempos que corren...

—No saben cuánto se lo agradezco. —Jules empleó un plural inconcreto, aunque el ofrecimiento sólo se lo hubiese hecho Lucía—. Pero no creo que pinte aquí nada.

Estrada habló sin cautelas, con una hospitalaria franqueza:

—Lucía tiene razón, Jules. Además, en un circo siempre hay algo que hacer, siempre se puede arrimar el hombro. Y hasta podría aprender alguna habilidad circense... —Rió con ganas—. Puede que le enseñe algunos trucos de magia. Pero no será mañana, desde luego. Y tampoco cuente con Lucía. Se la tomo prestada, tiene que ayudarme a ver el desfile.

—¿Qué desfile? —preguntó Jules. Tenía la fastidiosa sensación de actuar como un lastre en la conversación.

—¡El de la victoria, por supuesto! —dijo Estrada, no sin una legítima jactancia—. Con el general De Gaulle al frente, como corresponde. Ya han anunciado que hará una ofrenda en la tumba del Soldado Desconocido; luego la comitiva irá hasta Notre-Dame, donde se celebrará una misa. ¡Cuánto lamento que no pueda asistir! Y no será el único. —Chasqueó la lengua, disgustado—. Alguien tendrá que quedarse con usted.

Jules no tenía la conciencia exacta de perderse un acontecimiento histórico; pero le incomodaba que por su culpa otros se lo perdieran:

—Pueden dejarme solo, sabré arreglarme.

—No es por usted sólo, en realidad. Alguien tiene que cuidar de los animales y vigilar el campamento. —Formuló una mueca resignada—. Y me temo que esta vez no habrá voluntarios, habrá que echarlo a suertes. Pero cualquiera se atreve...

Estrada tuvo que atreverse a la postre, haciendo de tripas corazón, aunque su propuesta provocó el enfado de los damnificados. La noche la pasaron en claro, desvelados por la música del acordeón, que se fue achispando como ellos mismos, a medida que el vino se agotaba y, a falta de otro milagro como el de Caná, los obreros del barrio desenterraron las botellas de calvados que habían atesorado como reliquias, aguardando el día de la liberación. Pero los vapores etílicos, lejos de embotarles el entendimiento, los aureolaban aquella noche de una lúcida transparencia que los condujo sin fatiga hasta el alba, como si levitasen sobre una nube de euforia. Amaneció sobre París con una luz neta, como si el sol deseara abreviar los trámites de su advenimiento; los miembros de la *troupe* circense, que en sus expediciones por las poblaciones en las que asentaban su campamento solían congregar en su derredor una multitud de curiosos, a causa de sus vestimentas abigarradas y su aire de cíngaros, pasaban esta vez desapercibidos entre los parisinos que, para sacudirse el recuerdo de tantos años luctuosos, habían elegido sus prendas más domingueras o decididamente carnavalescas, entre las que no podían faltar los colores de la enseña nacional, a veces en tablillas prendidas a las faldas, o en franjas cosidas a los jerseys, o en lazos anudados al cabello, o en escarapelas que ondeaban en los ojales de las chaquetas. Una multitud madrugadora (o quizá más bien insomne, como ellos mismos) los empujó hacia la plaza de la Concordia; en la fachada ciclópea del Ministerio de Marina se echaban en falta unas pocas columnas, roídas por el fuego de los morteros. Algunos Panzer calcinados se dispersaban por aquella vastedad arquitectónica, con la carrocería aún humeante, como cucarachas a las que Dios hubiese prendido fuego, después de rociar con gasolina. Al otro lado del Sena, que bajaba cenagoso y cárdeno, arrastrando el barro y la sangre de las trincheras, descansaba otro tanque abrasado, en esta ocasión un Sherman de la División Leclerc, convertido ya en un improvisado altar por los transeúntes que depositaban a su vera ofrendas florales y cirios que esparcían un olor de colmena derretida. Alguien había escrito con tiza, sobre la chapa renegrida, la siguiente inscripción: «*Ici sont morts trois soldats Français.*» Quizá fueran senegaleses, o espahíes, o republicanos españoles, pero ya De Gaulle había proclamado que quienes luchan por Francia son hijos de Francia. El cielo era de un añil que escocía los ojos, mitad glorioso y mitad sombrío; de las ventanas de las casas, abiertas de par en par para limpiar los microbios del colaboracionismo, brotaba un barullo de voces radiofónicas, entre la arenga y el responso.

—¿Tú crees que se repondrá, André?

Lucía había permanecido callada mientras paseaban por la ciudad convertida en mausoleo. A su lado, André no había dejado de mirar, con deseo y unción, su perfil de camafeo, tratando de penetrar su mutismo y de seguir el curso de sus cavilaciones. Se había hecho la ilusión de que estuviera, como él mismo (tal vez con menor resolución, pero esto no le importaba demasiado, aprendería a amarlo), ponderando la perspectiva de una vida en común. Aquella pregunta hizo añicos sus ensoñaciones.

—Quién sabe, a lo mejor no le interesa reponerse. A lo mejor tiene mucho que callar.

Una multitud expectante y vocinglera, deseosa de aclamar a sus héroes, se había congregado a ambos lados del camino que llevaba desde el Arco de Triunfo hasta Notre-Dame, cruzando el Sena por el puente d'Arcole. André había imprimido a su comentario un desenfado que lo hacía más cáustico o malévolo. Lucía pegó un respingo:

—¿Qué insinúas?

—No insinúo nada. Sólo digo que me parece un poco aventurado dar por hecho que sea un miembro de la Resistencia.

André cerró pudorosamente los ojos, como si no quisiera escucharse. Sabía que la perdía, que la estaba perdiendo.

—¿Y qué sospechas que sea? —preguntó Lucía.

La voz le temblaba, como a quien trata de dominar la indignación con el sarcasmo. Había gente en los balcones y ventanas de los edificios que flanqueaban el itinerario; los más osados, incluso, se habían encaramado a los tejados, o trepaban a los árboles y a las farolas, desde donde hacían ondear banderas tricolores.

—Podría ser un prisionero fugado, por ejemplo. Un colaboracionista como tantos de los que hoy se disfrazan de patriotas —dijo André, mientras lanzaba miradas recelosas a la muchedumbre.

Apenas cuatro meses antes, aquella misma muchedumbre (o una porción nada exigua de la misma, al menos) había recibido con idéntico alborozo al mariscal Pétain, a quien ayer consideraban un salvador y hoy de buen grado hubiesen apaleado.

—¿Y la metralleta Sten?

—Pudo habérsela robado a sus captores. O también podría ser un desertor. Eso explicaría que estuviese solo y que ninguno de sus compañeros lo hubiese socorrido antes.

—¿Bromeas? —Y, para subrayar el escaso crédito que le merecían sus lucubraciones, Lucía forzó una carcajada—. No me parece que sea el momento más adecuado para desertar, justo cuando el ejército alemán se está desmoronando. Además, un desertor es un hombre asustado, huidizo, que desconfía de ser denunciado en cualquier momento. Jules no se comporta como un desertor.

Habían logrado acercarse al Arco de Triunfo, donde el gentío alcanzaba densidad de enjambre, una pleamar que amenazaba con desbordarse y arrasarlo todo a su paso. Los *fifís* que el día anterior se habían enseñoreado de la ciudad trataban ahora de mantener el orden, una empresa acaso tan inútil como la de aquel ángel que San Agustín se tropezó en la playa, tratando de encerrar el agua infinita del océano en un hoyo excavado en la arena. En sus gestos un poco ceñudos o cetrinos se adivinaba la humillación propia de quienes desempeñan tareas subalternas, en contra de su voluntad.

—No digo que lo sea —se defendió André. En el fondo sabía que su hipótesis era disparatada—. Pero hasta la fecha no tenemos ningún dato cierto sobre su identidad.

Le habría gustado añadir: «Pese a lo cual, le has brindado por entero tu confianza, le has dedicado todos tus desvelos, como si fuera tu hermano o tu amante. A mí nunca me has dado tanto. Claro que yo soy un sucio judío.» Este último rasgo de victimismo, que nunca se habría atrevido a expresar a las claras, lo abochornó hasta enmudecerlo. Lucía ya se abría paso a codazos, para alcanzar a su padre, que se había apartado un poco de ellos, por pudor o por favorecer las presuntas labores de cortejo y conquista de André. Acababa de llegar De Gaulle al lugar, para rendir honores a los caídos ante la tumba del Soldado Desconocido, antes de iniciar el desfile.

—No te preocupes, ya me encargaré de conseguir esos datos que tanto te preocupan —dijo Lucía a voces, para sobreponerse al estruendo de las ovaciones—. Sólo espero que para entonces sepas reconocer tu error.

Y se reunió con Estrada, a quien había prometido ser sus ojos en aquella jornada. Hubo un retroceso reverencial entre la muchedumbre, que se retraía como las aguas del mar Rojo ante la llegada del hombre que había prometido la victoria cuando Francia estaba postrada de hinojos y sin fuerzas para erguirse. Una marea de voces unánimes empezó a repetir con brío creciente el nombre del general; el aire se galvanizó de repente, entre el restallido de los aplausos y el estruendo de aquella letanía idólatra. Al arrancar la comitiva, De Gaulle se volvió a la cohorte de militares y jefes de la Resistencia que lo rodeaba y, con ademán cesáreo, les ordenó que se mantuvieran unos pasos por detrás de él. Nadie osó infringir el mandato; y así, en volandas de los vítores que atronaban el aire, De Gaulle comenzó a caminar a grandes zancadas, levantando de vez en cuando un brazo para corresponder a las efusiones de la multitud. Tenía un gesto de alegría adusta y una estampa erguida, como de hombre que por fin ha consumado su destino y lo acata sin alharacas. Lucía se estrechó contra su padre, para escuchar el tumulto alborozado de la sangre en su corazón.

—¿Lo ves? —dijo—. Alto como una cigüeña y hecho un pincel, con el quepis bien calado y la guerrera ceñida a la cintura.

Estrada asintió, colmado de una emoción que era a la vez exaltante y melancólica. Quizá ni siquiera lo estuviese viendo, o sólo viese su silueta borroneada, una mancha de tranquila majestad avanzando hacia el Arco de Triunfo, pero la fuerza de la imaginación suplía con creces el testimonio de los sentidos. Estrada se sintió en aquel momento como Moisés en la cima del monte Nebo, frente a Jericó, con la tierra de Canán que Yavé daría en posesión a los hijos de Israel a sus pies. Ya podía morir en paz.

Habían pasado diez días desde entonces. El ímpetu del júbilo popular había cedido paso, como reflujo de esa primera emoción, a una especie de histeria colectiva. De Gaulle constituyó un gobierno provisional, procurando que la depuración no se hiciera sin las debidas garantías procesales; pero, aunque se apresuró a instaurar tribunales de justicia presididos por magistrados profesionales, no pudo frenar las detenciones en masa de primera hora, los encarcelamientos arbitrarios, las purgas ordenadas por los sindicatos y por los *fifís*, los fusilamientos sin juicio previo en plena calle, los asaltos a las casas de los colaboracionistas. Los sentimientos de humanidad estaban como entumecidos, y así iban a permanecer durante los próximos meses; bruscamente, se pasó de los vítores a los aullidos, del aplauso a la ira, y se repetían los aguafuertes del odio que entenebrecieron los días de la Comuna. La suerte de cada parisino dependía de la portera de su casa; en las garitas de los portales, rumorosas de delaciones y resentimientos atávicos, se celebraban juicios sumarísimos, se decretaban ejecuciones sin posibilidad de apelación, se delineaban las cartografías pavorosas de la depuración, de contornos siempre fluctuantes, deseosos de colonizar nuevas tierras incógnitas. Las turbas, poseídas por el capricho de la destrucción, hacían añicos los escaparates de los comerciantes acusados, con razón o sin ella, de ganancias ilícitas, y apaleaban a las mujeres sospechosas de colaboración «horizontal», después de esquilarlas y desnudarlas y tatuarles en la piel, a veces a golpe de navaja, el estigma de una cruz gamada. La sombra de Caín vagaba errante por París, huroneando en las esquinas, como un perro enflaquecido por la rabia.

El circo de Estrada por fin había obtenido, tras el caos administrativo que siguió a la liberación de la ciudad, el permiso para instalarse y representar sus funciones. Como, además, el consistorio parisino había anulado las tasas de estacionamiento, Estrada había decidido quedarse allí por una temporada, aprovechando que otros circos estables y mucho más rumbosos, como el Medrano del bulevar Rochechouart, habían cerrado temporalmente, mientras reconstituían sus compañías. La mañana en que instalaron la carpa sobre el descampado de Porte de la Villette, Jules ya había vuelto a caminar; aunque aún arrastraba un poco los pies, como si temiera que el suelo fuese de una materia movediza, su recuperación marchaba mucho mejor de lo esperado. La *troupe* circense se movía como si repitiera una escenografía mil veces representada, con esa alegría matinal de las tripulaciones marítimas en pleno zafarrancho. Habían plantado los mástiles centrales y los palos de sostén; la informe masa de la lona fue izada sobre las riostras por casi veinte hombres que tiraban al unísono de las sogas, como galeotes que bogan al ritmo marcado por el cómitre. A cada tirón, se jaleaban con gritos esforzados, sus músculos se atirantaban bajo la piel cobriza, su respiración se hacía resollante y animal, eran percherones entregados a la alegría solidaria de la fuerza bruta. La lona, al principio un gurruño remendado de parches, se izaba a cada tirón, se hinchaba como una vela nostálgica de singladuras, hasta cobrar la forma tensa de una gran tienda que reproducía los colores de la enseña nacional; entonces los hombres que acababan de propiciar esta metamorfosis, bañados de un sudor casi oleaginoso, anudaban los cabos de las sogas en las cuñas metálicas, que previamente se habían clavado en el suelo, rodeando la estructura, y, armados de sendos mazos, remacharon las cuñas con golpes que hacían saltar chispas y retumbar la campa. Mientras contemplaba la escena, Jules sintió deseos de sumarse a aquellos hombres y compartir su gozo viril, elemental como la roca, vehemente como el ocaso. Las mujeres del circo, mientras tanto, habían empezado a rastrillar el redondel de tierra que serviría de pista, nivelándolo en algunos puntos, antes de esparcir una capa de arcilla y serrín.

—Tengo que ir a Billancourt, mi padre me ha pedido que reparta pasquines por allí. ¿Me acompañas?

Lucía se había acercado a Jules y le mostraba un rimero de pasquines, hiperbólicos y chillones como conviene a este tipo de reclamos publicitarios: leones lanzando su zarpazo al posible cliente, una trapecista curvilínea ensayando una pirueta que más bien parecía una contorsión lúbrica, un payaso ensayando una sonrisa de oreja a oreja, supernumeraria de dientes.

—No creo que tenga fuerzas para contemplar lo que está ocurriendo en París —dijo Jules, con la misma hosquedad que había mostrado los días anteriores—. Será mejor que vayas sola.

A medida que recuperaba el vigor, cobraba también conciencia más nítida de su amnesia y se agudizaba su retraimiento. Aquella porción de tiempo borrado que una y otra vez trataba en vano de reconstruir amenazaba con devorarlo entre sus fauces de olvido. Pero Lucía no iba a permitir que se entregara al derrotismo:

—¿Hasta cuándo piensas seguir martirizándote? ¿Por qué no dejas que te ayude?

Había adoptado un tono a la vez increpador e implorante. Jules ni siquiera la miraba.

—Me gusta ver cómo levantan la carpa —dijo.

—A ver si ahora descubres que tu vocación oculta es el circo.

—No creo que alguien sin memoria pueda tener vocación. —Hablaba con una voz lenta que no era exactamente flemática ni abstraída, sino más bien desalentada—. Si uno no sabe siquiera quién es, ¿cómo va a saber cuáles son sus gustos?

—Prueba a averiguarlos. —Ni ella misma sabía si sus palabras eran un acicate o más bien una invitación disuasoria—. Ahí afuera está la respuesta.

Jules se volvió entonces y afrontó la mirada de Lucía. Con el pelo recogido en una coleta y la blusa desgastada de muchas lavaduras, tenía una belleza menestral en la que hubiese querido refugiarse.

—¿Qué me estás proponiendo?

—Te estoy proponiendo que vayamos a ver a tus padres —contestó Lucía, súbitamente consciente de la influencia que ejercía sobre Jules—. Estarán deshechos, sin noticias de ti. ¿Sabrás llegar hasta tu casa?

—Creo que sí —dijo Jules.

Era la suya una certidumbre difusa, como la de quien, sin haber practicado la natación durante años, se interna en un río, aun a riesgo de ahogarse. Aunque hubiese sido incapaz de describir el itinerario que conducía hasta la casa familiar, lo guiaba una suerte de querencia inconsciente, acaso instintiva. A medida que el metro los acercaba a Billancourt, se desentumecían recuerdos que Jules creía hibernados; recuerdos anteriores a su amnesia, ligados a la infancia y a la adolescencia, que resucitaban con un alborozo de semillas que germinan al reclamo de la primavera. Emergieron al exterior frente a la isla Seguin, donde se hallaba la fábrica Renault, que había llegado a emplear a más de treinta mil obreros antes de que estallara la guerra y que, durante los años de ocupación, había proveído de tanques y camiones a los alemanes, hasta que la aviación aliada bombardeó aquellas inmensas naves y de paso los bloques de viviendas contiguos, ocasionando una mortandad indeseada entre la población civil que los ocupantes habían instrumentalizado a conciencia. Jules contempló con un estupor entreverado de vértigo los resultados del estropicio: el portalón metálico, que cada mañana se abría para franquear el paso a una muchedumbre proletaria, se erguía como una reliquia herrumbrosa, enmarcando un solar erizado de escombros, sólo habitado por unas ratas gordas como gatos que se apareaban sin rebozo a la luz del mediodía. Aquel panorama de cascotes y desolación lo abrumó con una súbita impresión de vejez acumulada, como la de quien regresa a la ciudad de la infancia y se tropieza, en la campa que servía de escenario a sus juegos y retozos, con un siniestro edificio de oficinas. Antes de asimilar esa impresión acongojante, Jules echó a andar.

—Conozco un lugar donde podremos beber un vaso de vino —le dijo en un susurro a Lucía, prendiéndose de su brazo, para no desfallecer—. Si te gusta el vino, claro.

Era el lugar donde solía tomarse un tentempié, al salir de la fábrica. Recorrieron varias calles con nombres de militantes del movimiento obrero que la autoridad nazi había borrado y sustituido por otros más afrentosos o idílicos, a su vez sustituidos por los nombres originarios tras la liberación, en un jaleo de tachaduras de pintura negra. Los adoquines levantados del suelo y los desconchones de las paredes delataban alguna escaramuza reciente. Lucía reparó en que los letreros de algunos establecimientos estaban escritos en alfabeto cirílico, signo inequívoco de que sus propietarios y su clientela formaban parte de la populosa comunidad de exiliados rusos asentada en Billancourt tras la revolución bolchevique; en la penumbra de los portales, fragantes de humedad y detritus, se recortaba la estampa de algún anciano de barbas fluviales, antiguo oficial del ejército blanco, que los escrutaba con una suerte de apacible desconfianza, como un centinela desengañado de su oficio. También el local donde Jules la condujo era regentado por rusos; se trataba en realidad de una pálida imitación de los cabarés de Montparnasse y Montmartre que durante el día se convertía en cantina para aplacar la sed y acoger los conciliábulos de los obreros. Sobre el escenario, se congregaban hasta media docena de bailarines cíngaros, tocados con los característicos gorros de astracán, tan incongruentes en pleno verano, todavía sudorosos después de ejecutar alguna de sus danzas salvajes. Acababan de actuar a una hora tan extemporánea en honor de los únicos parroquianos del garito, una pandilla de soldados americanos de permiso, acompañados de sus respectivas *midinettes*, modistillas menudas y vivarachas a las que habían logrado engatusar regalándoles un paquete de Lucky Strike y unas medias de nailon. Aquellos soldados, supervivientes de la escabechina de las playas de Normandía, atónitos palurdos de Ohio o Virginia o Nebraska, se habían expuesto como dianas a la puntería de las ametralladoras alemanas, con esa generosidad risueña, un poco insensata, que sólo practican los americanos, excitados por la promesa de conocer París, que en su mitología rústica era algo así como un cruce entre Atenas y Babilonia; y parecían dispuestos a apurar las setenta y dos horas de su permiso, antes de regresar al frente, como quien disfruta de unas vacaciones en el paraíso. Quizá la diversión pobretona que París les ofrecía no estuviese a la altura de sus expectativas; quizá las *midinettes* no eran tan guapas como las habían soñado (no tanto, desde luego, como Simone Simon o Michèle Morgan, que eran sus modelos de la mujer francesa), pero al menos eran jaraneras y sofisticadas, mucho más jaraneras y sofisticadas que las chicas de su pueblo, con las que por supuesto se casarían en cuanto regresaran a casa. Cuando vieron entrar a Lucía, aunque estaban todos emparejados, empezaron a silbarla y a lanzarle piropos en ese francés execrablemente pronunciado que tanta hilaridad causaba entre los paisanos. El gesto adusto de Jules refrenó un poco sus ímpetus; y lo cierto es que, con la barba crecida y el vendaje en la cabeza, tenía un aspecto facineroso, como de anarquista que de tanto maquinar atentados ha sufrido un derrame cerebral.

—¿No querrían ustedes comer algo? —los asaltó el dueño de la cantina.

Era un cuarentón de indudable fisonomía eslava que hablaba sin embargo casi sin acento, a diferencia del viejo Anatoli Nicolayev, el fundador del establecimiento, a quien Jules recordaba hierático como un icono.

—¿Qué ha sido de Nicolayev? —preguntó.

—¿No lo sabe? El tío Anatoli murió en los bombardeos de los aliados, abrazado a la tumba de su mujer. —Hablaba con un orgullo atribulado—. Como no tenía descendencia, nos lo dejó todo a sus sobrinos. Nosotros vivíamos en Meudon, pero nos hemos trasladado...

Jules lo interrumpió, atenazado por la congoja:

—¿Bombardearon el cementerio?

—Y tanto. Muchas lápidas volaron en pedazos, esparciendo huesos y cráneos. Fue horrible rescatar el cadáver del tío Anatoli entre los esqueletos. —Esbozó un puchero de condolencia—. ¿Tenía usted parientes enterrados en el cementerio?

—Mi familia vive muy cerca de allí, en una calle colindante —murmuró Jules.

—Algunas casas resultaron dañadas, señor, pero si en su momento no recibió notificación será que su familia salió indemne, a Dios gracias. —Al sobrino de Nicolayev lo aturullaba la inexpresividad de Jules—. Porque nadie lo ha avisado, ¿verdad?

Se hizo un silencio preñado de malos augurios, al que se sumaron incluso los soldados americanos.

—No lo sé —dijo al fin Jules, con sincera y abrumada rabia.

Lucía intervino entonces, tratando de espantar los presagios funestos:

—¿Y qué nos ofrece para comer?

El sobrino de Nicolayev se encogió de hombros, entre resignado y picarón:

—Pues la verdad es que sólo unos arenques y unas tortas de alforfón. La guerra ha pasado, pero todavía estamos a tiempo de morir de hambre.

—¿Y vino tenemos? ¿O tendremos que conformarnos con agua, como las ranas? —preguntó Lucía, insistiendo en aquella veta festiva que contrastaba con la creciente taciturnidad de Jules.

—Vino ni gota, señorita. Pero guardamos un vodka que acompaña los arenques que es un gusto.

—Adelante con el vodka, pues —accedió gustosa Lucía.

Jules escrutaba el interior del local, que tenía algo de cava y algo de garaje clandestino. Las mesas cubiertas con manteles de papel manchado, las lámparas de tulipa rosa, la pianola como un mueble rescatado de un naufragio, las cortinas ajadas del escenario permanecían como atrapadas en la luz sepia de los daguerrotipos.

—Te advierto que tendrás que invitarme, no tengo un maldito céntimo —masculló Jules, un poco avergonzado. Se atrevió a mirarla a los ojos—: Has sido muy buena conmigo...

—Venga, no seas tonto —se burló Lucía, y manoteó en el aire, como si espantara una mosca.

El sobrino de Nicolayev les trajo las tortas de alforfón en un cestillo y los arenques en sendos platos desportillados. Tenían un aspecto disuasorio y cuaresmal.

—... has sido muy buena, pero lo mejor será que nos despidamos aquí. —No quería resultar duro, pero no controlaba sus emociones—. Ahora ya puedo manejarme solo. Prometo que volveré a hacerte una visita pronto.

Lucía comenzó a masticar los arenques encarnizadamente; eran tan estoposos que no tardó en formársele una bola en la garganta.

—Si tan a disgusto estás conmigo... —balbució, sintiendo la inminencia de las lágrimas.

—No estoy a disgusto, sino que... No quisiera involucrarte en mis desgracias, eso es todo. —Se sirvió un vaso de vodka y lo bebió de un trago, para matar los microbios del sentimentalismo—. Ya ves que mi familia ha podido correr la misma suerte que Nicolayev. He sido una carga para ti durante estos días, no soportaría que además tuvieses que compadecerte de mí.

Lucía también trasegó un vaso de vodka, que mató con su fuego la tentación del llanto, y la emprendió de nuevo con los arenques.

—Nunca has sido una carga para mí. Y además...

—Y además André me tiene ojeriza. A él también le estoy muy agradecido y no quisiera...

—Cállate ya, animal —dijo Lucía de repente, en un español que sonó áspero.

Y, por si aún le quedaran a Jules ganas de resistirse, le estampó un beso en la boca. Aunque navegaban entre los vapores de la curda, a los soldados americanos no les pasó desapercibida la osadía de Lucía, que conmemoraron con vítores y hurras, antes de entonar desafinadamente el pasaje más aguerrido de *La Marsellesa*, cuando se convoca a las armas y a la formación de batallones. A Lucía la sangre le había trepado a las mejillas.

—Os falta un hervor a los franceses, o qué —murmuró, todavía en español—. Tanto presumir de amantes, y no os enteráis de la misa la media.

Naturalmente, de lo que Jules no se enteraba era de aquellas locuciones castizas. Sí se había enterado, en cambio, de lo que significaba aquel beso impulsivo; certeza que le provocaba una mezcla de pasiones contradictorias, vanidad y abrumado asombro y también el bochorno de no haberlo barruntado antes. Siguieron comiendo sus arenques en aplicado silencio, entre las chacotas de los americanos, que acompañaban su ingesta de vodka con cánticos, risotadas y arrebatos de emoción llorona y luego rompían las copas en el suelo, a imitación de Mitia Karamazov, de quien seguramente no habrían oído hablar en su puñetera vida, ni falta que les hacía. A Jules el beso de Lucía le había transmitido, mezclado con su saliva, un ardor nuevo que lo hacía sentirse invulnerable. Al abandonar el cabaré reconvertido en cantina, casi tuvieron que abrirse paso entre los soldados americanos, que se deshacían en felicitaciones nupciales. Caminaron en dirección al cementerio, allá donde el suburbio se recostaba en una curva del río, agarrados instintivamente de la mano. En las fachadas de algunas casas había cruces gamadas pintadas con almagre. Jules recordó aquel pasaje del Éxodo en el que Yavé ordena a los israelitas untar con la sangre del cordero pascual el dintel de sus casas, para que la señal sirva como aviso disuasorio al ángel exterminador, cuando esa noche siembre la mortandad entre los primogénitos de la tierra de Egipto. Pero aquellos pintarrajos cumplían exactamente la función inversa: eran el estigma con que se señalaba a los sospechosos de colaboracionismo; a veces la sospecha era fundada, pero con frecuencia camuflaba resentimientos y rencillas entre vecinos. Aquel estigma de almagre servía luego para que la chusma surgida de las cloacas, que seguramente tenía más motivos para estarse calladita que para encabezar acciones justicieras, allanara las casas señaladas y la emprendiera a mojicones y salivazos con los presuntos traidores. Habían llegado a una calle colindante con el cementerio, en la que todavía se notaban los estragos causados por las bombas: tapias semiderruidas, socavones rellenos de tierra, ventanas que a falta de cristales habían sido cegadas con tablones. Jules tuvo la conciencia de que su regreso iba a sorprender sobremanera a sus padres y a su hermana Thérèse, si es que aún estaban vivos; sospechaba que llevaba mucho tiempo ausente, pero no se le ocurría una excusa que pudiera justificar tan larga ausencia. Estaba, además, incómodo porque no sentía el menor gozo ante la perspectiva de volver al hogar; por encima de cualquier otro sentimiento, lo dominaba un hondo letargo del espíritu, pero conservaba la conciencia de un dolor replegado y al acecho, presto a lanzar otra vez su zarpazo.

—Hemos llegado —dijo, con una voz como de autómata—. Ya te advertí que no vinieras.

Pero Lucía, en lugar de conceder, presionó más fuertemente su mano, para que percibiera su aliento en aquel trance. Sobre la fachada de la casa, que nadie se había preocupado de revocar en los últimos años, brillaba una cruz gamada cuyas aspas aún goteaban pintura. La puerta, que había sido forzada, golpeteaba contra el quicio con un chirrido lastimero de los goznes.

—Será mejor que no lo dilatemos más —dijo Lucía, afectando una resolución de la que empezaba a carecer.

Llamaron a la puerta, pero nadie acudió a abrirles; sin embargo, les pareció oír un murmullo claudicante, agitado de sollozos, como de quien ya sólo aspira a que le dejen morir en paz. Jules se decidió a entrar; una mesa patas arriba y fragmentos de loza entorpecían el movimiento de la puerta. Apenas sus ojos se habituaron a la penumbra, pudieron distinguir otros muebles volcados sobre el suelo, cajones esparcidos aquí y allá, colchones destripados, un desorden de ropas hechas un gurruño. Sortearon los obstáculos que surgían a su paso, hasta llegar a la habitación del fondo, de donde procedía aquel llanto exhausto. Usando como parapeto un armario ropero que también había sido derribado y concienzudamente saqueado, se agazapaba una mujerica con la cabeza pelona, desnuda de cintura para arriba; en los senos alguien le había dibujado con tizne sendas cruces gamadas.

—Dios mío, madre, ¿qué le han hecho?

Jules no buscaba una respuesta, sólo amontonaba palabras que le sirviesen de antídoto contra el horror, palabras que conjurasen con su letanía el temblor de aquella mujer que aún no había reconocido a su hijo y protegía su desnudez adoptando una postura fetal sobre el suelo erizado de cristales rotos, añicos de la luna del armario ropero.

—Soy Jules, madre —insistía—. ¿No me reconoce?

La mujer lo miraba como el enfermo que despierta de un sueño de morfina y apenas consigue apartar las telarañas del estupor. Sendos cercos de lividez enmarcaban las cuencas de sus ojos; Jules no supo distinguir si eran signos de demacración o huellas de una violencia reciente. Se agachó y la rodeó entre sus brazos, por un impulso de piedad filial; le estremeció que su cuerpecillo huesudo no se correspondiese con la memoria táctil que guardaba de la mujer que le había dado el ser, mucho más lozana. Como si le hubiese leído el pensamiento, su madre respondió con una voz desvaída:

—Ha sido la guerra, hijo. Demasiadas privaciones y demasiados disgustos.

Al reparar en los senos exangües, afrentados por aquellas cruces oprobiosas, los mismos senos que en otro tiempo habían asegurado su lactancia, a Jules lo anegó una marea de misericordia, y también un inconcreto odio que no sabía contra quién dirigir. Su madre había cultivado siempre ese orgullo silencioso de algunas mujeres desgraciadas, esas mujeres que pierden la ilusión de la juventud antes incluso de ser jóvenes y acaban por encerrarse en sí mismas, un orgullo más defensivo que desdeñoso.

—Si al menos hubiésemos sabido algo de ti... —Su voz era demasiado pudorosa para resultar recriminatoria—. Nos llegaban rumores de que te habías convertido en un héroe de la Resistencia, y te juro que eso nos llenaba de satisfacción. Pero, ¿qué podíamos hacer? Ser familiares de un resistente nos convertía en sospechosas. Y había que comer...

Lucía no pudo reprimir cierta sensación de alivio cuando escuchó, de labios de aquella mujer ultrajada, la confirmación de su hipótesis. Las insinuaciones de André carecían de fundamento.

—No te creas que lo hizo por gusto —proseguía la madre de Jules.

—¿Quién no lo hizo por gusto? ¿A qué se refiere? —preguntó él.

—Tu hermana Thérèse. No creas que lo hizo por gusto. Pero había que comer.

Aquella mención alimenticia que su madre repetía como si de una excusa se tratase empezaba a lastimarlo.

—¿Quiere decir que se prostituyó?

—¿También tú? —Ahora sí, sus palabras sonaban a reproche—. Thérèse no es una puta. Pero sí, se dejó querer por un boche. Fue el único modo de sobrevivir.

Algo se revolvió dentro de Jules, quizá ese fondo de dolor replegado y al acecho que antes sólo presentía y ya se empezaba a desentumecer. Lucía había rescatado una manta, entre el revoltijo de ropas y enseres que los saqueadores habían desperdigado por doquier.

—Estás muy cambiado —dijo la madre de Jules, y le acarició las mejillas como si tratara de borrar los rasgos del hombre adulto y rescatar al niño ya extinto—. Y tú también has debido de sufrir mucho.

—¿Dónde está Thérèse? —preguntó él, reacio a las ternezas, mientras la cubría con la manta que Lucía le había tendido.

—Se la llevaron los *fifís* arrestada en un furgón, junto a otras chicas del barrio. He oído que las encierran en el Velódromo de Invierno. —Se acurrucó en su regazo—. Pero tú podrías sacarla de allí... No se atreverán a negártelo.

La expectativa de la liberación la había tornado más optimista. Jules sintió una punzada de remordimiento y vergüenza.

—Ojalá esté en lo cierto —dijo, y tras una pausa, formuló la pregunta que llevaba un rato difiriendo—: ¿Y qué ha sido de padre?

El rostro macilento de su madre se ensombreció de una dolorosa estupefacción:

—¿A qué viene esa pregunta? Tu padre lleva muerto cuatro años, de sobra lo sabes. —Reparó en el desconcierto de Jules y en el vendaje de su cabeza—. ¿Qué te ha ocurrido? Estás tan pálido...

La perplejidad de la madre se fue aguzando de alarma, a medida que empezaba a interpretar el extravío que anidaba en la mirada de Jules. Lucía intervino:

—Tranquilícese. Su hijo ha perdido temporalmente la memoria, como consecuencia de una herida.

Pero la madre de Jules no daba crédito a lo que escuchaba. Se aferró a la pechera de su camisa y lo zarandeó:

—¿No lo recuerdas? Los alemanes bombardearon la fábrica, poco antes de entrar en París. —Por un momento, tuvo la sensación de estar sacudiendo a un extraño—. Tu padre murió entonces. Juraste que lo vengarías. ¿Es que no lo recuerdas?

Había empezado a vocear, en la desesperación de la incredulidad. Jules tomó su cabeza pelona entre las manos y contuvo el temblor de su mandíbula.

—Ya lo ha oído, madre. No recuerdo nada de estos últimos años, nada en absoluto. Pero he vuelto, eso es lo que cuenta.

La desesperación de la madre se fue desarbolando hasta desembocar en la afasia; unos lagrimones lentos descendían sobre sus mejillas, aprovechando la torrentera excavada por las arrugas.

—¿Y qué haremos ahora? —Pese a que su postración era mucho más evidente que la de su hijo, no podía evitar contemplarlo como a un inválido—. Sin memoria no podrás valerte...

—Lucía ya se ocupa de mí. Usted quédese aquí. —Había pegado su frente a la de su madre y enjugaba con sus besos las lágrimas copiosas—. Traeré conmigo a Thérèse, ya lo verá. Prométame que no se moverá.

La madre de Jules asintió obstinadamente, como si tratara de aferrarse a una fe que había dejado de asistirla. Jules se incorporó en silencio, después de besarla por última vez, en esta ocasión sobre los párpados lívidos, y retrocedió quedamente, como el padre que se retira de la cuna, después de haber conseguido que su hijo recién nacido concilie el sueño. Aunque se había esforzado por mostrar ante su madre una entereza de la que carecía, no tardó en desmoronarse cuando estuvo a solas con Lucía: la sorpresa de las últimas revelaciones lo oprimía como una hiedra venenosa, tejiendo en su derredor un tupido entramado de preguntas sin respuesta que amenazaban con asfixiar su cordura. A la tribulación causada por el cúmulo de desgracias familiares se superponía un sentimiento acaso más acongojante, una especie de horror metafísico, como el de quien descubre de súbito que habita una pesadilla y trata angustiadamente de espantar su acoso, trata de imponer su frágil raciocinio ante el cúmulo de impresiones caóticas que lo envuelven y al final ha de rendirse a la evidencia de que lo que había tomado por una pesadilla es en realidad la vigilia. El Velódromo de Invierno, escenario en otro tiempo de gestas ciclistas, había adquirido una reputación siniestra desde que, en julio de 1942, la policía francesa internase allí a miles de judíos (también mujeres y niños), en condiciones insalubres, sin agua ni alimentos ni asistencia médica, antes de destinarlos a los campos de trabajos forzados. Dos años después, el lugar reverdecía aquel episodio infame, acogiendo en su recinto a los acusados de colaboracionismo, que eran allí sometidos a interrogatorios agotadores y a un trato igual de vejatorio; y es que la brutalidad no se crea ni se destruye, sólo se transforma. Lucía y Jules llegaron al Velódromo a la par que un furgón se detenía ante la verja de entrada. Una horda de mujeres desmelenadas y truhanes que, después de perpetrar las más variadas trapisondas durante los años de la ocupación, habían amanecido poseídos por un súbito fervor justiciero se congregaba allí, dispuesta a bautizar con un pedrisco de escupitajos a las nuevas remesas de «colabos» que iban llegando. Los guardianes encargados de vigilar el acceso al Velódromo, lejos de preocuparse por mantener a raya a la multitud, la incitaban y enardecían:

—Aquí llega una banda de traidores.

Del furgón iban saliendo, como corderos que se han olvidado de balar, los detenidos. Tras el viaje en aquellas jaulas sin ventilación, la luz del día los ofuscaba y hacía parpadear; apenas ponían un pie en el suelo, los despabilaba el culatazo que un guardián les propinaba en la crisma, propulsándolos hacia la muchedumbre, que jaleaba cada golpe con un rugido de beneplácito. Antes de poder reaccionar, los prisioneros ya se hallaban rodeados por aquella masa humana que los saludaba con una batería de gargajos; arreciaban los mojicones y puntapiés, los tirones de pelo (y había incluso quien lograba arrancar una guedeja que enarbolaba como si fuera un trofeo), los pescozones y hasta las punzadas traicioneras con leznas y agujas que dejaban a aquellos desventurados hechos un acerico. Cuando por fin lograban abrirse paso entre la turba, los detenidos casi se arrojaban, como niños que buscan el regazo protector de su madre, en brazos de los guardianes que los recibían entre risotadas y vituperios y los acompañaban hasta el interior del Velódromo. Jules contemplaba consternado aquel espectáculo de crueldad desatada, como quien asiste a una vicisitud más de la pesadilla que ha renunciado a descifrar. Tan consternada como él (o quizá más incluso, pues a ella le era permitido interpretar la escena como una evidencia de que también la causa por la que su padre y ella misma habían luchado incluía su trastienda de degradación), Lucía había permanecido atenta a detalles que a Jules le pasaban inadvertidos. Uno de los guardianes que custodiaban la entrada era español; lo distinguió enseguida por esa manía tan española de mordisquear un palillo y sostenerlo chulescamente entre las comisuras de los labios, también porque reía las chuflas de los otros guardianes un poco a destiempo, no tanto porque no participara de su sentido ensañado del humor como porque apenas acertaba a entender su jerga.

—¡Salud y República, camarada! —gritó Lucía a través de la verja.

Las facciones del guardián se ensancharon con una sonrisa campesina. Saludó a Lucía con el puño en alto y se acercó con andares balanceados, pavoneándose ante sus compañeros.

—¿Qué te trae por aquí, guapetona?

Lucía no se anduvo con circunloquios:

—Anda, déjame pasar.

El guardián pegó un respingo; quizá lo hubiese lastimado aquel modo tan expeditivo de cortar su galanteo.

—Tú te has vuelto loca, chiquilla. —Su sonrisa se hizo insidiosa—: ¿O es que tienes un novio «colabo»?

—Antes me pego un tiro. —Lucía extrajo del bolso el rimero de pasquines que tendría que haber distribuido en Billancourt—. Mira, soy la hija de Fidel Estrada, el dueño de este circo. Durante la guerra nos hemos dedicado a pasar judíos y soldados británicos por la frontera.

El guardián asintió apreciativamente; de su sonrisa se había desvanecido todo vestigio de desconfianza:

—¿En serio eres hija de Estrada? —Lucía le mantuvo la mirada—. Coincidí con tu padre en el campo de concentración de Saint-Cyprien, dormíamos en el mismo barracón. Toda su obsesión era reunirse con la niñita de sus ojos, a la que se habían llevado a otro campo.

—Pues esa niñita es esta menda que tienes delante. Me llamo Lucía.

El guardián se rascó la coronilla, risueño y perplejo.

—¡Pues vaya! Si llego a saberlo, yo también me reúno contigo...
—Se ruborizó al formular el piropo—. ¿Y qué te trae por aquí, preciosidad? Llámame por mi nombre, Ramiro. Seguro que tu padre se acuerda de mí.

—Mi amigo el de la cabeza vendada es de la Resistencia. —Se volvió hacia Jules, que permanecía callado a su espalda—. En su ausencia se llevaron por equivocación a su hermana. Imaginamos que la habrán traído aquí.

—¿Seguro que fue por equivocación? —El guardián buscó otra vez la mirada de Lucía, tratando de encontrar algún síntoma de vacilación—. Mira que me estás metiendo en un compromiso...

—Por favor, Ramiro —imploró Lucía, rehuyendo la respuesta que le solicitaba el guardián—. Sólo te estoy pidiendo que nos permitas echar un vistazo. Si su hermana está aquí, ya nos encargaremos de pedir su liberación a quien competa.

Ramiro frunció los labios en un mohín algo receloso. Intercambió en su francés rudimentario unas palabras con los otros guardias, que sometieron a Lucía a un cacheo visual más bien insolente (o quizá impúdico), antes de zaherir a Ramiro con pullitas que se pretendían graciosas. Abrieron al fin la puerta de la verja, tan sólo unos centímetros, lo justo para que Lucía y Jules pudieran pasar; pero enseguida se produjo un tumulto entre la multitud, deseosa de tomarse la justicia por su mano. Cientos de puños se aferraron a los barrotes de la verja y empezaron a sacudirlos entre imprecaciones y anatemas; sólo cuando los guardianes dispararon varios tiros al aire se apaciguaron los ánimos. Conducidos por Ramiro, Lucía y Jules entraron en el Velódromo, donde se respiraba una atmósfera de tristeza estanca e irremisible; más de dos mil personas —hombres y mujeres separados por una barrera— se hacinaban en las gradas, vigiladas por gendarmes que les impedían bajar a la pista. Muchos de ellos mostraban signos de vejaciones y sevicias: rostros tumefactos, ojos a la virulé, descalabraduras todavía sangrantes; pero más aflictivas resultaban sus expresiones de acabamiento, un paisaje monótono de gestos sojuzgados a los que ya ni siquiera avivaba el miedo o la desesperación, como abotargados por el desaliento o resignados a su suerte. Jules consiguió que los gendarmes le franquearan el paso hasta el graderío femenino; en su escrutinio se tropezaba con mujeres que parecían sumidas en un trance hipnótico, o extraviadas en los pasadizos de la locura, o agitadas por un tembleque que de vez en cuando se quebraba en un sollozo sin lágrimas, casi una arcada o una convulsión epiléptica. En su mayoría tenían la cabeza rapada, como su madre, y vestían unos harapos (los jirones del vestido que previamente les habían desgarrado) con los que a duras penas lograban tapar sus vergüenzas. Algunas eran muy jóvenes, casi adolescentes, pero los padecimientos sufridos las habían ensuciado con una mugre de decrepitud que ya nunca lograrían lavarse. Mientras recorría las gradas, abriéndose paso entre aquellas mujeres que habían conocido la doble abyección de brindarse al enemigo, a cambio de un plato de lentejas, y de someterse a la befa y el escarnio de sus paisanos, Jules tuvo la sensación de pasearse entre las tumbas de un cementerio donde hubiese quedado sepultado un dolor milenario. Comprobó que la mera tarea de explorar las facciones de cada una de aquellas desdichadas, tratando de distinguir los rasgos de su hermana, se le hacía insoportable.

—¿Alguien conoce a Thérèse Tillon? —preguntó en voz alta.

Entre las prisioneras se hizo un silencio que no pretendía encubrir ni callar nada, sino que más bien era una muestra unánime de esa apatía de quienes ya se creen muertos. Jules repitió su pregunta en un tono cada vez más desfalleciente, hasta que escuchó una vocecita apabullada, como el quejido de un pájaro que ha caído del nido y se ha quebrado las alas:

—Se la llevaron...

Jules se inclinó ante una muchacha larguirucha a la que casi se le transparentaba el esqueleto. Tardó en reconocer, entre las excoriaciones que arañaban su rostro, a una vecina que había compartido juegos infantiles con su hermana.

—¡Annie, pequeña! —exclamó, tomándola de los hombros. Le producía cierta extemporánea alegría haberla reconocido—. Soy Jules, ¿te acuerdas de mí?

La muchacha asintió tímidamente, como la leprosa que no desea contagiar a su benefactor.

—Se la llevaron a Drancy esta mañana —musitó, con el desánimo de quien notifica una defunción—. Querían interrogarla.

—¿A Drancy?

—Al cuartel de los guardias móviles. —Lo miró con ojos de gacela moribunda, en los que se crucificaba el espanto—. Tal vez todavía la encuentres viva, si te das prisa.

Jules abrazó a la muchacha con cuidado de no quebrarla, como si abrazara un búcaro o una flor tronchada, y sintió el apremio de las lágrimas.

—Te prometo que haré lo posible por sacarte de aquí. Confía en mí.

Annie formuló apenas una sonrisa descreída. Jules se reunió con Lucía y el guardián Ramiro, que lo aguardaban en la pista; la promesa que acababa de hacerle a su antigua vecina comenzaba a pesarle como un remordimiento. Cuando Ramiro supo que la hermana de Jules había sido trasladada no pudo reprimir un gesto de contrariedad. En los cuarteles de Drancy, que también habían acogido unos pocos meses antes a los judíos en tránsito hacia los campos de exterminio de Auschwitz, Maïdanek y Sobibor, se interrogaba a los prisioneros sin ahorro de brutalidades; muchos de los carceleros eran comunistas españoles, curtidos durante la Guerra Civil en las checas, aquellas sucursales del infierno ante cuyo umbral se detenía la legalidad republicana. Como las checas españolas, Drancy incorporaba a su función penitenciaria otra más sombría que se perpetraba en sus sótanos. Aunque no se preciaba de ello, Ramiro contaba en Drancy con amigos que podrían facilitarles el acceso al lugar; y, orgulloso de brindar su ayuda a la hija del hombre con quien había compartido penalidades en Saint-Cyprien, se ofreció a llevarlos en coche hasta allí. Drancy era un barrio obrero al noreste de París, de arquitectura más bien poco distinguida y desmontes que agigantaban cierta impresión de desvalimiento y orfandad. Los cuarteles empleados como prisión (sarcásticamente denominados Drancy-Palace) los integraban hasta catorce bloques que rodeaban un gran descampado. Eran edificios funcionales, monótonos como colmenas, que habían sido concebidos como viviendas para el proletariado industrial, antes de ser utilizados como cuartel; a la luz declinante de la tarde, la vasta edificación tenía un aspecto como de negociado kafkiano, de cuyos muros parecía brotar un quejido de almas molturadas. Mientras veían desfilar ante las ventanillas del automóvil aquellos edificios lóbregos, Jules y Lucía volvieron a juntar sus manos, como si quisieran conjurar un horror de magnitudes casi cósmicas. No era exactamente miedo lo que sentían, ni tampoco exactamente tristeza, pero ambos intuían que nadie que hubiese pasado por allí podría volver a ser valeroso o feliz.

Los detuvo una pareja de centinelas, hirsutos y enfurruñados, sin más uniforme distintivo que sendos brazaletes en su brazo izquierdo con el emblema de la hoz y el martillo. Eran, en efecto, españoles; apenas reconocieron a Ramiro, le indicaron que se dirigiera al edificio central, donde al parecer se llevaba el registro de los ingresos y los traslados. Así lo hicieron; cruzaron un vestíbulo en penumbra y se internaron por un corredor donde se respiraba una atmósfera viciada, un fermento de sangre y purulencias. Salió a su encuentro otro guardián español, un bigardo en mangas de camisa, poco dispuesto a colaborar; tenía el rostro enjuto, adelgazado por la crueldad, y unos ojos de dureza mineral, como gotas de asfalto relumbrando en la sombra. Cuando Ramiro le pidió que consultara el registro, para comprobar si entre las internas se contaba Thérèse Tillon, soltó una risotada:

—¿Por quién nos tomas? ¿Por la oficina del catastro? Aquí no estamos para esas mariconadas. O me traes una orden del Consejo de la Resistencia o no hay nada que hacer.

Ramiro parecía intimidado; su objeción sonó poco convincente:

—Pero tiene que resultar sencillo. Al parecer la trasladaron esta mañana.

—No hay peros que valgan. Y si la trajeron esta mañana razón de más. —No se recató de aportar pormenores brutales, incluso parecía hallar cierto regodeo en ello—: A estas horas probablemente le estén zurrando la badana, para sacarle hasta la última gota de información. ¿O qué te crees? ¿Que cuando nos mandan alguien aquí es para que le demos coba?

Y para corroborar aquellas palabras se oyó entonces, procedente de los sótanos del edificio, un grito que era a la vez lastimero y desgarrador, como emitido desde algún círculo infernal. Aunque no podía entender la conversación en español, aquel grito le sirvió a Jules de traducción abreviada. Fue, sin embargo, Lucía la que intervino; la barbilla le temblaba, sacudida por algo parecido al asco:

—Eres escoria. Por culpa de gentuza como tú perdimos la guerra en España; y si no os paran los pies acaso también perdamos ésta.

Un desconcierto entreverado de cólera se extendió por las facciones del carcelero. Reclamó ayuda a Ramiro:

—¿Y esta gachí de dónde sale?

Pero Lucía no dejó que Ramiro se le anticipara:

—Salgo del mismo sitio que tú, cabrón. —Se había encarado con él; ni Ramiro ni Jules, paralizados por el estupor, se atrevieron a intervenir—. Sólo que nosotros peleábamos por España. Y los de tu calaña peleabais por el padrecito Stalin. Os conozco bien, sois como el aguarrás. Os he visto machacar a los anarquistas, a los disidentes de vuestro propio partido. No matáis por un ideal; matáis porque la muerte es vuestro negocio.

Levantó una mano, en un paroxismo de ira. Por un segundo, parecía dispuesta a golpear al carcelero, que incluso se encogió, anticipándose a la bofetada. Pero Lucía se limitó a arrancarle del antebrazo el brazalete con la hoz y el martillo.

—Y esto te lo pones cuando estés en la Unión Soviética. Francia tiene su propia bandera.

El carcelero no daba crédito a lo que acababa de suceder. Sus ojos se habían convertido en pavesas coruscantes de odio o asombro. Ramiro metió baza:

—Su padre, Fidel Estrada, ha salvado a mucha gente de los nazis. Los pasaba por la frontera. Un valiente y un hombre cabal.

Lucía sostuvo la mirada del carcelero, que poco a poco fue recuperando su dureza mineral. Escupió reviradamente, antes de conceder:

—Está bien, acompañadme.

Avanzaron por un dédalo de pasillos que seguramente no habían sido aireados en meses, en dirección al pabellón de mujeres. A ambos lados se abrían habitaciones reconvertidas en celdas, con rastrillos en lugar de puertas; en la oscuridad espesa de miasmas, tumbados sobre un suelo donde a falta de colchones germinaba la paja, se vislumbraban bultos quejumbrosos. Desembocaron en un aposento de techo muy alto, sostenido por vigas en las que anidaban los murciélagos; sobre un ventanal inmenso se estrellaba el crepúsculo. Custodiada por unos *fifís* prestos a repartir culatazos con sus fusiles, se tropezaron con una reata de mujeres desnudas, rapadas y con las muñecas apresadas por un hilo de bramante que se les clavaba en la piel. Caminaban con extrema dificultad, como si lo hicieran sobre carbones encendidos; un olor de carne chamuscada delataba que les habían quemado las plantas de los pies.

—Son las putas de Henri Lafont —dijo el carcelero que los guiaba a través de aquella geografía dantesca—. Supongo que sabéis quién es Lafont, el jefe de la banda de la calle Lauriston, ¿no? Ese canalla, además de cubrirse de oro mientras los franceses se morían de hambre, hizo que mataran a muchos patriotas. Y sus putas le ayudaron en la carnicería. —Se volvió hacia Lucía, sarcástico—: Espero que no te ofenda que a semejantes monstruos les hayamos dado el trato que merecen.

Lucía había oído hablar, en efecto, de aquel Henri Lafont, un truhán salido del arroyo que, durante los años de la ocupación, se había enseñoreado del mercado negro, a la vez que se rodeaba de una banda de matones y un harén de mujeres hermosas como pecados mortales (marquesas apócrifas, hetairas con ínfulas de espía, cabareteras y actrices de postín) que habían formado su guardia pretoriana, dedicada al crimen con voluptuosidad y entusiasmo.

—Nadie merece ese trato —murmuró, mientras crecía dentro de ella la pululación del horror—. Nadie. Por mucho mal que haya hecho.

La reata de mujeres pasó a su lado, como un séquito fantasmal o una procesión de penitentes. Sobre sus carnes sazonadas por el vicio las huellas de la tortura parecían acaso más lacerantes. Habían sido violadas, marcadas como reses con hierros al rojo, sometidas a descargas eléctricas y termocauterios; a alguna, incluso, le habían arrancado los pezones, y de sus senos brotaba una sangre exhausta, como el residuo de una lactancia carnívora. Eran eslavas —lo delataba su esbeltez de aves zancudas y una mirada en la que parecía cobijarse el frío de la estepa—, hijas seguramente de aquellos rusos blancos, prófugos de la revolución bolchevique, que se habían instalado en Billancourt y otros suburbios de París. Una de ellas se detuvo ante Jules; tenía unos ojos grandes, como de mosaico bizantino, de un color gris con irisaciones de nácar, y unos pómulos que se adivinaban patricios, pese a la tumefacción causada por los golpes. Sus labios, que habían sido hechos para la tarea de los besos, estaban partidos en varios lugares; una costra de sangre reseca suplantaba el carmín. Había empezado a bisbisear palabras ininteligibles, tal vez en el idioma de sus ancestros, que sonaban como una plegaria. A Jules volvió a asaltarlo aquella piedad que ya lo había conmovido en el Velódromo de Invierno, ante su vecina Annie, o antes aún con su madre; pero ahora se trataba de un sentimiento más incongruente, pues no reconocía a aquella mujer, e increíblemente más vivaz, como si las células de su cuerpo quisieran fundirse con las de ella. Por un segundo pareció que también la rusa cedía a un impulso similar, pero de súbito se revolvió como una furia:

—¡Te conozco bien, perro sarnoso! —berreó—. ¡Y conozco bien a los de tu calaña! ¡Héroes de la Resistencia! Os odio con toda mi alma.

Su voz desgañitada reverberaba en el techo de la sala, despabilando a los murciélagos. Completó su execración escupiendo con saña —con una saña en exceso teatral— a Jules en el rostro. Uno de los *fifís* encargados de su custodia le propinó un culatazo en el vientre. La rusa se desplomó, retorciéndose de dolor; pero aun en el suelo proseguía su retahíla:

—¡Te conozco, miserable hijo de puta! Por tu culpa han muerto muchos de mis amigos. Espero que algún día lo pagues.

Los improperios de la rusa no hacían sino acrecentar el prestigio de Jules ante los circunstantes. El *fifí* tomó su fusil del cañón, como si fuese una azada, y ya se disponía a descargarlo sobre la rusa, pero Jules se lo impidió. Coincidió además que en aquel momento hicieron su irrupción en la sala varios soldados, encabezados por un joven de no más allá de veinticinco años que, sin embargo, portaba en su uniforme los distintivos propios del coronel. Aunque su prestancia no era exactamente marcial, provocó un instantáneo movimiento de reverencia entre los *fifís* y también entre los guardianes españoles, que se cuadraron a su paso.

—Es el coronel Fabien —susurró Ramiro a Lucía—. Van a enterarse de lo que vale un peine.

Pierre Georges, que durante los años de clandestinidad había adoptado el nombre de guerra de Fabien, era uno de los mitos vivientes de la Resistencia. Tres años atrás, había abatido a un oficial de la Marina alemana en los andenes de una estación de metro de París.

Desde entonces, no había cejado en su lucha contra el invasor: había conocido los rigores carcelarios de Fresnes y Cherche-Midi; había sido prendido y torturado en varias ocasiones. Durante la liberación de París, había capitaneado la insurrección de la zona sureste, engrosando su leyenda con hazañas aureoladas de pólvora que los chiquillos recitaban de corrido. Ahora, acababa de organizar un regimiento de infantería, compuesto íntegramente por combatientes de la Resistencia, que se incorporaría en breve al ejército regular en su avance contra los alemanes. Tenía el pelo crespo, como electrizado de ideales invictos, y las facciones francas, pugnaces, de quien no se arredra ante la muerte; en la línea juvenil de su mandíbula se adivinaba un hervidero de pasiones limpias.

—¿Alguien me puede explicar qué es esto? —preguntó con voz conminatoria, apuntando hacia la fila de mujeres martirizadas—. ¿Quién está al mando?

Se abrió un silencio contrito o abochornado. El bigardo español sólo acertó a balbucir:

—Son las putas de Lafont, mi coronel...

Entonces se llevó la bofetada que Lucía antes no se había atrevido a propinarle.

—Estáis degradando el nombre de Francia —los increpó—. Hemos luchado por recuperar nuestra libertad, no para reproducir los métodos de los chacales que nos han tenido tiranizados. ¿Es que no os dais cuenta que lo que hacéis es como reconocer el triunfo de Hitler? Si ese demonio pudiera veros se congratularía del espectáculo que ofrecéis. —Crispó los puños; la furia y la lástima se apretaban en sus nudillos—. Maldita sea, no podemos comportarnos como chusma. Dejad que los tribunales juzguen y condenen a quienes lo merezcan. Quienes tengan que ser pasados por las armas lo serán, pero no podemos dejar que la venganza sustituya a la justicia. —Su voz se había tornado desconsolada, muy pudorosamente desconsolada—. No somos como ellos, joder, no somos como ellos. Si lo fuésemos, mejor sería que volvieran.

Y, para recalcar esta distinción, se inclinó para levantar a la joven rusa que se encogía de dolor en el suelo.

—Que venga de inmediato la Cruz Roja —ordenó Fabien a sus hombres. Y, volviéndose a los carceleros, añadió con invencible asco—: Quedáis apartados del puesto. Os juro que recibiréis el castigo que merecéis.

Un par de soldados desarmaron a los carceleros, incluido el bigardo español, y se los llevaron presos, a la vez que otros dos se encargaban de conducir a las mujeres a una dependencia contigua. Se movían con una como pesarosa indolencia, como bueyes que han doblegado la testuz; sólo la joven rusa de los ojos bizantinos se quedó mirando por unos instantes a Jules, con una fijeza que habría resultado insolente si no hubiese estado humedecida por el llanto:

—Asqueroso cabrón, muérete —musitó aún, antes de marcharse.

Pero había incorporado a cada una de sus palabras tal intensidad luctuosa que, por su tono, más bien parecían la despedida de una enamorada en el cadalso. Mientras las mujeres se alejaban, el coronel Fabien escrutó al hombre que había merecido tan extraños denuestos. La curiosidad dio paso al pasmo a medida que descifraba sus facciones; y el pasmo se fue tiñendo de una jubilosa exaltación cuando por fin logró reconocerlo:

—¡Houdini! ¡Tú eres Houdini, mi salvador! Vaya si estás cambiado...

Y lo abrazó muy virilmente, efusión a la que Jules trató de sumarse por no desairarlo, aunque su abrazo no resultó tan convincente como el de Fabien.

—Ya supe de ti por mis contactos. —Ahora Fabien le palmeaba los hombros, como si quisiera probar su consistencia. Soltó una carcajada y, tomándolo del brazo, informó a sus soldados—: Aquí donde lo veis, este hombre me salvó la vida en agosto del cuarenta y uno, metiéndome por los túneles del metro. Y luego trajo a los boches por la calle de la amargura. ¡Hasta sobrevivió a un fusilamiento en Mont Valérien! —Hablaba con un sincero orgullo—. ¡El gran Houdini! Con media docena de tíos como tú nos hubiéramos merendado a los nazis en menos que canta un gallo.

Al conjuro de tan pintoresco nombre de guerra, los soldados que acompañaban a Fabien dieron muestras de un respeto crecientemente gozoso. También Lucía se sumaba a la celebración.

—Vamos, Houdini, cuéntales a mis muchachos cómo lo hacías para putear a los boches —dijo Fabien—. Que aprendan cómo se escapa de las balas.

Jules se esforzaba por incorporarse al jolgorio, pero todos sus intentos resultaban postizos. A la incomodidad natural que le provocaba no poderse sumar a la evocación de sus presuntas proezas se añadía el resquemor que le había dejado su encuentro con la joven rusa.

—¿Qué te pasa, amigo? ¿Por qué no dices nada?

Lucía intervino entonces:

—No puede recordarlo. Una herida en la cabeza le ha causado amnesia. —Le acarició la sien, para confortarlo—. Pero con un poco de paciencia conseguiremos recuperar su memoria.

Fabien enmudeció, consternado. Como Jules, era aún un hombre en el vigor de la juventud; como él, cargaba con una biografía demasiado tumultuosa para tan pocos años, demasiado hostigada de sinsabores y vicisitudes adversas. Fabien iba a morir en Alsacia, apenas tres meses después, batallando contra el ejército alemán en retroceso. Quizá ya para entonces intuyese su destino, de ese modo resuelto con que los hombres valientes anticipan su propia muerte; pero la amnesia de Jules le hizo pensar sombríamente que, con los hombres, mueren también sus acciones más nobles. Fabien era un optimista; sin embargo, como les ocurre también a los optimistas, de vez en cuando el negro pajarraco de la fatalidad graznaba en algún olvidado recinto de su conciencia. Se pasó la mano por el cabello crespo, electrizado de ideales, para espantar el desaliento:

—Claro que conseguiremos recuperarla —dijo—. Y, mientras tanto, ¿hay algo que pueda hacer por vosotros?

Jules asintió pudorosamente. Aún no había conseguido habituarse a la generosidad:

—Mi hermana Thérèse. Está encerrada aquí. He venido a liberarla.

El otoño ya arañaba con su herrumbre el cielo de París. Los atardeceres aún tenían una tibieza dulce, como de oro viejo, que los parisinos apenas se atrevían a disfrutar, quizá porque llevaban demasiado tiempo subordinados a las rutinas del toque de queda. Tras la embriaguez de la liberación y la resaca de las depuraciones, se había instalado entre la población un clima de incertidumbre y desconfianza, como si nadie quisiera dejarse mecer soñadoramente en el espejismo de la paz. Para alimentar esta disposición vigilante, la prensa no dejaba de alertar sobre la posibilidad de que el ejército alemán en retirada reorganizara sus líneas y lanzase una contraofensiva; al mismo tiempo, se advertía sobre la existencia —acaso fantasmagórica— de quintacolumnistas que conspiraban para restaurar la tiranía nazi. De este modo, al menos se evitaba aquel marasmo de laxitud risueña que había reblandecido a los franceses durante los meses de «guerra boba» que precedieron al ataque relámpago lanzado por las tropas invasoras, pero también se instilaban entre la población recelos que con frecuencia adquirían manifestaciones patológicas. La intercesión de Fabien, ante el Consejo de la Resistencia en primera instancia, y después ante el propio general De Gaulle (puesto que sólo él podía adoptar medidas de gracia para indultar y conmutar penas), surtió efecto inmediato: Thérèse Tillon, la hermana de Jules, fue liberada de Drancy sin cargos y devuelta a casa, y otro tanto se hizo con Annie, la vecinita a quien Jules había prometido sacar del Velódromo de Invierno. A fin de cuentas, la única acusación que pesaba sobre ellas era la de «colaboración horizontal» con el enemigo; y aunque en un principio se había puesto mucho énfasis en el castigo de estas conductas (como la religión pone mucho énfasis en la infracción del sexto mandamiento), pronto el gobierno provisional entendió que perseguir las flaquezas de la carne era como poner puertas al campo.

Pero si la intercesión de Fabien había resultado determinante para aligerar de trabas el proceso, mucho más incluso para su resolución resultó la identidad del peticionario. El nombre de Houdini se asociaba a algunas de las acciones más audaces y arriesgadas de la Resistencia en París y alrededores; acciones que, al difundirse por cauces clandestinos (pues, como es natural, la autoridad ocupante procuraba silenciarlas, o siquiera minimizarlas), se habían aderezado de ribetes rocambolescos o bizantinos, hasta convertirse en proezas sobrehumanas. Muy pocos, aparte de su mentor Fabien, lo conocían personalmente, ya que la célula a la que Houdini estaba adscrito había sido desmantelada (como tantas otras) en vísperas de la liberación y sus miembros ajusticiados sin piedad; y puesto que, según era costumbre en la organización de aquel «ejército de las sombras», se procuraba que las células apenas tuvieran contacto entre sí, se sospechaba que Houdini habría caído en alguna de aquellas misiones suicidas que le eran encomendadas, o que él mismo decidía acometer, con desprecio de su propia vida. Cuando la petición de clemencia para su hermana y su vecina impulsada por el coronel Fabien reveló que Houdini había sobrevivido a las emboscadas del enemigo, y que su verdadero nombre era Jules Tillon, obrero en la fábrica Renault de Billancourt, la prensa creyó encontrar un filón que podría explotar por entregas, presentando a Jules como un emblema del heroísmo popular (se requerían urgentemente historias ejemplares que acallasen la vergüenza del colaboracionismo). También las autoridades municipales, y aun el gobierno provisional de la República, quisieron rendir a Jules homenajes y concederle distinciones; pero él se esforzó en rehuir estos agasajos, pues lo incomodaba que se le atribuyeran heroicidades que ni siquiera podía recordar, y también que lo compadecieran por no poder recordarlas. Decidió, pues, enterrar a Houdini, al menos mientras su memoria no se lo reintegrase.

Aunque no siempre convenía hacerlo, sin embargo. Entre los vecinos de Billancourt (los mismos que quizá hubieran saqueado su casa familiar, vejado a su madre y a su hermana y pintarrajeado la esvástica en la fachada), se había difundido que Jules pertenecía a la Resistencia, y que gracias a su ascendiente entre las nuevas autoridades había conseguido detener el curso de las denuncias que ellos mismos habían firmado, con ese fervor tempranero que asalta a los conversos. Así que se cuidaban mucho de molestar a las dos mujeres que antes habían vilipendiado, incluso se preocupaban de asistirlas en lo que pudieran necesitar, en penitencia por el daño infligido y previsión de que ese mismo daño repercutiera redoblado sobre ellos. Aunque no se atrevían a salir a la calle, no al menos mientras el cabello no les volviese a crecer, poco a poco madre e hija aceptaron que ésa y no otra era la vida que les había tocado en suerte vivir; aceptaron que tendrían que convivir con el oprobio, como otros conviven con una úlcera que supura o una buba que vuelve a crecer cada vez que la sajan con un bisturí. Y aunque ese oprobio llegase a pasar inadvertido entre quienes lo habían provocado, aunque dejasen de señalarlas con el dedo en la calle y de cuchichear a sus espaldas, aunque un pacto de amnesia colectiva acabara velando los episodios que desencadenaron tal oprobio, ellas siempre oirían su carcoma, como un íntimo bochorno, como una sorda persistencia del dolor. Habían conseguido trabajo como costureras para un taller de confección que les enviaba a domicilio las prendas que convenía ensanchar o achicar, recoger o alargar para la plena satisfacción de los clientes; y se entregaban a esta tarea con dedicación absorta, como si en el ejercicio monótono y trivial de coser una lorza a una camisa o pespuntear el dobladillo de una falda o reforzar el ojal de una chaqueta se cifrase su salvación. Jules las contemplaba entregadas a su penitencia, durante horas contemplaba sus perfiles exactos de mujeres repetidas de los que había desertado cualquier vestigio de coquetería o vivacidad o garbo, contemplaba la fijeza de aquellos ojos sin brillo, como de tísicas o mujeres que se han quedado atrapadas en la tristeza sepia de un daguerrotipo. Podían pasar horas enteras sin cruzar palabra con Jules, obcecadas en su tarea, no tanto porque su presencia las coartase, sino más bien porque ambas habían hecho del silencio una trinchera.

—Creo que saldré a dar una vuelta —anunciaba Jules, cuando el silencio empezaba a ahogarlo.

Su madre ni siquiera levantaba la vista de la labor:

—¿Volverás para la cena?

—Será mejor que no me esperéis. Ya me las arreglaré yo.

Jamás hablaban de la guerra y los años de ocupación, quizá porque intuían que en su rememoración acabarían asomando, tarde o temprano, los reproches. Jules sabía que con las guerras ocurre lo mismo que con la vejez: cambian el aspecto y los hábitos de quienes las sufren, pero por dentro cada cual es como siempre ha sido, sólo que con mayor y más desesperada fuerza (la fuerza que infunde el instinto de supervivencia). Ni las guerras ni los años inventan nada en el espíritu de las personas; sus penalidades sirven, a la postre, para que afloren pasiones y atavismos que ya estaban inscritos en su naturaleza, en estado larvario, o reprimidos por las convenciones sociales: y así, quien desiste o se rebela es porque antes ya escondía una inclinación latente al desistimiento o la rebeldía, quien se enfanga o enaltece no hace sino responder fatalmente a una vocación originaria. Esta certidumbre no incorporaba ningún juicio o censura moral, sino más bien al contrario, un ingrediente de compasión hacia la debilidad que su madre y hermana pudieran haber mostrado en circunstancias difíciles. El crepúsculo se derrumbaba sigiloso, casi furtivo, sobre Billancourt mientras Jules alimentaba estas y parecidas cavilaciones. A veces, encaminaba sus pasos hasta el cementerio, para que su frescor de pudridero, mezclado con un rastro de humedad otoñal (siempre es otoño en los cementerios), aquietase aquella inquietud que lo asaltaba cada vez que trataba de asomarse al hondón de los recuerdos borrados. En el cementerio de Billancourt la hierba había crecido sobre los terraplenes, de tal modo que la huella de los bombardeos podía tomarse por una insurgencia de los muertos, que se habrían incorporado de sus ataúdes, confundiendo las alarmas antiaéreas con las trompetas del Juicio Final. Desde allí se oteaban los restos de la fábrica Renault, como un gran buque derrelicto sobre el Sena, merodeado por aves turbias que en aquella hora declinante parecían cortejar con sus graznidos a las ratas que se enseñoreaban del lugar, para fundar una nueva raza híbrida. Jules se paseaba entre las hileras de tumbas que exhalaban un perfume funerario, se paseaba entre las dinastías de la pobreza que habían llegado a Billancourt desde los rincones más apartados del atlas, convocadas por un designio de anonimato, y se detenía ante el túmulo de su padre, cuya muerte no recordaba haber llorado, se sentaba sobre la protuberancia de la tierra para fumar un cigarrillo o rezar sin demasiado convencimiento una oración, y no tardaba en sentir, recorriéndole el espinazo, la humedad de la muerte, viscosa como un reptil, como un reptil sibilante y tentadora.

Sólo Lucía lo unía incondicionalmente con la vida. Cuando la luz harapienta del ocaso se le clavaba como una angina en los pulmones, invitándolo a sucumbir y a fundirse con la noche devoradora, Jules tomaba el metro que lo depositaba en las proximidades de Porte de la Villette, donde seguía instalado el circo de Estrada. Al acercarse al lugar, crecían dentro de Jules el apremio y el hervor de quien se siente renacido y como dispuesto a empezar de nuevo. La comprensión que había nacido entre él y Lucía era de una índole mucho más profunda que la pura atracción física; desde luego, Jules la deseaba con ardor, con violencia incluso, y ella le había dado muestras de que ese deseo era correspondido, pero entre ambos había surgido la convicción tácita de postergarlo, como si la continencia en cierto modo aquilatase la sinceridad de sus afectos. Jules solía pasarse por el descampado de Porte de la Villette a la misma hora aproximadamente, después de que Lucía hubiese completado el número de magia que cada día ejecutaba con su padre. Así, como la mayoría de los artistas estaban ocupados en el tráfago de la función, podían departir más tranquilamente. Resultaba chocante, pero Jules percibía la proximidad de Lucía porque, de repente, su apetito se estimulaba y cobraba conciencia del cansancio acumulado durante el día.

—¿Hambriento? —lo saludaba divertida Lucía, que había salido a la puerta de su caravana a recibirlo.

—Como un lobo —asentía él.

Iba ataviada con el disfraz preceptivo de su actuación, una malla dorada de amplio escote, enjaezada de lentejuelas que empezaban a extraviar su brillo, y un chaqué burdeos, de un terciopelo que se había quedado calvo en los codos y en los faldones. Las medias de rejilla apretaban sus muslos, que no eran opulentos ni tampoco entecos, y conservaban, a la luz de una lámpara de acetileno, la blancura ilesa de la niñez. Se había recogido el pelo en un rodete que le dejaba al descubierto la nuca; allí exactamente la besó Jules, con demorada unción, hasta saborear ese rastro de sal que esconden las pieles jóvenes.

—Mira lo que te trajeron esta mañana.

Sobre la mesa, junto a un plato de *choucroute* humeante, reposaba un estuche de tafilete; Jules lo abrió y se tropezó con una medalla acuñada en bronce, con la cruz de Lorena que De Gaulle había impuesto como distintivo de la Resistencia.

—No te creas que eres el único —dijo Lucía, sacando pecho y mostrándole otra idéntica que pendía de la solapa de su chaqué. Jules no había reparado hasta entonces en ella, o la había tomado por una bisutería que completaba su disfraz—. A mi padre también le dieron otra. Vino a imponérnoslas el mismísimo jefe de policía, Luizet. No sabes el disgusto que se llevó por no poder saludarte.

—Otra vez será —murmuró desganadamente Jules. Había cerrado el estuche de la medalla y daba buena cuenta de la *choucroute*—. No creo haberme perdido gran cosa. —Y añadió, para no resultar desabrido—: Aunque, desde luego, a ti te sienta estupendamente.

Lucía estudió a Jules con esa curiosidad satisfecha de la madre que vigila el crecimiento de su bebé, para asegurarse de que algún día alcanzará la fortaleza de un buey. Le gustaba verlo comer, masticar a dos carrillos, trasegarse el vino como si fuese agua.

—¿Dónde anduviste hoy? —le preguntó. También le gustaba fiscalizarlo, como se supone que es obligación de una madre.

—Por la mañana me pasé por la fábrica —dijo él, sin cejar en su ímpetu tragaldabas—. Tienen la intención de ponerla otra vez en funcionamiento.

—A Renault, el dueño, lo han arrestado por colaboracionista. Esta mañana ingresó en Fresnes, lo escuché en la radio.

—No creo que sobreviva a ese golpe el viejo. —Jules interrumpió la deglución por un instante—. Ya estaba achacoso antes de que estallara la guerra. Me han dicho que últimamente se había quedado medio inválido, andaba en silla de ruedas.

—¿Y quién se hará cargo de la fábrica?

—De Gaulle piensa nacionalizarla. —Chasqueó la lengua, un tanto escéptico—. Pero habrá que empezar por reponer las máquinas, aquello parece una chatarrería.

Una sombra de inquietud cruzó el rostro de Lucía, como un latigazo:

—No me parece lo más prudente que te pongas a trabajar en tus condiciones. —Más que una imprudencia le parecía una fatalidad contra la que le hubiera gustado rebelarse. Sabía que en unas semanas el circo volvería otra vez a la carretera y tendrían que separarse—. Deberías dejar que te viera un médico.

No era la primera vez que se lo proponía. Su insistencia lo exasperaba:

—Sabes de sobra que sería inútil. No hay antídoto contra la amnesia. André nos lo dejó bien claro: sólo resta esperar que alguna impresión fuerte me devuelva la memoria.

—André no es quién para... —se detuvo, antes de que el despecho envileciera sus palabras. Le hubiera gustado confiarle que los juicios de André sobre su enfermedad estaban adulterados por un sentimiento de rivalidad, pero no soportaba la idea de encizañarlos—. Su especialidad no es la neurología. Me parece una locura que te vayas a meter en una fábrica, a trabajar como una bestia, sin consultarlo antes con un especialista.

Tras el amago iracundo, la voz de Lucía se había vuelto a ablandar. Jules rebañó el plato y la miró con una como tímida delectación: embutida en su uniforme circense, ni llena ni particularmente delgada, parecía que trepidase, henchida de promesas. Cuando estaba junto a ella, se sentía invadido por una marea de paz: no era la abrasadora pasión que otras mujeres le habían estimulado en el pasado, sino algo más profundo y quizá inefable. No sin aprensión —pero era una dulce aprensión— pensó que sería la madre perfecta para sus hijos.

—¿Y qué me propones entonces?

—Que te vengas con nosotros —se apresuró a responder Lucía. Se notaba que había madurado mucho aquel ofrecimiento—. Aquí tendrás el reposo que necesitas, yo me preocuparé de garantizártelo. Y, cuando estés totalmente recuperado... bueno, tal vez te apetezca quedarte.

Jules parpadeó, como si probara a espantar los efluvios de un sueño absurdo, pero al tiempo irresistiblemente tentador. Desde que presenciara, al comienzo de su convalecencia, cómo los hombres del circo erigían la carpa sobre el descampado de Porte de la Villette, con esa alegría despreocupada que sólo poseen las aves del cielo y los lirios del campo, se había sentido atraído por aquella forma de vida nómada y sin afanes; tanto que, por prevención, había procurado apartarse de ella —y así, por ejemplo, jamás había asistido a una función, ni siquiera al número de magia que Lucía realizaba con su padre—, para no sucumbir a su encanto. Justo en aquel momento pasó ante la caravana de Lucía el elefante *Nazareno*, manso como un palafrén, enjaezado con las gualdrapas y abalorios con que cada noche su domador lo revestía, antes de la actuación. Alargó la trompa para que Lucía se la acariciase; al detectar la presencia de Jules empezó a bufar nervioso, y hasta trató de rodear la cintura de Lucía.

—Ya ves que algunos no quieren compartirme —dijo, juguetona, mientras se escabullía del abrazo prensil de *Nazareno*.

Cuando el elefante reanudó su camino hacia la carpa, Jules se quedó mirándola, burlonamente, hasta que ella se ruborizó. Afuera, la noche se hacía astronomía, entre el redoble de los tambores y el metal de los clarines que anunciaban la próxima atracción circense.

—Será mejor que te quedes a dormir aquí —dijo repentinamente Lucía—. Tienes pinta de estar agotado.

Se había arrodillado a los pies de él y empezaba a desatarle los cordones de las botas. Jules emitió una débil protesta; al agacharse, sintió que, en efecto, las emociones y esfuerzos del día lo habían dejado exhausto. La fatiga se derramaba como un licor benigno por cada uno de sus miembros. Lucía le apartó las mantas de su humilde lecho; mientras él se derrumbaba sobre las sábanas que conservaban el olor matinal de su cuerpo, Lucía cerró la puerta de la caravana.

—¿Sueles dormir bien? —le preguntó.

Aún conservaba el rubor en sus mejillas. Jules extendió la mano, en un gesto mudo de agradecimiento, y ella la tomó entre las suyas.

—A veces me desvelo pensando en cosas —dijo él.

Lo asaltaban, como retazos de una pesadilla recurrente, imágenes del periplo que juntos habían compartido, de Billancourt a Drancy: su madre acurrucada en un rincón de la casa desvalijada, con los senos como pellejos esquilmados sobre los que alguien había dibujado con tizne sendas cruces gamadas; el furor vesánico de las turbas ante la verja del Velódromo de Invierno; los ojos como de mosaico bizantino de la mujer rusa que lo había increpado y escupido en Drancy. Pero la tibieza que irradiaban las manos de Lucía exorcizaba el acoso de la pesadilla.

—¿Has probado a pensar en tiempos pasados, antes de la guerra, quiero decir?

—Es como volver a una época en la que aún no había nacido.

Estuvo tentado de añadir: «Siento que nací cuando te vi en aquel lago, a las afueras de Roissy-en-Brie»; pero se le antojó demasiado enfático. Lucía se sentó sobre el camastro; ahora posó una de sus manos sobre la frente de Jules, como una paloma que busca su nido.

—Pues hazte a la idea de que acabas de nacer. Todos en realidad hemos vuelto a nacer. —Su voz se agrietó de una melancolía luctuosa—. Hemos visto morir a tanta gente, hemos visto tantas salvajadas que tal vez lo mejor sea olvidar y hacer como que hemos nacido de nuevo... —Súbitamente, se quitó el chaqué de prestidigitadora; sus hombros desnudos surgieron con esa hermosura gratuita y suntuosa que tienen las catedrales: las clavículas eran los arbotantes de su cuerpo; los brazos, los contrafuertes; el cuello parecía ascender con un ímpetu ojival sobre los pilares de los omóplatos y la crucería de las costillas—. Pero no hablemos de eso, estás muy cansado y yo también. ¿Me haces un hueco?

Se quitó los zapatos, que le habían dejado un cerco de lividez sobre el empeine, y agitó los dedos de los pies, bajo la media de rejilla, como si quisiera desentumecerlos. Cuando se deslizó bajo las mantas, Jules sintió su proximidad como un apaciguamiento de sus nervios, antes que como un estímulo del deseo. Se atrevió a posar una mano sobre su vientre, que sintió como un cordero resguardado en el redil estrecho de sus caderas.

—Esta noche me siento como una mamá —dijo ella, tomando la cabeza de Jules entre sus manos, acariciando muy delicadamente el costurón de la sien—. Acurrúcate para estar bien calentito.

Jules obedeció, refugió su rostro en la axila de Lucía y aspiró el olor silvestre de su piel, un olor sin retóricas cosméticas, como el de una yegua que se lavara en un río alumbrado por la luna. Se entregó a ese olor que voluptuosamente lo invitaba a la tranquilidad, que voluptuosamente acompasaba su sangre y su respiración. Pocos minutos después ya se había dormido en los brazos de Lucía, que antes de hacer lo propio se quedó contemplándolo como embelesada. Una de las magias más gratificantes que la vida nos depara consiste en espiar el sueño de quienes amamos: inconscientes y con los párpados caídos, se dejan apropiar enteramente por la mirada que los venera; en su indefensión plena y confiada, se ofrecen a nuestra observación puros como niños, invulnerables como dioses. Lucía se apretó aún más contra Jules, hasta sentir la flexibilidad fornida de su cuerpo como un molde que la modelase, hasta sentir su palpitación como el aleteo de una luciérnaga. Pensó que esa palpitación la protegía y cobijaba; aunque tal vez fuese al revés.

—Mi amor, no me dejes —susurró.

Jules despertó agitado por un hormigueo de energía que le escalaba los músculos. Había buscado en vano el cuerpo de Lucía en el camastro que aún conservaba su olor matinal; poco a poco, el rumor atenuado de la actividad que se desplegaba en el exterior se iba haciendo más nítido, advirtiéndole que se había iniciado una nueva jornada. Lo asaltó ese desasosiego que acomete a los amantes furtivos cuando ven asomar el sol entre los visillos; quizá se tratase de una reacción refleja. Lucía le había dejado sobre la mesa un tazón de leche y unas galletas que ni siquiera probó; por el contrario, anudó precipitadamente los cordones de las botas y se dispuso a abandonar el carromato. Sentado en la escalerilla, André le obstruía el paso; aunque parecía enfrascado en la tarea de barnizar unos bolos que emplearía en sus juegos malabares, se percibía enseguida que aquella ocupación era tan sólo una excusa, tal vez el desahogo que su ánimo solivintado exigía, para no ceder a la cólera. Se hizo un silencio agraviado entre ambos; a Jules, las mejillas le ardían con un sarpullido de vergüenza.

—Todos hemos sufrido mucho con la guerra —empezó André muy lentamente, depositando el pincel sobre el bote de barniz y colocando el bolo que acababa de reparar sobre un peldaño de la escalerilla—. Y las mujeres son criaturas compasivas.

Había algo amedrentador en aquella calma sentenciosa. André tenía el cabello lustroso, como si se lo hubiese embadurnado con grasa de caballo, y la tez arrebolada, como si en el fondo le avergonzase representar el papel del amante despechado.

—Lucía es una criatura excepcional, en todo caso —se atrevió a corregirlo Jules.

—El mejor camino para conquistarlas es llegar con una historia triste debajo del brazo. —André no miraba a su interlocutor; pero procuraba investir su voz de ecuanimidad—. Una mujer nunca es feliz si no tiene que cuidar de algo o de alguien.

—Supongo que eso las hace superiores a los hombres. La compasión ennoblece a las personas.

Jules empezó a sentirse un poco canalla. Le estaba agradecido a André hasta extremos inconmensurables; le debía la vida, pero le correspondía interfiriendo en sus aspiraciones amorosas. Aspiraciones vanas, desde luego; pero el amor es la más trágica de las ofuscaciones. André se frotó las mejillas; aunque acababa de afeitarse, la barba ya le crecía pugnaz, exageradamente viril.

—En realidad, en la mujer conviven dos sentimientos, el de compasión por el perro cojo y el de amor por el hombre. —Aunque seguía empleando un tono alegórico, sus insinuaciones empezaban a resultar de una insoportable violencia—. Desgraciadamente, algunas los confunden. Y entonces pueden surgir consecuencias desagradables.

—¿Para el perro cojo, quiere decir? —inquirió Jules. No había intención retadora en su pregunta, tan sólo un deseo de congraciarse.

—Para el perro cojo, en efecto. Puede que no tenga nada que perder y esté dispuesto a correr el riesgo, pero aunque sólo sea por respeto debe procurar no confundir a la mujer.

Las facciones de André se endurecieron y afinaron, como si alguien las hubiese esculpido en pedernal. Jules experimentó una suerte de abatimiento entreverado de orgullo herido. Nunca había logrado sustraerse del todo a una premonición de brevedad cuando trataba de imaginarse una existencia futura en compañía de Lucía, pero no estaba dispuesto a rendirse tan fácilmente.

—¿No le parece un poco absurdo hablar con parábolas? —preguntó.

André asintió muy parsimoniosamente, sin inmutar el semblante:

—Muy bien, Jules, prescindamos de parábolas. Lucía me pertenece, yo llegué antes. Sólo le pido que no toque lo que es mío.

Lo escandalizaron aquellas ínfulas posesorias; pero no podía evitar que la piedad se entrometiera en medio de su escándalo.

—¿No le parece que pide demasiado? ¿Desde cuándo Lucía es suya?

—Lo será muy pronto —contestó André—. Y para siempre.

Sus palabras no mostraban un resquicio de duda. Había algo punitivo, casi obsceno, en su determinación.

—¿Y cuenta con su consentimiento?

—Por supuesto —afirmó André, con un énfasis que pretendía desmoronar los últimos baluartes de incredulidad a los que Jules aún se aferraba—. Nos casaremos cuando acabe la guerra.

—Y, naturalmente, Lucía sabe que ha venido a verme para decírmelo.

—Naturalmente —confirmó André, sin un titubeo.

La luz de la mañana tenía una cualidad mortecina, como enferma de lipotimias o tuberculosis. El viento hacía restallar la carpa vacía, que de pronto había adquirido ese aire derrotado que tienen los campamentos de los ejércitos en desbandada. Las revelaciones de André eran como una refutación de la realidad: no podían ser falsas todas las muestras de amor que Lucía le había dedicado hasta entonces, no podía ser mentira el olor de su piel, acompasando voluptuosamente su sangre y su respiración, aquella misma noche; salvo que tales muestras fueran más bien de compasión por el perro cojo. Volvió a hablar André, algo menos terminante:

—Prométame que no volverá a interponerse entre ella y yo...

Era como si le pidiera que volviese resignadamente a la tumba donde se pudría su existencia pasada.

—No le entiendo. ¿Qué es lo que teme de... un perro cojo?

Pero André ni siquiera lo escuchaba. Su voz, que había empezado siendo categórica y hostigadora, cedía al empuje del patetismo:

—Sólo la tengo a ella. He perdido a toda mi familia, que quizá haya sido deportada. Llegué a este circo huyendo de la persecución decretada contra los judíos, con la esperanza de que me llevaran hasta los Pirineos. —Ahora buscaba la mirada de Jules, reclamando su anuencia—. Pero me quedé por ella, arriesgando mi pellejo y el de Estrada. Me quedé por la ilusión de hacerla mi mujer cuando las circunstancias lo permitieran. Creo que me lo merezco. Usted... bueno, todo el mundo lo dice, es un héroe de la Resistencia —aún le fastidiaba adherirse a ese juicio sin reservas—, podrá rehacer su vida sin dificultad. Me siento orgulloso de haberlo salvado y nada deseo tanto como que acabe de recuperarse. —Se detuvo un instante, después de la concesión protocolaria, antes de lanzar la súplica que sobresaltó a Jules—: Sólo le pido que la deje para mí, se lo pido por Dios.

Se hizo un silencio difícil, casi sacrificial. André, que le había dado la vida, se la quería quitar; o, peor aún, pretendía desligarlo de la única persona que lo unía incondicionalmente a la vida y condenarlo a una existencia vegetativa. Pero tal vez tuviese razón, tal vez André la mereciese más que él.

—Le prometo... —empezó Jules, pero cada palabra le dolía como una desgarradura— le prometo que evitaré en adelante situaciones equívocas. Le prometo que me quitaré de en medio.

André asintió, con una suerte de gratitud compungida; y, para certificar que aquel pacto entre caballeros cobraba vigencia desde aquel mismo instante, se quedó sentado en la escalerilla de la caravana, guardando sus dominios. En las semanas sucesivas, Jules se esforzó por cumplir a rajatabla su promesa: no volvió por el descampado de Porte de la Villette, de donde aquella mañana marchó como un ladrón furtivo, sin despedirse siquiera de Lucía; y aprendió, incluso, a vivir en ese estado vegetativo que André le había reclamado. Quizá en esta aceptación pasiva de su condena subyacía la esperanza de que, a la postre, Lucía se rebelase contra los designios de André y viniera a buscarlo, incapaz de soportar la separación; pero a medida que se sucedían los días sin que apareciese por Billancourt, esta esperanza se fue infiltrando de desánimo. Por las noches despertaba atenazado por esa sensación, como si el suelo faltase bajo sus pies; y durante el día, esa misma sensación lo mantenía en un estado perenne de parálisis o abulia. Buscaba la soledad, pues consideraba que sólo la conquista de su soledad podría procurarle la fortaleza que necesitaba para no desesperar; pero sabía fatalmente que, una vez erigida esa fortaleza, una vez salvado de la desesperación, decidiría que no deseaba estar solo. La mayor parte de las horas las dilapidaba encerrado en su habitación, mientras la madre y la hermana rumiaban su dolor en el cuarto contiguo, engolfadas en sus costuras; por las mañanas, solía acercarse a la oficina de contratación de la fábrica Renault, que tras el arresto de su dueño se hallaba bajo supervisión de los ubicuos *fifís*, para cerciorarse de que aún no había ninguna comunicación oficial en el tablón de anuncios que anunciase la reapertura. Ninguna de estas ocupaciones lánguidas o rutinarias precisaba del diálogo; así que, con frecuencia, mientras paseaba sin rumbo por Billancourt, o en la intimidad de su habitación, se sorprendía hablando consigo mismo, como un orate, tan sólo para asegurarse de que sus facultades de fonación permanecían intactas.

A veces uno tiene que simular una ocupación o un mero propósito en la vida, aunque no los tenga, y especialmente si los que tiene prefiere mantenerlos en secreto. El único propósito que ocupaba las horas de Jules era Lucía (aunque fuese un propósito esquivo, aunque concentrara sus fuerzas en olvidarla); pero fingía que su desazón la causaba la inactividad, y merodeaba las ruinas de la fábrica Renault como si fuera un capataz de obra. Quizá los hombres necesiten, para reconocer plenamente las geografías de su alma, la inmersión en paisajes congruentes que las hagan inteligibles: y así como el hombre de temperamento ensoñador busca los paisajes bucólicos, así como el eremita anhela el desierto y el mundano las trepidaciones de la gran ciudad, Jules hallaba un raro alivio —una especie de concordancia espiritual— al caminar entre los escombros de la isla Seguin. El edificio central de la fábrica había sido desventrado; las naves donde antaño se hallaban las cadenas de montaje, altas catedrales de luz y hierros forjados, habían quedado arrasadas; y dos terceras partes de las máquinas habían sido reducidas a un amasijo de ferralla. Incluso los puentes que permitían el acceso a la isla proclamaban los estragos de las bombas: hundido por completo el que unía la fábrica con Meudon, también el de Billancourt había sido muy seriamente dañado, y su grácil estructura colgante desmochada. Para acelerar la reconstrucción, y con la encomienda de que fuesen empleados en las labores más penosas, se habían destinado al lugar varios cientos de prisioneros de guerra, en su mayoría militares alemanes de bajo rango que, tras la rendición, habían preferido entregarse al ejército liberador, antes que seguir batallando por una causa perdida que con un poco de mala suerte podría destinarlos al pavoroso frente oriental, donde el avance soviético se acompañaba de una escabechina sin parangón en la historia bélica. De modo que contemplaban aquella condena de trabajos forzados como una benigna estancia en el purgatorio; y su alivio no conseguían ensombrecerlo ni siquiera los *fifís*, que por supuesto se empleaban a fondo en sus facultades supervisoras. Pero ni el *fifí* más ensañado podía medir su capacidad para infligir daño con la de un soldado del ejército rojo dispuesto a vengar las tropelías nazis.

Noviembre descendía del cielo disfrazado de invierno, como un caballo encabritado que arrastrara consigo las aldeas nevadas de Chagall. Louis Renault no había sobrevivido, como anticipara Jules, a los rigores de la prisión de Fresnes; el parte médico oficial certificaba que su fallecimiento lo había ocasionado un ataque de apoplejía, pero su viuda difundió la especie de que había sido envenenado. La mañana en que los obreros de la fábrica fueron convocados por primera vez por las sirenas en la explanada de la isla Seguin circulaban versiones contradictorias sobre el difunto: algunos recordaban que, tras la ocupación de París, había interrumpido sus vacaciones en la Costa Azul, para presentarse inopinadamente en la capital y ponerse a disposición de los alemanes, antes incluso de que éstos lo reclamaran; otros, en cambio, justificaban esta aparente bajeza como un subterfugio concebido por el viejo Renault para garantizar los empleos de sus trabajadores. Jules nada podía aportar a este debate, puesto que nada recordaba de aquellas fechas, pero se permitía dudar del altruismo de Renault, que durante la huelga de 1938, en protesta por el decreto del gobierno Daladier que elevaba a cuarenta y ocho horas por semana el horario laboral, había permitido o auspiciado una represión policial que se había saldado con el arresto de numerosos líderes sindicales y el despido de dos mil trabajadores. El recordatorio de aquellos episodios turbios achantó a los defensores de Renault, y Jules pensó irónicamente que el olvido (como el rencor, a fin de cuentas otra malversación del pasado) es querencia natural en el hombre que no requiere el concurso de la amnesia para imponerse.

Los había convocado en la explanada el administrador provisional de la fábrica nombrado por el gobierno, Pierre Lefaucheux, un resistente de primera hora, ingeniero de profesión, que había llegado a dirigir las operaciones en los distritos de la orilla izquierda del Sena. Como tantos otros combatientes del ejército de las sombras, Lefaucheux había sido apresado pocos meses antes de la liberación, en las redadas salvajes que la Gestapo había desatado, con la rabia de un animal acorralado, cuando ya la debacle nazi era una certeza. Lefaucheux, que había desarrollado sus actividades clandestinas bajo el nombre de guerra de Gildas, era un cuarentón veterano de la Gran

Guerra, de estampa erguida y frente despejada; unas gafas profesorales, con lentes que agrandaban su mirada, facilitaban la conversión del activista en burócrata. Quizá careciera de dotes empresariales; pero lo enaltecía ese verbo calenturiento que actúa como una argamasa sobre la voluntad de los auditorios:

—Nunca más volveréis a trabajar para una sola persona, queridos amigos —afirmó, en un tono de arenga—, sino para vuestro país y para vosotros mismos. Se trata de construir, por el interés superior de la nación, un complejo industrial cada vez más pujante; pero también de aumentar el bienestar general de los trabajadores y de procurar una actividad remuneradora a un número lo más grande posible de hombres y mujeres asociados a la marcha de la empresa.

Tras las concesiones populistas, Lefaucheux anunció un decreto de nacionalización de la fábrica y la confiscación de los bienes del difunto Louis Renault. Cuando acabó su alocución, arreciaron los aplausos y los vítores; de repente, se había extendido entre la concurrencia una alegría de gorras al aire y consignas patrióticas, ese esponjoso júbilo que se suscita entre los pecadores después de que se les haya concedido la absolución. Muchos de los trabajadores que se habían congregado en la explanada habían seguido ocupando su puesto durante los años en que la fábrica había permanecido bajo control alemán, y no se habían destacado precisamente por su participación en algaradas y sabotajes. Tras la liberación, habían vivido en un sinvivir, acongojados ante la perspectiva de los chivatazos y las represalias; pero las palabras del nuevo administrador habían lavado sus aprensiones. Tal vez el olvido, después de todo, sea una malversación necesaria del pasado. Lefaucheux se había internado entre el obreraje, para dejarse saludar y zarandear eucarísticamente. El cielo de noviembre se había contagiado de aquella catarsis festiva; el sol lucía como una cosecha incendiada, calcinando en su fuego los abrojos de los remordimientos.

—¡Pero si tú eres Houdini! —exclamó de repente Lefaucheux, reconociendo a Jules—. ¡Ven a mis brazos, camarada!

Jules volvió a sentir aquella incomodidad que ya lo había asaltado en su encuentro con Fabien en Drancy. Pero se dejó abrazar por Lefaucheux, esbozando una sonrisa un poco pavisosa que podía interpretarse como un signo de timidez o modestia.

—¡Vamos, no me jodas, soy Gildas! —dijo Lefaucheux, dichara- chero—. ¿Es que no te acuerdas de aquella reunión en el sótano del cine Olympia?

Había empezado a detectar cierto aturullamiento en Jules que casi le resultaba ofensivo. Entre los obreros se extendía la expectación.

—¡Pues claro que me acuerdo! —mintió un tanto farrucamen- te, por deferencia a su interlocutor y también por no defraudar a los circunstantes—. ¿Cómo no iba a acordarme?

Los ojos claros de Lefaucheux se empañaron de emoción, bajo las lentes como lupas.

—Prométeme que mañana te pasas por mi despacho —dijo—. Quiero contar contigo para la nueva etapa.

—Por supuesto que me pasaré —consintió Jules.

Pero apenas formuló su promesa, supo que no la cumpliría. Su- puso que aquel encuentro lo obligaría, una vez más, a echar las redes en las aguas oscuras de la memoria, para volver a sacarlas vacías, en un ejercicio desalentador. Lefaucheux ya proseguía su paseo en loor de multitudes; y en derredor de Jules se había formado un corro de obreros que se disputaban sus atenciones, entre la veneración y la en- vidia. Procuró zafarse tan pronto como pudo de aquellas muestras de fraternidad o vasallaje que tan atosigadoras le resultaban; y, bra- ceando a contracorriente, logró perderse entre la multitud, huidizo de esa fama que contrariaba sus aspiraciones de anonimato. Al cru- zar el puente de Billancourt, reparó en los pasquines que empapela- ban los pilares metálicos; todavía los churretones de engrudo se des- lizaban sobre el papel abigarrado, en el que se juntaban leones lan- zando su zarpazo y trapecistas curvilíneas ensayando una pirueta que más bien parecía una contorsión lúbrica y payasos con una sonrisa de oreja a oreja, supernumeraria de dientes. Jules reconoció de inmedia- to los pasquines publicitarios del circo de Estrada; y lo invadió enton- ces una sospecha mortificante: tal vez la propia Lucía acabara de pe- gar aquellos pasquines, tal vez fueran una petición de auxilio que le dirigía, como el náufrago que lanza una botella al océano, con la se- creta esperanza de que supiera interpretarla. Por un momento, com- batieron agónicamente en su ánimo la promesa que le había hecho a André y el deseo de volver a reunirse con Lucía, que nunca había re- mitido, pero cuya pujanza creía haber doblegado, atrincherándose en la fortaleza de su soledad. Pensó entonces, con esa insensatez propia de quienes se creen dueños de sus deseos, que volver a verla no sería síntoma de debilidad sino, por el contrario, prueba de que estaba preparado para olvidarla. Y para que la insensatez no comprometiera la palabra dada a André, resolvió que, por una vez, la vería como nunca la había visto hasta entonces, mezclado con el público que acudía al circo, mientras ella representaba su número de magia con Estrada.

Aquella misma tarde tomó el metro hasta Porte de la Villette, procurando sofocar la impresión de renacimiento —apremio y hervor— que lo agitaba cada vez que iba a reunirse con Lucía. Sentado en las gradas movibles que poco a poco se iban llenando de gente, Jules elevó la vista al tinglado de mástiles y aparejos que sostenían la lona y los trapecios; y, mientras trataba de desentrañar la arquitectura de aquel andamiaje, a un tiempo elemental y alambicadísimo, se sintió como el grumete que por primera vez pisa la cubierta de un barco y se queda pasmado ante el entramado de jarcias que sostienen las gavias, los foques y el bauprés, la mesana y los juanetes, todo un bosque de nombres nuevos y misteriosos, una botánica del oficio que lo subyuga y atrapa para siempre. La cúpula del circo abría un boquete al cielo, donde las estrellas alumbraban como luces de bengala; en la pista, algunos miembros de la *troupe* pasaban el rastrillo por la arena húmeda mezclada de serrín, que exhalaba una fragancia primitiva. Y, mientras los preparativos se aceleraban y las gradas se llenaban de apaches y chulánganos de barrio, de putillas vivarachas y *demi-vierges* que se dejaban magrear por sus novios o clientes, de tenderos a quienes su esposa de doble papada vigilaba muy estrechamente (no fuera que los ojos se les escaparan detrás del culo de alguna amazona), de soldados americanos que repartían chicles entre la chiquillería y jóvenes bohemios que quizá ya se hubiesen enamorado de la trapecista de los carteles, antes de saber siquiera si existía; mientras empezaban a sonar los tambores y las trompetas, atacando caóticamente los primeros compases de lo que parecía un pasodoble español, Jules se dejó anegar por aquella atmósfera de francachela inocente, y se creyó inquilino de un nuevo paraíso terrenal. Es cierto que no podía asomarse al pasado; pero, por una especie de singular y gozosa compensación, sus ojos para mirar el presente eran de una perceptividad prodigiosa, y, como los de un niño, capaces de aprehenderlo todo, capaces de inquirirlo todo, con esa mezcla de curiosidad y asombro y candor que sólo bendice a los niños.

En ese estado de bienaventuranza se hallaba cuando Estrada salió a la pista. Aunque procuraba disfrazarlo de aplomo, la ceguera ya imprimía a sus andares el característico envaramiento de quienes caminan a tientas. Iba ataviado con un frac con coderas, como un duque pobretón que sin embargo se aferra a su aristocracia; de la pechera pendían orgullosamente la medalla de la Resistencia, y también otra, llamada de la Libertad, que el mando aliado concedía a quienes se habían destacado en la lucha contra el enemigo. Estrada hizo sonar una campanilla, antes de dar la bienvenida al público y anunciar el número de los payasos, a quienes se concedía preferencia por si hubiese que espantar algún achaque de tristeza entre los asistentes. Salió una pareja, formada por el augusto y el excéntrico, con sus chalecos raídos y sus andares de rana, sus maquillajes de cejas desquiciadas y unas sonrisas como rodajas de sandía, y probaron unas cuantas bromas patosas, antes de rematar su número ejecutando un dúo de violín que aquietó las carcajadas y puso en las gargantas un nudo de emoción. Al número de los payasos siguieron las cabriolas de las amazonas; aunque los caballos eran más bien flacos y matalones, supieron meterse al público en el bolsillo con su ballet ecuestre. Con un redoble sostenido de tambores al fondo, Estrada salió a continuación para presentar con gran prosopopeya a André, al que asignó una procedencia geográfica exótica y un historial de triunfos cosmopolitas naturalmente apócrifos; más verídico era sin duda el riesgo de su número, ejecutado sobre un alambre que se tensaba en la cúpula de la carpa, entre dos mástiles, sin red de protección que amparase una hipotética caída sobre la pista. André, según pudo atisbar Jules, adoptaba durante su actuación ese mismo gesto de calmosa gravedad, como tallado en pedernal, que había empleado unas semanas antes para reivindicar sus derechos sobre Lucía. Empezó ejecutando algunos funambulismos triviales para ir añadiendo paulatinamente dificultades a su actuación, siempre acompañado por el redoble intrigante de los tambores: primero discurrió sobre el alambre montado en un monociclo, después probó a hacerlo con las manos ocupadas en juegos malabares (empleaba los mismos bolos que había barnizado mientras reprendía a Jules), ya por fin solicitó a la muchacha que le iba tendiendo los adminículos precisos para la actuación que le vendara los ojos y, de esta guisa, recorrió el alambre montado en el monociclo, antes de encaramarse a pulso sobre el manillar, posar la coronilla sobre una especie de repisa dispuesta para tal efecto y ensayar bocabajo diversos volatines. Mientras completaba su repertorio, André no variaba el semblante; las peticiones a su asistente las realizaba mediante ademanes tan imperiosos como los que el cirujano dirige a las enfermeras en el quirófano, solicitando tal o cual instrumento quirúrgico. A Jules no le costó demasiado esfuerzo imaginar ese mismo gesto de concentración laboriosa, en apariencia desapasionada, durante la intervención que le había salvado la vida. En reconocimiento de aquella proeza que nunca le agradecería suficientemente, se sumó con brío a la atronadora salva de aplausos que el público tributó a André.

Para disipar la tensión acumulada, Estrada anunció a unos saltimbanquis, que con sus piruetas desenfadadas, acompañados de una música de fanfarria, extendieron el jolgorio entre las gradas. Luego volvió a aparecer, esta vez más circunspecto y tocado con un sombrero de copa, que se quitó para saludar reverenciosamente y presentar a su muy querida hija, cuya aparición fue ovacionada por la concurrencia con ese sincero entusiasmo que sólo infunde la belleza. Lucía rodeó la pista con muy gráciles pasos, como si ensayara los movimientos de una contradanza; también iba tocada con un sombrero de copa, y en la solapa de su chaqué burdeos brillaba la medalla de la Resistencia. A su paso, se sucedían los piropos, algunos un poco salaces, pero de una salacidad corregida por el arrebato patriótico; y, con la coartada del patriotismo, hasta los tenderos fiscalizados por sus muy matronales esposas pudieron lanzar sus requiebros y quedarse tan panchos. Llevada en volandas por los aplausos, Lucía se acercaba a los niños que ocupaban las primeras filas, alargaba un brazo para revolverles el pelo y se sacaba de la manga caramelos que tenían un brillo de joya, flores de papel que escondían entre sus pétalos una lluvia de confeti, palomas que tras un instante de atolondramiento alzaban el vuelo y se refugiaban entre los aparejos de los trapecios. Jules celebraba aquel carrusel de prestidigitaciones como un niño más, o aun con mayor gozo, pues al arrobo que le provocaba cada aparición se sumaba el arrobo que le provocaba la propia Lucía. Después del *tour* apoteósico, Lucía se reunió con Estrada y juntos representaron una farsa descacharrante, en la que ella desempeñaba el papel de una aprendiz torpe a la que su maestro alecciona en los rudimentos del ilusionismo, primero con condescendencia y luego con resignada desesperación; pero cada vez que le solicitaba que se sacase un conejo de la chistera, Lucía sólo lograba extraer un objeto incongruente, un despertador o un cacharro de cocina o la cartera de algún espectador que, al escuchar el nombre que figuraba en su carné, se palpaba atónito los bolsillos, incapaz de entender cuándo se había producido el escamoteo. Al final, el huidizo conejo le asomaba por el escote, remiso a abandonar la guarida tibia de los senos. Estrada se llevaba entonces las manos a la cabeza, escandalizado de la impudicia del animal, y sus aspavientos eran acogidos por el público con carcajadas unánimes.

—Esta muchacha necesita un correctivo —exclamó Estrada—. A poco que me descuide acabará metiendo a un hombre en la cama. ¡Que alguien me traiga la mesa de aserrar! ¡Antes la mutilo que verla deshonrada!

Aparecieron entonces en la pista un par de mozos portando una mesa sobre la que descansaban una caja de aspecto funerario y un serrucho. Lucía, con histrionismos propios de actriz de cine mudo, imploró piedad a su padre; y como éste no pareciera muy dispuesto a perdonarla, huyó despavorida. De un brinco, salvó la barrera que separaba la pista del graderío y prosiguió su huida trompicándose entre el público, hasta dar de bruces sobre Jules, que no reparó en sus intenciones hasta tenerla encima.

—¡No la deje escapar, caballero! —dijo desde la pista Estrada, que aunque sabía disimular su ceguera no podía saber que Lucía había caído en brazos masculinos, salvo que previamente lo hubiesen acordado así—. ¡Agárrela fuerte y tráigamela, aunque se le resista!

Bajo las medias de rejilla, Jules sentía los muslos de Lucía como dos cachorros que aún no han abandonado la lactancia. La hilaridad de los espectadores había alcanzado un paroxismo de histeria. Lucía le dirigió un mohín pícaro, antes de volver a representar su papel de doncella en peligro. A la vez que se aferraba al cuello de Jules, chillaba y pataleaba como un demonio.

—¡Adelante, caballero, no la compadezca! Póngamela encima de la mesa —lo requirió Estrada.

Y Jules se levantó de la grada con Lucía en brazos, como si la orden se la hubiese dado un magnetizador y estuviese bajo los efectos de un trance hipnótico. Uno de los mozos que habían empujado la mesa con la caja fúnebre hasta el centro de la pista corrió a abrirle un portillo en la barrera. Lucía proseguía su pantomima, pero se acurrucaba contra el pecho de Jules como antes el conejo huidizo se había acurrucado contra el suyo. Le susurró al oído:

—¿Pensabas que te iba a dejar marchar, sinvergüenza?

Estrada, mientras tanto, mostraba al público el interior de la caja, que constaba de dos mitades, una de las cuales tenía en su extremo dos agujeros, para encajar en ellos los pies de la víctima, mientras la otra mostraba tres, uno central para la cabeza y dos más pequeños para las manos. Entre el mozo y Estrada lograron tender a Lucía sobre la mesa e introducirla en la caja, donde trató en vano de redoblar sus forcejeos, pero para entonces ya estaba inmovilizada.

—Un hueso duro de roer, ¿eh, amigo? —le preguntó Estrada, enjugándose teatralmente el sudor del rostro con un pañuelo.

Azorado, Jules trató de escaquearse sin responder, pero Estrada lo agarró del faldón de la chaqueta, entre las carcajadas del público.

—¡Eh, amigo! ¿No se le olvida algo?

Jules lo miró desconcertado. Estrada le acarició el lóbulo de la oreja y, al abrir la palma de la mano, apareció como por arte de birlibirloque la medalla de la Resistencia que se había dejado olvidada, durante su última visita a la caravana de Lucía.

—¡Un aplauso para el caballero! —solicitó Estrada, mientras le prendía la medalla en la solapa—. Al respetable le gustaría conocer su nombre.

Jules lo dijo casi en un rezongo, como si estuviera confesando una culpa. Estrada le puso el serrucho en las manos, antes de que pudiera reaccionar; al blandirlo, comprobó que no era de pega.

—Y ahora, si no le importa, usted mismo va a encargarse de darle su merecido a mi discípula —le propuso, o más bien le ordenó Estrada—. ¿Ve la ranura que separa las dos piezas de la caja? Pues meta el filo por ahí y asierre sin contemplaciones.

Lucía había empezado a gimotear, reclamando auxilio. Jules buscó en la mirada de Estrada un rasgo de connivencia, pero se tropezó con unos ojos que tenían algo de porcelana viscosa. A cambio, le llevó el brazo con el que sostenía el serrucho hasta la ranura indicada. Estrada abrió unas compuertas laterales en ambas piezas de la caja; a través de ellas podían verse, respectivamente, las piernas de Lucía, enfundadas en las medias de rejilla, y su pecho palpitante como un corazón dúplice.

—Sin contemplaciones he dicho —insistió Estrada, y él mismo inició el movimiento de aserrar—. No se detenga hasta que la haya cortado en dos.

Jules sonrió atontolinado y medroso de que su impericia acabase ocasionando algún percance, pero Lucía le había lanzado un guiño y el público lo jaleaba, con expectación un poco caníbal. Así que empezó a aserrar hasta que los dientes de la sierra toparon con un obstáculo blando; la sonrisa de Lucía se coaguló entonces en una mueca de espanto, y por la ranura de la caja se empezó a deslizar un reguero de sangre, sigiloso como una culebra, que terminó derramándose sobre la arena de la pista. La hilaridad del público se había erizado de estupor.

—¡Vamos, prosiga! ¿A qué espera? —lo azuzó Estrada.

—Algo ha fallado...

Sinceramente, así lo creía. Se había hecho un silencio compungido entre los asistentes, que se transformó en oleada de incredulidad cuando Estrada apartó de un empellón a Jules y empezó a serrar con ensañado frenesí. En su vaivén, los dientes de la sierra mostraban una sustancia sanguinolenta; el reguero de sangre se convirtió pronto en una hemorragia que brotaba de la ranura con ímpetu de géiser, salpicando el frac del mago, empapando sus bocamangas. Lucía chillaba como un gorrino en la matanza, se revolvía en su angosta cárcel hasta que su resistencia cedió y sus miembros se entregaron a un tembleque convulsivo. En las gradas, el estupor se había ido transformando en horror pánico: las putillas y *demi-vierges* berreaban y se tapaban el rostro, al borde del desmayo; las matronas de los tenderos, más pálidas que el albayalde, instaban a sus maridos a intervenir; lloraban los niños como si sus peores pesadillas de sacamantecas se hubiesen hecho realidad; y hasta los apaches y los soldados americanos habían enmudecido, desencajados los rostros y encogido el ánimo.

Cuando el rechinar de la sierra se mezcló con un ruido más áspero, como de huesos tronzados, algunos espectadores se levantaron de sus asientos y comenzaron a protestar e increpar a Estrada. Lucía emitió un estertor muy verídico y aflojó los miembros; la mesa sobre la que reposaba su cuerpo chorreaba una sangre mezclada de menudillos. Estrada se apartó al fin, blandiendo la sierra con la que acababa de completar el estropicio; se remangó como un matarife satisfecho y lanzó un guiño a Jules:

—Ahora, caballero, le ruego que compruebe que aquí no hay trampa ni cartón. —Hizo un signo al mozo que lo asistía, que tendió a Jules un panel de madera—. Introduzca ese panel por la ranura, por favor.

Jules obedeció, con esa prontitud agarrotada de los autómatas. Aunque sabía que estaba asistiendo a un truco, como a veces en nuestros sueños más atribulados sabemos que nuestros padecimientos no son reales, la impresión de vividez le resultaba ya insoportable. El panel se deslizó por la ranura sin dificultad; Estrada separó entonces las dos piezas de la caja casi un palmo, provocando entre el público un unánime escalofrío de congoja. El cuerpo seccionado y exánime de Lucía fue exhibido a diestro y siniestro, provocando muestras de angustiada grima. Estrada pidió calma, mientras ensayaba un puchero:

—Tal vez no merecía un castigo tan severo... —lagrimeó—. Después de todo, la chica ponía buena voluntad. Veamos si esto aún tiene remedio.

Juntó otra vez las dos piezas de la caja, retirando el panel divisorio y las tapaderas que actuaban a modo de potros apresando el cuello, las muñecas y los tobillos de Lucía. Durante unos segundos nada sucedió, y el gesto consternado de Estrada nada halagüeño anticipaba. Pero de repente Lucía se irguió ilesa y, lo que aún resultaba más chocante, limpia de toda aquella inmundicia sanguinolenta que ensuciaba la mesa. Con un brinco descendió a la pista y volvió a circundarla, repartiendo su sonrisa pizpireta. La ovación fue cerradísima y los piropos redoblados. Las luces de acetileno rebajaron su intensidad y apareció en la pista uno de los saltimbanquis del número anterior, paseando un cartelón que anunciaba un descanso de veinte minutos.

—Acompáñeme a mi caravana, quiero hablar con usted —le dijo Estrada.

El tono era a la vez cortés e imperativo. Aunque la vista le fallaba, fue Estrada quien lo guió entre bambalinas, actuando de lazarillo en medio del barullo de poleas, maromas enrolladas y cachivaches de diversa índole. La noche se despeinaba de brisas que traían hasta el descampado de Porte de la Villette hojarascas de los bulevares de París. Los gatos merodeaban el lugar, como ángeles de luto, enzarzados en sus querellas sexuales y en sus disputas por una raspa de pescado.

—No fue muy cortés de su parte marchar sin despedirse siquiera —soltó Estrada sin circunloquios.

—Pensé que Lucía se lo habría explicado... —se excusó Jules, en un balbuceo contrito o pudoroso.

Habían llegado ante la caravana de Estrada, que empujó la puerta, cediendo el paso a su invitado.

—Pues yo más bien diría que ella fue la primera en extrañarse de su comportamiento.

Las paredes de la caravana de Estrada, que desempeñaba a la vez las funciones de vivienda y despacho, estaban empapeladas de carteles y prospectos circenses, un *collage* abigarrado y nostálgico. Olía a lisol y polvos de talco, una mezcla que hizo estornudar a Jules.

—Prometí a André que no me interpondría entre ambos —dijo, por abreviar también los circunloquios.

Repartidos entre el tapiz de carteles circenses, había varios retratos de una misma mujer que anticipaba los rasgos de Lucía, aunque algo más desmejorados o mórbidos. Estrada se había despojado del frac y se desabotonaba la camisa pringosa de sangre, quizá procedente de alguno de los gatos que merodeaban por el descampado.

—Sobre cualquier asunto que incumba a Lucía, nadie es quién para hablar por ella, ¿me entiende?

—No del todo, señor.

—André ya tuvo su oportunidad, no deje que malogre la suya. ¿Me entiende ya?

Se quitó la camisa, hizo con ella un gurruño y la arrojó al suelo de la caravana. Tenía un torso moreno y cenceño, de costillas muy marcadas, como el de un San Jerónimo tenebrista. Un vello de plata enferma se le arremolinaba en el pecho.

—Le entiendo, pero debo cumplir mi promesa —dijo Jules.

Su circunspección exasperaba a Estrada, que le pidió que vertiera el contenido de un aguamanil sobre la jofaina en la que se disponía a limpiarse las salpicaduras resecas de sangre. Probó a cambiar el curso de la conversación:

—Fue gracioso ver su cara mientras aserraba a Lucía —sonrió blandamente—. A ustedes, los franceses, siempre les impresiona un toque granguiñolesco. ¿No adivina el truco?

—Me temo que no. Desde luego, estaba muy bien hecho.

Estrada asintió complacido. Se había chapuzado en la jofaina y ahora se frotaba el rostro y las manos con jabón.

—Había otra chica en el doble fondo de la mesa, que deslizaba las piernas en una de las piezas de la caja a través de una trampilla. Lucía tenía las suyas recogidas en la otra pieza. Hay que ver cómo se dobla, parece de goma.

—No se me habría ocurrido jamás —reconoció Jules, tendiéndole una toalla que Estrada no acertaba a alcanzar—. Definitivamente, la magia no es lo mío.

—Y, sin embargo, Lucía me ha dicho que sus compañeros de la Resistencia lo llamaban Houdini. —Jules no supo determinar si la intención de Estrada era capciosa, pues la toalla ocultaba sus facciones—. Sabrá quién fue Houdini, supongo.

A Jules empezaba a remejerlo cierto desasosiego:

—Un mago, según tengo entendido.

—¿Un mago, dice? —Estrada fingió escandalizarse—. ¡Un genio, más bien! Revolucionó el arte de la prestidigitación con sus números de escapismo. Era capaz de las contorsiones más inverosímiles, no había nudo, cerrojo o grillete que se le resistiera. Llegó a encerrarse en una caja de caudales, cargado de cadenas, y a pedir que lo arrojaran desde un puente al río. ¡Y logró salir, Jules, logró salir! —se exaltó—. ¿Un mago, dice? ¡Houdini era Dios! ¿Y sabe de qué manera absurda murió?

Jules denegó con la cabeza, pero enseguida recordó que Estrada no podía distinguir su gestualidad:

—Cuéntemelo.

—Un botarate que se confesaba admirador rendido suyo lo asaltó en el camerino. Quería comprobar si, como decían, Houdini tenía un vientre como una plancha de acero, capaz de resistir cualquier puñetazo. Aunque era pura fibra, Houdini jamás había presumido de majadería semejante. Pero, por complacer al botarate, dejó que le descargara un puñetazo sobre el vientre. —Estrada acompañaba su narración de visajes un tanto furibundos. Si hubiese tenido delante al botarate de marras, de buena gana lo habría estrangulado—. Aunque el golpe le dejó un moratón, Houdini no se inmutó. Pero una semana más tarde, mientras actuaba en un teatro, cayó fulminado. En el hospital, donde ingresó cadáver, descubrieron que el puñetazo le había provocado una rotura de apéndice que degeneró en peritonitis. —Suspiró apesadumbrado—. Conque ya ve, por un exceso de cortesía perdió la vida Houdini. No deje que un exceso de cortesía arruine la suya. —Adoptó de nuevo una actitud sonsacadora—: ¿Y por qué lo bautizaron a usted Houdini?

No se había detenido a considerarlo, pero ya el coronel Fabien lo había puesto en la pista:

—Al parecer, se me daba muy bien escapar de ciertas situaciones comprometidas.

Estrada extrajo de uno de los cajones de una descangallada cómoda una camisa limpia. Jules le ayudó a encontrar las mangas.

—Le propongo que saque provecho de esa habilidad.

—¿Cómo? —preguntó Jules, con una cierta renuencia que no era sino la máscara de su expectación.

—Véngase por aquí por las tardes, después de salir de la fábrica. Nos han prorrogado la licencia un mes más, y hasta que abra el Circo de Invierno no nos faltará público. —Esbozó una mueca claudicante—. A mí ya no me queda mucho, la diabetes me está matando, y me jodería marcharme sin haber encontrado un discípulo. ¡Ya vio que Lucía es una calamidad! —Rió brevemente, súbitamente atenazado por la melancolía—. A usted le gusta el circo. Se le nota en el brillo de la mirada.

Jules lo escrutó con una prevención medrosa.

—Pero usted no puede distinguir el brillo de mi mirada.

Estrada no se inmutó. Terminó de abotonarse la camisa y se remetió los faldones bajo el pantalón.

—Lucía es mis ojos, amigo. Ella lo descubrió entre el público, antes de que comenzara la función. Y distinguió ese brillo.

Se volvió de espaldas a Jules, para que le enfundara el frac. Habían vuelto a sonar los tambores y trompetas en el circo, atacando caóticamente los primeros compases de un pasodoble; el intermedio ya se había consumido.

—Le enseñaré los trucos del oficio, estoy seguro de que será un discípulo aventajado. Y luego, si le apetece, puede ser mi sustituto.

Lo había soltado como quien deja caer una nimiedad. Jules bajó delante la escalerilla de la caravana, para servirle de parachoques en caso de que tropezara.

—Pero prometí que me quitaría de en medio —insistió todavía, lacerado por la sombra de un remordimiento.

—Recuerde a Houdini, no se deje matar por cortesía. —Estrada había echado a andar, ajeno a las tribulaciones de Jules—. Usted ya cumplió su promesa. Y para Lucía es André quien se está poniendo en medio.

Había asomado en el cielo una luna tensa y expectante, casi núbil de tan llena. Jules vio alejarse a Estrada por el descampado; aunque procuraba disimularlo, sus movimientos eran cada vez más dificultosos, entorpecidos por la ceguera y por la falta de riego que le producía la diabetes. Antes de desaparecer en la carpa, aún se volvió y gritó:

—¡Y la próxima vez que quiera asistir al circo, anúnciese!

Tal como había anticipado Estrada, Jules demostró ser un discípulo aventajado. Poseía una habilidad natural para los juegos de escamoteo y, sobre todo, una disposición muy receptiva para el aprendizaje. Pronto descubriría que la práctica del ilusionismo era, en cierto modo, una metáfora de su propia vida: la amnesia lo había obligado a nacer de nuevo, soltando amarras con esos continentes de pasado sepultos en las aguas del olvido; al instaurar, mediante sus trucos y ardides, una realidad nueva, la magia le infundía una confianza casi demiúrgica en su capacidad para crear un presente habitable. No se le escapaba a Estrada el entusiasmo del neófito; y ese entusiasmo actuaba como un acicate también para él, de tal forma que en poco tiempo se entabló entre ambos una fluencia recíproca que incluía las confidencias. Así, Jules pudo reconstruir la azarosa peripecia que había convertido a un modesto prestidigitador, habituado a desenvolverse en espectáculos ínfimos de variedades, en gerente de un circo que, con el patrocinio de los servicios secretos británicos, se había erigido en pieza fundamental de las redes de evasión que permitieron cruzar los Pirineos a miles de perseguidos por el régimen nazi.

Jamás se le hubiese ocurrido pensar a Estrada que lo aguardaba un destino heroico; más bien al contrario, su temperamento reticente, poco inclinado a las efusiones y más bien conformista, presagiaba que su existencia se iba a encauzar por los senderos de una satisfecha medianía. Pero las circunstancias habían conspirado contra esa asumida vocación de sombra. Veinte años atrás, Fidel Estrada era un cuarentón taciturno, nada animoso, que había hecho de la conquista de la soledad una plácida rutina; sin una mujer que enardeciera sus noches, sin amigos que iluminaran sus días, la frugalidad y una como resignada misantropía lo disuadían de la tentación de la vehemencia.

Vivía en pensiones menesterosas, procurando no intimar demasiado con los otros huéspedes; allá donde era contratado, dejaba un regusto ambiguo de desapego y profesionalidad que le había granjeado cierta animadversión entre sus colegas, a la vez que la preferencia de los empresarios, a quienes nunca atosigaba con exigencias económicas ni desesperaba con esas manías y excentricidades con que otros artistas acaso menos diestros que él, pero infinitamente más envanecidos, solían disimular su inseguridad. Y es que Estrada, en efecto, no cultivaba manías ni excentricidades; por no cultivar, no cultivaba ni siquiera gustos o apetencias, fuera de su dedicación a la magia y de su afición al teatro, que en hombre tan parco resultaba casi una voluptuosidad. Siempre que se lo permitían sus compromisos, Estrada asistía al teatro; y como la cartelera madrileña no se renovaba tanto como su voraz afición desease, no era extraño que asistiera a varias representaciones de una misma función. Así le ocurrió, por ejemplo, con *Santa Isabel de Ceres*, un dramón tremebundo que durante varias temporadas se representó con éxito multitudinario en el Teatro de la Comedia; escrito por Alfonso Vidal y Planas, un bohemio cristianoide y visionario, el dramón contaba los infortunios de Isabel, una prostituta con veleidades místicas que se enamora de un artista, cliente habitual de su burdel en la calle Ceres, quien, una vez que alcanza la celebridad, la olvida y se casa con una chica de buena familia, abandonando a la protagonista que, en un desenlace truculento, se degüella. *Santa Isabel de Ceres* no escatimaba las crudezas plebeyas, el lenguaje arrabalero, la religiosidad entreverada de fatalismo; era una obra más bien zafia y lacrimógena, razón seguramente por la que había obtenido el beneplácito del público que diariamente llenaba la platea y se compadecía de los infortunios de la protagonista. Aunque no se hubiese atrevido a reconocerlo abiertamente, también Estrada lloraba a moco tendido con el dramón; aunque mucho menos impetuoso y mujeriego que el marqués de Bradomín, él también era feo, católico y sentimental. Esta vergonzante emotividad que reprimía en su vida cotidiana la desaguaba luego clandestinamente en obras como aquélla, que podía presenciar sin empacho hasta media docena de veces. En una de las muchas representaciones de *Santa Isabel de Ceres* a las que asistió, se produciría el acontecimiento que iba a rectificar su biografía: una indisposición aquejaba a la primera actriz, que hubo de ceder su papel a una joven meritoria llamada Catalina Salazar. Consciente de la oportunidad que se le brindaba, la sustituta puso en su interpretación tal carga de desgarro y patetismo que los espectadores se sintieron transportados, arrastrados más bien, por un torrente trágico que alcanzó su apoteosis en la ovación final. Estrada se sumó a esa ovación cerradísima con el placer que proporciona premiar el descubrimiento de un nuevo talento; y, venciendo su natural timidez, se atrevió a esperar a la actriz en la salida de artistas, para testimoniarle su admiración. Todavía no se había detenido a descifrar el significado de aquella desconocida pasión que lo exaltaba; pero empezaba a comprender que algo nuevo e inesperado que creía prohibido se había inmiscuido en sus rutinas, trastornándolas para siempre.

Para un hombre célibe entrado en años, el amor es un milagro o un cataclismo. De ambas naturalezas participaba aquella insurgencia, hecha a la vez de instinto y energía intelectual, que se produjo en el interior de Estrada. Había vivido, naturalmente, aventuras amorosas en su juventud, devaneos que en su misma fogosidad llevaban inscrita su condición perecedera. Aplacados los hervores juveniles, había podido prescindir de aquellos amoríos sin excesivo menoscabo, como quien prescinde de una vianda quizá suculenta, pero incongruente con la frugalidad que se ha propuesto como regla vital. Catalina Salazar provocó inopinadamente en Estrada aquel «hundimiento del mundo» al que se refiere el poeta: de súbito, la existencia metódica que había sobrellevado hasta entonces —con docilidad, con entereza, incluso con orgullo— se le antojó subalterna, vagamente humillada; sin apenas darse cuenta, estancias de su alma que creía clausuradas para siempre, tapiadas como mausoleos donde se pudre el cadáver de una pasión extinta, se abrieron de par en par al raudal vivificador, ansiosas de brindarse. Enamorarse de aquella mujer exigía transformarse en una persona distinta, despojarse de las vestiduras del hombre viejo; pero el milagro, como el cataclismo, impone sus condiciones. Pronto descubriría que, en muchos aspectos, Catalina era exactamente su antípoda: frente a su natural taciturno y morigerado, Catalina era expansiva y pizpireta; a su retraimiento político oponía el ardor de las sufragistas pioneras; la resistencia de Estrada a prolongarse en una descendencia se topaba con el instinto maternal, muy acusado y vindicativo, de Catalina. De aquellas desavenencias de carácter brotaría, sin embargo, una poderosísima sintonía; quizá el amor sea el arte que convierte las disonancias en acordes.

Se casaron el mismo día que Catalina cumplía veintidós años. Que Estrada le duplicase exactamente la edad les pareció una pura curiosidad cronológica; o, en todo caso, una confirmación de que su matrimonio estaba regido por álgebras halagüeñas. El nacimiento de Lucía, en apenas un año, terminó de disipar las últimas aprensiones de Estrada, que no eran sino desconfianza y miedo ante el futuro, vestigios del hombre viejo que había sucumbido ante la fuerza irradiadora de Catalina. Pronto se entablaría entre padre e hija una aleación indestructible, entre otras razones porque fue Estrada quien se ocupó principalmente de su educación, permitiendo que Catalina se dedicara a su muy prometedora carrera de actriz. Tras el éxito de *Santa Isabel de Ceres*, fueron varias las compañías que le ofrecieron encabezar los carteles con su nombre; y no pasaría mucho tiempo antes de que pudiera elegir las obras que deseaba protagonizar, caracterizadas siempre por la preponderancia de los papeles femeninos (Ibsen y Benavente entre sus autores favoritos) y su preocupación social. A Estrada nunca le importó demasiado que el ascenso al estrellato de Catalina se correspondiese con su paulatino embarrancamiento en la irrelevancia como mago. Más bien al contrario: se había dedicado al ilusionismo por razones alimenticias y por aprovechar ciertas habilidades congénitas; ahora que las necesidades de la familia estaban sobradamente cubiertas por el éxito de Catalina, podía permitirse el lujo de ejercitar su antiguo oficio sólo por placer, en esporádicas actuaciones benéficas y, más asiduamente, en su propia casa, sin más público que la pequeña Lucía, que asistía obnubilada al modesto repertorio de trucos y escamoteos. Desde muy pronto, Estrada fue para su hija el hombre que obraba milagros, título que no hubiese cambiado ni por todo el oro del mundo.

Con el advenimiento de la Segunda República, se acrecentaría todavía más la popularidad de Catalina, que a su condición de actriz consagrada, favorita de muchos intelectuales de la época, sumaba la de activa sufragista, participante en conferencias y actos reivindicativos. Aunque todavía era una mujer joven, tanta agitación solía dejarla exhausta; pronto, aquel estado de postración empezó a hacerse crónico: cualquier esfuerzo físico, por nimio que fuera, la hacía desfallecer; incluso el trabajo en el escenario, que en condiciones normales tan estimulante y remunerador le resultaba, empezó a provocarle vahídos. Los primeros médicos que visitaron confundieron aquellos síntomas con los de un agotamiento nervioso; pero ni las dietas vigorizantes ni las curas de reposo lograron corregir su abulia. Aquella metamorfosis operada en Catalina lastimaba muy vivamente a Estrada, que contemplaba cómo se amustiaba la mujer que antes lo había hecho reverdecer sin lograr sobreponerse a un vago sentimiento de culpa, pues consideraba que ambos procesos estaban relacionados mediante algún secreto vínculo compensatorio. Se trataba, desde luego, de un pensamiento irracional, mas no por ello menos mortificante; y Estrada, que en su día se había entregado sin reservas al entusiasmo contagioso de su mujer, hasta desprenderse de la rémora de escrúpulos y prevenciones que lastraba sus días, se entregó con el mismo desvelo a su curación. Cuando por fin le diagnosticaron el mal que la corroía, Estrada supo que esa curación exigía algo más que desvelos; exigía, quizá, la intervención de un milagro. Y, en contra de lo que Lucía pensaba, Estrada no podía obrar milagros.

No existía por entonces ningún remedio eficaz contra la tuberculosis. Aunque científicos franceses y alemanes competían por sintetizar sustancias curativas, el único tratamiento aceptado contra la enfermedad seguían siendo las estancias en sanatorios de montaña. Catalina ingresó en uno de la sierra de Guadarrama; durante más de tres años, mantuvo una lucha sorda con aquella carcoma que horadaba sus pulmones. Fueron tres años monótonos como una travesía en la que no se avista tierra; tres años de sacrificios y renuncias para Estrada, que hubo de probar simultáneamente su valía como enfermero y como administrador de la menguante economía familiar. A escondidas de Catalina, volvió a trabajar como prestidigitador, para allegar el dinero necesario con que pagar las facturas del sanatorio; los empresarios que lo contrataban, sin embargo, aprovechaban sus años de inactividad como coartada para rebajar sus emolumentos. Poco a poco, por fortuna, Catalina empezó a mostrar signos de mejoría; el aire del Guadarrama, desinfectado por la nieve, si no curaba la tuberculosis, al menos detenía su avance. Las disneas que habían llegado a estrangular su respiración, las fiebres que habían esmaltado su mirada, las hemoptisis que habían dibujado su anagrama de sangre sobre la almohada se fueron espaciando cada vez más, como si el clima de la sierra anestesiara los bacilos de Koch. Su convalecencia se fue haciendo más aquietada y llevadera, como la de quienes aprenden a convivir con una herida que nunca cicatrizará del todo. Los médicos del sanatorio accedieron a concederle el alta a cambio de que se sometiera a un estricto régimen de vigilancia y a una aminoración de la actividad. Catalina, por supuesto, infringió aquellas órdenes.

Y, a la postre, fue una infracción vivificadora. Al menos así pudo disfrutar de los pocos años de vida que aún le restaban. Nunca volvió a consumirse en giras extenuantes, pero volvió a pisar los escenarios, participando en recitales organizados por sus amigos intelectuales. Sin pretenderlo, se convirtió en una suerte de musa de la causa republicana; a Estrada, que contemplaba con creciente disconformidad la deriva del régimen, no le agradaba demasiado esta implicación de Catalina, pero jamás trató de estorbarla, pues ante todo deseaba favorecer su felicidad. La victoria del Frente Popular, una alianza de los partidos de izquierda demasiado artificial e inestable, resucitó al principio el clima inaugural que trajo el advenimiento de la República; pero enseguida aquel júbilo un poco verbenero se ensució de rencores atávicos y algaradas revolucionarias. Cuando el general Franco se sublevó en Marruecos, el gobierno republicano reaccionó como un boxeador sonado, con una especie de negligencia jactanciosa; pocos días después, daba órdenes de armar al pueblo, para tratar en vano de detener una insurrección que ya había triunfado en la mitad del territorio nacional. A la parálisis del primer momento se sucedieron la improvisación y el caos, un suculento caldo de cultivo para pescadores en río revuelto; y, en unas pocas semanas, los facciosos ya estaban cercando la capital. Catalina recayó en su enfermedad: a la recidiva contribuyó, acaso más cruelmente que las privaciones propias del asedio, el desmoronamiento de sus ideales. En noviembre del 36, se organizó la evacuación a Valencia de un grupo de intelectuales y artistas, entre quienes se contaban el poeta Antonio Machado y el pintor José Gutiérrez Solana; también, por recomendación de la Junta del Sindicato de Espectáculos, la actriz Catalina Salazar, acompañada de su familia. Instalados en una casita a las afueras de Utiel, entre naranjos y limoneros, aún pudieron disfrutar durante unos meses de un simulacro de paz: todavía no se habían librado los combates del Ebro que decantarían el curso de la guerra, pero Catalina y Estrada ya vislumbraban la derrota; y fue esta conciencia de acabamiento la que, paradójicamente, les permitió entregarse de manera más acendrada a su amor, que se sabía con las horas contadas y sin embargo se prolongaba, deseoso de seguir viviendo, en Lucía. En la primavera del 38, el ejército rebelde lanzó una ofensiva hacia el Mediterráneo que iba a dividir la zona republicana; el gobierno, reducido ya a una comitiva itinerante, se trasladó a Barcelona, arrastrando consigo a sus leales. De aquel viaje en un tren sonámbulo y renqueante, acogotados por el miedo a un ataque de la aviación enemiga, Estrada guardaba un recuerdo muy vívido: Lucía, que se había quedado dormida sobre sus rodillas, le mojó los pantalones con una sustancia cálida que él confundió con el orín; la luz andrajosa del amanecer le revelaría que su hija acababa de clausurar la niñez.

En Barcelona los hospedaron en el desmantelado hotel Majestic. El calor húmedo del verano barcelonés, el desabastecimiento de medicinas y provisiones y, en general, las condiciones de penuria extrema imperantes en la ciudad, agravaron la tuberculosis de Catalina, que empezó a padecer delirios febriles y crisis de tos en las que parecía vaciarse de sangre. A Estrada le encomendaron la misión de entretener a las milicias con sus juegos de prestidigitación; conversando con aquellos jóvenes entre los que ya cundía el desánimo, tuvo noticia de las purgas que los comunistas, por orden de los servicios secretos soviéticos, habían perpetrado entre los disidentes trotskistas y anarquistas. Estos testimonios, que más bien eran secreteos medrosos (pues el temor a la delación era entre algunos milicianos tan pujante como el temor a las balas adversas), sumados a los episodios de salvajismo ufano que el propio Estrada había presenciado en Madrid, inspirados siempre por secuaces comunistas, le inculcaron para siempre la aversión hacia una ideología que funcionaba como una burocracia de la muerte. En vísperas de la Navidad del año 38, las tropas del general Yagüe lanzaron su ofensiva definitiva contra Cataluña; ni el nacimiento de Dios detuvo el avance de quienes se habían incautado de su nombre en vano. El frente republicano no tardó en ceder ante el empuje de un ejército mucho mejor pertrechado; los bombardeos sobre Barcelona se sucedieron con una saña que no buscaba tanto la rendición militar de la ciudad —para entonces, su única defensa la constituían los milicianos que levantaban barricadas con los adoquines arrancados de las calles— como reducir a escombros el ánimo de los barceloneses que aún permanecían leales a la causa republicana. Cuando el gobierno, o sus jirones, ordenó la evacuación de los guardias de asalto y el traslado de todos los organismos oficiales, el pánico se extendió por doquier. Barcelona se convirtió, de repente, en una ciudad acuciada por el desahucio: soldados que tal vez hubiesen desertado de su unidad (o tal vez su unidad hubiese desertado de ellos); ancianas que se echaban sobre la espalda encorvada un saco que acaso pesase más que ellas mismas, como novias decrépitas que se aferran a su ajuar; mujerucas greñudas cargando con cómodas seguramente rapiñadas que iban vaciando de cajones, a medida que les iba faltando el resuello; hombres taciturnos sin otra posesión que una prole más numerosa que las arenas del mar; madres que envolvían a sus hijos todavía lactantes en una toquilla y los arrimaban a su pecho exangüe; enfermos arrebujados en una manta, o sostenidos en el precario equilibrio de sus muletas; una riada humana emprendía su éxodo hacia Francia, al cobijo de la noche, mientras los reflectores de las últimas defensas antiaéreas barrían el cielo sin estrellas. Los más afortunados habían conseguido hacerse un hueco en el remolque de los camiones militares que apenas tenían combustible para veinte o treinta kilómetros, en ambulancias que más bien parecían tartanas para el desguace, en automóviles que avanzaban a trancas y barrancas entre la muchedumbre extenuada, con los faros apagados, para no servir de diana a los aviones que volvían de sobrevolar la ciudad, como águilas que merodean su presa.

Estrada consiguió plazas en un tren que aspiraba a alcanzar esa misma noche Puigcerdá, en la frontera con Francia, siguiendo la cuenca del Llobregat; aunque hablar de «plazas» entre aquel tropel de gentes despavoridas que abarrotaba los vagones quizá fuera una hipérbole. A duras penas logró que le hicieran un hueco a Catalina en un compartimento reservado a los enfermos que no podían sostenerse en pie; Lucía y él tuvieron que conformarse con viajar hacinados en un pasillo con temperatura de establo. La expedición hacia Puigcerdá se reveló pronto imposible: tras la toma de Tarragona, la división de Yagüe había abierto varias brechas en las líneas de defensa republicanas, desde Solsona a Igualada, y las avanzadillas ya merodeaban los alrededores de Manresa. Poco antes de alcanzar Puigreig, un avión de la Luftwaffe descargó sus bombas sobre la línea férrea, provocando el descarrilamiento del tren; luego, mientras sus ocupantes huían en desbandada en busca de refugio, se entretuvo ametrallándolos en vuelo rasante. Cargando sobre sus espaldas a Catalina, y con Lucía de la mano, Estrada logró cobijarse en una masía abandonada que a lo largo de la noche se fue llenando con otros pasajeros del tren accidentado, supervivientes de la razia aérea. A falta de víveres, aquellos desgraciados compartieron sus piojos, que ya serían durante meses los compañeros de su exilio; pero ni el picajoso cosquilleo de tan molestos huéspedes, ni la tristeza irremisible que embargaba su ánimo, ni las expectativas funestas que ensombrecían su porvenir fueron obstáculos suficientes para espantar el sueño que los derrengaba. Durmieron aquella noche en la masía, bien arrimados los unos a los otros, para protegerse del frío de enero que bajaba de las montañas, armado con un puñal de hielo. Estrada envolvió entre sus brazos a Catalina, mitigando su tiritona; mientras trataba de acompasar su respiración con la respiración herrumbrosa y sibilante de su esposa, casi un estertor, tuvo el presentimiento de que pronto sus pulmones se rendirían. Para exorcizar el acoso de esa sospecha, empezó a susurrarle ternezas al oído, una letanía de amor que acabaría adormeciéndolos a ambos.

Despertaron al rayar el alba, con las ropas blanqueadas por la escarcha, y emprendieron el camino hacia la frontera francesa. A la multitud procedente de Barcelona se habían agregado los lugareños de la cuenca del Llobregat, donde las tropas de Yagüe se habían empleado con especial dureza. Las carreteras que conducían a los Pirineos apenas podían contener aquel éxodo de proporciones bíblicas; en las cunetas se amontonaban, como restos de un naufragio, los enseres que los fugitivos preferían abandonar, antes de que su lastre retrasara la huida. De vez en cuando, un camión o una tartana se abrían paso dificultosamente entre aquel océano de humanidad derrotada. Antes de llegar a Berga, Estrada —que no había dejado de cargar sobre los hombros a una exhausta Catalina— logró apiadar al conductor de un camión militar, que se desvió de la ruta principal, para evitar el peligro de las razias aéreas, y se internó en la provincia de Gerona por Ripoll, hasta dejarlos en un pueblo llamado Camprodón, en las estribaciones de los Pirineos, donde la carretera se estrechaba hasta convertirse en una trocha impracticable para los vehículos motorizados. De buen grado el conductor del camión los hubiese acompañado en su paso por la frontera, pero tenía órdenes de presentarse en Figueras, última estación del desmantelado gobierno en su vía crucis hacia el exilio. Había empezado a arreciar la cellisca; un crepúsculo cárdeno acongojaba las cumbres pirenaicas. Sacando fuerzas de flaqueza, Estrada se internó por andurriales sólo frecuentados por las cabras, porteando a una Catalina exánime; Lucía, que aún no había cumplido los catorce años, se comportó en aquel trance como si ya hubiese ingresado en la edad adulta: sus labios no pronunciaron una sola queja, aunque el hambre le arañaba las entrañas y el frío glacial le poblaba la piel de sabañones. Caminaron durante toda la noche, sin otra brújula que las estrellas, sobre la nieve congelada; de vez en cuando, las ramas sarmentosas de un árbol solitario, enjaezadas de carámbanos, les fustigaban el rostro, como si quisieran arrebatarlos al reino de las sombras. Estrada había dejado de sentir el aliento de Catalina en su cogote; pero no fue hasta la mañana siguiente, al reparar en sus miembros yertos y en su rostro azulenco, cuando se convenció de que estaba muerta. Se había ido sin exhalar un gemido, de puntillas, con esa pudorosa discreción del pájaro que abandona su nido. Padre e hija lloraron lágrimas de orfandad y exhausta rabia; mientras improvisaba un responso ante su cadáver, mientras la cellisca borraba los rasgos de la mujer que había irrumpido en su vida como un milagro o un cataclismo, Estrada pensó con melancólica vanidad que la muerte no cambia nada, que la muerte es una vicisitud nimia, incapaz de detener el incesante y prodigioso universo. Catalina seguía habitándolo, seguía iluminando las estancias de su alma que habían permanecido clausuradas hasta el día en que la conoció.

Entraron en Francia por el collado de Ares. Allí los socorrió una familia de caritativos cuáqueros, que cargaron en su carromato el cadáver de Catalina y les procuraron un bocadillo, apenas un mendrugo de pan con una cautiva sardina en escabeche que tenía un regusto rancio y avinagrado, pero que les supo a ambrosía, después de tres días sin probar bocado. En el carromato de los cuáqueros viajaron hasta el pueblo de Serralongue, en cuyo cementerio pudieron enterrar a Catalina; fue una ceremonia desangelada, casi clandestina, abreviada por una pareja de gendarmes que, venciendo la resistencia de los cuáqueros, se hicieron cargo de Lucía y de Estrada y los condujeron hasta una iglesia sin culto que había sido habilitada como campo provisional de refugiados. El radical-socialista Daladier, jefe del gobierno, que tan transigente y contemporizador se había mostrado en la conferencia de Munich con los afanes expansionistas de Hitler, no había vacilado en tildar a los exiliados españoles de «hatajo de indeseables»; y como tales fueron tratados por las autoridades francesas. En aquella iglesia sin culto permanecieron Lucía y su padre durante casi una semana, junto a otros doscientos refugiados, aguardando destino. Dormían sobre el suelo espolvoreado de paja, como bestias en un muladar, y se alimentaban con un rancho infame que les provocaba diarreas y vómitos. Rodeaba la iglesia una alambrada de espinos hasta la que se acercaban los lugareños, algunos apiadados de su desgracia y dispuestos a brindarles auxilio y confortación, otros en cambio gozosos de contemplar su penuria. Cuando las condiciones de insalubridad comenzaron a hacerse insoportables —habían tenido que excavar una zanja en mitad del presbiterio que les servía como letrina—, irrumpió en la iglesia una partida de soldados senegaleses. En un francés indiscernible e imprecatorio, rubricado con algún culatazo, ordenaron a los refugiados que se dividieran en dos filas, atendiendo a su sexo. Cuando entendió que se disponían a separarlo de su hija, Estrada creyó derrumbarse: había sufrido con estoicismo vejaciones que hubiesen sublevado a hombres más dóciles que él; la perspectiva de que le arrebataran a Lucía desbordaba, sin embargo, su capacidad de aguante. Se revolvió con furia contra los soldados senegaleses y forcejeó con ellos, mientras Lucía se aferraba a su cintura, como si quisiera echar raíces en ella. Pero su resistencia sólo sirvió para que los senegaleses se emplearan con más desatada brutalidad; antes de perder el conocimiento entre el pedrisco de mojicones y puntapiés, Estrada pudo contemplar el rostro desencajado y lloroso de Lucía, que le aseguraba que pronto volverían a reunirse, que la separación no duraría mucho.

A la postre, duraría más de lo que ambos hubiesen deseado. Lucía fue enviada, junto a las demás mujeres y niños recluidos en la iglesia sin culto de Serralongue, a una isla de la Bretaña francesa, en el golfo de Morbihan, llamada para mayor escarnio Belle-Île-en-Mer.

Ocuparon las naves bajas de un castillo abandonado, sin más inquilinos que las ratas y las cucarachas; pero aun de un paraje tan lóbrego y desangelado, las mujeres allí reunidas lograron hacer un hogar, estableciendo una suerte de sociedad matriarcal donde no tardaron en aflorar los mejores instintos femeninos. Peor suerte corrió Estrada, enviado al campo de concentración de Saint-Cyprien, uno de los muchos fundados en las playas del departamento de los Pirineos Orientales. Aunque designar «campo de concentración» a un arenal de varios kilómetros de extensión, donde llegaron a congregarse hasta cien mil hombres, cercados por alambradas de púas y sin un mísero barracón donde guarecerse, quizá no baste para compendiar el horror de aquel paraje inhóspito. Puesto que el gobierno francés —como los demás gobiernos democráticos europeos, por lo demás— jamás había declarado oficialmente la legitimidad de la República española durante los años que había durado la contienda civil, los exiliados carecían del estatuto de refugiados. No podían acogerse a la protección de los convenios internacionales, ni invocar la salvaguarda de la Sociedad de Naciones; debían conformarse con languidecer a la intemperie, como corresponde a un «hatajo de indeseables». En Saint-Cyprien, desde luego, el trato que recibieron no desmereció el agrio calificativo de Daladier: a su llegada al campo, los guardias móviles se encargaron de despojarlos de las escasas pertenencias de valor que aún pudieran conservar; durante los primeros días de confinamiento, expuestos a los rigores del invierno y sin un mendrugo de pan que llevarse a la boca, muchos murieron de frío e inanición; en las semanas sucesivas, las defunciones por tifus y disentería, propagados a través del agua salobre que los prisioneros se veían obligados a beber, diezmarían aún más la población del campo.

Las primeras provisiones tardaron días en llegar. Varios camiones del ejército cargados con hogazas recorrieron la línea de las alambradas; encaramados en sus remolques, los soldados arrojaban entre risotadas el pan a la muchedumbre famélica, dejando que se lo disputaran como alimañas. Naturalmente, los más fuertes y los más taimados hicieron acopio, mientras decenas de miles siguieron sin probar bocado. Los más responsables entre los prisioneros se percataron entonces de que su supervivencia dependía de su organización; en cada sector del campo nombraron un delegado, encargado de presentar al mando francés una lista con los hombres a su cargo y de administrar los víveres. A Estrada le correspondió ejercer este cargo en el sector de prisioneros civiles: en un par de semanas había conseguido establecer un servicio de intendencia rudimentario; en un par de meses, canalizando las protestas de los internos, logró que hasta Saint-Cyprien llegaran los primeros materiales necesarios para construir barracones. Por aquellas mismas fechas, se divulgó en el campo el parte de guerra que proclamaba la victoria de Franco; aunque se trataba de una noticia que no pillaba a nadie desprevenido, cundió entre los refugiados una desolación general que se revistió de las más variopintas manifestaciones, desde el estupor al rapto de cólera. Muchos de aquellos hombres, curtidos en mil sinsabores, desgajados de sus familias y de la tierra que los había visto nacer, volvieron a probar aquel día el sabor de las lágrimas, que ya creían olvidado para siempre.

El gobierno francés quiso aprovechar la coyuntura para librarse de aquella enojosa multitud de parias. Con la complicidad de las autoridades republicanas en el exilio, incitó a la repatriación a los españoles que no hubiesen ostentado ninguna responsabilidad política durante los años de la contienda ni estuviesen implicados en delitos de sangre. Casi un tercio de los refugiados que habían cruzado la frontera durante el gran éxodo de Cataluña picaron el anzuelo que se les tendía; diariamente abandonaban el campo de Saint-Cyprien miles de incautos, custodiados con insólita deferencia por gendarmes o espahíes a caballo que los depositaban en los trenes con destino a Portbou. El recibimiento que les aguardaba en España distaba mucho del que les habían pintado idílicamente los irresponsables dirigentes republicanos: algunos fueron ejecutados, otros dieron con sus huesos en la cárcel, los más sobrellevaron desde entonces una existencia sojuzgada y oprobiosa. Pero los irresponsables que los habían devuelto al matadero, los mismos irresponsables por cierto que previamente los habían embarcado en una guerra perdida de antemano, utilizaron aquel episodio luctuoso para aureolarse de victimismo ante la comunidad internacional, como si ellos hubiesen sido los mártires. Aunque añoraba su patria, aunque no cargaba en su conciencia con culpas que le hicieran temer un castigo, aunque la repatriación hubiese llevado aparejado el reencuentro con Lucía, Estrada declinó tan tentadora propuesta: a la desconfianza visceral que le provocaba cualquier llamamiento bendecido por los inútiles que habían propiciado la caída de la República se sumaba la repugnancia invencible que le suscitaba el régimen de Franco, fundado sobre una argamasa de sangre. La tragedia de Estrada, como la de tantos españoles de orden que repudiaban por igual la deriva revolucionaria de la República y el nacionalcatolicismo franquista ya la había compendiado, siglos atrás, Francisco de Aldana en un soneto memorable: «El ímpetu cruel de mi destino / ¡cómo me arroja miserablemente / de tierra en tierra, de una en otra gente, / cerrando a mi quietud siempre el camino!» En los atardeceres de Saint-Cyprien, ante el mar inmóvil y sordo que se extendía ante su mirada como una barrera más infranqueable que las alambradas de espinos, Estrada se atrevía a solicitar a Dios que su destino sin quietud no se extendiese a su hija.

Había conseguido, después de mil pesquisas e inquisiciones, averiguar el paradero de Lucía. Diariamente le escribía cartas en las que evitaba el relato de las penalidades cotidianas y pintaba su estancia en el campo de concentración como un engorroso trámite previo al reencuentro; procuraba, no siempre con éxito, que en sus palabras viajara un rescoldo de optimismo que actuase como lenitivo de las penalidades que a buen seguro también Lucía estaría padeciendo, y como bálsamo de su orfandad. El propio Estrada se preocupaba de entregar sus cartas, junto con las que otros internos de su sector redactaban (o le pedían que él les redactase, pues abundaban los analfabetos), a los oficiales encargados de la administración del campo; por supuesto, antes de ser enviadas a sus respectivos destinos, dichas cartas eran revisadas por un comité censorio, que las expurgaba de aquellos pasajes o menciones poco favorecedores para la autoridad francesa. A comienzos del verano, Estrada recibió la primera carta de respuesta de su hija: por su tono casi protocolario, dedujo que también en Morbihan actuaban los censores, o que cierto pudor filial impedía a Lucía convertir aquellas misivas en una crónica monótona de aflicciones. Pero, aun con sus insinceridades y sus elipsis forzadas, aquel intercambio epistolar sirvió a Estrada para saber que Lucía seguía viva, que era tanto como decir que también él seguía vivo. Las condiciones del campo de Saint-Cyprien, entretanto, mejoraban poco a poco, no tanto porque la ferocidad de los carceleros se hubiese ablandado (más bien al contrario, quienes se habían negado a regresar a España por repudio a la dictadura franquista o miedo a las represalias eran tratados con mayor desprecio si cabe) como porque las dotes organizativas de los propios internos habían empezado a desarrollarse.

Habían construido al fin barracones que los guarecían del frío y letrinas que evitaban el espectáculo bochornoso de las deposiciones en la playa. El rancho de lentejas, con sus tropezones de chinas y gusanos, se amenizaba de vez en cuando con verduras, margarina o botes de leche condensada que los internos adquirían a los lugareños de un pueblecito próximo. La disentería de las primeras semanas fue remitiendo, pero no así la sarna, ni los piojos, unos piojos gordos como moscas, que se entretenían reventando entre las uñas. El gobierno francés, entretanto, urdía nuevas fórmulas para aliviar los costes derivados de la manutención de los refugiados; los devaneos belicosos de Hitler, que no parecían satisfechos con la invasión de los Sudetes, prefiguraban un clima de guerra que exigiría en breve reclutamientos masivos y mano de obra barata. Por los altavoces del campo se empezaron a suceder los llamamientos reiterados y atronadores. Primero se los exhortó a alistarse en la Legión Extranjera; más tarde, cuando se comprobó que los internos se mostraban más bien remisos a ingresar en un cuerpo que los obligaría a trasladarse al norte de África, se crearon unos Batallones de Marcha, unidades militares enteramente compuestas por españoles, pero bajo mando francés. Como tampoco estos batallones provocaron raptos de entusiasmo entre los refugiados, se instituyeron las Compañías de Trabajadores Extranjeros, que incorporaban oficiales del ejército republicano como auxiliares de los franceses; a quienes se inscribían en estas compañías se les encomendaban labores de nivelación de terrenos, construcción de arsenales, polvorines y centrales hidroeléctricas, así como el reforzamiento de la frontera con Alemania, aquella línea Maginot erigida tras el Armisticio de 1918 que se revelaría inútil ante la nueva maquinaria bélica del ejército alemán.

Muchos internos de Saint-Cyprien se resignaron a incorporarse a estas compañías, a sabiendas de que sus salarios serían ínfimos, casi inexistentes. Pero cualquier alojamiento militar, por pobretón que lo imaginasen, se les antojaba un palacio, comparado con aquel humedal infestado de mosquitos. Las inscripciones se multiplicaron, por desesperación o desencanto, la mañana del 24 de agosto, cuando los altavoces del campo los despertaron con la noticia de que Von Ribbentrop, el ministro de Exteriores alemán, y su homólogo soviético, Molotov, habían firmado un pacto que los convertía en aliados y que, en apenas unas semanas, les iba a permitir repartirse los despojos de Polonia. Muchos refugiados afiliados al partido comunista hicieron añicos aquella mañana su carné, desengañados del padrecito Stalin. A Estrada, en cambio, aquel pacto germanosoviético le confirmó que nazismo y comunismo eran expresiones del mismo Mal, disfrazadas con apariencias antípodas; y anticipó que, en algún día no muy lejano, las alimañas que ahora compartían festín se enviscarían mutuamente, hasta que unas prevaleciesen sobre las otras, instaurando un nuevo monopolio de la mortandad. Para septiembre de 1939, cuando las hostilidades entre Francia y Alemania por fin se declararon, tras la invasión de Polonia, en el campo de Saint-Cyprien ya sólo quedaban unos pocos miles de hombres, en su mayoría viejos y achacosos, inútiles para el servicio militar. Mientras el gobierno francés, deseoso de clausurar aquellos campos de la vergüenza, decidía qué destino asignarles, Estrada les ofrecía cada noche modestas exhibiciones de magia que espantaban sus zozobras.

Pronto se encontró la solución para deshacerse de aquellas engorrosas escurrajas del éxodo republicano. Era la época de la vendimia, y los viticultores precisaban mano de obra barata que sustituyese a los jóvenes jornaleros franceses, que habían sido movilizados. Los oficiales al mando del campo realizaron gestiones directas con los agricultores, que por las mañanas acudían a Saint-Cyprien para aprovisionarse de mano de obra; a cada interno elegido se le extendía su documentación y se le encomendaba a su patrón, quien a cambio de proporcionarle la libertad lo obligaba a deslomarse, pagándole tan sólo con la manutención. Muchas veces fue convocado Estrada a estas reclutas de trabajo; y otras tantas desestimado, por su aspecto poco vigoroso o acaso demasiado distinguido. Hasta que un día los altavoces del campo casi desierto solicitaron su presencia en la caseta de comandancia; Estrada acudió al llamado ignorante de que su destino estaba a punto de adoptar un desvío inesperado, más bien temeroso de que se hubiese hecho acreedor a algún correctivo o sanción disciplinaria. Para su sorpresa, en la caseta de comandancia no había ningún oficial francés, tampoco centinelas que guardaran el puesto. Salió a recibirlo un hombre espigado y flemático, de porte aristocratizante (o quizá esa prestancia se la otorgasen el terno y la corbata: hacía muchos meses que Estrada no veía a alguien dignamente vestido); antes de que pronunciara una sola palabra supo que era británico. Se presentó como Lloyd, James Lloyd, un nombre inverosímil de tan común, y estrechó la mano de Estrada con una reservada cordialidad; hablaba un español académico, de sintaxis tan correcta como envarada, entorpecido por un acento que delataba su procedencia. Tendió a Estrada una pitillera de alpaca en la que se alineaban cigarrillos turcos, un lujo casi obsceno en Saint-Cyprien; mientras le prendía uno con su mechero, le demostró muy sucintamente, procurando que su alarde no resultara abrumador, que no desconocía su biografía: sabía que era viudo, y quién había sido su mujer; sabía que había cruzado la frontera de Francia por el collado de Ares, y cuáles habían sido las estaciones de su éxodo hasta llegar a Saint-Cyprien; sabía que Lucía, su unigénita, se hallaba internada en Morbihan; sabía, en fin, de sus habilidades prestidigitadoras. Había en su exposición esa tranquila falta de énfasis propia de quienes manejan datos y confidencias como si fuesen miembros de una vastísima ecuación aprendida de memoria. Estrada se atrevió a interrumpirlo, fingiendo un aplomo que no sentía: «Tal vez convendría que yo también supiese algo sobre usted.» Lloyd parpadeó, un tanto perplejo; pero la objeción era justa y consintió: «Digamos que, desde que me instalé en Francia, me he convertido en empresario circense. Pero soy hombre versátil... como usted mismo.» La apostilla final, más que un piropo, parecía el preámbulo halagador de alguna onerosa carga; el resto de las palabras eran tan corteses como mendaces, pero la cortesía restaba gravedad a la mentira. El sedicente empresario circense prendió otro cigarrillo; las volutas de humo brotaban de su boca parsimoniosas, pero no conseguían nublar el brillo ávido de su mirada: «Francia no lo sabe, pero la situación es catastrófica. Piensa que esta guerra boba durará indefinidamente, mientras mantenga a sus tropas en los parapetos de la línea Maginot. Pero el día en que Hitler se decida a lanzar una ofensiva destrozará sus defensas. —Estrada lo escuchaba con temeroso estupor, como quien asiste a una visión premonitoria—. Las viejas tácticas bélicas nada podrán contra los Panzer. Si Hitler no ataca por el momento es porque le interesa consolidar su posición en Polonia y planear su campaña escandinava, que será un paseo militar. Y una vez conquistados los países escandinavos, Francia caerá.» Estrada, un tanto temerariamente, se atrevió a lanzar una pullita: «También están ustedes, los ingleses...» Lloyd se defendió sin perturbar su flema: «Cumpliremos con nuestro deber, no lo dude. Pero somos un país insular, nuestro medio es el mar y el aire, no el continente.» A Estrada le parecía estar viviendo un sueño equivocado, una situación que no le incumbía; habló con un desparpajo que sonó ofensivo: «Pues habrá que ingeniárselas para salir de esta ratonera, ¿no le parece?»

Su interlocutor lo miró con una severidad que extrañamente resultó más indulgente que correctiva: «Me temo que primero habrá de hallar el modo de salir de Saint-Cyprien. Por su edad, es poco probable que lo contraten como jornalero —observó con falsa indiferencia, antes de incurrir en la piedad—: De modo que, salvo milagro, usted seguirá internado aquí cuando los nazis se hagan con el poder. Como tal vez se imagine, Hitler no va a gastarse un maldito céntimo en alimentar a cuatro pordioseros españoles —empleó esta designación sin atisbo de acritud, con intención meramente descriptiva—, exiliados de un régimen que él mismo ha contribuido a implantar. Y, dados sus años, tampoco lo reclutarán como mano de obra gratuita. Me disculpará si hago tanto hincapié en el factor cronológico, pero me temo que es determinante. Será entregado a las autoridades españolas, que no creo que le envíen precisamente un comité de bienvenida. —Había pronunciado estas palabras como quien formula un trámite archisabido. Se detuvo para apurar melancólicamente su cigarrillo, antes de proseguir, con parca gravedad—: Menos halagüeño aún será el destino de su hija. Ella es joven y la deportarán a un campo de trabajo. Si es que la soldadesca no prefiere quedársela en propiedad, claro...» Aquel vaticinio lóbrego lo desarmó; Estrada balbució con una voz que no era la suya: «Antes de que eso ocurra me habré fugado. Recogeré a mi hija en Morbihan y escaparemos en una barca de pescadores. Seguro que en alta mar encontraremos un buque de la escuadra británica que nos recoja.» Lloyd escuchó entre divertido e incrédulo aquel improvisado plan de fuga; su voz se había tornado condescendiente: «Si fuera usted checo, o polaco, tal vez pudiera coronar con éxito su odisea. Pero le recuerdo, Estrada, que es usted un español, un rojo español. Y el gobierno de Su Majestad no quiere conflictos con Madrid.» Estrada no supo si le ofendía más que lo tildara de rojo o que le recordara la cínica pasividad de las potencias europeas, que había hecho posible el triunfo de Franco y que abandonaba a su suerte a los damnificados. No se dejó vencer, sin embargo, por la consternación: «Comprendo. Nuestra suerte está echada. Pero no me resigno. Lucharé con uñas y dientes. Si yo no puedo salvarme, al menos salvaré a mi hija.» Sin pretenderlo, se había enardecido; Lloyd, que con su flema había contribuido a su exasperación, no disimuló su alborozo: «Bravo, Estrada. —Su mirada volvía a ser ávida, incitadora—. Gentes como usted son las que necesitamos. Mis informantes no estaban errados: usted podría ser un formidable combatiente por la libertad. Intentar embarcar sería un riesgo demasiado cierto para su vida... y para la de su hija. Lo que le propongo...» Estrada lo interrumpió; el cosquilleo del miedo se fundía con su sangre: «¿Quién es usted?», preguntó en un murmullo, pero Lloyd sólo respondió con una risita que era a la vez de modestia y de sorna. Reanudó su parlamento: «Lo que le propongo es que arriesgue su vida aquí en Francia, donde desde hoy mismo puede ser útil.» De nuevo lo acometió la impresión de irrealidad que ya había experimentado al principio de aquella conversación: «¿Quién es usted?», repitió, ahora con ansiedad. A las facciones de Lloyd se asomaron súbitas angulosidades; la avidez de su mirada adquirió una dureza mineral: «Creo que ya me presenté al principio. Soy empresario circense.»

No se molestaba siquiera en resultar verosímil. Expuso a Estrada su propuesta: acampado a las afueras de Toulouse, le aguardaba un circo itinerante con los papeles en regla; tendría que hacerse cargo de su dirección. Mientras resultara posible no levantar sospechas, contaría con periódicas aportaciones dinerarias para ponerlo en marcha; pero debería esforzarse por hacerlo rentable, o al menos por garantizar su subsistencia con las recaudaciones que obtuviera, pues en unos pocos meses, cuando los alemanes invadieran Francia, dichas aportaciones habrían de interrumpirse. Lloyd ignoraba cuál sería la nueva ordenación administrativa que se seguiría a la debacle francesa (sus dotes vaticinadoras no alcanzaban tanto): no podía imaginar que Pétain, el vencedor de Verdún, se fuese a convertir en el capitulador de Compiègne; no podía imaginar tampoco que se establecería una línea de demarcación que iba a dividir el territorio ocupado y un estado satélite con sede en Vichy; más bien se inclinaba a pensar que Hitler no ofrecería un armisticio que salvara, siquiera mínimamente, el honor de Francia. Acertaba, en cambio, cuando suponía que se podrían organizar redes de evasión a través de los Pirineos, redes que burlasen la vigilancia fronteriza y llevaran a los prófugos hasta el consulado británico más próximo, en Andorra o España, desde donde serían conducidos a Gibraltar. El cometido de Estrada consistiría en mover su circo itinerante por el triángulo formado entre Toulouse, Pau y Perpignan, recogiendo a los evadidos allá donde se le indicase y acompañándolos hasta las estribaciones montañosas, donde guías especializados se encargarían de ponerlos a salvo, si es que antes no perecían entre las escabrosidades y celliscas que habían acabado con la declinante resistencia de Catalina. Lloyd había concebido aquellas redes de evasión para garantizar la huida a diplomáticos y miembros del servicio secreto británico, a paracaidistas de la RAF en misión clandestina y, en general, a cualquier súbdito de Su Majestad; no podía sospechar que tales redes terminarían convirtiéndose también en la única esperanza de salvación para miles de judíos, resistentes y gaullistas que deseaban incorporarse a la Francia libre. Tampoco Estrada podía figurarse la magnitud del compromiso que estaba a punto de asumir; mientras Lloyd desplegaba ante él mapas que señalaban las rutas de huida y documentos que certificaban la apariencia de intachable legalidad que envolvía aquella arriesgada oferta, su atención permanecía ausente, ocupada tan sólo en garantizar el porvenir de Lucía. Como si adivinara sus cavilaciones, Lloyd apostilló: «Naturalmente, su hija estará esperándolo en Toulouse. A ambos se les concederá la nacionalidad francesa y se destruirá cualquier vestigio de su pasado republicano —esta vez se cuidó de evitar la afrentosa calificación cromática— y de su estancia en campos de concentración.» Asustado de su propia temeridad, Estrada prestó su anuencia; un segundo después, ya se había arrepentido. Pero para entonces Lloyd ya empuñaba el auricular de un teléfono y transmitía a sus superiores, en un lenguaje lacónico e impenetrable, el éxito de la encomienda que le habían asignado. Estrada aún se atrevió a aventurar una tímida pregunta: «¿Por qué me eligieron a mí? Carezco de experiencia, probablemente no esté a la altura de la responsabilidad.» Lloyd ensanchó los labios en una sonrisa que por primera vez era franca, limpia de recelos, como la de quien descubre íntimas afinidades en su interlocutor: «Vamos a ganar esta guerra, señor Estrada. Pero necesitaremos el concurso de los mejores. —Estrada no pudo evitar sonrojarse, como si acabara de escuchar un requiebro—. Y ahora, si no le importa, recoja sus pertenencias. —Esta frase se le antojó una lacerante muestra de humor británico—. Si nos damos prisa, aún podremos almorzar en Toulouse. Le recomiendo que no trate de matar el hambre acumulada durante meses de una sentada. Su estómago podría resentirse.»

Pero la necesidad de matar el hambre era mucho menos perentoria que la de reunirse con Lucía. Durante el trayecto hasta Toulouse, Lloyd le describió más pormenorizadamente las circunstancias de la misión que acababa de aceptar; las consignas iban cobrando paulatinamente un espesor abstruso, casi algebraico. Le habían confeccionado una especie de calendario cíclico en el que se especificaban sus movimientos por la región; cualquier variación en los itinerarios podría tener consecuencias fatales. Mientras trataba de digerir las instrucciones de Lloyd, Estrada experimentaba una creciente sensación de ligereza; no era tanto vértigo o ansiedad como la turbadora percepción de estar suspendido en el vacío, sobre un fondo de turbulencias, sin una mísera amarra que lo anclase a tierra. Esa sensación se disipó cuando por fin se reunió con Lucía. No había transcurrido ni siquiera un año desde su separación; pero en ese lapso de tiempo se había obrado en ella una metamorfosis que no afectaba tan sólo a su fisonomía: había cambiado también su expresión, mucho más audaz e inquisitiva; había cambiado el timbre de su voz; había cambiado, incluso, su forma de mirar, que ya no era la de una chiquilla que contempla consternada el horror sin llegar a comprenderlo, sino más bien la de quien ha logrado asimilarlo y vencerlo. Estrada tuvo la impresión de hallarse ante Catalina rediviva, una Catalina anterior a su declinación física. Al estrechar a Lucía entre sus brazos, creyó por un segundo estar abrazando a su esposa; fue una ilusión más gratificante que melancólica, como si cada cansado músculo de su cuerpo despertara venturosamente, invocado por un conjuro. Quizá tan sólo se tratara de un reflejo de la euforia, pero de repente se creyó capaz de cumplir la encomienda de Lloyd.

—Una temeridad, desde luego —reconoció Estrada—. Pero al lado de Lucía las dificultades se hacían más llevaderas.

—Le entiendo perfectamente —dijo Jules. El pudor le impedía declararlo, pero él también había probado esa fortaleza que contagiaba Lucía.

Aunque Estrada no era hombre que gustase de alardear de sus hazañas, mucho menos de sus penurias, la ceguera lo había tornado memorioso. En cierto modo, las remembranzas de Estrada aliviaban a Jules la desazón que lo embargaba cada vez que en vano trataba de escrutar la oscuridad oceánica de su propio pasado.

—¿Le costó poner en marcha el circo?

—Aquello no era un circo, para ser exactos, sino más bien una atracción ambulante zarrapastrosa —dijo Estrada, con una sonrisa condescendiente—. Un gitano provisto de una escalera y una cabra hubiese atraído más la curiosidad del público. Teníamos el reclamo de *Nazareno*, pero el pobrecito animal estaba a punto de diñarla, famélico e infestado de garrapatas. Aquellas aportaciones que me había prometido Lloyd se esfumaron pronto; y el propio Lloyd desapareció sin dejar ni rastro, en cuanto los nazis se hicieron con el control de la situación y establecieron el gobierno títere de Vichy. Así que hubo que avivar el ingenio.

—A la vista de los resultados, parece que ingenio no le faltaba —lo halagó Jules.

—La necesidad lo estimuló. Y, en honor a la verdad, las ordenanzas de Vichy tampoco nos ponían demasiadas trabas, sobre todo en los primeros años. Ya sabe cuál es la receta para mantener anestesiada a la gente: pan y circo. —Ahora su sonrisa era sarcástica—. Vichy no supo combatir la carestía de pan; en cambio, promovió los espectáculos, siempre que no atentaran contra el orden público y no propagaran ideas subversivas. Yo siempre me he preocupado de que mis artistas no se metan en política.

Lo había dicho con un énfasis a la vez sincero e irónico. Se ensimismó en la contemplación de los retratos de la difunta Catalina que forraban las paredes de su caravana. Jules comentó, con aturdimiento y unción:

—Me admira que aceptara la propuesta de Lloyd sin sopesar los riesgos. Después de todo, Francia no se había portado muy bien con usted.

Estrada se encogió de hombros, espantando el fantasma de la complacencia. No quería que lo confundieran con un héroe.

—Fue puro instinto de supervivencia. Quería reunirme a toda costa con Lucía. Y Lloyd me ofreció la oportunidad de hacerlo.

—Pero una vez conseguido ese objetivo, podría haber desistido... —insistió Jules.

Los ojos de Estrada se humedecieron fugazmente; quizá en ellos se estuviese proyectando, como en una película retrospectiva, la memoria de aquel tiempo de infamia.

—Hay principios de humanidad anteriores a cualquier ideología, a cualquier patria —dijo, en un murmullo que sonaba como una plegaria—. No desistí porque necesitaba sentirme humano, así de simple. Hasta mí llegaban gentes angustiadas, perseguidas por combatir una tiranía, o por pertenecer a una raza maldita; yo no podía permanecer ajeno a tanto dolor. Seguramente mi modesta contribución no iba a disminuir el inmenso dolor del mundo; pero no podía permanecer ajeno, algo más fuerte que yo mismo me impedía hacerlo. No sé si me entiende.

—Creo que sí —dijo Jules, pero no estaba muy seguro de su respuesta, o quizá más bien no estaba seguro de que él hubiese obrado como Estrada, en sus mismas circunstancias.

—Y ahora, si no le importa, volvamos a lo nuestro, Houdini. Estoy deseoso de verlo debutar.

Estrada sabía que su fin estaba próximo. Bastaba que durante unos minutos se quedara quieto, sentado en una silla, para que se extendiera por sus extremidades ese hormiguillo tan característico que provoca la falta de riego. Su organismo se negaba a fabricar insulina; tal vez si durante los años de la guerra —de las dos guerras que había padecido sin solución de continuidad— hubiera recibido tratamiento, habría logrado controlar su diabetes. Pero ya era demasiado tarde, el propio André se lo había confirmado con extremo pudor y extremo pesar. No temía tanto la muerte como los sufrimientos innombrables que con frecuencia la precedían; conocía casos de diabéticos que, antes de expirar, habían visto cómo su piel se llenaba de pústulas, cómo se gangrenaban sus miembros. A menudo, en sus oraciones, imploraba a Dios que le concediese una muerte fulminante, por trombosis arterial. Pero, más aún que la agonía laboriosa o las amputaciones que podrían convertirlo en un hombre demediado, temía dejar sola a Lucía.

—Porque usted va a ser mi sustituto, Jules —añadió en un tono que era a la vez promisorio y funeral.

Aunque no había especificado los términos de esa sustitución, Jules entendió que comprendía la tutela de Lucía, una tutela que seguramente ella no necesitase y que, desde luego, él no se sentía con fuerzas para brindar (hasta el momento más bien Lucía la había ejercido sobre él). Pero aceptaba la encomienda de Estrada, o al menos no se atrevía a rechazarla, porque se sabía enamorado de su hija. Poco a poco, este sentimiento había crecido en él, alimentado en esa especie de clandestinidad que le había impuesto André; en breve, no le quedaría otro remedio que alejarse para siempre de ella o tenerla para siempre. Sabía que no podía prolongar por mucho tiempo aquella situación ambigua: sería imposible seguir viéndola cada tarde como si nada, cruzar con ella un saludo huidizo cada vez que se la tropezaba en el descampado de Porte de la Villette o intercambiar unas palabras inanes cuando acudía a la caravana de su padre, para advertirle del comienzo de la función; imposible reprimir aquella ansiedad que lo reconcomía cuando, por cualquier azar fútil, no cruzaba con ella ese saludo huidizo o intercambiaba esas palabras inanes; imposible combatir la rabia que lo asaltaba cada vez que la sorprendía conversando con André. Lucía le había dado muestras de amor; pero, ¿quién le aseguraba que tales muestras no fuesen en realidad una manifestación de piedad, o de esa pasión generosa común a tantas mujeres, que las incapacita para desoír cualquier petición de ayuda, para desdeñar cualquier voz de acento lastimero? A fin de cuentas, ¿qué podía infundir alguien en sus condiciones, salvo lástima?

—Esta noche tendremos nevada —dijo Estrada, asomándose a la puerta de la caravana.

El aire tenía una transparencia de metal helado. Acostumbrado a descifrar los signos del cielo, Estrada ya ni siquiera necesitaba que la vista le corroborase sus premoniciones. Jules no pudo evitar la asociación de ideas:

—¿Qué harán en Navidad?

—La rutina de todos los años —respondió Estrada. Tomó aire y lo retuvo en los pulmones, como si quisiera refrescar su sangre enferma—. Concederé unos días libres a los artistas, para que quien quiera pueda reunirse con su familia, si es que la tiene. Al final siempre somos más los que nos quedamos que los que se van. Éste es un oficio de desarraigados.

Jules también era un desarraigado: de su familia, de su memoria, de su propia identidad.

—¿Y después? —preguntó, con algo de zozobra.

—Después levantaremos el campamento. París no da más de sí. Desde que abrieron el Circo de Invierno, las recaudaciones son ridículas, no podemos competir con ellos.

También en su mirada borrosa había la sombra de una zozobra. Jules siguió inquiriendo:

—¿Adónde se dirigirán?

—Al Sur, en busca de un clima más templado. Comenzaremos por plazas pequeñas, para que se vaya fogueando. —Lo había dicho con una quietud nada imperiosa, bonancible incluso—. Porque usted se viene con nosotros, Jules.

Había empezado a caer, tal como preludiase Estrada, la nieve, una nieve todavía indecisa que parecía fosforescer en la oscuridad.

—No me atosigue, Fidel —protestó tímidamente—. Sabe que tengo una madre y una hermana a las que no puedo dejar en la estacada. Y un trabajo en la fábrica Renault que...

—Que no le gusta y está deseando abandonar. —A Estrada parecía haberle enojado la acusación, demasiado inexacta, de atosigamiento—. En cuanto a su familia, sabe de sobra que también puede ayudarla en la distancia. Bastaría con que le escribiese una carta al general De Gaulle, solicitando su ayuda. ¿O es que piensa que le iba a denegar ese favor a un héroe de la Resistencia?

Jules guardó silencio, cabizbajo. También a él, como a Estrada, le fastidiaba que le atribuyeran méritos que ni siquiera podía reconocer como propios.

—Le aseguro que no —respondió Estrada por él—. Tiene que aprender a ser dueño de sus propias decisiones, Jules. Y ahora, si le parece bien, vamos a lo nuestro.

En apenas tres meses, Estrada había podido constatar las dotes innatas de Jules para el escapismo. En las primeras lecciones, había probado a enseñarle los trucos más rudimentarios del oficio; pero pronto descubrió que se hallaba ante un alumno aventajado. Lo comprobó el día en que, sin más ayuda que un destornillador, había desarmado en pocos segundos un candado Yale para enseguida volver a montarlo. Jules parecía poseer oídos en las yemas de los dedos; no había cerradura que se resistiera a sus manipulaciones. Armado de una mera ganzúa, habría podido forzar la cámara acorazada del banco mejor pertrechado; y a esa habilidad sumaba unas pasmosas dotes naturales de contorsionista. Volvieron a entrar en la caravana; Estrada extrajo del fondo de un arcón unos grilletes con candados de gacheta, también varios cerrojos de combinación muy aparatosos, procedentes quizá de alguna caja blindada, así como varios metros de cadena.

—Métase en el arcón, por favor —ordenó Estrada.

Jules obedeció, entre divertido e intrigado; sentado en el arcón, ofreció las muñecas a Estrada, que las aherrojó con sendos grilletes; luego rodeó su torso y sus antebrazos con varias vueltas de cadena, que aseguró con uno de aquellos candados, disuasorios como granadas de mano. Repitió la operación con las piernas, tras esposarle los tobillos. Como el arcón no era suficientemente largo, Jules tenía que recogerse en posición fetal; para que su inmovilidad fuera completa, Estrada enganchó los grilletes de muñecas y tobillos con una barra de acero, rematada en sus extremos con sendos garfios, que a su vez aseguró con candados.

—Si logra zafarse de toda esta chatarra, habrá que levantarle una estatua —dijo Estrada, resollante aún por el esfuerzo, tras comprobar que la tensión de las cadenas impedía cualquier movimiento.

—Vaya llamando al escultor, entonces —susurró Jules.

Casi no podía alzar la voz, porque las cadenas le oprimían exageradamente las costillas y la pleura. Estrada se preguntó, compungido, si no se habría excedido en su celo. Extrajo del bolsillo de la chaqueta una ganzúa que se remataba en un garabato diminuto y la dejó entre los dedos de Jules, pálidos por la falta de riego sanguíneo.

—Si siente que se le acaba el aire, no tiene más que decírmelo —dijo, como haciéndose perdonar—. Pero, si padece claustrofobia, debemos detectarlo ahora y no en la pista del circo.

—Descuide.

Ahora la voz de Jules había sonado más decidida, o tal vez sólo impaciente de liberarse de su cautiverio. Estrada cerró el arcón con llave y posó las manos sobre la tapadera; de este modo podía sentir mejor las contorsiones de Jules, a la vez que cronometraba con su reloj de bolsillo el tiempo que tardaba en escapar. Todavía le maravillaba que, a oscuras y sin espacio para remejerse, Jules pudiera desembarazarse de las cadenas y descifrar la combinación de los cerrojos, hurgando en sus tripas como si la ganzúa fuera una antena vibrátil, atenta a captar cualquier resonancia, midiendo la resistencia de los muelles, enumerando los dientes y las muescas de los engranajes, pulsando resortes que saltaban con un chasquido, rendidos a su pericia. También le maravillaba que, aun con los dedos entumecidos por la presión de los grilletes y la sangre retenida zumbándole en las sienes, pudiera accionar mediante una levísima fricción mecanismos que habían sido diseñados para resistir los explosivos más devastadores. Poco a poco, cedían las gachetas, caían los candados, se aflojaban las cadenas, en una gradación climática que mantenía suspenso a Estrada. Tanto que no advirtió la llegada de Lucía; parecía sofocada y atropellaba las palabras:

—¿No te has enterado?

Estrada oyó entonces la tremolina que se había formado en el exterior. Los miembros de la *troupe* se congregaban en torno a la caravana de Estrada, como si quisieran solicitarle un aumento de salario; pero el rumor de sus voces sonaba más consternado que reivindicativo.

—¿De qué habría de enterarme?

—Los boches han lanzado una contraofensiva en las Ardenas belgas —dijo Lucía—. André lo ha leído esta misma tarde en los periódicos de París. Al parecer, han roto el frente y arrollado a las tropas americanas.

La radio de Estrada era la única ventana abierta al mundo de que disponían en el campamento de Porte de la Villette. De ahí que los miembros de la *troupe* se arremolinaran ante la caravana, soportando estoicamente la nieve que había empezado a arreciar.

—Se suponía que estaban de retirada... —balbució Estrada.

La posibilidad de que los alemanes recuperaran posiciones y volvieran a ocupar Francia arrojaba sobre sus hombros un fardo de infinita pesadumbre. Ya no se veía con fuerzas para seguir resistiendo.

—Han logrado reunir quinientos mil nuevos soldados —dijo André, que había entrado en la caravana sacudiéndose la nieve—. Y los tanques avanzan hacia Amberes.

Parecía avergonzado de haberse erigido en heraldo de noticias sombrías. Lucía prendió la radio, que su padre mantenía sintonizada en la frecuencia de la BBC; aunque De Gaulle ya hubiese interrumpido sus arengas, proseguían las emisiones en francés. Un locutor de voz enronquecida por el catarro o por el canguelo narraba las vicisitudes de la batalla: aprovechando unas condiciones meteorológicas pésimas que hacían imposible el uso de la aviación y unas temperaturas glaciales que habían obligado al mando aliado a detener su avance, Hitler había lanzado una contraofensiva por sorpresa, desoyendo los consejos de sus generales. Aunque el locutor procuraba rebajar las consecuencias de aquel ataque temerario, se intuía que las bajas se contaban por decenas de miles. Probablemente, la intención secreta de Hitler no fuese tanto reconquistar el territorio perdido como forzar un armisticio con los aliados y poder concentrar así sus tropas, sus maltrechas y esquilmadas tropas, en contener el avance arrasador de los soviéticos en el Este. Los soldados alemanes que combatían en el bosque de las Ardenas, sobre la nieve embarrada de sangre, ya no eran, desde luego, aquellos mozos pletóricos y exultantes que entraron, cuatro años atrás, en París; eran animales acorralados, cosidos de mil cicatrices, adelgazados hasta el esqueleto, que habían abrevado en los lodazales mismos del horror. El locutor, tras los titubeos iniciales, se había engolfado en la habitual retórica triunfalista de los partes de guerra. Estrada yuguló su cháchara; de repente, recordó que Jules seguía encerrado en el arcón, donde para entonces debían de quedar pocas reservas de oxígeno. No se le oía rebullir.

—Vamos, vamos, no os dejéis desalentar. Hitler ha perdido la guerra y lo sabe. Éste es su canto del cisne —dictaminó Estrada, tratando de convencerse a sí mismo antes que a los miembros de la troupe, que no parecían especialmente inclinados al optimismo.

André apretó la mandíbula:

—Si vuelven, ya podemos irnos preparando.

—No volverán, hacedme caso. Están reclutando niños para cubrir las bajas. Se han quedado sin aviación. Sus divisiones han sido despedazadas por los rusos. —Estrada hablaba para exorcizar su propio miedo—. Las bestias se revuelven con furia cuando saben que van a morir.

En el circo de Estrada nadie discutía sus órdenes. Tampoco entonces discutió nadie su diagnóstico sobre el final de la guerra, más por aferrarse a la esperanza de que fuera cierto que por disciplina.

—Venga, volved a vuestras caravanas, tenéis la tarde libre —insistió Estrada—. Con la nevada que está cayendo y el temor a un regreso de los nazis, nadie saldrá de casa.

Los miembros de la *troupe* disolvieron el corro, cabizbajos y como resignados a una suerte que adivinaban adversa. André aguardó un gesto de Lucía, pero cuando comprobó que deseaba quedarse a solas con su padre también se retiró. La nieve había dejado de fosforescer en la oscuridad; ahora más bien recordaba, en su descenso ingrávido desde el cielo, las pavesas de un incendio que se convierten en ceniza antes de tocar el suelo. Quizá fuese una nieve embarrada de sangre, empujada por el viento desde el bosque de las Ardenas.

—¿Crees de verdad que están derrotados? —empezó Lucía, pero se interrumpió cuando vio gatear a su padre por el suelo, tanteando la cerradura del arcón—. ¿Se puede saber qué haces?

Jules había conseguido desasirse de las cadenas: pero la escasez de oxígeno en el interior del receptáculo o la mera sensación de claustrofobia le habían provocado un desmayo. Al tratar de incorporarlo, Estrada notó que su cuerpo se le escurría entre los brazos. La diabetes lo estaba dejando sin vigor.

—Vamos, Jules, respire hondo. —Se volvió hacia su hija—: Estábamos ensayando un número y...

Lucía se apresuró a auxiliar a Estrada. Cacheteó a Jules y lo apretó contra sí. El contacto cálido de su piel no tardó en reanimarlo; parpadeó como un niño que emerge del sueño y miró a Lucía con expresión dócil, levemente atónita. Al sentir la fragancia dulce de sus senos, se apretó aún más contra ella. Era una reacción instintiva, casi animal, como la del cachorro que busca protección o alimento.

—Deberíais tener un poco más de cuidado —los reprendió Lucía—. No se os puede dejar solos.

No había hecho ademán de apartarse. Fue finalmente Jules quien prefirió hacerlo, un tanto avergonzado de su impulso.

—Me temo que esa estatua tendrá que esperar —dijo, por continuar la broma que Estrada había iniciado un rato antes.

Se irguió, aturullado; nada hubiese anhelado más ardientemente que seguir apretado contra Lucía.

—Todo lo contrario —protestó Estrada, que no era del todo ajeno a la mutua atracción que fluía entre ellos—. Ya había hecho lo más difícil. Está en disposición de debutar.

Jules farfulló un buenas noches cohibido y salió al descampado. La nieve crujía bajo sus pies con una pudorosa crepitación; absurdamente, le transmitía un molesto remordimiento, como si al pisarla estuviera profanando la inocencia de un niño. Entonces sintió que Lucía le pasaba un brazo por la espalda; se volvió un poco intimidado, como suele ocurrirles a muchos hombres cuando la mujer toma la iniciativa.

—¿Por qué me coges así? —preguntó absurdamente.

—Porque no quiero que te marches. Quédate conmigo esta noche —dijo ella en un murmullo.

La nieve descendía ahora como un maná bienhechor, aureolaba el cabello de Lucía de una blancura angélica. Jules lanzó una mirada subrepticia hacia la caravana de Estrada; la luz del acetileno resaltaba su silueta en el recuadro de la puerta.

—A mi padre no le importa —añadió, insegura de que la precisión fuera más disuasoria que incitante—. Puedo hacerte un poco de cena y...

Jules no podía quitarle los ojos de encima: la miraba con asombro, con infinita veneración e infinito deseo. La besó en la garganta, como si quisiera arrebatar su aliento; luego acarició con los labios la línea de su mandíbula, mientras la tomaba en volandas por la cintura.

—Esto es lo que te pasa por haber sido amable con un desconocido —dijo, buscando su boca con premiosidad.

—Sí, ahora tengo que hacerle la cena.

Lucía rió quedamente con una risa que era a la vez candorosa y lúbrica. Jules cedió a la llamada indescifrable de sus dientes y probó su saliva, que tenía un sabor incandescente. Pensó que tal vez lo que entonces se iniciaba podría perdurar para siempre; pero en sus previsiones se inmiscuyó la suspicacia:

—No lo harás sólo por compasión, ¿verdad? —Era una pregunta superflua; por compasión no se tiembla como Lucía estaba temblando, por compasión no se empaña la respiración de aquella tibieza acezante. Enseguida se arrepintió—: Perdona, no debería haber dicho esa estupidez.

Por toda respuesta, Lucía le tomó una de las manos y la llevó hasta sus senos, lo obligó a introducirla entre la botonadura del abrigo de ruda lana y a indagar la fiebre que anidaba allí dentro. Una oleada de felicidad lo invadió mientras sentía crecer entre sus dedos los pezones. Ya ninguno de los dos dijo nada, mientras avanzaban sobre la nieve, con las manos entrelazadas. El descampado de Porte de la Villette tenía la grandeza intacta y funeral de los paisajes lunares; los miembros de la *troupe* circense se habían refugiado en sus respectivas caravanas y apagado las lámparas de acetileno, como si de este modo quisieran ahuyentar el peligro de un bombardeo. El temor a un hipotético regreso de los alemanes embalsamaba París en una mortaja de silencio. Lucía entró primero en la caravana; pero nada más empujar la puerta, antes incluso de que pudiera encender la luz, Jules ya estaba abrazándola otra vez, ahora más impetuosamente. Con la misma mano que un minuto antes había palpado sus senos le alzó la falda y rozó el calor blanco de sus muslos, allá donde la piel adquiere un tacto de papel de Biblia.

—Oh, Dios, cuánto te quiero —susurró Lucía.

—Me gusta cuando me hablas en español —dijo él.

—Entonces no dejaré de hablarte en español en toda la noche.

Se había abandonado en sus brazos, palpitante como una novia en el tálamo. Jules no recordaba haberse hallado en una situación similar antes. Ignoraba si aún era doncel, o si habría olvidado anteriores encuentros con otras mujeres; pero, de un modo u otro, sentía que ninguna experiencia previa podía compararse con aquel instante, y al mismo tiempo notaba que la llamada ancestral de la sangre suplía su probable bisoñez. A tientas se dirigieron hacia el camastro de Lucía, codiciosos de conocerse, arramblando a su paso con bártulos y peroles que, al caer y entrechocar, formaban un concierto horrísono. Empezaron a quitarse mutuamente la ropa con ferocidad, como si se estuvieran despedazando. Entonces oyeron el sonido rasposo de una cerilla y su combustión chisporroteante; a la luz de su llama, Jules distinguió unos brazos membrudos, unas facciones donde se agazapaba el rencor.

—Ya era hora de que llegaras.

André acercó la llama de la cerilla a la mecha de la lámpara. Una claridad opalescente se derramó por la caravana; los objetos, como la situación misma, tenían un aura doméstica y a la vez soñada. André estaba tranquilamente sentado a la mesa, como un pacífico burgués que aguarda que su hacendosa mujer le sirva la comida. Lucía se había desasido del abrazo de Jules con un movimiento que quizá fuera tan sólo instintivo, pero que a él le encogió el corazón.

—Me habías prometido que no mantenías ninguna relación con ese...

André hablaba con una rabia gélida, como un faquir que mastica cristales. Se levantó y se paseó por la caravana, esquivando los peroles derribados; no se dignaba mirar a Jules.

—Y no la mantengo... —empezó Lucía, en un tono exculpatorio, aunque enseguida rectificó—: Pero no tengo por qué darte explicaciones.

—Y ahora me lo encuentro subiendo contigo a la caravana —prosiguió André, sin inmutar el semblante.

Procuraba mantenerse impertérrito, para mitigar la ridiculez de su posición.

—Creo que lo mejor que puedes hacer es largarte, André —dijo Lucía, con hastío y piedad.

—No me iré mientras este hombre siga en tu caravana.

Jules había permanecido callado hasta entonces, atenazado por sentimientos contradictorios. Nada deseaba menos que encararse con el hombre que le había salvado la vida; pero la indignación le bullía como lava en las venas. No estaba dispuesto a prolongar por más tiempo aquella pantomima:

—Nunca imaginé que pudiera comportarse de una manera tan insultante con Lucía, André —escupió el fin—. ¿No se da cuenta de que no le quiere? Respete su decisión.

A los ojos de Lucía asomó una ráfaga de espanto. André estaba acostumbrado a dominar sus pasiones; pero había descubierto en su mandíbula una vibración que era el síntoma de la pérdida de control.

—Si tanto le preocupan los sentimientos de Lucía, no me explico por qué la ha puesto en una situación que invita al insulto —dijo—. Márchese, antes de que lo eche a patadas.

Ahora su mirada centelleaba de furia. Jules no contribuyó a apaciguarlo:

—Créame, si no fuera por el respeto que le debo, ya habría recibido su merecido.

Entonces André le dio un empujón que lo lanzó contra la pared de la caravana; y, antes de que pudiera recomponer la figura, ya le había hundido el puño en la boca del estómago. Los peroles que aún no habían sido derribados cayeron tumultuosamente de las alacenas.

—¿Os habéis vuelto locos? —gritó Lucía—. ¿Es que no tenéis otra manera de zanjar vuestras diferencias?

Se había interpuesto entre ambos, pero ninguno la escuchaba ya. El ofuscamiento los había retrotraído a un estado anterior a la civilización, cuando los hombres se disputaban a garrotazos la posesión de una mujer.

—Está bien, André. Nunca pensé que cayéramos tan bajo.

Pero no iba a dejarse matar por cortesía, como hizo Houdini. No estaba del todo seguro de si la razón estaba de su lado, pero le atraía el puro sabor del peligro; de nuevo, la llamada ancestral de la sangre triunfaba sobre otros impedimentos, como un rato antes, mientras abrazaba a Lucía. Había dejado de nevar; la armonía de las esferas fluía sigilosa en la noche. Mientras hollaba la nieve, pensó oscuramente que la pelea que iba a mantener con André repetía la batalla mucho más mortífera que simultáneamente se estaba librando en las Ardenas; no se atrevió, sin embargo, a determinar qué bando representaba cada uno de los contendientes. Tampoco André le permitió prolongar demasiado sus cavilaciones; apenas se hubieron apartado unos metros de la caravana de Lucía —que contemplaba la escena desde la puerta, paralizada por el estupor, pero quizá también halagada, secretamente halagada—, embistió contra él y, juntos, cayeron en la nieve, trabados en una lucha sorda y animal. André, desde luego, era mucho más vigoroso que él; su constitución robusta así lo pregonaba, y había tenido ocasión de comprobarlo un minuto antes, cuando lanzó su puño contra su esternón. Pero a la mayor fuerza de

André oponía Jules sus dotes de contorsionista, que le permitían esquivar sus golpes, también librarse de la tenaza de sus brazos. Resollaban ambos como dos jabalíes, pero ninguno de los dos emitía ningún sonido articulado; era como si hubieran decidido desertar del lenguaje, por considerarlo demasiado trivial o inexpresivo, comparado con la magnitud de su saña. El espeso manto de nieve que cubría el descampado restaba gracilidad a sus evoluciones, pero a cambio les añadía un prestigio telúrico: durante casi un cuarto de hora se estuvieron propinando mojicones, en un reparto en el que Jules se llevó la peor parte. A cada golpe encajado, sin embargo, crecía en él algo parecido al júbilo, como si el dolor le transmitiera la conciencia exultante de que aún estaba vivo. André, en cambio, se cansaba un poco más con cada golpe que lanzaba; su resuello se hacía más arduo, sus movimientos más torpones, como si la violencia embotase sus facultades. Poco a poco, Jules aprendió a anticipar el itinerario de sus puños, dejando que André se extenuara en un errático manoteo. En una de aquellas fintas, aprovechando la inercia de André, lo arrojó de un envión al suelo, donde cayó de bruces, como un fardo sin dueño. Jules se sentó entonces a horcajadas sobre su pecho, y empezó a descargarle puñetazos en el rostro. Los primeros sonaron con un chasquido de madera quebrada, haciendo añicos el cartílago de su nariz, hundiéndole el hueso del pómulo; luego, su contundencia quedó amortiguada por el chapoteo de la sangre, que extendía su mancha sobre la nieve, embarrándola. André había dejado de oponer resistencia, náufrago en las neblinas de la semiinconsciencia, pero tampoco formulaba la más mínima queja; y Jules, como los animales acorralados que han abrevado en los lodazales mismos del horror, proseguía impávido su pedrisco de golpes, devolviendo a su contendiente el júbilo de sentirse vivo, el vértigo de sentirse fuerte.

—¿Es que no me oyes? ¡Para de una maldita vez! —lo increpó Lucía.

Se había abalanzado sobre él y le tironeaba del cuello de la camisa. Por un momento, Jules volvió a sentirse como un niño que emerge del sueño, esta vez de un sueño pastoso que estrangulaba su respiración. Cuando se miró los nudillos despellejados y contempló el rostro desfigurado de su rival, y el escándalo de la sangre vituperando la nieve, sintió vergüenza de sí mismo, una vergüenza del tamaño del universo. El vaho que salía de su boca se quedaba prendido en el aire como una garra.

—Dios santo, qué he hecho —musitó, incapaz de asumir el estallido de brutalidad que acababa de poseerlo.

—No eras tú, no eras tú —repetía Lucía, en una salmodia apaciguadora.

André, entretanto, se había reanimado y reptaba lastimosamente sobre la nieve. Tras de sí, iba dejando un rastro sanguinolento y quejumbroso; siguió avanzando así durante casi diez metros, hasta que al fin pudo incorporarse, con la dificultad propia de alguien que acabase de aprender a andar. Jules imploró en un susurro:

—Perdóneme, André. No sabía lo que hacía.

Pero André no se volvió, prosiguió su marcha tambaleante de espaldas a Jules y, de vez en cuando, se agachaba para frotarse la cara con un puñado de nieve que tal vez le sirviese de anestesia o cauterio. Cuando ya estaba muy lejos se volvió; su voz sonó como un aullido:

—Me las pagarás. Algún día te juro que me las pagarás.

Y se perdió en la noche. Jules se apretó contra el abrigo de Lucía, para borrar la visión de la sangre que acababa de derramar.

Los espectadores de provincias no se andaban con contemplaciones. Si un número no les gustaba, se llevaban las manos alrededor de la boca y prorrumpían en abucheos, hasta conseguir que el artista perdiera la concentración y, avergonzado, encadenara un error tras otro. Aquella noche *Nazareno* —que desde hacía un par de semanas arrastraba un constipado que lo había tornado perezoso y somnoliento— se empecinaba en desoír las instrucciones de su domador, quien trataba de sacarlo de su marasmo susurrándole al oído las contraseñas convenidas, mientras le acariciaba el lomo; pero en lugar de obedecer, *Nazareno* se recostó sobre la pista, como quien se declara en huelga, y empezó a hozar con la trompa en la arena. En las gradas, el griterío se hizo ensordecedor; lastimado en su orgullo, el domador cambió las súplicas por imprecaciones. Como *Nazareno* no hizo sino agazaparse aún más en el suelo, el domador blandió el látigo. El chasquido del cuero sobre la piel rugosa del elefante encalabrinó aún más al público, que parecía reclamar un impuesto de sangre. Jules contemplaba la escena desde la embocadura de la pista, refugiado entre las sombras. Era el día de su debut. Su rostro estaba tenso y pálido; por los movimientos acelerados de su respiración se advertía su nerviosismo. Normalmente, el número de *Nazareno* era uno de los mejor acogidos y preparaba una atmósfera serena a quienes venían después.

—¿Nos toca a nosotros? —preguntó, volviéndose a Lucía.

A la malla de lentejuelas y el chaqué de terciopelo burdeos habituales había añadido Lucía, desde que empezara a ejercer de presentadora en sustitución de su postrado padre, una chistera que se calaba oblicuamente, como si fuera la gorra de un apache, tal como había visto calársela a Marlene Dietrich en alguna película anterior a la guerra. Lucía oprimió el brazo de Jules, para infundirle ánimos.

—Tranquilo, todo saldrá bien, ya lo verás.

Jules no lograba espantar su disgusto. Durante días, tras su pelea con André, había permanecido en un estado próximo al estupor, encerrado en un mutismo sin fisuras. Aunque había tratado de explicar aquel rapto de violencia desatada como la consecuencia de una provocación, o como una mera reacción de defensa, había llegado a vislumbrar la alimaña que se agazapaba dentro de él, presta a lanzar su zarpazo. Convivir con aquella alimaña se le antojó intolerable; y recordar lo que había hecho lo anegaba de un aborrecimiento hacia sí mismo que apenas le permitía respirar. Al principio, pensó que sólo podría seguir viviendo si conseguía destruir aquella detestada zona de su alma. Para ello, estaba dispuesto a expiar su culpa; estaba dispuesto, incluso, a renunciar a Lucía, aunque sabía que esa renuncia constituía una penitencia demasiado costosa. Pero André había desaparecido aquella misma noche sin dejar ni rastro; había recogido sus escasísimas pertenencias —las mismas con las que se había presentado ante Estrada años atrás, cuando el gobierno de Vichy decretó la proscripción de los judíos— y se había marchado sin despedirse. Algunos artistas del circo que se habían tropezado con él antes de rayar el alba, cuando se disponía a abandonar el campamento, habían tratado de sonsacarle las razones de aquella partida tan precipitada; pero André, esquivo y tumefacto a causa de la paliza recibida, sólo había acertado a farfullar confusamente que regresaría a Marsella, para reanudar su actividad como cirujano y averiguar el paradero de sus familiares. Huelga decir que el circo de Estrada, en su ruta por el Mediodía francés, había esquivado la ciudad de Marsella, también los pueblos limítrofes.

—Es un público indigno —masculló Jules—. Nos reventarán el número.

—Vamos, no te asustes. En cuanto salgamos nosotros se amansarán.

Lucía le lanzó un guiño y puso los brazos en jarras, antes de menear lúbricamente las caderas. Jules entendió que había empleado un plural de modestia; más bien había querido decir que sus encantos no tardarían en metamorfosear las chanzas y abucheos en aplausos. Pero Jules sospechaba que ni la reina de Saba en todo su esplendor habría logrado amansar a un público tan obcecado y brutal.

—Creo que estás sobrevalorándote —dijo.

—Y yo creo que debes calmarte —protestó ella, sin acritud—. No harás nada bueno esta noche si sigues así de agitado.

Nazareno, entretanto, había empezado a bambolear su trompa, desentendido de las órdenes de su domador, que el público había convertido en diana de sus befas. Cuando supo de la marcha de André, Jules creyó desfallecer. Pensó, ante la perspectiva de no poder expiar su culpa, que los remordimientos acabarían ahogándolo. Pero pronto descubriría que también los remordimientos pueden, si no extinguirse por completo, al menos amortiguarse, hasta convertirse en un apagado eco. Con el transcurso de las semanas, como pájaros que ceden en su algarabía a medida que avanza la noche, los remordimientos de Jules fueron remitiendo. Todavía conservaban, cuando eran invocados por la memoria, su fuerza pungente; pero comprobó que, si lograba sepultarlos entre el trabajo cotidiano —y, desde luego, en el circo de Estrada le sobraban excusas para mantenerse ocupado—, podía sobreponerse al estupor que lo había atenazado durante los primeros días. Quizá se tratase de una actitud egoísta; pero a veces el egoísmo es una manifestación natural del instinto de supervivencia.

—¿Sabes algo de tu madre y de tu hermana? —le preguntó Lucía, para distraer su atención de lo que estaba sucediendo en la pista.

Había hecho una señal al domador de *Nazareno* para que abreviase su catastrófico número. El domador asintió, mordiéndose la rabia.

—En la estafeta de Grasse recogí el otro día una carta suya —dijo Jules—. Saldrán adelante. Se las nota ilusionadas con su nuevo trabajo.

Pero su tono era sombrío, como si fuera más bien él quien no estuviese ilusionado. También la supervivencia de Francia, como la de Jules, se estaba logrando en buena medida gracias a la capacidad de olvido. Los franceses empezaban a asumir que el colaboracionismo no afectaba tan sólo a tales o cuales individuos (una parte, por lo demás, nada exigua de la población), sino que se trataba de una culpa común que, por razones de elemental salud pública, convenía olvidar piadosamente. Sólo quienes con su intervención activa habían favorecido las acciones criminales o represoras del ocupante, a veces incluso sacando provecho económico de ellas, serían a partir de entonces castigados; en cambio, se decidió que quienes tan sólo habían transigido, quienes se habían amoldado a la nueva situación o habían cedido —por miedo o debilidad, casi siempre por respeto a la propia vida— a sus órdenes y requerimientos, pudieran beneficiarse de una amnistía tácita. Habría resultado demasiado insoportable que la mitad de Francia (y quizá la mitad menos numerosa) se hubiera dedicado a enjuiciar y condenar a la otra mitad; y, además, los juzgados y las cárceles no hubiesen dado abasto. A esta amnistía tácita se acogieron la madre y la hermana de Jules, cuyo único pecado había consistido en flaquear cuando más solas y desesperadas estaban. Jules había dirigido un alegato al general De Gaulle, tal como le había propuesto Estrada, rogando que se consideraran con magnanimidad las circunstancias especialmente dramáticas en que tales muestras de flaqueza se habían producido; y aunque la respuesta a su alegato fue más bien formularia y poco comprometida, en pocos días su madre y su hermana recibieron una oferta de trabajo del taller de confección que hasta entonces las había empleado en tareas subalternas y mal remuneradas, proponiéndoles su incorporación a la plantilla con el grado de modistas.

—¡Adelante! ¡Es nuestro turno! —lo reclamó Lucía.

Nazareno había accedido por fin a abandonar la pista, no sin antes dejar, a modo de rúbrica sobre la arena, una parsimoniosa cagada, signo de su soberano desdén hacia el público agropecuario que llenaba las gradas. La orquesta había atacado los compases del habitual pasodoble; el exotismo de la música desconcertó por unos segundos a la concurrencia, que interrumpió su alboroto, antes de entregarse a una orgía de procacidades cuando Lucía hizo su aparición. Al principio, se quedó un poco aturdida; pero ya había tenido que afrontar parecidos recibimientos en otras plazas de los alrededores, donde misteriosamente los espectadores eran casi todos hombres verracones y energúmenos que confundían el circo con un espectáculo de variedades ínfimo. Lucía rodeó la pista, ensayando aquellos pasos tan peculiares suyos con los que parecía reproducir los movimientos de una contradanza; tendía la mano a los espectadores de las primeras filas, que por supuesto se la tomaban, intentando atraerla hacia sí, con el propósito indisimulado de magrearla. Pero Lucía lograba escabullirse siempre de su abrazo pegajoso y, tras completar la ronda de saludos, volvía al centro de la pista, donde un asistente se apresuraba a retirar con un badil los excrementos de *Nazareno*. Fingiendo sorpresa, Lucía se palpó el chaqué, de cuyos bolsillos interiores empezó a extraer, una tras otra, las carteras de los espectadores que un minuto antes habían pretendido propasarse, hasta casi una docena.

—Vaya, vaya —dijo, esbozando aquella sonrisa traviesa o socarrona que la hacía irresistible, mientras fisgoneaba el contenido de las carteras—, en este pueblo hay muy buenos partidos.

Y, a continuación, leyó en sus cédulas de identidad los nombres y apellidos de los propietarios, que desfilaron por la pista para recuperarlas, corridos y cabizbajos como niños a quienes su maestra acaba de leer la cartilla, entre las risotadas del resto de asistentes. De este modo tan sencillo, Lucía consiguió invertir su relación con el público, que tras el recibimiento un tanto intimidatorio la recompensó con un aplauso cerradísimo. A continuación, Lucía probó algunos trucos y escamoteos de repertorio, puro exhibicionismo rutinario, pero para entonces aquella panda de patanes ya comían en su mano. Cuando presentó a Jules, a quien calificó como «heredero genuino del gran Houdini», hubo una ovación quizá desproporcionada a los méritos del debutante.

—Ya ves que los tienes de tu parte —le dijo Lucía, lanzándole un guiño.

—Es a ti a quien aplauden. Desde luego, sabes cómo ganártelos.

Aunque la atmósfera se había tornado amigable, Jules no lograba desprenderse de cierto sentimiento de incomodidad: había repetido hasta la extenuación el número que ahora se disponía a representar, pero nunca lo había hecho ataviado de aquella guisa, con el frac heredado de Estrada que, a pesar de los arreglos, seguía tirándole de la espalda; y la proximidad sofocante del público, la turbamulta de olores acres que se respiraba en el interior de la carpa y la luz lívida de las lámparas no contribuían precisamente a infundirle tranquilidad. En el número, Jules se metía, cargado de cadenas y con los tobillos y las muñecas esposados, dentro de un saco de arpillera que Lucía anudaba con una gruesa maroma. De un brinco que en sí mismo era un alarde de agilidad, el aherrojado Jules se introducía en un arcón que Lucía cerraba con candado; luego, la propia Lucía empujaba el arcón, que reposaba sobre una plataforma con ruedecitas, hasta un armario que una pareja de mozos había depositado en la pista; circundaba el armario un riel del que pendía una cortina granate a modo de telón. Con la ayuda de los mozos, Lucía guardaba el arcón en el armario y corría la cortina; mientras Jules se afanaba por liberarse de su encierro, Lucía mantenía entretenido al público, improvisando chanzas sobre enterramientos prematuros y otros chistes macabros que aderezaba con sus ribetes picantones, en atención a los zoquetes que aquella noche asistían al espectáculo. Cuando calculó que Jules ya habría completado su fuga, anunció solemnemente:

—Ahora voy a dar tres palmadas. Y a la tercera y última les pido que guarden absoluto silencio.

Las palmadas causaron, en efecto, una suerte de encantamiento. Entonces Lucía, sin ofrecer mayores explicaciones, se coló detrás de la cortina que ocultaba el armario y desapareció de la vista del público. Al segundo, la cortina volvió a abrirse y Jules saltó a la pista, victorioso; jadeaba y tenía el rostro empapado en sudor tras la pugna con grilletes y candados. Un aplauso entusiasta celebró la magia de su liberación; pero Jules lo cortó con un ademán tajante, afectando inquietud:

—Un momento... ¿Dónde se ha metido la señorita Lucía? —preguntó—. No me digan que alguno de ustedes la ha raptado.

El público, instalado ya en ese estado de risueña credulidad que es una reminiscencia de la niñez, le indicó que estaba escondida detrás de la cortina. Haciéndose el atolondrado, Jules la descorrió, pero allí sólo se hallaba el armario, misterioso como un confesionario que custodiara pecados fósiles. Jules lo abrió con cautela; el chirrido de los goznes añadió zozobra a su acción. En su interior se hallaba el arcón, cerrado con candado; Jules solicitó a los mozos que lo sacaran y que le entregaran la llave que permitía abrirlo. Al levantar la tapadera, asomó el saco de arpillera; Jules desanudó la gruesa maroma y Lucía emergió de su interior, también jadeante y sudorosa, con esposas en muñecas y tobillos y cargada de cadenas. Como, además, se había despojado del chaqué y de la chistera, su malla de lentejuelas doradas y la blancura ilesa de brazos y muslos la tornaban resplandeciente, como una alegoría de la primavera.

Fue un éxito clamoroso. Y para celebrarlo salieron a pasear al campo, tras acabar la función, buscando esa soledad amena que tanto favorece las expansiones de los enamorados. Se hallaban en Montauroux, una localidad provenzal que debe su nombre a las retamas que incendian sus colinas, como una lava que compite con el mismo sol; a la hora indecisa del crepúsculo, su fulgor se aquietaba, hasta convertirse en una tímida titilación. Jules iba en mangas de camisa; Lucía se había puesto sobre la malla de lentejuelas una bata deslucida que le venía demasiado larga y le otorgaba un aspecto adolescente. Dejaron atrás el campamento siguiendo el curso de un riachuelo que anegaba la pradera de espejos sigilosos, hasta desembocar en un lago. Al fondo del valle, los almendros núbiles fosforecían en la oscuridad; entre el repliegue de dos colinas, asomaban las luces solitarias de algunos caseríos y más allá, detrás de los contrafuertes abruptos que cerraban el valle, se proyectaba sobre el cielo el resplandor de los pueblos cada vez más populosos que bordeaban la Costa Azul. Como contagiada por el bucolismo del paisaje, Lucía se descalzó las alpargatas, se despojó de la bata, se apartó los tirantes de la malla; Jules contempló con muda gratitud sus senos vivaces, su vientre como una lenta duna, la mancha ojival del pubis. Lucía arrancó a correr hacia la orilla; el temblor de sus nalgas era una premonición de días fértiles.

—¡Anímate! ¿Es que no te apetece pegarte un chapuzón? —dijo, cuando ya había empezado a bracear en el lago.

—Mejor te espero aquí.

La vio nadar sobre las aguas quietas, con una mezcla de deslumbramiento y desasosiego. Pensó supersticiosamente que a nadie le es otorgado contemplar tanta belleza sin sufrir a cambio un castigo. Lucía, ajena a sus cavilaciones, había interrumpido su braceo y se dejaba sostener por el agua, tendida voluptuosamente boca arriba; ahora su desnudez tenía la calidad del mármol, indemne y lustrosa como la de una estatua rescatada de las profundidades marinas. Todavía prolongó sus retozos durante diez minutos más, ofrecida a la noche, pura y gratuita como una náyade; el silencio del mundo quizá delatase que el mundo había dejado de existir, al menos mientras durase su baño. Aunque la noche no era fresca, Jules se acercó a la orilla con la bata, para evitar que se destemplase cuando la brisa acariciase su piel mojada.

—¿Qué te pasa? Pareces intranquilo.

Ella, en cambio, contagiaba una quietud turbadora, esa quietud casi sagrada de quienes ya han adoptado las decisiones más difíciles y aguardan plácidamente su realización.

—Déjalo, no quiero molestarte con mis pejigueras —dijo él.

Pero quizá no fuesen pejigueras. Estrada no tardaría en morir, si el avance de su enfermedad seguía su curso; y la expectativa de regentar el circo junto a Lucía se le hacía muy onerosa.

—Yo te amo. Tú me amas. Es así de simple, Jules. No le des más vueltas.

Jules no pudo hacer otra cosa que mirarla perplejo. Reparó en el temblor de sus labios, incendiados de una oscura fiebre que quiso compartir imperiosamente. Se tendieron en la hierba, fundidos en un abrazo; como si quisiera liberarlo de sus incertidumbres, Lucía se le ofreció con un ímpetu que nunca antes había mostrado. Al entrar en ella, Jules sintió que un pez de plata palpitaba allá dentro, en lo más hondo de sus entrañas; también sintió que su espíritu se elevaba, aligerado del peso de la carne. Había algo instintivo en la entrega de Lucía, algo instintivo y a la vez milagroso, como el vuelo de un pájaro. Después del amor, permanecieron mudos, escrutando las estrellas. Antes de que sus respiraciones afanosas se hubieran apaciguado del todo, Lucía susurró:

—Marcharemos a España cuando mi padre falte.

Jules pegó un respingo; de repente, la geometría de las constelaciones se disgregó en un enjambre anárquico.

—¿Te has vuelto loca? —dijo con una voz áspera, agrandada por la sorpresa. Pero enseguida adoptó un tono más reservado, como si le avergonzara perturbar la serenidad de la noche—. ¿No te parece que mi opinión también cuenta?

Deseaba que la propuesta que acababa de hacerle hubiese nacido de un capricho femenino. Pero le bastó reparar en el tranquilo dominio de sí misma que revelaba su actitud para comprender que era una decisión largamente madurada.

—Antes de marchar de París, dejé una carta en la embajada inglesa dirigida a ese tal Lloyd.

—Ni siquiera conocéis su verdadera identidad —se quejó Jules, pero su gesto era más bien suplicante.

Lucía sonrió condescendiente:

—Ellos la conocerán de sobra, no te preocupes. Sólo que aún no pueden revelarla. Recuerda que la guerra no ha terminado.

Faltaba poco, sin embargo. Mientras florecían las glicinas y los almendros, empezaban a llegar a Francia los deportados supervivientes de los campos de exterminio que las tropas aliadas liberaban en su avance. Eran hombres demolidos, reducidos al pellejo y la osamenta, verdaderas radiografías de hombre que desvelaban un horror de magnitudes incalculables.

—¿Y qué le contabas en esa carta?

—Le informaba sobre el estado de salud de mi padre. Y le proponía que, una vez cumplida la misión que él le había encomendado, quizá lo más generoso de su parte sería permitir que la propiedad del circo pasara a manos de los artistas de la *troupe*. Ellos podrían mantenerlo en régimen de cooperativa. —Y añadió jocosamente—: No creo que al gobierno de Su Majestad le rinda ninguna utilidad a partir de ahora.

Se había apretado contra él, buscando el abrigo de su pecho. Aquel gesto parecía demandar alguna carantoña, o siquiera que le rodeara la espalda con su brazo, pero Jules estaba demasiado confundido:

—No entiendo por qué hemos de irnos. Y a España, nada menos. ¿Esperas que te vayan a recibir con los brazos abiertos? Te recuerdo que eres hija de un exiliado.

Notó que Lucía se estremecía, como sacudida por la sombra de un augurio funesto. Quizá aquella decisión fuese menos fácil para ella que para él, después de todo. Hablaba con esa aspereza arenosa que emplean los sonámbulos en sus monólogos, tal vez también las pitonisas en sus oráculos:

—Vámonos lo más pronto posible, Jules. Si nos quedamos aquí, sucederá algo espantoso.

Se derramó sobre Jules algo parecido al pavor, una inconcreta pululación que, por un segundo, pensó que podría reavivar los continentes dormidos de su pasado.

—¿A qué te refieres? —acertó a farfullar.

—Ni yo misma lo sé. Pero lo siento en los huesos. Aquí no tendríamos paz.

Jules entendió que aquella apariencia de apacibilidad que había mostrado antes no era sino una máscara protectora. Musitó:

—¿Estás pensando en André? ¿Lo crees capaz de hacernos daño?

Lucía denegó con la cabeza. Le costaba hablar; tal vez estuviese callando algo que intuía o sospechaba:

—Lo creo capaz de luchar por mí hasta más allá de sus fuerzas. Sé bien lo testarudo que es.

También él lo sabía. Pero la solución que Lucía le proponía se le antojaba desproporcionada. Imaginaba España como un país bárbaro, hirsuto, acaso inhabitable; la expectativa de ganarse allí la vida le apretaba la garganta con un nudo de congoja.

—Me pides demasiado —dijo.

Su propia voz le había sonado cruel. Lucía emitió algo parecido a un sollozo:

—¿Es que no lo entiendes? Lo hago pensando sobre todo en ti.

Jules recordó la mirada centelleante de furia de André; recordó la saña con que ambos se habían golpeado unos meses atrás y el escándalo de su sangre vituperando la nieve.

—¿Y qué haremos en España, si puede saberse? —dijo. Aunque le exasperaba reconocerlo, había empezado a ceder.

—Encontraremos trabajo, ya lo verás. Si no es en un circo, será en un cabaré. —Se mostraba animosa, insensatamente animosa—. Formamos una pareja irresistible, ¿no?

Y para confirmar este aserto, demasiado improbable o hiperbólico, sonrió de aquella manera, tan franca y temeraria, que acompañaba sus resoluciones. Permanecieron ambos en silencio durante largo rato, auscultando sus respectivos miedos, como si en esa exploración hallaran un consuelo mutuo, como si la suma de sus miedos —que no se atrevían a formular— formara, por no se sabe qué rara alquimia, una aleación intrépida. Quizá el amor no sea sino el espejismo de audacia y fortaleza que brinda la agregación de dos debilidades. Mientras volvían al campamento, ninguno de los dos se atrevió a quebrar aquel hechizo, que intuían fragilísimo; tal vez ambos estuvieran pensando en las contrariedades que les aguardaban en España, en los míseros cabarés que tendrían que frecuentar, en las visitas mortificantes a empresarios desdeñosos, en el chalaneo con representantes sórdidos y mezquinos, en los públicos acaso más brutales que los de su gira provenzal, pero se guardaban para sí sus cavilaciones. La noche fluía serena y ominosa a un tiempo, como un río de adivinaciones.

—Me quedaré haciéndole compañía a mi padre —dijo Lucía, cuando ya avistaban las luces del campamento—. No te importa, ¿verdad?

Llevaba haciéndolo así varias semanas; y, aunque Jules le proponía que se turnasen en el cuidado de Estrada, Lucía se había negado en redondo una y otra vez. Noche tras noche, sin embargo, se lo anunciaba compungida, como si necesitara comprobar que Jules sobrellevaba la separación sin fastidio. En realidad, si algo fastidiaba a Jules era aquella insistencia. Entraron juntos en la caravana de Estrada, alumbrada por una luz muy tenue; por pundonor o recato, el padre de Lucía procuraba esconder los estragos de la diabetes. No conseguía, sin embargo —aunque mantenía entreabierta la puerta de la caravana—, ahuyentar los miasmas de la corrupción, el hedor cansado que exhala la carne cuando ya navega hacia la gangrena. Jules atisbó entre las sombras el bulto de Estrada, tendido sobre el camastro y cubierto por una sábana; tenía un no sé qué de cigüeña rota.

—Vaya, pensé que os habíais escapado —los saludó con una voz que se pretendía burlona, pero que sonó fantasmal, como si careciera de caja de resonancia.

—Salimos a tomar un poco el aire —dijo Lucía, agachándose para posar un beso sobre su frente.

Avivó la lámpara de acetileno, pese a la resistencia de Estrada, para evitar que Jules trastabillara entre el desorden de enseres que abarrotaban la caravana. Las sienes angostas, la nariz adelgazada hasta el cartílago, las mejillas hundidas, todos los rasgos de Estrada preludiaban la calavera. Jules estrechó su mano sin vigor, sarmentosa y de venas muy abultadas en las que la sangre ya había empezado a coagularse.

—¿A tomar el aire tan sólo?

No sin esfuerzo, Estrada alargó un brazo y acarició el cabello de Lucía, todavía húmedo tras el baño en el lago. A sus labios, arrasados de pústulas, acudió una sonrisa desmañada.

—Bueno, también me di un chapuzón —dijo Lucía, aceptando su juego.

—Y debiste revolcarte por el suelo para secarte. Tienes el pelo lleno de briznas de hierba.

Lucía reaccionó con desenvoltura a las bromas de su padre, pero no logró evitar que el rubor se extendiera por su rostro.

—No se te escapa ni una, ¿eh?

—Y apuesto a que Jules también tiene el pelo lleno de hierbajos. ¿O me equivoco?

Instintivamente, Jules se sacudió los cabellos, provocando las carcajadas de Lucía; contagiado por la alegría de su hija, Estrada espantó el rictus de dolor que encogía sus facciones. Mientras ella le hacía una narración minuciosa del debut de Jules ante aquel público más bien mostrenco que sin embargo había acabado aplaudiendo a rabiar, Estrada asentía apreciativamente, como quien ve confirmadas sus expectativas. A Jules lo ponía algo nervioso que se ponderasen sus habilidades; para hacer más liviana su turbación, empezó a hojear un periódico atrasado de París. Los partes de guerra ya no ocupaban un lugar de privilegio; los titulares más gruesos los acaparaban las triquiñuelas de los políticos, las revueltas sindicales, los escándalos del mercado negro y el tráfico ilegal de divisas. Lo exasperaba comprobar que la vuelta a la normalidad era también una vuelta a la rutina de las mezquindades humanas, a las disputas partidarias, al encarnizamiento ideológico, a la búsqueda impúdica del lucro. Pasó las páginas con premiosidad y hastío; Estrada lo interpeló:

—¿Qué le disgusta, Jules?

—Nada y todo a la vez —reconoció, algo azorado—. Cada vez que me pongo a leer la prensa, me siento como un niño necio que no comprende nada. Se supone que ésta debería ser la hora de la unidad, pero sólo me tropiezo con divisiones y con gente que quiere forrarse los bolsillos a toda costa.

Estrada suspiró, con más resignación que indolencia. Recurrió al español para definir una lacra universal:

—Cada cual arrima el ascua a su sardina.

—A un joven que estuviese considerando dedicarse a la delincuencia, ¿qué lo detendría?

La pregunta de Jules había sonado agria, o tal vez sólo amarga. Estrada contestó en un susurro; aún se aferraba a las convicciones que le habían inspirado las arengas radiofónicas del general De Gaulle:

—La lealtad a Francia. ¿No le parece una buena razón?

Pero él mismo sabía que estaba apelando a un concepto ideal, quizá ininteligible para ese hipotético joven desilusionado.

—¿Y quién es Francia? —se resistió Jules. No había acaloramiento en sus palabras, sino más bien un desapasionado escepticismo—. ¿Los políticos de París que se pasan la vida haciendo maniobras y preparando chanchullos? ¿Los que hicieron primero una fortuna con los alemanes y ahora esperan doblarla con sus negocios de suministro a los americanos? ¿Los comunistas que aguardan instrucciones de Moscú y conspiran contra la Cuarta República? Ya me dirá si estas gentes merecen lealtad.

Lucía lo escuchaba con una vaga actitud recelosa, sin atreverse a intervenir. Hubo un silencio quizá demasiado largo que Estrada infringió, para que Jules no lo interpretara como una reacción desairada:

—Entiendo lo que quiere decir. Le pasa lo mismo que al personaje de aquel cuento de Washington Irving que me leíste el otro día... —Apretó el brazo de Lucía, para que acudiera en auxilio de su memoria—. ¿Cómo se llamaba?

—Rip van Winkle —dijo ella maquinalmente, abstraída en alguna cavilación.

—Eso es. Rip van Winkle sale a las montañas a cazar ardillas y se tropieza con unos hombrecillos que lo invitan a su guarida y le ofrecen probar un licor que lo sume en un profundo sueño. Cuando despierta, regresa a su aldea; entonces se tropieza a sus vecinos discutiendo con vehemencia sobre asuntos de política. Uno de los aldeanos se abalanza sobre Rip y le pregunta si es demócrata o federal; otro lo acusa de querer provocar una insurrección en el pueblo. Enseguida llueven sobre él los insultos. Rip está mudo y perplejo, no reconoce a sus apacibles paisanos en esa gentuza gesticulante y tabernaria. Han pasado veinte años desde que abandonara su aldea para cazar ardillas; veinte años que para él sólo han ocupado el tiempo que duró el sueño de su borrachera. Pero en esos veinte años han sucedido demasiadas cosas: entre otras, sus paisanos han perdido la inocencia; o la política los ha obligado a perderla. —Su voz se había ido agrietando de pesadumbre—. Jules añora un estado de ingenuidad anterior a la política. Por si le sirve de consuelo, yo también añoro ese estado, Jules. Pero ese mundo ya no existe. Lo borraron las bombas.

Las últimas frases las había emitido en un murmullo claudicante. Trató de cambiar de postura en la cama, pero los miembros no le respondían. Jules se apresuró a brindarle ayuda: lo sobresaltó la liviandad de su cuerpo, una liviandad de hojaldre o esponja reseca; también la sombra azulenca de la necrosis, que ya salpicaba su piel.

—¿Y qué pasó al final con Rip? —preguntó, disimulando ese sobresalto.

—Al principio creyó desfallecer, cuando supo que había enviudado y casi todos sus amigos habían fallecido en una guerra de la que ni siquiera tenía noticia. Pero no todo fueron contrariedades: acabó siendo reverenciado como uno de los patriarcas de la aldea, uno de los pocos que podía hablar de los tiempos felices de «antes de la guerra».

Jules no creyó detectar ironía en sus palabras. Dijo sombríamente:

—O sea, que el olvido también tiene sus ventajas.

—No lo dude —asintió Estrada—. Créame, a veces lo envidio. Yo también hubiese querido probar el licor que bebió Rip van Winkle. Ojalá hubiese pasado estas dos guerras sumido en una dulce borrachera. Ojalá al despertar no hubiese recordado nada de ninguna de ellas.

—Al menos las verá acabar. No todos pueden presumir de eso —dijo Jules, tratando de animarlo.

Estrada calló. En su gesto se traslucía esa conformidad —no exenta de cierto regusto de tristeza—, que debió de apoderarse de Moisés, cuando supo que Yavé no le permitiría entrar en la tierra prometida.

—Me conformo con que las veáis acabadas vosotros. Y con que mis nietos crezcan en un país libre.

Esta última mención desconcertó a Jules. Había entendido, seguramente porque daba por supuesta la compenetración entre padre e hija, que la resolución de regresar a España cuando Estrada faltase habría obtenido el beneplácito paterno. Al descubrir que Estrada la ignoraba (pues, desde luego, no podía considerar que España fuese ese país libre que anhelaba para su descendencia), intuyó que el designio de Lucía quizá encubriese razones más poderosas que el temor a los desafueros de un amante despechado. Cruzó una mirada con ella, pero se tropezó con una máscara de impasibilidad que no contribuyó a iluminarlo.

—Mañana habrá que madrugar —dijo Lucía, investida de una autoridad que desentonaba con las efusiones que un rato antes le había dedicado, a orillas del lago—. Desmontaremos la carpa y tomaremos la carretera de la costa. Será mejor que descanses, Jules.

Aún quiso oponer algún reparo, o conseguir siquiera que Lucía lo acompañara hasta su caravana, para que en un aparte le explicara las verdaderas razones de una decisión que contrariaba el designio de su padre. Pero Lucía ya le indicaba con un gesto conminatorio la salida. Quizá tuviera que ayudar a Estrada en abluciones o someterlo a curas que hacían preferible su marcha; pero otras noches ya había tenido que ocuparse de estas tareas, por devoción filial, y nunca antes lo había despedido con tanta frialdad. Estrada respiraba pesarosamente, exhausto tras el esfuerzo de la conversación; tenía un perfil egipcio, inmóvil y apergaminado como el de una momia.

—Buenas noches, Fidel —se despidió Jules.

Tuvo la impresión de que ni siquiera lo había oído; tuvo la impresión de que Estrada ya había iniciado su andadura hacia un reino de cumbres nevadas donde arreciaba la cellisca, un reino de indescifrable blancura donde tal vez lo aguardase su mujer, la malograda Catalina, para guiarlo por collados y fronteras. De regreso a su caravana, Jules no lograba conciliar el sueño; prendió la lámpara de acetileno y trató de espantar sus aprensiones leyendo aquel periódico atrasado que le hablaba de un mundo que ya no era el suyo, un mundo que sólo podía interpretar por vislumbres, después de haber dormido el sueño de Rip van Winkle. En la crónica de tribunales se anunciaba la sentencia condenatoria contra los miembros de una banda de malhechores capitaneada por un tal Henri Lafont, un golfo procedente de los bajos fondos que se había enriquecido durante los años de la guerra montando una oficina de compras que aprovisionaba a los ocupantes. A él, como a sus compinches más allegados, les aguardaba el cadalso. Completaba la crónica un reportaje entre morboso y tremendista sobre la llamada «brigada frívola», un grupo de mesalinas, asiduas a las juergas que organizaba Lafont en su hotelito de la calle Lauriston, que el periodista pintaba con los rasgos más depravados: condesas cocainómanas, actrices versadas en los ritos de Safo, meretrices de postín que sumaban a sus destrezas amatorias un repertorio de refinadísimas crueldades emanadas de alguna fantasía sadiana. Según dicho reportaje, las integrantes de esta «brigada frívola», además de participar en las orgías de Lafont a cambio de fastuosos regalos, habían prestado gustosas servicios al espionaje alemán, y algunas de ellas habían llegado incluso a ofrecerse como torturadoras a la Gestapo, en cuyas oficinas de la avenida Foch habrían reinado, como ángeles maléficos o ménades enardecidas por el olor de la sangre. Aunque el reportero no describía los tormentos que las bacantes de esta «brigada frívola» habrían infligido en las mazmorras de la Gestapo, no se recataba de precisar —gozosamente entregado al sensacionalismo— que sus «transportes de placer se fundían con los gemidos de aquellos desdichados, que expiraban a la vez que tan abominables monstruos alcanzaban el éxtasis».

Como invocadas por aquel carrusel de horrores (o tan sólo atraídas por la llama del acetileno) habían entrado en la caravana dos polillas grandes como murciélagos que probaban un torpe vuelo nupcial, aleteando profusamente en torno a la lámpara. Jules levantó por un momento la vista del periódico y siguió el torbellino de su cortejo; se habían acoplado por el abdomen para aparearse, se daban topetazos contra las paredes y sus alas vibrátiles desprendían un polvillo ceniciento. Reprimiendo un repeluzno, Jules volvió a la lectura del periódico. El reportaje se completaba con los retratos en huecograbado de algunas de estas brigadistas frívolas; quizá en otro tiempo su belleza sazonada por el vicio las habría hecho irresistibles o amedrentadoras, pero el paso por las cárceles y las sevicias de sus carceleros las convertían en mujerucas arruinadas, fatalmente conscientes de su suerte. Todas tenían el cráneo rapado, las facciones tumefactas, la mirada extraviada en algún paraje lindante con la locura; una de ellas miraba con fijeza a la cámara con unos ojos como de mosaico bizantino, miraba con fijeza y también con saña y algo de arrogancia. Se llamaba, según rezaba el pie de foto, Olga Vasilievna Kuznetsova, y ni siquiera había podido ser juzgada, pues según afirmaba el periodista se había suicidado durante su traslado a los juzgados; pero con frecuencia el suicidio era la coartada que empleaban los médicos forenses en sus autopsias para evitarse complicaciones. Aunque la calidad del retrato era casi indiscernible, Jules no tardó en identificar a la Olga Vasilievna del periódico con la mujer que lo había increpado y escupido en los cuarteles de Drancy, aquella antesala del infierno a la que había acudido en busca de su hermana Thérèse. Quizá fuera el efecto sugestivo de la lectura del periódico, pero por un instante —lo que dura el relámpago de una reminiscencia— Jules creyó rescatar, de aquella porción de su pasado sepultado en las tinieblas de la amnesia, la visión de aquella mujer, cuando su belleza aún era irresistible o amedrentadora; y asoció aquella visión fugaz a un episodio apenas vislumbrado de insoportable dolor.

Las polillas habían concluido su coyunda y volaban en torno al rostro de Jules, hasta posarse sobre su frente. Tenían un tacto viscoso y a la vez aterciopelado, como la caricia execrable de un leproso. Jules las apartó de un manotazo; el polvillo de sus alas, mezclado con el sudor de su frente, había formado un barrillo que le revolvió las tripas. Salió a la noche, escapando del aleteo de las polillas, que se había clavado en sus tímpanos. Necesitaba refrescar su rostro y acallar aquel zumbido que ya se inmiscuía en su sangre; necesitaba también entregarse al sueño benigno de Rip van Winkle y olvidar, olvidar para siempre.

La primera paletada de tierra restalló sobre el ataúd como una salva exultante. Aún no lo habían confirmado los periódicos, pero el tañido de las campanas ya convocaba a los parisinos en la calle: Alemania se había rendido; la guerra había terminado. Hasta el cementerio de Montparnasse, amortiguados por la fronda, llegaban los ruidos de la celebración: las bocinas de los coches probaban en vano a emular las notas de *La Marsellesa*, los aviones Flying Fortress sobrevolaban calmosamente la ciudad como cachalotes ingrávidos, las sirenas antiaéreas daban la señal definitiva de cese de peligro, las radios aireaban proclamas patrióticas desde los balcones de los edificios, como loros que escapan de la jaula y cruzan su guirigay de palabras mil veces repetidas. Lucía recordó otra tarde muy similar, apenas nueve meses atrás, cuando sobre la ciudad recién liberada bogaban nubes como galeones barrocos, casi cárdenas a la hora del crepúsculo; ésta era una tarde menos épica o aparatosa, una de esas tardes de mayo que conservan un raro frescor matinal, como si dentro de ellas germinara una semilla removiendo la fragancia húmeda de la tierra. Una tras otra fueron cayendo las paletadas sobre el ataúd, de una madera cruda que también incorporaba su olor recién estrenado al tumulto de olores que embriagaba la atmósfera. El responso del cura apenas resultaba audible entre la algarabía que, poco a poco, se iba adueñando del barrio de Montparnasse:

—Inclina, Señor, tu oído a nuestras súplicas, con las que imploramos tu misericordia, a fin de que pongas en el altar de la paz y de la luz el alma de tu siervo Fidel, al cual mandaste salir de este mundo. Por nuestro Señor Jesucristo.

—Amén.

Estrada había pedido a su hija que le pusiera un crucifijo entre las manos, para poder enarbolarlo intrépidamente en su viaje a ultratumba, como Chateaubriand. Las últimas semanas de su vida habían resultado especialmente penosas: aunque habían regresado a París, pensando que allí encontrarían los remedios que hicieran menos atroz su agonía, se habían tropezado con hospitales desprovistos de morfina. Los médicos que lo habían atendido propusieron a Lucía amputarle ambas piernas, para detener el avance de la gangrena ocasionada por la falta de riego sanguíneo; pero ella se había negado en redondo: dilatar la muerte de su padre unos pocos meses a cambio de mutilarlo se le antojaba un ensañamiento innecesario. Estrada, además, no lo habría permitido, si hubiese conservado la capacidad decisoria: la mera idea de irse entregando por piezas lo habría sublevado. Lucía no se había apartado ni un solo instante del lecho donde su padre libraba la última batalla. A medida que se iba apagando su consciencia, Estrada la empezó a confundir con la niña que fue en otro tiempo, o incluso con la madre que no había sobrevivido a la travesía de los Pirineos; pero de esas alucinaciones habían nacido amorosos coloquios que acaso la lucidez habría coartado; efusiones que el carácter poco vehemente de Estrada quizá habría reprimido en circunstancias menos extremas, y que para Lucía constituyeron una suerte de testamento vital, uno de esos tesoros incorruptibles que se guardan de por vida en el corazón. Los cipreses del cementerio de Montparnasse se afilaban contra el cielo, como un ejército con las bayonetas caladas.

—Desata, Señor, el alma de tu siervo Fidel de todo vínculo de pecado; para que resucitado viva gozoso en la gloria, entre tus santos y elegidos. Por Cristo nuestro Señor.

—Amén.

Mientras los sepultureros componían el túmulo, Lucía se sintió desfallecer; de repente, todo el cansancio acumulado durante las últimas semanas se derrumbaba sobre ella, como una marea que anega los restos de un naufragio. Jules la rodeó con un abrazo para evitar su desmoronamiento. Los artistas del circo desfilaron ante ella, compungidos y como abrumados por una recién estrenada orfandad. O quizá, más incluso que esa orfandad, para la que ya estaban prevenidos, los abrumase la nueva responsabilidad que a partir de entonces deberían asumir. Habían vivido como las aves del cielo y los lirios del campo, sabiendo que Estrada velaba por su sustento. Cuando Lucía les anunció su decisión de regresar a España, dejando en sus manos la administración del circo, se quedaron más desconcertados que si les hubiese comunicado la disolución de la compañía. Habían intentado en vano disuadirla; habían porfiado para que, al menos, aplazara por un tiempo su marcha; habían rogado a Jules que utilizara su ascendiente sobre ella; habían, en fin, tratado de moverla a la compasión, mostrándose como perrillos sin amo, pero ninguno de estos esfuerzos había logrado torcer su designio. Todavía ahora, mientras le ofrecían sus condolencias, probaban a ablandarla pudorosamente, de tal manera que más bien parecía que fuese ella quien les brindaba consuelo en la hora de la despedida. El ocaso ya arrojaba una luz desvencijada sobre el cementerio de Montparnasse cuando los últimos miembros de la *troupe* iniciaron su marcha. Jules notó que la respiración de Lucía se tornaba más dificultosa y apremiante, como premonitoria del llanto. A sus espaldas alguien la interpeló en un español académico, entorpecido por un acento que delataba su procedencia británica:

—Pensé que al final se arrepentiría. Pero veo que no cambia tan fácilmente de idea.

Era un hombre espigado y flemático que, mientras duraron los responsos del cura, había permanecido a cierta distancia, como si no quisiera llamar la atención, sosteniendo respetuosamente el sombrero entre las manos. Jules intuyó que era el agente que había reclutado a Estrada para las redes de evasión cuando se hallaba en el campo de Saint-Cyprien.

—Me preguntaba si volvería a verlo. Han pasado muchos años desde que nos conocimos en Toulouse —dijo Lucía.

Jules no supo precisar si aquel comentario encubría un reproche, o si se trataba de una mera constatación. James Lloyd se detuvo ante el túmulo de Estrada y leyó en voz alta la muy lacónica inscripción del epitafio, apenas su nombre y las fechas de nacimiento y deceso, como si entremedias no hubiese ocurrido nada digno de mención. Como las generaciones de las hojas, así son las de los hombres, escribió nuestro padre Homero.

—Estrada nunca reclamó ayuda —musitó. Tampoco se sabía si acababa de formular una disculpa o un panegírico, era demasiado parco—. Pero siempre hemos estado ahí, en la sombra.

Lucía amagó una sonrisa irónica. La apremiaba cierta impaciencia:

—Supongo que recibió mi mensaje.

—Naturalmente. Todas sus peticiones han sido atendidas. La propiedad del circo será traspasada sin necesidad de papeleos. —Hizo una pausa, como si aguardara una muestra de gratitud o un mero beneplácito. Luego añadió, con disgusto contenido—: En cuanto a su deseo de regresar a España... Doy por hecho que sabe que en España gobierna un dictador...

—El dictador que ustedes han permitido que gobierne —lo cortó Lucía, tajante.

Al rostro de Lloyd asomó un mohín de disgusto. Trató de disimular su contrariedad:

—Tal vez tenga razón —convino—. Para los tiempos que se avecinan, un gobierno aliado de Moscú en Madrid habría resultado... inconveniente.

El calificativo había sonado demasiado inhumano o maquiavélico. Jules empezaba a extraviarse en la maraña de sobreentendidos. Intervino:

—¿Qué tiempos se avecinan?

Lloyd reprimió su fastidio. Lo exasperaba oficiar de profeta:

—Tiempos de hostilidades latentes, señor Tillon —dijo, y adoptó el francés en señal de cortesía—. Tal vez de guerra declarada entre dos bloques. El gran triunfador de esta guerra ha sido Stalin, no la democracia. La mitad de Europa ha caído bajo su férula. Pero no se conformará con el reparto, el comunismo es por naturaleza expansivo. La razón primordial por la que Churchill se empeñó en otorgar a Francia el estatuto de potencia vencedora era, precisamente, evitar que se convirtiera en una colonia comunista. Y ésa es también la razón por la que se ha transigido con Franco. Hubiese sido fatal para las democracias europeas quedar encajonadas entre dos frentes comunistas. Con uno ya será difícil sobrevivir...

Se habían quedado solos en el cementerio, encajonado entre los dos frentes de algarabía que anegaban la ciudad. La embriaguez de la victoria suele olvidar los continentes de muerte que deja a sus espaldas. A Lucía no le había satisfecho la explicación de Lloyd:

—Eso tal vez sirva para tranquilizarles la conciencia. Pero lo cierto es que han dejado a los españoles abandonados a su suerte.

Lloyd se atrincheró en un silencio compungido. Extrajo de un bolsillo interior de la chaqueta su pitillera de alpaca, y ofreció a Jules y Lucía uno de aquellos cigarrillos turcos que en Francia sólo era posible conseguir en el mercado negro. Ambos declinaron el ofrecimiento. Lloyd encendió uno; pero enseguida pensó que tal vez fuera irreverente fumar en un cementerio y lo arrojó al suelo, cuando apenas había saboreado un par de caladas. Lucía había logrado ponerlo nervioso.

—Ya nos hemos encargado de hablar con la embajada española —dijo, espantando su azoramiento. Y, a continuación, adoptó un tono sarcástico—: Las autoridades de Franco están deseosas de colaborar con el gobierno de Su Majestad, por la cuenta que les tiene. Aquí les doy un salvoconducto firmado por su embajador. —A la vez que guardaba la pitillera, extrajo del mismo bolsillo un sobre lacrado—. Evitará que les hagan preguntas engorrosas en la frontera. Y, a mayores, por si tuvieran algún problema una vez instalados en España —se palpó los costados, cada vez más turbado ante la mirada escrutadora de Lucía—, les he preparado dos pasaportes británicos. No tienen más que firmarlos, yo mismo he rellenado todos los datos.

—¿Qué problemas podríamos tener? —musitó Jules, un tanto amedrentado, mientras tomaba la documentación que Lloyd le tendía.

—Lucía es hija de un exiliado, siempre puede haber gente dispuesta a denunciarla y policías dispuestos a husmear. —Se encogió de hombros, como si quisiera dejar claro que no estaba emitiendo un juicio moral—: Y me temo que en España no se verá con agrado que una joven española conviva con un gabacho sin estar casada. Porque ustedes no están casados, ¿verdad? —Lucía denegó abreviadamente con la cabeza, como invitando a Lloyd a que no hurgase en semejantes intimidades—. Digamos que estos pasaportes los convierten en súbditos británicos. Nadie podrá tocarles un pelo. Y nuestro embajador en Madrid intervendrá ante cualquier atropello.

La oscuridad se derramaba sobre el cementerio de Montparnasse. El aroma dulzón de los crisantemos se fundía con el rastro de humedad otoñal de la tierra recién removida. Siempre es otoño en los cementerios.

—Le estamos inmensamente agradecidos, míster Lloyd —dijo

Lucía, sustituyendo el ceño adusto con que hasta entonces lo había escrutado por una sonrisa ancha que exorcizaba la noche.

—Aún no me explico ese empeño por volver a España, un país tan mezquino y cruel —se atrevió a juzgar Lloyd, infringiendo su natural ecuanimidad—. Podría rehacer su vida aquí.

Lucía dirigió una mirada amorosa hacia la tumba de su padre, una mirada que tenía algo de confidencia y algo de plegaria, y luego la elevó al cielo, buscando la estrella que le indicase el camino.

—Ese país tan mezquino y cruel es el mío, míster Lloyd.

El agente asintió, vagamente contrito, vagamente compasivo. Obedeciendo a un impulso que desmentía su temperamento frugal, abrazó a Lucía como se abraza a un camarada. Luego retrocedió unos pasos, aturullado, como si se sorprendiese de su osadía, y formuló una despedida sucinta, antes de perderse entre las hileras de cipreses que flanqueaban el camino de salida. El calor de aquel abrazo le había transmitido a Lucía una vibración de optimismo. Jules, en cambio, se mostraba temeroso:

—¿No crees que nos harán muchas preguntas en la frontera?

Lucía le pellizcó la barbilla juguetonamente.

—¿Te refieres a preguntas que no podrás contestar?

A Jules le disgustaba que se tomase a chirigota sus prevenciones:

—Sí, a eso me refiero.

—Pudiera ser que te hicieran una pregunta que yo jamás me he atrevido a hacer. —Se había inclinado sobre la tumba y acariciaba la inscripción del epitafio, cincelada en bajorrelieve, con la misma devoción que había empleado durante las últimas semanas al acariciar el rostro de su padre moribundo—. Podrían preguntarte si has estado casado antes.

Imprevistamente echó a andar, invitando a Jules a que la siguiera.

—¿Bromeas? —dijo él, entre divertido y estupefacto—. Por supuesto que no.

Ahora el cementerio parecía iluminado por una tímida fosforescencia que quizá le comunicasen los huesos de los difuntos. Jules la alcanzó cuando ya enfilaba hacia la avenida de Maine.

—¿Y cómo estás tan seguro? Con esa memoria tuya...

Por un instante, Jules trató de ofrecer una respuesta convincente, pero la risa de Lucía lo disuadió. Tan sólo estaba tomándole el pelo.

—Anda, no te preocupes, tonto. Si tú te arriesgas a que te hagan preguntas, yo también me arriesgaré.

Caminaban por la avenida cogidos de la mano, adelgazados por la noche como criaturas de Modigliani, cuyo fantasma se paseaba de incógnito por aquel barrio de bohemios incurables y mártires callados, que extrañamente se había quedado desierto. Sus habitantes habían corrido a congregarse en los Campos Elíseos y en la plaza de la Concordia, que por primera vez desde que estallase la guerra habían sido iluminados. Jules rodeó con su brazo los hombros de Lucía; sintió la tibieza de su piel como si fuera la única tibieza del mundo. Al andar, se tropezaban en los pies del otro, como dos borrachos que se sostienen mutuamente.

—¿Tú crees que llegaremos a viejos? —preguntó Lucía—. Todo sucede demasiado rápido en estos días.

Jules recordó a Rip van Winkle, regresando a su aldea con la barba enmarañada y gris.

—Yo, al menos, ya soy viejo.

—¿Por qué dices eso? —protestó Lucía, en un tono de amable reconvención.

—Hemos pasado una guerra, ¿no? —trató de explicarse—. Y los que han pasado una guerra ya saben todo lo que tienen que saber. Se han convertido en viejos para siempre.

Lucía protestó:

—Pero la amnesia te mantiene joven.

—Eso es lo peor. Soy viejo y joven a la vez. Viejo por el lado malo, y joven también por el lado malo.

Antes de que se dejara arrastrar por la melancolía, Lucía probó a distraerlo con palabras intrascendentes:

—¿Te imaginas cómo seré de vieja?

Había un resabio fúnebre en sus palabras, como un río subterráneo que desmintiese su aparente jovialidad.

—Exactamente igual que ahora —dijo él—. Para mí serás siempre igual que ahora.

Había procurado que su respuesta no sonase enfática, pero tal vez no lo había conseguido. Lucía sonrió burlona:

—¿Aunque me cuelguen los pellejos y se me arrugue la cara?

—Entonces veré en ti los años que hemos pasado juntos —replicó Jules con prontitud—. Y me parecerás más hermosa que todas las mujeres jóvenes del mundo.

Quizá fuese un pronunciamiento demasiado tópico u optimista, pero estaba dispuesta a creerlo a pies juntillas. Necesitaba creer en Jules, necesitaba saber que lo tendría siempre a su lado.

—Te parecerá una estupidez —dijo—, pero me gustaría llegar a vieja.

—Y llegarás —aseguró Jules. Había advertido que la voz de Lucía se afinaba hasta tornarse inaudible, como si la oprimiera una responsabilidad demasiado gravosa, sólo soportable si la compartía con él—. Juntos llegaremos a ser tan viejos como Matusalén. Todo irá bien, ya lo verás. Eres la mujer más valiente del mundo.

Se había levantado una brisa que mecía suavemente las copas de los cipreses y hacía ondear las cortinas de las ventanas abiertas en las buhardillas. Lucía volvió el rostro hacia Jules, pero su pensamiento parecía haber emigrado hacia un lugar lejanísimo, como si estuviese escuchando una llamada oscura que la invocaba desde el otro lado de la tapia del cementerio, desde el otro lado de la vida.

—Sin embargo, no me siento nada valiente.

—Pues lo eres. En eso consiste la valentía. Los valientes no saben que lo son.

Jamás olvidaría aquel rostro que cobraba ante él una quietud solemne, casi religiosa, mientras sus párpados se entrecerraban y sus labios se ofrecían, como una flor que se abre. Jules la besó silenciosamente, reverencialmente, mientras la brisa seguía agitando las cortinas con un oleaje manso, mientras el frescor de la noche templaba el rugido de la sangre.

Aquella imagen de las cortinas tremolantes, henchidas de primavera, volvió sobre él, como una reminiscencia de beatitud, mientras contemplaba, a través de unos visillos mugrientos, el paisaje huidizo que desfilaba al otro lado de la ventanilla del tren. Pronto llegarían a Madrid, después de una travesía desvelada que se había prolongado durante más de veinticuatro horas. El paso de la frontera, tal como anticipase Lloyd, había resultado expedito, tan expedito que hasta sintieron algo parecido al remordimiento cuando una pareja de guardias civiles que habían tratado con franca hostilidad a los pasajeros que los habían precedido ante la garita donde se sellaban los pasaportes se ofrecieron, obsequiosos, a acompañarlos hasta el tren que aguardaba resollante en la estación de Portbou, ayudándolos además a cargar con su equipaje. No padecieron los habituales registros aduaneros, tampoco los consabidos interrogatorios capciosos; y el revisor del tren, aleccionado por la pareja de guardias civiles, se avino incluso a buscarles un compartimento vacío y se preocupó de acomodar a los viajeros que subieron en las estaciones sucesivas en otros compartimentos, de tal manera que nadie los molestara. Este trato de privilegio se les hizo cada vez más enojoso, a medida que se acercaban a su destino; pues, según pudieron comprobar en sus paseos por los pasillos del tren, el hacinamiento en otros vagones era cada vez mayor. Jules reparó en las fisonomías cetrinas de aquellas gentes que viajaban a la capital, huyendo de la miseria de los campos sin pan, para tropezarse con una miseria tal vez mayor: labriegos que parecían escapados de un cuadro de Gutiérrez Solana, con la boina calada hasta las cejas, la barba creciéndoles insomne y las manos callosas, cansadas de arañar las piedras de sus terruños; mujerucas deslomadas, envejecidas por el luto, que ofrecían un pecho escuálido a un niño que berreaba hasta la afonía, reclamando un alimento que no llegaba a bautizar sus labios; mozos haraposos, de sonrisa estragada por la piorrea, que entretenían el tedio jugando una partida de naipes, premonitoria de las chirlatas que organizarían en los tugurios más sórdidos de Madrid, cuando la ociosidad despertase su vocación de maleantes; muchachas un poco anémicas, un poco hurañas, que apretaban contra su regazo un fardelillo en el que custodiaban sus exiguas pertenencias, tan exiguas como sus esperanzas de ser empleadas en alguna casa de postín. Componían un cuadro de una tristeza milenaria, un daguerrotipo de pobretería y atraso que se completaba con el paisaje socarrado por el sol, de campos en barbecho y encinas encorvadas por la sed. Jules sentía que le faltaba aire para respirar.

En la estación de Sigüenza subieron al tren en estampida hasta una docena de chavales en la linde de la pubertad, desmedrados y sin embargo festivos, como poseídos por esa euforia que asalta a los pobres en los días de asueto, cuando la felicidad de sentirse libres les hace olvidar que tienen las tripas vacías. Los apacentaba un cura muy joven y brioso, seguramente recién salido del seminario, que se afanaba por impedir que se le desmandasen con una desenvoltura muy poco clerical. El revisor trató de acomodarlos en el pasillo, pero el cura, que había observado que Jules y Lucía viajaban solos, no se conformó y se enzarzó con el revisor en una porfía que amenazaba con llegar a las manos y en la que, sin duda, el revisor se hubiese llevado la peor parte, pues el cura era fortachón y trabucaire. Antes de que la riña pasara a mayores, Lucía abrió la puerta del compartimento y terció:

—Con mucho gusto recibiremos al padre... y a todos los chicos que quepan.

Dirigió una sonrisa hospitalaria al cura, que se ruborizó atolondradamente. El revisor aún probó una tímida protesta:

—Pero sus billetes son de tercera clase...

El revisor se encogió de hombros y se retiró, entre los abucheos de la chiquillería. El cura se excusó ante Lucía:

—Usted sabrá disculparlos. Hemos salido de excursión, y en las excursiones la disciplina se relaja.

Tenía las facciones como de boxeador borono, algo congestionadas por la canícula o por la opresión del alzacuello. Tampoco la sotana le quedaba muy holgada, a decir verdad, sobre todo a la altura del pecho, donde la botonadura amenazaba con reventar. Antes de que el tren arrancara otra vez, los chavales ya se estaban disputando los asientos libres del compartimento; otros se hicieron un hueco en el suelo, o corrieron a asomarse a la ventanilla, desde la que empezaron a lanzar alaridos, al estilo de los indios de las películas.

—Uf, vaya tropa, son incansables —dijo el cura, alzando la voz entre el tumulto. Había extraído de la bocamanga de la sotana un pañuelo hecho un gurruño, con el que se enjugó el sudor del rostro. Al reparar en la presencia de Jules, adoptó un tono compungido—: Espero que al señor no le molesten...

Jules formuló una de esas sonrisas pavisosas que los extranjeros utilizan para declarar su conformidad.

—El señor está acostumbrado a bregar con públicos ruidosos, no se preocupe —intervino Lucía—. Es francés, ¿sabe? —Había declarado su procedencia con una especie de irónica conmiseración, como si declarara una tara congénita—. Apenas sabe hablar español.

En cambio, maneja a las mil maravillas el lenguaje de las manos.

—¿Quiere decir que es sordomudo? —preguntó cohibido el cura, que volvió a remeterse el pañuelo en la bocamanga de la sotana y tendió una mano ancha y callosa a Jules.

—A veces un poco taciturno, si acaso —respondió Lucía, incapaz de reprimir una carcajada—. No, quería decir que es prestidigitador.

Jules estrechó la mano del cura con sincera efusión. La mención de su oficio había interrumpido la algarabía de los chavales, que se volvieron bruscamente, entre expectantes y perplejos. Una sonrisa ancha iluminó el rostro del cura.

—¡Con lo que me gusta a mí la magia! —exclamó, radiante de satisfacción. Y, como quien no cabe en sí de gozo, susurró—: Creo que, de no haberme metido cura, habría sido artista de circo. Con los chicos voy todas las semanas a la función del Price, consigo entradas gratis. —Lanzó una mirada de connivencia maliciosa a Lucía y luego se dio un manotazo en la frente—. ¡Pero qué cabeza la mía, aún no me he presentado! Mi nombre es Lucas Ramírez.

—El mío Lucía Estrada. Encantada, padre Lucas.

El padre Lucas sostuvo por un segundo su delgada mano entre las suyas, como si sostuviera un pájaro caído de su nido.

—Llámeme Lucas a secas. Lo de padre hace que me sienta viejo.

Había empezado a anochecer. El crepúsculo al principio parecía de ópalo; luego, a medida que el cielo perdía diafanidad, se hizo anaranjado, rojo, casi cárdeno. Madrid, muy a lo lejos todavía, tenía algo de escombrera o campamento de gitanos.

—¿Por qué no les haces unos trucos a los niños? —pidió Lucía a Jules en francés.

Jules asintió complacido. Hizo unos pases con las manos y de repente desplegó ante los ojos atónitos del padre Lucas un pañuelo no muy limpio, con sus condecoraciones mucosas, que resultó ser el suyo, como pudo comprobar al buscarlo en vano en la bocamanga de la sotana. El padre Lucas enrojeció como un pimiento morrón, mientras los chiquillos a su cargo se entregaban a un bullicioso regocijo. A continuación, Jules empezó a rascar el lóbulo de la oreja a los chavales, a pellizcarles la barbilla o a propinarles muy suaves pescozones, y entre sus dedos asomaban monedas de cuproníquel que, prestigiadas por la luz del ocaso, parecían doblones de oro. Jules las repartía entre los chavales, como un príncipe de la calderilla, y los sorprendidos beneficiarios las mordían, para comprobar si eran auténticas, incrédulos ante tanta generosidad. En sus dentaduras descalcificadas, en sus ojos ávidos, en sus ropas llenas de remiendos, a veces demasiado angostas o demasiado holgadas, como repescadas de una almoneda, se adivinaban sus orígenes; sin embargo, antes que huérfanos o hijos de la derrota o simples galopines curtidos en las picarescas de la calle eran niños, algo talluditos ya, pero niños a fin de cuentas, que aún mantenían incólume su bendita capacidad de asombro, su bendita ingenuidad. Quizá fuese la primera vez en su vida que alguien les daba una propina; y, a la vista de su alborozo, diríase que hubieran recibido un tesoro.

—Los muchachos le están muy agradecidos —dijo el padre Lucas, resumiendo el griterío que llenaba el compartimento.

Jules cabeceó en señal de asentimiento, a la vez que dirigía una sonrisita sarcástica a su interlocutor. Dijo en su español rudimentario:

—A usted, a usted.

Y como el padre Lucas no captara la malicia, Lucía le aclaró:

—Es a usted a quien deben estarlo. Jules no ha hecho más que repartirles las perras chicas de su monedero.

El padre Lucas se llevó instintivamente las manos a los bolsillos de la sotana, en donde ya empezaban a notarse las rozaduras de la tela y también ese falso lustre de la mugre. El monedero seguía en su sitio, pero cuando lo abrió descubrió que, en efecto, había sido expoliado. El padre Lucas frunció los labios en un mohín compungido, mientras volvía a ser diana de las bromas de sus pupilos.

—Tendré que tener cuidado con usted —dijo, afectando escarmiento—. La próxima vez me quitará el cilicio, a poco que lo deje.

—Apuesto a que no lleva cilicio —intervino Lucía, con una sonrisa halagadora—. No tiene usted pinta de eso.

El traqueteo del tren y los estertores del crepúsculo favorecían las confidencias. El padre Lucas no era, en efecto, hombre propenso a tortuosas mortificaciones; para él, el mejor modo de domar las pasiones consistía en someterlas a la cotidiana gimnasia de la acción. Había nacido en el seno de una familia adinerada, propietaria de una mina de carbón en El Bierzo; por el tono displicente que empleó, se intuía que en la mención sucinta a sus antepasados pudiera esconderse alguna desavenencia enquistada por el paso del tiempo. Había estudiado el bachillerato en un internado de jesuitas, en León; aquellos voluntariosos clérigos no lograron transmitirle el amor por el estudio, tampoco la vocación religiosa, que en él fue tardía y ligada al hallazgo del sufrimiento humano, inabarcable como las aguas del océano, que sus padres le habían escamoteado, alejándolo de las minas donde tantos hombres se esquilmaban a cambio de un jornal misérrimo. A los dieciocho años marchó a Madrid a estudiar ingeniería por encarecida solicitud de su padre, que ante todo anhelaba la continuación del negocio familiar. Era aquél un Madrid recién salido de la Guerra Civil, demacrado por la hambruna, donde unos pocos hacían su agosto con el estraperlo y una mayoría de desharrapados se disputaban las cartillas de racionamiento, único salvoconducto a la supervivencia; era, también, un Madrid agarrotado por el miedo, recorrido por el fantasma de la delación y las purgas políticas. El joven Lucas se hospedaba en una casa de patrona en la calle Francos Rodríguez, en el barrio obrero de Cuatro Caminos; en su vecindario no tardó en conocer los estragos de la miseria, las familias amputadas, los niños condenados a la orfandad o a un baldón acaso más oprobioso, el de ser hijos de un rojo que se pudría en la cárcel. También conoció a un cura excepcional que había ejercido de párroco en una iglesia próxima; había sobrevivido de chiripa o milagro al furor anticlerical desatado durante el sitio de la ciudad, gracias a que unos feligreses afiliados al partido socialista lo habían escondido en el desván de su casa. Así pudo escapar a las razias descontroladas de los milicianos que se habían propuesto aniquilarlo; así pudo, después de la rendición, abandonar su escondrijo y hacerse cargo otra vez de la parroquia. Agustín, se llamaba aquel cura que tan duradera huella iba a dejar en el espíritu del joven Lucas, quien por entonces remoloneaba por las aulas universitarias, convencido de la inutilidad de su empeño. Cuando todos en el barrio pensaban que aquel cura superviviente se convertiría en instigador de la represión, se destapó para escándalo de algunos y pasmo de muchos como intercesor de rojos, no sólo de los que lo habían acogido en su casa, sino también de quienes lo habían perseguido. Conducido ante un tribunal, el padre

Agustín sólo alegó en su defensa aquellas palabras del Sermón de la Montaña: «Amad a vuestros enemigos y orad por los que os persiguen, para que seáis hijos de vuestro Padre que está en los cielos, que hace salir el sol sobre malos y buenos y llueve sobre justos e injustos.» Por supuesto, su alegato evangélico fue interpretado como una condena del alzamiento, de modo que el padre Agustín fue apartado de su parroquia, con la esperanza de que se le disipasen tan perniciosas veleidades caritativas. Pero no sólo no se le disiparon sino que se fortalecieron y acendraron hasta el extremo de que dio en la divina locura de volver al barrio de Cuatro Caminos y hacerse uno más de aquellos que en otro tiempo no muy lejano, enardecidos por la propaganda antirreligiosa, con mucho gusto le habrían dado el paseo. Desconcertadas ante aquel caso perdido y recalcitrante, las jerarquías diocesanas actuaron con manga ancha y le permitieron que se incorporara como coadjutor a la misma parroquia que unos años antes había regentado. Pero la vigilancia censoria de sus superiores no bastó para reprimir los fervores samaritanos del padre Agustín, que ya se había ganado para siempre la gratitud de sus vecinos, no tanto por no denunciarlos o encubrirlos como por enseñarles a quebrar la cadena del rencor. Fue por entonces cuando el joven Lucas conoció al padre Agustín, a la sazón ocupado en recaudar fondos para abrir un centro juvenil donde los niños de la guerra pudieran aprender un oficio antes de que se convirtieran en delincuentes sin redención posible. El joven Lucas, que había descuidado por completo sus estudios de ingeniería (y mucho más aún sus prácticas piadosas), se pasaba el día entero metido en un gimnasio de ambiente golferas, frecuentado por boxeadores y artistas circenses; había, incluso, hecho sus pinitos en las sesiones de lucha libre que se organizaban en el circo Price. Era un mozallón de espaldas robustas que sabía imponerse con vehemencia sin necesidad de emplear los puños (bastaba con que su interlocutor adivinase que podría emplearlos, llegado el caso); la ociosidad amenazaba, sin embargo, con convertirlo en un gandul camorrista. Simpatizó inmediatamente con el padre Agustín, que lo enroló en su causa, primero como monitor deportivo, enseguida —tan pronto como descubrió sus facultades persuasivas— como cuestor de limosnas y donativos. Aquel berciano de aspecto un tanto primitivo tenía una voluntad de acero y un corazón de oro, aleación no concedida a muchos hombres de Dios. Tenía, además, una inteligencia intuitiva (inteligencia bruta, si se quiere), dulce y maliciosa a un tiempo, que captaba la benevolencia del prójimo; era una cualidad que el propio Lucas no ignoraba y de la que se servía sin recato para aflojar los bolsillos a todo burgués piadoso (o con mala conciencia) que se le pusiera a tiro. Como, además, por complexión física y por temperamento, no podía parar quieto, no tardó en revelarse como excelente organizador; tanto que el padre Agustín, a quien ya empezaban a pesar los años y las penalidades sufridas, no tardó en delegar en él la dirección de su cruzada. Lucas trabajaba sin descanso para recolectar cada peseta y se esforzaba para que cada peseta fuese destinada al fin caritativo para el que había sido recogida. Un día, el padre Agustín lo tomó de los hombros, lo miró con fijeza a los ojos y lo nombró heredero de su misión. Lucas entendió, por el énfasis que había puesto en aquel nombramiento oficioso, que su mentor le solicitaba el ingreso en el seminario. Obedeció sin pensarlo dos veces, con la misma resuelta prontitud con que sacaba de excursión a los chavales u organizaba un taller de carpintería. Ni siquiera comunicó la decisión a sus padres, que hubieron de aceptarla cuando ya no admitía marcha atrás, como se aceptan siempre las excentricidades filiales, al principio con enfado, luego con disgusto y ya por último con resignación, con rendida resignación.

—No sabía dónde me metía —dijo el padre Lucas, adoptando un tono jocoso—. Había salido echando pestes de la facultad, escapando de los logaritmos, y me di de bruces con la teología escolástica, que es todavía más abstrusa... —Hizo una pausa medianamente compungida, como si se arrepintiese de su irreverencia—. Quién sabe, si no se hubiese cruzado en mi camino el padre Agustín, tal vez a estas horas estaría haciendo cabriolas en un circo o repartiendo mamporros en un *ring*. Las vueltas que da la vida. —Se dejó acunar indolentemente por el traqueteo del tren. La noche ya se paseaba por la tierra, como un viajero embozado, y los chavales habían abandonado el compartimento y zascandileaban por los pasillos del tren—. Se les da muy bien manejar a los chicos. ¿Están ustedes casados?

Lo había preguntado con esa mezcla de curiosidad aguda en lo particular e indiferencia casi absoluta en lo general que caracteriza a algunas almas cándidas. Enseguida intuyó que había metido la pata.

—En realidad todavía no, pero todo se andará.

Aunque Lucía había sonreído cortésmente, el padre Lucas creyó detectar en su respuesta cierta pudorosa tristeza. No era mojigato, pero no podía sobreponerse a ciertos condicionantes ambientales: a fin de cuentas, era sacerdote; y, sobre todo, era español; y para cualquier español de la época, Francia representaba una nueva Babilonia que amenazaba con exportar a los territorios limítrofes el adulterio, el concubinato y los más imaginativos pecados de la carne. Habló en un secreteo de confesionario:

—¿Se han fugado?

Lucía rió con un desparpajo que sonó estrepitoso, tras el tono susurrante empleado por el padre Lucas. Jules le pidió un poco de comedimiento, para que el sacerdote no lo tomase como una mofa.

—Fue efectivamente una fuga, pero no de la clase que está usted imaginando —dijo Lucía, algo más remilgada—. Ambos estamos solteros, no hubo maridos ni mujeres burladas. Tampoco oposición de los padres: los míos murieron, y los de Jules también, en cierta medida. —Lo miró de hito en hito, inquisitivamente; el padre Lucas sintió que sus pupilas se incendiaban de ese recóndito fuego que invita a sincerarse—. No tendría ningún sentido esconderle nada, ¿verdad? Usted no va a andar contándolo por ahí.

—Bueno, eso depende de lo que usted me pida —respondió con una muy intensa connivencia, tan intensa que unos segundos más tarde se preguntaba si no se habría propasado—. Si necesitan que en el futuro mienta a otros acerca de ustedes, sería aconsejable que me contasen la verdad. Se miente mejor cuando se conoce la verdad.

—Un punto de vista muy discutible, viniendo de un sacerdote —dijo Lucía, pero su reproche era fingido.

—Quizá es que yo mismo soy un sacerdote muy discutible.

De aquel modo vivaz, casi impetuoso, quedó sellada su amistad. Lucía decidió o intuyó que el padre Lucas era una persona digna de confianza. Mientras el tren ya entraba en agujas, dejándose llevar por la inercia entre la maraña de raíles que lo conducían hasta la estación de Atocha, le anticipó muy brevemente la historia de su exilio, la formación del circo itinerante que había servido como asilo a tantos fugitivos y su encuentro con Jules, en vísperas de la liberación de París.

La proximidad de Madrid infundía a Lucía una desazón creciente que no pasó desapercibida al padre Lucas:

—¿Tienen mucha prisa cuando lleguen? —preguntó.

—No demasiada, ¿por qué?

Jules ya se había levantado para recoger las maletas. El tren se movía blandamente, como un barco que se arrima al malecón.

—Había pensado que tal vez les apetecería cenar conmigo en la casa parroquial. Así podrían contarme con calma todas sus aventuras, que desde luego prometen muchísimo. —Y, para restar importancia a su invitación, añadió—: Y de paso me ayudan a mantener a raya a los chicos. En las estaciones siempre tienden a desperdigarse.

—Por supuesto, con mucho gusto —aceptó Lucía—. Pero, ¿cree que le seremos de ayuda?

—¡Oh, sí, estoy seguro! —asintió profusamente el padre Lucas—. Ya vio antes qué bien se le dan los chavales a su novio.

La estación de Atocha tenía algo de zoco o baratillo, con quincalleros que exponían sus maulas sobre una manta y truhanes que se hacían los encontradizos entre la multitud, no se sabía si con la pretensión de birlar la cartera a algún viajero despistado o de magrear el culo a las muchachas pueblerinas que descendían entumecidas al andén (o quizá ambas pretensiones no fueran excluyentes, sino complementarias). Había también mucho recluta de permiso, con el petate a cuestas y una barba hirsuta, casi facinerosa, y mucho estraperlista de poca monta merodeando los andenes, a la busca del proveedor que traía de extranjis, escondida en el equipaje, la mercancía pactada. Cualquier vitualla —unas longanizas de chorizo, una docena de huevos frescos— se convertía en aquel Madrid de cartillas de racionamiento en un bien preciadísimo, sólo al alcance de los más adinerados. El padre Lucas alzaba su vozarrón entre el bullicio de gentes en pleno trasiego; después de mucho desgañitarse, consiguió que los chavales, algo reacios a acatar sus órdenes, formaran en fila india. Así salieron a la calle, siguiendo el paso que les marcaba el padre Lucas, como en una parodia marcial. Aunque ya se había puesto el sol, Madrid guardaba entre los adoquines un calor pútrido y mareante, como de gusanera donde fermentan los pecados o letrina tumultuosa de inmundicias. A lo lejos, procedente del barrio de Embajadores, se oía la música plebeya de una verbena, que en combinación con aquel bochorno formaba una mixtura pegajosa como la melaza. Había algo bárbaro en aquella ciudad que se regodeaba en su cochambre, algo a la vez aldeano y babilónico que intimidaba a los forasteros.

—Espero no apartarles mucho de la casa donde paren —dijo el padre Lucas, cuando ya descendían por las escaleras del metro—. En cualquier caso, desde Cuatro Caminos tienen trenes a la Puerta del Sol hasta la medianoche.

Exhibió ante la taquillera de gesto avinagrado una cédula que le permitía colar a los chavales sin pagar; cuando a su rebufo pasaron también por el torniquete Jules y Lucía, la taquillera amagó una protesta, pero el padre Lucas la fulminó con una mirada conminatoria.

—Para serle sincera, todavía no hemos buscado alojamiento —reconoció Lucía—. Pero no creo que sea difícil hallarlo. Cualquier pensión servirá.

Avanzaban por un pasillo abovedado, de paredes forradas de azulejos, entre cuyas junturas se inmiscuía la mugre. Aquí y allá, asomaba una mampostería que avisaba derrumbe, desmigajada por el impacto de las bombas caídas sobre Madrid durante la Guerra Civil, cuando aquella estación de metro se convirtió en refugio improvisado. Todavía parecían escucharse, como un bisbiseo de ánimas recluidas en el purgatorio, la respiración acezante o gemebunda de los madrileños que se habrían hacinado allí, mientras los sobrevolaba el rugido de los aviones y el estruendo de los morteros.

—Me temo que todavía no se ha enterado de dónde ha venido a parar —murmuró el padre Lucas, soliviantado por el optimismo de Lucía—. No encontrarán pensión así como así.

—Podemos pagar varias semanas por adelantado. En cuanto cambiemos los francos...

—Creo que no me ha entendido —la cortó el padre Lucas—. Olvídese de París. Aquí no los alojarán mientras no estén casados.

Habían desembocado en el andén de la estación. Un calor espesote, macerado de miasmas, se remansaba allí, tornando el aire irrespirable. Un ciego tanteaba el suelo con la contera de su bastón, en busca de colillas que recogía con paciencia botánica y desliaba, juntando sus briznas de tabaco en una faltriquera que le colgaba del cinturón.

—¿De veras? —acertó por fin a balbucir Lucía. La revelación del padre Lucas la había noqueado—. Entonces tal vez en una casa de patrona...

—Se tropezarán con el mismo problema. Nadie se arriesga a tomar unos huéspedes que viven... —iba a decir «en concubinato», pero la expresión se le antojó oprobiosa o ridícula—, vamos, que no pueden certificar el paso por la vicaría.

Había adoptado un tono contrito, como si le avergonzara pertenecer al gremio que expedía tales certificados. Lucía le estaba traduciendo a Jules las poco halagüeñas noticias, que él ya había llegado a conjeturar; su primera reacción, más resignada que desabrida, consistió en alzar las maletas que reposaban sobre el andén y buscar la salida con la mirada.

—Claro que si al menos pudieran presentarse como pareja artística... —reflexionó el padre Lucas en voz alta. Precipitadamente, recurrió al tuteo—: Lucía, tal vez el empresario que os haya contratado podría...

—El caso es que nadie nos ha contratado... todavía —dijo ella, añadiendo pudorosamente el adverbio, como si quisiera hacerse perdonar la imprevisión.

El padre Lucas no se molestó en disimular su enfado:

—Pues estamos de cojones.

Miró a izquierda y derecha, temeroso de que alguien le pudiera afear la expresión, tan poco acorde con su dignidad eclesiástica, pero ya había advertido que era un sacerdote muy discutible. Un tren se acercaba por el túnel, desalojando el aire estancado que allí dentro se refugiaba. El padre Lucas se llevó los dedos pulgar e índice a la boca y probó un silbido barriobajero, menos acorde aún con su dignidad eclesiástica que el exabrupto que acababa de formular, para convocar a los chicos a su cuidado:

—Vamos, vamos —voceó con manoteos premiosos—, que éste es el nuestro.

Lucía y Jules se habían quedado como dos pasmarotes en el andén, zarandeados por el trasiego de viajeros que entraban y salían de los vagones.

—Será mejor que te olvides de nosotros —dijo Lucía al padre Lucas, correspondiéndole en el tuteo—. Sólo te traeríamos quebraderos de cabeza.

A algunos de los chavales que se habían rezagado el padre Lucas los empujó hacia el interior del vagón, sacudiéndoles una colleja. Lucía también recibió la suya, un poco más contundente, incluso.

—Venga para dentro los dos —ordenó sin más contemplaciones. Cuando el tren ya se ponía otra vez en marcha sacudió la cabeza, como si no diese crédito a lo que veía—. Hay que joderse cómo sois los gabachos. Os debéis de creer que todo el monte es orégano. Aquí la liberté, la igualité y la fraternité no rigen, majos.

Esbozó un mohín irónico o enfurruñado. El tren ya se internaba en la noche subterránea. Obedeciendo a un impulso irreprimible, Lucía se puso de puntillas y besó al padre Lucas en la frente.

—No tenías por qué molestarte.

—Si lo hago por puro egoísmo —bromeó. El sonrojo le había trepado a las orejas—. Por cada obra de misericordia que hago me gano el cielo. Aunque, ahora que lo pienso, tal vez las obras de misericordia con los gabachos no cuenten. ¡Ay, si el cura Merino levantara la cabeza!

—Es justo lo que buscábamos, ¿verdad, Jules? —dijo Lucía, con una sonrisa forzada—. Estamos de suerte.

Jules no se atrevió a contradecirla. El escrutinio receloso de la patrona, una mujer avejentada por el luto, muy amojamada y cenceña, tampoco invitaba demasiado a sincerarse.

—Supongo que sí.

El padre Lucas les había encontrado acomodo en una casa de la calle Francos Rodríguez, la misma que él había ocupado mientras remoloneaba en la universidad, antes de ingresar en el seminario. No había resultado una empresa sencilla convencer a la patrona: aunque el dinero que le procuraba el arriendo de la habitación fuese necesario para su subsistencia, le costó vencer esa desconfianza un tanto irracional o atávica que la mayoría de los españoles de la época tributaban a los franceses. La habitación, naturalmente, era más bien birriosa: raquítica y lóbrega, abría un ventanuco a un patio de vecindad muy angosto, tan angosto que el sol no se dignaba iluminarlo; las paredes las galardonaban floraciones de humedad y algunas baldosas del suelo flojeaban, invitando a los inquilinos a jugar a la rayuela. Un armario aparatoso como una carabela embarrancada y una cama de catre niquelado completaban el exiguo mobiliario; sobre la cabecera de la cama, un crucifijo adusto prevenía contra las infracciones del sexto mandamiento.

—Por supuesto, tendrán que limpiar lo que ensucien —advirtió la patrona, mirando alternativamente a Jules y Lucía. No se esforzaba en imprimir a su voz un deje mínimamente hospitalario—. El cuarto de baño se friega todos los días; un día me tocará a mí y otro día a ustedes, y así sucesivamente. La cocina, una vez a la semana;

pero cada día se encargarán de fregar sus cacharros y de lijar la chapa del fogón...

—Descuide, no tendrá queja de nosotros —la cortó Lucía. Su sonrisa se había vuelto premiosa—. Será mejor que nos lo apunte todo en un papel, para tenerlo siempre presente.

La patrona sacudió la cabeza, como si la interrupción de Lucía la hubiera soliviantado.

—Le advierto que la cocina funciona con carbón, aunque espero que nos instalen pronto el gas. —Hizo una pausa, esperando quizá que Lucía se ofreciera a sufragar parte de la instalación; como no cayó esa breva, continuó—: Cada una tendrá sus útiles de limpieza: estropajos, bayetas, lejía, escobas... ¿Me ha entendido?

—Perfectísimamente —respondió Lucía, congraciadora—. No sé cómo expresarle mi gratitud...

—Agradézcanselo al padre Lucas. Él respondió por ustedes —dijo la patrona, con una hosquedad que a ella misma debió de parecerle excesiva, porque a continuación adoptó un tono más benigno—: También respondió en su día por mí. Somos muchos los que le debemos algún favor.

Se había resquebrajado aquella severidad recelosa que al principio había interpuesto como una barrera entre ambas. Lucía sabía —el padre Lucas se lo había revelado la noche anterior— que la patrona había perdido a su único hijo durante el cerco de Madrid; sabía también que su marido cumplía condena sin esperanza de remisión en algún penal mesetario e insalubre.

—Aún queda gente buena en el mundo.

La patrona asintió compungidamente. Antes de retirarse añadió:

—Aquí tienen las llaves de casa. La del portal no creo que la necesiten, porque hay sereno, pero nunca se sabe. —Cuando ya se internaba en el pasillo, se volvió—: No acabo de entenderlo. Pudiendo vivir en Francia, ¿cómo se les ocurre venirse para acá?

Lucía formuló una sonrisa desvaída:

—Debe de ser la querencia. Algo tira de uno y le obliga a regresar.

Era una respuesta poco convincente, para salir del paso, y así la interpretó la patrona, que se encogió de hombros, como si quisiera a un tiempo espantar la perplejidad y demostrar que no era una entrometida. Lucía cerró la puerta con una sensación de abrumada lástima: lástima de aquella mujerica desgajada de su marido y huérfana de hijo; lástima de Jules, desgajado de su memoria y huérfano de patria; lástima de sí misma, acaso más huérfana y desgajada que ellos. Se derrumbó sobre la cama, agotada por el trajín de los últimos días; el colchón, cuya lana quizá no se hubiese oreado desde que esquilaron a las ovejas con que había sido abastecido, tenía una consistencia apelmazada y exhalaba un olor agrio y pútrido, como de ciénaga. Jules había abierto el ventanuco, para ventilar los microbios de la tristeza; pero la luz convaleciente del patio de vecindad no contribuía demasiado a alegrar el lugar.

—Exageraste un poco, ¿no te parece? —Se había recostado al lado de Lucía—. La habitación es un antro.

Quizá fuera efecto de la aprensión, pero había empezado a notar en su espalda un hormigueo grimoso, como si entre la lana del colchón anidase una marabunta de chinches, alborozadas por la presencia de nuevos huéspedes.

—Tampoco teníamos dónde elegir. De no ser por el padre Lucas andaríamos dando tumbos por ahí. Es para estar contentos.

Miró a Jules a los ojos, que a simple vista tenían la apacibilidad de un estanque; pero bastaba asomarse a sus aguas para descubrir que escondían reflejos y mareas altas, tempestades y arrecifes de miedo, faunas abisales que morderían sin piedad, antes de entregar el tesoro que custodian. Insistió:

—¿Tú no lo estás acaso?

Jules rehuyó el escrutinio de Lucía:

—¿Quién puede estar contento del todo? Dados los tiempos que corren, la felicidad completa sólo está al alcance de las vacas. O ni tan siquiera. Habría que ser de piedra para ser feliz.

—Pero las piedras ni sienten ni padecen. Nosotros, al menos, estamos vivos.

Buscó el abrazo de Jules pegándose a su cuerpo.

—Lo cual no es poco. —Jules arrastraba en sus palabras una melancolía longeva, casi milenaria—. Y nos amamos, además. Es para estar alegres. Pero el amor no siempre es alegre.

—¿Qué quieres decir? —preguntó Lucía.

Quizá Jules había querido decir que cuando la vida nos presenta una serie de sostenes amables —un porvenir más o menos cierto, un rumbo establecido— la sacudida del amor actúa como un acicate. Cuando esos sostenes faltan, el amor se torna más desesperado, es como un grito de supervivencia. Ambos habían aprendido a convivir con esa desesperación; pero les resultaba difícil explicarla.

—En la alegría y en la tristeza. ¿No es así como los curas describen el amor? —bromeó Jules, espantando la sombra de la desesperación—. Por cierto, no me pasaron inadvertidos los esfuerzos del padre Lucas. Ese hombre quiere casarnos a toda costa.

La noche anterior, en efecto, tras la cena frugal en casa del padre Lucas, la conversación —que se había alargado hasta el alba— había girado, con la tozudez de una noria, en torno a este asunto. Su anfitrión se había revelado un catequista inasequible al desánimo.

—Es parte de su trabajo, ¿no? Se supone que estamos viviendo en pecado —dijo Lucía, impostando un tono entre irónico y truculento—. Aunque, como él mismo reconoció, siendo gentes de circo se trata de un pecado venial.

—A ese cura terminarán llamándolo a capítulo. Demasiado lanzado.

Durante un minuto, permanecieron callados, mientras recordaban las peroratas casamenteras del padre Lucas. Lucía habló en un susurro casi vergonzante:

—A veces pienso que me gustaría ser otra. —Se detuvo, tratando de adivinar la reacción de Jules, pero su rostro no revelaba nada—. Echo en falta una casa propia a la que poder volver cada día. Han sido demasiados años de vida nómada, sin pertenecer a nada ni a nadie. Estoy cansada de hacer y deshacer maletas, estoy cansada de no sentirme de ninguna parte, estoy cansada de públicos zafios que me violan con la mirada.

Su voz se había ido consumiendo, adelgazada por la nostalgia. Siempre sentimos nostalgia de aquello que nunca hemos poseído.

—Pensaba que te gustaba vivir de ese modo —protestó Jules—. Tú fuiste quien me invitó a compartirlo. ¿Es que ahora te arrepientes?

Lucía titubeó:

—No es eso. Simplemente, echo en falta lo que otros tienen. —Y añadió, ahora con más aplomo—: Un hogar, una familia.

Le había costado verbalizarlo; pero, después de hacerlo, se quedó extrañamente aliviada, como quien desahoga un instinto que hasta entonces ha mantenido reprimido.

—Un hogar, una familia... —repitió incrédulo Jules—. ¿En serio te imaginas eso para nosotros?

—¿Por qué no? Otros lo tienen.

—Y seguramente añoran la libertad que nosotros tenemos —dijo Jules. Se dejó llevar por el sarcasmo—: ¿Una vida de seguridades burguesas, eso es lo que quieres? No hemos nacido para eso.

Lucía sonrió con una como presentida amargura:

—Se puede expresar de mil maneras distintas... cuando se ama.

Jules se revolvió bruscamente, como si las chinches que anidaban en el interior del colchón le hubiesen hecho probar su mordisco.

—Un momento... ¿Me estás pidiendo que nos casemos? Jamás hubiese creído que ese cura tuviese tal poder de sugestión.

Ella no le dejó hablar más. Le echó los brazos al cuello y lo besó con ansia, con violencia casi, como si buscara abrevar en sus labios el licor que anestesiara su inquietud. En ese instante, la habitación lóbrega —sus paredes desconchadas, su luz rácana y convaleciente, aquel colchón donde se refugiaba la cochambre—, y también el horizonte nublado de su porvenir perdieron consistencia y corporeidad, hasta volatilizarse; sintieron que el suelo les faltaba bajo los pies y que ambos caían, tan rápido y tan lejos que el mero vértigo no servía para describir esa caída. Una sensación muy diferente los atenazaría en días sucesivos, cuando derrengados regresaban a su tabuco después de patearse en vano la ciudad en busca de trabajo y se derrumbaban sobre la cama, con los pies inflamados de ampollas y la esperanza herida de plomo. El padre Lucas los había recomendado a Juan Carcellé, el empresario del Price, pero su solicitud no había sido atendida, por hallarse sobrado el circo de prestidigitadores; de modo que Jules y Lucía hubieron de resignarse a emprender un peregrinaje por teatros de variedades, cabarés menesterosos y otros antros de dudosa reputación, donde infaliblemente eran rechazados. Los números de escapismo —alegaban los empresarios reticentes— resultaban demasiado sofisticados para su público, que prefería espectáculos más elementales y salerosos, a ser posible con su pizquita de picardía y sicalipsis. Tal era la excusa, repetida machaconamente; pero Lucía no tardó en descubrir que la razón profunda de los rechazos era más cruda y mezquina: a ningún empresario le pasaba inadvertido su apellido, pues la fama de su padre aún no se había extinguido; y ninguno quería exponer la salud de su negocio contratando a la hija de un rojo. Madrid era una ciudad sitiada por el miedo y las delaciones, olorosa de incienso y gallinejas, como una gran basílica de mendicidad; era, sobre todo, una ciudad inhóspita para el forastero, en especial para el forastero que no podía exhibir una ejecutoria de adhesión al régimen. Por las noches, cuando tomaban el tranvía de vuelta para Cuatro Caminos, después del peregrinaje petitorio, caía sobre ellos el fardo del desaliento, un desaliento entreverado de hastío y cansado despecho que empezaba a parasitarles la sangre; un desaliento no muy distinto del que enturbiaba las facciones de los demás pasajeros del tranvía, albañiles como cadáveres verticales, costureritas con el virgo remendado, pálidas viejas adormecidas por los vapores de sus propios orines, labrantines con las uñas rotas de destripar los terrones de una huerta anémica que cultivaban en los desmontes de la ciudad, traperos y chamarileros y otros mercaderes de despojos, una multitud cabizbaja, hermanada en la derrota y en un silencio de luto, malnutrida con patatas hervidas y achicoria de recuelo.

Lo cual no era poco, en pleno racionamiento de la hambruna. Jules y Lucía, que aún no habían conseguido las cartillas que permitían el acceso a ese reparto de migajas, ni tampoco disponían de dinero para adquirir viandas de estraperlo, estaban viviendo de la caridad del padre Lucas, que repetía el milagro de la multiplicación de los panes y los peces. Y aunque lo hacía gustosamente, con esa alegría insensata de quienes nada tienen, aunque cada noche los aguardaba dispuesto a calentarles las tripas con unas sopas de ajo —y también la cabeza con sus catequesis casamenteras—, algunas veces preferían recogerse en ayunas en su habitación de la calle Francos Rodríguez, no por desapego, sino por un resto de orgullo seguramente estúpido, seguramente estéril. Lo hacían aun a sabiendas de que pasarían la noche en vela, pues no existe más infalible acicate del insomnio que el hambre; aun a sabiendas de que, mientras pugnaban por conciliar el sueño, volvería a roerlos la angustia de un porvenir cada vez más angosto. Aun en medio de tales privaciones y expectativas funestas, ninguno de los dos claudicó; en aquellas madrugadas pesarosas, mientras el hambre les producía vahídos y les ofuscaba el entendimiento, mientras el frío húmedo del tabuco se inmiscuía en la carne y les reblandecía los huesos, muy probablemente llegaron a pensar que su decisión de venir a Madrid había sido una necedad y un sinsentido. Las zozobras y aprensiones que los habían asaltado tras la muerte de Estrada, impulsándolos a marchar de Francia, se les antojaban entonces una reminiscencia lejanísima, apenas una pejiguera; en cambio, la sensación de asfixia y acabamiento que les comunicaba aquella ciudad pobretona y áspera resultaba de una nitidez intolerable. Ninguno de los dos, sin embargo, se atrevió a reconocer su error. El amor, como había dicho Jules sin llegar a vislumbrar el muy certero diagnóstico que contenían sus palabras, no siempre es alegre.

Y un día, de repente, las gestiones del padre Lucas dieron resultado. Aunque había fracasado en su asalto al empresario del circo Price, nunca cejó en su intento de conseguirles un apaño, aunque fuera en uno de esos «tugurios de perdición» —así designaba jocosamente los establecimientos no del todo católicos— donde la gente con posibles se juntaba, con el beneplácito de la autoridad, para escapar del ambiente tan decentito e hipocritón de la época (a la gente sin posibles no le quedaba otro remedio que aguantar mecha). Que un clérigo se preocupara de recomendar a unos amigos en tales tugurios provocaba gran pasmo entre los empresarios del gremio; pero al pasmo se sobreponía el miedo a contrariarlo, pues suponían que si tenía arrestos para formular solicitudes tan poco congruentes con su ministerio mucho más los tendría para hacerles la vida imposible, denunciando los excesos licenciosos que cobijaban sus espectáculos, so capa de respetabilidad. Y la denuncia de un clérigo empeñado en remover la mierda, ya fuera desde el púlpito o siguiendo los cauces oficiales, podía provocar cataclismos; eso por no mencionar que la complexión fornida del padre Lucas y sus modales abruptos, como de púgil ensotanado, tampoco invitaban precisamente a despacharlo con displicencia, ni siquiera con paños calientes. Así debió de entenderlo el dueño del Pasapoga, un local recién inaugurado de la Gran Vía para esparcimiento de ricachones, cónclave de terratenientes en noche de farra, putas de postín, actores de bigotillo perfilado y talle juncal, estraperlistas con el bálano embravecido y coristas estrepitosas de lentejuelas y muslamen que después de la actuación se mezclaban con la clientela, arrimándose como miuras, en un clima de lenocinio y cambalache fino. Aunque su espectáculo se nutría más bien de cupletistas jamonas y flamencos desgañitados, orquestas melódicas y *vedettes* que mantenían erguido el pabellón, don Ricardo Aguilar —que así se llamaba, o se hacía llamar, con tratamiento de respeto quizá hiperbólico, el dueño del Pasapoga—, concedió hacer una prueba a la pareja de prestidigitadores que con tanto encarecimiento ponderaba aquel cura farruco, después de recibir hasta tres visitas intempestivas en su despacho.

—Le he puesto la cabeza como un tambor, al jodido tiparraco —les anunció de sopetón el padre Lucas, no demasiado inclinado a los tratamientos de respeto, una noche en que fueron a cenar a su casa, por no morir de consunción—. Espero que no dejéis pasar la oportunidad.

Jules y Lucía daban cuenta de un melón algo magullado y, sin embargo, dulcísimo. Casi se atragantan al escuchar la noticia.

—¿Y cuándo nos recibe? —preguntó Lucía. El pringue del melón añadía unos berretes irresistibles a su sonrisa.

—Mañana mismo, al mediodía. Le he advertido que tenga preparado un arcón, para que Jules pueda realizar su número estelar —dijo el padre Lucas, con esa soltura de quien ha previsto hasta el último detalle. Y añadió, en un refunfuño—: Os advierto que el Pasapoga es un tugurio...

—Un tugurio de perdición —se adelantó Lucía—. Nos pondremos la armadura, no te preocupes.

Y se levantó de la mesa, para besarlo, no en la frente, como hizo la primera vez, sino en la mejilla, dejándole el pringue del melón en la piel, como un rescoldo de frescura. De alguna manera había que agradecerle que se desviviera por ellos.

—No creo que os haga falta la armadura —protestó. Se había puesto rojo como un pimiento morrón—. Viviendo en pecado como vivís, seguro que estáis inmunizados.

Quizá estuvieran inmunizados contra el contagio del pecado, pero no contra los efluvios que se respiraban en el local, que todavía no había sido suficientemente ventilado tras una noche de juerga. Anunciaron su cita al portero un tanto agitanado o silvestre que custodiaba la entrada, quien los acompañó por una escalinata de mármol apócrifo, interrumpida de vez en cuando por cortinones de terciopelo que parecían dispuestos para que los borrachos se enredaran en ellos y se rompieran la crisma. Dejaron atrás el primer piso, donde solían refugiarse de tapadillo las parejas con ganas de magreo, decorado con molduras de estuco y purpurina dorada, y descendieron al salón principal, una apoteosis del mal gusto. Del techo pendían lámparas de metal bruñido, tal vez bronce sobredorado, muy historiadas y churriguerescas; las paredes las engalanaban murales de colores pastelosos que reproducían escenas mitológicas o galantes; y el suelo, tapizado de colillas, lo entorpecían aquí y allá columnas que pretendían remedar las de la quinta de un patricio romano, pero que más bien parecían repescadas de un decorado de cartón piedra. Cerca del escenario, repantigado en un diván de terciopelo a juego con los cortinones, con los pies encaramados sobre un velador, los aguardaba don Ricardo Aguilar. Era un hombre triponcito, de barba recortada, con ínfulas de galán otoñal; vestía un traje cruzado que resaltaba su silueta oronda y miraba con ojos de hipnotizador o rabino, ojos insistentes que se hicieron algo lúbricos cuando repararon en Lucía.

—Ahí tenéis el escenario con el arcón que me pidió vuestro protector —dijo, obviando los saludos, con un ademán de la mano gordezuela, empedrada de sortijas—. Os doy media hora para convencerme.

Parecía un sátrapa de secano. En la sala olía a perfume de garrafón, a nicotina agria, a semen fumigado con lejía o zotal. Al respirar aquella atmósfera estabulada, voluptuosa y repugnante a un tiempo, Jules y Lucía experimentaron una sensación física de resaca, como si se les hubiesen metido en el cuerpo de repente los efluvios de una juerga que otros se habían corrido en su lugar. Acostumbrados a trabajar en una carpa, que es casi como hacerlo a la intemperie, la pesantez del aire viciado entumecía sus movimientos. Así y todo, lograron completar el número, que habían llegado a dominar a la perfección; no fue una de sus actuaciones más inspiradas, pero tampoco las circunstancias eran las más idóneas. Habían tenido la precaución de traerse, guardados en una maleta de cordobán, los trebejos de su oficio —cadenas, esposas, candados, un saco de arpillera—, y aprovecharon un biombo arrumbado al fondo del escenario para distraer la mirada de Aguilar de las contorsiones que Jules realizaba en el interior del arcón. En realidad, el uso del biombo resultó superfluo, pues según pudo comprobar Lucía, el empresario del Pasapoga no apartaba ni por un instante la mirada de ella, mientras enhebraba la retahíla de chanzas macabras o picantonas con que solía aderezar los minutos que Jules tardaba en completar su fuga. Era una mirada que no expresaba complacencia ni desagrado, sino más bien calculada codicia, la codicia del tratante de ganado que examina el género y estima sus posibilidades crematísticas. Luego esa mirada fenicia se tornaría engolosinada cuando el número alcanzó su clímax y Lucía apareció cargada de cadenas en el interior del arcón que hasta poco antes había ocupado Jules. El birlibirloque le había pasado inadvertido a Aguilar, pero la aparición desconcertante de Lucía de aquella guisa —sudorosa y jadeante, buscando ansiosamente el gesto de aprobación del empresario— lo colmó de secreta dicha. Aplaudió con parsimonia y magnanimidad; el eco de sus palmadas resonó en el techo de la sala como los topetazos de un murciélago que ha perdido el sentido de la orientación.

—Bravo, chicos —dijo—. Confieso que no esperaba tanto de vosotros. Vuestro curita no exageraba.

Lucía cruzó una mirada de alborozo con Jules, que se aprestó a aflojarle las esposas.

—¿Contará con nosotros?

Aguilar se rascó la sotabarba, afectando alguna reticencia. Debió de pensar que no convenía mostrarse demasiado efusivo con los postulantes, para negociar a la baja su contratación.

—Bueno, habrá que introducir algunas mejoras...

—Delo por hecho —lo atajó Lucía—. Piense que esto sólo era una prueba... un aperitivo de lo que somos capaces. Pero, ¿a qué tipo de mejoras se refiere?

—Quizá algo más de dramatismo. —Aguilar se irguió, procurando que no se le notaran demasiado los síntomas del reúma que ya empezaba a aquejarlo. Se había desabotonado la chaqueta, y afianzaba los pulgares en las sisas del chaleco—. En lugar de un arcón podríamos usar una caldera llena de agua. ¿Seríais capaces de hacer vuestras contorsiones sumergidos en el agua, sin respirar? El público se pondría nerviosísimo, no tendría uñas suficientes para descargar la tensión. Sería la repanocha.

En realidad, acababa de improvisar aquella ocurrencia, cuya realización juzgaba imposible. Lucía se la tradujo a Jules, que primero reaccionó con extrañeza y presentido espanto, para enseguida encoger los hombros en señal de escepticismo.

—Con algo de práctica, seguro que lo lograremos —dijo Lucía, voluntariosamente—. Jules siempre peca de precavido.

Aguilar amagó una risita que se pretendía dominadora. Sus ojos brillaban en la sombra, como lumbres diminutas y acuciosas. Lucía se sintió desnudada, sofaldada, manoseada por aquellos ojos.

—Y tú me parece a mí que pecas de lanzada. Anda, ven conmigo al despacho que cerremos el trato.

Quizá por lanzada quisiera decir desenvuelta; quizá por cerrar el trato se refiriera a alguna transacción venérea a cambio de una longaniza de chorizo o una libra de chocolate. La expectativa de rechazar los avances de aquel viejo rijosillo provocaba en Lucía más hastío que alarma; había anticipado tantas veces con la imaginación una escena similar que se hallaba con ánimos sobrados para afrontarla sin ayuda de Jules, a quien dirigió un gesto tranquilizador. Mientras él se ocupaba de recoger en la maleta de cordobán las cadenas y demás trebejos empleados en el número, Lucía siguió a Aguilar, que ya la aguardaba en el rellano de la escalinata. Avanzaron por un pasillo que circundaba el salón central, como una girola que comunicaba con dependencias como capillas de un culto esotérico. Lucía imaginó que serían reservados donde los clientes más conspicuos o pródigos del establecimiento se refocilarían con sus querindongas o apalabrarían sus chanchullos. De trecho en trecho, unas lámparas de pared derramaban una luz burdelesca sobre el raso cardenalicio que forraba las paredes.

—Más que dramatismo, lo que necesita vuestro número es un poquito de jolgorio, no sé si me entiendes —comentó Aguilar taimadamente.

—Pues no, la verdad.

Había abierto la puerta de su despacho, que franqueó con ceremoniosidad a Lucía. Una alfombra muelle con dibujos de arabescos cubría el suelo; al caminar sobre ella, uno tenía la sensación de estar rastrillando. El mobiliario, muy macizo y panzudo, apenas dejaba espacio para desenvolverse. Había junto al bufete, muy aturdido de abrecartas y pisapapeles y otros chirimbolos de bronce perfectamente inútiles, un chubesqui funcionando a todo trapo, irradiando un calor como de fragua o infierno.

—Pues mira, para qué nos vamos a andar con rodeos —empezó. Con un ademán ampuloso la invitó a sentarse al pie del bufete, en una silla peligrosamente cercana al chubesqui—. Aquí la gente a lo que viene es a veros el culo.

La brutalidad de la observación la pilló desprevenida, o tal vez el calorazo de la estufa la estuviese aturdiendo.

—¿Cómo dice?

—Sí, rica, como lo oyes. Ya puede ser tu maromo Houdini reencarnado, que como tú no pongas cachondo al personal de nada servirá.

Lucía no se arredró. Se sintió arrullada por el calor, envuelta en una placenta dulce y reparadora que la aislaba de la realidad. Tal vez en el aire flotase una dosis mínima de monóxido de carbono.

—¿Y qué debo hacer para ponerlo cachondo? —preguntó, haciéndose la candorosa.

—Pues por de pronto engordar un poco, que estás en el chasis. Y luego dejar que te elija yo el vestuario.

Y, como si quisiera tomar posesión de su nuevo cargo de Pigmalión, le puso la manaza empedrada de sortijas sobre el muslo, sobre la falda de percal basto y deslucido por la lejía.

—¿Y qué vestuario elegiría? —preguntó Lucía sin inmutarse.

Aguilar, envalentonado, dejó la mano sobre el muslo, como un sapo en plena ceremonia nupcial. Al sonreír mostraba un par de piezas dentales de oro.

—Ya sabes, esas cositas que vuelven locos a los hombres: unos ligueritos por aquí, unas braguitas con encajes por allá...

Ahora su mano se movía cautelosamente, dejando su baba sobre el percal. Lucía esbozó esa sonrisa traviesa o pizpireta que la hacía irresistible y, sin solución de continuidad, soltó a Aguilar una bofetada que lo dejó tiritando.

—Las braguitas de encaje y los ligueritos se los va a poner tu puta madre.

Pero en lugar de levantarse de la silla y abandonar el despacho con cajas destempladas, se mantuvo quieta, sin declinar la sonrisa y sosteniendo la mirada a Aguilar, que se frotaba con estupor la mejilla escocida.

—Vaya, veo que eres brava.

—No sabe usted cuánto —asintió, abandonando el tuteo, como si de ese modo propusiera una recomposición de la escena.

—Y virtuosa —añadió Aguilar, con algo de socarronería.

—Virtuosa cuando y con quien me da la gana.

Aguilar asintió ponderativamente. Sus ojillos de hipnotizador o rabino cobraron de súbito un brillo más paternal.

—Qué cojones, eres una chavala que vale su peso en oro.

—Si usted lo dice...

Aguilar rodeó el bufete y se retrepó en su silla, que tenía ínfulas de trono. Con la mesa de por medio, la situación cobraba una índole más profesional.

—Si no te importa levantarte y abrir la puerta... —Había extraído el pañuelo pimpante que asomaba en el bolsillo de su chaqueta, para enjugarse el sudor que le descendía a chorros por la frente—. Aquí hace un calor de mil demonios.

Lucía accedió gustosa. Al volver a la silla, se permitió incluso cruzar las piernas, que Aguilar por delicadeza o por temor a llevarse otro sopapo no osó mirar más allá de una décima de segundo.

—Y el chubesqui, ¿para qué lo tiene a todo meter? —lo sonsacó maliciosamente—. ¿Para que las coristas se le ablanden? ¿O es que le gusta la carne bien braseada?

Aguilar se atrincheró detrás de un mohín enfurruñado. Tras el desaire de Lucía, se sentía algo disminuido y ridículo, como si su fachada de galán otoñal se hubiera derretido como el merengue.

—Si te parece, podemos empezar con tres meses de prueba, a razón de una actuación diaria. Descansamos los lunes. ¿Qué te parece?

Era un ofrecimiento mucho más generoso de lo que jamás hubiera llegado a soñar. Pero Lucía tampoco quiso mostrarse demasiado efusiva, para poder negociar al alza:

—¿Y cuánto nos pagaría?

—Eso será según la gente que venga cada noche. Ocho pesetas diarias por norma, con la posibilidad de llegar a diez si el número cuaja. —Añadió con una prevención casi compungida—: Ya sabes que eso dependerá en gran medida de ti. No te lo tomes a mal, por favor.

Lucía se ahuecó la melena con una coquetería que debió de resultar aflictiva a Aguilar.

—Descuide, cuajará.

—No lo pongo en duda —murmuró, un poco mohíno—. Doy por hecho que tenéis la documentación en regla y carecéis de antecedentes.

Dejó caer la bomba sin demasiados remilgos:

—¿Le valen unos pasaportes británicos?

Aguilar se recostó en su silla, un poco apabullado o medroso. El sudor volvía a perlar su frente.

—Jodo, pasaportes británicos. —Resopló y sacudió la mano, un tanto aspaventero—. No seréis espías, ¿verdad? Mira que no quiero verme metido en líos.

—Como que si fuéramos espías íbamos a ir presumiendo de pasaportes británicos... —Lucía rió burlona y despreocupadamente; luego adoptó un tono más cauteloso—: En cambio, no tenemos cartilla de racionamiento. En Abastos no nos la quisieron dar: al estar bajo protección de un gobierno extranjero, no tenemos derecho a ella.

Aguilar se refugió en un silencio meditativo. La razón le aconsejaba mantenerse pasivo, pero con la razón pugnaba el impulso de ser solícito con aquella mujer más brava que virtuosa. Lucía captó enseguida su vacilación; se mordió el labio inferior y dijo con una voz melosa, sabedora de su poder:

—Tal vez usted sepa cómo podríamos conseguirlas. Así podría engordar un poquito... y sus clientes lo agradecerían.

Ahora Aguilar la miraba con ojos de cordero degollado; tamborileó sobre el escritorio:

—¿Tienes dinero? En el mercado negro las venden por trescientas pesetas. —Lucía denegó con la cabeza, con una especie de abatimiento incitante—. Me lo imaginaba... Tal vez si vas de mi parte consigas dos por quinientas.

Extrajo la cartera del bolsillo interior de la chaqueta, todavía algo dubitativo. Lucía tomó aire como si se dispusiera a zambullirse en una caldera de agua; los senos se le abultaron en el vestido, como corazones desbocados. Aguilar adivinó su palpitación anhelosa y le tendió un billete de quinientas pesetas nuevecito, recién salido de la fábrica de timbre. Lucía ni siquiera conocía la existencia de tales billetes, que sólo manejaban los plutócratas: en el anverso mostraba la efigie de Francisco de Victoria, con su tonsura y su hábito dominico. El tacto del billete, con sus bajorrelieves de tinta todavía fresca, era terso y obsceno. Al aceptarlo se sintió confusa, a la vez asqueada y jubilosa, como tal vez se sientan las prostitutas cuando reciben su estipendio.

—Considéralo un anticipo —dijo Aguilar, atragantándose casi—. Y guárdatelo antes de que me arrepienta.

—¿Y qué debo hacer con él?

—Vas a pasarte esta misma tarde por la calle Modesto Lafuente, número treinta y tres. Esquina con Ríos Rosas. —Hablaba en un agitado bisbiseo que la crepitación del chubesqui apenas hacía audible—. Verás que en el portal se anuncia una academia de alemán en el segundo piso. Sube y llama con cuatro golpes de aldaba. Una voz masculina preguntará: «¿Qué se le ofrece?» Y tú responderás: «Venía a pagarle las clases particulares.» ¿Ha quedado claro?

Lucía dudó. Poco a poco, dócilmente, se había ido acostumbrando a la fatalidad; que alguien a quien acababa de conocer le prestara quinientas pesetas a fondo perdido (pues nadie aseguraba a Aguilar que Lucía no desapareciese con el botín) resultaba, como mínimo, chocante. Tal vez le estuvieran preparando una encerrona.

—Imagino que podré ir acompañada...

—Oh, vamos, Lucía, tú solita te bastas y te sobras. —Había intentado que sus palabras sonasen como un cumplido, pero le habían brotado entre consternadas y cínicas—. No creo que Fuldner te abriese la puerta, viéndose en inferioridad numérica.

—¿Fuldner? ¿Quién es Fuldner?

El rostro de Aguilar mudó como si le hubieran aplicado una careta:

—Carlitos Fuldner, un argentino descendiente de alemanes. Últimamente ha tenido algunos problemas con la policía. —Adoptó otra vez el bisbiseo casi clandestino—: Ya sabes, quieren repatriarlo.

—¿Por vender unas cochinas cartillas? —preguntó Lucía con incredulidad—. Pues sería el primer caso. ¿Por qué no unta a los policías? Seguro que dejarían de molestarlo.

Aguilar carraspeó. Luego habló con una especie de acritud condescendiente:

—Lo de las cartillas es en realidad un negocio de poca monta que usa como tapadera. —A medida que se sinceraba, sus mejillas se iban aflojando, como si fueran de gelatina—. A Fuldner lo ocupan misiones más delicadas. Hace tan sólo unos años hubiera sido tratado con todos los honores. Pero ahora nuestro Caudillo tiene que hacer méritos ante los vencedores.

Apenas un instante después, Aguilar ya se había percatado de su indiscreción. Lucía no se mostró dispuesta a abandonar su presa:

—¿Quiere decir que es un nazi?

Lo preguntó con un asco apenas mitigado por la curiosidad. Aguilar ya se había cerrado en banda:

—Eso es mucho decir —repuso, con más indulgencia que indignación—. Fuldner es un funcionario, un funcionario cualificado además, de la Dirección de Migraciones de Perón, el nuevo presidente argentino. Se encarga de que quienes apoquinan la mosca puedan cruzar el charco. —Aguilar no sabía si sonreír o enojarse—: Pero, ¿puede saberse por qué te estoy contando yo a ti esto?

Lucía se permitió una zalamería:

—Tal vez porque se ha apiadado de mí, al verme en el chasis —dijo, y añadió en un tono más grave—: ¿Y quién me asegura que las cartillas que vende esa joya no son falsificaciones?

—Yo respondo de ello. A Fuldner no le interesa ponerse a mal conmigo, sabe que manejo hilos. —Formuló una sonrisa aviesa que volvió a poner en guardia a Lucía—. Además, yo soy el primer interesado en que no sean un fraude. En tal caso, jamás volvería a recuperar mis quinientas pesetas.

Pero había empleado cierto deje socarrón, como si sospechara que en cualquier caso nunca iba a cobrar el préstamo, o quizá como si aún cultivase quiméricamente la esperanza, no por inconcebible menos sabrosa, de cobrarlo en especie en el futuro. Aguilar poseía experiencia en el asedio de fortalezas femeninas; y sabía que lo que no consiguen el halago ni la porfía puede lograrlo una de esas coyunturas desgraciadas que vencen las resistencias más numantinas. Su rostro adoptó una expresión circunspecta cuando Jules asomó en el umbral del despacho sin anunciarse; le había chocado que la conversación entre Lucía y el empresario durase tanto, y harto de contemplar los murales sicalípticos que adornaban las paredes del salón, o temeroso de que Lucía pasara por algún trance comprometido, se había decidido a interrumpirla.

—Pase, pase, amigo —lo exhortó Aguilar—. Llega en el momento preciso para cerrar el trato.

Ya no hizo mención a las cartillas de racionamiento; y tampoco Lucía se atrevió a participar a Jules nada al respecto en las horas sucesivas, pues sabía que no le permitiría acudir sola a la cita con ese tal Carlos Fuldner. El temor a que aquella cita encubriese algún tipo de emboscada (quizá de índole estrictamente sexual) no se había desvanecido, aunque Lucía no acertara a comprender qué beneficio podría extraer un truhán amenazado con la repatriación metiéndose en semejante lío; por lo demás —concluyó—, si el argentino Fuldner y Aguilar estaban conchabados en algún contubernio ilícito, mucho más arriesgado que presentarse en el piso de la calle Modesto Lafuente sería desaparecer con las quinientas pesetas, una fortuna que quizá luego se cobraran, como el judío Shylock, en libras de carne. Lucía era consciente de que, al aceptar el préstamo de Aguilar, había pisado una raya de sombra; pero, una vez dado el paso, mejor sería exponerse que tratar de escapar. A fin de cuentas, su supervivencia y la de Jules sin cartillas de racionamiento sería más penosa que las hipotéticas condiciones de aquella cita.

A la caída de la tarde, se encaminó al barrio de Chamberí, aprovechando que Jules, con la exultación del trabajo recién conseguido, se había puesto a ensayar nuevas contorsiones que añadiesen dramatismo al número, tal como Aguilar les había solicitado. Justificó su salida aduciendo que iba a comprar unos dulces con las últimas monedillas que les quedaban, para celebrar esa misma noche con el padre Lucas el feliz desenlace de sus gestiones. En el cielo de Madrid brillaba una luna tumefacta, como una gran vejiga hinchada de pus, la luna del miedo alumbrando un cementerio con un millón de muertos. En el portal indicado por Aguilar, una chapa de bronce sucio anunciaba, en efecto, clases de alemán: quizá unos años antes, mientras las divisiones Panzer se enseñoreaban de Europa, tal anuncio habría constituido un reclamo irresistible; ahora más bien estimulaba la conmiseración. La garita del portero estaba vacía; a propósito había hecho coincidir Lucía su llegada con la hora de la cena, por evitarse explicaciones engorrosas. Subió al segundo piso por una escalera muy empinada y sin iluminación, y llamó con cuatro golpes de aldaba en la puerta, que repetía la chapa de bronce sucio del portal. Afinó el oído para escuchar un rumor de cajones abruptamente cerrados y papeles en tremolina, seguido del sigiloso discurrir de unos pasos sobre el piso entarimado.

—¿Qué se le ofrece?

Era una voz a un tiempo medrosa y petulante. Desconcertaba su extraño acento, porteño con incrustaciones germánicas que parecían emergidas del estómago de un reptil. Lucía siguió al dedillo las instrucciones de Aguilar:

—Vengo a pagarle las clases particulares.

Alguien apartó la tapa de la mirilla y escrutó el rellano de la escalera, para cerciorarse de que Lucía no venía acompañada. Tras las preceptivas comprobaciones, la puerta se entreabrió, dejando entre la jamba y la hoja el hueco justo para que Lucía pudiera deslizarse dentro. Quien de modo tan cauteloso le había franqueado el paso era un individuo de treinta y tantos años, altiricón y blanduloso, con esa blandura que delata a los flacos que hacen vida sedentaria, mucho más grimosa que la blandura de los gordos. Vestía una bata de moaré granate que al moverse hacía aguas; por debajo, le asomaban las perneras de un pijama rayado: la combinación de ambas prendas le otorgaba un aspecto como de presidiario señoritingo que disfruta de privilegios carcelarios a cambio de regalar jamones al alcaide de la prisión.

—Todas las precauciones son pocas —se excusó, con una sonrisa untuosa.

Y, tomando la mano de Lucía, se inclinó ceremoniosamente y la besó; el contacto de sus labios, ofidio y como de guata, le infundió un repeluzno.

—Carlos Fuldner, a sus órdenes.

Juraría que, al besarla, había hecho chocar los talones de sus zapatos, unos zapatos de tafilete incongruentes con el pijama de presidiario. Tenía el cabello, de un rubio ceniciento, peinado hacia atrás con gomina, unos ojos saltones, como de besugo que no sale de su asombro, y una piel muy pálida, casi traslúcida, enemistada con el sol; en la mejilla izquierda lucía una cicatriz de piel satinada en la que nunca le había vuelto a crecer la barba, una cicatriz de aspecto anfibio o genital. Aunque se esforzaba por resultar risueño, casi encanta-dor, lo rodeaba un halo de malignidad, una pululación ominosa que parecía crepitar en el aire, como pequeñas descargas de electricidad estática.

—Y usted debe ser la señorita Lucía Estrada. Aguilar ya me ha-bía avisado.

Había empleado un retintín muy relamido al llamarla «señori-ta». Lucía deseaba abreviar los trámites, Fuldner le revolvía el estó-mago.

—Venía a por lo de las cartillas.

Fuldner recurrió de nuevo a su sonrisa untuosa y extendió un brazo, en ademán hospitalario.

—Por favor, le pido que pase.

La condujo a través de un pasillo abarrotado de cachivaches, so-bre cuyas paredes se recostaban lienzos en su bastidor, cuadros sin marco que parecían recolectados en la almoneda de un museo. A Lu-cía le pareció atisbar, entre el batiburrillo pictórico, una bailarina de cancán muy Toulouse-Lautrec que mostraba los ligueros (pensó iró-nicamente que habría hecho las delicias de Aguilar), también uno de esos retratos pensativos y ojivales que pintó Modigliani. Toda la casa tenía en general ese aire provisional y expoliado de una oficina en plena mudanza; también el gabinete donde Fuldner la invitó a sen-tarse, invadido por cajas de cartón. Las paredes, desnudas y deslucí-das, mostraban aquí y allá óvalos y recuadros de blancura, como si hasta unas horas antes hubiesen exhibido trofeos cinegéticos o una colección de diplomas. Fuldner hurgó en los cajones de su escritorio y extrajo un envoltorio de papel de estraza.

—*Voilà les librets, avec tous ses coupons. Pour vous et pour votre fiancé* —anunció jovial, y depositó el envoltorio sobre el escritorio muy discretamente, como quien deposita un óbolo—. Le hablo en francés porque sé que me entiende.

Su sonrisa ya no era untuosa, sino más bien ladina. Aunque sa-bía que su comentario encubría una intención amedrentadora, Lucía fingió hacer caso omiso: desenvolvió el papel de estraza y revisó las cartillas, que tenían ese color pardusco y desvaído de la pobreza; leyó en el dorso los nombres de las personas a las que habían sido exten-didas, parias borrosos de apellidos poco distintivos que firmaban con una caligrafía tortuosa, propia de quienes apenas han aprendido los rudimentos de la escritura. A Lucía la acometió una tristeza impersonal y abstracta al tratar de imaginar las razones por las que aquellos pobres diablos se habrían desprendido de sus cartillas, a cambio de una cantidad muchísimo menos abultada que la que ella se disponía a pagar. Procuró que su voz no sonase cohibida:

—No me estará engañando, ¿verdad? Quiero decir... ¿No estarán falsificadas?

—Oh, vamos, señorita... —se escandalizó Fuldner. Hablaba con suficiencia glacial—: Una falsificación nos saldría mucho más cara... —De la suficiencia pasó al desdén—: Tenga en cuenta que los pobres del conurbano se mueren por vender sus cartillas. ¿Para qué corno quiere un cabecita negra una cartilla de racionamiento si no tiene un peso? En los almacenes no les van a fiar ni un centavo. En cambio, con la plata que les pagamos por su cartilla pueden llenar la olla durante tres o cuatro meses. Y nosotros, con espíritu de filantropía, damos las cartillas a quienes, como a usted, les pueden servir.

El último sarcasmo debió de antojársele hilarante a Fuldner, pues rió a placer, palmeándose las rodillas. Lucía había comprobado que sus ojos de besugo evitaban cruzarse con los suyos, tal vez fuese maricón o más frígido que la tundra.

—Pues si no hay pegas, por mí hemos acabado —dijo, guardando las cartillas en el bolso.

Fuldner no estaba dispuesto a que Lucía se marchara albergando la más mínima suspicacia. La cicatriz de la mejilla le brillaba como si se la hubiesen lubricado.

—No se preocupe, Lucía. La sociedad que represento no puede permitirse el lujo de andar engañando a sus clientes. Tenemos entre manos negocios mucho más importantes.

Sabía que estaba pisando terreno movedizo, pero no pudo contenerse:

—¿Como por ejemplo?

—Veo que usted es una curiosona —respondió Fuldner, procurando disimular el fastidio con un disfraz de paciencia comprensiva, la misma que se emplea con un niño que aspira a desvelar los arcanos de la mecánica celeste—. Bueno, digamos que la Argentina sigue siendo una tierra de oportunidades. Ustedes, los gallegos, ya lo pudieron comprobar. Nuestro presidente Perón desea abrir las puertas a otros extranjeros, gente que no acaba de encontrar su sitio en Europa.

Extrañamente, parecía estarle cogiendo gusto al palique. Se había sacado del bolsillo de la bata un habano, que descapulló de un mordisco y ensalivó con aquellos labios de culebra ampulosa, antes de prenderle fuego.

—¿Todo tipo de gentes? —preguntó Lucía, a mala leche—. ¿También judíos?

Le pareció que los ojos de Fuldner, aquellos ojos de esclerótica viscosa, se incendiaban con una repentina floración de vasos sanguíneos; tal vez fuese efecto de la irritación causada por el humo del tabaco:

—Descuide, los judíos no van a tener problemas de espacio. —Había mordido el puro hasta desmenuzarlo—. Son muy, pero muy vivos. Inventan un holocausto y a cambio los aliados les inventan un país en Palestina. Ojalá que se junten todos ahí, así nos vamos a librar de ese olor espantoso que tienen.

A Lucía se le revolvió el estómago. Aturulladamente, se levantó de la silla.

—Debo marcharme. Me esperan.

Fuldner se levantó también, con la prontitud de un resorte. Lucía volvió a sentir una irradiación de malignidad galvanizando el aire.

—Perdone que yo también sea curioso. Su novio se llama Jules Tillon, ¿verdad? Y le dicen Houdini.

Un hormigueo de pavor se infiltró en su sangre.

—Eso a usted no le importa.

Y se dirigió hacia el vestíbulo, salvando las pilas de cuadros que entorpecían el pasillo. Fuldner le siguió los pasos, entre atosigante y obsequioso:

—¿No se olvida algo?

La inundó una oleada de consternada rabia. Se había olvidado, en efecto, de pagarle. Mientras rebuscaba en el bolso, Fuldner la examinaba con la fruición ensañada del entomólogo que contempla el aleteo desesperado de una mariposa atravesada con un alfiler. Se odió por haberse permitido un despiste que sirvió a Fuldner de coartada para sus chanzas:

—No tengo ningún apuro. Si le viene mejor pagarme en otro momento, yo con mucho gusto...

Al fin dio con el billete de quinientas pesetas. Fuldner comprobó su autenticidad tironeando de sus extremos y exponiéndolo al trasluz:

—Este Aguilar, siempre tan generoso con las mujeres hermosas. —Y para evitar que Lucía interpretara el piropo como una muestra de galantería, añadió—: Algunos pensamos, con Platón, que las mujeres no deberían desempeñar otra función en la República que la procreadora. Lo cual no nos impide ser exquisitamente educados con ellas. —E, inclinándose de nuevo, probó a tomar otra vez su mano, que Lucía apartó de un tirón. Así y todo, Fuldner se despidió, afectando perplejidad—: A sus órdenes, señorita. Prometo que pasaré por el Pasapoga, para verla actuar.

Lucía ya bajaba alocadamente las escaleras, sin volver la cabeza, deseosa de volver a respirar el aire de la calle, deseosa de limpiarse de aquella malignidad que se había enquistado en sus pulmones. Apretó el bolso donde guardaba las cartillas contra su vientre; sabía que acababa de completar una acción odiosa, sabía que con el dinero que había pagado a Fuldner estaba financiando la comisión de otros crímenes y fraudes, estaba permitiendo que la araña siguiese segregando su hilo. Pero había que sobrevivir; y sobrevivir no resultaba tan sencillo, en aquel cementerio alumbrado por la luna del miedo.

Un año después, Lucía había saldado prácticamente su deuda con Aguilar, y el número de escapismo —aderezado con su pizquita de sicalipsis, como quería el empresario— que cada noche realizaba con Jules se había convertido en el predilecto del público. Aguilar le había dicho que Fuldner había decidido abandonar Madrid e instalarse en Tarrasa, donde su presencia resultaba menos escandalosa y comprometida para las autoridades franquistas, que habían recibido órdenes de los servicios secretos americanos de irse desprendiendo discretamente de cualquier sospechoso de simpatías nazis, a cambio de un mínimo reconocimiento en los foros internacionales. Aquel episodio turbio en el piso de la calle Modesto Lafuente lo habría recluido Lucía en los desvanes donde se arrumban los recuerdos ingratos si, a las pocas semanas, no hubiera empezado a sospechar que estaba siendo espiada. Al principio se trataba de una mera corazonada: un rostro que se repetía entre la turbamulta de rostros que atestaban el tranvía y que, al ser sorprendido, desviaba la mirada; una sombra huidiza que buscaba el cobijo de un portal, cuando en mitad de un paseo retrocedía sobre sus pasos; un automóvil de fabricación alemana, demasiado reluciente para los usos del vecindario, a escasas manzanas de su casa. Se había esforzado por espantar el asedio de la sospecha, temerosa de estar padeciendo los primeros síntomas de una manía persecutoria. Pero pronto la corazonada se fue nutriendo de indicios cada vez más irrefutables: un día el tendero de la esquina le comentó que un individuo con el rostro comido por la viruela había pretendido hacerse pasar por un amigo suyo; otro día creyó vislumbrar a ese mismo tipo emboscado al fondo de la parroquia, mientras asistía con Jules a una misa oficiada por el padre Lucas; ya por fin empezó a notar que alguien había removido en su ausencia la ropa que guardaban en el armario. Cuando comunicó tan inquietante descubrimiento a la patrona, la primera reacción de la pobre infeliz fue de desconcertado enojo; pero bastó que le aclarase que no la estaba acusando, sino recabando su ayuda, para que le confiara que también a ella le habían andado remejiendo sus pertenencias. Fue entonces cuando Lucía se decidió a compartir su inquietud con Jules, a quien últimamente notaba más replegado en sí mismo de lo habitual, actitud que había achacado a las dificultades de adaptación propias de su dolencia, y también al disgusto que le provocaba Madrid. Para su asombro, Jules también había empezado a incubar idénticas sospechas; no se las había comunicado por no alarmarla, deseando que sólo fueran figuraciones suyas. Decidieron acudir a la embajada británica, tal como les había recomendado Lloyd en caso de atravesar por alguna dificultad. Y de repente, como por arte de ensalmo, dejaron de acecharlos, o al menos ellos dejaron de percibir signos de acecho. Trataron de convencerse de que todo había formado parte de una ilusión, los resabios de una pesadilla alimentada por el nerviosismo y el clima de desconfianza que se respiraba en aquel cementerio poblado por un millón de muertos.

Pero Fuldner cumplió su promesa; algo más tardíamente de lo que auguraba su despedida en el piso de Modesto Lafuente, pero la cumplió. Su presencia en el salón del Pasapoga, acompañado de un tipo con el rostro picado de viruelas, pasó inadvertida mientras duró el número de Jules y Lucía. Fuldner había tomado la precaución de ocupar una de las mesas del fondo, parapetado detrás de unas columnas que sostenían el voladizo del primer piso, allá donde solían sentarse los clientes más acaramelados o reticentes a que se les pillara en compañía de una fulana. El público congregado aquella noche en el Pasapoga era, por lo demás, el mismo que solía abarrotar el establecimiento los fines de semana: estaban los estraperlistas de siempre con sus querindongas de rompe y rasga, pertrechadas con alhajas de oro alemán y visonazos apócrifos; estaban los lechuguinos de la farándula y los plumíferos adictos, camelándose a las coristas con la golosina de una recomendación o una mención elogiosa en sus crónicas periodísticas; estaban los chupatintas de la Jefatura Nacional del Movimiento, que se gastaban allí los dinerillos de algún cohecho o enjuague contable, aprovechando que su mujer se había ido al pueblo a visitar a la abuelita moribunda; estaban los toreros imitadores de Manolete o Dominguín, bebiéndose solemnemente sus cócteles de sangre y espantando a manotazos a un enjambre de pendonazas que les suplicaban que se la endiñasen hasta la empuñadura; estaban los jerarcas del régimen y los contratistas que se intercambiaban prebendas y comisiones como quien juega una partida de mus; y estaban, en fin, esos polizones de barrio endomingados y con cara de no haberse comido una rosca, a los que el portero de turno dejaba colar por amistad o misericordia, y que para fingir que estaban consumiendo un refresco tomaban de las mesas contiguas vasos usados que llenaban en el retrete con agua del grifo, espolvoreada con soconusco. La aparición de Jules y Lucía en el escenario era saludada con bullanga y aplausos, especialmente dirigidos a Lucía, que vestía como las ingenuas del vodevil, con un picardías que le transparentaba un corsé muy churrigueresco, elegido por Aguilar, y unos ligueros sobrecargados de encajes; había algo conscientemente paródico en su atuendo, al igual que en su actuación:

—Buenas noches, damas y caballeros —comenzaba Lucía—, y espero que nadie se dé por aludido. Pueden seguir pegándose el lote, que de lo suyo gastan, pero les advierto que en la sala se hallan camuflados varios detectives contratados por sus consortes, que ya no saben cómo sacarles los higadillos. —Los primeros chistes de Lucía resultaban un poco chocantes o agresivos a la clientela menos asidua, que sin embargo acababa aceptando su sentido del humor más bien sarcástico—. A mí, más que los higadillos, mi marido pretende sacarme las mantecas, a juzgar por el trajín que me da.

Aquí Jules empezaba a asediarla con arrumacos y amagos besucones que Lucía esquivaba, imitando los regates y fintas de un futbolista. Las carcajadas ya se sucedían rodadas.

—Conque no debe extrañarles que me haya quedado en el chasis —proseguía, en un guiño a Aguilar.

Cuando ya parecía que Jules la iba a atrapar con su abrazo, Lucía se retiraba, y él desaparecía del escenario, precipitado por su propio impulso. Entre bambalinas se oía un estruendo de cacharros que se derrumban, para hilaridad del público.

—Ya ven que está hecho un toro, mi marido. Pero lo malo es que a mí no me deja estar hecha una vaca, con lo que me gustaría pacer sin dar ni golpe. Al principio le ponía la excusa de la jaqueca; pero él me obligaba a tomar una aspirina tras otra, y al final era el remedio peor que la enfermedad, porque acababa como un boxeador sonado. Una amiga me recomendó que el mejor remedio contra las calenturas maritales era un baño de agua fría. Pero contra la calentura de mi marido no valía cualquier baño; tenía que ser un baño por inmersión. Y así fue como mandé construir el artilugio que a continuación verán.

La clientela del Pasapoga disfrutaba de la procacidad de los chistes, pero sobre todo de ese estado de excepción que se había instaurado en el establecimiento, donde se podían transgredir impunemente las ordenanzas de la censura. Un par de asistentes aparecieron, arrastrando un pesado artilugio, que constaba de dos calderas metálicas, una más grande que la otra, comunicadas por un sistema de tuberías e instaladas ambas sobre una plataforma móvil: la caldera más grande rebosaba agua; adosada a la más pequeña, que contaba con una tapadera provista de cerrojos, había una escalinata. Después de dejar el artilugio en mitad del escenario, uno de los asistentes ayudaba gentilmente a Lucía a ponerse un batín muy corto, lo cual provocaba invariablemente algunas tímidas protestas entre el público.

—¡Cómo! ¿Pero es que no van a dejar que me ponga mi traje de faena? —se quejaba Lucía. Y luego, con una voz meliflua y cantarina, se volvía hacia las bambalinas—: ¡Jules, cariñito! ¡Es la hora de tu tratamiento!

Aún tenía que insistir un poco más hasta que Jules aparecía cabizbajo en el escenario. Su acento provocaba siempre gran cachondeo entre el público, que debía de considerar aquella estampa un símbolo de la supremacía de la raza hispana sobre los franchutes.

—Pero, amor mío, si te prometo que no volveré a importunarte...

La guturalidad con que pronunciaba las erres añadía sojuzgamiento a su posición. Jules se hincaba de hinojos para acompañar su súplica, pero Lucía se mantenía inconmovible. Los asistentes le iban pasando cadenas, esposas y grilletes con los que iba reduciendo a la inmovilidad a Jules, que no cejaba en sus ruegos:

—Te propongo un acuerdo...

—Que no.

—Una tregua.

—Que no.

—¡El armisticio! ¡La rendición sin condiciones!

—¡Qué pesadez! O te callas, o la próxima vez te pongo al baño María.

La escena hubiese hecho las delicias de Sacher-Masoch. Cautivo y desarmado, Jules era empujado hasta la caldera más pequeña; como apenas podía moverse, tenía que avanzar dando brincos. De esta guisa subió la escalerilla, antes de lanzarse a la caldera vacía, que le llegaba al cuello. Parecía uno de esos misioneros de los chistes, aguardando el martirio en la marmita de la tribu de cafres, más bien reacios a la evangelización. Lucía hacía girar unas manijas, abría unas válvulas, y el agua se trasvasaba desde la caldera más grande hasta la que ocupaba Jules con un gorgoteo poco tranquilizador. En unos pocos minutos el agua rebosó el borde de la caldera y empezó a encharcar el escenario. Lucía cerró otra vez las válvulas y se encaramó a la escalinata, ocasión que algunos clientes del Pasapoga aprovecharon para encogerse en sus asientos y torcer un poco el cuello, en un esfuerzo por divisarle la parte más mollar de los muslos. Como había afirmado Aguilar —una vez más había que concederle la razón—, allí la gente a lo que iba era a verle el culo.

—¿Alguna declaración de última voluntad? —preguntaba, acogotando a Jules—. ¿Has testado a mi favor? ¿Te conformas con un entierro de segunda?

A cada pregunta, le sacudía un golpe de mentirijillas con la tapadera en la coronilla, hasta que la resistencia de Jules empezaba a ceder. Antes de sumergirse en la caldera, se dirigía al público en un tono lastimero:

—A esto se le llama morir como pez en el agua. Recen por el eterno descanso de mis agallas.

Tras lo cual Lucía encajaba la tapadera, que de inmediato aseguraba con un candado. Mientras los asistentes hacían girar sobre su eje el artilugio, para que se pudiera comprobar que no había trampa ni cartón, Lucía se dirigía por última vez al público, antes de ceder el protagonismo a Jules:

—¿Al fin podré descansar? —Y, con los brazos en jarras y en actitud insinuante, se despidió—: ¿Ustedes creen que la ropa de viudita me favorecerá?

Se apagaron las candilejas, a la vez que Lucía abandonaba el escenario, entre ovaciones y promesas de matrimonio. Un reflector se posó entonces sobre la caldera donde Jules se debatía; los primeros temblores y retumbos de su chapa enmudecieron al público, un tanto sobresaltado por la transición brusca del vodevil al suspense. Empezaron a circular comentarios nerviosos, murmullos despavoridos, algún grito sofocado, mientras sonaba el redoble de un tambor, un redoble amortiguado como el que precede a las ejecuciones. Las querindongas de los estraperlistas se llevaban las manos a la cara, los jerarcas del régimen consultaban en la oscuridad sus relojes, los toreros clónicos de Manolete o Dominguín empezaban a notar que su prestigio erótico se disolvía como un terrón de azúcar, mientras el enjambre de sus admiradoras desviaba la atención hacia el escenario, donde los retumbos de la caldera eran cada vez más feroces. ¿Cuánto tiempo podía aguantar una persona la respiración? ¿Dos, tres minutos? Ya habían transcurrido casi cuatro, y las acometidas de Jules sobre la chapa de la caldera empezaban a remitir, a hacerse más débiles y claudicantes. Una corista, al borde del desmayo, impetró la ayuda divina; los tambores callaron, en un silencio lúgubre; incluso los camareros, que se conocían al dedillo el número, interrumpieron sus idas y venidas por la sala.

—Esconde un juego de ganzúas en los dedos de los pies —observó un periodista que había trabajado como corresponsal en Nueva York antes de la guerra y presumía de haber visto actuar a Houdini—. Y seguro que respira por una pajita.

—¿Por qué no dejas de chafarme el número, rico? —protestaba la putilla que se había agenciado en Chicote—. Y no me sobes más el culo, que yo no escondo ganzúas.

A los cinco minutos, un leve chirrido rasgó el silencio. El candado de la tapadera empezó a girar, con exasperante lentitud, antes de caer al suelo. La tapadera saltó luego por los aires, como propulsada por un géiser. Jules salió a pulso de la caldera, congestionado y chorreante, entre los vítores del público; tenía la camisa rasgada y las uñas de las manos resquebrajadas y sangrantes. La orquesta del Pasapoga atacó los compases de una fanfarria, mientras Jules se dirigía tambaleante al proscenio para saludar. Al intentar la reverencia, le flojearon las rodillas; los mozos salieron apresuradamente con una manta, que le echaron sobre los hombros, y le ayudaron a levantarse. Una palidez cérea había sustituido la congestión primera; entre vahídos, sostenido por los asistentes, pudo despedirse del público, que prorrumpió en un aplauso ensordecedor, puesto en pie. Sólo Fuldner y su acompañante permanecían indiferentes al fondo de la sala, intercambiándose muecas irónicas y miradas de entendimiento. Fuldner sacó un puro del bolsillo de su chaqueta, lo descapulló de un mordisco y lo chupeteó a conciencia.

—Dejame a mí primero —advirtió a su acompañante—. Si en diez minutos no volví, vos venís para el camarín.

Avanzó entre los veladores de la sala con muy parsimoniosa chulería, como un príncipe que se pasea por sus dominios, repartiendo codazos entre la concurrencia, y se coló en el pasillo que conducía a los camerinos, previa anuencia del portero que custodiaba el acceso. Un rastro de agua guió sus pasos hasta el camerino de Jules; por la puerta entornada se escabullía un cuchillo de claridad. Golpeó con los nudillos para anunciar su entrada, pero antes de que se le concediera el permiso ya había empujado la hoja.

—¿Jules Tillon?

La voz le había brotado ronca y como desentendida. Jules, que ya estaba completamente recuperado de su arrechucho (pero quizá había sido un arrechucho fingido), apenas tuvo tiempo de cubrirse con unos calzoncillos secos. Protestó:

—¿Se puede saber qué hace usted aquí?

Fuldner hizo como que la pregunta no iba con él. Hizo desfilar su mirada de besugo boqueante por el angosto espacio del camerino, asfixiado de baúles y ropas revueltas. Algunas de las bombillas que rodeaban el espejo estaban fundidas; otras reclamaban la extremaunción emitiendo una luz parpadeante.

—Dígame, ¿cómo se le ocurrió dedicarse a esto? —preguntó, con más escándalo que desdén—. De todos los oficios, ¿por qué eligió éste?

Jules lo miró de hito en hito, con aprensión y disgusto.

—¿Que por qué me dediqué...? Supongo que había nacido para ello. Al final uno no elige su destino.

Fuldner frunció el morro, insatisfecho por la respuesta. Una vez que Jules se hubo abotonado los pantalones, pasó al camerino y se recostó sobre la pared. Prendió su puro, después de chupetearlo una vez más; el temblor de sus labios evidenciaba el placer anticipado que le procuraba la situación.

—¿Destino? ¿Qué sabe usted del destino? —Se ensimismó en las primeras volutas de humo, rampantes como garras. Tras una pausa, escupió con acritud—: No será usted uno de esos imbéciles que piensan que la victoria de los aliados estaba escrita en el destino, ¿verdad?

Fue entonces cuando Jules percibió la vibración de malignidad que rodeaba al intruso. Se esforzó por infundirle una impresión serena:

—Ignoro si estaba escrita. Pero fue de justicia. Y ahora le ruego que tenga la amabilidad de decirme quién es, o de lo contrario váyase.

Fuldner asintió burlonamente, como si aprobara los progresos de Jules en el aprendizaje del español. Su mirada era seca y ardiente a un tiempo.

—Su novia me conoce, yo le vendí las cartillas de racionamiento. —Dirigió a Jules un gesto de benevolencia, como si le estuviera perdonando la vida—. Perder o ganar una guerra, cualquier guerra, da lo mismo. La derrota a veces fortalece mucho más que la victoria, intensifica el espíritu de sacrificio, purifica a las naciones. Mueren los débiles, las mujeres se ponen a parir como conejas, los pueblos se rejuvenecen. Sí —suspiró—, la derrota es la mejor prueba para la victoria definitiva.

Había logrado cohibir a Jules, que pensó que podría zafarse de su presencia mostrándose poco interesado por la perorata. Empleó una expresión jocosa que había escuchado a Lucía:

—Bueno, cada loco con su tema.

—¿Cómo dice? —se revolvió Fuldner, con furor apenas contenido. No había captado la intención más displicente que ofensiva de la frase—. Puede estar seguro de que llegará nuestro momento. Mientras la victoria sea posible, volveremos a intentarla. No tendremos otro sueño, ni otra salvación. La victoria es nuestra tierra prometida, nuestro paraíso, ¿entiende? Nada nos detendrá. La eternidad es nuestro plazo de tiempo. Y por el camino irán cayendo los traidores.

Aunque había tratado de imprimir a su discurso ese tonillo didáctico que emplea un maestro de escuela cuando trata de exponer a sus alumnos un argumento obvio, la dilatación de la esclerótica delataba su delirio.

—Pues que la eternidad nos pille confesados.

—¿Le parece divertido? —Jules se encogió de hombros, antes de abotonarse la camisa—. ¿No se da cuenta? Eso es lo que los hace débiles. Lo único que les preocupa es la diversión de cada día, las mezquindades de cada día: tener la panza llena, cogerse a su amante, ganar un sueldo mejor que el del vecino. Lo juzgan todo en términos de realidad inmediata, mientras que nosotros pensamos en la magnitud de nuestra empresa. Y por eso sus victorias son irrelevantes; nuestros fracasos, en cambio, forman parte de un plan mucho más ambicioso, son oportunidades para un nuevo comienzo. Siempre habrá otra guerra, y después otra, y otra más. Sabemos que la historia nos va a dar más oportunidades.

Parecía un poco perdido en su razonamiento, pero en su voz había una creciente seguridad, cada vez más categórica, cada vez más intimidatoria. Jules sentía la inminencia de un ahogo, una desazón que no sabía si era el síntoma de una voluntad de rebeldía o desistimiento:

—Está bien, amigo. Ahora lárguese.

Los ojos abultados de Fuldner ni siquiera se cruzaban con los de Jules; estaban fijos en una lejanía imaginada, más allá de su cabeza, más allá de los arabescos del humo que tejía su habano.

—Habrá un mundo nuevo, Jules. ¿Y quién gobernará ese mundo, sino Alemania? ¿Quién será capaz de asumir esa responsabilidad, rompiéndose el lomo trabajando? ¿Quién?

—No faltarán candidatas —dijo Jules, en un tono templado y distante. Parecían mantener su conversación en planos paralelos—. Ahí están Rusia, Estados Unidos... Pero tal vez entre los intelectuales del Ateneo sus teorías tendrían mejor acogida. Yo sólo soy un mago sin demasiadas ideas. La política me repatea.

Fuldner sacudió la cabeza y volvió a suspirar. Habló con afabilidad:

—¡Ah, Jules! ¿Por qué lo hiciste? ¿Pensabas que íbamos a dejarte sin castigo?

—¿Por qué hice qué?

Una vez más, volvía a intuir algo fantasmal, inasible, que desde hacía años le obsesionaba y jamás había podido discernir, algo que se le escapaba, se le acercaba y, cuando ya creía que podía atraparlo, se le volvía a escapar; algo que tenía mil rostros proteicos y mal definidos, y, a la postre, carecía de rostro. Oyó la voz de Lucía en el pasillo, forcejeando con el acompañante de Fuldner.

—Adelante, Hans, podés pasar —dijo Fuldner, con ese fatigado desaliento de quienes se resisten a emplear la violencia.

El acompañante o esbirro de Fuldner apareció en el umbral de la puerta. Sostenía de los brazos a Lucía, a quien hizo entrar de un empellón en el camerino. Estaba aún ataviada con el picardías y el corsé que había empleado en la actuación; pero aquellas mismas prendas, que en el escenario la tornaban voluptuosa e incitante, agigantaban ahora su aspecto desvalido.

—Estate tranquila, aún no ha pasado nada —le susurró Jules, rodeándola entre sus brazos.

Fuldner esbozó una sonrisa casi dolorosa. Su acompañante, aquel tal Hans, era enjuto, terroso, con las mejillas ametralladas por la viruela y los ojos chicos como alfileres; su boca carecía prácticamente de labios, como si se la hubieran hendido directamente sobre la piel, y renqueaba de un pie.

—Hans, quedate en la puerta, por si viene alguien —dijo Fuldner.

Lucía contemplaba la escena con angustia; había reconocido en el tal Hans al individuo que la había estado siguiendo durante meses.

—¿Se puede saber qué desean? —dijo Jules, procurando no perder el aplomo.

Fuldner se alisó el cabello ya sobradamente liso, como si quisiera apaciguar su ansiedad.

—Trabajaste en la fábrica Renault de Billancourt, ¿verdad?

—Hasta donde yo recuerde, sí.

La cicatriz que cruzaba la mejilla de Fuldner se había tornado casi cárdena, y palpitaba como un corazón autónomo.

—¿Qué boludez es ésa de «hasta donde yo recuerde»? ¿Trabajaste o no? —Jules asintió—. Y luego ingresaste en la Resistencia, donde te decían Houdini, ¿no es así?

—No me consta que ingresara, pero supongo que la respuesta es sí.

Fuldner parpadeó soliviantado y se volvió hacia su compinche:

—¿Oíste eso? No le gusta contestar lo que se le pregunta.

Hans intervino en un español apenas discernible, metalúrgico, en el que aún subsistía la entonación germánica:

—Es él, Carlos. No olvido una cara.

Jules, en cambio, no recordaba la suya, pero al reparar en los rasgos angulosos de Hans, adelgazados por la crueldad, sintió un puñal de frío rasgando su memoria.

—Parece que saben ustedes más que yo sobre mi propia vida —dijo—. No estaría mal que me pusieran al tanto.

—No te hagas el piola con nosotros, salame —le advirtió Fuldner—. Mi amigo tiene mucha menos paciencia que yo.

Jules trató de fortificar su posición:

—Sufrí una herida en la cabeza y perdí el rastro de aquellos años. —Se levantó un mechón de cabellos en la sien, para mostrar el costurón blanquecino—. Pero, si eso les sirve, les diré que estoy orgulloso de haber participado en la Resistencia. No creo que mi aportación a su... derrota fuese muy relevante; pero, en lo poco que contribuyera, estoy orgulloso.

Fuldner dejó de chupetear el puro. Se volvió hacia su acompañante o esbirro, poco impresionado por el alarde de bizarría de Jules:

—¿Oíste lo mismo que yo? —Hans asintió, lúgubremente—. ¿Cómo se puede ser tan caradura?

Intervino Lucía; la voz le temblaba, como si estuviese a punto de llorar, pero tal vez ese temblor fuese fruto de la indignación:

—Se está metiendo en un lío, Fuldner. Somos ciudadanos británicos, la embajada ya está advertida de su actividad. No complique más las cosas.

—Quien las complica es su novio.

En las mejillas flácidas de Fuldner se adivinaba una ligera vacilación.

—Le juro que no sé de qué me habla —insistió Jules.

Una sonrisita torció mezquinamente los labios de Fuldner, que ni siquiera se dignó mirar a Jules. Ahora se dirigía a Lucía, como si aspirara a ganarla para su causa:

—Nuestra misión no es nada fácil. Parar las demandas de extradición, conseguir visados, organizar los viajes a la Argentina cuesta plata, mucha plata. —Había adoptado un tono contrito, casi limosnero, como si estuviera realizando una cuestación—. Cada día que pasa, todo es más caro y más peligroso. Que nos dé lo nuestro y asunto terminado.

Todo tenía ese aire desquiciado de las pesadillas, su misma consistencia pegajosa e irreal.

—Creo que se han equivocado de hombre —dijo Jules, procurando poner un poco de cordura en medio de tanta irracionalidad—. Pueden registrar este camerino, nuestra habitación en Cuatro Caminos, lo que quieran.

—Eso ya lo hicimos. ¿Qué te pensás? ¿Que somos imbéciles? —La esclerótica de Fuldner era un planeta de sangre—. Decinos dónde lo escondiste.

A Jules lo acometió una sensación de abrumada esterilidad, como si estuviera embistiendo contra un muro de roca. De repente, el esbirro Hans abandonó su puesto en la entrada del camerino y caminó hacia Jules arrastrando una pierna. Lo tomó de las solapas de la camisa, alzándolo en volandas; al hablar, ni siquiera modificaba la lisa y casi invisible raya de sus labios:

—¿No te alcanzó con los palos que te di?

Sus palabras sonaron como ladridos de herrumbre. Jules le respondió con un silencio desconcertado; la sombra de un recuerdo que no alcanzaba a vislumbrar respiraba amenazante a su lado, como una bestia enjaulada, sin querer separarse de él, y no podía hacer nada por ahuyentarla. Lucía deseó ardientemente que algo quebrara aquel silencio, cualquier ruido procedente de la calle, cualquier suceso imprevisto. Providencialmente, sus deseos fueron escuchados; en el umbral del camerino había aparecido Aguilar, con los pulgares afianzados en las sisas del chaleco. Aunque habló calmosamente, con cierta altanería incluso, se notaba que tenía tanto miedo como la propia Lucía, porque en sus ojos de hipnotizador o rabino anidaba la niebla:

—Carlitos, ya te dije que no quería verte por aquí.

El esbirro Hans intercambió una mirada con Fuldner, que con un gesto apenas insinuado le ordenó soltar a Jules.

—Vos siempre del lado que más te conviene, ¿eh, Ricardito? —dijo Fuldner, en un duelo de diminutivos que denotaba más tirria que familiaridad—. Hace unos años no te hubieras animado a decirme una cosa así.

—He mandado venir a la policía —prosiguió Aguilar sin inmutarse, ajeno a los reproches de Fuldner—. En diez o quince minutos estarán aquí. Conque tú veras lo que haces.

—Antes bien que me recibías —insistió Fuldner—. Claro, había mucha guita que repartir. Pero sé muchas cosas sobre vos que podrían complicarte la vida.

Algo se estremeció en el cuerpo orondo de Aguilar; pero perseveró en su hieratismo:

—Prueba a hacerlo. Comprobarás que a nadie le interesa remover la mierda antigua. En España nos equivocamos de bando, pero a nadie le apetece que se lo recuerden. —La niebla de su mirada empezaba a disiparse, a medida que la fortaleza de Fuldner se desmoronaba—. Da gracias con que no te entreguen cualquier día a los americanos, el Caudillo está deseoso de hacer méritos ante ellos. Acéptalo, Carlitos, vuestra hora ya pasó.

Fuldner tiró la colilla encendida de su puro al suelo; el gesto fue interpretado por su compinche como un toque de retreta. Antes de marchar, Fuldner miró en derredor, hasta tropezarse con la mirada todavía desconcertada de Jules. Al dirigirse a Aguilar, volvió a emplear aquel tono exaltado, febril de eternidades, que había usado en sus anteriores peroratas:

—Te equivocás, Ricardito. —Y le clavó el dedo índice en la barriga—. Nuestra hora todavía no llegó.

El amor no siempre es alegre, pero había sido su refugio en aquellos días oscuros como sumideros, pútridos como letrinas, en que ambos habían creído estar a punto de sucumbir, mientras la luna del miedo alumbraba aquel cementerio habitado por un millón de muertos. Lucía prefería la noche para el amor, su sigiloso reverbero, esas horas a oscuras en las que parecía ahondarse el silencio. Jules, en cambio, reclamaba para el amor las primicias de la mañana, esos minutos en que la palidez del alba escruta las tinieblas, limpiando sus crímenes. Apenas sentía la caricia lustral de esa primera luz filtrándose entre las rendijas de la persiana, Jules no resistía la tentación de aspirar el olor todavía dormido de Lucía, una fragancia de pajar donde germina el heno, y la acurrucaba contra sí, hasta sentirla como una arcilla tibia que se adaptaba al molde de su propio cuerpo. Dormían pegados el uno al otro, incrustados el uno en el otro; y, aunque los movimientos nocturnos a veces los despegaban, enseguida volvían a buscar su mutuo abrigo, como se buscan la mano y el guante, el perno y la bisagra, la piedra y el liquen. Nunca estaba tan hermosa Lucía como cuando dormía; el vientre como un pan cálido y candeal, al arpa de las costillas esculpiendo su bajorrelieve en la piel, los senos agazapados como volcanes mansos, el cuello como una horma en la que Jules gustaba de encajar su mentón, para rescatar el latido de su sangre, ese venero subterráneo. Jules se apretaba contra ella, como el escultor se aprieta contra la estatua que está esculpiendo, para anegarse en su misma temperatura, para sentirla vulnerable como él mismo, barro de su mismo barro, y restregaba su rostro contra su melena revuelta, mientras aspiraba el olor de su piel, un olor matinal de establo limpio, de horno todavía tibio, de sudor convaleciente y ovulación con unas décimas de fiebre.

Se incorporaba sobre la cama para contemplar aquella armonía frágil, el diapasón apacible de su sueño, y alargaba una mano para acariciarla sutilísimamente, con esa delicadeza que empleamos para apartar la nata de un cuenco de leche humeante. Al sentir esa caricia apenas formulada, Lucía enarcaba los riñones, estiraba una pierna que de repente adquiría una dureza recóndita, emitía un ronroneo ininteligible, pero enseguida volvía a sumirse en la inconsciencia, como la leche vuelve a cubrirse con una capa de nata cuando volvemos a calentarla.

Jules insistía entonces, escindido entre el deseo que lo inundaba con los clarores del amanecer y el remordimiento de despertarla. Lucía farfullaba entre sueños palabras estoposas, inacabadas, que se quebraban como un reloj de arena, resistiéndose a despertar del todo, resistiéndose a abandonar esa madriguera de sopor que tan dulcemente la mantenía presa. Jules seguía insistiendo, ganado por el deseo, la acariciaba con menos remilgos, buscaba con los labios y la lengua el rastro salobre que la noche había dejado en su piel, y Lucía se dejaba hacer, gozosamente bautizada por su saliva, se dejaba besar y moldear por las manos de Jules manteniendo una hipócrita apariencia de languidez, esa pasividad que en el fondo consiente el asedio del amante, aunque finja rechazarlo. La insistencia de Jules al fin obtenía resultado, al fin rendía el baluarte de su sueño, y durante los minutos que duraba su mutua entrega dejaban ambos de llamarse Lucía y Jules, dejaban de tener un solo nombre para tener todos los nombres del mundo, heridos por una misma luz blanca, traspasados por un mismo fuego que los fundía en la íntima unidad del universo; y alcanzaban a comprender, en la fulguración de un instante, que todo era una misma cosa: muerte y vida, posesión y pérdida, pasado y futuro, todo giraba en un mismo carrusel ebrio de eternidad, y en el vértigo de ese giro llegaban a creerse inmortales, indestructibles como la mañana que ya se posaba rendida en las sábanas.

Nunca más volvió a repetirse, sin embargo, aquel ritual tras la visita de Fuldner al Pasapoga. Nunca Jules volvió a dedicar a Lucía los arrumacos y caricias acostumbrados; y cuando ella se los solicitaba con delicadeza, con tesón, incluso con violencia, se tropezaba, en la incierta palidez del alba, con las huellas del insomnio en su rostro.

Habían transcurrido varias semanas desde aquel desagradable episodio, que de inmediato habían puesto en conocimiento de la embajada británica; y Fuldner, al igual que su compinche, había desaparecido sin dejar ni rastro, consciente de que su hora ya había pasado o todavía estaba por llegar. Nunca las expectativas para Jules y Lucía habían sido tan prometedoras desde que decidieran trasladarse a Madrid: contaban con protección diplomática, habían alcanzado una estabilidad laboral que apenas un año antes no se habrían atrevido ni siquiera a concebir, las penurias económicas parecían un fantasma afortunadamente pretérito, incluso aquella sensación de asfixia y acabamiento que contaminaba la ciudad empezaba a disiparse. Sin embargo, nunca habían sido tan infelices. A Jules lo obsesionaban las palabras que Fuldner le había dirigido, palabras jeroglíficas que no lograba penetrar, palabras torvas que parecían implicar una condena a perpetuidad; y le obsesionaba su desciframiento. De nada servía que Lucía se esforzara por aplacar aquella desazón; de nada servían tampoco las noticias tranquilizadoras que les llegaban desde la embajada británica. Fuldner —según les informaron— formaba parte de un «equipo de rescate» reclutado por los servicios secretos de Perón, encargado de evacuar fugitivos nazis de Europa al continente sudamericano. Durante las postrimerías de la Segunda Guerra Mundial, cuando se había producido la mayor desbandada de criminales, Fuldner había podido actuar en España con cierto desahogo, prevaliéndose de la desorientación que la derrota de Hitler había causado entre los gerifaltes del régimen franquista; pero su libertad de movimientos había quedado comprometida desde que Franco entendiera que su única esperanza de supervivencia le exigía prestar una colaboración lacayuna a las democracias victoriosas, con quienes a cambio podría presumir de compartir enemigo, el comunismo internacional. Los «equipos de rescate» argentinos, cuya capacidad de actuación era cada vez más reducida, disponían sin embargo de un ingente suministro de información, procurado por los criminales nazis que habían logrado cruzar el charco. Entre semejante patulea, no resultaría extraño que figurase algún damnificado por las acciones de Jules durante la ocupación de París. Pero —añadieron en la embajada— podían dormir tranquilos: Fuldner había embarcado rumbo a Buenos Aires, pocos días después del episodio en el camerino del Pasapoga;

el servicio de inteligencia británico había tratado de detenerlo en el puerto de Río de Janeiro, donde su barco hizo escala, pero las autoridades brasileñas habían denegado la demanda de extradición, alegando que el sospechoso poseía un pasaporte argentino válido y en regla. Parecía más que improbable, después del mal trago, que Fuldner se aventurara a regresar a España.

Así y todo, la embajada se ofreció a encomendar a uno de sus agentes su salvaguarda; ofrecimiento que Jules y Lucía declinaron, por considerar que a la larga les reportaría más incomodidades que ventajas. Aunque periódicamente recibían informes que invitaban a la calma, Jules empezó a mostrar un comportamiento cada vez más desconfiado y paranoico. No se trataba ya tan sólo de adoptar las precauciones debidas, sino de algo mucho más enfermizo: comenzó por evitar los transportes públicos, los itinerarios repetidos, las rutinas que permitieran a un hipotético observador reconstruir sus hábitos cotidianos; pronto incluyó medidas preventivas más discutibles, tales como anotar las matrículas de los automóviles, mantener en remojo durante horas los alimentos que se disponían a consumir o someterlos a una cocción previa que los liberase de posibles sustancias venenosas. Su siguiente desvarío consistió en someter a interrogatorios capciosos o abracadabrantes a cualquier desconocido que se le acercara, no importaba si lo hacía para pedir la vez en la cola de la tienda o para felicitarle por sus habilidades como escapista. Y de los desconocidos pasó pronto a las personas con las que mantenía trato: en cierta ocasión, Lucía lo sorprendió con horror hurgando en los cajones del aparador donde la patrona guardaba los manteles que nunca usaba, la cubertería que en más de una ocasión había tenido que empeñar en el monte de piedad; en otra, estando en casa del padre Lucas y escamada de que llevara tanto tiempo encerrado en el retrete, lo encontró encaramado sobre el inodoro, desatornillando la tapadera del depósito del agua. Lucía empezaba a temer por su salud mental: cuando regresaban de noche a la casa de Francos Rodríguez, después de su actuación en el Pasapoga, Jules prendía un mechero y examinaba minuciosamente las manchas de humedad y los desconchones de las paredes del portal, en busca de alguna inscripción o pintarrajo o anagrama que, según su averiada percepción de la realidad, pudiera interpretarse como una señal dejada por sus perseguidores, a modo de señuelo para el ejecutor que viniera después. También quiso proveerse de un arma, incluso llegó a inquirir a Aguilar cuál sería la manera idónea de agenciársela; sólo el enfado de Lucía, que amenazó con denunciarlo a la policía, lo disuadió de hacerlo. Dormía (si es que así se puede designar el estado de agitada duermevela, sembrada de sobresaltos y alucinaciones, en que se debatía) apenas unas horas, durante las cuales no paraba de remejerse en el colchón; y cualquiera de los ruidos banales que la oscuridad agiganta —el chasquido de una madera, el aleteo de una polilla, el borborigmo del agua en las cañerías— lo ponía en guardia. Más de una noche Lucía lo pilló asomado al ventanuco de la habitación, tratando de escrutar una sombra huidiza en el patio de vecindad, que casi siempre resultaba ser un gato famélico, o lo que aún resultaba más aflictivo, una quimera urdida por su imaginación. Lucía sentía que lo perdía, que lo estaba perdiendo; sentía que su raciocinio estaba siendo devorado por un monstruo que ella no podía combatir.

—Me gustaría tener un hijo —le dijo una noche, la enésima noche en que había probado a salvarlo de las fauces de ese monstruo.

Jules contemplaba absorto el techo, tratando de discernir el rumor de la carcoma royendo las vigas del edificio, como un berbiquí de locura. Tuvo que repetir su comentario para que Jules reaccionara, atónito:

—¿Un hijo? ¿Por qué?

—¿Y por qué no? Los hijos atan a la vida.

Aún le costó desentenderse de aquel rumor que sólo sus oídos percibían. Jules —o el monstruo que lo mordía por dentro— parecía rehuir las ataduras:

—¿Un hijo justo ahora, cuando peor lo estamos pasando? ¿De verdad deseas un hijo?

—Nunca creí que lo deseara tanto.

Tanto que, en las muy escasas veces que lograba encender en Jules una llama ya casi extinta, convertía el amor en una plegaria, rogando que su semilla no fuera estéril.

—¿Y se supone que debo mostrarme dispuesto a colaborar? Me pides demasiado.

—No te estoy pidiendo nada. —Pensó que el sarcasmo podría

actuar como un acicate—: Ojalá pudiera concebir por obra y gracia del Espíritu Santo.

Pero Jules no se dio por aludido, incluso se apartó levemente de ella, en un encogimiento medroso. Arguyó sin entusiasmo:

—¿Y para qué quieres un hijo? ¿Te has parado a pensar en el mundo que le espera? ¿Quieres que padezca guerras y miseria, como las hemos padecido nosotros?

—Por esa regla de tres, nadie tendría hijos. Precisamente la gente los tiene porque aspira a que no haya guerras ni miseria.

Jules calló, mordiéndose el enojo. Pero se revolvió, asaltado por la sospecha:

—Se trata sólo de un deseo, ¿verdad? Quiero decir... ¿No estarás embarazada?

—Ojalá lo estuviese —respondió con dureza—. Pero si te refieres a si tengo pruebas de estar embarazada... no, no las tengo, no he tenido ninguna falta. —El silencio crecía entre ambos, como un hijo nonato. Lucía casi imploró—: ¿De verdad no querrías tener un hijo conmigo?

—Sólo contigo lo tendría. —Volvió a acurrucarse contra ella, pero lo hizo sin demasiado convencimiento, más bien por piedad, una piedad que la injuriaba más que el mero desprecio—. Pero será mejor que esperemos a estar más tranquilos. Te recuerdo que andan sueltos unos criminales que desean matarme.

—Te recuerdo que esos criminales han vuelto a su guarida. —No estaba dispuesta a aceptar paranoias, por mucho que, al llevarle la contraria, sólo lograra irritarlo—. Pero que haya criminales sueltos es una razón más para tenerlo.

—No te entiendo.

—Así podrá combatirlos el día de mañana. Si dejamos que sólo los criminales tengan hijos, acabarán ganando. Ya oíste lo que dijo Fuldner: «Nuestra hora aún no llegó.» No podemos dejar que llegue.

Jules rumió el argumento que Lucía acababa de improvisar en favor de la procreación. Quizá fuese más sensata que él; y, desde luego, era más rápida de pensamiento. A Jules le faltaban facultades para oponer otras razones más convincentes; aunque extraviado en un laberinto de pasillos ciegos, alcanzaba todavía a vislumbrar que un hijo podría salvarlos, podría en efecto atarlos a la vida. Se trataba, sin embargo, de un vislumbre pasajero, dichoso mientras duraba, pero enseguida oscurecido por las pesadillas tenaces que lo asediaban. Antes que explicarse su futuro, necesitaba aclarar su pasado; y, cada vez que lo intentaba, volvía a golpearse contra ese muro que la amnesia había levantado en su derredor. De tanto embestir contra él, llegó a perder la noción de la realidad. Una noche, mientras Lucía lo inmovilizaba con cadenas y grilletes en el escenario del Pasapoga, se preguntó qué demonios hacía de aquella guisa; sólo las risotadas del público, sumadas a una muy verídica bofetada propinada por Lucía, lo sacaron de su pasmo. Otra noche, apenas una semana después, esa misma impresión de extrañamiento lo asaltó cuando se hallaba en el interior de la caldera, conteniendo la respiración en el agua; y estuvo tentado de expulsar el aire que llenaba sus pulmones y dejarse ir, abandonándose en medio de aquella prisión líquida, como un feto se abandona en su placenta. Llegó el día en que tuvo que interrumpir su actuación: cualquier carraspeo del público, cualquier murmullo entre bastidores lo distraía, deseaba escudriñar los rostros que la luz de las candilejas le impedía distinguir, para precisar si entre ellos se contaba el rostro de su perseguidor. Solía quedarse como un estafermo en mitad del escenario, sonriendo bobaliconamente, sin capacidad de réplica siquiera, mientras Lucía se movía en su derredor como un colibrí o una mariposa (sus movimientos a veces eran tan rápidos que Jules no los podía distinguir; otras lentos e ingrávidos, como si estuviese hecha de algodón), mientras los asistentes se lo llevaban en volandas al camerino, en volandas a través de un laberinto de pasillos ciegos que escondía en cada esquina una inscripción o pintarrajo o anagrama que serviría de señuelo a su asesino, que escondía en cada recodo un asesino furtivo dispuesto a saldar una cuenta antigua, dispuesto a disparar contra él, o era sólo el chasquido de una madera, el aleteo de una polilla, el borborigmo del agua en las cañerías.

—Será mejor que descanses por un tiempo —dijo Lucía, poniéndole en la frente una cataplasma—. Lo he hablado con Aguilar. Ya me las arreglaré yo sola.

Aguilar estaba seguro de que se las arreglaría muy bien, incluso sostenía que el número tendría más éxito, pues el público, mayoritariamente masculino, se implicaría más en el espectáculo si no había otro hombre —un intruso— interponiéndose. Pero Lucía no sabía durante cuánto tiempo podría sostener un número que alternase prestidigitación y sicalipsis: intuía que en breve le faltaría la elasticidad que exigen los escamoteos, y que pronto también empezaría a sentir asco de las miradas salaces que recorrían su cuerpo y dejaban en él un rastro viscoso, como de babas de caracol. Nunca había sido pudibunda, siempre había considerado que esas miradas eran una servidumbre del oficio, incluso con cierta frecuencia la habían halagado, pero desde hacía un par de meses le provocaban una repulsión intolerable. Al principio lo achacó al cansancio, pero cuando descubrió que ni siquiera echaba en falta las caricias y arrumacos de Jules, que antes le produjeran un deleite tan intenso y tan franco, comprendió que sus plegarias habían sido atendidas. Ya había tenido una falta, y la atacaban náuseas constantes; aún no se había atrevido, sin embargo, a confirmárselo a Jules, por temor a equivocarse, por temor a su reacción destemplada, por temor a que la revelación no llegara a perforar la espesa coraza de sus obsesiones. Mientras le retiraba la cataplasma de la frente, recordó aquellas jornadas, ya tan lejanas, que pasó ante el camastro donde Jules se recuperaba de la operación a vida o muerte que André le había practicado en vísperas de la liberación de París, acompañando su sueño estremecido de visiones dantescas. Volvió a asaltarla la misma certeza que ya entonces la visitara: estaba enamorada de aquel hombre, sólo que ahora, después de haber compartido con él tantos padecimientos y vicisitudes, podía afirmarlo con mayor aplomo y seguridad. Decidió que había llegado la hora de confiarle que estaba embarazada. Pero Jules se anticipó:

—Lucía, a veces un hombre hace algo y su mujer llega a odiarlo, porque no comprende los motivos.

La sobresaltó la reposada lucidez que enaltecía sus palabras, una lucidez que no podía ser fruto de la improvisación.

—Creo que siempre he procurado comprender tus motivos —dijo, algo alarmada—. ¿A qué viene eso ahora?

—Haga lo que haga, ¿me prometes que me seguirás queriendo?

La sensación de alarma se tiñó de un cierto sobrecogimiento cuando reparó en su mirada. Era la de un condenado a muerte que solicita clemencia.

—Por supuesto.

Jules asintió, con exhausto alivio.

—Escucha entonces lo que tengo que decirte. Por favor, no me interrumpas, porque para mí ya resulta muy duro y desgarrador decírtelo. —Hizo una pausa luctuosa, como si hablar fuera una tarea ímproba, como arrastrar sacos de guijarros—. Llevo años viviendo como un hombre perdido. Las preguntas para las que cualquier persona corriente tiene preparada una respuesta son para mí irresolubles: «¿Quién soy?» «¿De dónde vengo?» Hubo un tiempo en que fui una persona normal, como lo eres tú. Podía extraviarme de vez en cuando, salirme del camino marcado por la vida, como le ocurre a cualquier hijo de vecino. Pero de repente desapareció el camino. Y se hizo de noche. Y empecé a escuchar voces que me indicaban que fuera en tal o cual dirección, pero seguía perdido. El camino, simplemente, había dejado de existir.

No parecía el discurso de una persona trastornada. Pero su clarividencia quizá resultara para Lucía más ofensiva que la mera locura.

—Pero me encontraste a mí —protestó tímidamente.

—Es cierto. Te encontré, Lucía. Y aún me pregunto qué habría sido de mi vida si no te hubiese encontrado. —Alargó una mano feble y calenturienta, que Lucía recogió entre las suyas—. Jamás hubiese creído que pudiera hallar un refugio tan acogedor. Pero afuera del refugio permanece la noche; soy feliz contigo, pero sigo sin encontrar el camino. Pasan por el refugio caminantes que me saludan con admiración, que me jalean porque me consideran un héroe. Debería sentirme orgulloso, pero no lo consigo, porque cuando trato de entender las razones por las que me admiran me tropiezo con la noche. Y lo mismo me ocurre cuando se acercan a mí personas que me odian por lo que les hice... Necesito conocer las razones de ese odio. ¿Me sigues, o estoy hablando como un loco?

La abrumaba una tristeza que nacía de la frustración. Ella hubiese querido ser camino, además de refugio.

—No, cariño, no hablas como un loco.

—¿Entenderás entonces lo que voy a pedirte?

Apretó sus manos, como quien se aferra a un asidero que ya pronto le faltará, cuando salte al vacío. Lucía apretó los dientes, tratando de reunir las migajas de su fortaleza:

—Nunca te he fallado hasta ahora.

—Pero lo que voy a pedirte es más duro que todo lo que te había pedido antes. —Tomó aire y lo retuvo, como si se aprestara a una inmersión mucho más arriesgada que las que cada noche realizaba en el Pasapoga—. Voy a alejarme de ti por un tiempo, serán sólo unas semanas, si acaso unos pocos meses.

A sus pupilas había asomado una determinación sin fisuras. Lucía creyó vislumbrar, al fondo, el aleteo de la sinrazón. Preguntó, en un hilo de voz:

—¿Por qué? —Y luego, enardecida por el despecho y la incredulidad, repitió—: ¿Por qué, Dios santo?

—Por dos razones. —Seguía hablando con lucidez, con una pavorosa lucidez que a Lucía se le antojó una expresión de la crueldad—. En primer lugar, necesito encontrar el camino, y sé que de esta forma lo lograré. En segundo, quiero evitar que te hagan daño. Vienen por mí. Y sé que la mejor manera de protegerte es alejarme de ti.

El aleteo de la sinrazón se había transformado en un zumbido asfixiante que ensordecía las explicaciones de Jules. Lucía imploró:

—No, por favor, Jules, otra vez no. Esos hombres han desaparecido, se han refugiado en la Argentina. Ya no pueden hacerte daño. —Y, en un arrebato de desesperación, lo zarandeó—: ¡Nadie viene por ti! ¡Todo eso es fruto de tu imaginación enferma!

Sus sollozos eran una torrentera rodando montaña abajo hasta vaciarse. Jules sonrió compasivamente, con esa compasión fría que muestran los adivinos y las sibilas ante la ceguera del resto de los mortales.

—Te equivocas, Lucía. No sólo no han desaparecido, sino que siguen acechándome, siguen esperando una oportunidad para caer sobre mí. —Lucía ya ni siquiera lo escuchaba; se había derrumbado sobre el colchón, convulsa por el llanto—. Pero no tienen nada contra ti. Quieren saldar cuentas únicamente conmigo. Y se lo voy a poner fácil. Voy a exponerme, voy a facilitarles las cosas. Y así sabré al fin quién soy.

Lucía alzó el rostro de la colcha. Las lágrimas se mezclaban con el rímel, dejando regueros casi obscenos sobre sus mejillas.

—O sea, que quieres que te maten.

—No, Lucía, todo lo contrario —la rebatió sin alzar la voz, con una cierta condescendencia incluso—. A veces, cuando despierto sobresaltado por un ruido, descubro que dentro de mí vive un lince dormido. Sé que soy fuerte, y sagaz, mucho más fuerte y sagaz que ellos. Sé que los golpes que les asesté en París puedo seguir asestándoselos ahora. No voy a dejar que me maten, voy a matarlos yo con mis propias manos. —Se había incorporado, y los músculos de su torso, endurecidos en mil contorsiones, adquirieron una nitidez de clase de anatomía—. Pero antes tendrán que explicarme por qué me odian tanto.

Ya no podía seguir llorando, era como excavar en busca de un yacimiento esquilmado. Pero gritó con desgarro:

—¿Y qué será de mí y de tu hijo?

Jules la miró con infinito estupor, con infinito desconcierto, como si de repente sus facciones hubiesen sido suplantadas por las de una desconocida. Pero enseguida ese asombro se fue dulcificando, como si hubiera vislumbrado, a través de un boquete, el jardín que le aguardaba al final del camino, un jardín restallante de primavera, millonario de colores y fragancias, que le aliviaba la aspereza de la misión que se disponía a afrontar. La noticia de ese hijo, que en otras circunstancias lo habría agobiado, se convertía dichosamente en la esperanza de un futuro sin fin, pletórico de sentimientos que hasta entonces no había podido saborear. Abrazó a Lucía con un ímpetu que nunca antes había empleado, poseído de una ilusión de inmortalidad.

—Si supieras la alegría que me has dado...

Lucía pensó, ilusamente, que la revelación podría torcer su desquiciado designio:

—¿Y a pesar de eso te irás?

—Mayor razón para irme. —La había tomado de los hombros, para contagiarle su obsesión—. No podemos poner en peligro a ese niño. Volveré en un par de semanas y os cuidaré a ambos. Me casaré contigo y daré mi apellido a nuestro hijo. Entretanto, si tienes algún problema, el padre Lucas se encargará de ti, lo hará con mucho gusto.

Le había alzado la blusa y besaba su vientre con unción y arrebato, como si fuese la única reliquia de su religión, antes de pegar el oído a su ombligo.

—¿Has notado que patalee?

—No, bruto, todavía es muy pronto para eso —dijo Lucía, con una involuntaria sonrisa.

—Mucho mejor. Cuando regrese, ya verás cómo pataleará.

Una máscara de resignada pesadumbre emborronó su rostro:

—¿Y si no vuelves nunca?

—¿Bromeas? —preguntó Jules, con sincero escándalo—. Ni siquiera me iré del todo. Y volveré sabiendo quién soy.

No había vuelto cuando sintió la primera patada, casi cuatro meses después. Cada vez que se llevaba una mano al vientre, para auscultar los latidos de aquel corazón autónomo que pugnaba por incorporar su música al clamor del mundo, sentía de un modo más cierto, más dolorosamente cierto, la ausencia de Jules. No había conseguido disuadirlo, no había conseguido rectificar su monomanía, pero en un exceso de confianza que ahora juzgaba insensato había llegado a creer que esa marcha temporal serviría para que se desengañara de sus desatinos. Cuando comprobó que su insistencia embestía una y otra vez sin resultado contra la tozudez de Jules, había puesto en conocimiento de la embajada británica aquella decisión desquiciada. Muy magnánimamente, se ofrecieron a procurarle atención psiquiátrica; una estancia en un sanatorio mental quizá pudiera atajar el avance de la enfermedad. Pero Lucía se había negado; a cambio, solicitó a sus protectores que encargaran a un agente el seguimiento de Jules, mientras durase su peregrinaje por las geografías borrosas de la locura.

Absurdamente, aún esperaba que, al final de ese peregrinaje, recuperara la razón. En la embajada se avinieron a satisfacer una demanda tan poco ortodoxa. Tenían órdenes estrictas de Londres de atender a aquella mujer en lo que precisase, en honor a su padre difunto, a quien el gobierno de Su Majestad nunca podría pagar debidamente los servicios prestados. Y a fe que lo intentaron; pero no contaban con las habilidades de Jules como escapista. En menos de una semana, el agente encargado de vigilarlo había perdido su rastro. Cuando, contritos y abochornados, llamaron desde la embajada para comunicárselo, Lucía ni siquiera se extrañó; desde el principio, había contado con esa posibilidad. Por un prurito de precisión —pero a veces la precisión puede ser una forma de indelicadeza— le contaron que su desaparición se había producido en una casa de mala nota, un burdel con sus ribetes de timba a las afueras de Getafe. Tras encerrarse en una habitación con una de las fulanas que por allí pululaban, se había fugado por la ventana, dejando al agente que aguardaba el fin del desahogo venéreo con tres palmos de narices.

Al menos le cupo el consuelo de saber que Jules no buscaba un desahogo venéreo. En su precipitación, había olvidado en el piso de Francos Rodríguez su pasaporte (o quizá no había sido propiamente un olvido, sino más bien un recordatorio dirigido a Lucía, una prenda que testimoniaba su voluntad de regreso), lo cual, tratándose de un hombre cualquiera, podría haber significado que no tenía previsto abandonar España; pero para alguien como Jules, capaz de burlar el abrazo de las cadenas, cruzar la frontera sin documentación sería un juego de niños. Mientras los agentes de la embajada lo tuvieron bajo control, la ausencia de Jules no fue más dolorosa que la del soldado a quien movilizan y envía cartas desde el frente, donde aguarda la ofensiva enemiga; luego, ese dolor tolerable se fue aguzando de angustia, como el de la novia del soldado que un día deja de recibir sus cartas sin que nadie le comunique las razones de ese silencio, y aunque siga albergando la esperanza de hallarlo vivo algún día, llega íntimamente a preferir el comunicado oficial de su baja en combate a esa zozobra diaria, alimentada de ilusiones vanas e infundadas, ensombrecida por los rumores más bien desoladores que llegan del frente. La zozobra de Lucía era, si cabe, más punzante aún, pues se suponía que Jules no contaba con los impedimentos que dificultan la comunicación a un soldado en el frente; y esa falta de noticias iba poco a poco limando su resistencia, infiltrándola de sospechas a menudo rocambolescas, a menudo vergonzantes, que enseguida se arrepentía de concebir, pero que una vez concebidas ya no dejaban de danzar en su derredor, obstinadas y pesarosas como los cangilones de una noria. A buen seguro, habría podido convivir con tales sospechas si no hubiese estado embarazada, habría podido espantar el tormento de la soledad; pero en su vientre latía una vida que reclamaba soluciones urgentes, una vida que, como la semilla que prefigura el árbol entero con su fronda y sus frutos y sus pájaros, prefiguraba un hombre con su copioso y multiforme destino, un destino que no se auguraba muy halagüeño. A Lucía no se le escapaba que los hijos bastardos nacían con un baldón debajo del brazo; no se le escapaba que la malicia popular hace a los hijos herederos de los pecados de los padres; no se le escapaba, en fin, que un niño nacido fuera del matrimonio estaría condenado de por vida a padecer desprecios y humillaciones sin cuento, a acampar en esos arrabales de la sociedad donde se expulsa a los proscritos y los apestados. Lucía no era pusilánime, mucho menos mojigata, como su biografía demostraba; pero la expectativa de parir un hijo sin padre la horrorizaba.

Nunca llegó a plantearse, sin embargo, la posibilidad del aborto, ni aun en los momentos de más agónica tribulación, que no fueron pocos ni efímeros. Aguilar se lo insinuó en más de una ocasión, incluso se ofreció a proporcionarle un cirujano que la exonerase de las circunstancias más sórdidas de lo que ella juzgaba un crimen, por mucho que se revistiese de asepsias quirúrgicas. Tampoco estaba dispuesta a entregarlo a una inclusa, solución que el padre Lucas le habría seguramente facilitado. Deseaba alumbrar y criar a ese hijo, lo sentía como una obligación y también como una recompensa demasiado valiosa para renunciar a ella. «Los hijos atan a la vida», le había dicho en cierta ocasión a Jules; son una flecha lanzada al futuro, y Lucía no admitiría que nadie le arrebatase su futuro, aunque por el camino se dejara algunos jirones de piel, aunque tuviera que renunciar a su trabajo en el Pasapoga, que cada vez se le hacía más tortuoso y vomitivo. Todavía podía disimular bajo el camisoncito que empleaba como disfraz en su número el abombamiento del vientre; pero la certeza de que hubiese hombres contemplando ese vientre con intenciones lascivas la envilecía hasta extremos difícilmente soportables. Y no eran sólo las miradas: desde que Jules desapareciera y tuviera que ingeniárselas ella solita en el escenario, había advertido un progresivo envalentonamiento de la clientela masculina. Empezaron piropeándola, no siempre de la manera más galante; a medida que le fueron perdiendo el respeto, se atrevieron a proponerle a voz en grito que insistiera en sus contoneos y gracias sicalípticas y se dejara de pamplinas prestidigitadoras; como, en lugar de ceder a sus requerimientos, y puesto que su avanzada gestación ya no le permitía salir en paños menores, cambió el picardías y los ligueros por un frac, no tardó en recibir abucheos e improperios. A veces solicitaba la colaboración de algún miembro del público para completar sus trucos; cuando uno de aquellos espontáneos se atrevió a palparle el culo, para hilaridad del resto de asistentes, sintió más desaliento que ira. Pero desalentada y todo, no se privó de cruzarle la jeta con una bofetada.

—Creo que he perdido las ganas de seguir, de veras que lo lamento.

Había subido al despacho de Aguilar después de la actuación. Casi dos años habían transcurrido desde que entrara en aquel lugar por primera vez, pero el mobiliario seguía siendo el mismo; sólo el chubesqui había sido sustituido por una estufa de gas que rebajaba su temperatura de fragua o infierno.

—Siempre fuiste una mujer brava. No me digas que ahora te vas a dejar acoquinar.

Volvió a posar la mano empedrada de sortijas sobre su muslo, como había hecho cuando creyó que podría trajinársela, como habría hecho con tantas postulantas. Pero el contacto de esa mano ya no era sucio, sino conmiserativo. Dos años atrás, cuando Lucía repelió sus avances de forma tan expeditiva, Aguilar había retrocedido, sabedor de que lo que no consiguen el halago ni la porfía puede lograrlo una coyuntura desgraciada; ahora esa coyuntura ya se había producido, pero extrañamente el desamparo de Lucía, lejos de avivar sus instintos predadores, le provocaba afectos casi paternales. Quizá se estuviese haciendo viejo.

—Hasta las más bravas acabamos desfalleciendo, don Ricardo —dijo en un murmullo—. Ya no aguanto más.

No se refería tanto a las chocarrerías del público como al fardo de la existencia. Aguilar reparó con lastimado pudor en su vientre.

—Valiente hijo de puta el Jules. Como todos los gabachos. Te hace el bombo y luego se larga.

—No, no —trató de excusarlo—, el bombo me lo hice yo porque quise. Y Jules no es ningún hijo de puta. Suficiente desgracia tiene él.

Aguilar suspiró contrariado. No era la primera vez que detectaba en una mujer ese afán por defender lo indefendible.

—Mira, Lucía, tú necesitas el dinero para sobrevivir y yo te necesito a ti. —Estaba mintiendo, podría haberla sustituido por cualquier otra joven que fuese más desenvuelta y tuviese unos muslos menos entecos—. El Pasapoga no sería lo mismo si te marcharas. Si actuar se te hace muy cuesta arriba, te propongo que trabajes como encargada de sala.

El ofrecimiento no alteró demasiado su postración:

—¿Encargada? ¿Y eso cómo se come?

—Bueno —improvisó Aguilar sobre la marcha—, siempre hay detalles que se les escapan a los camareros y que yo tampoco puedo atender. Clientes que requieren un trato especial, una atención más personalizada; o que, por lo que sea, se enfadan porque no se consideran bien atendidos. Ahí surges tú, para dorarles la píldora.

—No me estará pidiendo que haga lo que hacen ciertas chicas, ¿verdad? —se revolvió—. A eso se le llama prostitución encubierta.

—No, mujer, no seas tan bruta —dijo Aguilar, más intimidado que ofendido—. Lo que te propongo es que vigiles que el público se sienta a gusto. De todas maneras, lo que tú llamas prostitución encubierta ha permitido a muchas chicas del Pasapoga pillar un buen partido.

Un segundo después ya se había arrepentido de hacer este comentario.

—Pero es que yo no ando buscando partido.

—Pues anda que no habría tipos dispuestos a ponerte un palacio. —Enrojeció hasta las orejas, quizá porque íntimamente se sabía incluido en esa categoría—. Ay, por Dios, qué despilfarro de mujer.

Había logrado levantarle el ánimo. Pero no compartía su optimismo:

—¿Con bombo y todo? Permítame que lo ponga en duda.

Luego tendría la oportunidad de comprobar que, tal como suponía, su gravidez —que ya no se preocupaba de disimular, sino que más bien lucía orgullosa— ejercía un fulminante efecto disuasorio sobre los clientes, incluso hasta sobre los más tenorios o inescrupulosos. Había algunos incluso, especialmente misóginos, que al reparar en la turgencia de su vientre, la rehuían sin rebozo, como si contagiara la lepra, quizá porque les parecía obsceno o inmoral que una mujer encinta trabajara en un local de diversión; en cambio, no les parecía obsceno ni inmoral darles un beso de buenas noches a sus hijos y salir después escopetados al Pasapoga, acompañados de una puta de postín, a la que dedicaban besos menos castos. La hipocresía de aquella gentuza, capaz de sostener a un tiempo una fachada morigerada y una trastienda de vicios a buen recaudo, la estomagaba; y empezó a considerar seriamente la posibilidad de regresar a Francia, donde las fachadas lucían con más naturalidad sus desconchones y las trastiendas estaban algo más ventiladas, donde quizá una madre soltera podía aspirar, si no a pasar inadvertida, al menos a un trato más condescendiente. Su nuevo puesto de encargada le servía, de momento, de atalaya privilegiada para diseccionar el comportamiento de los hombres, a menudo tan lamentable y jaquetón, sobre todo cuando iban en pandilla, que es cuando de verdad se crecían. Al Pasapoga solían acudir cuadrillas de hombres, casados o solteros, mozos o talluditos, con cierta frecuencia zoquetes venidos de provincias, con callo en las manos de tanto ordeñar vacas, que llegaban pisando fuerte, armando un jaleo de mil demonios, como de sementales dispuestos a vaciarse en la conquista de Madrid. En uno de estos grupos de zascandiles descubrió a un hombre todavía joven que desentonaba del resto y que parecía avergonzarse de su compañía, o quizá tan sólo aburrirse. No era guapo ni feo; aunque cierto aplomo melancólico lo libraba de resultar anodino. Vestía uno de esos trajes almidonados que los castellanos recios solían reservarse para ir a misa los domingos; en ese atildamiento un poco campesino, así como en el corte de pelo, más bien cuaresmal, delataba su procedencia. Tenía una frente despejada, en la que ya merodeaban los primeros síntomas de una calvicie prematura, y una nariz un poco atarugada, como con un defecto de fábrica. Pero miraba derecho, con unos ojos sajones que no ensuciaba la lujuria, y sonreía honradamente, como sonríen los hombres sin remordimientos de conciencia. Lucía observó que se desentendía a menudo de la conversación bravucona o fullera que mantenía enzarzados a sus compañeros de mesa; y que, una y otra vez, se volvía a mirarla con una especie de insistencia cohibida, como si le recordara a alguien, o más bien como si quisiera cerciorarse a cada poco de que no había desaparecido. Llegó a sentir curiosidad por aquel hombre, sobre todo cuando sus amigos decidieron levantar el campamento y él se empeñó en quedarse, pese a sus chanzas; pero ni siquiera cuando se quedó solo se atrevió a acercarse a Lucía, sino que siguió mirándola a cada poco, mientras bebía a pequeños sorbos un refresco que ya se le había quedado calentorro (Lucía había observado que era abstemio, o que al menos aquella noche no quería que el alcohol enturbiara sus sentidos). Sólo después de varios apagones de luz dedicados a esos pelmazos de última hora que se aferran como lapas a la silla, cuando Lucía ya se disponía a marchar, se atrevió por fin a acercarse.

—Buenas noches —saludó, tendiéndole una mano que parecía vigorosa, pero que estaba como atenazada por un temor reverencial.

—Muy buenas —le correspondió Lucía, que no se anduvo con circunloquios—: Pensé que iba a desgastarme, de tanto mirar.

El hombre frunció los labios en un mohín compungido y bajó la vista. Tenía el mentón breve, un poco mezquino en comparación con la cara ancha y franca.

—Perdone si la he ofendido. No era mi intención.

—No se preocupe —dijo Lucía con prontitud e incluso cierta jovialidad, aunque ya el cansancio ensuciaba su sonrisa—. Estoy acostumbrada a miradas mucho peores. —En la penumbra del Pasapoga le costaba distinguir las facciones de su interlocutor—: Oiga, usted y yo no nos conocemos, ¿verdad?

Se estaba aturullando; aunque pareciera increíble, un hombre de casi treinta años se estaba aturullando. No dejaba de marear el sombrero entre las manos. Estos síntomas de timidez enternecieron a Lucía.

—Bueno, usted a mí no. Yo siempre que venía por Madrid me pasaba por aquí para verla actuar, pero no creo que se quede con las caras del público —titubeó, abrumado por la mirada inquisitiva de Lucía—. Disculpe, me llamo Antonio, Antonio Ballesteros.

Y volvió a tenderle la mano, hecho un flan.

—Pues mira qué bien, ya nos conocemos.

—Sí. Y de cerca es usted mucho más guapa.

Como suele ocurrir con los tímidos, Antonio no controlaba ese término medio entre el retraimiento y la osadía; era, en cualquier caso, una osadía inocua, que halagó a Lucía. Subió premiosamente la escalinata del Pasapoga, sabiendo que Antonio la seguía de cerca.

—Me gustaría invitarla a tomar algo en un lugar más tranquilo.

—Se me ha hecho muy tarde. Tal vez otro día...

Entonces Antonio la tomó del brazo, interrumpiendo su ascenso. Ahora, repentinamente, su mano era firme, casi la violentaba.

—No he venido desde Tordesillas para marcharme así. Ya he hecho el viaje muchas veces en balde, esta vez necesito hablar con usted.

La declaración de origen añadía a la escena cierto pintoresquismo.

—¿Hablar de qué?

—Hablar de que me gustaría que fuese usted mi novia.

No se había preparado aún para los galanteos preliminares y ya aquel hombre le soltaba abruptamente esa declaración. Se hizo la indignada:

—¿Usted por quién me ha tomado? ¿Por una fulana? Está para que lo encierren.

Y prosiguió su ascenso, más atropelladamente aún, hasta salir a la Gran Vía, cuyos edificios embestían la noche como galeones expoliados.

—Si la hubiese tomado por una fulana, habría ido con la guita por delante, no me crea tan iluso. —Lucía había hecho una señal al taxi que Aguilar ponía a su disposición al cierre del local, desde que Jules la abandonara. Antonio gastó su último cartucho—: Llevo casi dos años viniendo a Madrid todos los meses sólo por verla a usted. Odio estos lugares, me repugna su jaleo, pero hacía de tripas corazón sólo por verla a usted.

Lucía abrió la portezuela del taxi. Aunque habló con un énfasis irónico, algo había flojeado en su determinación:

—¿En serio? Pues no recuerdo haberlo visto nunca.

—Naturalmente. Yo no soy ningún conquistador. Me conformaba con admirarla, no tenía ningún derecho a entrometerme en su vida. Pero he sabido que las circunstancias han cambiado.

Había en él una mezcla de ingenuidad y cazurrería. Esa rudeza del palurdo (pero tal vez fuese efecto del nerviosismo) que confunde las ceremonias del galanteo con el traspaso de un negocio la desarmaba.

—Anda, pasa, acepto esa invitación. ¿Adónde piensas llevarme? Te advierto que estoy para el arrastre.

—Será un rato nada más, te lo prometo. ¿Te parece bien el bar del Palace? —preguntó Antonio, devolviéndole el tuteo.

Lucía asintió. Le hubiera gustado descalzarse subrepticiamente en el taxi, como solía hacer desde que se le empezaran a hinchar los tobillos por causa del embarazo, pero le dio vergüenza hacerlo delante de su inopinado pretendiente. Durante el breve trayecto que los separaba del hotel Palace, Antonio se mostró azorado, como si de repente se le antojara descabellado su proceder, que seguramente llevaría planificando varios meses, como si las palabras ya no le sirviesen de brújula en el embrollo que él mismo había liado. Tal vez meditara en las consecuencias impredecibles de los actos definitivos. Madrid, al otro lado de la ventanilla, tenía un aspecto de hangar regido por el toque de queda, temeroso de que las bombas volviesen a hacer diana en sus tejados. Por contraste, el hotel Palace parecía un acantilado de mármoles blancos y bronces bruñidos, fosforesciendo en la oscuridad.

—¿Y tú te hospedas aquí? —le preguntó Lucía.

—No, mujer, no me da para tanto. En realidad te traigo aquí para impresionarte.

Un portero de librea les dio las buenas noches sin excesiva zalamería, como si de un solo vistazo ya los hubiera clasificado entre esos visitantes de medio pelo que nunca dejan propina. La puerta giratoria de la entrada, el vestíbulo de techos altos, las lámparas de cristal de Bohemia, los teléfonos de baquelita negra sobre el mostrador de recepción, lustrosos como zapatones de charol, envolvían al visitante con esa voluptuosidad un poco mareante del lujo. En la rotonda del bar ya quedaban muy pocas parejas, con ese aire de congrios hervidos que se les queda a los ricachones cuando descubren que no tienen nada que decirse. Un pianista de esmoquin amenizaba el tedio con melodías románticas que se iban decantando hacia la melopea. Antes incluso de que se hubieran sentado, un camarero fantasmal ya les había preguntado qué consumirían, deseoso de despacharlos a la mayor brevedad; como ninguno de los dos pidió licores, esbozó un mohín de disgusto.

—Yo es que no pruebo el alcohol —se justificó Antonio, que había vuelto a sonrojarse—. Pero tú pide lo que te apetezca.

—El inquilino no me deja. —Se masajeó el vientre con parsimonia, para comprobar si su embarazo le resultaba disuasorio, como al común de los hombres—. Ya si trasnocho protesta, pero si encima me diera por el bebercio me montaría la de San Quintín.

—¿Lo notas cuando se mueve?

La pregunta le resultó chocante por proceder de un extraño;

pero a la sorpresa se sobrepuso una postrada melancolía, porque recordó que Jules le había preguntado algo similar antes de partir, porque intuyó —con una aplastante y derrotada certeza— que Jules no regresaría nunca.

—Ahora mismo me acaba de arrear una buena patada.

Y, sin solicitar su permiso, Antonio llevó una mano a su vientre y la dejó allí quieta, como si estuviera registrando su actividad sísmica. A cada poco sonreía, con creciente embeleso; y sin apartar la mano, como si el vientre de Lucía fuese la Biblia de los juramentos, soltó:

—Tú no sabes lo que significas para mí.

Volvió a sobresaltarla aquella mezcla de franqueza exaltada y patosería; pero era dulce sentirse querida.

—Pues no. Qué significo, a ver —lo zahirió—. Aparte de una mujer con un bombo, qué significo.

—No hace falta que te pongas desagradable. —Había retirado la mano, escaldado—. Significas mucho, me importa un comino que estés embarazada. Sé que has pasado por dramas familiares, sé que has amado a otro hombre, todo eso me da igual. Me basta mirarte a la cara para darme cuenta de lo buena que eres y de lo necesitada de cariño que estás. Yo puedo darte ese cariño.

La rotonda del Palace giraba, como un tiovivo de placidez. Lucía sonrió desvaídamente:

—En eso último has acertado. Estoy necesitada de cariño. Pero ¿qué te hace pensar que tú...? ¿No te parece que vas demasiado deprisa?

—Déjame, al menos, demostrar que puedo dártelo.

Lucía se dejaba arrastrar por ese lento remolino de beatitud o irrealidad:

—A veces me gustaría estar en el lugar más alejado del mundo. Y encontrar la paz.

—Bueno, Tordesillas es de los más alejados. Y paz hay para dar y tomar, te lo aseguro.

No dejó que siguiera entonando las loas de la patria chica:

—Y también habrá muchas cotorras chismosas, ¿no? Imagínate el revuelo que se organizaría, si te llevaras a una chica del Pasapoga.

—Más de una se morirá de la rabia. Y a las que sobrevivan las matamos con cianuro —bromeó—. Ahora en serio: quiero luchar por ti. Sé que vales la pena.

Aguardó expectante una señal de anuencia que no se concretó. En su lugar, Lucía preguntó:

—¿Y a qué te dedicas? Porque todavía no sé nada de ti. —No dejó que Antonio se explicara—: Espera, espera, juraría que eres comerciante. Lo digo porque enseguida vas al grano.

Antonio se sonrojó, con modestia menestral:

—Ya veo que eres observadora. Tengo una fábrica de dulces. Pastas, galletas... tal vez las hayas probado, se venden en muchas tiendas de Madrid.

—¿Buñuelos también? —preguntó Lucía, relamiéndose—. Antes de la guerra, mi padre solía comprármelos. Me volvían loca.

Al remover aquel sabor extraviado de la infancia, se abalanzó sobre ella un alud de pérdidas. Fue como sacar de un armario cerrado con llave una caja sobre la que se sostenían otras muchas, en precario equilibrio.

—Los buñuelos no los podemos comercializar, la crema se estropearía. Nos preciamos de vender productos elaborados con ingredientes naturales, sin química. —Se contuvo, para no parecer un propagandista de su negocio—. Pero la próxima vez que venga te traeré buñuelos. Yo mismo los haré en el obrador para ti, son mi especialidad. —Y mostró sus manos, como una ofrenda limpia y recién horneada—. Ya lo ves, otro aliciente para ser mi novia.

—Vamos, que quieres ponerme de buen año —rió Lucía—. Pero ya veo que no vienes a Madrid por verme, mentirosón, sino para tratar con tus clientes.

—Los clientes son la excusa —protestó Antonio—. Podría despacharlos con cuatro telefonazos, pero a ti necesito verte... aunque sólo sea un rato, me basta para cargar baterías. Respóndeme una cosa, Lucía. Si yo te demostrara que voy en serio, que soy un hombre cabal, que puedo ser el padre de tu hijo, ¿llegarías a quererme?

El pianista había rematado muy chapuceramente los últimos acordes, como si el sopor hubiera tornado arenosos sus dedos sobre el teclado. Lucía guardó silencio, rumiando la respuesta. Tal vez el bálsamo que Antonio le ofrecía no sirviera para cicatrizar sus heridas; tal vez esa existencia provinciana, perfumada por la fragancia tibia de los dulces, no fuese exactamente lo que había imaginado para sí; tal vez la medianía honrada de Antonio jamás resucitase en ella las vibraciones que Jules había llegado a pulsar. Pero Jules se había internado en una noche sin retorno, dejándola sola, como a un niño en un cuarto vacío.

—Dame una oportunidad. Aprenderás a amarme. Y seré paciente, sabré hacerte feliz.

Lucía asintió, como quien acepta un mal menor:

—Está bien, inténtalo.

Bajó los párpados, rendida por el cansancio o la insistencia de Antonio. Él arrimó entonces la silla y acarició su cara sutilísimamente, con esa delicadeza que empleamos para apartar la nata de un cuenco de leche humeante, la misma delicadeza que empleaba Jules cada mañana, cuando los primeros clarores del alba se filtraban por las rendijas de la persiana. Lucía no quiso abrir los ojos, para no romper el encantamiento; no quiso abrirlos, para que Antonio no descubriera que ya nunca podría aprender a amar a otro hombre que no fuera Jules. Y que no pasaría ni un solo día de su vida en que no le dedicara un pensamiento.

—Aún vaciló durante unos meses, pero la perseverancia de Antonio dio finalmente resultado —dijo el padre Lucas, con una voz que se le iba oxidando a medida que se vaciaba de recuerdos, a medida que el crepúsculo se desplomaba sobre el desvencijado jardín de la residencia—. Apuró hasta el último momento, con la esperanza de que en la embajada británica le dieran alguna información sobre el paradero de Jules. Pero nunca más se supo de él. Aunque eran muy correctos y se esforzaban por no ofenderla, en la embajada pensaban que Jules simplemente le había dado plantón, cuando supo que estaba embarazada. Era un comportamiento bastante común entonces. Y quizá ahora también.

Su rostro de facciones sanguíneas se hacía casi cárdeno, por contagio del crepúsculo. Temí que le pudiera dar una apoplejía, pero sólo era un efecto óptico.

—¿Usted no piensa lo mismo?

—Ya te dije el principio que ningún hombre deja escapar a una mujer así por gusto —se enojó. Quizá estuviese proyectando sobre otros sus propios sentimientos—. A Jules algo lo retuvo, algo le impidió regresar con tu madre. Tal vez fuese su propia locura, tal vez algo peor.

Sus manos anchas, infamadas por el vitíligo, se anudaban nerviosas en la empuñadura del bastón. Elevó la mirada al cielo marceño, premonitorio de una primavera funeral.

—Y ella, ¿qué pensaba al respecto?

—Simplemente, prefirió dejar de pensar. Seguía enamorada de Jules, probablemente siguió enamorada de él hasta el día de su muerte, pero desde que tomó la decisión de casarse con Antonio se obligó a abandonar las especulaciones. Lo hizo por ti. Y no creo que se arrepintiera de su decisión.

—Pero estaba sacrificando su felicidad, de algún modo —me atreví a objetar.

El padre Lucas se me encampanó un poco:

—¿De qué felicidad estás hablando? Probablemente, Jules la hubiese hecho más desgraciada. Además, no tenía otra elección, desde el momento que resolvió tenerte y criarte ella misma. Si se hubiera quedado soltera tu infancia habría sido un infierno, te lo aseguro. —Hizo una pausa lastimada por los recuerdos—. Yo trabajé con muchos chavales que arrastraban ese estigma; sé bien de lo que hablo. Lucía te dio un padre, eso fue para ella una forma de felicidad.

No, desde luego, esa felicidad que trastorna e incendia la vida como un cataclismo, sino más bien ese sucedáneo que nace de la tranquila aceptación del destino. Pero quizá el padre Lucas tuviese razón, quizá la felicidad genuina no exista salvo como aspiración utópica; o, si existe, nadie se arriesga a quemarse en su llama.

—¿Cree que si hubiese aparecido Jules habría abandonado a Antonio?

—Eso mismo le pregunté yo, en vísperas de su boda —dijo, con una especie de esquiva o abstracta pesadumbre—. Fue a verme a la sacristía, después de misa. Para entonces ya tenía una barriga descomunal, yo creo que se pondría de parto a los pocos días de casarse. Me anunció que se marchaba a Tordesillas con Antonio, que el matrimonio se celebraría allí. Naturalmente, esto me fastidió mucho —sonrió burlonamente—, porque si alguien tenía derecho a casarla era yo, que para eso le había dado la tabarra a base de bien, pintándole las ventajas de la vida conyugal. Le pregunté a bocajarro: «Y si mañana volviese Jules, ¿dejarías a Antonio?» Quizá fue una pregunta un poco impertinente, pero consideraba que era mi obligación hacérsela. Ya sabes, los curas nos tomamos muy en serio el sacramento del matrimonio, tan en serio que no nos atrevemos a probarlo. Lucía tardó en responder, pero fue rotunda: «No, no lo haría. Sería como amputarme las manos, pero no lo haría.» Le advertí que vivir con las manos amputadas no es fácil, haciendo de abogado del diablo. «Sé que me costará mucho, pero aprenderé a amar a mi marido», me aseguró.

El padre Lucas sonrió, con una jovialidad agrietada de melancolía.

—Y al final yo diría que aprendió a amarlo —admití.

—Así que ya lo ves, mis catequesis casamenteras dieron resultado.

Su boca de encías despobladas, que durante los últimos días se había transformado en una cornucopia de palabras, se quedó muda, como si la noche hubiese decidido acampar allí. Hacía un frío que endurecía el tuétano de los huesos.

—¿Y ya nunca más tuvo contacto con ella, hasta que la llamó recientemente, para darle noticias de Jules?

—No habíamos vuelto a vernos desde su boda. Pero todos los años nos intercambiábamos felicitaciones navideñas; y ella me enviaba una participación de lotería, que por cierto nunca me tocó. —Se encogió de hombros, resignado—. En fin, esas cosas que pasan: los caminos de la vida se bifurcan y cada uno sigue el suyo. Aunque nunca llegas a olvidarte del todo de un amigo.

Había llegado la hora de la despedida. Durante aquella semana larga que había pasado al lado del padre Lucas, atesorando sus confidencias, algo muy hondo había cambiado dentro de mí, algo que tenía que ver con la genealogía pero sobre todo con la pacificación del espíritu.

—Nosotros seguiremos viéndonos. Si a usted no le molesta, claro.

El padre Lucas soltó un bufido, para ahorrarme los cumplidos:

—Espero haberte servido de ayuda —dijo—, pero tú ahora debes seguir por tu cuenta. Tu padre puede que esté vivo en algún lugar. Debes llegar hasta él.

—Si mi madre pudo vivir sin hacerlo, creo que yo también podré. Ya tengo bastante.

Estaba mintiendo, por pudor o pusilanimidad. El padre Lucas me había mostrado un tapiz incompleto, cuyo tejido dejaba demasiados hilos sueltos; pero restaurar su trama no parecía una tarea sencilla. Insistió:

—No me creo que no sientas curiosidad. Jules era un buen tipo; torturado por la amnesia que no le permitía encontrar su camino, como imagino que a ti y a mí nos torturaría levantarnos un día y no saber quiénes somos. —La comparación no era la más afortunada: yo había estado cincuenta años sin saberlo, pero al menos era inconsciente de mi ignorancia—. Pero un buen tipo, a fin de cuentas, y un hombre heroico, además. Si te animaras a seguir investigando, llegarías a sentirte orgulloso de él. ¿Por qué no lo buscas?

Los coches de la autovía perforaban la noche a lo lejos, dejando en el aire una vibración de urgencia. Los setos del jardín alargaban sus ramas que nadie se había encargado de podar, como ladrones acuciosos y furtivos.

—¿Dónde? Está perdido.

El padre Lucas movió la cabeza a derecha e izquierda, tozudo como un toro que se apresta a embestir:

—No creo que esté perdido. Si lo estuviera, no me habría llamado. Tan sólo se halla fuera de nuestro campo de visión. Debes ir a buscarlo.

Ahora su voz era una salmodia persuasiva. Me resistí:

—¿De qué me serviría?

—Respondería a todas tus preguntas.

Me miró con una fijeza casi impía, como miran los instigadores y los muertos, recriminando nuestra cobardía. Pero no le faltaba razón: se había abierto la puerta que escondía el secreto de mi existencia y ya no era posible volver a cerrarla, como si nada hubiese ocurrido.

—Pero sería como andar desenterrando cadáveres.

El padre Lucas me palmeó afectuosamente los hombros.

—No te preocupes, todas tus profanaciones te quedan perdonadas —bromeó—. Además, los cadáveres no se quejan.

Mi resistencia era cada vez más débil y protocolaria:

—No soy un detective.

—Pero eres un hijo —opuso con prontitud—. Y no hay detective más perspicaz que un hijo que desea saber la verdad sobre su padre.

Volvió a escrutarme con fiereza, mientras la noche devoraba el paisaje en derredor. Al conjuro de esa mirada, noté que todos mis sentidos se hallaban aguzados, vigilantes, una impresión que me había abandonado mucho tiempo atrás, al menos desde que me quedé viudo y decidí entregarme a la abulia, para reprimir el ascenso de mi mundo tenebroso. Algo sutil e íntimo había sido despertado; algo ardiente, codicioso de saber, trataba de abrirse camino dentro de mí. Yo sabía lo que era seguir viviendo sin ganas, sin vocación de futuro, dejando que las horas se extinguiesen y los días se fundieran en la masa indistinta del olvido. Pero durante la semana larga que había pasado al lado del padre Lucas, escuchando aquel enjambre de palabras que restituían mi identidad, había descubierto que aún habitaba dentro de mí algo distinto a la muerte. Fuera lo que fuese lo que el viejo sacerdote había encendido en mi interior, sabía que no alcanzaría la paz hasta que no hubiese completado la trama de ese tapiz que, de momento, sólo había vislumbrado parcialmente. Me agitaba una nueva esperanza.

—¿Y por dónde cree que debo empezar?

Noté un brillo de aprobación en los ojos del padre Lucas. Respondió un poco evasivamente:

—Ya conoces la cita evangélica: «Pedid y se os dará; buscad y hallaréis; llamad y os abrirán.»

Escuchamos la voz de una de las cuidadoras de la residencia, harta de que el padre Lucas no se recogiera más temprano. Echamos a andar en dirección al edificio, antes de que la mujer se desesperase.

—Pero hace falta saber a qué puerta llamo —dije. Me costaba trabajo hablar sin que asomara a mi voz un temblor de ansiedad.

—Hay que fastidiarse con esas brujas, lo tienen a uno como si estuviera en una cárcel —rezongó el padre Lucas, y enarboló el bastón, como si la quisiera emprender a zurriagazos con la pelmaza que seguía llamándolo a gritos. No se dignó responder; parecía hallar algún inescrutable deleite en mortificar a la cuidadora. También lo hallaba en dosificarme con cuentagotas la información—: Algunos años después, así como ocho o diez, ocurrió algo extraño.

El padre Lucas me miró a hurtadillas. Los senderos del jardín, flanqueados por los setos, se hacían intrincados como los pasadizos de un laberinto.

—Cuente.

—Recibí una carta de un tal Enrique Portabella, un médico psiquiatra de Barcelona. Ya sabes, los médicos siempre escriben en papel con membrete. Acompañaba la carta un sobre cerrado, que debía hacer llegar a Lucía. —Soliviantado por los gritos de la cuidadora, bramó—: ¡Que ya voy, pesada!

—Pero usted, antes de enviársela, la abrió —aventuré.

El padre Lucas me miró de hito en hito, con aire de desaprobación.

—¿Por quién me has tomado? ¿Es que piensas que me dedico a husmear en la intimidad de la gente?

—No quería ofenderle —adopté un tono contrito y humillé la cabeza, como reclamando su absolución—. Cualquier otro, en su lugar, no se hubiera resistido.

—Pues yo lo hice —gruñó, pero enseguida esbozó una sonrisa astuta—: Tampoco hacía falta ser una lumbrera para deducir que en aquel sobre no podía haber sino una carta de Jules, o tal vez una carta del propio doctor Portabella, informando sobre la situación de Jules.

Quizá yo fuera demasiado lerdo, pero no acababa de entender los mecanismos de esa deducción. El padre Lucas disipó mi perplejidad:

—¿Quién podía ignorar a aquellas alturas que Lucía estaba viviendo en Tordesillas, salvo alguien que hubiese permanecido desconectado de ella durante todo aquel tiempo? ¿Y a quién se le ocurriría enviarme una carta para que se la hiciera llegar a Lucía, cuando ya hacía tantos años que apenas manteníamos relación? —Con la contera de su bastón repicaba contra la grava del sendero, subrayando la prosodia de sus preguntas—. Jules y nadie más que Jules. Por otra parte, que hubiese recibido o estuviese recibiendo tratamiento psiquiátrico resultaba bastante natural.

Había logrado contagiarme sus certidumbres. La cuidadora ya salía a nuestro encuentro; era una mujer un poco desgreñada, con aspecto de virago o amaestradora de morsas.

—Entonces usted le mandó el sobre a Lucía. ¿Y ella no le respondió?

—Jamás. —Un breve, apenas formulado rictus de despecho había recorrido sus labios—. Lo cual me confirma en mi idea. Aquel doctor Portabella actuó como intermediario entre Jules y Lucía, tal vez propiciando un encuentro, o transmitiendo algún recado, o algo, yo qué sé. En la felicitación navideña de ese año probé a hacerle mención del asunto; pero ella, muy cariñosamente, me respondió soslayándolo.

La cuidadora ya había tomado del brazo al padre Lucas, mientras lo reprendía:

—¿Cuántas veces le tengo dicho que con este frío le conviene estar en su cuarto? ¿Cuántas, a ver? Y encima obliga a sus compañeros a esperarlo, mientras se les enfría la sopa. —Como el padre Lucas se hacía el sueco, murmuró—: Ay, qué hombre. Tiene la cabeza como un apóstol.

De la residencia brotaba ese tufillo un poco chotuno que exhala la comida de rancho. El padre Lucas se sacudió el atosigamiento de la cuidadora con un movimiento nervioso; se volvió hacia mí y me guiñó furtivamente un ojo:

—Ya ves en lo que acaba uno. Yo, que me codeé con una estrella del Pasapoga, ahora tengo que soportar a estas brujas. —Y, cuando ya se internaba en el vestíbulo de la residencia, recalcó—: Doctor Enrique Portabella. Llama a su puerta. Y mantenme al tanto de tus investigaciones.

Un par de rastreos por internet me proporcionaron una información copiosa, y también deshilvanada y contradictoria, sobre aquel doctor Enrique o Enric Portabella que había recurrido al padre Lucas para contactar con mi madre. Faltaban pormenores y precisiones cronológicas; pero se podía deducir que, cuando escribió aquella carta, muy avanzados los años cincuenta, era un psiquiatra bisoño, un pipiolo recién salido de las aulas universitarias que quizá todavía no hubiera alcanzado una plaza en propiedad y anduviese dando tumbos por aquí y allá, acumulando experiencias clínicas mientras trataba de hacer carrera académica. De aquellos años primeros casi nada se especificaba en sus notas curriculares, salvo que había desarrollado su labor en varios manicomios (aunque las notas curriculares, siempre observantes del eufemismo y el circunloquio, preferían la expresión «institutos de salud mental»), mientras completaba su tesis de doctorado *Regresión hipnótica. Aspectos terapéuticos de la hipnosis en los síndromes amnésicos,* una de las primeras que vindicaban desde una perspectiva estrictamente científica el uso de la magnetización para el rescate de recuerdos traumáticos reprimidos o de episodios autobiográficos «borrados» a causa de una lesión cerebral. Las teorías de Portabella causan sensación en los medios psiquiátricos durante la década de los sesenta, a juzgar por la cantidad ingente de literatura médica que generan, bien para glosarlas y reconocerlas reverencialmente como autoridad inapelable, bien para refutarlas con mesura o encono. Por aquellos mismos años, Portabella conquista la cátedra universitaria, dirige el departamento de psiquiatría del Hospital de la Santa Cruz, en Barcelona, presenta ponencias resonantes en congresos y simposios internacionales, su bibliografía engorda profusamente con publicaciones que explotan y ahondan la veta iniciada en su tesis doctoral. Tras alcanzar el cenit de su fama, su estrella comienza a declinar en la década siguiente: sus conclusiones son sometidas a constante controversia; se le acusa de fundar sus teorías en la pura especulación, antes que en el método empírico; sus prácticas clínicas empiezan a ser cuestionadas, deploradas, reprobadas, escarnecidas. A mediados de los ochenta, el descrédito lo acorrala; la moderna neuropsicología lo confina, con rencorosa probidad, en esos arrabales de desprestigio donde purgan sus pecados curanderos y charlatanes: se impugnan sus errores, que algunos de sus detractores denominan menos benignamente *timos*; se le acusa de trivialidad, de mistificación frívola, de disfrazar de averiguaciones probadas lo que no son sino especulaciones, barruntos y hasta pronósticos. En algún momento, la agria polémica, hasta entonces circunscrita al ámbito académico, desborda sus diques y se dirime marrulleramente en la prensa: Portabella es zaherido por colegas celosos de su estatus; su predicamento es arrojado al fango; se le incita a defender sus postulados en tribunas públicas, pero Portabella declina los ofrecimientos envenenados y renuncia olímpicamente a la cátedra universitaria, permitiendo que se la disputen los carroñeros que han provocado su marcha. También pide la excedencia en el hospital donde hasta la fecha había desempeñado su profesión, para montar una consulta privada que con el tiempo le reportará beneficios fastuosos. Por supuesto, el desprestigio no inmuta sus convicciones: sigue creyendo en la eficacia de los tratamientos por hipnosis, que en los inicios de su carrera tanta notoriedad le han procurado, para después condenarlo al oprobio de los herejes y los cismáticos; y será, precisamente, esta lealtad indeclinable a sus principios lo que propicie su rehabilitación a comienzos de los noventa, cuando una nueva generación de psiquiatras con vocación contestataria o iconoclasta se decida a desempolvar sus trabajos primerizos y a seguir sus recomendaciones en el desempeño cotidiano de su profesión. Cuando comprueban que las teorías o hipótesis de Portabella siguen vigentes y merecen ser exploradas a la luz de los nuevos avances neurológicos, el defenestrado psiquiatra es entronizado casi histriónicamente como uno de los pioneros de la llamada «hipnología», agasajado en homenajes de desagravio y paseado otra vez por congresos y simposios internacionales. A la hora de reverdecer viejos laureles, Portabella no se conforma con defender las bondades de la hipnosis en la curación de síndromes amnésicos, sino que (haciendo gala de un inequívoco olfato comercial) extiende sus virtudes terapéuticas al tratamiento de la depresión y la ansiedad, así como de las adicciones más frecuentes: alcohol, tabaco, etcétera.

No pude discernir, a la borrosa luz de la información suministrada por internet, si Portabella era un genio adelantado a su época o, por el contrario, un embaucador tan simpático como trapacero. A cambio, descubrí, no sin irónico escándalo, que en psiquiatría (como en indumentaria, arte o literatura) todo está sometido a tendencias fluctuantes; y que basta atrincherarse numantinamente en unas convicciones, no importa cuán desfasadas o revolucionarias parezcan *a priori*, para acabar siendo bendecido por la moda. Quien, por el contrario, trata de apuntarse a todas las modas, corre el riesgo de llegar siempre tarde y desfondarse, amén de quedar retratado como un chaquetero y un zascandil. Para aquilatar mi juicio sobre Portabella, leí su ya remota tesis de doctorado tan pronto como regresé a Madrid, un mamotreto naturalmente descatalogado que hallé en los oceánicos fondos de la Biblioteca Nacional. La experiencia no resultó demasiado esclarecedora: Portabella cultivaba un estilo farragoso, no tanto porque se perdiera en digresiones superfluas o floridas como por su propensión a una jerga conceptista, críptica para cualquier lego en la materia, que además aderezaba con diagramas, tablas taxonómicas que propendían al galimatías y un acopio tumultuoso de notas. De vez en cuando, entre la selva jeroglífica afloraban pasajes que prendían mi atención, casi siempre referidos a la etiología de tal o cual tipo de amnesia, o a la descripción de tal o cual sesión hipnótica (algunas resultaban accidentadas, pues el paciente, en su regresión mental, llegaba a revivir vicisitudes del pasado, y con ellas los sentimientos que en su día suscitaron, convirtiéndose el hipnotizador en involuntario destinatario de sus efusiones más tiernas o coléricas), pero prevaleció la impresión —quizá achacable a mi ignorancia— de fatigosa pedantería. No descarté, sin embargo, que Portabella hubiera evolucionado hacia formas expresivas menos estragantes; o que, como suele ocurrir con tantos científicos que en el trato común resultan elocuentes, incisivos y hasta chispeantes, Portabella se agarrotase ante el papel, de resultas de lo cual su escritura parecía como alumbrada con fórceps.

Resolví, pues, enviarle una carta a su consulta, que todavía mantenía abierta en Barcelona, aunque, según mis inciertos cálculos cronológicos (Portabella omitía sistemáticamente su natalicio, la fecha de su ingreso en la universidad y, en general, cualquier dato que pudiera delatar su edad), debería frisar en la setentena. Procuré evitar en mi exposición los peligros de la impertinencia o la prolijidad, propósito en el que seguramente fracasé, pues siendo una carta en la que debía presentarme, aclarar mis orígenes, justificar mi intempestiva irrupción, refrescar su memoria mencionando un hecho acaecido más de cuarenta años atrás y solicitar generosamente que me recibiera, resultaba casi imposible no parecer impertinente, prolijo y hasta detestablemente pelmazo. A estos reparos, nacidos en buena medida de la opinión más bien engañosa que me había formado sobre Portabella después de mis rastreos en internet y de la lectura poco entusiasta de su mamotreto (que, sin embargo, ponderé hipócritamente en mi carta), se añadían además ciertos escrúpulos interiores que sin cesar me asaltaban. Todavía cuando eché la carta al correo me pregunté si no estaría adentrándome en una vereda que, a la postre, pudiera mostrarse más empinada y tortuosa de lo que por entonces yo podía vislumbrar. Tenía el presentimiento de estar apartando una cortina que la prudencia aconsejaba mantener corrida. Pero quizá ya fuese demasiado tarde para resguardarse en la prudencia.

Transcurrieron varias semanas y no había recibido aún respuesta de Portabella. Deduje que mi carta le habría parecido un dislate, o que se le habría antojado una de esas intrusiones engorrosas que sólo merecen el silencio administrativo. Podría haberlo telefoneado, haciéndome pasar por un paciente cualquiera, y una vez en su consulta abordarlo con mis inquisiciones, pero juzgué que tal solución sería contraproducente y sólo conseguiría activar su desconfianza. Cuando ya había pasado más de un mes desde mi envío, desesperé de obtener respuesta y decidí que allí mismo concluirían mis pesquisas sobre aquel espectro llamado Jules Tillon, que seguramente no merecía que lo considerara mi padre, puesto que él jamás me había considerado su hijo. Un incidente o azar biológico no bastaba para configurar una paternidad; y, excluido ese incidente o azar, quien en definitiva había apechugado con las obligaciones inherentes al cargo, y quien había desafiado la maledicencia y el mezquino desdén de sus vecinos por casarse con una cabaretera preñada era Antonio, cuya abnegación callada sólo entonces estaba empezando a valorar, cuya viudez me propuse en justa correspondencia consolar, aunque otro viudo como yo quizá no fuera la persona idónea para estas lides.

Confesaré que había logrado olvidarme del doctor Portabella, o siquiera recluirlo en esos cajones donde, por hastío o desidia, arrumbamos las tareas inconclusas, los propósitos traicionados, los intereses que ya se agostaron o fenecieron. Como la disposición de mi ánimo había empezado a cambiar, me sorprendió doblemente tropezarme en el buzón con un sobre que anunciaba en la solapa del remitente el nombre de Portabella, en letra inglesa de imprenta que luego se repetía en el membrete de la carta, donde además de psiquiatra, Portabella se proclamaba sin rebozo «hipnólogo». Leí con premiosidad la carta, que extrañamente estaba manuscrita, lo cual denotaba una cierta deferencia o consideración; por supuesto, la caligrafía era enrevesada, como corresponde al gremio médico. Portabella comenzaba excusándose por no haber contestado antes, debido a que «compromisos insoslayables de muy diversa índole» lo habían mantenido atareado. A continuación, en un tono menos formulario, mostraba su disposición a reunirse conmigo tan pronto como a ambos nos conviniese; aunque ya me prevenía que el encuentro no podría despacharse de una sentada. No sólo recordaba a Jules Tillon como si acabara de pasar por su consulta, sino que además se preciaba de contarlo entre sus «pacientes más providenciales», uno de esos pocos pacientes que permiten escapar al psiquiatra de las rutinas e inercias de su profesión y le plantean retos que «ensanchan los horizontes de la ciencia» (empleaba esta expresión fatua o hiperbólica). Tillon había sido, en concreto, el primer paciente con el que había completado una regresión hipnótica satisfactoria; y si en su día no pudo hacer públicos los resultados de aquellas sesiones fue «por hallarse el paciente sometido a un régimen especial» que imponía a los médicos que lo trataron un «deber de discreción absoluta». Estas precisiones, que sugerían expedientes secretos y juramentos más comprometedores que los estrictamente hipocráticos, me intimidaron un tanto. Claro que, a renglón seguido, Portabella se preguntaba si no habría llegado la hora de infringir tales juramentos, considerando que «las circunstancias políticas del momento actual nada tienen que ver con aquéllas» y en atención a que era el propio hijo del paciente quien requería su colaboración. Para que no quedase duda alguna de la veracidad de los datos que estaba dispuesto a transmitirme, me especificaba que, si bien el contenido de aquellas sesiones que mantuvo con Jules Tillon nunca fue registrado en historial clínico alguno, él se había preocupado —asumiendo un riesgo que sólo la osadía de la juventud es capaz de arrostrar— de anotarlas exhaustivamente en sus diarios, de tal manera que lo que me contase ni siquiera estaría filtrado por el tamiz de la memoria, «que, nadie mejor que yo lo sabe, todo lo tergiversa y altera». Portabella concluía proponiendo diversas fechas para la cita en Barcelona, así como una dirección personal de correo electrónico que nos permitiría aligerar los trámites. La carta contenía algunas tachaduras y frases truncas que Portabella había corregido sobre la marcha; evidenciaba cierta prudencia que se plasmaba en insinuaciones y menciones elípticas, pero también una curiosidad casi embarazosa por conocerme. Quise compartir con el padre Lucas los avances de mi investigación, tal como él me había solicitado; tardó varios minutos en ponerse al teléfono, después de que varias cuidadoras vocearan su nombre por los pasillos de la residencia.

—No sabes cuánto me alegro —dijo con una voz tranquila que contrastaba con la mía, agitada por una trepidación desconocida—. Ahora ya todo se ha puesto en marcha, nada lo detendrá.

Por un segundo sospeché que el padre Lucas supiese más de lo que me había contado (tal vez secretos que Lucía o el propio Jules le hubiesen participado en confesión) y que, al ponerme tras la pista de Portabella, hubiese querido proporcionármelo mediante un rodeo. Este pensamiento, acaso infundado, me contrarió.

—No se crea, tengo mis dudas.

—¿Por qué? —me acicateó—. Tienes derecho a saber. Adelante.

—A veces pienso que sería mejor dejar las cosas como están, sin andar revolviendo. Ya sabe, «que los muertos entierren a sus muertos».

Se hizo un silencio hosco, crepitante de interferencias, al otro extremo de la línea. Llegué a creer que se había cortado la comunicación. Entonces me llegó la voz del padre Lucas, entre quejumbrosa y decepcionada:

—¿Y eso te dejaría satisfecho?

Su laconismo resultó más eficaz que un rapapolvo. Reconocí compungido:

—No. Supongo que no.

—Naturalmente que no —dijo, subrayando mi decisión todavía vacilante. De repente, adoptó un tono de apóstrofe o soflama, impropio de un octogenario—: Debes seguir adelante. Olvida tus prevenciones, sacúdete los temores. No somos los hombres los que movemos los hilos, sino Dios. A nosotros sólo nos corresponde desembrollarlos y deshacer los nudos.

Ahora fui yo quien callé; la animación del padre Lucas me amedrentaba:

—Espero no darme de bruces contra una pared.

La risa del padre Lucas me llegó amortiguada por la distancia; me habló con una rara mezcla de severidad y exultación:

—Entonces embístela, abre un boquete y sigue adelante. Si la fe mueve montañas, ¿cómo no va a derribar paredes? Un poco de fe te bastará.

SEGUNDA PARTE

Portabella tenía su consulta en una calle adyacente al paseo de Gracia, muy cerca de la Pedrera de Gaudí, aquel oleaje de piedra lunar que recortaba las esculturas de su azotea sobre el cielo ancho y dominical de Barcelona. El portal del edificio se comunicaba con un patio interior que antaño debió de alojar los carruajes de sus propietarios, flanqueado por una doble escalinata con balaústre de piedra que confluía en el ascensor, uno de esos ascensores con cabina de madera, enjaulados tras una rejilla, que se mueven por el hueco de la escalera como catafalcos lentísimos y crujientes y muestran sin recato las vetustas poleas que rigen su itinerario. Una secretaria o enfermera de sonrisa estereotipada me condujo hasta el despacho de su jefe a través de pasillos con suelo de mosaico que repetían aturdidoramente los mismos motivos intrincados. En el despacho de Portabella, extenso como un salón, había una luz monástica, claustral, procedente del patio interior de la vivienda, que simplificaba el mobiliario; las paredes las cubrían anaqueles de libros monótonos (su dueño se preocupaba de enviarlos al encuadernador, que invariablemente les adjudicaba las mismas tapas de piel moteada) y una tumultuosa colección de diplomas académicos y honoríficos que ilustraban la trayectoria profesional —controvertida, histriónica, un poco guadianesca— de Portabella. Presidía el aposento un gran cuadro de la escuela prerrafaelita que representaba la danza de Salomé; sólo una gasa velaba la desnudez de la mujer, que se había ido despojando de sucesivos velos (algunos se arrebujaban en el suelo, como trapos sórdidos; otros aún flotaban en el aire) y afectaba una pose a un tiempo púdica y oferente, como una Venus de Botticelli sazonada por el vicio, mientras avanzaba hacia el espectador, que de este modo adoptaba la perspectiva del lascivo Herodes. Salomé posaba una mano sobre el vientre núbil, sin llegar a taparse del todo el pubis sin vello, y con la otra se recogía los senos, como pájaros resguardados del frío; en contraste con estas muestras de falso recato, su barbilla se alzaba, retadora, sobre un cuello que ensayaba un esguince lúbrico, y sus labios, incendiados de sangre, parecían musitar una plegaria o una blasfemia.

—¿Le gusta?

Portabella era, en efecto, septuagenario, pero conservaba una prestancia juvenil, a la que paradójicamente contribuía su cabello cano, cortado a navaja, como un cepillo de intacta nieve. Sus facciones, muy enjutas y afiladas, parecían adelgazadas por un misticismo que podría haber pintado el Greco; pero lo que de inmediato cautivaba —magnetizaba casi— la atención del interlocutor era su mirada, a la vez acariciante y delictiva, como si en su iris azul conviviesen mansedumbre y barbarie. Estreché su mano, sarmentosa y sin embargo llena de vigor.

—Es extraordinario —reconocí—. ¿Rossetti?

—Burne-Jones —me corrigió, sin conceder importancia a mi desliz—. Esa sensualidad un poco enfermiza sólo la lograba Burne-Jones entre los prerrafaelitas.

En lugar de sentarse detrás del escritorio lo hizo en una de las butacas reservadas a los pacientes que aguardan diagnóstico, después de invitarme a hacer lo propio. Era protocolario pero también adusto, sin pizca de ampulosidad.

—Le costaría una fortuna —dije, quizá un tanto palurdamente.

—No se crea, hubo una época en que había mucha gente en Barcelona deseando deshacerse de sus obras de arte. Me temo que habían sido adquiridas mediante procedimientos *non sanctos*, en plena desbandada nazi. —Me sobresaltó la mención, pero Portabella no concedía demasiada importancia a la procedencia del cuadro, estaba más interesado en su interpretación alegórica—: La mente humana es como Salomé al inicio de su danza, escondida del mundo exterior por siete velos de reserva, timidez, miedo... Con sus amigos, un hombre normal se quita primero un velo, luego otro, puede que hasta tres o cuatro en total. Con la mujer a la que ama se quita cinco, o quizá seis si entre ellos existe gran confianza, pero nunca los siete. A la mente humana también le gusta cubrir su desnudez y guardar su intimidad para sí. Salomé se quitó el séptimo velo por propia voluntad, pero la mente humana suele ser más recatada. Por eso utilizamos la hipnosis. Así conseguimos que caiga el séptimo velo y vemos qué hay exactamente detrás.

Supuse que esta perorata se la soltaría a piñón fijo a todos sus pacientes, a modo de alegato para escépticos y mera exposición retórica para convencidos. Tenía una voz bien modulada, persuasiva, muy marcadamente prosódica.

—Le agradezco mucho su amabilidad al recibirme —dije, un tanto cortado—. Seguramente le habrá sorprendido...

—En absoluto, en absoluto —me interrumpió—. Lo que me habría sorprendido, más bien, es que nadie me hubiese preguntado jamás por Jules. Durante todo este tiempo lo he pensado muchas veces: alguien acabará por hacerlo, me resistía a aceptar que aquel hombre hubiese pasado por la Tierra sin dejar ni rastro. —Alargó un brazo para señalar un cuaderno de hojas amarillentas que reposaba sobre el escritorio—. En estos últimos días he vuelto a leer las anotaciones que tomé entonces. Anotaciones clandestinas, como le expliqué por carta. Se supone que debía limitarme a elevar informes confidenciales sobre mis sesiones con él, detallando hasta el comentario más nimio, pero de vuelta a casa trasladaba mis observaciones a este cuaderno. Siguen siendo interesantísimas, una auténtica novela de intriga. Pocas veces he disfrutado tanto con mi trabajo.

Vibraba en su voz una suerte de emoción profesional que proclamaba la sinceridad de sus palabras. Advertí que apenas parpadeaba.

—¿Informes confidenciales? —pregunté con una cautela acaso excesiva, temeroso de que en cualquier momento mi curiosidad provocara un movimiento de repliegue en mi interlocutor—. ¿A quién iban dirigidos?

—Nunca lo supe a ciencia cierta. —Portabella frunció los labios, en un mohín perplejo—. Yo se los entregaba al director del manicomio, que inmediatamente los doblaba e introducía en un sobre, sin leerlos siquiera. A veces le vi ensalivar los sobres, para cerrarlos. Se supone que alguien los recogía, no sé quién.

Pasaba nerviosamente las hojas del cuaderno, apretadas de una letra igual de enrevesada que la que había utilizado en su carta de respuesta, unas semanas atrás.

—¿De qué año estamos hablando?

—Año cincuenta y seis —respondió sin necesidad de cálculos—. Franco disfrutaba de su triunfo, al fin había logrado el ingreso de España en la ONU. Yo acababa de salir de la universidad. —Sonrió, como pidiendo excusas por saltar de las referencias históricas a las más estrictamente autobiográficas. Para no pecar de inmodestia, añadió—: Y usted, bueno, usted sería un niño, a quien Franco, la ONU y la universidad le sonarían a chino. Mi primer destino fue el manicomio, o la clínica mental, como prefiera, de Santa Coloma de Gramenet, no creo que la conozca, un edificio imponente a las afueras del pueblo, en la Torribera, con las montañas al fondo. Los internos estaban separados por sexos, a mí me adscribieron al pabellón de los hombres. El director me encomendó el cuidado de un interno muy especial, un francés aquejado de delirios paranoicos sobre cuya evolución las autoridades estaban muy interesadas. —Portabella remarcó estas palabras con un énfasis muy puntilloso, como si tratara de reproducir literalmente la expresión utilizada por su superior—. No se molestó en explicarme las razones de ese interés, que luego yo iría descubriendo. Aunque aseguró, para halagarme, que me había elegido para esta tarea tras comprobar que mi expediente académico era el mejor, creo que más bien lo decidieron mis conocimientos de francés.

Tal vez la ansiedad me delataba:

—¿En qué estado se hallaba Jules?

Portabella me dirigió una mirada levemente desaprobatoria, como si le fastidiara que lo azuzasen. O quizá fueran figuraciones mías.

—Mucho mejor que la mayoría de los internos, en realidad —respondió. Su voz, a medida que rememoraba, se iba haciendo balsámica, casi narcótica—. Como quizá sepa, la paranoia se distingue de la esquizofrenia en que sus delirios no resultan disparatados, incomprensibles y radicalmente absurdos, sino que forman un conjunto lógico, perfectamente sistematizado, que el enfermo puede incluso defender de forma razonable si es inteligente, como sin duda era el caso de Jules. Se creía víctima de una conspiración de ámbito planetario, suponía que la Gestapo había movilizado a sus agentes en su persecución, obligándolo a separarse de la mujer que amaba. —Hizo una pausa de condolencia, consciente de que esa separación me incumbía—. De nada servía repetirle una y otra vez que la Gestapo llevaba disuelta más de diez años, que los nazis habían mordido el polvo. Jules se aferraba a su delirio. Pero, fuera de esta manía, se mostraba cuerdo; incluso era consciente de hallarse en un manicomio, rasgo de lucidez que lo diferenciaba de la mayoría de los internos. No sólo era consciente, sino que se alegraba de ello, pues consideraba que las paredes del manicomio eran el mejor baluarte contra sus perseguidores. —Esbozó una fugaz sonrisa compasiva—. En mis conversaciones con él trataba de sonsacarlo acerca de su pasado. Entonces descubrí que no lo recordaba.

—Había sufrido una herida en la cabeza...

—Sí, sí, enseguida lo supe, una lesión muy grave en las regiones mediales del lóbulo temporal. —Portabella hizo un gesto al desgaire, como si reclamara mi permiso para abreviar la jerga anatómica—. Jules me contó las circunstancias poco propicias en que fue operado y cómo se salvó de chiripa gracias a un médico judío camuflado en una compañía circense. Era una lesión de manual, de las que ponían como ejemplo en la facultad para explicarnos los efectos de la amnesia retrógrada, que deteriora o destruye los recuerdos almacenados antes de la lesión pero no afecta a las habilidades adquiridas, ni a la capacidad de aprendizaje, ni a la memoria a corto plazo, tampoco a las facultades cognitivas, perceptivas y motoras. —Repitió su gesto, ahora de manera más burlona—. Una amnesia retrógrada de libro. Pero yo siempre he desconfiado de los libros.

Se atusó irónicamente el pelo níveo, como si temiese que tanta blancura se fuese a desmoronar.

—No le entiendo del todo... —balbucí.

—Quiero decir que esas asociaciones que hacen los libros entre amnesia y lesión cerebral me parecen un poco rudimentarias —dijo con petulancia—. Incluso en los casos en que la lesión cerebral está documentada, no está del todo claro que la pérdida de la memoria sea una consecuencia de la misma. Y, en fin, me parece insostenible aceptar que la memoria de acontecimientos antiguos pueda quedar afectada, mientras la de acontecimientos recientes resulta indemne. —Ahora asomaba a su voz el rencor de pasados agravios—. Por decir cosas como ésta intentaron arruinar mi carrera; le ruego que no las repita por ahí.

No sabría establecer si su sonrisa era pérfida o desdeñosa. Para un lego en la materia como yo, su discurrir empezaba a resultar abstruso:

—Discúlpeme, doctor Portabella, pero no le sigo del todo —dije, tratando de disfrazar mi desconcierto bajo una pátina de humildad—. Afirma que la amnesia de mi padre no la había causado su lesión en la cabeza.

—No exactamente. Más bien diría que esa lesión fue una causa concurrente —puntualizó, algo exasperado—. Mire, hay un psicólogo del siglo XIX, un francés genial que como tantos genios padeció la incomprensión de sus contemporáneos y que hoy ha sido rehabilitado, Théodule Ribot, que lo expresó de forma inmejorable: «El olvido no es una enfermedad de la memoria, sino una condición de su salud y de su vida.» No creo que la frase requiera muchas explicaciones: todos, usted y yo y cualquier hijo de vecino, eliminamos cotidianamente información de la memoria para resultar «operativos»; de lo contrario, nuestra capacidad de adaptación al medio se vería seriamente amenazada. Usted es profesor de literatura, ¿me equivoco? —Supuse que él también habría rastreado internet, recolectando datos contradictorios y deshilvanados sobre mi trayectoria docente; a saber qué calumnias de malandrines habría leído—: Recordará ese cuento de Borges, «Funes el memorioso»: su protagonista no puede olvidar ni siquiera los acontecimientos más nimios de su existencia, las impresiones más fugaces y rutinarias, y esta excepcional actitud convierte sus días en un suplicio. Olvidamos intencionadamente, seleccionamos nuestros recuerdos; de nuestro disco duro borramos a los majaderos que se cruzan en nuestro camino, borramos las conversaciones intrascendentes y los pasatiempos estúpidos. Y este olvido voluntario evita que nuestra mente se abarrote de conocimiento inútil.

Definitivamente, le gustaba escucharse. Objeté, esta vez sin molestarme en disfrazar mi discrepancia de humildad:

—Pero le aseguro que aquellos años perdidos no eran conocimiento inútil para mi padre. Quería recuperarlos a toda costa.

—No, no me ha dejado terminar —dijo sin reproche—. Estaba ilustrándole la frase de Ribot con casos cotidianos que todos experimentamos cada día. Pero, para mantener su salud, la mente no sólo olvida datos inútiles o insignificantes. También hace desaparecer de la conciencia, haciéndolos inaccesibles para la memoria, acontecimientos traumáticos. Me estoy refiriendo a un proceso automático y defensivo mediante el cual suprimimos el recuerdo de experiencias amargas. Piense en las víctimas de violaciones, de incestos, de torturas: extienden una cortina de amnesia sobre el trauma que han padecido, de tal forma que les resulta imposible recordar los hechos previos y subsiguientes a la experiencia traumática.

—Algo así como un mecanismo de supervivencia —resumí.

—Eso es. —Portabella cabeceó complacido mientras yo digería sus enseñanzas—. Se mata la memoria de la experiencia traumática, y con ella las emociones a ella asociadas. Así, por ejemplo, no es nada raro que la mujer violada pierda el apetito sexual, incluso la afectividad. Cuando hacemos frente a situaciones fuertemente emocionales o de peligro, se activan dos resortes naturales en nuestra memoria: el primero nos permite identificar y reconocer esas situaciones; el segundo nos permite olvidarlas. Gracias al primero, la humanidad ha sobrevivido; gracias al segundo, no tenemos que arrastrar siempre el recuerdo tenaz de las experiencias más desagradables. Trate de pensar en alguna de estas experiencias que usted mismo haya padecido.

Bajo su tonillo didáctico, había un sustrato de cortés ensañamiento. Su mirada, quieta como un lago y a la vez aguzada como un escalpelo, penetraba hasta el corazón de mi mundo tenebroso, allá donde el cadáver de Nuria se exponía sobre la camilla de una morgue —*Morte bella parea nel suo bel viso*—, cubierta por una sábana que cubría su secreto mejor guardado, el secreto que germinaba en su vientre. Espanté la persistencia de aquel recuerdo.

—No hace falta, entiendo lo que dice.

—Claro que lo entiende. —Sonrió sibilinamente—. Nuestra supervivencia depende de un sistema emocional que funcione con la rapidez necesaria para alertarnos de los estímulos amenazantes que nos acechan, y también de una memoria capaz de inhibir, reprimir o suprimir de la conciencia los recuerdos de nuestras experiencias traumáticas. —Dejó que sus argumentos descendieran lentamente sobre mí, como dejamos que los posos del vino se sedimenten, antes de decantarlo—. En mi opinión, Jules..., su padre, que había reprimido el recuerdo de los acontecimientos traumáticos vividos durante la Segunda Guerra Mundial, activó el mecanismo de alarma cuando supo que lo andaban rondando esos nazis instalados en Madrid. De algún modo, al chocar esos dos impulsos, uno reprimido, el otro funcionando, su padre derivó hacia la paranoia su temor a repetir una experiencia traumática que no recordaba.

Poco a poco, sus argumentos iban excavando pasadizos de inquietante sombra, arquitecturas subterráneas que rodeaban un meollo de horror.

—Pero, ¿cuál fue esa experiencia traumática? —pregunté—. ¿Llegó alguna vez a recordarla?

—Ahí quería yo llegar —dijo Portabella, sin ocultar su satisfacción—. Creo que su padre, durante su estancia en el manicomio, tal vez antes incluso, llegó a tener vislumbres, afloraciones de esa experiencia. En realidad, ésta es la parte más arriesgada de mi teoría; la mayoría de mis colegas, que son una panda de catecúmenos ortodoxos, me mandarían a la hoguera si la oyesen. —Chasqueó la lengua; por un segundo pensé que llegaría a escupir simbólicamente sobre esa caterva—. Por aquellos años, los tratamientos de electroshock para esquizofrénicos y paranoicos acababan de ser introducidos en Santa Coloma de Gramenet. Ya sabe, descargas de hasta ciento treinta voltios que provocan convulsiones, pérdida de conciencia y amnesia. En mi opinión, Jules no era un paranoico en el estricto sentido de la palabra; o, en todo caso, la paranoia se la producía el temor a repetir una experiencia traumática del pasado que no alcanzaba a recordar, pero que asociaba a esos individuos que habían estado molestándolo en Madrid y que, como luego le contaré, también lo siguieron hasta Barcelona. —Quise introducir un inciso, para que me aclarase esta mención, pero Portabella fue terminante—: Cada cosa a su tiempo. Su padre había reprimido esa experiencia traumática, pero de vez en cuando afloraban en su conciencia emociones derivadas de la misma. Y entonces descubrió que los electroshocks destruían esas afloraciones.

La Salomé de Burne-Jones parecía incitarme con el mohín lúbrico de sus labios a que la despojara de ese séptimo velo que protegía su desnudez. Balbucí:

—Quiere... ¿quiere decir que se fingió paranoico para que lo sometieran a ese tratamiento?

Portabella hizo oscilar su cabeza, como si a la vez confirmase y rechazase esa imputación.

—Más bien diría que llegó a sentirse cómodo recibiéndolo —me corrigió venialmente—. Mire, hoy en día las amnesias causadas por electroshock son mínimas, apenas un efecto secundario del tratamiento, y además duran poco —prosiguió—. Pero en aquella época, antes de que se perfeccionara el sistema, yo he visto pacientes que despertaban del espasmo sin recordar sus nombres siquiera. Al final lograban una recuperación casi completa, pero pasaban días o incluso meses antes de que consiguieran restaurar la memoria dañada. Dudo mucho que los médicos y enfermeros que aplicaban en Santa Coloma el tratamiento controlaran sus efectos sobre el sistema nervioso; no porque actuaran con negligencia, entiéndame bien, sino porque disponían de una tecnología todavía rudimentaria. Y un electroshock mal aplicado causa el mismo efecto sobre un paranoico que sobre una persona sana: amnesia.

—O sea, que mi padre era amnésico por partida triple —resumí, abrumado por las revelaciones—: por lesión cerebral, por represión de experiencias traumáticas y por efecto de los electroshocks.

Portabella asintió, con inescrutable deleite.

—En efecto, y además cada amnesia se superponía y enmascaraba las otras. Ya le comenté que fue uno de los casos más suculentos de mi carrera profesional, una auténtica perita en dulce —ponderó, y casi se advertía la secreción de sus glándulas salivales—. Imagínese lo que aquello significaba para un principiante como yo. Me propuse curarlo, de su amnesia y de sus miedos. Piense que la memoria reprimida permanece inalterada en el inconsciente, ajena a los cambios y degradaciones que afectan a la memoria consciente y acaban provocando el olvido total. Simplemente, había que liberarla.

—¿Cómo?

—Mediante hipnosis, por supuesto —repuso. Había clavado sus ojos zarcos en mí, aguardando alguna reacción irónica o descreída que me abstuve de expresar, no tanto por credulidad como por desconcierto. Pero se percibía que estaba habituado a ese tipo de reacciones—. Era por entonces una técnica que estaba todavía en pañales. Se había empleado con excombatientes, sobre todo después de la Primera Guerra Mundial, con resultados esperanzadores, pero insatisfactorios. Y, en general, los psiquiatras más prestigiosos la desaconsejaban. Pero siempre me ha gustado nadar contra corriente.

Lo había dicho con el orgullo propio de quien ha sufrido el descrédito y el ostracismo, pero también el reconocimiento final y una prosperidad que le permitía adquirir fruslerías como la Salomé que presidía su despacho. Inquirí:

—¿Qué se proponía hacer exactamente?

—Ni yo mismo lo sabía al principio. Pero aspiraba a que su padre regresara al pasado, que reviviera y afrontara aquellos acontecimientos traumáticos que había reprimido.

—¿Lo consiguió?

La ansiedad me traicionaba, contaminando mi voz de un temblor perentorio. Portabella, en cambio, empleaba un tono calmoso y condescendiente, como el padre que antes de premiar a su hijo le endilga un sermón moralizante, para dilatar un tanto sádicamente su alegría.

—No fue fácil. Para completar con éxito una regresión hipnótica hace falta una gran fortaleza emocional —se pavoneó—. Durante las sesiones suelen producirse situaciones dramáticas, incluso violentas, pues el paciente llega a revivir en toda su intensidad situaciones horribles. Hay que saber mantener la calma y el control.

Aunque hablaba en términos impersonales —«hace falta», «hay que saber»—, se refería inmodestamente a sus prendas personales. Cedí al halago:

—Es evidente que usted reúne esas capacidades —Portabella inclinó levemente la cabeza y sonrió, gratificado—. ¿Y hubo situaciones dramáticas?

—Naturalmente, pero logré manejarlas. Salvo la primera sesión, que fue la más intensa y por momentos llegué a creer que Jules se me quedaría en el sitio —su voz se rebajó al murmullo, como si reviviera aquel trance peliagudo—, las demás transcurrieron por los cauces más o menos previstos y los «retornos» fueron relativamente pacíficos.

Satisfecha su vanidad, me atreví a oponerle algún reparo:

—Y esas regresiones, ¿son siempre fiables? ¿No puede el paciente simular que está hipnotizado?

—Vaya, ya veo que usted también se resiste —dijo, con una especie de divertido hastío—. Sí, y a veces detectar esa simulación cuesta, sobre todo si el hipnotizador es novato. Pero no es ése el mayor problema. Pacientes que están profundamente hipnotizados son todavía capaces de mentir, de distorsionar sus recuerdos. No siempre los recuerdos que se recuperan mediante regresión hipnótica son los mismos que se perdieron. Pueden estar contaminados por un grado indeterminado de ficción. El paciente visualiza lo que cree que pasó, lo que le conviene que haya pasado, y acepta esa visualización hipnótica como una memoria verdadera.

Hice desfilar la mirada por la colección de diplomas que reconocían los méritos de Portabella en un pentecostés de lenguas. Lancé la pregunta que llevaba algún tiempo rondándome:

—¿Y cree que mi padre mintió?

Portabella se levantó de su asiento, con una elasticidad impropia de su edad, invitándome a hacer lo propio. Por el ventanal que se abría al patio interior entraba ahora una luz cenital e invasora.

—En lo sustancial, yo diría que no —respondió, después de pensarlo mucho—. Por supuesto, el punto de vista es en sí mismo una mentira, una manipulación de la realidad. —Tomó el cuaderno de hojas amarillentas donde había registrado los resultados de aquellas sesiones—. Yo mismo, cuando le detalle lo que su padre me contó bajo los efectos de la hipnosis, estaré manipulando a su vez sus palabras, por muy fiel que pretenda ser. —Consultó su reloj, muy aparatoso de manecillas, que tal vez usase como cronómetro en sus sesiones—. Con mucho gusto le invitaría a almorzar.

Asentí, agradecido. Mientras nos dirigíamos hacia la puerta, miré de reojo a la Salomé del cuadro, a quien nuestra marcha parecía haber decepcionado.

—Todavía no me ha contado cómo llegó Jules al manicomio.

Portabella rió francamente, con cierta altiva magnanimidad:

—Hay tantas cosas que todavía no le he contado... Ya le advertí que no viniera con prisa. Tenemos un fin de semana largo por delante, y he suspendido todas mis citas. —Hizo una pausa, tras la cual su voz sonó algo menos jovial—: Para mí será un desahogo contárselas. No lo hice en mis libros, no al menos de forma declarada, por temor a meterme en líos, así que estoy deseoso. Si le parece bien, después del almuerzo, iremos dando un paseo hasta el Paralelo, allí empezó todo. —Levantó un pie, después el otro, como si ensayara alguna marcha militar—. Pasear estimula la circulación sanguínea y también la inteligencia, bien lo sabían los peripatéticos.

Aunque no le habían pasado inadvertidos los grimosos lamparones que infamaban las sábanas, Jules se derrumbó sobre el camastro sin escrúpulo. Comparada con aquel tabuco, su habitación en la casa de Francos Rodríguez resultaba casi un aposento señorial; pero había pensado que aquel ambiente canallesco que se respiraba en el Paralelo contribuiría a que su crimen quedara impune, desdibujado o enseguida sustituido en el interés de la prensa por el cúmulo de crímenes que en aquel barrio se perpetraban de continuo, al calor de las reyertas de mancebía, las pendencias de taberna, los ajustes de cuentas entre clanes gitanos. Porque Jules intuía que acabaría matando a su perseguidor; lo intuía desde que sorprendiera su acecho en las taquillas de la estación de Atocha, adonde Jules había regresado después de dar esquinazo en aquella timba a las afueras de Getafe al agente de la embajada británica que Lucía había puesto tras su pista. Jules buscaba antros de vida golfa, pocilgas donde se refugiara la depravación, covachas con un historial de homicidios poco esclarecidos a sus espaldas; de este modo, rodeado de hampones de pésima catadura, rameras desahuciadas y macarrones de faca presta, se sentía más respaldado en su designio, más protegido también de hipotéticas pesquisas policiales. Había pensado que la timba de Getafe sería el lugar idóneo para enfrentarse a su perseguidor, pero el agente de la embajada lo había espantado; fue una contrariedad, porque se había propuesto regresar pronto al lado de Lucía, así lo había prometido y así lo haría. El hijo que crecía en sus entrañas le auguraba un futuro seguro, lejos de aquella pesadilla venida del pasado.

Librarse de la vigilancia del agente británico había resultado tan sencillo como desmontar un candado. Algo más arduo fue conseguir que el esbirro o compinche de Fuldner recuperara su rastro. Durante algunos días deambuló por los arrabales de Madrid, allá donde la ciudad se torna campamento de quincalleros, asilo de mendigos sifilíticos, arrumbadero de obreros sin trabajo que levantan una chabola para recoger a su prole y alimentan con tronchos de berza y desperdicios unas pocas gallinas, para aprovisionar con sus huevos más bien anémicos el mercado del estraperlo. Allá donde iba, dejaba bien clara su procedencia, forzando incluso su deje francés, y su intención de viajar a Barcelona. Cuando avistó, entre el barullo de pasajeros, carteristas, chalanes y esportilleros que hormigueaba en la estación de Atocha al llamado Hans, aquel individuo enjuto, de tez terrosa y ametrallada por la viruela, que lo había amenazado de muerte en el camerino del Pasapoga, decidió que había llegado la hora de tomar ese tren. Instalado en un vagón de tercera, con el rostro pegado a la ventanilla, comprobó que Hans también se subía, un segundo antes de que el tren se pusiera en marcha. Durante toda la noche, Jules se mantuvo en vela, aguzando el oído para escuchar entre el traqueteo y los ronquidos de los demás pasajeros los andares también insomnes de su perseguidor, que patrullaba los pasillos de los vagones mientras fumaba un cigarrillo tras otro. Jules distinguió también que su perseguidor arrastraba una pierna, como si fuera rengo de nacimiento o una ráfaga de metralla le hubiera entorpecido la articulación. Poco a poco, mientras el tren se internaba en la noche, los andares artríticos de Hans, al principio apenas audibles, se fundieron con el traqueteo del tren, se fundieron con los ronquidos de los otros pasajeros, se fundieron con el latido de su sangre y con el flujo febril de sus pensamientos, hasta formar una amalgama acústica que atronaba las paredes de su cráneo, una batahola como de fragua a pleno rendimiento que se le hizo más insoportable aún que el estrépito de los talleres de la fábrica Renault, allá en Billancourt. Jules probaba a taparse los oídos, pero el ruido ya anidaba dentro de él, como un tumor maligno, devorando a dentelladas su cordura.

Ni siquiera se extinguió ese ruido cuando el tren se detuvo, como una bestia exhausta que lentamente se desangra, en los andenes de la estación de Barcelona. Tampoco cuando tomó el tranvía que lo llevó hasta el Paralelo. Había un viento húmedo en la ciudad, un viento viscoso y apelmazado que lamía las esquinas de las casas como un gato zalamero. Se internó por unas calles lóbregas, en las traseras de una planta eléctrica que abastecía a los tranvías, donde la humedad se estancaba hasta adquirir una consistencia casi anfibia, como de vertedero o tremedal. De los portales brotaba un hedor de pescado pútrido y purulencias fermentadas; y había lupanares como estómagos de cetáceos, alumbrados allá al fondo por una bombilla como una estrella agónica, que regurgitaban a una clientela de viejos escrofulosos, señoritos degenerados que gustaban de refocilarse en la inmundicia y obreros de los talleres próximos. Jules aceleró el paso, para evitar el acoso de las rameras que trataban de atraer a los viandantes con palabras soeces que se pretendían piropos y sonrisas de burda provocación sensual; tenían un no sé qué de cariátides desvencijadas, con la dentadura arrasada por la piorrea y unos sostenes como albardas, incapaces de contener aquellas tetazas que se desparramaban como mondongos. Una de ellas, fea y ajada, se desciñó el cinturón de la bata y le mostró un vientre flácido y una vulva lívida, disuasoria como una anémona arrancada del mar.

—Vamos, mocetón, ¿es que no te gusta lo que ves?

Miraba desde el fondo de unas cuencas oscuras como cuévanos, de las que parecía brotar esa tímida fosforescencia de la carne que ya se ha empezado a corromper, anunciando la pitanza de los gusanos.

—Apártate —dijo Jules, reprimiendo un repeluzno.

Pero la ramera aún lo siguió durante un trecho, como un gozque sin amo, enumerando su oferta:

—¿Una pajilla siquiera? Por cuatro perras te la hago aquí mismo.

—Toma las cuatro perras y lárgate.

Y le tiró una peseta, que la ramera rebañó entre la mugre de los adoquines. Jules se había detenido ante una fonda que ofrecía camas y comidas; del zaguán brotaba un olor a coliflor hervida. La ramera aún le tironeaba de la manga, dispuesta a ganarse el jornal.

—Házsela al tío de la cara picada de viruelas que viene detrás —le indicó—. Y si te pregunta, le dices que invita el franchute.

La ramera se quedó consternada en mitad de la calle mirando a diestro y siniestro, en busca de ese hipotético cliente al que no veía aparecer.

—Tú estás majara, franchute —voceó, cuando ya Jules no podía oírla.

Tumbado en el camastro que le adjudicaron en la fonda, fragante de orines arqueológicos, Jules se sintió de pronto vacío y exhausto. Quizá se había embarcado en una misión inútil, quizá le compensara abandonarla, como las culebras abandonan la piel vieja entre los pedregales, y volver a Madrid, junto a Lucía. El dolor lo asaltó rápida y solapadamente, sin avisar, como un ladrón furtivo. Durante los últimos días, había permanecido inmerso en un estado de conciencia próximo al estupor; la obsesión de enfrentarse a su perseguidor para encontrarse a sí mismo había acaparado por completo su pensamiento. Ahora, de pronto, lo traspasaba un dolor agudo, lacerante, casi físico, que se adueñaba de su conciencia y la estrujaba hasta reducirla a añicos. Nunca había estado tan perdido como entonces: Lucía le había brindado un refugio, le había tendido un puente que rompía el aislamiento al que lo había arrojado la amnesia; separado de ella, el dolor de la pérdida —y por primera vez se le ocurrió que podría tratarse de una pérdida para siempre— era semejante a una lenta agonía por asfixia. Trató de imaginar un futuro sin Lucía, pero era como si pulsara las teclas de un piano que no emitiera sonido alguno.

Y, mientras lo oprimían estos pensamientos acongojantes, empezó a escuchar otra vez los andares arrítmicos de su perseguidor, primero un paso imperioso, casi una zancada militar, después un paso renqueante, como si estuviese raspando el suelo con papel de lija. Se había instalado en el piso de arriba, en un tabuco seguramente igual de miserable y angosto que el suyo, tal vez después de servirse con la ramera que le había dejado encomendada, y se revolvía en su guarida como una fiera en su jaula, para hacer notar su presencia. Mientras escuchaba sus idas y venidas, Jules supo que nada podría impedir que lo matara: no se trataba de un deseo de venganza personal (ni siquiera existían motivos suficientes para justificar una venganza), sino más bien la certeza irracional de que alguna desgracia de dimensiones impredecibles se abatiría sobre el mundo si no obraba. Más allá de toda explicación y de toda lógica, latía en su sangre la oscura conciencia de un deber que quizá había acatado en aquella fase de su vida que yacía sepultada en las tinieblas. Seguramente ese Hans no sería más que un peón sin importancia, un diminuto engranaje en la vasta maquinaria del horror, pero se le antojó de una importancia extrema eliminarlo. Un proceso se había incoado contra ese hombre; una sentencia de muerte había sido evacuada. Jules aceptó sin contrición el designio de matarlo; aceptó también que ese asesinato era un acto de justicia, y que él era el instrumento de esa justicia. No era ni siquiera una aceptación que le exigiera un sacrificio reseñable: de algún extraño modo, entendía que ya antes había realizado acciones similares, como parte de una rutina; de algún extraño modo, se creía legitimado para dictar veredictos inapelables y también para ejecutarlos. Hurgó en los bolsillos de su pantalón, en busca de una de las ganzúas que le servían para descerrajar grilletes y esposas durante sus números de escapismo; también le serviría para descerrajar una vida.

En la creciente oscuridad, Jules esperó sin inmutar un solo músculo, como la araña espera el desliz de su presa. Arriba, Hans seguía midiendo con pasos cada vez más exasperados la angostura de su cuarto. De vez en cuando, entraba en la fonda alguna de las rameras que pululaban por las calles adyacentes, acompañada de algún cliente hosco que completaba la sórdida transacción venérea sin emitir una palabra, o sólo hacia el final una catarata de improperios y blasfemias, mientras ella remedaba paródicamente los gritos lastimeros de una virgen. Afuera, en la calle, las tascas rebosaban animación; el vino de los porrones —un vinazo agrio y calenturiento, cuyos efluvios se mezclaban con la humedad ambiental y se iban a posar sobre la mugre que esmaltaba los adoquines, formando un barrillo hediondo— ponía una temperatura de farra que poco a poco se encenagaba de disputas y rebatiñas por un quítame allá esas pajas. Resonaban bromas vulgares, risotadas casi caníbales, músicas que incitaban al lenocinio, pero entre todo aquel cafarnaum Jules sólo tenía oídos para las idas y venidas de su perseguidor, que pasada la medianoche, cuando amainó la bullanga, abandonó su tabuco, sintiendo quizá que le faltaba el aire, o urgido por las tripas. Descendió por la escalera de la fonda, totalmente a oscuras, alumbrándose con cerillas que dejaban en el aire el bisbiseo de su combustión; sus andares, aunque trataban de ser subrepticios, dejaban un rastro de chasquidos sobre la madera. Jules dejó pasar un par de minutos, tomó aire como si se dispusiera a zambullirse en una caldera de agua y se precipitó hacia la calle, que sin iluminación parecía una gruta de contrabandistas. Al fondo, los faroles del Paralelo titilaban como fuegos fatuos.

—El alemán no fue tan exquisito como tú. Lo que uno no quiere ciento lo desean.

La ramera que ya lo había asaltado por la mañana emergió de la noche como una ménade y se echó casi encima de él, arrojándole su aliento de cloaca. Jules creyó distinguir que un moretón abultaba uno de sus pómulos, pero estaba tan pintarrajeada que resultaba imposible determinarlo. De las cuencas hundidas de sus ojos brotaba un pálido brillo, tal vez fuese el brillo del rencor.

—Fuiste tú quien le dijo dónde me hospedaba, ¿verdad? —La ramera no respondió, temerosa de llevarse un rapapolvo o un mojicón, pero Jules le estaba agradecido—. Dime por dónde ha ido.

La ramera apuntó hacia un dédalo de callejuelas que quedaban a su espalda, idóneas para una emboscada. Estuvo a punto de seguir su indicación, pero creyó vislumbrar en el Paralelo una silueta confusa, adelgazada por la luz de las farolas, que transformaron por un segundo sus andares rengos en un garabato de sombra chinesca. La lástima que un segundo antes había llegado a sentir por la ramera se disipó:

—Zorra asquerosa, a quién querías engañar.

Corrió detrás de aquella sombra, mientras la sangre le zumbaba en los oídos y golpeaba sus sienes con un bataneo que seguía la cadencia marcada por Hans en su marcha. Se había internado, con las manos resguardadas en los bolsillos y el sombrero calado hasta las cejas, por la calle del Arco del Teatro, muy pegado a las fachadas de los edificios. Jules lo seguía a una distancia de veinte metros, preguntándose cómo haría para acercársele sin ser advertido; sabía que no se le presentaría mejor oportunidad que aquélla, pues las calles del Paralelo, de día tan animadas, se encontraban desiertas por completo, pero necesitaba que Hans bajara la guardia, para poder abalanzarse sobre él antes de que le diera tiempo a desenfundar un arma. El alemán torció entonces hacia la calle del Cid; y aprovechó el resguardo de la esquina para prender un cigarrillo. Mientras la lumbre rojiza de la cerilla iluminaba la concavidad de las manos, Jules contempló otra vez el perfil terroso, las mejillas ametralladas por la viruela y los ojos chicos como alfileres, la boca sin labios como una hendidura sin expresión. De repente, algo se removió bruscamente dentro de Jules, como si una compuerta que había permanecido herméticamente cerrada durante siglos chirriase sobre sus goznes. Los años se desmoronaban como decorados de ceniza, y de su polvareda surgía aquel mismo rostro, inclinándose satisfecho sobre él, inclinándose para comprobar si aún tenía pulso en las venas, inclinándose para martillearlo otra vez con la misma pregunta, mientras le acercaba a los ojos una lámpara que lo enceguecía. No había acabado de prender el cigarrillo cuando Jules ya se había arrojado sobre él; el alemán, cogido completamente por sorpresa, se precipitó hacia delante, cayendo de bruces sobre el suelo. Antes de que pudiera lanzar un grito, Jules ya le apretaba la ganzúa contra el cogote, buscando entre los tendones y vértebras de la cerviz el punto preciso para el descabello. Se había echado encima de él cuan largo era, y con las piernas atenazaba las suyas, para asegurar su inmovilidad. Los adoquines del suelo parecían haberse humedecido, como si la expectativa de una sangre a punto de derramarse los hiciese salivar.

—¿Dónde nos hemos conocido? —le susurró al oído en francés, poniendo en cada palabra un restallido de ferocidad—. Dímelo o te dejo seco aquí mismo.

Hans trató de rebullirse, manoteó en un esfuerzo estéril por llevarse la mano al costado, donde se agazapaba una pistola. Jules descargó todo su peso sobre sus costillas, una y otra vez, y otra, hasta que crujieron y su plexo solar se quedó sin riego.

—Avenida Foch —dijo al fin Hans en un estertor—. Avenida Foch, Gestapo.

Un desorden perplejo de sensaciones atroces sacudió entonces a Jules: vio una fusta rasgando una piel —¿su propia piel?— con la precisión quirúrgica de un escalpelo, vio una fresa de dentista excavando unas encías —¿sus propias encías?— hasta atorarse de esquirlas de hueso y piltrafas sanguinolentas, vio la llama de un soplete besando las llagas —¿sus propias llagas?— de un cuerpo agitado por los espasmos, un cuerpo que crepita y desprende un olor nauseabundo a grasa quemada. Y, entre el vértigo de visiones execrables, entre la maraña de aullidos que se quedan afónicos, estrangulados por el pavor, la voz monocorde, machacona, persistente de Hans, como una salmodia sin inflexiones que brota de una boca sin labios, una boca que ni siquiera sonríe, que ni siquiera se frunce, que ni siquiera esboza una mueca de repugnancia o disgusto, por supuesto jamás de conmiseración.

—Eras tú quien dirigía las torturas, ¿verdad? —masculló Jules, ciego de ira y de odio—. Pero ya entonces eras un mandado. —Hans asintió profusamente, como si ese reconocimiento lo exonerase de responsabilidad—. ¿Y ahora qué te han pedido que hagas?

Jules le mantenía clavado un codo en el costado, para dificultarle la respiración. Hans, congestionado, apenas podía hablar:

—Tienen una cuenta pendiente contigo. Y me han pedido que te mate. —Había empezado a sollozar, sorda e indecorosamente—. Pero yo no pensaba hacerlo, ya les había dicho que no contasen conmigo.

Jules acarició la hondonada de su nuca, luego se arrimó aún más a su rostro y musitó:

—¿Quiénes son ellos? ¿Te refieres a Fuldner?

La noche estaba tirante como la piel de un tambor, como el vientre de una parturienta al que sacuden las primeras contracciones.

—Fuldner es otro mandado como yo. —Se hizo un silencio acezante. Hans parecía paulatinamente más confiado—: Ahora deja que me levante y me vaya. Prometo que no voy a hacerte daño.

Jules no respondió. Hundió la ganzúa en su cuello, no tan limpiamente como hubiese deseado; al desgarrar los tejidos que envolvían el cerebelo, torció su itinerario rectilíneo hasta en dos ocasiones, antes de alojarse blandamente en él, como un cuchillo se aloja en la mantequilla. Hans trató de lanzar un grito, pero sólo brotó de su garganta un ruido ahogado, un gorgoteo atroz sofocado por la brusca sangre que ya le llenaba la cavidad bucal y que se derramó sin resistencia por aquella hendidura sin labios. También intentó erguirse, y Jules no se lo impidió, pero no había logrado ni siquiera ponerse de rodillas cuando giró sobre sí mismo y se desplomó sobre los adoquines, que por fin podrían abrevar hasta quedar ahítos. Antes de expirar, su cuerpo se acalambró y sus piernas probaron una pataleta casi póstuma. Luego quedó inmóvil, con la cabeza vuelta en una rara torsión; cuando Jules extrajo la ganzúa de su nuca, brotó de la herida un hilo de sangre oscura que zigzagueó entre las junturas de los adoquines, como una joya líquida, hasta llegar al bordillo de la acera. Parecía como si un perro se hubiese orinado encima de su cabeza. Jules le palpó los bolsillos de la chaqueta, hasta dar con la caja de fósforos; encendió uno y a su luz inspeccionó el pasaporte del cadáver, emitido en la Argentina bajo nombre falso, y la cartera, apretada de billetes que ni siquiera tocó, entre los que descubrió una tarjeta postal alpina, con cabañas de madera de tejados muy inclinados y regimientos de abetos en las laderas de una montaña, como una arcadia tirolesa. Jules imaginó que se trataría de algún paisaje de su tierra natal, pero en el dorso de la estampa podía leerse: «La Cumbrecita (Córdoba), Argentina.» Jules devolvió la postal a la cartera, que guardó en la chaqueta del cadáver, antes de refugiarse en el zaguán de una casa. Desde allí miró hacia los dos extremos de la calle, pero no advirtió señal de vida en ella; ni tampoco hubiera podido advertirla, porque su corazón latía tan desordenadamente, y el bataneo de la sangre en las sienes era tan ensordecedor, que la realidad circundante había desdibujado sus contornos. Al mirar por última vez el cadáver de Hans, sintió una inesperada, vana, deleznable piedad que espantó sacudiendo la cabeza, como las bestias espantan el sueño.

No pudo espantar en cambio aquella ilusión acústica que se había infiltrado en su cerebro e inmiscuido en sus sueños. Despertaba anegado en sudor, sobre el camastro fragante de orines arqueológicos, y seguía escuchando nítidamente los andares arrítmicos de su víctima, primero un paso imperioso, casi una zancada militar, después un paso renqueante, como un mensaje en código morse mil veces reiterado que no lograba descifrar. Ese golpeteo llegaba a hacerse ensordecedor mientras permanecía encerrado en la fonda; pero tampoco se desvanecía cuando salía a la calle, para despejarse. Llegó a pensar que lo ocurrido la noche anterior no había en realidad ocurrido, que se trataba de una fantasmagoría urdida por su mente enferma y que, por lo tanto, Hans seguía rondándolo; o, todavía peor, que había ocurrido, pero se hallaba atrapado en una realidad cíclica que se reanudaba una y otra vez, en un bucle eternamente repetido, y que no había asesinado a su perseguidor, sino a uno de sus múltiples, infinitos avatares, de tal modo que cada noche tendría que volver a ejecutarlo, como Sísifo tenía que empujar constantemente una roca hasta la cima de un monte, para que después lo arrastrara con su peso otra vez hacia la ladera, obligándolo a empezar de nuevo.

Para refutar aquel vasto, inabarcable horror, Jules compraba el periódico cada mañana y lo hojeaba compulsivamente, ansioso por tropezarse con la noticia. Nada encontró los dos primeros días; y este silencio, añadido a las alucinaciones sensoriales que estaba padeciendo, a pique estuvo de confirmarlo en su delirio. Al tercero, por fin, encontró lo que buscaba; el descubrimiento aceleró los latidos de su corazón, el bataneo de la sangre en las sienes. A dos columnas, un titular de tres líneas rezaba: «Hallan en el Paralelo el cadáver de un alemán nacionalizado argentino con muestras de violencia.» El texto de la noticia abundaba en los tópicos del subgénero periodístico de sucesos: «La policía se halla inmersa en el esclarecimiento de un crimen perpetrado en la calle del Cid, cercana al Paralelo, que se presenta rodeado de absoluto misterio. Trátase del asesinato de un alemán nacionalizado argentino, al parecer representante comercial de una fábrica de repuestos eléctricos.» A continuación, el redactor se explayaba en una descripción del método poco frecuente empleado por el asesino para liquidar a su víctima de manera discreta y eficiente, y reconocía que aún no se había determinado el arma utilizada, tal vez un punzón o una lezna de zapatero. La noticia se clausuraba así: «No se han encontrado indicios que aclaren el móvil del crimen. El asesinado guardaba en los bolsillos de su chaqueta una cartera repleta de billetes, motivo por el cual se estima que no debe tratarse de un crimen cometido con propósitos de robo. El juez de instrucción ordenó el levantamiento del cadáver y el inicio de las diligencias.»

Jules arrojó el diario a la basura. Resultaba turbador, casi infamante, leer descrito con una prosa rutinaria, carente de esmero, lo que él había hecho muy esmeradamente, sin vestigios de rutina; tanto, que por momentos le pareció que se trataba de la crónica de otro suceso. Sin saberlo, lo embargaba esa misma frustración que acomete al artista que, después de dejar lo mejor de sí en su obra, se enfrenta al juicio romo o desganado de los reseñistas. Para el gacetillero que había redactado la noticia, aquél era un crimen entre tantos otros; para Jules, era el único crimen del mundo. La noticia se completaba con declaraciones circunstanciales, farragosas e inanes de vecinos del lugar, que coincidían en expresar la sorpresa que les había causado tropezarse con el cadáver por la mañana, al salir de casa; había una mezcla de ingenuidad y bellaquería en sus comentarios, pues todos ellos estaban habituados a episodios delictivos parecidos. Más chocante aún resultaba la información publicada al día siguiente: a falta de nuevos datos reveladores sobre el «enigmático crimen del Paralelo», el gacetillero rellenaba casi una página entera con un reportaje retrospectivo de otros asesinatos perpetrados en las proximidades durante los últimos años, desde el estrangulamiento de «mujeres de vida licenciosa» hasta la mortandad causada en las reyertas de taberna, todos ellos envueltos en una aureola de sensacionalismo barato y pintoresco. Frente a estos crímenes de naturaleza pasional, el del viajante germanoargentino, a quien al parecer nadie conocía en el barrio —«salvo una buscona que le prestó sus favores»—, parecía dictado por una muy calculada venganza. El gacetillero descartaba que el asesino hubiera obrado por impulso; el ataque había sido imprevisto pero el crimen ofrecía indicios de una larga premeditación. «En medios policiales se rumorea», añadía el gacetillero, pero el rumor quedaba abruptamente cercenado y la frase en suspenso por el tijeretazo de la censura, que había obligado a los linotipistas a completar *in extremis* la plancha de la página con uno de esos anuncios a modo de relleno o comodín que se insertaban para evitar que los periódicos parecieran un queso de Gruyère.

Pero con las prisas se había quedado suelta, como una insidia vibrando en el aire, la frase que auguraba un avance en las investigaciones. En los días sucesivos, sin embargo, los periódicos no volvieron a mencionar el asesinato del Paralelo, que así ingresó en esa suerte de limbo donde se amontonan los crímenes irresueltos. Parecía evidente que la autoridad había considerado perjudicial que la prensa siguiera hurgando en el muladar de aquel crimen; y, puesto que enseguida afloraron otros muladares espontáneos o fabricados *ad hoc*, la curiosidad de ese público que compra los periódicos para administrarse su diaria dosis de truculencias se distrajo. Jules, sin embargo, no se conformó con una explicación tan sencilla (y a la vez tan inquietante); su averiado raciocinio prefirió imaginar un complot urdido por sus perseguidores, que habrían eliminado de los periódicos cualquier referencia explícita al asesinato de Hans para sustituirla por referencias crípticas a las acciones que a continuación desplegarían, para acabar con él. Estaba seguro de que otros vendrían a continuar la misión que Hans no había podido consumar; e interpretaba que la persistencia de esos pasos arrítmicos que resonaban en su cabeza, manteniéndolo en un perenne estado de vigilia, constituía un signo admonitorio. Decidió no regresar junto a Lucía (cuya existencia se iba haciendo más y más brumosa o aplazable) mientras no hubiese despachado a esos otros emisarios de muerte que sin duda le enviarían, quizá desde aquel apócrifo paraje alpino que Hans se había traído en su billetera. Y, entretanto, consumía la espera leyendo vorazmente los periódicos, rastreando en la apretada tipografía de la sección de anuncios o en la más desahogada de los titulares los códigos secretos que sus enemigos empleaban para transmitirse instrucciones. Los periódicos se habían transformado en un vasto, incoherente, tautológico criptograma que sólo con paciencia y dedicación podría llegar a descifrar. Y a esta tarea inabarcable como el océano se dedicó en las semanas sucesivas, inmerso en un laberíntico galimatías que, de vez en cuando, entre el tumulto de cacofonías y frases obtusas, le deparaba el hallazgo de unas palabras que, en combinación con otras (que ya había repescado en otras secciones del mismo periódico, o en ejemplares de ediciones anteriores), formaban un mensaje que sus enemigos sin duda empleaban para comunicarse, palabras que de repente adquirían un resplandor de oro, como si hubiesen sido esculpidas en relieve sobre el papel, palabras que se desgajaban del papel y empezaban a danzar en su derredor, en un carrusel alucinatorio, fundidas con el martilleo arrítmico de unos pasos que le dictaban su cadencia. Tan enfrascado estaba en sus ejercicios de desciframiento que se olvidó hasta de afeitarse; una mañana, al contemplarse ante el espejo sin azogue que colgaba de una de las paredes del tabuco, se prometió que buscaría de inmediato una barbería, para aligerarse de aquella barba de náufrago o mendigo que emboscaba sus facciones.

Entonces alguien llamó a la puerta, golpeando con los nudillos. Jules pensó que se trataría de la dueña de la fonda, a la que se había preocupado de pagar por adelantado, mientras dispuso de dinero. Al abrir, le sorprendió toparse con dos hombres trajeados, circunspectos, con esa elegancia un poco fatigosa o resobada de quienes se han pasado la noche despiertos, velando el cadáver de un familiar en la funeraria. Uno de ellos obstruía el hueco de la puerta; el otro se había apostado en la escalera. El hombre que lo miraba de frente tenía una cara ancha, casi tumefacta, aliviada por un bigote de finas guías horizontales; la transpiración abrillantaba su cara e improvisaba una cartografía oscura sobre su camisa. El que cuidaba de la escalera tenía en cambio un aspecto asténico, con labios finos y tez pálida, como de pescado hervido, atirantada sobre una calavera casi caballuna. El hombre del bigotillo enarboló su cédula de identificación policial.

—Debe acompañarnos, amigo —dijo abreviadamente.

Jules no atinó al principio a contestar; se quedó mirándolo con los ojos abstraídos y lejanísimos, como si estuviera en trance. El aspecto demasiado meridional de sus visitantes le inspiró que no podían ser emisarios de sus enemigos. Acertó a articular:

—¿De qué se trata?

Todavía lo rondaba, como una reminiscencia de polillas girando en torno a una lámpara, el enjambre de palabras que acababa de leer en el periódico. El policía se frotó pesarosa o hastiadamente el cabello, que era crespo y desprendía tufaradas de abrótano macho.

—Tenemos orden de detención. —Y exhibió un papelote arrugado que lo mismo podía ser un despacho judicial que una lista de la compra—. Será mejor que no se resista.

Vertiginosamente, Jules trató de levantar defensas, oponer coartadas, acumular pretextos dilatorios; pero enseguida comprobó que le faltaban las fuerzas. Lo invadió una sensación de desamparo similar a la del niño que tiene que resignarse a una revisión médica.

—¿Se puede saber por qué me detienen?

—Ya lo sabrá a su debido tiempo —dijo su aprehensor, por pura pereza, mientras se aprestaba a colocarle las esposas.

A Jules le provocó una mezcla de lástima e hilaridad que trataran de inmovilizarlo con un instrumento tan elemental. Para ahorrarles la molestia, preguntó incongruentemente:

—Esperen... ¿No podría afeitarme primero?

El policía lo miró con una suerte de desgarbada acritud. Crujió el resorte de las esposas.

—¿Está de broma? —Y añadió, sañudo—: No se preocupe, en el sitio al que vamos le afeitarán la barba y lo que no es la barba.

El asténico de la escalera lo agarró de la camisa y lo empujó sin miramientos para que los precediera en el descenso. Era muy temprano todavía; el fresco de la mañana limpiaba los miasmas de la crápula que se escapaban de los antros próximos. El coche de la policía aguardaba con el motor ronroneante; tenía la chapa abollada y poco lustrosa, con al menos media docena de remiendos de pintura.

—¿Adónde me llevan? —preguntó.

—A Vía Layetana, número cuarenta y tres. Jefatura Superior —repuso el policía del bigotillo, como quien da una orden a un taxista.

Conducía el asténico, cuidando de no forzar la velocidad del automóvil, que retemblaba como una tartana. A su paso, los vecinos más madrugadores o nocherniegos corrían a refugiarse a los portales, como perros despavoridos, temiendo que se tratase de una redada. Sólo la ramera que lo había asaltado a su llegada a la fonda se mantuvo impávida, recostada en una esquina; sonreía con un orgullo que la piorrea hacía tristísimo.

—Fue ella la que se chivó, ¿verdad? —dijo Jules, volviéndose en el asiento trasero del coche.

El policía del bigotillo adoptó un aire profesoral, como de hombre harto de chapotear en el arroyo:

—Nunca hay que fiarse de las putas. Lo mismo te pasan unas purgaciones que te venden por un plato de lentejas. Y por menos aún.

El policía asténico acompañó la recomendación de su compañero con una risita roedora. El cielo de Barcelona tenía un color sucio, grisáceo con irisaciones verdeantes, como la panza de un burro muerto que se ofrece de festín a las moscas. El edificio de la Jefatura Superior de Policía elevaba su arquitectura de pabellón de reposo o balneario para viejecitos necesitados de una cura vigorizante; pero el tratamiento que se dispensaba en sus sótanos contradecía esa apariencia apacible. Lo llevaron casi en volandas, después de aparcar el coche ante la puerta principal, por una escalera espaciosa, y se internaron a través de un pasillo donde repiqueteaba el eco de decenas de máquinas de escribir, como un granizo de letras leguleyas. Sus porteadores empujaron el batiente de una puerta sin quicio y lo invitaron a descender por otra escalera mucho más empinada y clandestina, hasta desembocar en una sala de paredes forradas de archivadores que se elevaban hasta el techo, como un negociado de incobrables del que hubiesen ido desertando los oficinistas, por cansancio o aburrimiento. Un individuo en mangas de camisa, grueso y congestionado, con cara de galápago y manos como serones, encallecidas de tanto repartir sopapos, le ordenó con voz ronca:

—¡Fuera el cinto y los cordones de los zapatos!

Jules obedeció maquinalmente; mientras hacía correr el cinto entre las trabillas del pantalón, oyó un gemido, procedente del fondo de un corredor, seguido de un pedrisco de garrotazos. Al agacharse para desanudar los zapatos, se sintió humillado, como si acabara de aceptar una derrota. Podría haber forzado las esposas en ese mismo instante y puesto pies en polvorosa, pero seguían faltándole los ánimos.

—Aquí tiene —dijo.

El tipo de la jeta de galápago le ordenó alzar los brazos, para cachearlo. Al hacerlo, respiraba ruidosamente, como un motor diesel; tal vez lo enardeciera la expectativa de empezar a repartir mamporros.

—Y a éste —preguntó—, ¿también hay que darle un repaso?

—Ni se te ocurra —le advirtió el policía del bigotillo—. De momento, al menos. Va a venir a interrogarlo un mandamás del Alto Estado Mayor. Coronel Burguera se llama. ¿Te suena?

El galápago silbó, sinceramente impresionado.

—¡Burguera, nada menos! Pero ese tío es de la Sección Informativa, espionaje de alto copete. —Miró con estupor reverencial a Jules—. Quién lo diría, si el tipo parece un chisgarabís y un muerto de hambre.

—No hay que fiarse de las apariencias —dijo el policía del bigotillo, llevándose consigo a Jules—. Y, mientras llega Burguera, hemos recibido órdenes de mantenerlo incomunicado.

Asintió el galápago, con franca decepción. Condujeron a Jules a través de aquel corredor gemebundo, hasta una habitación que parecía recién asaltada por un camión de mudanzas: una desnuda mesa y un par de sillas completaban su exiguo mobiliario; desde el techo, un tubo fluorescente emitía un ronroneo averiado y amagaba con apagarse de vez en cuando, para después volver a lucir, con intermitencias de relámpago. Los policías lo encerraron allí y se quedaron custodiando la puerta, esperando la llegada de ese coronel Burguera que tanto respeto les infundía. A medida que transcurrían las horas, Jules empezó a sentir cierta languidez; no tenía hambre ni sed, tampoco miedo, tan sólo una sensación creciente de vacío. Entre las brumas de la confusión, se le pasó por las mientes exigir que le permitieran contactar con la embajada británica; pero enseguida desestimó esa solución, que tal vez le sirviera para salir del aprieto, pero que le obligaría a identificarse, lo cual permitiría a sus captores relacionarlo con Lucía, quien podría cometer algún desatino, en su afán por ayudarlo. Había conseguido no involucrarla en aquella desquiciada lucha contra sus perseguidores y no iba a cometer ahora la torpeza de arrastrarla en su desgracia. También maldijo su actitud de la mañana y lamentó haber procedido con tanta mansedumbre; quizá hubiese sido mejor proclamar airadamente su inocencia, protestar hasta el grito o el escándalo. Lo golpeó una oleada de indignado rubor: mientras él aguardaba la llegada de ese coronel Burguera, sus perseguidores se estarían cruzando a través de la prensa mensajes que ya no podría interceptar. Pero todavía estaba a tiempo de mostrarse enérgico; todavía estaba en disposición de reclamar que lo liberasen. Acababa de formular este pensamiento acaso candoroso cuando la puerta se abrió bruscamente, como si alguien lo hubiera adivinado y quisiera impedir que se envalentonara. Entró un hombre de unos cincuenta años, de perfil aguileño y ademanes erguidos y resolutivos; vestía el uniforme azul del Ejército del Aire, que se amoldaba a su torso como un guante, y lucía en las bocamangas de la guerrera las tres estrellas de ocho puntas distintivas de su graduación. Algo líquido le brillaba en los ojos, una telilla móvil y opalina, como la membrana ocular de los pájaros y de los gatos.

—Buena la ha armado, amigo —dijo, a guisa de saludo, en un tono que se pretendía amistoso—. Vamos a ver si le buscamos una salida a este embrollo.

El coronel Burguera se sentó frente a Jules, clavó los codos en la mesa y, cubriéndose la boca con los puños, inspiró aire hasta el límite de su capacidad torácica, como el confesor que se apresta a recibir el descargo de conciencia de su feligrés.

—No sé de qué embrollo me habla —dijo Jules.

El fluorescente parpadeó, dubitativo; cuando restauró su luminosidad, el rostro de Burguera había cobrado un aspecto hierático. Su voz de repente era disertativa:

—Cuesta muchos quebraderos de cabeza mantener una posición internacional digna, ¿sabe? Cometimos el error de arrimarnos al bando equivocado durante la Guerra Mundial y ahora se nos exige el doble que a cualquier otro. Bases militares, tratados de comercio leoninos, en fin, la codicia del amigo americano no tiene medida, se cree que la leche en polvo del Plan Marshall lo justifica todo. —No había ironía en su exposición, hablaba con la indiferencia del estratega que contempla el escenario desde una atalaya—. Y si hay algo que fastidia sobremanera a nuestros colegas de la CIA es que España salga en los papeles como refugio de nazis. Entiéndame bien, no les importa que lo sea, aquí da igual si la mujer del César es o no honrada, basta con que lo parezca. Y lo que no nos perdonan es que se publiquen en la prensa noticias al respecto. Afortunadamente, hemos logrado pararlo a tiempo.

—Sigo sin entenderlo.

La máscara de indiferencia del coronel Burguera se tiñó de brusca gravedad. Miró distraídamente el fluorescente del techo y luego dijo en un susurro:

—Dígame quién le encargó el trabajito. ¿Fueron los judíos?

Las imputaciones de Burguera sobrepasaban la capacidad de comprensión de Jules, que tan sólo confiaba en poder negar el asesinato, si las pruebas no eran concluyentes, y en cuidarse de nombrar a Lucía. No sabía si Burguera le estaba proponiendo una componenda o más bien pretendía colgarle un muerto que no le incumbía.

—Los judíos... —repitió con sincero asombro.

Burguera estaba habituado a las muestras de asombro que encubrían una resistencia o una negativa; insistió como quien pasa por alto la mentira de un niño:

—¿O fueron los rusos? Deme los nombres de quienes están con usted en este asunto y...

—¡Pero si no hay ningún asunto que valga! —lo interrumpió agitadamente Jules.

Burguera sacudió la cabeza, consternado. La membrana líquida de los ojos centelleó:

—Mire, tiene dos posibilidades. Sabemos que es un asesino a sueldo, sólo un asesino a sueldo mata con tanta limpieza. Si habla y resulta que no pertenece a ninguna red comunista, obtendrá todo tipo de beneficios, con un poco de suerte ni siquiera pisará la cárcel. Si se empeña en callar, le aseguro que se pudrirá en el trullo.

El ronroneo del fluorescente había cobrado una cadencia que se repetía, o al menos así se lo parecía a Jules: primero un restallido seco, después un zumbido de arrastre, como el caminar de un rengo.

—¿Lo oye? —preguntó, señalando hacia el techo.

—No sé qué tengo que oír —le espetó, soliviantado, Burguera. Por un segundo, la expresión lela o desvalida de Jules lo había estremecido—. Le ruego que preste atención a lo que se le pregunta. Y que colabore. —Hizo una pausa abatida, al comprobar que Jules había empezado a marcar con el dedo índice esa cadencia que sólo él escuchaba—. Empecemos por el principio. ¿Cuál es su nombre? Me aseguran que no lleva documentación consigo.

A Jules lo inundó una claridad feliz. Como si estuviera haciendo partícipe a Burguera de una revelación, dijo:

—Houdini. Harry Houdini.

La sonrisa de Burguera fue, en cambio, hueca, casi dolorosa.

—Ya veo. Le gusta gastar bromas, ¿verdad? Se cree muy chistoso.

Se estiró las bocamangas muy atildadamente, mientras el fluorescente volvía a parpadear. Cuando la luz quedó otra vez restablecida, Burguera se había asomado a la puerta y mantenía en un murmullo una conversación con los policías que habían ido a buscarlo a la fonda del Paralelo. Al volverse hacia él, la sonrisa hueca había degenerado en un rictus de reprimida cólera. Jules intuyó que nada lo libraría de los golpes; pero no temía los golpes, tan sólo temía que esos golpes fueran el preludio de otros interrogatorios extenuantes. La sangre bataneaba sus sienes, y ya ni siquiera podía controlar sus pensamientos:

—No soportaba su cojera —dijo de sopetón.

—¿Cómo?

Ahora era Burguera quien no salía de su asombro. Había creído detectar el gusano de la locura, devorando al hombre que tenía ante sí.

—Su asquerosa cojera, día y noche resonando en mi cabeza. No lo soportaba más.

Entraron en la habitación el policía del bigotillo y el policía asténico; ahora ya no transpiraba sólo el primero sino ambos, aunque se habían despojado de sus respectivas chaquetas y refrescado sus cuellos con sendas toallas húmedas. Burguera consultó su reloj y se quedó mirándolo fijamente, como si persiguiera la carrera del segundero. De repente, su cara de perfil aguileño tembló y se fragmentó picassianamente en varios planos, pero enseguida, junto al dolor y al aturdimiento, Jules comprendió que el espejismo era fruto del golpe que el policía asténico acababa de propinarle en la nuca con la toalla. A ese primer golpe siguieron otros, en el abdomen y las costillas, también en los muslos y en las mejillas, un pedrisco de zurriagazos que propulsó a Jules de uno a otro policía, en un toma y daca que parecía divertirles. Cada golpe le dejaba una roncha en la piel que unos minutos después se empezaría a amoratar. Se derrumbó sobre el suelo de la pieza; el policía asténico ya enrollaba otra vez la toalla para cruzarle el rostro cuando Burguera se lo impidió con un ademán autoritario.

—¿Hablará ahora? —dijo, inclinándose ante Jules.

Se notaba que abominaba de aquellos métodos, que se le antojarían demasiado plebeyos o tremebundos. Jules apenas acertaba a verlo en una nebulosa.

—Es inútil. He soportado torturas mucho más crueles.

—¿Dónde? —preguntó Burguera, intrigado.

—Avenida Foch, París. Por mucho que se esfuercen, nunca lograrán igualarlos.

Al coronel Burguera lo recorrió un calambre de horror. Samaritanamente, ayudó a Jules a alzarse.

El juicio se celebró a puerta cerrada, por entenderse que se abordarían asuntos que comprometían la seguridad nacional. No se permitió el acceso a la prensa; se restringió al máximo la presencia de testigos; y, en general, la vista oral se desarrolló como antes se había desarrollado la instrucción del sumario, en un clima de conciliábulo que evitó las filtraciones y diluyó —a falta de acusación particular— los cargos contra Jules. El asesinato de un nazi (ni siquiera un nazi notorio, sino más bien un nazi de brega) no importaba demasiado a nadie, salvo en lo que su repercusión pudiera afectar a los vínculos todavía débiles de amistad que las autoridades franquistas se esforzaban por establecer con las potencias aliadas, en cualquier caso más comprometidas en la lucha contra el coloso comunista que en la persecución de criminales de guerra de medio pelo. En Jules (cuya identidad ya había sido establecida, después de no pocas pesquisas y averiguaciones) concurría, por otra parte, una circunstancia que la Sección de Información del Alto Estado Mayor donde se hallaba encuadrado el coronel Burguera esgrimió en su favor: el asesinado Hans Döbler, que como oficial de la Gestapo de París había participado en la represión de cualquier brote de rebeldía contra el ocupante, muy probablemente habría sometido al acusado a torturas, lo cual permitía afirmar que Jules había actuado a instancias de un miedo insuperable y ofuscador de su conciencia. Habiendo sido, además, el acusado un destacado y heroico combatiente de la Resistencia francesa, tampoco convenía —así lo especificaba el escrito remitido al tribunal por el Alto Estado Mayor— malquistarse con la nación vecina, que era, entre todas las potencias victoriosas, la que con una más indisimulada displicencia, y hasta con franca ojeriza, contemplaba el muy laborioso y todavía incipiente proceso de rehabilitación iniciado por la diplomacia española ante los organismos internacionales. A la postre, el informe del Alto Estado Mayor, que originariamente se pensó que fuera inculpatorio, se convirtió en un alegato a favor de Jules. Incluso el coronel Burguera se personó en la vista oral; y su testimonio se remató con una encendida petición de clemencia al juez.

Quizá dicha petición no fuese sino la expresión tardía de un remordimiento. Tras una estancia de varios días en los calabozos de la Jefatura Superior de Policía en Vía Layetana, donde se le sometió a interrogatorios tan agotadores como improductivos, Jules había sido conducido a la Cárcel Modelo, donde había permanecido durante meses en una celda de aislamiento, para impedir que cualquier particularidad de su caso, por nimia que fuese, se propagara entre los presidiarios. Aquellos meses de reclusión en los que no había mantenido contacto con el mundo exterior habían depauperado extraordinariamente su salud mental, como pudo comprobarse durante la celebración de la vista oral. Declaraciones incoherentes, soliloquios divagatorios que se adentraban en una espiral delirante, repentinos accesos de ensimismamiento y mutismo compusieron su repertorio en el estrado. El tribunal que lo juzgaba, a la vista de su lastimoso estado, suspendió la vista y encargó a un par de psiquiatras un examen pericial que determinase si el acusado padecía un trastorno que hubiera podido enajenar su voluntad durante la comisión del delito. El diagnóstico de los psiquiatras admitió sin discrepancias tal extremo, dictaminando que Jules padecía una psicosis paranoide degenerativa que aconsejaba tratamiento terapéutico. Tras considerar el informe pericial, el tribunal evacuó un veredicto absolutorio, ordenando el internamiento de Jules en un centro de salud mental hasta que se lograse su curación o, en su defecto, mientras los facultativos lo estimasen pertinente.

Así se produjo el traslado de Jules al manicomio de Santa Coloma de Gramenet. El edificio, erigido en una finca orientada hacia el mediodía y resguardada de los vientos por la sierra, tenía una estampa señorial, con sus pabellones como alas de un palacete y la torre grácil de su capilla. Visto en lontananza, podía confundirse incluso con la quinta de recreo de unos príncipes; a medida que uno se aproximaba al edificio y contemplaba los muros de un color otoñal, monótonos de ventanas con rejas, esta primera impresión bucólica quedaba desmentida. Como cualquier manicomio de la época, podría haber colgado del dintel de su entrada aquella inscripción que anunciaba el ingreso en el infierno dantesco: *Lasciate ogni speranza, voi ch'intrate*. Jules fue asignado a un dormitorio comunal con capacidad aproximada para veinte internos que, sin embargo, albergaba a más de cincuenta, sin apenas espacio para caminar entre las literas. El hombre que ingresó en aquel lugar sostenía en parihuelas su razón ruinosa; tras una estancia de unos pocos años en el manicomio, recibiendo una medicación insuficiente o inadecuada, su razón iba a quedar sepultada entre escombros, sin otro asidero que el cumplimiento machacón de horarios y rutinas.

Cada día los despertaban a las seis, no importaba que fuese invierno o verano. Quienes se resistían al toque de diana y remoloneaban entre las sábanas enseguida se llevaban el sopapo del enfermero encargado de mantener la disciplina, un tipo con vocación frustrada de boxeador o matarife. En el dormitorio comunal de Jules se mezclaban internos afectados por las más diversas taras; algunos padecían malformaciones visibles en la fisonomía o en el cuerpo, pero incluso entre los bien configurados se apreciaba enseguida cierta peculiaridad que los distinguía del resto de mortales. Sus voces —salvo esporádicos accesos de furia— eran sensiblemente más apagadas y monocordes y, en general, tenían hipertrofiado algún rasgo de la personalidad: los flacos eran flacos hasta la médula; los gordos se desbordaban en una obesidad mórbida que excedía cualquier medida; los bulliciosos se hallaban en un perenne estado de agitación; los pacíficos no salían de su estupor catatónico; los melancólicos nunca abandonaban los parajes desdichados de sus ensoñaciones; y los risueños, en fin, sonreían como lo hace un muñeco de trapo, con su misma inexpresividad y su misma insistencia boquiabierta. Después de un aseo somero (sólo una vez al mes los obligaban a lavarse a fondo, cuando ya la cochambre los corroía), los llevaban al comedor, donde les servían un desayuno de gachas más bien disuasorio. Hasta las nueve, se dedicaban a diversas faenas domésticas: hacían sus literas, barrían los dormitorios, fregaban los pasillos, trasladaban a los retretes los orinales con sus deposiciones nocturnas y limpiaban las letrinas. Era un trabajo que podía hacerse de sobra en una hora u hora y media, pero los internos habían aprendido a estirarlo, para mantenerse ocupados, porque a continuación, hasta las doce, nada había que hacer salvo descansar o pasear en círculo por el patio: al cabo de una semana, dos semanas, tres semanas, dichos paseos sin otra perspectiva que unos muros de mampostería rematados por una barda de espinos y un rectángulo de cielo empezaban a tornarse insufribles.

A partir de las doce subían en varios turnos al comedor, que era donde cada interno manifestaba con mayor espontaneidad y aspaviento su particular trastorno: había quienes devoraban su rancho con ansiedad pantagruélica; había quienes se quedaban absortos ante el plato, que engullían con una parsimonia de entomólogos; no faltaban quienes se negaban a ingerir cualquier alimento, seguros de que trataban de envenenarlos, tampoco los que con las migas del pan o los garbanzos componían arduas figuras geométricas o fórmulas algebraicas en las que creían descubrir la mecánica que rige el universo; había quienes levantaban en su derredor una fortaleza para que su vecino no le arrebatase su ración, y quienes se dedicaban al asalto de esa fortaleza; había quienes masticaban hasta que se les descoyuntaba la mandíbula y quienes tragaban sin masticar, quienes exigían que un celador les llevase la comida a la boca, fingiendo que no podían valerse por sí mismos, y quienes forzaban la náusea, por el gusto de embadurnar con sus vómitos a sus compañeros de mesa. En medio de esta barahúnda, Jules comía sin apetito, con aplicación y sin apetito, deseoso de acabar pronto, porque sabía que después de la comida llegaba el mejor momento del día, cuando el director del manicomio entraba en su dormitorio y le dejaba sobre la litera un rimero de periódicos y revistas médicas atrasadas, a las que previamente había recortado los artículos que a su juicio podían tener efectos excitantes o deprimentes. No le importaban demasiado estas amputaciones, porque en las páginas que habían sobrevivido a la criba del director, Jules hallaba siempre, hábilmente camufladas entre la farfolla de frases huecas o rutinarias, esas palabras que sus perseguidores empleaban para transmitirse órdenes, directrices, noticias, instrucciones, informes, planes pérfidos que ingenuamente esperaban poder realizar, ahora que Jules estaba fuera de la circulación, ignorantes de que también en su encierro rastreaba sus pasos, ignorantes de que había desarrollado un sexto sentido que desentrañaba sus mensajes cifrados, una suerte de intuición infalible que le permitía detectar las palabras precisas entre aquel brebaje de letras, las palabras que de repente adquirían un resplandor de oro, como si hubiesen sido esculpidas en relieve sobre el papel, las palabras que se desgajaban del papel y empezaban a danzar en su derredor, en un carrusel alucinatorio, fundidas con el martilleo arrítmico de unos pasos que nunca lo abandonaba, mientras duraban sus labores de desciframiento. Labores que se prolongaban hasta la noche (a menudo ni siquiera subía al comedor cuando lo llamaban para la cena) y que, poco a poco, tuvo que ampliar, hurtando horas al sueño, porque sus perseguidores, sospechando quizá que no había mensaje escondido entre la tipografía de los periódicos que burlara su vigilancia, empezaron a poner a prueba sus dotes hermenéuticas deslizando sus consignas entre los exabruptos y cochinadas garrapateados en las letrinas del manicomio, en el repiqueteo de la lluvia sobre los cristales de las ventanas, en el humo de las chimeneas, en el ronquido de los otros internos, en el sigiloso goteo de los grifos, en el ronroneo de los tubos fluorescentes, en la geometría de las constelaciones, en el tictac de un reloj, en el tictac de un reloj, en el tictac de un reloj que ha dejado de marcar la hora pero sin embargo sigue funcionando, porque el martilleo arrítmico que resuena en la cabeza de Jules le dicta su cadencia.

De todos estos mensajes intercalados en los periódicos o sorprendidos en los fenómenos naturales y en los lugares más variopintos, Jules tomaba nota en unos cuadernos que poblaba con una letra menuda, microscópica, para que en caso de que sus perseguidores se los arrebatasen no pudieran leerla, y que guardaba debajo del colchón de su litera. Formaban estos cuadernos una enciclopedia del caos que Jules no enseñaba a nadie, ni siquiera al psiquiatra que cada jueves lo recibía en su despacho y lo sometía a las mismas pruebas elementales, el test de palabras inductoras de Jung, el test de las láminas de Rorschach, con sus arbitrarias manchas de tinta en las que a veces también sus perseguidores introducían algún añadido de su cosecha. Allá por la primavera de 1954, aquel psiquiatra tan remolón le anunció con una sonrisa de oreja a oreja que se acababa de introducir en la clínica una nueva técnica que acabaría para siempre con ese molesto martilleo arrítmico que se había instalado en su cavidad craneal; anuncio que Jules no supo si acoger con alborozo o pesadumbre, porque ese martilleo había llegado a convertirse en el acicate de su laboriosidad, como el tambor del cómitre es el acicate que mantiene a los galeotes aferrados a su remo, y aunque con frecuencia llegaba a aturdirlo también le había ayudado sobremanera a olvidarse del mundo, a olvidarse del pasado, que ya casi había dejado de existir para él, que ya casi se había disgregado. Pero quizá conviniera probar esa nueva técnica, aunque sólo fuera para complacer a su psiquiatra y poder seguir descifrando los mensajes de sus perseguidores sin estorbos ni injerencias.

Allá en la remota antigüedad, a los locos los metían en una cesta y, mediante un sistema de poleas, los bajaban hasta el fondo de un precipicio donde se refugiaba un nido de áspides. Se suponía que una experiencia capaz de hacerle extraviar el juicio a una persona cuerda podría llevar a la cordura a un demente. Una filosofía similar inspiraba el tratamiento eléctrico de choque, más conocido como electroshock. La primera vez que Jules franqueó, curioso y confiado, aquella puerta de metal tras la que se ocultaba el nuevo artilugio, no podía imaginar que estaba a punto de probar un veneno más ponzoñoso que el de una víbora. La iluminación del cuarto era muy escasa, casi clandestina. Ninguna ventana infringía la monotonía de las paredes forradas de guata. Jules percibió un olor acre flotando en el aire, como de garaje o taller mecánico, cuya procedencia no pudo identificar al principio. En el centro de la habitación había una camilla con ruedas y una máquina adosada que emitía un ruido sordo; absurdamente, Jules pensó que las tripas de un reptil harían un ruido similar mientras digieren su presa. El doctor que cada semana lo recibía amablemente en su despacho le sonreía de un modo muy poco convincente, como sonreímos cuando nos disponemos a comunicar una mala noticia, como sonreímos cuando tratamos de ocultar alguna fechoría. A su lado, un enfermero hurgaba con una especie de espátula en un frasco que contenía la grasa que desprendía aquel hedor tan característico.

—Es pasta de grafito —dijo el doctor—. Te vamos a untar las sienes con ella, así todo será más sencillo.

Le palmeó la espalda, mientras lo conducía hacia la camilla, de cuya superficie brotaban cuatro correas con sus respectivas hebillas, para aprisionar muñecas y tobillos. Jules calculó que, por muy firmemente que las apretaran, no tardaría más de cinco minutos en desasirse de ellas. Pero se suponía que no lo habían convocado para que demostrara sus destrezas como escapista. Obedeciendo las indicaciones del doctor, se tendió sobre la camilla; el enfermero lo amarraba con una rudeza ensañada, ciñendo las correas a la carne hasta interrumpir la circulación sanguínea, como si quisiera poner a prueba su docilidad.

—Al principio impone un poco —proseguía el doctor con su cantinela—, pero ya verás como todo pasa en un tristrás.

Ahora el enfermero le había colocado una cuña debajo de la espalda que lo obligaba a adoptar una postura sumamente incómoda. Después le untó las sienes con la pasta de grafito, que tenía un contacto frío y viscoso, y le aplicó una placa de metal a cada lado de la cabeza, sujetándolas a su vez con otra correa muy ceñida que le iba a dejar un cerco de lividez en la frente. Cuando el doctor se inclinó sobre él, luciendo de nuevo una sonrisa forzada, la impresión de hallarse en los preparativos de un número de escapismo se disipó, y en su lugar se apoderó de él otra impresión menos tranquilizadora. Creyó escuchar el restallido de una fusta rasgando una piel —¿su propia piel?— con la precisión quirúrgica de un escalpelo, creyó escuchar el estridor de una fresa de dentista excavando unas encías —¿sus propias encías?— hasta atorarse de esquirlas de hueso y piltrafas sanguinolentas, creyó escuchar el siseo de un soplete besando las llagas —¿sus propias llagas?— de un cuerpo agitado por los espasmos, un cuerpo que crepita y desprende un olor nauseabundo a grasa quemada. Lanzó un berrido desgarrado que las paredes de guata se tragaron y se revolvió con furia en la camilla.

—Vamos, rápido —ordenó el doctor al enfermero. Ya no se molestaba en fingirse risueño—. Antes de que el corazón se le desboque.

El enfermero le incrustó entonces un tubo de goma entre los dientes, para que lo mordiera, y giró los mandos de la máquina adosada a la camilla. Dos brazos mecánicos surgieron de la sombra y descendieron hasta quedarse fijos a un centímetro escaso de sus sienes. Se produjo un breve silencio, como cuando se contiene el aliento, y entre los brazos mecánicos se estableció un arco voltaico que atravesó, como un alambre incandescente, su cráneo. Jules chilló, se arqueó, se quedó rígido, apoyándose tan sólo sobre muñecas y tobillos, mientras aquella luz quebrada, de un azul gélido, se retorcía entre chispazos, calcinando con su descarga hasta el último vestigio de su pensamiento consciente, vapuleando cada rincón de su cuerpo como si quisiera quebrar y desmigajar sus huesos. Mientras duró aquel relámpago de dolor, ciento treinta voltios estremeciendo sus meninges y arrasando sus neuronas, Jules creyó asomarse a ese túnel de claridad cegadora que nos aguarda en el último recodo del camino. Luego, cuando por fin se apartaron las abrazaderas metálicas de su cabeza, notó el culebreo chisporroteante de la electricidad escarchando su piel. El olor acre de la pasta de grafito había sido sustituido por el olor ácido y corrosivo que desprenden las baterías deterioradas. Tenía el rostro glaseado de blanco.

—¿Lo ves? —le preguntó el médico, con sorna—. No ha sido nada.

Jules aún seguía retorciéndose, acalambrado. Se sentía como una planta tronchada que ha derramado su savia y ya no encuentra razones para seguir existiendo. Pero, extrañamente, hallaba cierta complacencia en aquella nueva forma de vida vegetativa que se le proponía, una suerte de voluptuosidad mansa que a buen seguro también embriaga a los pacientes lobotomizados. La voluptuosidad de no recordar, de no sentir, de deslizarse pacíficamente por el tobogán que conduce a la materia inerte.

—Repetiremos el tratamiento. Para que surta efecto hay que ser constantes, esto no es la purga de Benito —le anunció el doctor, ajeno a sus espasmos—. ¿Te parece bien?

Jules aspiró una bocanada de aire. El enfermero empujaba la camilla por el pasillo que los conducía hasta el dormitorio comunal.

—¿Cuándo? —preguntó con un hilo de voz.

—En principio en un par de semanas. Pero luego habrá que intensificar las sesiones, se recomiendan dos o tres por semana.

Transcurrieron varias horas antes de que volviera a recordar. Sus compañeros de dormitorio le resultaban extraños, no reconocía su litera, ni siquiera supo explicarse qué hacían todos aquellos cuadernos abarrotados de una letra minuciosa debajo del colchón. Luego ese estupor inicial se fue disipando, y en su lugar se apoderó de él un aturdimiento que duraría, con mayor o menor intensidad, hasta que se le administró el siguiente tratamiento de choque. Era como deambular por los recintos brumosos, tibiamente hospitalarios, de una borrachera que no llega a privarnos por completo de los sentidos, pero que amortigua su lucidez, como instalarse perennemente en los jirones últimos de un sueño, en esa zona de duermevela en la que percibimos la realidad de forma fragmentaria y deshilvanada y sabemos que ya no estamos del todo inconscientes pero no logramos discernir —por falta de voluntad, porque aún queremos seguir saboreando el placer del abandono— en qué sitio estamos, mucho menos la hora que es. En esas situaciones basta un motivo acuciante para que despertemos, pero a Jules le faltaba ese motivo y, en cambio, le sobraban razones para prolongar su estancia en medio de aquella bruma, que tenía la consistencia del algodón y las ventajas letárgicas del cloroformo. Cuando finalmente se reponía de su marasmo y se disipaba esa bruma, era como emerger de una larguísima zambullida. Pero el regreso a la vida sensible no constituía un alivio, sino más bien una mortificación; la luz demasiado hiriente, los sonidos ensordecedores y, sobre todo, el enjambre furioso de los recuerdos lo disuadían de hacerlo. Era preferible volverse a sumergir en la atonía causada por el electroshock, dejarse acunar deleitosamente en la placenta de la amnesia, flotar en su cálida ingravidez.

En ese estado que exorcizaba el acoso de la paranoia pero también aniquilaba cualquier atisbo de vitalidad, hasta convertir sus días en una informe y lánguida sustancia, se mantuvo durante más de dos años, hasta la incorporación del doctor Enrique Portabella al manicomio de Santa Coloma de Gramenet. Era habitual en aquel establecimiento (como en tantos otros de sus características) el trasiego de médicos y personal auxiliar; el trato continuado con los internos acababa mellando la entereza, y hasta la cordura, de los residentes, que así como lograban una plaza en otro destino más llevadero, o reunían unos ahorros para abrir consulta privada, tomaban las de Villadiego. No era infrecuente que la plantilla de facultativos de Santa Coloma se abasteciera, en una proporción nada exigua, de médicos en prácticas, que suplían su inexperiencia clínica con un voluntarioso tesón que en los veteranos flaqueaba. Portabella no era, sin embargo, uno más de aquellos principiantes que llegaban, como soldados de leva, a reemplazar las bajas en el frente. Tenía asumido que aquel primer destino no sería sino el trampolín para otros destinos más lucidos. A diferencia de la mayoría de sus compañeros, menos ambiciosos o más tentados por la poltronería, no se comportaba como un aprendiz que aprovecha la oportunidad para atesorar conocimientos que luego le permitan desempeñar su oficio con estricto sometimiento a las convenciones y asegurarse así un futuro tan próspero como rezagado. Portabella consideraba que el manicomio de Santa Coloma era el laboratorio que se le ofrecía para explorar su ciencia, que cultivaba como si fuese un arte, incluso una extravagancia artística, pues entendía que sin ese suplemento de riesgo la psiquiatría acabaría degenerando en una burocracia. Había un fondo de petulancia, de desfachatez si se quiere, en las ínfulas de aquel joven que, tras coronar sus estudios con unas calificaciones rutilantes, se había propuesto desbrozar caminos nunca antes hollados por la psiquiatría convencional. Pero el director del establecimiento, antes de dedicarse a matar por asfixia esas ínfulas, arrojándolo a la jaula de leones de los enfermos más perturbados o irrecuperables, iba a concederle el beneficio de la duda. En el curso de la entrevista de recibimiento que mantuvo con Portabella, supo que había empezado a preparar una tesis de doctorado sobre la recuperación de la amnesia mediante técnicas novedosas, e intuyó que tal vez fuese la persona idónea para abordar una tarea sumamente delicada que acababan de encomendarle.

—Se trata de Tillon, el francés —dijo el director. Había empezado a cebar la cazoleta de su pipa con gran pachorra, como solía hacer siempre—. Fue internado hace ya unos cuantos años, después de matar a un alemán que podría haber sido su torturador durante la Segunda Guerra Mundial. Le diagnosticaron paranoia y nos lo enviaron aquí.

El director de Santa Coloma se esforzaba por regir el establecimiento con una parsimoniosa eficacia, como si de una mera oficina administrativa se tratara. Quizá fuese la única manera de sobrellevar el cargo sin ceder a la desesperación. Repudiaba los sobresaltos, le desquiciaba cualquier imprevisto que desmantelase aquel rutinario simulacro que tanto le había costado establecer. Era, por lo demás, un cuarentón de noble figura: la abundancia de canas en su cabellera tupida y ligeramente ondulada contrastaba con sus rasgos juveniles y su piel morena, bronceada en largas caminatas por el campo;

tenía un perfil aquilino y un mentón agresivo, pero los ojos acuosos, siempre adormecidos por el humo de su pipa, atenuaban su severidad.

—¿Y usted está de acuerdo con ese diagnóstico? —inquirió Portabella.

La flema del director lo ponía nervioso. Portabella era, en muchos aspectos, su antípoda: expeditivo, de una capacidad emprendedora un tanto temeraria; pero, misteriosamente, se había entablado entre ambos una alianza a primera vista, quizá porque eran complementarios.

—En líneas generales, sí —respondió el director, después de prender fuego a su pipa—. Aunque tampoco debe descuidarse el síndrome amnésico que padecía con anterioridad. Fruto de algún trauma de guerra, seguramente.

—¿Cómo definiría a Tillon? —lo apremió Portabella.

El director no inmutó su morosidad. Introducía de vez en cuando pausas pensativas, que aprovechaba para avivar la combustión de su pipa:

—Yo diría que nos hallamos ante una personalidad distinta y superior a la mayoría de los enfermos a nuestro cuidado. Una personalidad que, en parte, yace sepultada debido a su actual estado, pero que se adivina muy rica —dijo, para excitar la codicia profesional de Portabella—. No se le han detectado trastornos psicomotores, ni siquiera de lenguaje, lo que resulta más chocante en un paranoico que, además, se expresa ante los médicos en un idioma que no es el suyo. Se le han hecho análisis periódicos y revisiones: su salud corporal es envidiable.

Portabella lo interrumpió. Era ya un depredador en su oficio:

—Hábleme de su conducta.

—No tenemos motivo de queja desde que ingresó. —La voz del director adquirió un tono compungido al añadir—: Desde que se le aplican electroshocks anda un poco decaído, pero sus delirios paranoicos han cesado casi por completo.

Al director no le pasó inadvertida la mueca de disgusto de Portabella. Tampoco el brillo apremiante de su mirada; había algo amedrentador, casi protervo, en sus ojos azules.

—¿Y en qué consiste la tarea que quiere encomendarme?

—Se nos ha cursado una petición desde las altas esferas —dijo el director, remejiéndose en su asiento con visible incomodidad—. Solicitan que sometamos a Tillon a un régimen de observación intensiva. Parece que algún mandamás tiene mala conciencia.

Usaba el humo de su pipa como el calamar la tinta, como cortina que le permitiera emboscarse. Nada detestaba más que verse comprometido en asuntos que excedían su capacidad de comprensión. A Portabella, en cambio, nada lo estimulaba más; lo ametralló con una batería de preguntas:

—¿Por qué mala conciencia? ¿Y quién ha cursado esa solicitud? ¿A qué se refiere con «altas esferas»?

—No me tire de la lengua —repuso el director, remiso a adentrarse por ciertos vericuetos—. Todo lo que afecta a Tillon es materia reservada. Durante el juicio que se celebró fue imposible sonsacarlo, se negó en redondo a brindar información sobre sí mismo. Además, al juicio no se le dio publicidad, todo transcurrió en el más absoluto secretismo. En esas altas esferas hay alguien que teme haber arruinado su vida.

Algún tiempo después, cuando pudo reconstruir las circunstancias que llevaron al manicomio a Jules, Portabella deduciría que ese «alguien» remordido por la culpa era el coronel Burguera, encargado de investigar y silenciar el caso. Pero por el momento caminaba a ciegas por un terreno ignoto.

—¿Y se supone que debemos tranquilizar su conciencia?

—Usted limítese a ganarse la confianza de Tillon —dijo el director, mordisqueando la boquilla de su pipa y tratando de esquivar la curiosidad pesquisidora del psiquiatra recién incorporado—. Tírele de la lengua, como pretende hacer conmigo. No será una labor fácil, primero tendrá que traspasar la barrera de la paranoia. Y de todas sus conversaciones con Tillon tendrá que elaborar informes pormenorizados, sin dejarse nada en el tintero.

—¿Con qué destino? —insistió Portabella.

Sin alterar su calma, el director sonrió resignadamente:

—No se rinde nunca, ¿eh, Portabella? —Y adoptó una actitud grave—: Esos informes serán secretos. Si cree que no podrá guardar la discreción debida...

—Por supuesto que podré —se apresuró Portabella—. Pero, ¿cuál es la finalidad última de esos informes? ¿Conceder el alta a Tillon?

—Eso dependerá de lo que saque en limpio.

Un gesto inquisitivo unió las cejas del director; fijó sus pupilas en el rostro de Portabella, reclamando su aquiescencia. Al joven psiquiatra no parecía intimidarlo la naturaleza confidencial y peliaguda de la misión: levantó la mirada hacia el techo y la mantuvo inmóvil durante casi un minuto, como si estuviera absorbiendo conocimientos a través de un hilo invisible. Cuando por fin habló exhalaba jovialidad, casi inconsciencia; en el fondo, reclamaba el halago:

—¿Y por qué me ha elegido a mí? Aquí hay doctores con muchas más tablas.

—Tillon ha ido pasando por las manos de casi todos ellos, que coinciden en considerarlo irrecuperable... —En cierto modo, esta denigración tácita de sus colegas era el piropo más remunerador que podía dirigir al presumido Portabella—. Había pensado que tal vez usted, con esas técnicas tan modernas que propone para recuperar recuerdos reprimidos, podría...

—Entiendo. ¿Tendré libertad plena?

Era voraz como un lince, e igual de presto para abalanzarse sobre su presa. El director sospechó que, si no lo ataba en corto, en apenas un par de años se habría hecho con el mando del establecimiento.

—Y esas técnicas tan modernas... —lo mortificó—. ¿Las ha probado ya con resultados positivos?

—Sólo con algún amigo que se ha prestado —respondió Portabella con desfachatez—, no todavía en la práctica clínica. Tillon será mi cobaya. —Había algo avieso en su petulancia—. Pero le había hecho una pregunta.

El director cedió a regañadientes, por pereza de no tener que arrostrar personalmente la encomienda de las «altas esferas». Para que sus palabras no se pudieran interpretar como una claudicación, adoptó un tono de voz pastoso, casi somnoliento:

—Tiene mi autorización. Pero convendría que expusiera su línea de actuación en la próxima junta de médicos, aunque sólo sea por guardar las formalidades.

Portabella detestaba las formalidades casi tanto como el director los sobresaltos. Estudió exhaustivamente el historial de Jules; cuando descubrió que arrastraba una lesión en el lóbulo temporal del cerebro, secuela de alguna herida de guerra, suspendió drásticamente los electroshocks, que en general estimaba un tratamiento dañino, pero que la circunstancia añadida de la lesión convertía, a su juicio, en inadmisible. Para que la interrupción no resultara demasiado brusca y evitar la recidiva de la paranoia, Portabella planificó una medicación con narcolépticos cuyas dosis se propuso reducir paulatinamente. Los narcolépticos lograron mantener a Jules en un estado de neutralidad emocional durante aquellos primeros meses en que, habituado al estupor neblinoso en que lo habían sumido las periódicas descargas eléctricas, podría haberse rebelado ante la repentina vuelta a un mundo de percepciones sensoriales vívidas. Pero tal neutralidad se lograba a cambio de efectos indeseados: lipotimias, temblores y, sobre todo, una hinchazón que abotargaba las facciones de Jules y también la agilidad de sus mecanismos mentales. Mientras la progresiva reducción de los medicamentos iba reintegrando a su paciente a la realidad, Portabella analizó con fascinación y espanto los cuadernos en los que Jules había registrado los mensajes interceptados a sus fantasmagóricos perseguidores, una enciclopedia del caos que le permitió adentrarse en el meollo de su paranoia. Pronto pudo empezar a mantener conversaciones, al principio esquemáticas y superficiales, con Jules. No tardó en descubrir con indignación y acendrada vergüenza que los electroshocks, además de borrar parcialmente su trastorno, habían aniquilado también un cúmulo de recuerdos, incluso su capacidad para sentir y verbalizar esos recuerdos. Poco a poco, Portabella logró restaurar estos yacimientos esquilmados: aunque la amnesia había extendido una laguna negra sobre su pasado, detectó en Jules ciertas hilachas de reminiscencia, tan tenues que parecían inaprensibles, pero que, con un poco de paciencia, llegarían a ser consistentes, tan consistentes como para permitir desenredarlas, ordenarlas y tejerlas de nuevo, esta vez en la trama de una memoria reconstruida. Observó que Jules intentaba dar rienda suelta a sus pensamientos, pero casi siempre fallaba en su propósito, dejando un reguero de frases inconclusas y en desorden; a veces alguna de esas frases truncas valía tanto como un discurso, pero solía lanzarlas tan al desgaire que, si Portabella no las atrapaba al vuelo, Jules no lograba evocarlas después. Le cautivaba, sobre todo, su modo de hablar, la rara expresión de su voz, en la que se apuntaba una emoción germinal y sin embargo turbulenta, que nunca terminaba de salir a flote, sino que más bien crecía hasta una especie de culminación en que se extinguía, lo mismo que ocurre con una bombilla, que despide una luz más intensa segundos antes de que su filamento se funda. Era conmovedor, dolorosamente conmovedor, asistir a la vacilante resurrección de una mente depauperada; y hasta el imperturbable Portabella, que había aceptado aquella encomienda por pura curiosidad científica, acabó por conmoverse. Un día se atrevió a preguntar a su paciente:

—¿Ha estado alguna vez enamorado?

Un velo de tribulación se extendió sobre las facciones de Jules. Protestó atolondradamente:

—¿Por qué me pregunta eso?

—La mejor manera de revivir el pasado consiste en recuperar lo que entonces sentíamos —dijo Portabella, procurando no sonar en exceso pedagógico—. Es como levantar una persiana. Los sentimientos iluminan los contornos de esa habitación que permanecía clausurada y que, sólo al recibir la luz, vuelve a existir.

Habían salido a pasear por la finca que rodeaba el edificio del manicomio. Amarilleaban las hojas de los árboles, se incendiaban los tonos rojizos, en una hoguera hermosamente agónica, hermosamente inútil, que trataba de ahuyentar el invierno. También Jules trató de ahuyentar inútilmente el dolor:

—Estuve enamorado de una mujer. Y le fallé cuando más me necesitaba. Me abrasa ese recuerdo.

Portabella se detuvo, pero Jules siguió caminando, para evitar su mirada escrutadora.

—Y por eso aceptaba sin rechistar los electroshocks, ¿no es así? —Había alzado la voz, que sonaba acusatoria sin pretenderlo—. Le permitían olvidar, calmaban ese fuego que le abrasaba.

Jules aceleró el paso, obligando a Portabella a correr detrás de él. Pensaba en el hijo que no había llegado a conocer, aquel hijo que le hubiera permitido vislumbrar, a través de un boquete, el jardín que le aguardaba al final del camino. Pero el jardín había sido sellado para siempre.

—Voy a enseñarle a afrontar sus sentimientos, Jules —dijo Portabella, resollando casi—. Y si le falló a esa mujer quiero que sea capaz de aceptarlo. Y de explicarlo. Puede que se esté torturando por algo que no debe. A lo mejor cree que hizo un gran daño a esa mujer y, sin usted saberlo, a la larga la ha beneficiado. —Su consuelo no resultaba demasiado convincente, a juzgar por el gesto encogido de Jules—. ¿Qué habría sido de ella, si se hubiese atado a usted? Ahora sería una pobre desdichada. Así, al menos, ha tenido la oportunidad de rehacer su vida.

—Ojalá esté en lo cierto —dijo Jules sin convicción.

Se había levantado un vientecillo cortante que silbaba entre las grietas del crepúsculo y arrastraba una llovizna que más bien parecía un rocío volandero. Jules exponía su rostro al viento, para que refrescara ese fuego que volvía a abrasarlo. Portabella lo tomó del brazo con cierto desabrimiento.

—Prométame que va a dejarse curar.

Jules ensayó un gesto hosco, que sólo con una aportación de optimismo podía interpretarse como una muestra de asentimiento. En las últimas semanas habían atravesado su mente, como meteoros fugaces, multitud de recuerdos que Jules reconocía, más que como informaciones concretas sobre el pasado, como analogías con estados de ánimo y supervivencias del sentimiento que ya creía abolidas. La luz empezaba a desvelar los contornos de la habitación clausurada, para satisfacción de Portabella, que no cabía en sí de gozo, aunque su triunfo personal no hiciese sino agravar la hostilidad de sus colegas de Santa Coloma, que se resistían a admitir la bondad de sus métodos y, sobre todo, se consideraban ultrajados por la confianza que el director había depositado en él; confianza que consideraban favoritismo, pues a ellos jamás les había permitido dedicarse en exclusiva a un paciente. Portabella había soslayado, por petulancia o desdén, la formalidad que el director le había rogado que guardase, dejando transcurrir hasta una docena de aquellas juntas de médicos que quincenalmente se organizaban sin explicar los muy heterodoxos métodos que estaba empleando con Tillon. Pero en la reunión previa a la Navidad, en la que solía hacerse balance del año y en la que, por la proximidad de unas fechas propensas a los estallidos melodramáticos (aun entre quienes, por razón de su oficio, más obligados estarían a refrenarlos), se aireaban muchos trapos sucios que hasta entonces habían permanecido vergonzosamente escondidos, las caras largas acabaron vomitando su encono. La asistenta del director había dejado sobre la mesa de reuniones unas bandejitas con mazapanes y turrón, que sustituían las habituales pastitas rancias, y el café se complementaba con una copa de coñá. Los efluvios del licor habían envalentonado a los descontentos; y, aunque el director se esforzaba por contemporizar, no cesaban en sus pullas:

—Tal vez Portabella se digne por fin contarnos cómo se las arregla para burlar todos los protocolos médicos, poniendo en peligro la salud de un paciente.

El murmullo de comentarios dispersos se coaguló de súbito. Había hablado uno de los psiquiatras más veteranos del centro, erigiéndose en portavoz del resto. Portabella buscó con la mirada el apoyo del director, que se hizo el desentendido y se puso a cebar su pipa. No se arredró, sin embargo:

—Yo más bien diría que lo encontré desahuciado y estoy recuperándolo, para establecer cuál es su dolencia. —Lanzó una sonrisa retadora a los circunstantes—. Eso es lo que nos enseñaron en la universidad, ¿no? Primero hay que elaborar un diagnóstico...

—El diagnóstico ya estaba elaborado —lo interrumpieron desde otro flanco.

Le habían preparado una encerrona. Pero Portabella se crecía en la hostilidad. Expuso la arriesgada teoría que llevaba meditando desde que empezara a tratar a Jules: la paranoia como mecanismo de defensa frente a la floración de una experiencia traumática que se prefería mantener reprimida en el inconsciente. Se quedaron mudos, paralizados por la incredulidad, como si hubiese pronunciado una herejía o una obscenidad; a ese silencio escandalizado siguió un cierto desbarajuste, entre la mofa y el enojo. Sólo el director del establecimiento permanecía abstraído, como si la controversia no le incumbiera.

—¿Sugiere que Tillon está fingiendo su paranoia? —preguntó alguien, entre la jauría de sus detractores—. Le aconsejo que eche un vistazo a las anotaciones de sus cuadernos.

—Las tengo muy requetevistas —dijo Portabella, alzando la voz entre el barullo general—. Y considero que nos hallamos ante un caso singularísimo en el que confluyen paranoia y simulación. Tillon es un paranoico, eso nadie lo pone en duda; pero también es un hombre inteligente que descubrió que los electroshocks le ayudaban a matar recuerdos que lo martirizaban.

—Lo que nos faltaba por oír. —El más veterano de los psiquiatras volvía a dirigir el acoso—. Resulta que Portabella se resiste al uso del tratamiento que recomiendan los especialistas más prestigiosos del mundo.

Portabella había tratado de dominarse, pero al fin estalló:

—A lo que me resisto es a ser como ustedes. Me resisto a ser un funcionario de la psiquiatría y aplicar cansinamente las enseñanzas heredadas.

Sonaron los primeros insultos, todavía en sordina, como una marejada que amenazaba con degenerar en zafarrancho. El director le lanzó una mirada plañidera:

—Haya paz, haya paz, señores. En honor a la verdad, he sido yo quien ha permitido a Portabella probar otro tratamiento. Después de todo, Tillon ya había pasado por las manos de todos ustedes sin resultado.

Con gran astucia, acababa de tenderles la papeleta a sus detractores, que forzados a reconocer su fracaso volvieron a acoquinarse. Bebían a sorbos de sus tacitas de café, como si saborearan una infusión de cicuta.

—Pero nosotros siempre pensamos que tratábamos con un enfermo mental —dijo alguien, con ofendido sarcasmo—. Ahora Portabella nos descubre que, en realidad, era un embaucador.

Las risitas eran más cohibidas, más disciplinadas también. Portabella consideró que la intervención del director implicaba un espaldarazo a su labor; esta certeza le infundía aplomo:

—Yo no he dicho que sea un embaucador, sino que la complejidad de su enfermedad exige terapias menos agresivas. Le he administrado una medicación proporcionada que ha mantenido a raya sus delirios. Y ahora —tomó aire, quizá se estuviese pavoneando—, me dispongo a iniciar con él sesiones de hipnosis. Estoy seguro de que serán muy fructíferas.

La noticia volvió a causar una oleada de incredulidad. Antes de que se produjera otro altercado, el director le advirtió:

—Espero que haya tomado sus precauciones, Portabella. Aunque desde su internamiento Tillon se haya portado de forma intachable, le recuerdo que en su día llegó a matar a una persona. Imagínese que, en el curso de una de esas sesiones, Tillon se revuelve contra usted. ¿Está preparado para afrontar una situación de este tipo?

El humo de su pipa se retorcía como un dragón herido, antes de disolverse en la penumbra del despacho. Portabella supo que muchos de sus colegas rezarían esa noche, solicitando al cielo que ocurriese tal percance.

—Me temo que no —contestó con una especie de irónica docilidad—. Pero, si muriese en acto de servicio, mis queridos compañeros me pagarían un entierro de primera. Me consuela saberlo.

Si hasta entonces le habían puesto todo tipo de trabas y zancadillas, a partir de aquella reunión le profesaron tal inquina que reclamaron incluso al director que les evitara su compañía, no sólo en aquellas periódicas juntas, sino también en el comedor o en las consultas. Inconscientemente, al excluirlo como a un leproso, los psiquiatras de Santa Coloma habían coronado las aspiraciones de Portabella, misántropo por naturaleza y abominador del gregarismo. El contacto con lo que él consideraba una patulea de mediocres siempre le había provocado sarpullidos, que sobrellevaba a costa de su quietud; al poderse desenvolver al margen de su vigilancia, Portabella sintió que por primera vez podría desarrollar sus potencialidades. Reclamó al director que le acondicionara un cuarto para sus sesiones de regresión hipnótica y diariamente elaboraba los informes requeridos, con un celo y una puntillosidad que dejaban pasmado a su superior; pero aún habría de pasmarse más, cuando sus técnicas empezaran a brindar resultados. Jules había ido recobrando la vivacidad de antaño; y, a medida que se sucedían las sesiones hipnóticas, también iría recobrando la memoria, cuya pujanza ya no necesitaba proteger con delirios paranoicos. Pero para alcanzar ese estadio antes tuvo Portabella que ganarse su confianza y convertirse en su confidente, en un proceso de transferencia que quizá resultó más oneroso para el propio Portabella que para su paciente, pues, como les ocurre a todos los egoístas, su predisposición a erigirse en depositario de confidencias ajenas era más bien escasa. Pero, además de egoísta, Portabella era devoto de su ciencia, por la que habría vendido su alma gustosamente; y esa devoción bien merecía un poco de fingimiento. Jules, al principio con pudor, luego con alivio, fue despojándose ante Portabella de los velos que escondían su pasado, desde que Lucía lo recogiera a la orilla de aquel lago en Roissy-en-Brie hasta su ingreso en el manicomio. Ya sólo faltaba remover ese séptimo velo donde se refugiaba la noche.

—Es inútil —se lamentaba Jules—. Lo he intentado miles de veces. Es como mirarse ante un espejo que no devuelve tu imagen. Sabes que la imagen está ahí, pero no puedes verla.

Estaba tumbado sobre el diván que Portabella había dispuesto para la ocasión. Mantenía la vista fija en el techo, como si de este modo mitigara la humillación de una derrota mil veces repetida.

—La pérdida de la memoria no es irreversible, Jules —lo animó Portabella—. Es un truco de la mente; pero como todos los trucos tiene su explicación, nadie mejor que usted lo sabe. Por algo ha sido mago.

—Sí, un truco de la mente —repitió Jules, esbozando una sonrisa hastiada—. Un truco para no perder la razón. Se permanece cuerdo por el sistema de olvidar conscientemente algo horrible y se encierra ese algo horrible detrás de una puerta.

—Tenemos que abrir esa puerta.

Jules se volvió hacia Portabella con una mueca desalentada. No participaba de su convicción.

—Ya lo intenté en cierta ocasión y sólo conseguí volverme loco... No me veo con fuerzas.

—Entonces lo hizo usted solo. Ahora le pido que me deje ayudarle a empujar esa puerta.

Se hizo un silencio agónico. Jules resopló y se llevó las manos al rostro, abrumado por la petición.

—¿Para que vuelvan los fantasmas que me persiguieron? —Al conjuro del miedo, creyó percibir otra vez el martilleo arrítmico de unos pasos retumbando en su cráneo—. Ya no podría resistirlo.

—Ha pasado mucho tiempo desde entonces, Jules. Y aquí está seguro. Esos fantasmas no volverán.

Jules palideció, pero su mirada se había tornado intrépida. Habló con una voz oxidada, sin el menor énfasis:

—Está bien. Pero a cambio prométame una cosa. —Portabella asintió, procurando que no se notase su exultación—. Prométame que localizará a Lucía. Prométame que se enterará de su paradero, de si ha logrado rehacer su vida.

Portabella le tendió una mano, para sellar el pacto y aquietar sus remordimientos:

—Cuente con ello —dijo, e introdujo una pausa solemne, para que la promesa echase raíces en la conciencia de Jules, antes de emprender la navegación que lo conduciría hacia aguas tenebrosas—. Ahora haremos unos ejercicios preliminares de hipnosis. Después, si todo marcha bien, tomaremos juntos la decisión acerca del tratamiento que desea seguir. ¿De acuerdo?

Notó que la sombra del resquemor aún merodeaba a Jules:

—¿Cree que funcionará?

Portabella se había levantado de su silla para bajar las persianas. Sólo la lámpara del escritorio alumbraba el despacho con una luz como de catacumba o contubernio masónico.

—Las personas inteligentes suelen ser mejores pacientes de hipnosis. Y usted lo es —lo halagó.

—¿Conservaré el control de mí mismo? —preguntó todavía Jules, algo escamado.

—Por supuesto. Nunca lo tendré bajo mi poder. —Había empezado a hablar con una voz arenosa que preparase el trance—. Seré únicamente su guía. Usted dirá tan sólo lo que quiera decir.

La intensidad azul de su mirada, en la que convivían mansedumbre y barbarie, refutaba sus palabras. Jules exorcizó sus temores con una pizca de humor:

—Pues venga, traiga la vela o el reloj de bolsillo o lo que sea y empiece con los pases mágicos.

Portabella se rió con gusto:

—Ya veo que tiene una concepción un poco circense de la hipnosis. ¿Y qué le parece si se concentra simplemente en el techo? Y en mi voz —dijo, cada vez más calmosamente—. Respire despacio, inspire y espire, inspire y espire. Quiero que se relaje por completo. Imagínese que está tumbado sobre una balsa, en un mar de aceite. Inspire. Espire.

La voz del psiquiatra se hacía más sugestiva y sedante, más remota también, tan remota que parecía emitida desde las entrañas de un sueño. Jules había dejado de oír su propia respiración.

—Relaje las piernas. Los pies, las pantorrillas, los muslos. Relaje los hombros. Y el cuello. Relaje su cuerpo. Inspire. Espire. Y sienta la ondulación suave de ese mar de aceite que lo sostiene. Sienta cómo flota, liviano como una hoja. Relájese. Sienta la luz tibia del sol. Relájese y duerma. Está muy, muy somnoliento.

La repetición de las palabras actuaba como una salmodia placentera que poco a poco se convertía en un indescifrable rumor, como el ruido acariciador de las olas sobre la playa. La respiración de Jules era cada vez más profunda y regular; los músculos de su cara se aflojaban.

—Está durmiendo. Cuando cuente hasta tres, no podrá abrir los ojos. Uno... Sus párpados están cerrados. Dos... No puede moverlos, son demasiado pesados. Y tres.

Jules nunca había probado aquella sensación de ingrávido letargo. Pasaron unos minutos —o quizá apenas unos segundos, había perdido la noción del tiempo— antes de volver a escuchar a Portabella:

—Ahora va a retroceder en el tiempo, hasta encontrarse otra vez con Hans Döbler, el hombre al que asesinó en Barcelona. —Hablaba en un tono neutro que no mostraba la más leve indecisión—. Usted se encuentra en París, ha regresado a París.

Aunque no movió ninguna parte del cuerpo, Jules se había puesto rígido de repente. Una marea de temblor se extendía por brazos y piernas.

—Dígame lo que ve —lo incitó Portabella.

Al principio, la voz de Jules sonó como un gorgoteo:

—Una luz cegadora...

—¿Qué más?

Jules se revolvió en el diván, con una sacudida que a punto estuvo de arrojarlo al suelo.

—Apenas puedo moverme. Me han atado los brazos al respaldo de una silla. No siento los dedos, no siento los dedos...

Soltó un aullido desgarrador. Volvía a notar el filo de un puñal escarbando sus uñas, arrancándoselas parsimoniosamente, una a una, mientras se sucedía un aluvión de preguntas que no sabe responder, que no puede responder, porque el dolor le hace desfallecer. Sólo desea que lo dejen un segundo libre, para alcanzar la pastilla de cianuro que esconde en un estuche, cosida al dobladillo del pantalón. Es la pastilla que siempre les reparte Marcel, antes de iniciar una misión, para que la ingieran si sospechan que no serán capaces de resistir los tormentos de los interrogatorios, si sospechan que acabarán desembuchando. Antes que vivir con la culpa de haber enviado a la muerte a otros camaradas, era preferible el suicidio.

—¡Soltadme! ¡Soltadme y os juro que hablaré! —gritó Jules, ante un Portabella cada vez más espeluznado.

Pero sus torturadores no pican el anzuelo tan fácilmente. Hacen saltar una nueva uña, que se aferra a la carne como una lapa a la roca. Entre las brumas de la inconsciencia, Jules escucha una voz metalúrgica que procede del fondo de la habitación: «Vosotros no sois combatientes, sois terroristas. Actuáis sin uniforme, asesináis y saboteáis despiadadamente, y merecéis ser tratados como lo que sois, sabandijas.» El hombre habla desde el fondo de la habitación, allá donde la luz cegadora le impide alcanzar con la vista. Ahora camina hacia él, arrastrando una pierna, como si fuese rengo de nacimiento o una ráfaga de metralla le hubiese entorpecido la articulación de la rodilla, hasta tapar con su cuerpo el foco de luz. Jules descubre entonces el cadáver de su camarada Caruso, arrojado como una piltrafa en el suelo; le han arrancado los ojos, y su mandíbula inferior es un amasijo sanguinolento. «¿Ves lo que le ha ocurrido a tu amigo? —le dice el hombre rengo, que se ha detenido ante el cadáver de Caruso y lo pisa como si fuese una cucaracha—. Pues lo mismo te espera a ti si no cantas.» Se ha situado a su vera; Jules lee en la hebilla de su cinturón la terrible divisa: *Meine Ehre heisst Treve*, mi honor se llama fidelidad. Cuando se inclina para arrancarle del dobladillo del pantalón la pastilla de cianuro distingue en su gorra torcida sobre la oreja la calavera bordada bajo un águila arrogante y las runas en el cuello de su guerrera. Lleva un uniforme negro, el uniforme de la Gestapo, y sostiene en su mano enguantada la pastilla de cianuro: «¿Pensabas que íbamos a dejar que te suicidaras? —pregunta sarcásticamente—. ¿Tanta prisa tienes por abandonar este mundo?»

—¡Podéis hacer conmigo lo que os venga en gana! —gritó Jules, y lanzó un escupitajo—. ¿Me habéis oído? ¡Lo que os venga en gana! No pienso hablar...

Portabella sudaba, acongojado. No había previsto una situación semejante: era como contemplar un volcán cuyo magma ha empezado a rugir y ya pronto se desbordará. A Jules le faltaba el resuello y había caído del diván, entre convulsiones y espumarajos; sus ojos, enrojecidos y coagulados de pavor, no lo veían a él, sino al hombre de la Gestapo que se inclina ante él y le permite al fin distinguir el rostro que ensombrecía la gorra de plato, el rostro enjuto, terroso, con las mejillas ametralladas de viruela y los ojos chicos como alfileres y la boca sin labios, la boca que parece hendida directamente sobre la piel: «Te aseguro que pronto tu boca será más fea que la mía», le dice sañudo, y enarbola una fresa de dentista cuyo estridor se funde con los alaridos de Jules, a quien obligan a abrir la boca las mismas manos que antes se entretenían arrancándole las uñas, mientras las brocas de la fresa inician su estropicio en las encías, hasta atorarle la garganta con su propia sangre, hasta que las esquirlas de hueso saltan como astillas de madera seca contra el velo del paladar.

—No hablaré... No hablaré...

La voz de Jules se adelgazaba en una letanía declinante que lo arrastraba al desmayo. Portabella se había puesto en cuclillas y auscultaba su pecho. Temió que ya nunca más Jules regresara del trance cuando empezó a boquear y su mirada adquirió una calidad vidriosa. Volvió a hablar; su voz ya no era neutra ni arenosa, más bien parecía que estuviese formulando una plegaria o una petición de clemencia:

—Va a regresar al presente, Jules. Va a regresar al tiempo y al espacio presentes. Voy a contar hacia atrás de cinco a uno, y cuando termine usted estará completamente despierto, cinco... cuatro... tres... dos... uno. Está despierto, Jules.

La última frase era un desiderátum, más que una constatación. Jules había dejado de patalear y debatirse contra un enemigo invisible, pero Portabella no sabía si atribuir su recobrada laxitud a una superación de la crisis o un colapso circulatorio. Entonces Jules parpadeó, recorrió con la mirada los contornos de la habitación, hasta detenerse en Portabella, que rehuyó su escrutinio, como quien se avergüenza de lo que ha hecho y aguarda un alud de reproches. Jules se incorporó dificultosamente, como si la evocación de aquellos pasajes traumáticos de su pasado le hubiera dejado los miembros doloridos. Había algo en su mirada oscuro y a la vez sereno, con esa serenidad magullada de quienes han sobrevivido al espanto.

—Hemos abierto la puerta —dijo—. Ahora ya veo mi imagen en el espejo. Ahora recuerdo.

Llevaba casi un mes trabajando en la fábrica Renault y, sin embargo, todavía se quedaba suspenso ante el espectáculo que se desplegaba en derredor. La amplitud de la nave, de techos altísimos sostenidos por vigas y pilastras metálicas, recordaba un grabado de Piranesi o una catedral que hubiera diseñado algún discípulo exaltado de Eiffel. Era imposible abarcar con la vista aquella agitada vastedad, donde miles de hombres, ataviados con blusones grisáceos, hormigueaban en torno a las cadenas de montaje, o parecían a punto de ser deglutidos por máquinas aparatosas como mastodontes, laberínticas de engranajes y cintas correderas y ruedas dentadas que resoplaban, gemían, chirriaban en un concierto horrísono, como si sus intrincados mecanismos sostuvieran los cimientos del mundo. Dos vías férreas laterales surcaban la nave, en un tráfico incesante de vehículos de tracción y locomoción que trasladaban hombres y piezas a diversos puntos de la cadena de montaje; de unos raíles voladizos pendían decenas de contenedores que desalojaban su carga aquí y allá, se elevaban, descendían, se detenían con un balanceo amedrentador, en una coreografía siempre cambiante. El aire se espesaba con el hollín del carbón; la ferralla alfombraba el suelo; una furia de chispas se arremolinaba hacia lo alto, como un enjambre de luciérnagas desnortadas. Grupos de trabajadores que tenían tiznada hasta la córnea se desplegaban ante los hornos que escupían una lengua de metal incandescente; para enfriarlo y laminarlo, ese magma debía pasar por unos conductos que desprendían nubes de un vapor tóxico, como emanadas directamente del tártaro. Resonaban clangores que reventaban los tímpanos, el silbido de los soldadores se mezclaba en un estrépito enloquecedor con el rechinar de las prensas, el restallido seco de los pernos que taladraban la chapa, el crujido lastimero de las atornilladoras. Como el sol apenas lograba colar unos rayos intimidados entre la maraña metálica del techo, la cadena de montaje se alumbraba con reflectores que achicharraban a los obreros, ligados a sus máquinas como galeotes a su remo, como centauros a esa mitad de sí mismos que los tiraniza y transforma en brutos, repitiendo durante ocho o nueve horas cada día el mismo gesto agotador —asegurar una tuerca, comprobar el funcionamiento de una bujía, remachar un clavo—, en una actualización de la condena de Sísifo, hasta que el siguiente turno de trabajadores los relevase. Porque en la fábrica Renault de Billancourt nunca cesaba la producción, día y noche la cadena de montaje proseguía su curso, como un río insomne, como el avance implacable de las divisiones Panzer.

Jules se había incorporado a la fábrica Renault precisamente cuando, después de largos meses de «guerra boba», con soldados sesteantes que aguardaban en las fortificaciones de la línea Maginot a un enemigo que no parecía atreverse a iniciar las hostilidades, el ejército alemán lanzó a través de las Ardenas una ofensiva fulgurante que desarboló las defensas francesas. La movilización decretada por el gobierno había vaciado la fábrica, que se aprovisionaba fundamentalmente de obreros en edad de reclutamiento; y puesto que Louis Renault, su dueño, había recibido órdenes de mantener la producción, destinándola además a fines militares, hubo que improvisar una contratación multitudinaria. Jules tenía diecisiete años, una edad que lo libraba de chiripa de la leva, y llevaba dos recibiendo clases en la escuela-taller que Renault sostenía en Billancourt, para asegurarse un vivero de trabajadores con formación específica. Puesto que, además, su padre, Adolphe, llevaba casi veinte empleado como cerrajero en la fábrica, su incorporación a la diezmada plantilla no se tropezó con trabas. Le habían asignado un puesto en el departamento número doce, donde se alineaban las prensas encargadas de ahormar las chapas que luego, convenientemente ensambladas, componían la carrocería de los automóviles. Eran aquellas prensas máquinas que alcanzaban una altura de tres pisos, con inmensas ruedas dentadas y un sistema de rodillos accionado mediante palancas que al principio el novato Jules se creyó incapaz de mover. Hacía falta ser un atlante para no acoquinarse ante aquellos mamuts de metal.

—No te dejes impresionar, chavalote —lo había aleccionado Marcel Lalande, un veterano del mismo departamento—. Debes esperar a que la chapa esté alineada al milímetro. ¿Lo ves? Entonces tiras de esta palanca hacia ti. Cuando el tambor empieza a girar, empujas esta otra.

La chapa, al ser aplastada, exhalaba un vagido que conmovía la armazón de la nave, como si en el subsuelo se estuviese tramando algún cataclismo, y dejaba los oídos sordos y como rellenos de estopa durante casi un minuto.

—Acabarás acostumbrándote, chaval. A mí ya hasta me parece música celestial —bromeaba a gritos Marcel Lalande.

No le faltaba razón. A medida que aprendía su oficio, Jules llegó a pensar que aquellas máquinas no eran algo inerte, sino animales cautivos que con sus resoplidos y su barahúnda desapacible reclamaban la intervención de una mano misericordiosa que los liberara de su prisión. Llegó a pensar, incluso, que aquellas máquinas admiraban a los obreros que las manejaban, como los caballos admiran a sus dueños, aunque de vez en cuando les arreen una coz.

—Veo que eres habilidoso y aprendes con rapidez. Serías un buen camarada.

—La política no me interesa, Marcel.

Marcel Lalande apenas frisaba la treintena, pero aparentaba una edad suficiente para ser su padre. Una década en la fábrica Renault de Billancourt gastaba a los hombres hasta tornarlos viejos prematuros. Tenía unas facciones enjutas y obstinadas, como de monje que un día decide hacerse soldado; de las aletas de la nariz le nacían dos profundas arrugas que morían más abajo de las comisuras de los labios, arrastrándolas en cierto modo en su caída y dibujándole una mueca de perenne insatisfacción. Estas arrugas, como las de su frente y las que rodeaban los ojos —vivaces, siempre alerta, como los de un mastín que otea su presa—, eran los únicos recodos de su tez que aún no habían sido invadidos por el tizne; no era, sin embargo, el suyo un tizne que se limpiara con agua y jabón, sino que ya se le había inmiscuido en la piel, como un tatuaje.

—Pues las circunstancias, perdona que te lo diga, exigen compromiso político —insistió Marcel.

—Yo creo que más bien exigen patriotismo —lo rebatió, quizá

cándidamente—. Hay un enemigo común al que hay que detener como sea.

Marcel era uno de los cabecillas en la fábrica de la Confederación General del Trabajo, el sindicato ligado al partido comunista, prohibido por el gobierno de Paul Reynaud como reacción a la alianza germanosoviética. Durante la huelga del año 36, saldada con el establecimiento de la jornada laboral de cuarenta horas y un convenio colectivo muy beneficioso, había acaudillado algaradas y organizado el encierro de los obreros en la fábrica durante quince días, convirtiéndose en un héroe proletario. Pero su estrella había comenzado a declinar dos años más tarde, cuando Daladier aumentó por decreto la jornada a cuarenta y ocho horas y la resistencia sindical fue disuelta por los guardias móviles; circunstancia que fue aprovechada por el patrón Louis Renault para recortar quirúrgicamente la plantilla. La posterior proscripción del partido comunista y de sus sucursales sindicales no había hecho sino agriar su carácter.

—¿Enemigo común? —se irritó Marcel—. ¿Acaso los alemanes te han hecho algún mal? El enemigo del obrero francés no es Hitler; la guerra de Francia contra Alemania no es la guerra de los trabajadores.

A Jules le faltaba aún capacidad dialéctica para enfrentarse a alguien como Marcel, curtido en la lucha de clases.

—Es la guerra por la libertad... —dijo, con una voz demasiado feble que se tragaron las máquinas.

—¿Quién te crees que ha provocado esta guerra, sino la burguesía francesa, que oprimió al pueblo alemán con unas condiciones insufribles tras el Tratado de Versalles? —se enardeció Marcel—. Un castigo imperialista que pagaremos con creces.

El acaloramiento afilaba sus rasgos, que ahora tenían una ferocidad flamígera. Jules, sin cesar en el manejo de la prensa, se replegó en su trinchera patriótica:

—Pues yo sigo pensando que la obligación de un buen francés es seguir a su gobierno.

—¿Seguirlo adónde? —se carcajeó Marcel, pero su intención era más apologética que escarnecedora—. ¿Es que no te has dado cuenta de que nos llevan a la perdición? Esas hienas del gobierno son muy valientes en las tribunas, pero a quienes envían al frente como carnaza es a los hijos de los obreros, no a los suyos.

El contramaestre del departamento, Vasili Kuznetsov, los sorprendió en mitad de la conversación. La dirección de la empresa solía reclutar a los capataces y encargados de la vigilancia entre antiguos militares que con sus modos castrenses mantenían mejor la disciplina. Kuznetsov, un cincuentón de andares plantígrados y cara ancha como una pala, era un menchevique que, como tantos otros oficiales y soldados de su ejército, se había instalado en Billancourt, prófugo de los sóviets.

—¡Malditos vagos! Menos cháchara y más dar el callo.

Se quedó un rato husmeando entre las prensas, con el ceño fruncido y la vista clavada en Marcel, a quien se la tenía jurada. Cuando por fin prosiguió su ronda, Marcel lo increpó por lo bajinis:

—Espérate, hijo de puta, espérate que triunfe aquí también la revolución y verás. Yo mismo me ocuparé de colgarte de los cojones.

Jules se rió. Las exageraciones y truculencias de Marcel siempre provocaban su hilaridad:

—Venga, Marcel, no te pases, tampoco es para tanto. El viejo cumple con su deber.

—El viejo es un cipayo asqueroso. —Él también se rió, y lanzó un codazo a Jules, por seguir la chanza—. A ti lo que te pasa es que su hija te hace tilín. Y no te reprocho el gusto, cabronazo. Tiene un meneo en el culo la tal Olguita que entran ganas de empitonarla. Pero no te emociones, que tengo entendido que hay que hacer cola.

Jules se había sonrojado como un chiquillo. Afortunadamente, los sofocos de la prensa disimulaban su azoramiento.

—Ya será menos —dijo, cohibido.

—Sí, sí, quizá me esté quedando corto. Ese cabaré de mala muerte donde trabaja debe de ser poco menos que un lupanar. —Marcel hizo una pausa, haciéndose el digno—. Hablo de oídas, por supuesto, porque jamás pisaré ese antro de escoria menchevique.

Jules, en cambio, lo pisaba desde hacía años, al principio tan sólo para recoger a su padre, que solía quedarse rezagado a la salida de la fábrica en compañía de unos amigotes y trasegaba hasta pillarse una cogorza que le impedía encontrar el camino de vuelta a casa. Desde que entrara a trabajar en la isla Seguin, Jules había empezado a frecuentar el lugar, a rebufo de otros obreros que lo habían adoptado como cuartel general donde planeaban sus reivindicaciones salariales y también como apeadero de diversión, antes de reintegrarse al tedio conyugal. El local, demasiado modesto o menestral para merecer la designación de cabaré, lo regentaba un oficial exiliado del ejército blanco, Anatoli Nicolayev, que amenizaba a la clientela con actuaciones de cantantes y bailarines cíngaros más bien deslucidas. Apenas un par de meses atrás, el ambiente del garito se había animado con la incorporación mucho más tentadora de Olga, la hija del contramaestre Kuznetsov, que había regresado a Billancourt con el rabo entre las piernas, después de probar suerte en varios estudios cinematográficos y de rodar por varios cabarés de relumbrón de Montparnasse. Olga, que quizá no tuviese talento ni tragaderas para triunfar en ambientes donde la disponibilidad venérea importaba mucho más que los méritos artísticos, desentonaba en el tugurio de Nicolayev como una flor en el cieno. Pero mientras durase el milagro de su presencia en el lugar, Jules no dejaría de pasarse por allí. Olga, aparte del meneo del culo ponderado por Marcel, contaba con otros muchos encantos físicos: a Jules le subyugaban, sobre todo, sus ojos de mosaico bizantino, de un color gris con irisaciones de nácar, y sus labios, que habían sido hechos para la tarea de los besos. En más de una ocasión se había atrevido a visitarla en su camerino, procurando anticiparse a la horda de moscones que la cortejaban y se disputaban sus favores. Olga lo trataba con deferencia y cierta pícara jovialidad, la misma que podría haber dedicado a un amiguito de su hermano pequeño. Porque Olga le llevaba siete u ocho años; pero la diferencia de edad y la condescendencia que empleaba con él no lo habían disuadido de su quimera. Jules se había enamorado de Olga Vasilievna; y aspiraba, con un tesón quizá algo fatuo o iluso, a ser correspondido.

—¡Eh, pasmarote! —lo sacudió Marcel—. ¿Es que no has oído la sirena? Es la hora del almuerzo.

No la había oído, entre el estridor del metal prensado y el curso acaso más sigiloso pero no menos absorbente de sus ensoñaciones. Y no convenía dejar pasar un solo instante desde que la sirena anunciaba el receso con su mugido, pues los obreros de la fábrica sólo disponían de una hora para almorzar, después de que la hora anterior la cantina la ocupase el personal administrativo y antes de ceder el turno a los «blusas blancas», capataces y contramaestres como Kuznetsov que gozaban de ciertas prebendas, a cambio de comportarse como cipayos. Jules y Marcel se quitaron los mandilones, se lavaron sumariamente las manos y la cara en una pileta, tomaron sus respectivas fiambreras y se sumaron a la marea humana que se encaminaba a la cantina, cruzando pronósticos variopintos sobre el desenvolvimiento de la guerra. Desde que los alemanes violaran la frontera, los parisinos pasaban la noche en vela, en consternado silencio, escuchando los noticieros radiofónicos naturalmente censurados que, sin embargo, de vez en cuando delataban circunstancias desalentadoras; la última había sido la rendición deshonrosa del rey Leopoldo de Bélgica, de la que ni siquiera había advertido previamente a sus aliados. Luego, durante el día, esas noticias confusas o tergiversadas se comentaban profusamente en corrillos y porterías, hasta que se tornaban irreconocibles (pero seguramente más ajustadas a la verdad), a medida que se contaminaban de bulos y rumores.

—Mira, ahí está la pandilla de tu padre —le indicaba Marcel—. ¿Quieres que nos sentemos con ellos?

Jules siempre desestimaba esa opción, pues como suele ocurrir en la juventud le avergonzaba que los compañeros lo tomaran por un apocado que aún no había aprendido a volar por libre, lejos de la égida paterna, y también porque sabía que a su padre lo incomodaba que lo viesen en compañía de Marcel, un comunista notorio que tarde o temprano terminaría arrestado. Adolphe, su padre, le dirigió un gesto de escueta aprobación cuando comprobó que pasaban de largo; era un hombre más bien abúlico, de facciones excavadas por un desencanto que se había agravado al saber que Jules había sido destinado a las prensas de chapa y que, por lo tanto, no seguiría el oficio de cerrajero que él le había enseñado. La cantina era un guirigay de voces desgañitadas y secreteos cariacontecidos.

—Mejor nos sentamos allá al fondo —dijo Jules—. Así estaremos a nuestro aire.

Aunque le desagradaba el dogmatismo un tanto cerril o destructivo de Marcel, que anteponía las consignas del partido a cualquier otra consideración de sentido común o mera humanidad, Jules se sentía a gusto a su lado, incluso hallaba cierto inescrutable deleite en mostrarse a los ojos de los demás como una suerte de aprendiz suyo, un aprendiz díscolo y reticente.

—Conque una guerra por la libertad... —gruñó Marcel socarronamente, rescatando la conversación que el contramaestre Kuznetsov había interrumpido—. Qué engañado estás, chaval.

Y, sin encomendarse a Dios ni al diablo, extrajo del enfaldo del blusón un ejemplar resudado de la edición clandestina de *L'Humanité*. Las letras de almagre brillaban como una rúbrica de sangre sobre el papel pardusco.

—¿Estás loco? —se alarmó Jules—. Si nos pillan con eso nos llevan de patitas a la cárcel.

—¿Desde cuándo eres un cobardica? —se burló Marcel—. Lee, lee ese editorial.

Jules se conformó con espigar unas pocas frases, antes de devolver el cuerpo del delito a su mentor: «Mientras el pueblo alemán luche contra su burguesía, nosotros, en Francia, debemos luchar contra la nuestra, a la que es posible debilitar y vencer mediante nuestra acción en las fábricas y dentro del ejército.» Endureció la voz:

—A eso se le llama traición, Marcel. Así de simple.

Marcel embaulaba una empanada de carne quizá algo más tiesa de la cuenta. Al hablar, lo rociaba de perdigones:

—Pero, ¿traición a quién? ¿Me lo quieres decir? ¿A los chupasangres como Renault? ¿A Lebrun, Reynaud, Daladier y demás gentuza del gobierno, que están quemando como descosidos los archivos de los ministerios, para que los alemanes no puedan divulgar sus corruptelas y trapicheos, y que ya tienen preparada su evacuación de París? —Iba elevando el tono de voz, que sin embargo seguía siendo inaudible, entre el griterío general—. ¿A los perros de la policía y la administración que se ensañan con los camaradas comunistas? ¿A los generalotes que aún viven de las rentas de Verdún y que ya no saben combatir en una guerra moderna? ¿A quién, dime?

Se había sulfurado, como si la acumulación de tantos ineptos, irresolutos, carroñeros y ventajistas le hubiera despertado las ganas de emprender una purga, al estilo de las que practicaba el padrecito Stalin.

—A Francia —contestó escuetamente Jules.

—¡A Francia! ¿Y qué coños es Francia? ¿La Santísima Trinidad?

Quienes invocan a Francia son los auténticos traidores. Están mandando a los obreros a que los destripen los tanques.

En las mesas contiguas habían captado algún retazo de su diatriba y sus ocupantes se volvían, rogando de forma tácita que se reportaran, para no provocar una intervención de los vigilantes que Renault había distribuido por la cantina.

—Si de tanques se trata —dijo Jules, en un susurro—, nuestro ejército cuenta con tantos o más que Alemania. Lo leí en *Le Figaro*.

Marcel formuló una sonrisa desdeñosa:

—¿Qué mierda de hoja parroquial lees? La clave no está en el número, no seas infantil. Esos militares artríticos tienen una concepción anticuada de la estrategia y la logística. —Reunió las migas de su empanada en un puñado y las distribuyó en dos hileras—. Los muy imbéciles siguen utilizando los carros blindados como fuerza auxiliar de los soldados de infantería, que marchan a pie, cargados como mulas con el fusil y la impedimenta. —Empujó imperceptiblemente las migas de una hilera—. Los alemanes, en cambio, los emplean como fuerza de choque motorizada. Rompen el frente enemigo en un visto y no visto, se despliegan detrás de sus líneas defensivas y organizan una escabechina. —Con las migas de la otra hilera había trazado movimientos raudos y envolventes—. ¿Lo entiendes? Es la *Blitzkrieg*, la guerra relámpago. Ese Hitler tiene generales que piensan con la cabeza, no con el culo, como los nuestros.

—Y entonces, según tú, ¿qué ocurrirá?

Las explicaciones de Marcel lo habían dejado para el arrastre. Ni siquiera se veía con fuerzas para hincar el diente a la comida. Marcel, en cambio, parecía, si no exultante, al menos complacido ante la desgracia que aguardaba a sus enemigos.

—La debacle. En un par de semanas los alemanes se pasearán por los Campos Elíseos.

Aquel augurio lo llenó de vértigo y de una como presentida sensación de orfandad.

—Exageras —se rebeló—. Francia resistirá.

—¡Y dale con Francia! —Marcel se había repantigado en su silla, fieramente risueño—. Confundes Francia con esa pantomima de la democracia burguesa. Admite un consejo, Jules —lo había señalado con un dedo índice admonitorio—: un joven de tu edad con pers-

366

pectiva de futuro sólo puede ser fascista o comunista, la democracia es una reliquia de otra época.

La disyuntiva que le planteaba Marcel acabó de desalentarlo. Aquella misma tarde la dirección de la empresa reunió a los trabajadores en la explanada de la fábrica, para anunciarles que desde ese mismo día quedaba suspendido el turno de noche, pues desde la prefectura se había precavido contra el uso de la luz eléctrica, para no ofrecer dianas fáciles al enemigo en una hipotética incursión aérea. En consecuencia, y puesto que el gobierno había establecido unos baremos de producción que Renault se había comprometido a cumplir, había que incrementar el ritmo de montaje. A la postre, iba a resultar que Marcel estaba en lo cierto cuando sostenía que la guerra sólo perjudicaba a los obreros; pero reconocerlo le provocaba una lastimada rabia. Los días en la fábrica ya resultaban, sin necesidad de añadirles nuevas penalidades, largos y extenuadores, compuestos únicamente por un solo acto que había que realizar una y otra vez, como obligaba el sistema de producción en cadena. Al emplearse en Renault, los obreros renunciaban a su ciudadanía; habían emigrado a la fábrica, como los mencheviques emigraron a Francia tras la victoria del comunismo. Sus existencias anteriores eran sueños nebulosos que se extinguían cada mañana, cuando empezaban a rugir las sirenas de la fábrica.

Para aferrarse a ese sueño, Jules fue dando un paseo por las callejuelas ocupadas por la comunidad rusa, en las que solía reinar gran agitación a aquellas horas, cuando aprovechando la salida de los obreros se improvisaban, al calor de un samovar, tertulias en barberías y tiendas de comestibles, siempre bien aprovisionadas de los alimentos y las especias que reconciliaban a los exiliados con los sabores de la madre patria. A Jules le extrañó tropezarse con los negocios cerrados y los postigos de las ventanas echados, como si el barrio entero se hallase en cuarentena. Los obreros rusos, que por lo común advertían de su regreso al hogar con vozarrones roncos y festivos, como patriarcas que recuperan su dominio, se escabullían furtivamente en los portales, prófugos de su propia sombra. Quizá en nadie se detecte de un modo tan visceral y apremiante el miedo que atenaza a una ciudad sitiada como en los extranjeros que en ella encontraron hospitalidad; pues de súbito sienten que aquella hospitalidad era contingente y prestada o, lo que aún resulta más penoso, un cebo que se les tendió para que olvidaran un pasado errabundo que amenazaba con resucitar, cuando ya habían creído que se trataba de una pesadilla felizmente extinta. Jules se encaminó hacia el cabaré de Nicolayev. La puerta estaba trancada; pero por las rendijas se escapaba una luz mortecina y azulosa, como de lámpara de acetileno, y el runrún monótono de una radio que lanzaba consignas patrióticas. Tras un titubeo inicial, se atrevió a golpearla con el puño. Tardaron en contestarle.

—Está cerrado. ¿Qué desea?

Era la voz del dueño, Nicolayev, que no se molestaba en disimular su contrariedad.

—Venía a ver a Olga —soltó atolondradamente—. Dígale que soy Jules, Jules Tillon.

Nicolayev suspiró con hastío y se alejó hacia el interior del local, rezongando en su lengua vernácula, que sonaba doliente y áspera a un tiempo. Al poco volvió y, sin decir palabra, corrió el tranco y permitió pasar a Jules, que se quitó la gorra antes de cruzar el umbral, como si entrara en una iglesia. Nicolayev era un hombre calvo, de mentón fino y prominente, que compensaba la coronilla despoblada con una barba entrecana de santón o apóstol anarquista; vestía una camisola de mangas abullonadas, con muchos encajes y bordados, como un mujik endomingado, o más bien un mujik de repertorio hollywoodense.

—En su camerino está. Me ha dicho que puedes pasar sin llamar —dijo Nicolayev en un refunfuño, como si lo enviara a una misión inútil.

Tal vez estuviera harto de los coqueteos de Olga, harto de que anduviera encalabrinando a los clientes, para después darles calabazas. Pero Jules, un poco presuntuosamente, pensaba que con él Olga no gastaba estos ardides; o que, si los gastaba, acabaría por rendirse a su cortejo. Mientras sorteaba las mesas en la oscuridad apenas alumbrada por la llama del acetileno, el corazón empezó a golpearle el pecho como el badajo de una campana. Llamar camerino al cuchitril atestado de cachivaches que Nicolayev tenía habilitado como despensa, bodega y vestuario para sus bailarinas y sus cantantes cíngaros era una hipérbole; había que entrar sorteando los cajones que se apilaban formando obeliscos que amenazaban ruina. La luz declinante del sol atravesaba una humilde cortina de percal rojo, llenando el angosto espacio de una penumbra cálida y palpitante, encarnada como un rosal en flor. Olga se hallaba sentada en un taburete, limándose las uñas de los pies. Estaba en combinación, una combinación de satén que, al tener las piernas cruzadas y estar inclinada hacia delante, se le había recogido, dejando al descubierto unos muslos lechosos y perfectamente comestibles. Jules sintió que le flojeaban las rodillas; todo daba vueltas alrededor como en un mareo.

—¿Qué te trae por aquí? —le preguntó Olga, sin interrumpir su pedicura—. Hoy no habrá actuación, la gente está bastante asustada con las nuevas órdenes de prefectura.

Estiró las pantorrillas, para contemplar el efecto del esmalte en sus uñas. Tenía pies de bailarina, pequeños y flexibles.

—Venía a saludarte —dijo Jules, en un balbuceo—. Pero si prefieres acabar de arreglarte tranquila, puedo esperar fuera.

Olga alzó el rostro, divertida ante los aturullamientos de Jules. Tenía una cabellera pelirroja y unas facciones casi agrestes, casi tártaras, que lo encandilaban.

—Me ha dicho mi padre que te has adaptado al ritmo de la fábrica a las mil maravillas —dijo. Y añadió, con un mohín malicioso—: Aunque de vez en cuando te tiene que echar la bronca.

—Hoy sin ir más lejos. Tengo un compañero muy parlanchín que, además, no se lleva muy bien con tu padre. —La voz le temblaba, ante el escrutinio de Olga—. Pero en unos días cobraré mi primer sueldo. Y entonces podré retirarte.

Lanzó esta última frase con intención jocosa, aunque no desesperaba de hacerla realidad algún día. Logró el efecto deseado: Olga lanzó una carcajada sincera, también enternecida. La hilaridad contagió su vibración al vientre, que se le insinuaba debajo de la tela de satén, incógnito como un hontanar, y a los senos que se rebelaban contra la cárcel del sostén, senos que Jules imaginaba jubilosos y feraces, como el jardinero imagina que será su jardín cuando planta los esquejes.

—Podrás llenarme de joyas y abrigos de visón —continuó la broma Olga.

—Desayunaremos caviar...

—Y viajaremos por toda Europa, alojándonos en los mejores hoteles —añadió Olga, pero no se resistió a deslizar una pulla, o quizá sólo fuese un aviso para caminantes—: Aunque corremos el riesgo de que alguien te tome por mi hermano pequeño.

Se había levantado del taburete para alcanzar su vestido de calle, que colgaba de una percha. Al darle la espalda, Jules no pudo evitar que los ojos se le fueran detrás del meneo de su culo, que hasta Marcel, tan aborrecedor de los exiliados rusos, había ponderado. Bajo la combinación, cada nalga parecía tener una movilidad autónoma, como penínsulas movedizas que anhelan desgajarse del continente que las sujeta. Parpadeó, para espantar los pensamientos lascivos.

—Eso ha sido un golpe bajo —se quejó Jules—. Pronto cumpliré los dieciocho. Y me alistaré voluntario, para combatir a los boches. Volveré convertido en un héroe de guerra, entonces tal vez dejes de mirarme como a un chiquillo.

No había abandonado el tono jocoso, pero se adivinaba en su voz un fondo lastimado. Olga se había enfundado el vestido en un periquete.

—No creo que llegues a tiempo de alistarte. La rendición está próxima.

—Ese cuento ya me lo han contado —se opuso Jules—. El ejército se reorganizará y lanzará una contraofensiva, ya lo verás.

Olga lo miró con una mezcla de compasión y disgusto.

—Si tú lo dices... —En cada uno de sus gestos había algo insinuante y ávido, o al menos ésa era la impresión de Jules, un tanto ofuscada—. Anda, súbeme la cremallera del vestido.

—Al menos, si no quieres que te retire, podrías contratarme como *valet de chambre*.

Le subió la cremallera y, antes de que Olga se separase, la tomó de la cintura y la besó muy delicadamente allá donde el cuello se fundía con la nuca. Olga se dejaba hacer.

—¿Y qué harías, además de vestirme?

Oleadas de sangre helada y ardiente inundaban alternativamente a Jules. Ya no estaba cohibido, y sentía su carne desperezándose, como un animal que despierta del letargo.

—Desnudarte —susurró—. Y tenerte siempre satisfecha.

Ahora su erección era violenta como una angina de pecho. Olga se volvió y acercó sus labios a los suyos, hasta rozarlos casi. Desprendía un calor de pantera en plena ovulación.

—A lo mejor luego resulta que soy insaciable y te dejo para el arrastre —le dijo, sin arredrarse ante la obscenidad. Pero enseguida se retractó—: Tienes mucho peligro tú, mi pequeño Jules. ¿Quieres acompañarme?

Ahora la erección lo avergonzaba como un sambenito.

—¿Adónde?

—A Notre-Dame. Hay una misa votiva. Lo acabo de oír en la radio.

—¿Y qué se nos ha perdido a nosotros en una misa?

Tras el calentón, no se veía muy preparado para prácticas piadosas. Olga le pellizcó la barbilla en un arrumaco; tenía algo de animal salvaje y libre, igualmente dispuesto a la caricia y al zarpazo.

—Habrá ministros, diputados, embajadores —contestó burlona—. Quién sabe, a lo mejor engancho alguno que me retire. Y, como no me tendrá satisfecha, podré contratarte de *valet*.

El tranvía que los llevó hasta Notre-Dame, al principio casi vacío, se fue llenando de una multitud sombría y súbitamente devota que cifraba sus esperanzas de victoria en la intervención de un Dios al que no hacía ni puñetero caso en tiempos de paz. El atrio de la catedral estaba abarrotado de gentes venidas de todos los distritos de París, por una vez desentendidas de los prejuicios clasistas, ajenas a la llovizna que había empezado a caer, como un llanto pudibundo. Cubierta de sacos terreros, la fachada de Notre-Dame parecía un baluarte a punto de rendirse. Apenas podían oírse las palabras del vicario que oficiaba la misa, pero los asistentes guardaban un silencio igualmente reverencial, como si de ellas dependiera el curso de la guerra. Cuando concluyó la ceremonia, las autoridades encabezaron la procesión que recorrió la nave central antes de salir al atrio, encabezada por el estandarte de Juana de Arco, blanco con flores de lis bordadas en oro y los nombres de Jesús y María que la Doncella de Orleáns invocaba, antes de adentrarse en el fragor del combate. Jules sintió repugnancia por aquellos gobernantes que presumían de laicos pero no vacilaban en prosternarse llorosos ante las reliquias de la santa, rogando que les fuera concedida la gracia que no merecían. Juana de Arco sabía que la plegaria fortalece el ánimo; pero tras rezar ordenaba que le pusieran la armadura y arreciaba contra el enemigo. Aquellos petimetres, en cambio, se arrodillaban ante el peligro y no se levantaban para hacerle frente. El desprecio que le provocaban semejantes ineptos le crecía como una mata de ortigas mientras se sucedían las invocaciones a la cohorte celestial, que la congregación repetía como si de un ensalmo se tratara:

—*¡Nuestra Señora de París, en vos confiamos!*
¡San Miguel, protégenos en combate!
¡San Luis, protege a quienes nos gobiernan!
¡Santa Juana de Arco, lucha al lado de nuestros soldados y
[llévanos a la victoria!

Cuando por fin la asamblea se disolvió ya había empezado a caer la noche sobre un París sin lámparas que agonizaba sin emitir un solo quejido, como el suicida que se corta las venas y confunde su desangramiento con una beatífica somnolencia. Tras la llovizna, el cielo había recuperado esa tersura tibia de las noches primaverales; una luna mordida por la lepra se reflejaba en los adoquines húmedos y cabrilleaba en un simulacro de júbilo sobre las aguas del Sena, que arrastraban cardúmenes de peces muertos. En lontananza, se adivinaba el eco de los cañonazos, antes que por su rumor débil por el pálido resplandor, casi una fosforescencia, que proyectaban sobre la noche. Mientras caminaban hacia la parada del tranvía, replegados en un mutismo que era a la vez expresión de vergüenza y de una cólera sorda, Olga y Jules fueron arrastrados a través del bulevar Saint-Michel por una riada de gente que se dirigía hacia la estación de Austerlitz, desde donde partían los trenes hacia el Sur. Arrastraban en su éxodo maletas pesadas como catafalcos; y, aunque por sus facciones demacradas y sus gestos despavoridos, podrían haber sido confundidos con parias, se notaba por sus ropas que pertenecían a las clases pudientes de los distritos del centro. Eran los primeros desertores de una desbandada que se prolongaría durante días, sin otra brújula que la desesperación. A los ojos de Jules, aquella multitud prófuga ya no presentaba rasgos humanos; parecía una manada en estampida. Tanto egoísmo, tanta cobardía vana le revolvían el estómago.

Mientras esperaban el tranvía, Jules se detuvo a contemplar los carteles de propaganda que empapelaban profusamente las paredes de los edificios: sobre un mapamundi, las colonias francesas e inglesas, destacadas en color rojo, cubrían la mitad de los dos hemisferios; rodeando el mapamundi, como un halo santificador, involuntariamente irrisorio, se leía la siguiente frase: «Venceremos porque somos los más fuertes.» Los carteles todavía olían a engrudo fresco, pero el vandalismo o la indignación popular ya los habían reducido a jirones que tremolaban en la brisa nocturna como banderas exhaustas, apenas trapos de una derrota.

El ataque aéreo se produjo hacia la una y media. No haría ni diez minutos que la cadena de montaje había reanudado su marcha, tras el receso del almuerzo. Sabían que la fábrica Renault sería uno de los objetivos prioritarios, en caso de bombardeo; pero habían aprendido a convivir con esa espada de Damocles suspendida sobre sus cabezas, y se suponía que las sirenas los avisarían con suficiente antelación para desalojar la nave y correr a los refugios excavados en la isla Seguin. Hasta en tres ocasiones se habían organizado simulacros que permitían augurar que el hipotético ataque, más allá de los destrozos materiales que causase, se saldaría sin víctimas. Pero aquella mañana el cielo había amanecido turbio, empedrado por una calina que tornaba aún más sofocante el calor de junio y dificultaba la visibilidad; los bombarderos alemanes, además, volaban a gran altura, de tal manera que no fueron advertidos por las defensas antiaéreas hasta que empezaron a caer los primeros proyectiles. En realidad se trató de un alarde intimidatorio, más que de un bombardeo de castigo; Hitler había exigido a sus generales que la ciudad de París quedase intacta, para poder exhibirla como trofeo de belleza al mundo que aún se resistía a acatar la supremacía del imperio milenario que se proponía erigir. De manera que el escuadrón de la Luftwaffe pasó de largo sobre el centro de la ciudad, sin molestarse siquiera en arrasar ministerios y demás edificios públicos, para defecar sus bombas en los distritos del sudoeste de París, menos agraciados arquitectónicamente, así como en Billancourt y Maisons-Laffitte.

En el interior de la fábrica Renault, el estruendo de las máquinas ensordeció el rugido de los aviones. Sólo cuando la proximidad de las explosiones hizo estremecer los cimientos del edificio, Jules cobró conciencia del peligro. Alzó la mirada al techo a tiempo de ver la sombra de uno de aquellos artefactos entre la maraña de vigas y pilastras metálicas, como un águila de envergadura casi mitológica recreándose en la majestad de su vuelo. Tres bombas estallaron en rápida sucesión en los alrededores; la última de ellas impactó en una construcción aledaña a la nave central donde se guardaban los transformadores que abastecían de electricidad a la fábrica. Las paredes crujieron como si fueran a resquebrajarse; la cadena de montaje avanzó a tirones, antes de detenerse, mientras la luz de los reflectores empezaba a oscilar en su intensidad. En décimas de segundo, las sombras y las luces alternaron violentamente su intermitencia, acompañadas de un paulatino colapso de las máquinas, de cortocircuitos y chisporroteos, permitiendo contemplar a ráfagas el tumulto de los obreros que abandonaban su puesto entre muestras de histeria. Jules percibió aquella estampida como una sucesión de fotogramas en una película extremadamente ralentizada: su compañero Marcel, que en la primera ráfaga de luz gritaba desaforadamente, todavía aferrado a las palancas de la prensa, aparecía en plena carrera en la siguiente ráfaga, para volverse hacia él en la tercera, reclamando que lo siguiera. La luz se extinguió por completo, mientras un silbido cada vez más afilado repercutía en sus tímpanos; al arrancar a correr, perseguido por ese silbido, Jules tuvo la sensación de que la fuerza de gravedad de la Tierra había quedado neutralizada, como si el edificio de la fábrica se mantuviera suspendido sobre un vacío sideral.

Y entonces el silbido se transformó en un retumbo de cataclismo. Rechinaron las vigas y los puntales del techo, se quebraron los cristales en mil añicos como si un enorme planeta de acero hubiese colisionado contra la fábrica, que ya no estaba suspendida sobre el vacío, sino más bien desgajada del suelo, arrancada de raíz por una mano ciclópea que levantó a Jules en volandas y lo proyectó a varios metros de distancia, como si estuviera hecho de alfeñique. Una densa lluvia de cascotes y hierros retorcidos cayó por doquier, llenando con su polvareda el recinto. Jules tomó aire para comprobar que estaba vivo; el impacto de la onda le había estrujado los pulmones, que ahora le ardían como si se hubiese tragado un carbón encendido. Antes de que la polvareda se disipase, y hasta que los ojos dejaran de escocerle, atisbó la realidad circundante a través de los otros sentidos: se oían a sus espaldas los gemidos lastimeros de los obreros que habían quedado atrapados entre los escombros, y el aire se llenaba de un hedor a carne chamuscada. Las sirenas habían empezado a sonar, inútiles ya, mientras los últimos aviones se sucedían raudos a través del boquete abierto en el techo, dejando en el aire una estela de humo blanco, la rúbrica de su poderío, que poco a poco se disgregaba en la calina. A su alrededor, Jules vio decenas de obreros que deambulaban sin rumbo por la nave, con el rostro desencajado y la mirada extraviada; algunos se llevaban las manos a las sienes, como si el estrépito de la bomba se hubiese quedado atrapado en su cavidad craneal. El contramaestre Kuznetsov se acercó con sus andares plantígrados y le tendió una mano, para ayudarlo a incorporarse; cualquier atisbo de ferocidad se había borrado de su semblante.

—Lo siento de veras, Jules —dijo, casi en un gimoteo.

Tardó en comprender. Fuera de las magulladuras que le había provocado la caída, no percibía que la explosión le hubiese causado daño alguno.

—Estoy bien, Kuznetsov, no se preocupe por mí.

Pero el ruso no se movía, incluso quiso atraparlo entre sus brazos de oso.

—Tu padre...

Entonces comprendió. A medida que la polvareda se asentaba, distinguió los contornos del cráter abierto por la única bomba que los aviones habían arrojado sobre el edificio de la fábrica. Entre el amasijo de hierros retorcidos yacían unos pocos cadáveres macabramente forzados a una contorsión que sólo se puede lograr con el espinazo roto. Jules escapó al abrazo de Kuznetsov y caminó hacia el cráter, mientras los demás obreros le abrían paso, cabizbajos y compungidos. Comprobó que, extrañamente, las lágrimas se resistían a brotar de sus ojos; en cambio, sintió crecer en sus vísceras un espasmo de odio.

—¡Cerdos! ¡Malditos cerdos! —gritó.

Su padre tenía la piel abrasada y todavía humeante; un barrote de hierro le atravesaba el vientre, del que brotaba un líquido hediondo, una mezcla de sangre y sustancias serosas del peritoneo. El primer sentimiento que se abrió paso entre los espasmos del odio fue de culpa: por no haber muerto en su lugar, por no haber seguido su oficio de cerrajero, por no haber aprendido a amarlo, más allá de esa obediencia callada que siempre le había tributado. Y, junto al sentimiento de culpa, otro de abrumada responsabilidad, pues a partir de ese mismo instante la subsistencia de su madre y de su hermana Thérèse dependería exclusivamente de su salario. Si no hubiese sido por ello, en ese mismo instante habría reunido en un hatillo sus escasas pertenencias y se habría sumado a las desbaratadas tropas francesas que, según repetían los noticieros radiofónicos, se estaban reagrupando al otro lado del Loira, para lanzar una contraofensiva. Como si adivinase sus pensamientos, Marcel se había acuclillado junto a él; su brazo por encima del hombro era fraternal, y también disuasorio.

—Vamos, chaval, no te dejes llevar por la rabia. Sacarás adelante a tu familia.

Jules miró el rostro de su padre; aunque despellejado por el fuego, seguía conservando esa expresión de perenne desencanto que había envilecido sus días. Hizo exactamente lo contrario de lo que Marcel le pedía:

—Ya ves lo que hacen tus amigos los nazis.

Marcel acusó el comentario como una mordedura.

—Los nazis no son mis amigos. Pero tan culpables como ellos son los que no hicieron sonar las sirenas.

Quizá no le faltase razón; pero era la suya una razón demasiado desasosegante. Necesitamos culpables nítidos, para que nuestra vida no se parezca demasiado a un sueño incoherente y febril.

—Algún día lo vengaré, padre —masculló—. Se lo juro.

Pronto empezaron a llegar a la nave los directivos de la fábrica, muy encorbatados y fragantes de lociones caras. Aunque impostaron ante Jules un gesto compungido, se les notaba aliviados, tras comprobar que los desperfectos habían sido mínimos y que la producción podría reanudarse en menos de veinticuatro horas. Y es que a los alemanes no les interesaba paralizar la industria automovilística francesa, que en apenas unas semanas ya estaría trabajando a destajo para ellos, sino extender la desmoralización entre los habitantes de la capital, que desde aquel día se supieron definitivamente inermes (por si alguno todavía se resistía a aceptar la cruda verdad) ante el apabullante poderío bélico del invasor. Desde la explanada de la fábrica, Jules oteó las columnas de humo que se elevaban aquí y allá, sobre la ciudad humillada; no se distinguían demasiado, a decir verdad, de las que en los últimos días habían brotado de los patios de muchos ministerios y edificios públicos, donde a medida que proseguía el avance alemán se multiplicaban las quemas masivas de legajos y documentos. Y, desde luego, resultaban insignificantes comparadas con la nube que veló el cielo al día siguiente, llegando a oscurecer el resplandor del sol. Acababan de enterrar al padre de Jules en el cementerio de Billancourt, en una ceremonia presurosa y desangelada; antes que despidiendo a los muertos, la gente prefería dedicar su tiempo en idear argucias que le permitieran salvar el pellejo, ante el ataque definitivo de los alemanes, que se auguraba inminente y arrasador. Acompañado de su madre y su hermana Thérèse, que lloraban como plañideras mientras él apretaba los dientes, Jules recibió las condolencias de los compañeros que, en representación de la plantilla, habían obtenido permiso para abandonar su puesto en la cadena de montaje, también de los directivos que todavía no habían desertado al Sur, como ya había hecho varias semanas atrás el patrono, Louis Renault, quien sin embargo envió un telegrama a la familia, donde comunicaba que el consejo de administración de la empresa había decidido pagar una pensión a la viuda, independiente de la que el Estado le abonase. Los pésames se sucedían protocolarios, rutinarios, casi maquinales en la mañana de junio, cuando de repente el sol se eclipsó; fue un fenómeno casi instantáneo, como si Dios hubiera decretado luto general entre los bienaventurados. Los asistentes al entierro alzaron unánimemente las cabezas, mientras la mancha fúnebre extendía su dominio sobre el añil del cielo, hasta taparlo por completo. Algunos pensaron que era un signo premonitorio del Apocalipsis; otros corrieron histéricos a sus casas, a rescatar las mascarillas que el gobierno había distribuido entre la población tras la invasión de Polonia, temerosos de que Hitler lanzara un ataque con gas mostaza. La explicación era mucho más sencilla: a la vez que planificaba su evacuación, el consejo de ministros había ordenado incendiar unos enormes depósitos de carburante en Rouen, para que los invasores no pudieran aprovisionarse en ellos y así entorpecer la persecución de los gobernantes prófugos. Pero dicha explicación tan poco heroica aún tardaría en propagarse; por el momento, triunfaban las hipótesis más alarmistas.

—¡Todo el mundo a los refugios! —gritó uno de los directivos de la fábrica, poniendo pies en polvorosa.

No hizo falta que lo repitiera dos veces. Las sirenas habían empezado a aullar, y las calles de Billancourt se llenaron de gentes presurosas como ciervos que escuchan el tañido del cuerno anunciando el comienzo de la cacería. Jules dejó que su madre y su hermana marcharan también y se aseguró de que hallaban sitio en el refugio más próximo.

—¿Tú no te escondes?

No había reparado hasta entonces en la presencia de Olga, que vestía más recatadamente de lo que en ella era habitual, incluso se había cubierto la cabeza con un pañuelo. Jules se encogió de hombros.

—Supongo que no le tengo demasiado apego a la vida.

Observó que la blusa de Olga, de un blanco inmaculado, se iba llenando de diminutas motas negras. Jules extendió las manos y descubrió que aquellas extrañas partículas de ceniza también acribillaban sus palmas.

—¿Qué demonios es esta mierda? —se preguntó, exasperado.

—Es hollín —dijo Olga—. Hollín, como el de la fábrica. Pero ahora cae del cielo. Es el maná de esta guerra.

Jules lanzó una última mirada al túmulo que albergaba el cadáver de su padre. También sobre él caía aquella nieve sacrílega.

—¿Qué harás cuando los alemanes entren en París? —murmuró, sin atreverse a mirarla.

Desde la cancela del cementerio, bajo el cielo encapotado, Billancourt parecía una ciudad aniquilada por la peste.

—Lo de siempre, imagino. La gente olvidará pronto estas penurias y volverá a reclamar diversión.

—Incluso puede que tengas más clientela —dijo Jules con sorna—. Los boches vendrán con ganas de juerga.

Se hizo un silencio luctuoso entre ambos. La blusa de Olga se había tiznado, como su rostro de tez tan blanca. Jules tardó en descubrir que en realidad se le había corrido el rímel.

—Precisamente hoy me han ofrecido hacerme una prueba en el cabaré Tabarin de Montmartre. Buscan chicas nuevas para...

Las lágrimas no la dejaron continuar. Sus ojos bizantinos miraron a Jules con una suerte de suplicante avidez, como reclamándole que volviera a ofrecerle su salario para retirarla. Pero Jules no comprendió su ruego tácito; o si lo comprendió prefirió ensañarse, sarcástico:

—No hace falta que sigas. Chicas nuevas para dar alegría al cuerpo —dijo, sin molestarse en mitigar la brutalidad—. Aparecerán nuevos ricos, como ocurre siempre después de un desastre. Hombres dispuestos a pagar caros sus placeres y a gastarse el dineral que han reunido saqueando al prójimo. No lo dudes, aprovecha tu oportunidad.

Olga lo miraba ahora con mudo horror, como si estuviese asistiendo a la metamorfosis del muchacho que habría llegado a amar, pese a la diferencia de edad, en una alimaña enviscada por el rencor.

—No te conozco, Jules... —balbució.

Por un segundo, Jules se debatió entre el deseo de recuperarla y la conciencia anticipada de pérdida. Comprendió que no tenía derecho a instilarle la amargura que lo corroía por dentro.

—Yo tampoco me conozco, Olga —dijo al fin, con una voz oxidada por el fatalismo—. Te deseo mucha suerte. Si alguna vez paso por Montmartre, prometo que te haré una visita.

Olga lo vio alejarse, todavía perpleja y zaherida, sin fuerzas para quebrar su voluntad. Se oyó una llamada de tres tonos, amortiguada por la distancia. La alerta había acabado. Pero del cielo seguía descendiendo aquel hollín que ensuciaba la ropa y el alma, como si los ocupantes hubiesen querido celebrar el inicio de su mandato encerrando a las legiones de ángeles en un horno crematorio.

Vio desfilar por los Campos Elíseos, con infinito espanto e infinita lástima, al mejor ejército del mundo. Las divisiones de la Wehrmacht confluyeron en el Arco de Triunfo desde las avenidas de Wagram y Friedland, después de que sus generales rindieran un homenaje ante la tumba del Soldado Desconocido, que previamente habían escarnecido izando la bandera roja con la cruz gamada. Luego continuaron su avance por las avenidas de la Grande-Armée y Kléber, siguiendo exactamente el mismo itinerario que veintiún años atrás habían cubierto las triunfantes tropas francesas, al mando del mariscal Joffre. A Hitler no se le escapaba el efecto propagandístico que aquel desfile tendría en la prensa mundial; y había reservado a sus regimientos menos castigados para una demostración de fuerza que convenció a muchos de la invulnerabilidad del Tercer Reich. Quizá sólo se tratase de una pantomima; pero era, en cualquier caso, una pantomima muy persuasiva. Los soldados avanzaban sin alterar el ademán, en perfecta formación, sin permitirse un traspiés o un titubeo que alterase la cadencia marcial de su paso, como ejecutantes infalibles de una coreografía mil veces ensayada. Sus guerreras de campaña, de pura lana virgen, no mostraban signos de suciedad o deterioro, ni siquiera la más leve tazadura en las bocamangas o en los codos; las botas lustrosas, que hacían entrechocar en los talones a cada paso, crujían como si todavía no se hubiesen ahormado a sus pies; refulgían los fusiles bien engrasados, los cascos bruñidos, las hebillas de los correajes, los galones y entorchados y demás divisas que acribillaban los uniformes. No había ni un solo soldado mal afeitado; eran rubicundos, eran gallardos, eran erguidos como juncos. Y eran, sobre todo, muchos, muchos más de los que pudieran calcular las previsiones más pesimistas, miles, decenas de miles, cientos de miles de soldados desfilando con idéntico brío, con idéntica disciplina, con idéntica hambre de horizontes, a pie o en los camiones y tanques que no mostraban la más leve abolladura, el más mínimo vestigio de barro, durante horas y horas, hasta agotar al mismísimo sol, que hubo de ocultarse rendido cuando aún las divisiones de la Wehrmacht proseguían su desfile, entonando con una sola garganta las notas de *Deutschland über alles*.

Estaban dispuestos a empujar a los jirones del ejército francés hasta el mar. Para evitar la escabechina, el gobierno peregrino, presidido por el mariscal Pétain, el héroe de Verdún ya casi nonagenario, anunció su disposición a negociar el armisticio, que era la designación eufemística elegida para soslayar otro término más infamante. Con retórica de martirologio, Pétain, que aún habría de apurar hasta las heces el cáliz del deshonor, pronunció su frase célebre: «Hago donación a Francia de mi persona.» Le faltó añadir que asimismo hacía donación de Francia a los conquistadores, que obligaron a Pétain a firmar el armisticio en el bosque de Compiègne, en el mismo vagón en el que el mariscal Foch había convocado a la derrotada legación alemana en 1918. Allí se decidió trocear el país y establecer una línea de demarcación que separase la Francia ocupada del territorio que se cedía nominalmente al régimen títere que establecería su capital en el balneario de Vichy, para que el anciano Pétain pudiera reponerse de sus arrechuchos; por supuesto, París sería la capital de la nueva provincia anexionada al Tercer Reich, como Hitler siempre había soñado en sus delirios megalómanos. En los noticiarios cinematográficos, Jules contemplaría el paseo alborozado de Hitler por la ciudad, acompañado de sus artistas áulicos, el arquitecto Albert Speer y el escultor Arno Breker; en su gesto, entre anonadado y orgulloso, se percibía la satisfacción del hombre que por fin ha logrado poseer a la mujer que durante años ha sido esquiva a sus requiebros.

Un periódico vespertino de París había publicado, en vísperas de la caída, un editorial harto ingenuo: «Se puede invadir el territorio de Francia, pero jamás se podrá reducir el corazón de los franceses. ¿Cómo Hitler puede estar convencido de que encontrará un solo colaborador? Es preciso estar loco.» Pero, según se pudo enseguida comprobar, muchos franceses decidieron seguirlo en su locura. Ya durante el desfile de los Campos Elíseos, aunque predominara entre los curiosos el abatimiento, habían sorprendido a Jules algunos aplausos y vítores, que aunque tímidos delataban que algunos corazones ya habían sido reducidos, por conveniencia o sincera adhesión. Una señora que contemplaba el desfile a su lado, reticente al principio, acabó reconociendo admirada que nunca había visto soldados tan limpios y apuestos. En honor a la verdad, había que reconocer que las tropas de ocupación, aleccionadas por sus mandos, se portaron en un principio decorosa, incluso generosamente, dando muestras de una corrección y urbanidad insospechadas: no sólo se abstuvieron de acciones que pudieran ser interpretadas como hostiles o vejatorias, sino que en su esfuerzo de gentileza cedían el paso a los franceses en las aceras, brindaban su asiento a los ancianos y a las mujeres embarazadas en los transportes públicos, ayudaban a las criadas a cargar con la cesta de la compra, repartían chocolatinas entre la chiquillería. Prodigaban gestos amistosos por doquier, venciendo las reticencias de la población, sobre todo de las clases obreras y populares, con las que llegarían a confraternizar, a veces también por vía venérea. Al igual que su Führer, los soldados alemanes consideraban que París era la ciudad más hermosa del mundo, la más distinguida y sofisticada; y durante los primeros meses de dominación no hicieron otra cosa que pasearse por sus calles, desarmados y con la cámara fotográfica al cuello, como turistas jubilosos, y lanzarse con frenesí sobre las tiendas de moda, comprando como si fuesen rosquillas medias y ligas de seda, zapatos de lujo y otros caprichos indumentarios femeninos que repartían entre sus esposas alemanas y las ocasionales amantes autóctonas.

Por supuesto, detrás de esta fachada de cohabitación pacífica se ocultaba el expolio concienzudo de Francia. Todos los días salían con destino a Alemania trenes cargados de carbón, productos agrícolas y diversas materias primas y manufacturadas, mientras las raciones alimenticias encogían como piel de zapa, mientras los hogares franceses se quedaban sin combustible para combatir el frío. Al mismo tiempo, se acumulaban fortunas fastuosas gracias al mercado negro, la especulación y todo tipo de chanchullos entre los ocupantes y una minoría de franceses traidores que nadaban en la opulencia mientras sus compatriotas languidecían en la miseria. Pero los efectos de esta rapiña desconsiderada aún se harían esperar; por el momento, los lobos disfrazaban su ferocidad con dengues de cordero. Comenzaron a regresar a sus casas los parisinos que de forma tan poco honrosa habían emprendido el éxodo en vísperas de la rendición; e incluso los judíos, algunos de los cuales se habían refugiado años atrás en Francia huyendo de la Alemania nazi, volvieron a instalarse confiados en París. De esta componenda de concordia sacaron tajada los comunistas, que consiguieron permiso de la nueva autoridad militar para publicar *L'Humanité*, que en uno de sus primeros números tras el levantamiento de la prohibición rotularía «¡Bravo, camaradas!», felicitando a los parisinos por haber negado su apoyo al disuelto gobierno francés. Esta salida de las catacumbas de los comunistas se notó también en la fábrica Renault de Billancourt, donde no pudieron ejercer estrictamente labores sindicales, pero sí salir de la clandestinidad donde los tenían confinados las leyes represivas de Daladier, repartir su periódico y demás propaganda supervisada por la censura y hacer proselitismo entre los trabajadores.

Louis Renault, que había permanecido en el sur del país mientras se dirimía el conflicto, regresó inopinadamente a la capital, para negociar con los alemanes concesiones, antes de que le requisaran la fábrica. Conservó su propiedad nominal, pero a cambio hubo de aceptar que la producción se adaptara a las necesidades de la industria bélica alemana, así como el nombramiento de tres comisarios venidos de la Daimler-Benz, encargados tanto de la contratación como de la supervisión de la cadena de montaje, que en agosto se puso otra vez en marcha, dedicada a la reparación de los tanques franceses recuperados por la Wehrmacht, para reactivarse plenamente a partir del otoño con la fabricación de camiones militares. Una de las primeras tareas acometidas por estos comisarios, durante los dos meses que la fábrica permaneció clausurada, consistió en renovar la mano de obra, despidiendo a cualquier trabajador sospechoso de malquerencia contra el nuevo régimen e infiltrando en la plantilla a chivatos y espías, a veces recolectados entre los trabajadores veteranos, que los mantuvieran informados sobre cualquier conato sedicioso. Jules, que jamás había participado en actividad política alguna, pasó la criba sin complicaciones; aunque seguramente no fueron del todo ajenos a su contratación los informes positivos tanto del contramaestre Kuznetsov como del rehabilitado Marcel, que formaba parte de un comité de empresa encargado de pactar con los comisarios de la Daimler-Benz las condiciones laborales de la nueva etapa, que respetaban la jornada semanal de cuarenta horas e introducían algunas reformas en el calendario, entre otras la supresión de la fiesta del Armisticio, el 11 de noviembre, que conmemoraba la derrota alemana en 1918. Los ocupantes seguían obsesionados con borrar de la historia aquella circunstancia oprobiosa.

—Vamos, chaval, que hoy se te han pegado las sábanas —lo saludó radiante, casi ufano, Marcel, mientras repartía ejemplares de *L'Humanité* a la entrada de la fábrica, junto al reloj donde todos los obreros debían fichar—. Toma, para que te cultives, a ver si dejas de leer hojas parroquiales.

Aun faltaba un minuto para las siete. Fichar tan sólo unos segundos después, habría significado que le descontasen una hora entera de trabajo. Jules deslizó con aborrecimiento la mirada sobre los titulares: «Las conversaciones amistosas entre trabajadores parisinos y soldados alemanes se multiplican. Nos congratulamos por ello. Se trabaja por la fraternidad francoalemana.» No pudo contenerse:

—¿Estás orgulloso de esta basura?

Un ramalazo de ira cruzó las facciones atezadas de Marcel, pero prefirió adoptar un tono paternalista:

—Ya te dije en cierta ocasión que en esta época sólo se puede ser fascista o comunista. Y si fascistas y comunistas llegamos a un acuerdo será en beneficio del obrero.

Jules sacudió, entre pesaroso y sarcástico, la cabeza. Entraron en la gran nave central, donde los trabajadores ya se apostaban ante la cadena de montaje, mientras se cubrían con sus mandilones y guardapolvos.

—Han suprimido la fiesta del Armisticio —dijo con sorna—. ¿También eso es en beneficio del obrero?

—La fiesta del Armisticio no era una fiesta para el obrero, sino para celebrar glorias que a nosotros ni nos van ni nos vienen —se defendió Marcel—. Lo mismo te diría si los alemanes instituyesen mañana el veintidós de junio como fiesta, porque fue el día que Francia firmó su derrota. Los trapicheos de los gobiernos y sus pompas imperialistas nos importan un comino.

Al avanzar entre la marea de obreros, Jules observó que Marcel era saludado con reverencia y efusividad, que son las expresiones bajo las que se ocultan la adulación y el miedo.

—Nunca pensé que te fueras a dejar mandar por los boches.

Por segunda vez Marcel reprimió el acceso de la ira. Pero ahora el paternalismo había sido sustituido por algo parecido a la petulancia:

—En primer lugar, no me parece muy correcto que llames indiscriminadamente boches a los alemanes, entre quienes hay muchos obreros que, como nosotros, luchan contra el capitalismo. —Y añadió, con alegre ferocidad—: En segundo lugar, yo sólo recibo órdenes del Komintern.

—Muy triste, en cualquier caso —dijo Jules, mientras se ponía maquinalmente el mandilón.

—Nuestra fuerza está en la unidad de acción, Jules. —Marcel no renunciaba al apostolado—. Si cada uno se dedicara a seguir sus impulsos, seríamos derrotados. El partido siempre tiene razón.

—¿Incluso cuando te obliga a ir contra tu conciencia?

Aquí Marcel ya no pudo seguir controlando su enojo:

—¿Y qué es la conciencia, si puede saberse? La conciencia individual no existe, es una fantasía que los poderosos meten en la cabeza de la gente. Un maldito embeleco. —Su voz sonaba agónica, como si él mismo mantuviera una agotadora pugna contra ese embeleco—. La conciencia de cada época la imponen los que mandan, llámense como quieran: curas, reyezuelos, empresarios. Ellos son los que dictaminan lo que está bien y lo que está mal hecho. Nadie tiene un conocimiento previo de lo que es el bien y el mal. Yo me dejo guiar por el partido.

Las prensas ya habían iniciado su estruendo de cachalotes mal engrasados. Jules murmuró compungido:

—No hace falta que lo jures, Marcel. —Su mirada era más fatigada que recriminatoria—. Y en el partido te escudas para negar tu conciencia. Que existe, Marcel, que existe.

Existía, y la suya, en concreto, le dictaba que no podía seguir participando como pasivo peón de brega en el fortalecimiento de la industria bélica del enemigo. Tampoco creía que lo más provechoso fuese abandonar su puesto de trabajo: debía contribuir al sostenimiento de su familia, pues la pensión de viudedad que recibía su madre no les permitiría subsistir; y, por encima de cualquier otra consideración, sabía que el escaso daño que estaba a su alcance causar sólo podría hacerlo desde dentro. Jules intentó trabar vínculos con otros trabajadores descontentos, para montar una organización clandestina que entorpeciera el funcionamiento de la fábrica. Increíblemente, no los halló: la mayoría parecían encantados con sus nuevos patronos, encantados sobre todo de colaborar en la construcción de un imperio que por aquellas fechas se avistaba invicto y con vocación de eternidad; había algunos, unos pocos, que no participaban de ese entusiasmo servil, pero la menor insinuación los tornaba recelosos, pues temían que Jules fuera uno de los chivatos infiltrados por los comisarios para facilitar sus periódicas purgas de la plantilla. Aceptó que se hallaba solo en su propósito acaso quimérico; o que, al menos, otros no se sumarían a una causa que tenía muy pocos visos de prosperar, mientras no se diera una coyuntura propicia. Pero, antes de entregarse al derrotismo, recordó episodios pretéritos y casi legendarios de la lucha obrera, protagonizados en solitario por hombres que a la larga lograban arrastrar multitudes. Y recordó que esos hombres se las habían ingeniado para poner en un brete a sus explotadores, mediante sabotajes de apariencia insignificante: a menudo, basta limar los dientes de un engranaje, aflojar una correa de transmisión, retirar un perno o un cojinete para que un mecanismo entero y alambicadísimo se descoyunte.

Empezó a urdir sus pequeños estropicios, arrullado por el estruendo de las máquinas, durante las jornadas laborales cada vez más tediosas, también en la intimidad de su cuarto, durante las noches hondas que el toque de queda había convertido en páramos de silencio. A menudo el alba lo sorprendía desvelado y bullicioso de planes que reclamaban imperiosamente su realización. Había llegado a aprender al dedillo el orden y la configuración de la cadena de montaje, aquel laberinto de estruendo que reclamaba de cada hombre un gesto de autómata, repetido hasta la extenuación; sabía cuáles eran sus puntos débiles, sus flancos más desguarnecidos, aquellos puntos donde se podría bloquear su funcionamiento, provocando el colapso. Pero perpetrar sus sabotajes en horario laboral constituía un suicidio: demasiados ojos prestos a la denuncia, demasiados capataces haciendo la ronda, demasiado riesgo. En las horas en que permanecía cerrada la fábrica, la isla Seguin se había convertido en un baluarte casi inexpugnable: a los vigilantes contratados por Renault, mayormente remolones y somnolientos, se habían sumado centinelas militares que custodiaban los puentes de acceso a la isla Seguin o se repartían por las instalaciones, apostados en puertas y accesos. Concibió un plan seguramente desquiciado; pero mientras lo ultimaba no se permitió cavilaciones disuasorias.

Consistía en cruzar a nado el Sena, desde la ribera de Billancourt hasta la isla Seguin, e introducirse en la nave por uno de los conductos que los barcos mercantes empleaban para descargar el carbón que aprovisionaba los hornos de la fábrica. La travesía a nado no le acarreó demasiadas complicaciones: eligió una noche de luna menguante; el viento que rizaba la superficie del río borraba casi al instante su estela. Más arduo resultó deslizarse a través del conducto, tan angosto que en varias ocasiones su cuerpo quedó atollado; además, el polvillo del carbón era tan denso que le obstruía los pulmones. Se sorprendió de su resistencia a la claustrofobia, y también de su sangre fría y elasticidad, que nunca había puesto a prueba hasta entonces y que —pensó irónicamente— le garantizarían un puesto de contorsionista en un circo, si algún día era despedido de la fábrica. Menos sorpresa le causó, una vez que logró introducirse en la nave, su habilidad para forzar limpiamente y sin dejar huellas de violencia cerraduras y candados con una simple ganzúa, a fin de cuentas era un oficio que su padre le había enseñado. Mientras caminaba por la nave desierta, sólo habitada —allá en los puntales y vigas del techo— por murciélagos que dormían un sueño vertical y membranoso, tuvo la impresión de estar profanando el santuario de algún culto bárbaro que rendía pleitesía al dios del hierro. Para su sabotaje, escogió los raíles voladizos que servían para transportar los contenedores, y también los rodillos que impulsaban la marcha de la cadena. Ni siquiera necesitó alumbrarse para completar su fechoría; conocía el lugar como la palma de su mano y sus dedos sabían distinguir las tuercas por el tacto, como si estuvieran dotados de pedúnculos. Antes de marchar, arrojó aquí y allá unos pasquines de confección casera, manuscritos en letras de molde, que había guardado, junto a las herramientas del sabotaje, en un estuche de plástico. Rezaban: «Franceses, negaos a trabajar para la máquina de guerra nazi»; y también:

«Declaraos en huelga el día del Armisticio»; para rematarse con un escueto y patriótico: «¡Viva Francia!»

La salida a través del conducto del carbón fue todavía más angustiosa que la entrada, pues la pendiente del mismo jugaba ahora en su contra, y las paredes lisas no favorecían precisamente el ascenso. Mientras se astillaban sus uñas, en un esfuerzo por aferrarse a las junturas de las planchas de latón que forraban el pasadizo, mientras las angostas paredes atascaban su dificultoso avance y el polvillo del carbón lo situaba al borde de la asfixia, Jules entendió la desesperación del cataléptico que despierta encerrado en un ataúd. El baño en el Sena, de regreso a casa, le resultó relajante, en comparación con aquella agonía. El remojo no bastó, sin embargo, para desprenderlo del tizne de la hulla: las ropas que había empleado en su incursión, todavía mojadas y seguramente inservibles, las guardó en el fondo de un armario, esperando la ocasión de poder quemarlas; y durante horas tuvo que frotarse con asperón la piel de manos y cara, para que recobrara su apariencia originaria. Sobre el estado de sus vías respiratorias, baste decir que varias semanas después, al sonarse la nariz o gargajear, sus mucosidades seguían ennegrecidas. Apenas había concluido sus abluciones cuando sonó la sirena que convocaba a los obreros de Billancourt a la fábrica; por supuesto, en esta ocasión fue uno de los primeros en fichar. Quería disfrutar de los efectos de su trapisonda.

Antes de que la cadena de montaje se pusiera en marcha, ya los pasquines diseminados por la nave habían provocado gran revuelo entre los trabajadores. Observó, por sus reacciones, que la pusilanimidad con que tan sólo unos días antes habían respondido a sus intentos por montar una organización clandestina se convertía ahora en una suerte de velada simpatía hacia el anónimo autor de los pasquines. Jules pensó entonces, con resignada condescendencia, que la valentía es, en la mayoría de los hombres, una pasión que requiere el estímulo del gregarismo. Los capataces y contramaestres, advertidos de la existencia de los pasquines subversivos, recorrían descompuestos sus respectivos departamentos, recolectando los papeles causantes del tumulto. A quienes se resistían a entregarlos les advertían que serían acusados de distribuir propaganda sediciosa; amenaza que actuaba como un ensalmo, pues a la perspectiva del despido se añadía una promesa de estancia en la cárcel. Pero la mecha del polvorín ya se había prendido: de algún modo misterioso, aquellos humildes pasquines habían removido ese caparazón de obediencias serviles que hasta entonces atenazaba a los obreros de la fábrica, reduciéndolos a autómatas; de algún modo misterioso, se sentían capaces de adoptar la identidad de aquel desconocido y temerario Prometeo que se había atrevido a enarbolar la antorcha de la rebelión. Quizá para contrarrestar el influjo de los pasquines en el ánimo de los obreros, aquella mañana se anticipó la puesta en marcha de la maquinaria. Y entonces sobrevino el cataclismo.

Ni en sus previsiones más optimistas llegó a imaginar Jules que su sabotaje fuese a resultar tan eficazmente destructivo. Los rodillos que impulsaban la cadena de montaje, desprendidos de su eje, provocaron un cortocircuito que afectó a los transformadores eléctricos. Saltaron los fusibles en un chisporroteo que enseguida degeneró en llamarada. Entretanto, varios contenedores que transportaban piezas de motores y carrocería se desprendieron de los raíles voladizos, volcando su tonelaje sobre las prensas y máquinas de estampado, que quedaron de inmediato inutilizadas, aunque sus engranajes se obstinaran en triturar entre sus dientes la ferralla caída de los contenedores, que acabaría reventándolas por dentro. El incendio que se había declarado en los transformadores no tardó en extenderse a otros elementos inflamables de la cadena fabricados con caucho. En apenas un par de minutos, se concatenaron los destrozos, se sucedieron los estallidos, un bosque de chispas brotó por doquier, como en una celebración pirotécnica. Mientras el fuego seguía propagándose, los obreros tuvieron la oportunidad de probar que sabían abandonar la nave ordenadamente, demostración que no se les permitió durante el bombardeo a traición de unos meses antes. Los capataces se desgañitaban, organizando el dispositivo contra incendios; cuando por fin pudieron controlar las llamas, descubrieron que subsanar los desperfectos les llevaría varios días, que a la postre serían casi una semana. El paro forzoso habría de coincidir con la festividad del Armisticio; de esta manera, el día de asueto que había sido racaneado a los obreros de la fábrica Renault se alargaría en unas inopinadas vacaciones.

A los comisarios nombrados por la autoridad ocupante no se les escapaba, sin embargo, que los daños habían sido premeditados.

Mientras un enjambre de ingenieros y electricistas se afanaba en las reparaciones, varios oficiales de la Geheime Feld Polizei, la policía secreta de la Wehrmacht, se preocuparon de establecer la causa del desaguisado, realizando análisis periciales, interrogando a los obreros, capataces y directivos, husmeando por doquier. Las pesquisas no lograron determinar la autoría del sabotaje, pero el hallazgo del conducto del carbón insólitamente limpio, con trazas de que alguien hubiese reptado por él, circunscribió su búsqueda a hombres que, amén de conocer al dedillo el funcionamiento de la fábrica, fuesen jóvenes, de complexión delgada, elásticos y con ciertas habilidades como cerrajeros y mecánicos. Por fortuna, al prototipo descrito podían acogerse cientos de obreros en Billancourt; ante la imposibilidad de identificar al culpable mientras no lo delataran otros signos (por supuesto, se habían emprendido análisis grafológicos de los pasquines, cuya escritura se confrontaba con la de las cédulas de cobro archivadas en la oficina de contratación), la policía de la Wehrmacht decidió, ante la inminente reapertura de la fábrica, concentrarse en la prevención de nuevos sabotajes, intensificando la vigilancia y quintuplicando los efectivos militares en las instalaciones. A partir de entonces, se convirtió en cotidiana la presencia de soldados que patrullaban la nave, compartiendo con los propios contramaestres y capataces las tareas de supervisión. Inevitablemente, el cerco policial redundó en un incremento de la productividad.

—Hijo, en qué lío te has metido. Y nos has metido a todos, de paso.

Desde que se reanudara el trabajo, Jules había procurado pasar inadvertido, ejecutando aplicadamente la labor que tenía asignada, para evitarse las broncas de Kuznetsov y la ojeriza de los soldados. Como, además, su compañero, el comunista Marcel, antaño tan parlanchín, se había abismado en un silencio mohíno desde que el sabotaje diera al traste con aquella idílica amistad entre obreros franceses y militares alemanes que preconizaba su partido, su propósito resultaba más sencillo. No esperaba que Kuznetsov se dirigiera a él, mucho menos en aquel tono afligido.

—Perdone, no sé a qué se refiere —dijo, haciéndose el desentendido.

De las facciones del menchevique, anchas y pétreas, había desertado el energúmeno que con sus improperios sobresaltaba a los obreros más remolones. Le pareció, incluso, que una lágrima le temblaba en la comisura de los párpados.

—Y qué me dices de esto —dijo, mostrándole uno de los pasquines, muy arrugado ya y parcialmente rasgado en los dobleces.

—Sí, ya los conocía. Todos tuvimos ocasión de leerlos aquel día. —Afectaba sosiego, incluso un remoto hastío—. ¿Todavía no han averiguado quién es el autor?

—Maldita sea, no te hagas el tonto —masculló Kuznetsov, con una mal contenida cólera que sonaba en realidad a petición de clemencia—. Sé que has sido tú. Y ellos pronto lo sabrán también, a poco que espabilen.

Avanzó el mentón hacia la pareja de soldados alemanes que conversaban en un griterío ensordecido por el estrépito de las máquinas, mientras liaban unos cigarrillos. Jules buscó con la mirada a Marcel, a quien sorprendió por una décima de segundo tratando de descifrar el secreteo que mantenía con Kuznetsov, antes de enfrascarse fingidamente en su trabajo.

—Haga lo que tenga que hacer —dijo resignadamente.

Kuznetsov lo tomó por la pechera de la camisa y lo llevó casi en volandas hasta la parte posterior de la prensa, al resguardo de curiosos. La lágrima que antes le temblaba en la comisura del párpado se despeñó por la mejilla; Kuznetsov la secó con el dorso de su manaza, como si estuviera apartando una broza.

—El sabotaje se considera terrorismo. ¿Sabes lo que eso significa?

—No.

—Significa que no se considera acción de guerra, y por lo tanto la policía militar abandona la investigación. —Tragó saliva, o tal vez trató de amordazar el temblor que agitaba su voz—. A partir de ahora, delegan en la Gestapo.

Aún aquel acrónimo de la Geheime Staatspolizei, la policía secreta del Estado, no incorporaba la resonancia siniestra que adquiriría en los años siguientes, a medida que sus estragos se sucediesen. A Jules el nombre apenas le sonaba.

—¿La Gestapo?

—Actúan sin sometimiento a jueces civiles o militares, de forma absolutamente discrecional. Y están autorizados para encarcelar a quien les apetezca, sin seguir los procedimientos legales. Ellos lo llaman «custodia protectora» —se soliviantó Kuznetsov—. Ya te imaginarás que, mientras dura, no se dedican a darle mimitos al preso.

—Cumpla con su deber, Kuznetsov. No se lo reprocharé —dijo.

El contramaestre se llevó las manos al cabello crespo. Por primera vez en más de veinte años de servicio en la fábrica Renault, iba a faltar a las obligaciones contraídas; esta decisión le causaba desazón y un sentimiento como de asomarse al abismo:

—No cumpliré con mi deber —resolvió, todavía turbado por el conflicto de conciencia—. Y en lo que esté en mi mano, te ayudaré. Pero no puedo prometerte nada. Quizá lo mejor sería que huyeses.

La proposición desconcertó a Jules.

—¿Adónde? ¿Cómo?

—Olga quizá podría echarte una mano. Por el cabaré donde trabaja pasa gente importante. —Ensayó un mohín que más bien parecía un puchero—. Siempre me pregunta por ti.

Jules asintió, abstraído. Trataba de espantar el pinchazo de la nostalgia:

—¿Qué tal le va?

—Ya es primera bailarina del espectáculo —repuso Kuznetsov, que no sabía si sentirse orgulloso u ofendido—. ¿Quieres que la avise, para que vaya preparándolo todo?

Tardó en responder. Era demasiado tentador volver a verla. Pero le bastó imaginar la clientela que disfrutaría de su espectáculo para repudiar esa idea. Esbozó una sonrisa hueca:

—Déjelo, Kuznetsov. Me las arreglaré solo.

El rostro del contramaestre había vuelto a adquirir la rigidez del basalto:

—Allá tú. Pero si cambias de idea, házmelo saber pronto. No creo que pueda encubrirte por mucho tiempo.

No fue necesario que lo hiciera. Aquella misma tarde, al regresar a casa, se encontró con su madre en un estado de agitación próximo a la histeria; apenas un par de horas antes, había recibido la visita de un oficial alemán, enfundado en un gabán de cuero negro y flanqueado por un par de agentes que, sin pedir siquiera permiso, habían estado registrando las habitaciones. Su voz era apenas discernible entre los sollozos.

—¿Le hicieron daño, madre? —le preguntó Jules, y la recogió contra su pecho, tratando de apaciguar su temblor.

La condujo así, abrazada, hasta el umbral de su habitación, inundado por ese desorden sórdido que tienen los camarotes de un barco después de una tempestad.

—No nos golpearon, si te refieres a eso —dijo su madre, sorbiéndose los mocos—. Tu hermana Thérèse protestó, y uno de los agentes la empujó sin muchos miramientos. El oficial lo reprendió y pidió excusas a tu hermana. Le dijo que, por desgracia, tenía que rodearse de hombres rudos, porque al enemigo hay que tratarlo sin miramientos.

Jules se asomó al armario; apartó el barullo de ropas descolgadas de sus perchas y comprobó que habían desaparecido el pantalón y la camisa empleados en su incursión nocturna en la fábrica, el pantalón y la camisa que había olvidado quemar. Thérèse había entrado sigilosamente en la habitación; con ambos brazos se protegía los senos incipientes, como si aún recelara que pudiera producirse otra visita intempestiva de los boches.

—¿Hiciste algo malo? —preguntó en un susurro.

A Jules le hubiera gustado estar solo, para darse testarazos contra la pared, lamentando un despiste que iba a costarle muy caro. Pero, puesto que su suerte estaba echada, no quiso amargar a las dos mujeres las pocas horas que les restaban juntos, antes de su detención. Reaccionó con rapidez, sonriendo con ligera tristeza:

—¿Es que tengo cara de malhechor? —Y aunque fuese una inconsciencia, las tomó a ambas de los hombros y les propuso—: ¿Qué les parece si adelantamos un poco la Navidad y nos pegamos esta noche una cena como Dios manda?

—Hijo, ¿te has vuelto chaveta? —dijo su madre, con un escándalo que espantó las reminiscencias funestas de aquella visita—. ¿Tú sabes que tenemos la despensa bajo mínimos?

Era una mujer prematuramente avejentada, como de otra manera lo era también su hermana, apenas adolescente pero ya perjudicada por esa sombra o resabio de infortunio que endurece y afina los rostros. Quiso, quizá un tanto mesiánica o atropelladamente, borrar esa sombra, antes de que sobreviniera el desastre.

—¿Y desde cuándo ha sido eso un problema para usted? Con lo mañosa que es, seguro que prepara una cena suculenta —dijo, con un énfasis vibrante. Sabía que no existe mejor halago para una madre que ponderar sus dotes culinarias—. Thérèse la ayudará. Y nos ventilaremos esa botella de calvados que reservamos para las ocasiones especiales.

Había leído en alguna parte que a ciertos condenados a muerte, cuando ya saben que su sentencia es irrevocable, los acomete una euforia casi orgiástica. La certeza del fin próximo los impulsa a vivir la poca vida que les resta como si fuera una vida recién estrenada.

—A ti te pasa algo que no nos quieres contar —desconfió su hermana Thérèse.

Jules soltó una risa nerviosa y brusca. Improvisó sobre la marcha:

—Y tanto que sí. Como que me han anunciado un aumento de salario.

Su madre lo miró con una satisfacción próxima al arrobo, como si aquel anuncio la esponjara de dicha. Bajo el cabello lacio y los ojos cansados de llorar y las mejillas exangües yacía una mujer hermosa que la patraña de Jules había hecho resucitar.

—¡Bravo por mi hijo! Eso sí que merece una celebración.

Y le sacudió una palmada en el culo a Thérèse, para que se apresurara a disponerlo todo con la mayor celeridad. Su hermana no era tan crédula como su madre, y antes de encaminarse a la cocina, cruzó con Jules una mirada de connivencia que era a la vez una despedida. Aquella noche cenaron con esa opípara frugalidad que sólo saben cultivar los pobres, rieron y bailaron al compás de las canciones que emitía la radio, rememoraron años más felices o acaso sólo más antiguos y se bebieron aquella botella de calvados, tantas veces amnistiada en espera de una ocasión especial, que transmitió a las dos mujeres una borrachera pacífica y dulzona. Cuando ambas se fueron a acostar, trastabillantes, y cayeron derrengadas sobre la cama, Jules apuró la última copa, yuguló la música de la radio y salió a la noche, lóbrega y aterida como un patíbulo. Un coche negro lo aguardaba con el motor ronroneante; era un Renault Vivastella, inconfundible por su morro muy abultado y su radiador, un modelo de lujo que se había dejado de fabricar apenas un par de años antes, por escasez de compradores.

—Como verá, no hemos querido aguarle la fiesta. Para que luego digan de nosotros.

El hombre que así había hablado asomó el rostro desde el asiento trasero del automóvil, después de bajar la ventanilla. Bajo la gorra de plato adornada con una calavera, Jules distinguió unas facciones enjutas, terrosas, con las mejillas tal vez ametralladas por la viruela y la boca como una hendidura sin labios. Dos soldados habían salido de los asientos delanteros del Renault para prenderlo, pero Jules no iba a ofrecer resistencia. Desde que el contramaestre Kuznetsov le anticipara su suerte, se había sacudido el miedo para siempre.

—Obersturmführer Döbler, Hans Döbler —se presentó el oficial de la Gestapo, una vez que Jules hubo entrado en el automóvil por su propio pie.

Su francés era abominable, entreverado de resonancias metalúrgicas. En lugar de entrar en París siguiendo el curso del Sena, el coche se internó en las frondas del bosque de Bolonia, que parecía un organismo semoviente a la luz de la luna. A Döbler lo rodeaba, a modo de halo o campo magnético, una vibración maligna.

—En honor a la verdad, siempre hacemos nuestros interrogatorios de noche —dijo, con una mueca aviesa—. Las secretarias se quejaban de que no podían trabajar, con semejantes alaridos.

Jules nada comentó. El Obersturmführer Döbler había iniciado su carrera militar en las Waffen-SS, como conductor de tanques, pero su máquina había sido atacada y había estado a punto de morir achicharrado. El aceite hirviente había desfigurado su rostro; su novia, horrorizada, lo abandonó al contemplar aquellos labios sin volumen, inexpresivos como un esfínter. Tras superar una depresión nerviosa en un sanatorio de convalecientes del ejército alemán, le habían propuesto incorporarse a la Gestapo, allá en el apacible y hermoso París, una bicoca que Döbler enseguida aceptó. No esperaba otra recompensa por los servicios prestados, allá al final de la guerra, sino que le pagasen una operación de cirugía plástica, que le regalasen un rostro nuevo; pero, mientras durara la guerra, estaba dispuesto a desfigurar otros muchos rostros, aunque sólo fuera para sentirse más acompañado en su desgracia. El automóvil torció al llegar a la puerta Dauphine; al fondo de la avenida vaciada por el toque de queda, se divisaba el Arco de Triunfo, como un bostezo de piedra.

—Y dígame, Jules, ¿qué cree que vamos a hacerle?

Se encogió de hombros y respondió con una frialdad sumaria, como si con él no fuera aquel asunto:

—Imagino que me fusilarán.

Döbler rió con una risa ronca cuando el coche ya frenaba:

—No, Jules, no vamos a fusilarlo. No de momento, al menos.

En la avenida Foch, los servicios de inteligencia y contraespionaje nazis habían requisado un señorial edificio de seis pisos donde habían instalado su sede. Allí, en la segunda planta, se captaban las emisiones y se descifraban los códigos empleados por los británicos; allí, en las habitaciones angostas y abuhardilladas del sexto piso, que antaño habían sido utilizadas como vivienda por la servidumbre, la Gestapo realizaba sus interrogatorios. Döbler dio unas instrucciones en alemán a los soldados que lo acompañaban; antes de que tomaran en volandas a Jules, le advirtió, en un tono tan gélido como benevolente:

—Espero que no tengamos que hacerlo sufrir.

Los soldados lo obligaron a subir las escaleras apenas iluminadas sin ejercer sobre él demasiada violencia. Lo introdujeron en un tabuco sin ventanas y lo hicieron sentarse en la única silla que allí había, apostándose cada uno a un lado, con los fusiles ametralladores en bandolera. Acababa de ingresar en ese limbo legal, denominado eufemísticamente «custodia protectora», del que le había hablado Kuznetsov. Pero no le preocupaba en ese momento otra cosa que el destino de su madre y de su hermana, que cuando despertaran al día siguiente tendrían que arreglárselas por sí solas. No lamentaba tanto no poder brindarles más su compañía como privarlas de su sueldo, esencial para el sostenimiento de la familia. Se preguntó si su hermana Thérèse, que parecía haber entendido lo que iba a ocurrirle, tendría redaños para asumir responsabilidades que no correspondían a su edad. Un ridículo e incongruente reloj de cuco —el único adorno que decoraba la desnudez de las paredes de la buhardilla— anunció la medianoche con una algarabía chirriante. Como si aguardara esa señal para intervenir, Döbler entró en la habitación. Jules reparó entonces en la cojera que le hacía arrastrar una pierna, secuela quizá también del accidente que había desfigurado su rostro.

—Está bien, Jules —comenzó—. Le daré cinco segundos para contestar. Quiero los nombres de los individuos que organizaron con usted el sabotaje.

Vestía un gabán de cuero negro que completaba, con su estragada fisonomía y la calavera de la gorra, un cuadro amedrentador. Permanecía de pie, escrutándolo fríamente.

—Nadie organizó conmigo el sabotaje —respondió Jules, con simplicísima sinceridad—. Fue una iniciativa personal. Yo lo concebí y yo lo realicé sin ayuda.

Antes de darle tiempo a pronunciar una sola palabra más, Döbler le cruzó la cara de un guantazo. Jules parpadeó perplejo, como el niño que recibe un capón de su maestro, pese a haber recitado la lección sin cometer un solo error.

—Haga el favor de no poner a prueba mi paciencia —dijo Döbler, en ese tono exageradamente ecuánime que delata a quienes empiezan a perder los nervios.

—¡Pero si le he dicho la verdad! —protestó Jules—. Puede preguntarles a mi compañero Marcel Lalande o al contramaestre Kuznetsov. Ellos me conocen bien, ellos le confirmarán que no he participado jamás en complots.

La hendidura que Döbler tenía por boca se contrajo, en una mueca de hastío, como si las pesquisas que Jules le proponía ya hubiesen sido completadas. Por un segundo, Jules temió que alguno de ellos hubiera abonado esa hipótesis rocambolesca de la confabulación.

—De acuerdo, Jules. —Döbler había empezado a medir la angosta habitación con pasos que se pretendían marciales, perjudicados por su pierna renga—. Veo que ha decidido no dar su brazo a torcer. Pero le advierto que sabemos cómo tratar a los hombres tercos como usted. Le sugiero que recapacite cuanto antes.

Hizo una señal apenas perceptible a uno de los soldados que lo flanqueaban, que en el acto se descolgó del hombro su fusil ametrallador y descargó un culatazo sobre el rostro de Jules. Crujieron las ternillas de su nariz y afloró la escandalosa sangre. Se habría derrumbado con silla y todo, si el otro soldado no lo hubiera detenido en su caída. La visión de la hemorragia, más que el dolor en sí del golpe, mareó a Jules, que de repente sintió ganas de vomitar. Quizá el humo del cigarrillo que acababa de prender Döbler avivara sus arcadas. Durante un par de minutos, el Obersturmführer no hizo sino fumar, complaciéndose en cada calada.

—Y bien, Jules, ¿está dispuesto a desembuchar?

Por toda respuesta, Jules vomitó la cena que tan amorosamente había preparado su madre. El chapaleo de aquella papilla enardeció a Döbler.

—¡Sujétenle! —gritó a los guardianes.

De un manotazo le abrió la camisa, haciendo saltar los botones. Dio una lenta calada a su cigarrillo, para avivar la brasa, y lo hundió en el pecho de Jules, que lanzó un grito de sorpresa, mientras su piel se chamuscaba y mezclaba su hedor de barbacoa con el hedor agrio del vómito.

—Confiese, maldito idiota. ¿Quién le dio la orden? ¿Quiénes formaban el operativo?

A Jules no le hubiese importado repetir otra vez la misma monserga, pero la lipotimia le impedía hablar. Al comprobar que sus métodos no surtían efecto, Döbler enarboló los puños, pero no como un púgil, sino más bien como una damisela caprichosa que se siente defraudada, y aporreó las facciones de Jules, que ya navegaba hacia la inconsciencia.

—¡Llevadlo a la bañera! ¡Rápido! —se desgañitó Döbler.

Los guardianes obedecieron, con prontitud de lacayos. Lo arrastraron hasta el fondo del pasillo, donde había un retrete con una bañera rebosante de un agua turbia, rojiza, en la que quizá otros antes que él se habían desangrado. Los soldados lo agarraron del cogote y, sin darle tiempo a tomar aire, lo pusieron de rodillas sobre el suelo y sumergieron su cabeza en la bañera. Tenía una temperatura heladora que despejó a Jules; pero al tratar de erguirse, descubrió que sus aprehensores no lo iban a permitir, de modo que se abandonó a su suerte y, cuando sintió que las sienes le batían como tambores al redoble, dejó que el agua inundara las cavidades pulmonares. Este abandono debió de alarmar a Döbler, que lo alzó tirándole de los cabellos.

—¡Vas a cantar, hijo de puta! ¡Vas a cantar como un canario! —gritó, desaforado—. ¿Quién daba las órdenes?

La sangre, mezclada con el agua de la bañera, manaba de sus fosas nasales como de una fuente, descendía chorreante hasta el suelo, culebreaba entre las junturas de las baldosas. Jules asintió acezante.

—Fue el mariscal...

Los ojillos de Döbler brillaron como alfileres incandescentes.

—¿El «mariscal»? ¿A quién llamáis con ese mote?

Pensó que el desplante era una divertida manera de despedirse del mundo:

—A Pétain. El mariscal Pétain me dio las órdenes. Quiere iniciar la reconquista de Francia, el viejo diablo.

La furia atirantó las facciones de Döbler, que por un segundo parecía que se fuesen a descoyuntar y descomponer, abrasadas de nuevo por el aceite. Levantó a pulso el cuerpo de Jules y lo arrojó a la bañera, con un berrido, y luego hundió los brazos en el agua, para atenazar su cuello. Mientras lo estrangulaba, Jules sonreía, sonreía sin patalear ni oponer resistencia, y de su boca brotaban burbujas como carcajadas encapsuladas, retozonas y traviesas. Pasaban los minutos y Jules no dimitía de su sonrisa; Döbler pensó, con un estremecimiento, que estaba tratando estérilmente de ahogar a un ser anfibio, uno de aquellos tritones de las mitologías paganas.

Despertó en una celda muy húmeda, casi una gruta de paredes desmigajadas por las filtraciones que con su murmullo creaban una atmósfera acuática, como si Jules aún permaneciera en la bañera donde finalmente había perdido el conocimiento. Nada recordaba después de aquello; no sabía cuántas horas o días habrían transcurrido desde entonces. Anclado en el suelo con una argolla había un camastro con un jergón de aspecto legamoso; en lo alto de una pared, un ventanuco cruzado transversalmente con barrotes dejaba entrar un frío ártico. Pensó al principio que se hallaría en alguna dependencia de la avenida Foch: las inscripciones quejumbrosas o sarcásticas con las que los reclusos habían emborronado las paredes así se lo hicieron presumir. Quizá por ello su sorpresa fue mayor cuando, aupándose sobre el camastro y asiéndose a los barrotes del ventanuco, descubrió que se hallaba en un presidio erigido en mitad de un páramo, formado —hasta donde le alcanzaba la vista— por tres grandes edificios de cuatro plantas cada uno (su celda se hallaba en la más elevada), rodeados por un muro de más de diez metros de alto, en realidad una fortificación por cuyo adarve se paseaban los centinelas alemanes y desde cuyas garitas, situadas en los ángulos del muro, cada noche cuatro reflectores auscultaban la oscuridad con un movimiento sincronizado. El carcelero que le introducía por una especie de gatera la bacinilla para las deposiciones y la escudilla con el rancho roñoso accedió, después de muchos requerimientos y súplicas, a confiarle que se hallaba en la prisión de Fresnes, a siete kilómetros al sur de París, donde la Gestapo recluía, sin garantía procedimental alguna, a aquellos detenidos que consideraba útiles —para sonsacarlos, para usarlos como rehenes, simplemente para probar en ellos nuevas torturas— o a la espera de una sentencia de muerte.

Aunque administrada por las fuerzas de ocupación, la prisión de Fresnes estaba atendida por carceleros franceses que actuaban aún con mayor saña que sus patronos, como suele ocurrir siempre entre conversos y subalternos.

Todavía Fresnes no había alcanzado los niveles de ocupación (o más bien abarrotamiento) de años posteriores, cuando las redes de la Resistencia obligaran a trabajar a destajo a la Gestapo, o cuando, tras la liberación de París, el establecimiento se reconvirtiese en cárcel de colaboracionistas y funcionarios de Vichy. Pero quizá por ello mismo resultaba más amedrentadora: la sensación de soledad era casi metafísica; y los alaridos que muy de vez en cuando rasgaban el silencio, procedentes de los sótanos del edificio, adquirían una vibración más espeluznante. Jamás le fue permitido, en los más de seis meses que estuvo allí encerrado, mantener comunicación con otros reclusos; jamás pudo arrancar a sus carceleros información alguna sobre su posterior destino; jamás fue requerido para nuevos interrogatorios, que de un modo retorcido, difícilmente expresable en términos racionales, llegó a añorar, pues aun el dolor más acerbo era preferible a aquel estado de perpetuo aislamiento. En sus pesadillas más recurrentes, llegó a verse como uno de esos legajos traspapelados que un funcionario haragán relega al archivo, para que acaben criando polvo y sirviendo de pitanza a los ratones. Trató de combatir esta impresión casi cósmica de abandono, en la que el tránsito de los días y de las semanas y aun de las estaciones se convertía en un séquito de indistinto e impenetrable tedio, maquinando planes de fuga. Una ganzúa, un mero trozo de alambre le habría bastado para forzar todas las cerraduras que surgieran a su paso, antes de llegar al muro que lo separaba del mundo exterior; pero no disponía de un instrumento tan insignificante, ni veía el modo de procurárselo. Empujado por la desesperación o el encono, empezó a arañar una pared de su celda, con la pretensión desquiciada de excavar un boquete en ella. La mampostería estaba tan agrietada y reblandecida por la humedad que logró, a costa de despellejarse los dedos, abrir un agujero por el que casi cabía su mano, y que no siguió ampliando por evitar que resultara demasiado notorio para su carcelero. Según pudo atisbar por dicho agujero, al otro lado de la pared tan sólo había otra celda, vacía pero idéntica a la suya, con su misma puerta metálica, muy blindada de trancos y pasadores que para alguien menos ducho que él en las mañas de la cerrajería habrían resultado disuasorios. Para exorcizar la opresión del tiempo convertido en aburrida arena, Jules estudió los hábitos de sus carceleros y el régimen de sus relevos, que siempre dejaban un mínimo lapso en el que —tanto el que concluía turno como el que lo empezaba— descuidaban sus labores de vigilancia. También observó, en decenas o cientos de noches de insomnio, el movimiento pendular de los reflectores que iluminaban el terreno entre el presidio y el muro que lo circundaba, calculó el itinerario quebrado que habría de seguir en su huida para que ninguna de sus ráfagas de luz lo delatase y estudió los ángulos ciegos al escrutinio de los centinelas, tanto de los que dormitaban en sus garitas como de los que se paseaban sonámbulos por el adarve. Poco a poco, en su cabeza se fue delineando un plan de fuga de apariencia ímproba pero resolución muy sencilla, siempre que ajustara sus movimientos a una velocísima coreografía. Se sentía con arrojo para probarlo; pero antes necesitaba proveerse de una ganzúa, de un mero trozo de alambre.

Con la llegada del verano, la humedad de su celda adquirió una viscosidad mefítica que le impedía conciliar el sueño. En sus vigilias, escuchaba los alaridos procedentes del sótano, cada vez más asiduos, cada vez más desgarradores. Fresnes se estaba llenando, lo cual quizá significase que, engolfado en capturas cada vez más suculentas, Döbler se hubiese olvidado de él para siempre. Un día los carceleros removieron los cerrojos de la celda contigua y arrojaron a ella a un hombre inconsciente, sanguinolento, con el rostro casi borrado por las llagas y los moratones. Jules lo atisbaba a través del orificio que meses atrás había abierto en la pared medianera; habría jurado que estaba muerto, si no lo hubiesen agitado estertores que primero asomaban roncos a sus labios y, después, en un acongojante reflejo acústico, silbaban en sus pulmones, como en un fuelle roto. El nuevo recluso tardó más de un día en recuperar el conocimiento, y, al hacerlo, recobró también conciencia de su agonía. Apenas podía moverse, tal era el número de contusiones, heridas y huesos tronzados que lo quebrantaban.

—Amigo, cuánto daría por poder ayudarlo —susurró Jules a través del orificio, sinceramente apiadado.

El hombre de la celda contigua tardó en discernir su voz, y todavía más en averiguar su procedencia. Se arrastró dificultosamente hacia la pared medianera. Jules descubrió que, bajo el párpado lívido, uno de sus ojos se había derramado.

—Matan la carne, pero no matarán el espíritu —dijo por fin, cuando logró arrimarse al orificio—. Pensaron que los franceses estaban tan debilitados por la buena vida que no habría más que aplastarlos como a un gusano. Pero no contaban con el espíritu. Nos abaten, pero no nos aniquilan.

Jules balbució, enaltecido por el horror:

—¿Qué le han hecho esos salvajes?

—Ni yo mismo lo sé. —El hombre de la celda contigua sacudió la cabeza, como si quisiera espantar la tenacidad de algún recuerdo—. Me han echado a sus mastines, me han puesto electrodos y termocauterios... Incluso me introdujeron por el ano un alambre que todavía me está destrozando el intestino.

Jules no podía distinguir a través del orificio en la pared, o sólo fragmentariamente, la fisonomía de aquel hombre providencial, varón de dolores llevado como cordero al matadero, como oveja muda ante los trasquiladores. No se atrevió, sin embargo, por pudor, a pedirle ese alambre que llevaba ensartado en las entrañas.

—¿Y lograron arrancarle lo que buscaban?

—Ni una palabra. —Había más perplejidad que orgullo en su respuesta—. En un momento dado, creí que iba a ceder. No podía más. Si mi torturador hubiese formulado la pregunta de una manera distinta, habría hablado. No sé qué me impulsó a callar. Creo que mi silencio procedía de algo más fuerte que mi voluntad, algo que Dios concede tanto a los que creen en Él como a los que lo ignoran. —Hizo una pausa, más aliviada qué fúnebre—. Y ahora sé que Dios no me expondrá ya más a ese trance.

—¿Piensa escapar? —preguntó Jules, sin llegar a comprender.

—Escapar... —Sonrió dolorosamente—. Quizá sea una manera de decirlo. Y usted, ¿qué hace aquí?

Jules le contó las vicisitudes que lo habían conducido hasta Fresnes, como quien cuenta una historia antiquísima, en la que algunos detalles se confunden.

—Todo su empeño era demostrar que el sabotaje formaba parte

de un complot —concluyó—. Todavía no me explico por qué no me han fusilado.

—Precisamente por eso —dijo el hombre de la celda contigua—. Pensaron que usted era tan sólo un peón, el último mono de una red mucho más extensa, y que les resultaría más útil mantenerlo vivo, pues era su única esperanza de llegar a desarticularla, si lograban que denunciase a sus compañeros. Luego les han surgido otras preocupaciones más perentorias, y han ido postergando su asunto. Pero volverán por usted, tarde o temprano volverán. No lo dude.

El timbre de su voz se había endurecido hacia el final. Jules habló con gravedad, como si formulara un juramento:

—No llegarán a tiempo. Antes me habré escapado. Sé cómo hacerlo...

Hubiese querido completar la frase, «si usted me proporciona ese maldito alambre», pero no encontró arrestos para hacerlo. También intuía que no haría falta ser más explícito; intuía que aquel hombre le había sido enviado para facilitar su fuga, era un mensajero de la insondable divinidad.

—Nunca han aceptado que haya gente que se revuelva contra ellos —proseguía aquel hombre, desde el otro lado del tabique—. Es algo que les subleva. Ahora han empezado a matar a esa gente, como quien arranca una mala hierba. Pero no se dan cuenta de que la sangre derramada hará crecer más hierba. Y la hierba terminará convirtiéndose en un bosque.

—Arrasarán también el bosque —dijo Jules, vencido por cierto fatalismo—. Son capaces de todo.

—No, no podrán hacerlo, pronto no darán abasto —se opuso el otro, con una convicción sin fisuras—. Además, acaban de cometer un error que pagarán muy caro. Han roto su pacto con la Unión Soviética y abierto un nuevo frente en el Este. ¿No ha notado mayor movimiento en la cárcel durante los últimos días? —Jules asintió—. Los comunistas por fin se han caído del guindo. A partir de ahora pondrán toda su fuerza organizativa y su temeridad al servicio de una misma causa: derrotar al nazismo.

Jules quiso expresar sus reticencias:

—Pero los comunistas...

—Sí, lo sé, si por ellos fuera impondrían una tiranía tan brutal o más que la de Hitler. Stalin lo está haciendo en Rusia, y lo hará allá donde pueda. —Al suspirar, sus pulmones volvieron a emitir aquel silbido de fuelle roto—. Pero Dios escribe recto con renglones torcidos. Los comunistas franceses serán a la larga instrumentos del bien; De Gaulle sabrá manejarlos. Entretanto, causarán mucho dolor, pero sólo con dolor se puede alumbrar la victoria. Y gracias a ellos, muchas personas que hasta hoy se han mantenido pasivas, se sentirán obligadas a actuar. Serán una levadura. Y se levantará un ejército en las sombras contra el nazismo.

Aquellas últimas frases tenían una resonancia profética que estremeció a Jules. La imagen de un ejército en la sombra creciendo como un bosque lo subyugó:

—¿Forma usted parte de ese ejército?

—Y usted también. Todos los proscritos formamos parte de él. Hemos sido arrancados de nuestras familias. Tenemos que esconder nuestra identidad. Carecemos de un hogar al que poder regresar. Nos hemos convertido en fantasmas que vagan errantes.

Su voz iba palideciendo, hasta hacerse casi inaudible. A Jules comenzaba a pesarle la responsabilidad que arrojaba sobre sus hombros:

—Debe de ser muy duro saberse siempre solo...

—Pero no estamos solos. Si miramos atentamente a nuestro alrededor, descubriremos a otros que forman parte de ese mismo ejército, acaso sin saberlo. El campesino que un día corta un hilo telefónico, la viejecita que da unas indicaciones equivocadas a unos soldados que han extraviado el camino, el cura que esconde en el confesionario a un evadido... —Ese ejército de improvisados soldados que ni siquiera se conocen crecía con un rumor arborescente, al conjuro de sus palabras cada vez más exhaustas—. Y, cuando morimos, cualquiera de ellos nos sustituye, morimos sabiendo que otro como nosotros conservará nuestra fe. La muerte no importa, vivimos en otro. En otro como usted.

La oscuridad caía sobre las celdas, como una pudorosa mortaja. Jules se sintió investido de aquel valor que antes había tratado de describir el hombre de la celda contigua, un valor más fuerte que su propia voluntad. Susurró:

—Es usted un cabecilla de ese ejército, ¿verdad?

Ya no podía distinguir sus facciones a través del agujero en la pared. Era como si le hablara un fantasma, un espíritu, tal vez un ángel:

—Sólo soy uno entre muchos. Uno como tú. Soy tú mismo.

Y lo notó rebullirse, hurgar con los dedos en algún paraje recóndito de su cuerpo y tirar sin miramientos de aquel alambre que, en su retroceso, rasgaba tejidos tumefactos, desataba hemorragias dormidas, arañaba la médula misma del dolor. El hombre de la celda contigua lanzó un alarido que retumbó en las cavernas de la noche, deteniendo la órbita de los planetas y apagando el brillo de las estrellas. Luego, exangüe, introdujo el alambre por el agujero de la pared medianera; estaba esmaltado de una sangre todavía caliente, y en cada púa había ensartado un jirón de carne. Jules llegó a rozar los dedos de aquel hombre, en los que viajaba el último rescoldo de su espíritu; fue un contacto muy somero, apenas perceptible, pero bastó para completar el traspaso: ahora también Jules era uno entre muchos.

Oyó extinguirse su respiración, como un lento desangramiento. Antes de que amaneciera, Jules ya se habría evadido.

Caminó durante todo el día por andurriales inhóspitos, evitando los lugares poblados, las trochas y los senderos frecuentados por los paisanos, siempre campo a través. Trataba de mantener el norte para acercarse a París, pero variaba de vez en cuando el rumbo, para que su rastro fuese más difícil de seguir. Se preocupó, sobre todo, de rehuir el encuentro con seres humanos: su aspecto —ropas harapientas y sucísimas, una barba silvestre que nadie le había rapado durante los más de seis meses que había durado el encierro— los habría hecho huir despavoridos; y tal vez más tarde, una vez repuestos del susto, lo habrían denunciado a la policía. Llegó a las inmediaciones de Billancourt a la caída del crepúsculo, cuando aún faltaban un par de horas para el toque de queda; pero los vecinos ya se habían recogido en sus casas, como si de este modo quisieran acumular méritos ante la autoridad que imponía tan severas restricciones o, por el contrario, desearan más bien rebelarse contra ellas, mostrando a los alemanes que ni siquiera hacían uso de esas migajas de libertad que les tendían, a modo de limosna. Buscando el resguardo de los portales y transitando siempre por las callejuelas más umbrías consiguió llegar hasta las proximidades de su casa. No lo impulsaba el deseo de reunirse con su madre y su hermana; o, por mejor expresarlo, había decidido reprimir ese deseo, pues sabía que tal reunión no les generaría sino complicaciones. El primer precepto del combatiente que ingresa en el ejército de las sombras lo obliga a separarse de sus familiares, para que la persecución que contra él se ha decretado no se extienda también a ellos; además, Jules no quería exponer a su madre y a su hermana a superfluos vaivenes emocionales. Ambas lo habrían llorado, creyéndolo muerto, o tal vez albergaran la tímida esperanza de volverlo a ver algún día con vida; pero, en cualquier caso, esa esperanza podía seguir encendida sin necesidad de hacerla efectiva en circunstancias tan desfavorables, cuando su encuentro habría de ser obligatoriamente fugaz y sólo conseguiría introducir en sus existencias una zozobra que prefería ahorrarles. Necesitaba, sin embargo, acallar el remordimiento de haberlas dejado en la estacada, necesitaba comprobar que habían logrado sobrevivir a su ausencia y levantarse sobre los escombros del abandono. Oyó a lo lejos la risa de su hermana, la misma risa alocada y vehemente que la sacudía cuando de niños jugaban al escondite o se perseguían, disputándose alguna fruslería. Corrió entonces a esconderse en el portal que estaba enfrente de su casa, como también hacía de niño.

—No estoy bromeando. Cuando acabe la guerra volveré. Te lo digo muy en serio.

Era la voz inconfundible de un alemán, con aquella guturalidad áspera que nunca acababa de acomodarse a las delicadezas del francés. Su hermana volvió a reír, mientras echaba a correr, como si fingiera rechazar aquellas promesas o engatusamientos. Tal vez estuviera coqueteando. El hombre que la requebraba echó a correr detrás de ella; Jules escuchó el crujido, también inconfundible, del cuero de las botas militares. Al fin la pilló; y ambos se recostaron, sofocados, sobre el portal que Jules había elegido como escondrijo. Con sigilo y exhausta pesadumbre, Jules retrocedió, hasta agazaparse en un recodo que hacía la escalera.

—Cuando acabe esta maldita guerra volveré por ti —dijo el alemán, reemprendiendo su asedio—. Nadie me reconocerá salvo tú, porque iré vestido de civil. Te cogeré de la mano y nos iremos juntos.

Thérèse estaba como aturdida. El alemán era un oficial de la Wehrmacht, acaso un teniente, de no más de veinticuatro o veinticinco años. Tenía el pelo muy corto, de un rubio pajizo, y el rostro muy pálido, como si acabara de recibir una noticia infausta que aún no había logrado encajar. El uniforme de paseo subrayaba su apostura.

—Pero, ¿qué se te ha perdido a ti en Rusia? ¿No será que te quieres librar de mí?

Hablaba como la niña que todavía era, incapaz de concebir la carnicería que allí se iba a desatar. El teniente la acarició con una unción quizá exagerada, como si temiera profanarla:

—Ya no podré librarme de ti mientras viva.

Se creían solos y sus voces se hicieron un cuchicheo, sus bocas temblaban, como si en ellas aletearan sus almas, dispuestas a intercambiarse, dispuestas a entregarse mutuamente, en ese trámite que precede a la entrega de los cuerpos. El teniente llevó una mano hasta su muslo y la sofaldó con suavidad, mientras Thérèse lo besaba de un modo que Jules no pudo reconocer, porque ya no era el modo de besar de una niña.

—Prométeme que te casarás conmigo cuando vuelvas de Rusia.

—Te lo prometo, vida mía.

Y se enfrascaron en uno de esos coloquios amorosos que tan incómodo hacen sentir a quien, sin desearlo, los escucha. Jules procuró que la mayoría de las palabras le resultaran ininteligibles, se esforzó por no prestarles atención, para que no le doliesen como un oprobio, pero fue imposible dejar de escuchar las que Thérèse dirigió a su amante cuando ya parecía que se iban a separar:

—Fóllame antes de irte.

Su suciedad ofuscó a Jules, removió en alguna cámara de su corazón esos atavismos hibernados que se activan cuando creemos que alguien de nuestra misma sangre está en peligro. Pero Thérèse no estaba en peligro, ella misma consentía, reclamaba ese peligro.

—¿Te has vuelto loca? —farfulló el teniente—. ¿Dónde?

—Aquí mismo, en lo oscuro —dijo Thérèse, apuntando hacia el lugar donde Jules se había ocultado.

Y su confiada boca tapó las reticencias del teniente, mientras con su mano buscaba la hebilla de su guerrera, que desenganchó. El teniente la tomó en volandas y la besó castamente en la frente.

—No, mi niña, no voy a hacerlo. No me parece recto.

Thérèse se alejó unos pasos, humillada. Quizá en aquel momento se sintiese repulsiva; pero descargó su rabia sobre el teniente, golpeándolo en el pecho.

—¿Tan poco me quieres? —gimoteó.

—Precisamente porque te quiero creo que no debo hacerlo.

Por el rostro de Thérèse se sucedieron en confusa avalancha la ira, el estupor, el desvalimiento, otra vez la ira. Parecía que iba a desmoronarse, pero entonces sonó una voz que los sobresaltó a ambos (y también a Jules), como una puerta que se cierra con estrépito:

—¡Thérèse! ¡Haz el favor de venir a casa!

En otra circunstancia, Thérèse habría desoído la llamada materna, pero estaba tan ofuscada y abatida que la obedeció al instante, aferrándose a ella como a una tabla de salvación. El teniente trató de retenerla:

—¡Espera! ¿Irás mañana a despedirme a la estación?

Pero Thérèse ya había cruzado la calle y se había recogido en casa. Al instante se enzarzó en una disputa con su madre, que tenía esa bronquedad agria de las trifulcas entre verduleras; a ninguna parecía importarle que el vecindario se enterase de sus desavenencias.

—¿No te da vergüenza hacer lo que haces, mala pécora?

—¿Y qué es lo que hago, según usted?

El teniente sacudió la cabeza, conturbado. Era un hombre adusto, que se preciaba de controlar sus pasiones; aquellos estallidos emocionales seguramente le parecerían propios de gente sin civilizar.

—¿Es que no recuerdas lo que le hicieron a tu hermano? —Jules se imaginó a su madre con los ojos enrojecidos, las venas del cuello inflamadas por la rabia—. ¿Cómo puedes flirtear con los boches? Jules se estará removiendo en su tumba.

Thérèse no se acoquinó; sus palabras eran venenosas como la mordedura de una víbora:

—Mi hermano se buscó el castigo. Nadie le pidió que se hiciera el héroe. Para mí, desde luego, no es un héroe. Usted puede decir misa, pero gracias a ese «boche», como usted lo llama, hemos podido tirar hasta ahora. Le recuerdo que fue él quien me enchufó en la Kommandantur. ¿Y de qué viviríamos sin mi sueldo, me lo quiere usted decir? El heroísmo de Jules no deja dinero, que yo sepa.

La madre rompió a llorar con gran alboroto. Más que por un impulso exhibicionista o jeremíaco, lo hacía por tapar con sus sollozos los improperios de Thérèse:

—¡Calla, calla, que no te conozco! ¡Calla, por el amor de Dios, si no quieres enterrar a tu madre también! Si fueras una mujer decente, te daría asco arrimarte a los asesinos de tu hermano.

—¿Es que por tener sentimientos ya no soy una mujer decente? Amo a ese hombre, madre, y pienso casarme con él cuando regrese de Rusia, no me importa lo que usted opine. ¿Y sabe lo que le digo? Será mejor hijo para usted que Jules. Le aseguro que no la dejará tirada como un trapo, como hizo su *héroe*. —Esta última palabra la entonó con un timbre paródico—. Menudo héroe de pacotilla. Un pavo, eso es lo que era; un pavo que no sabía dónde se metía.

Después del griterío se abrió un silencio tristísimo, agrietado por los débiles sollozos de su madre. El teniente, abochornado (aunque no más que Jules), ya se disponía a marchar, pero antes lanzó una mirada inquisitiva al interior del portal, como si algún sexto sentido o vaga aprensión le hubiera advertido que estaba siendo observado. Jules escuchó la música del miedo percutiendo en sus venas, como un tropel de pájaros en desbandada. En el rostro pálido del teniente había ya una prefiguración fúnebre: tal vez intuyese que sus días concluirían en algún pueblo de la estepa, sobre la nieve que borra el escándalo de la sangre.

—¿Hay alguien ahí? —preguntó.

Jules nunca supo si llegó a verlo. Pero, por un instante, creyó atisbar en sus ojos un brillo de inteligencia y un ramalazo de fatigada piedad frunciendo su gesto. Quizá pensó que no era de su incumbencia inquirir si un malhechor se refugiaba en la oscuridad de aquel portal, a fin de cuentas ya había sido relevado de sus obligaciones en la Kommandantur; o quizá su penetración llegó aún más lejos, e identificó a la sombra agazapada en el portal con el héroe de pacotilla que Thérèse acababa de vilipendiar, y pensó que ya sobrada desgracia tendría con haber escuchado tan duros calificativos; o quizá —y esto era lo más probable— todo fuesen figuraciones de Jules, y el teniente no había llegado a distinguirlo entre las sombras. Dejó que se alejara, mientras la música del miedo se aquietaba; pero, a medida que los pasos del teniente se extinguían, el eco de la disputa que acababan de mantener Thérèse y su madre cayó sobre él, como un oleaje tenaz, anegándolo de vergüenza. Sus ojos se habían acostumbrado, entretanto, a la oscuridad; encadenada a la barandilla de la escalera descubrió una bicicleta, cuyo cerrojo forzó sin dificultad, también sin remordimiento, con el mismo alambre que le había servido de llave providencial en Fresnes. Pensó que, montado sobre una bicicleta, su aspecto desharrapado pasaría inadvertido; o no pensó nada, tan sólo deseaba escapar de allí, dejar atrás el martilleo de aquella vergüenza que tornaba nimio el riesgo de una detención. Cruzó París como si lo persiguiera el aliento de una culpa antigua; los gorriones ya se congregaban en las copas de los árboles, saludando el crepúsculo con su guirigay, pero era el único ruido que habitaba la ciudad, de la que habían desaparecido casi por completo los automóviles, ante la carestía de gasolina, y también los transeúntes, tal vez encerrados en sus domicilios, escuchando los partes radiofónicos que celebraban la marcha triunfal de las divisiones alemanas en territorio ruso. En la plaza de la Concordia, las estatuas que representaban a las ciudades de Francia tenían ese aspecto mohíno que se les queda a las novias defraudadas, cuando descubren que su pretendiente es en realidad un maricón vergonzante. En aquel lugar se había erigido, siglos atrás, la guillotina del Terror; por allí habían desfilado, hacía setenta años, los prusianos, pavoneándose como sapos rozagantes; y en aquellas fechas la plaza volvía a engalanarse con los ropajes de la ignominia. Del Ministerio de Marina y de la fachada del hotel Crillon pendían estandartes, de un rojo encendido que la luz del ocaso tornaba casi voluptuoso, con la cruz gamada; en el palacio Bourbon, que había sido la sede de la Cámara de Diputados, ahora ocupado por la Secretaría de la Luftwaffe, una lona que se extendía por todo el edificio exclamaba: «*Deutschland Siegt an Allen Fronten!*» ¡Alemania victoriosa en todos los frentes!

Siguió pedaleando como un poseso hasta Montmartre, el barrio que en otro tiempo había sido cónclave de bohemios y artistas tuberculosos, convertido ya en patio de recreo de los vencedores y sus beneficiarios, que se reunían en cabarés y salas de baile, inmunes a las restricciones y a los racionamientos y a los toques de queda, para completar sus transacciones ilícitas mientras se los disputaban un enjambre de muchachas famélicas, dispuestas a malvender su virtud a cambio de una lonja de tocino. «Matan la carne, pero no matarán el espíritu», le había dicho el hombre anónimo que le había pasado el testigo en la prisión de Fresnes; pero, a la vista de los estandartes y consignas victoriosas que tremolaban en la ciudad, aquellas palabras enaltecedoras se le antojaban una cháchara sin fundamento alguno, una fantasía tan desquiciada como irrisoria. Quizá lo más sensato fuese escapar de aquella ratonera, antes de que la noticia de su fuga movilizase a las patrullas policiales; escapar de una encomienda —«Sólo soy uno entre muchos. Uno como tú. Soy tú mismo»— que se tornaba ímproba o irrealizable. Recordó que Kuznetsov le había propuesto acudir en solicitud de ayuda a Olga, que seguramente contase entre sus muchos admiradores y moscones con alguna de esas anguilas que culebrean en las alcantarillas y reparten salvoconductos. Solicitar aquel favor le provocaba repugnancia. Era como aceptar que Thérèse tenía razón cuando lo tildaba de héroe de pacotilla. Aunque no se atrevía a formularlo en términos tan crudos, asumía su abyección como una penitencia por haber tratado a Olga con tanto desapego. Pero, sobre la conciencia de esa abyección, prevalecía el deseo de volver a verla. Nunca se había apagado el ardor de la antigua llama.

El cabaré Tabarin alzaba su fachada ornada de vidrieras, como un templo sacrílego, en la calle Victor-Massé. Carteles de mujeres en paños menores y poses libidinosas actuaban de reclamo para una clientela de hampones erigidos en virreyes del mercado negro, chatarreros engendrados entre pilas de trapos que ahora se encargaban del aprovisionamiento de las tropas ocupantes, tenderos enriquecidos con sus trapicheos de trastienda, funcionarios venales que controlaban los precios de los alimentos de primera necesidad, una chusma de pillos y truhanes que, bajo la protección de los nuevos dirigentes, se entregaba sin rebozo a la rapiña y amasaba fortunas fastuosas, mientras el hambre se enseñoreaba del país. Jules se apostó frente a la salida de artistas, al abrigo de un edificio amenazado de ruina, en un callejón cerrado al tráfico. La función concluyó escasos minutos antes del toque de queda; pero aún tardaría más de una hora en abrirse la puerta de artistas, por la que irían desfilando las coristas del brazo de sus galanes, casi siempre oficiales achispados que atronaban la noche con risotadas como ladridos o apaches disfrazados grotescamente de aristócratas. Olga salió entre los más rezagados; iba del brazo de un tipo cetrino que frisaría en la cuarentena, con aspecto de canalla encantador, muy dicharachero y jocundo, y conversaba con otro hombre de estirpe más patricia, altiricón y untuoso, de inconfundible facha germánica. Jules reconoció enseguida los rasgos sobradamente divulgados en la prensa de este último: era Otto Abetz, embajador del Tercer Reich en París.

—¿Debo entender entonces, querida Olga, que declina mi invitación? —preguntó Abetz. Aunque empleaba una exquisita cortesía, había un fondo de concupiscencia en sus palabras.

Olga rió halagada. El vestido de lamé, muy ceñido, la envolvía en una aureola blanca, como si la luna se copiase en su cuerpo. Estaba radiante, más hermosa de lo que Jules recordara haberla visto jamás; pero había algo amedrentador en su belleza.

—Me temo, embajador, que si la aceptara estaría en peligro. —Y, volviéndose a su acompañante, le confió entre chanzas—: ¿Has oído, Henri? El embajador pretende que repita mi baile para él solo. ¿No te parece demasiado arriesgado?

El tal Henri repartía instrucciones entre una cohorte de acólitos, embutidos en trajes que no lograban mitigar sus modales farrucos o simiescos. Los tenía tan amaestrados que le bastaba un mero chasquido de los dedos para que cada cual ejecutara el recado que le había sido asignado.

—El embajador no es hombre fácilmente impresionable —dijo Henri, orgulloso de su posesión—. Pero, cariño, la visión de tus pechos lo ha sumido en una ensoñación. Aunque me temo que ha pinchado en hueso.

Olga asintió, con un mohín pícaro. Se la notaba cómoda desempeñando el papel de la presa que se disputan las alimañas, la presa que a la postre las deja sin pitanza. A Jules lo abrasaba la consternación, también el asco.

—No esté tan seguro, Lafont. Todo tiene un precio —dijo el embajador, disimulando el chasco con una sonrisita alevosa—. Usted mismo lo dice: «Todo el mundo quiere vender. Por eso basta con saber comprar.»

Henri Lafont. Jules también había leído ese nombre en alguna parte. Colaboracionista de primera hornada, descuidero y pillastre en su niñez, chulo de putas y soldado de fortuna en su juventud, controlaba el negocio de las oficinas de compras que abastecían al ejército ocupante. Parecía habilidoso para los negocios:

—Pero me temo que, en esta ocasión, el precio excedería cualquier presupuesto. Incluso el suyo, embajador.

—¿Usted cree? Quizá no se imagine hasta dónde estoy dispuesto a pujar.

A Olga la envanecía la esgrima verbal de los dos hombres. Entre bromas y veras, terció:

—¿Hasta dónde, embajador?

Abetz la miró con un deseo gélido, como de entomólogo que observa el revoloteo de la mariposa que completaría su colección.

Bajo el lamé, los senos de Olga palpitaban como corazones levantiscos.

—Hasta más allá de lo que usted pueda imaginar, Olga.

Ella lo miró largamente con sus ojos de mosaico bizantino, en los que se agazapaba un zarpazo.

—Me lo pensaré, embajador —dijo, y ya no había sombra de burla en su respuesta.

Al fondo de la calle, asomaba el capó de un Mercedes negro, como una pantera al acecho; las banderolas con la cruz gamada buscaban sin éxito una brisa que las agitase.

—Ahí tiene mi coche a su disposición —la tentó él con una reverencia.

—Quizá en otra ocasión. Hoy no me tengo en pie del cansancio.

Henri Lafont metió baza, después de recibir el informe favorable de sus acólitos, que se habían asomado a las calles adyacentes, en previsión quizá de una emboscada.

—¿Por qué no se pasa mañana por la sede de nuestra oficina, en la calle Lauriston? —invitó al embajador Abetz—. Celebraremos un *cocktail* con el todo París. Quizá Olga se anime e improvise algún baile, ¿verdad, querida? —Olga frunció el morrito, como si la propuesta no acabara de convencerla—. Chevalier ha confirmado su presencia. Cantará para nosotros *La chanson du maçon*.

Lafont tarareó los primeros compases de aquella tonada, convertida ya en el himno oficioso de Vichy, que hablaba de albañiles jubilosos que ponen en pie desde los andamios y los tejados una nueva nación.

—Pues si asiste Chevalier desde luego me animaré —dijo Olga.

Tal vez no hubiese desesperado de hacer carrera como actriz. O tal vez, simplemente, quisiera chinchar a Abetz.

—En ese caso, me perderé el acontecimiento —se lamentó el embajador—. Mañana se nos presenta un día horrible. Un asunto desagradable. Ejecutamos en Mont Valérien a un par de comunistillas estúpidos que participaron en una manifestación prohibida. Ya saben, hay que imponer un poco de respeto, si no se quiere que esos desgraciados se nos suban a las barbas. Desde que lanzamos nuestra ofensiva contra la Unión Soviética andan muy soliviantados.

Se refería al fusilamiento de dos hombres como si hablara de extirparse dos verrugas. El rostro risueño de Olga se había oscurecido con una niebla de desazón.

—A lo mejor se han equivocado lanzándola, embajador.

Abetz trató de corregir la displicencia que anteriormente había mostrado; después de todo, no deseaba que un par de mentecatos estalinistas fueran a malograr sus devaneos:

—Le aseguro, querida Olga, que el Tercer Reich admira a la madre Rusia. Pero es nuestra obligación librarla del yugo comunista. —Hizo una pausa; luego añadió con fruición—: Y limpiarla del veneno de las razas asiáticas.

Olga no contestó. Pero dirigió a Abetz una mirada que la redimió parcialmente a ojos de Jules, una mirada en la que se fundían el desdén y la hostilidad. Lafont intervino, aliviando la tensión:

—Si de mí dependiera, acabaría con esos comunistas en un periquete.

—¿No me diga? —preguntó Abetz, con cierto recochineo—. ¿Cómo?

Al otro extremo de la callejuela, había aparcado un Bentley blanco con el motor ronroneante. Como suele ocurrir con los millonarios accidentales y repentinos, Lafont no entendía el disfrute de la riqueza sin ostentación.

—Ustedes se han mostrado siempre muy puntillosos aplicando la ley. Cometieron el error de perseguir a los delincuentes comunes, cuando lo que tendrían que haber hecho es ganarlos para su causa. —Se notaba que lo movía en su alegato cierta solidaridad gremial—. Así ahora dispondrían de una quinta columna moviéndose por los bajos fondos, que es donde también se mueven esos comunistas zarrapastrosos. Con los delincuentes de su parte, descabezar las redes comunistas sería como coser y cantar.

El embajador Abetz había escuchado con atención a Lafont, lo cual no le privaba de destinar a Olga su veneración más bien lasciva.

—Me gustaría que me expusiera esa teoría suya con más calma, Lafont. Quizá todavía estemos a tiempo de seguir su consejo.

—Cuando quiera, embajador.

Abetz se inclinó para besar la mano de Olga con una corrección exagerada, casi insultante.

—¿Tal vez mientras la señorita baila para nosotros?

Había algo avieso en su mirada. Olga retiró la mano como si el contacto de Abetz la infectara. Dijo, con solemne sarcasmo:

—Le prometo que el día que tomen Moscú bailaré para usted, embajador. Solos usted y yo.

Mientras se despedían y separaban, encaminándose cada uno a su coche, a Abetz todavía le duraba el desconcierto que aquella promesa le había provocado. ¿Debía interpretarla como un consentimiento tácito, como una incitación, o más bien como una burla? Si de él hubiese dependido, habría ordenado enviar todas las divisiones disponibles al frente del Este, para acelerar una conquista que le garantizaba la consumación de sus apetitos. Jules oyó alejarse los dos automóviles en direcciones contrarias; un furor difuso, que no sabía contra quién dirigir, lo enardecía. Se preguntó si Olga habría celebrado aquellas bromas que la caracterizaban como una mujer venal por puro instinto de supervivencia; o si en verdad, como parecía, se habría convertido en una prostituta de lujo, satisfecha de entregarse al mejor postor. Estaba ardiendo; sentía la garganta y el pecho como abrasados por papel de lija. Y contemplaba su estado con esa lucidez aflictiva que proporcionan el insomnio y la fiebre. Nunca se había sentido tan solo y desasistido, ni siquiera durante su estancia en Fresnes. Mientras permaneció aislado en aquella celda insalubre al menos lo consolaba saber que afuera había un mundo, por el momento inaccesible, al que algún día podría regresar; ahora que al fin había regresado, descubría que ese mundo lo repudiaba como a un huésped intempestivo, lo expulsaba a los arrabales de una soledad infinitamente más atroz, puesto que nacía de una conciencia de pérdida. Olga y su hermana Thérèse no habían querido ser desalojadas de ese mundo que arrojaba a Jules a la intemperie; habían acatado sus reglas, que quizá fuesen degradantes y de vez en cuando las manchasen con una conciencia de vileza, pero al menos habían logrado sobrevivir.

Lo acometió un atroz, quimérico impulso de misantropía. Puesto que un mundo tan repudiable lo repudiaba, pondría perpetua enemistad entre él y el mundo. Tratar de comprender las razones que habían conducido a la claudicación a las personas que amaba le resultaba demasiado penoso; renunciar a comprenderlas lo desligaba para siempre de ellas, lo cual quizá no le sirviese de consuelo, pero al menos le ayudaba a renegar para siempre de los afectos que hubieran podido brindarle. Estaba solo como un astro que ha perdido su órbita; pero sentía que su alma, liberada de ataduras, flotaba en el vacío, ingrávida y serena, como un pez arrastrado por la corriente. Caminó hasta una boca de metro; una verja vedaba el acceso a su interior, tras el toque de queda. Pero entre los barrotes de la verja había espacio suficiente para que se colara alguien tan escurridizo como él. Por una calle próxima se acercaba una ronda policial; sus sombras ya asomaban en la esquina, góticas y agigantadas por la luz de los faroles. No se lo pensó dos veces: sorteó el obstáculo de la reja y avanzó a través de los pasillos de paredes forradas de azulejos, rumorosos de reverberaciones, hasta llegar al andén desierto. Contempló largamente la embocadura del túnel, como una promesa de noche dentro de la noche. Su bostezo cóncavo terminó ejerciendo sobre él una suerte de encantamiento; de repente, fulguró en su mente una idea desquiciada: puesto que el mundo exterior lo expulsaba de sus dominios, tal vez debería aceptar la llamada del mundo subterráneo. Recordó aquel folletín de Gaston Leroux que había regado de escalofríos su adolescencia, en el que un ser torturado y deforme se refugia en los sótanos de la Ópera; recordó también aquellas viejas películas por entregas que se exhibían en los cines más menesterosos, antes de que los noticiarios propagandísticos les usurparan su sitio, protagonizadas por Fantomas o por cualquier otro villano o sociedad de villanos, juramentados contra el mundo y habitantes de las tinieblas. Descendió a las vías y echó a andar rumbo a su destierro, rumbo a su hogar, rumbo a la disgregación o a la pura nada.

Guiándose por los fanales que de trecho en trecho alumbraban los túneles, mientras su vista adquiría habilidades nictálopes, descubrió pasadizos en el subsuelo que conectaban los túneles de las diversas líneas de metro, un dédalo de pasillos abovedados que los operarios municipales utilizarían de guindas a brevas, para facilitar el mantenimiento y reparación de la red viaria. De trecho en trecho, en huecos a modo de hornacinas, había quinqués de petróleo y cajas de fósforos para prender su mecha; armado con uno de ellos, Jules pudo avanzar por los pasadizos húmedos como catacumbas, a menudo festoneados por un salitre ferruginoso. Algunos eran espaciosos y revelaban el trasiego del personal al cuidado del metro; otros, por el contrario, semicegados por sucesivos derrumbes, no habían sido hollados en décadas y obligaban a Jules a internarse en ellos encorvado, casi a rastras, hasta que por fin desembocaban en otros más expeditos. Había pasajes que conectaban con pasadizos más antiguos, quizá excavados en tiempos de la Comuna, o incluso con sustratos de edificaciones anteriores, yacimientos arqueológicos que el crecimiento de la ciudad había sepultado para siempre. En algunos lugares, sobre todo a medida que avanzaba en dirección al Sena, la humedad llegaba a formar estalactitas, hasta que debajo de su lecho el avance se hacía imposible. Empleó más de un día en recorrer aquel laberinto subterráneo, aprovisionándose del petróleo que extraía de otros quinqués que iba hallando en su camino, para que la llama del suyo no se extinguiese. Muchos de aquellos pasadizos tenían salida en las principales estaciones del metro; muy cerca de la de Barbés-Rochechouart, se topó con una especie de hondón excavado en la roca que algún vagabundo había empleado como habitáculo hasta poco tiempo antes. Encontró, entre otros enseres desportillados, varias latas de petróleo, alimentos corrompidos, harapos que se desmoronaban al tacto, un jergón costroso que postulaba una forma de vida infrahumana; pero pensó que, si otro hombre había logrado sobrevivir en aquella hura, también él podría hacerlo. Tendría que realizar incursiones en el mundo exterior para procurarse alimentos, pero ya urdiría la manera de hacerlo cuando repusiera fuerzas. Estaba exhausto y necesitaba dormir, tal vez el sueño lo empujara blandamente hacia la barca donde lo aguardaba Caronte. Derrengarse sobre aquel jergón fue como arrojarse a una charca de aguas pútridas; pero su misma viscosidad y pestilencia arrullaron su descanso.

Despertó sobresaltado por el estrépito de dos disparos que en el interior del pasadizo sonaron como palpitaciones de un corazón que se desboca. Parecían proceder de la estación de Barbés-Rochechouart. Jules salió con prontitud al túnel; la embocadura enmarcaba un revuelo de chillidos histéricos y gentes despavoridas que se amontonaban en los accesos de salida, pisoteándose unas a otras, como si pugnaran por escapar de un barco que zozobra y hacerse un hueco en los botes salvavidas. En uno de los andenes se había quedado solo el cadáver de un oficial de la Marina alemana; un charco de sangre con sus tropezones de masa encefálica brotaba de su cabeza destrozada, en la que sin embargo permanecía calada la gorra azul. En el andén contrario, un joven de pelo crespo corría y se abría paso entre la multitud, enarbolando la pistola con la que acababa de perpetrar el atentado. Estaba poseído por esa especie de exultación nerviosa de quienes acaban de cumplir una misión que los justifica pero se ven metidos en un atolladero del que no saben escapar. Jules comprendió que todos sus esfuerzos por sustraerse al destino que le había sido encomendado en Fresnes habían resultado vanos; volvió a sentirse investido de un valor más fuerte que su propia voluntad:

—¡Por aquí! ¡Rápido! —dijo al joven fugitivo.

La aparición de aquel espectro desnutrido, de una palidez sólo mitigada por la barba que crecía silvestre, desconcertó al combatiente de la Resistencia, que llegó a encañonarlo. Pero como Jules insistía, exhortándolo a adentrarse con él en el túnel, y por los pasillos de la estación de metro ya sonaban los silbatos policiales, acabó decidiéndose a seguirlo.

—¿Quién es usted? —le preguntó, cuando ya se habían adentrado en el túnel.

—Uno entre muchos, uno como tú, tú mismo —respondió Jules, como ensimismado.

El joven combatiente lo miró de hito en hito, calculando si se las tendría que ver con un orate. También Jules lo examinó sin rebozo: tenía las facciones francas y pugnaces, y en la línea juvenil de su mandíbula se adivinaba un hervidero de pasiones limpias. En los andenes de la estación ya resonaban vozarrones ásperos en alemán que exigían sellar las salidas y acordonar la zona. No había tiempo para demasiadas explicaciones: Jules tomó al combatiente de la mano y lo guió en la oscuridad indiscernible del pasadizo, hasta llegar al hondón donde brillaba la luz del quinqué. No parecía el joven persona melindrosa, pero la contemplación de aquella madriguera de podredumbre le infundió un escalofrío.

—Estuve encerrado en Fresnes —dijo Jules, a modo de exculpación—. No creas que se diferencia demasiado de esto.

Avanzaban a la luz del quinqué, apenas un círculo de movediza y opalescente claridad que acrecentaba la claustrofobia. Los festones de salitre ferruginoso adquirían un prestigio de madréporas o corales.

—¿Por qué te encerraron?

—Por un sabotaje en la fábrica Renault. Trabajaba allí —explicó Jules, con la conciencia de referirse a una época antediluviana—. Será mejor que me des la mano. Aquí se estrechan las paredes.

Caminaban a gatas, sintiendo la rasposidad viscosa de la piedra infestada de hongos sobre la espalda.

—He oído hablar de ti. Aquel sabotaje fue muy sonado. Y, además, creo que tenemos algún amigo en común.

—Me gustaría ingresar en vuestro ejército —dijo entonces Jules sin mayores preámbulos, aprovechando la impresión favorable que sobre el combatiente había causado aquella temeridad de antaño.

—¿Sabes a lo que te expones?

Cuando ya parecía que el pasadizo se encogía hasta hacerse impracticable, desembocaron en otro mucho más espacioso, en el que sin embargo las filtraciones de agua formaban charcos que había que esquivar, para evitar salir a la superficie embarrado.

—¿A estar siempre perseguido? Creo que ya estoy acostumbrado.

—Vivir sin un domicilio fijo, no poder confiar en nadie, apenas poder cubrir las necesidades vitales...

Jules interrumpió su enumeración con una risa mordaz:

—¿Crees que a alguien en mi situación esas menudencias pueden meterle miedo?

La voz del combatiente sonó ahora más grave, casi apesadumbrada:

—También tendrás que aprender a matar los remordimientos. Puede que te toque disparar contra un soldado cualquiera, al que ni siquiera conoces, como yo acabo de hacer.

Jules exploró inquisitivo la fisonomía del combatiente:

—¿Tú has logrado matar esos remordimientos?

—Estaba vengando a dos compañeros que fusilaron antes de ayer en Mont Valérien —se defendió—. Estamos en guerra, los escrúpulos de conciencia hay que dejarlos en casa.

—Tienes razón —dijo Jules, asintiendo apreciativamente—. Y estoy dispuesto a matar si es necesario. —Apuntó hacia una puerta metálica, al final del pasadizo—. Por ahí saldrás a la estación del Norte. Los boches todavía no se habrán organizado, podrás tomar el primer tren que salga de París.

El joven combatiente se guardó la pistola en el bolsillo interior de la chaqueta, del que antes extrajo una llave.

—Nunca te agradeceré bastante lo que has hecho por mí. Tenemos un piso franco en la plaza Jasmin, en el distrito decimosexto. —Le tendió la llave—. Allí encontrarás comida en conserva, ropas, útiles de aseo. Si tuvieras problemas de salud hay una clínica en la calle Sargent-Bauchat donde te atenderán sin hacerte preguntas. Pero será mejor que no salgas a la calle, mientras puedas evitarlo. —Hablaba con la calma del organizador—. Dentro de dos semanas exactas, al mediodía, nos encontraremos en el café des Bohémiens, junto a la iglesia de la Madeleine. ¿Me has entendido?

Jules hizo un gesto de rápida connivencia. El joven combatiente le estrechó vigorosamente la mano y se dirigió hacia la salida. Cuando ya estaba a punto de empujar la puerta, Jules le preguntó:

—¿Cómo te llamas?

—Fabien, ése es mi nombre de guerra. En la Resistencia no tenemos otro. —Lo señaló con el dedo índice, que suplía las aguas bautismales—. Y tú desde hoy te llamarás Houdini. Houdini, el genio escapista.

Le pareció que París se había transformado en una ciudad distinta. En el vestíbulo de la estación Saint-Lazare reinaba la agitación propia de cualquier estación ferroviaria: los pasajeros se agolpaban en tropel en los andenes, ante la llegada del expreso que los iba a llevar a la provincia, donde sus parientes rurales los aprovisionarían de las viandas que en la capital ya escaseaban o habían alcanzado unos precios prohibitivos; los limpiabotas sacaban lustre a las botas de algún soldado que aún se esforzaba, con resultados más bien discretos, en congeniar con los conquistados y que, por acallar su mala conciencia, los obsequiaba con propinas exorbitantes; en la galería donde se alineaban las tiendas y los quioscos de prensa, la muchedumbre de los recién llegados y la muchedumbre de quienes los recibían se abrazaban más o menos efusivamente, se besaban en las mejillas o en la boca, como conviniese a su relación, se repartían los bultos según su capacidad de carga, se los disputaban según les dictase la cortesía o la remolonería. Pero, entre estos signos de agitación cotidiana, cualquier observador atento distinguía enseguida un elemento chirriante que los convertía en una calculada pantomima: un silencio sombrío, casi tétrico, atenazaba al gentío; un silencio que no quebraba ninguna interjección de alegría o sorpresa, ningún saludo lanzado desde la distancia, ninguna de las muchas conversaciones volanderas y entrecortadas que suelen infestar el vestíbulo de cualquier estación del mundo, como un enjambre efervescente y ensordecedor. En los rostros de los pasajeros se adivinaba un rictus crispado, un coágulo de miedo que hacía sus respiraciones más dificultosas o contenidas, una niebla de inquietud que borraba el brillo de las miradas y las desenfocaba, hasta convertirlas en las miradas de muertos que resucitan o sonámbulos que han extraviado la brújula de su vagabundaje. También reinaba una atmósfera de catástrofe presentida que casi se masticaba ante las columnas gigantescas de la Kommandantur, donde el general Von Schaumburg, al mando del Gross-Paris, ordenaba fijar los avisos que diariamente reglamentaban la vida de los parisinos, imponiéndoles toques de queda siempre fastidiosos, pejigueras de salubridad pública o normas de conducta propias de un internado para pupilos díscolos. Los curiosos seguían apretujándose ante los carteles de tinta todavía húmeda, pero ya no se atrevían a discutirlos como en ellos era costumbre, ya no gesticulaban soliviantados, ni juraban en arameo ante tal o cual imposición engorrosa o meramente prolija, ni improvisaban esos comentarios sarcásticos que hasta entonces les habían ayudado a sobrellevar la ocupación. Por el contrario, leían los carteles apresuradamente, como si el mero hecho de detenerse a leerlos los convirtiera en candidatos probables a una condena, y enseguida se escabullían, cabizbajos y mohínos, como recorridos por un repeluzno.

Algo flotaba en el aire, una pululación misteriosa que no llegaba a concretarse, que no era exactamente una floración de odio, tampoco esa premonición de pólvora que la rabia deja suspensa, sino más bien una zozobra sorda, como si de repente la población civil se supiese poseedora de un boleto en una tómbola macabra que podría elegir a cualquiera como destinatario de una desgracia hasta entonces inimaginable. Jules no se atrevió a acercarse a la Kommandantur, por miedo a ser reconocido por los soldados que hacían guardia ante los carteles. Quizá se tratase de un miedo absurdo, pues tras su convalecencia de quince días en el piso franco de la plaza Jasmin se había metamorfoseado en un hombre muy distinto de aquel espectro de hombre que durante más de medio año había languidecido en Fresnes; pero, aunque desembarazado de aquella barba boscosa y con más de cinco kilos recuperados, algunos de los rasgos que los carceleros de Fresnes hubiesen distribuido para facilitar su identificación aún podían perseverar en su rostro (la palidez más que cérea, para empezar). Prefería observar a los soldados alemanes de lejos: ya nadie se acercaba espontáneamente para pegar la hebra con ellos, como ocurría en los meses posteriores a la caída de París; y, cuando trataban por propia iniciativa de resultar amables —ayudando a una mujer con las maletas, acudiendo solícitos a informar a un viajero que mostraba síntomas de desconcierto o extravío—, la gente se apartaba sin demasiados disimulos, como si en su derredor crearan un campo magnético que repeliese cualquier forma de vida.

Aún restaba casi una hora para el mediodía. Antes de acudir a su cita con Fabien, Jules decidió aprovechar el tiempo paseando por la plaza de la Ópera. La proximidad del otoño ya aplacaba los ardores estivales; el cielo se teñía de tonos más oscuros y el sol tenía una tibieza de magdalena recién salida del horno, nutritiva y reparadora. Las mismas impresiones que lo habían asaltado en la estación se repitieron mientras avanzaba por la ciudad, que aún conservaba un reflejo de su antiguo esplendor, como las mujeres que fueron hermosas en la juventud conservan cierta distinción patricia, pese a las arrugas y flacideces que conspiran contra la piel que en otro tiempo fue firme y satinada. En los alrededores de la estación, los colmados seguían extendiendo su mercancía en puestos que invadían la acera; pero donde hacía apenas un año un congreso de legumbres y frutas ofrecía su opulencia casi lujuriosa, restallante de olores y colores que embriagaban los sentidos, raleaban ahora cuatro lechugas mustias, cuatro manzanas magulladas, cuatro tomates anémicos y desaboridos. Más tristón aún resultaba el aspecto de los escaparates de las tiendas de lujo del bulevar Haussmann, donde todavía se apolillaba algún abrigo de visón de temporadas pasadas, entre maniquíes que se habían ido quedando desnudos, como vástagos de una familia arruinada que han empeñado todas sus pertenencias. Los únicos clientes que todavía merodeaban estos establecimientos eran, precisamente, los soldados alemanes, que se aprovechaban de la languidez del negocio para regatear a los dependientes que en otro tiempo los habrían despachado con una altiva displicencia, tan pronto como hubiesen insinuado la posibilidad de una rebaja. Tampoco, en honor a la verdad, aquellos soldados eran los mismos que Jules había visto desfilar por los Campos Elíseos, como héroes de un cantar de gesta que sembraban a su paso la reverencia y el apabullado horror. Ya no exhibían la misma prestancia de entonces, la misma marcialidad enhiesta, sino que empezaban a mostrar los estragos de la molicie, incluso cierto desaliño indumentario, ese descuido propio de los ejércitos en los que empieza a relajarse la disciplina y a florecer cierto instinto de rapiña.

En la terraza del café de la Paix, los parroquianos murmuraban en un tono entre claudicante y conspiratorio; pero bastaba que un soldado asomara a lo lejos su uniforme *feldgrau* para que las conversaciones se interrumpieran y las miradas se agacharan sobre los veladores de mármol, como si de este modo aspiraran a tornarse invisibles. Luego, cuando el militar ya había pasado de largo, los parroquianos, en lugar de dedicarle un gesto bravucón o desdeñoso, con ese arrojo de pacotilla que sólo asomaba si el enemigo estaba de espaldas, se quedaban temblando, como si la tensión acumulada, al relajarse, hiciese tambalear sus nervios hechos añicos. Cuando aún quedaba un cuarto de hora para las doce, Jules cruzó la plaza de la Ópera donde algunos grupos de soldados bisoños, carnaza para posteriores expediciones al frente del Este, se fotografiaban, ignorantes de que sus días como domingueros de la guerra estaban a punto de concluir. Circundó la iglesia de la Madeleine, como un Partenón postizo y despaganizado, y buscó el café des Bohémiens. Lo descubrió, después de dar algunos tumbos, al fondo de un patio de vecindad, anunciado con un letrero de letras desvaídas sobre el escaparate de una tienda de ultramarinos que exponía botellas de vino de cosechas legendarias, como piezas de museo que nadie podía permitirse comprar en París, salvo las hienas que controlaban el mercado negro. Para acceder al café des Bohémiens había que atravesar la tienda, que no atendía ningún dependiente, y subir por una escalera de caracol metálica que conducía a un primer piso en el que se repartían no más de media docena de mesas, separadas entre sí por biombos forrados de una tapicería más bien prostibularia que hacía sospechar sobre la verdadera naturaleza del local. Una anciana apergaminada y como conservada en formol se hallaba detrás del mostrador; cuando advirtió la presencia de Jules, se limitó a levantar el dedo pulgar, indicándole que siguiera ascendiendo hasta llegar al altillo. En la última revuelta de la escalera, Jules se dio de bruces con un sacerdote ensotanado que sostenía entre las manos un misal y lo escrutaba con gesto desaprobatorio, atrincherado detrás de unas antiparras que agrandaban sus ojos hasta otorgarles un aspecto molusco.

—Disculpe, padre, he debido de equivocarme —farfulló Jules, iniciando la retirada.

El sacerdote soltó una carcajada jovial:

—Vaya, Houdini, veo que le tienes más miedo a los curas que a un nublado. La próxima vez elegiré otro disfraz.

Jules se volvió y reconoció al fin a Fabien, que para completar su disfraz se había encasquetado sobre el cabello crespo un bonete que le venía como pintiparado. Trazó una bendición en el aire.

—No esperaba encontrarle en un lugar tan poco piadoso, padre, y preferí escurrir el bulto para no comprometerlo —dijo Jules, por proseguir la broma.

Fabien lo abrazó virilmente. Jules esperaba que la reunión se fuese a celebrar en algún cuartucho penumbroso, espeso de humaredas, donde al menos una docena de combatientes se ocupara engrasando sus armas y planeando el próximo golpe sobre un plano de París. En su lugar, se hallaba en un altillo generosamente iluminado, con una ventana al fondo que con su contraluz le impedía distinguir las facciones del único hombre que acompañaba a Fabien.

—Te presentaré al jefe de tu célula...

—Que lucha por la libertad de todos los trabajadores —remachó el otro hombre—. De la derrota nazi surgirá un mundo nuevo para los desheredados.

Jules reconoció al instante el tufillo de la prédica comunista, que tan sólo unos meses antes no cifraba en la derrota nazi la consecución de esa utopía. Y no necesitó distinguir los rasgos de su interlocutor para reconocerlo por el timbre de su voz, siempre exaltado y leal a las consignas que le dictaba el partido. Pero le alegraba reencontrarse con el compañero que lo acogió bajo su protección, cuando se estrenaba en la fábrica Renault.

—¡Marcel, cuánto tiempo!

—¡Jules, no puedo creérmelo! —dijo Marcel, y en sus ojos vivaces, siempre alerta, como los de un mastín, se atisbó un brillo de verídica emoción—. Todos te dábamos por muerto.

Corrió a estrecharlo entre sus brazos, y Jules le correspondió con francas palmadas en la espalda. Marcel retrocedió un paso y estudió con detenimiento, con alborozado detenimiento, al compañero milagrosamente resucitado. También Jules lo examinó a conciencia: sus facciones eran menos enjutas, y una incipiente dilatación de los vasos sanguíneos delataba, bajo la piel atezada, cierta querencia por las libaciones. La mirada incendiada de pasiones lindantes con el fanatismo seguía siendo, en cambio, la misma.

—Debería haberlo sospechado —concluyó orgulloso—. Sólo alguien capaz de la machada que tú hiciste en Billancourt se las habría arreglado para sacar a Fabien sano y salvo de aquella ratonera. No sabes cuánto celebro que por fin hayas comprendido el sentido de nuestra lucha.

Jules estuvo tentado de lanzar una ironía sobre el sentido cambiante e incluso contradictorio que los comunistas atribuían a la lucha, pero se contuvo:

—Sí, bueno, el caso es que aquí estoy.

Marcel estalló en una carcajada sin reticencias y se volvió hacia Fabien:

—Siempre tan receloso. No te puedes imaginar lo que me costaba evangelizarlo. —Hizo un puchero, como si le fuesen a saltar las lágrimas, antes de dirigirse otra vez a Jules—: Chaval, si supieras cuánto te he echado de menos. Pero lo importante es que al fin estás entre nosotros y que tus dudas han sido más débiles que el deseo de entregarte en cuerpo y alma a la edificación de...

Jules interrumpió, por pudor, la cháchara comunista:

—Me he tropezado con la ciudad más encogida por el miedo que nunca. ¿Qué ha ocurrido en estas semanas?

Marcel y Fabien intercambiaron una mirada de connivencia. Respondió este último, con una prevención quizá exagerada, como si manejase nitroglicerina:

—¿Es que no has leído los últimos avisos de la Kommandantur?

—No me atreví a acercarme tanto a los boches. Vi que la gente se congregaba ante los carteles y que después se escabullía, como si la persiguiera una maldición.

Fabien se quitó el bonete y jugueteó con él entre las manos, distrayendo su desasosiego:

—La Kommandantur ha avisado que a partir de ahora todos los franceses detenidos serán considerados rehenes. —Su voz tenía un dejo de consternación, tal vez de remordimiento—: En caso de nuevos atentados, un número indeterminado de rehenes será fusilado.

—¿Rehenes? —Jules no estaba preparado para atrocidades semejantes—. Pero... no se puede fusilar a personas inocentes como si nada.

—Esos tipejos son capaces de eso y más —dijo Fabien.

—¿Y qué pensáis hacer?

Fabien se encogió de hombros, fatalmente resignado a aceptar la vorágine de violencia que estaba a punto de desatarse:

—¿Qué podemos hacer, sino proseguir nuestras acciones?

A Jules lo sublevó aquella imperturbabilidad:

—¿Y no sería mejor interrumpirlas, hasta que estemos en condiciones de pasar al ataque, en conjunción con las órdenes que recibamos desde Londres? Si siguen muriendo boches, ellos fusilarán rehenes, y la gente acabará odiándonos.

Se incluía en ese plural porque sinceramente se consideraba ya parte de aquel ejército en las sombras. Fabien apretó la mandíbula y miró de reojo a Marcel:

—Ya ves que Houdini nos ha salido gaullista. —Después de una pausa cavilosa, contestó a Jules—: La guerra de los franceses no tiene por qué dirigirla un general exiliado en Londres. Somos nosotros quienes nos jugamos el pellejo y quienes, por lo tanto, debemos tomar las decisiones.

—Pues esa decisión sólo nos traerá el aborrecimiento de los franceses —opuso Jules, contrariado.

Marcel intervino; su cálculo era posiblemente cruel, pero eficaz:

—Te equivocas, Jules. Las represalias contra la población civil levantarán al pueblo contra el enemigo. Así se sabrá, de una maldita vez, que bajo su política en apariencia benevolente escondían una feroz brutalidad. —Añadió un argumento más, éste de consumo interno—: Además, no podemos olvidar que los boches han agredido a la Unión Soviética. Nuestra obligación como miembros del partido, Fabien, es responder a esa agresión.

Fabien asentía a las palabras de Marcel con una tímida reticencia, como si en algún recóndito paraje de su conciencia se pertrecharan los escrúpulos. Jules se permitió un venial sarcasmo:

—Resulta curioso, Marcel. Hace algún tiempo te burlabas de mis apelaciones a Francia. «¿Qué coños es Francia?», me preguntabas. «¿La Santísima Trinidad?» Ya veo que esa categoría suprema se la reservas a la Unión Soviética.

Entre ambos se formó un coágulo de reproches que no llegaron a expresarse. Fabien zanjó la discusión:

—Será mejor que vayamos al grano. Houdini, doy por hecho que sabes dónde te metes. Será una guerra larga, ingrata y oscura. —Jules cabeceó, invitándolo a abreviar los trámites—. Y, sobre todo, anónima. Así que, respetando vuestra antigua amistad, que también tiene sus desavenencias por lo que veo, os ruego que os llaméis por vuestros nombres de guerra. Houdini, Marcel será para ti Lantier, por el protagonista de *Germinal*, Étienne Lantier. —Jules pensó que el apodo no podía ser más inapropiado: Marcel se había mostrado mucho más remiso que el héroe de Zola a organizar una huelga, cuando se suprimió la fiesta del Armisticio—. A partir de ahora mismo, te referirás siempre a él como Lantier, para dificultar su identificación; nunca se sabe dónde puede camuflarse el traidor que le vaya con el cuento a los boches. Y lo mismo te digo a ti, Lantier: Jules se llama Houdini, y nada más que Houdini. Puede que alguna vez te transmitamos instrucciones de arriba, pero el jefe de tu célula es Lantier, no yo. ¿Lo has entendido, Houdini?

—A la perfección, Fabien.

Marcel, o Lantier, tomó la palabra, una vez que Fabien concluyó la exposición previa. Inevitablemente, en su estrategia asomaban los modos del sindicalista:

—Nuestro primer objetivo consistirá en influir sobre los sentimientos de los franceses. Hay que evitar que simpaticen con los invasores y con sus secuaces de Vichy. Tenemos que impedir que los jóvenes se alisten en el Servicio de Trabajo Obligatorio que los convierte en mano de obra barata para el Tercer Reich. —Le clavó un índice conminatorio en el esternón—. Houdini, tú te encargarás de distribuir octavillas entre los jóvenes, mil octavillas semanales, que les expliquen las consecuencias de su partida a Alemania. Si vemos que las octavillas no son eficaces y los jóvenes se siguen enganchando al Servicio de Trabajo Obligatorio, ya se nos ocurrirán otras acciones más contundentes. Cada cosa a su tiempo.

Jules aprobó las instrucciones de su nuevo jefe a regañadientes. La perspectiva de repartir octavillas no le apasionaba.

—Aún somos pocos y nuestras acciones deben ser modestas. Pero con el tiempo la situación cambiará —trató de alentarlo Fabien—. A medida que se sucedan las derrotas en el frente del Este, más gente acudirá a nosotros. Y te aseguro que esas derrotas se sucederán en cuanto llegue el invierno. Además, los ingleses estarán pronto en disposición de lanzar ataques aéreos.

—De momento, nuestra labor será de desgaste —prosiguió Marcel—. Ya habrá tiempo para el combate abierto. Ahora tenemos que poner chinitas en el engranaje de la maquinaria. Repartirás las octavillas entre los estudiantes, entre los obreros de las fábricas, entre los ferroviarios.

Aguardó la reacción de Jules, que no parecía enteramente satisfecho con el cometido que le asignaban. Fabien insistió:

—Te necesitamos, Houdini. Quizá no sea lo que esperabas. Pero si renuncias ahora quizá te arrepientas siempre.

Jules miró, a través del ventanal, la ciudad embargada por el miedo. Al fin respondió:

—Está bien. ¿Dónde tengo que recoger las octavillas?

Marcel le dedicó una sonrisa ancha como una avenida, antes de abrazarlo con un ímpetu aún mayor que el mostrado a su llegada.

—Sabía que no nos fallarías. Voy a darte las señas...

Antes de que lo hiciera, Jules hurgó en los bolsillos de su pantalón, en busca de un trozo de papel para anotarlas.

—Eh, ni se te ocurra, chaval —le advirtió Marcel, alarmado y a la vez jocundo—. Nunca se te ocurra poner nada por escrito. Guárdalo todo aquí. —Se golpeó la sien, como si quisiera comprobar su dureza—. Y recuerda que desde este preciso instante te ha comido la lengua el gato. A nadie le dirás ni una sola palabra sobre tus actividades en la Resistencia. ¿De acuerdo?

La advertencia le resultó superflua u ofensiva:

—¿Me tomas por un imbécil o qué?

—Sí, claro, todos os enfadáis mucho cuando se os recuerda lo que parece obvio —dijo Marcel, un tanto picado—. Pero al final siempre le vais con el cuento a vuestra madre que os quiere tanto...

—O a esa novia que es la única que os comprende —siguió Fabien, con ironía un tanto misógina.

—Y al final la madre y la novia desembuchan tan pronto como los boches les amenazan con hacer pupa a su chico —completó Marcel.

Jules pensó con melancolía y súbito asco en su desvaída madre, en su levantisca hermana, también en la mujer que habría podido amar con veneración y empeño, ahora entregada mercenariamente a los vencedores. Apenas se reconoció en aquella voz neutra, átona, incluso arañada por un deje de rencor:

—No os preocupéis. Conmigo no hay peligro.

Hacia comienzos de 1942, las restricciones se habían agravado hasta extremos difícilmente soportables. Como Fabien había previsto, la campaña de invierno había establecido el fin de aquel paseo triunfal que Hitler iniciara tres años atrás, con la anexión de los Sudetes y la posterior invasión de Polonia. Tras reponerse del desconcierto que le había provocado la ruptura del pacto germanosoviético, Stalin había comprendido que el pueblo ruso, curtido en la escuela de sufrimientos del comunismo y dispuesto a encauzar por fin su ferocidad atávica contra un enemigo concreto, presentaría la batalla que las democracias europeas —con la única excepción de Gran Bretaña—, tan fofas y delicuescentes, no habían sido capaces de arrostrar. Por lo demás, Stalin, aritmético del terror, sabía por experiencia que un muerto, en sí mismo, constituye una tragedia; pero un millón de muertos es mera cuestión de estadística. Así que decidió que detendría el avance alemán interponiendo montañas de muertos, millones de muertos rusos que él mismo estaba dispuesto a engrosar, con las ejecuciones masivas de soldados desertores o tan sólo derrotados que encargaba a sus batallones de exterminio. Ya que los alemanes lo aventajaban en táctica militar, opondría barreras multitudinarias de cadáveres, regimientos y regimientos enteros de campesinos empleados como carnaza para frenar al enemigo. Y a ese acopio de tropas que se batían con inusitado arrojo, sabiendo que el retroceso a posiciones de retaguardia les depararía una muerte igualmente atroz, se sumarían pronto los rigores del General Invierno. Atrapados en aquel Armagedón helado, los soldados alemanes no tardaron en convertirse en alimañas; creyeron que sólo así podrían detener la avalancha de violencia incontenible que ellos mismos habían desatado. Se equivocaban.

Y mientras las divisiones de la Wehrmacht y las Waffen-SS eran trituradas en el frente oriental, como despojos que alimentan una máquina de picar carne, el Tercer Reich incrementaba en progresión geométrica el despojo de los países conquistados, proveedores hasta la devastación de materias primas que mantuvieran encendida una hoguera que amenazaba con consumirse. En París ya ni siquiera las mañas industriosas servían para engañar el estómago: los alimentos, simplemente, habían dejado de existir, salvo para unos pocos privilegiados; las tiendas antaño llamadas de comestibles sólo exhibían en sus escaparates paquetes de sal y botellas de lejía, ingredientes que no garantizaban una dieta demasiado saludable. Pero las carencias no se circunscribían a la comida: se habían acabado la gasolina —por las calles vacías de París, con la excepción de los automóviles de los jerarcas nazis, ya sólo circulaban bicicletas y los llamados velo-taxis—, el carbón, el gas, la electricidad, el alcohol, los medicamentos, la ropa, el cuero, el jabón, hasta las cerillas o el papel; pero más exacto sería decir que su producción se destinaba íntegramente al gran Moloch del frente del Este. En su rapiña bulímica, los ocupantes no se limitaban a saquear las materias primas ni a diezmar a los hombres en edad laboral, reclutándolos a la fuerza en las campañas del Servicio de Trabajo Obligatorio. Ni siquiera las estatuas y las placas de sus pedestales se libraron del expolio; con su bronce fundido se fabricaban cañones en las fábricas de Renault y Citroën que de inmediato se enviaban a Rusia; e igual suerte corrieron las barandillas de cobre del metro, el cinc de los mostradores de las tabernas y hasta los depósitos de chatarra. Los ocupantes habían descubierto ese arte que cultivan las familias menesterosas y los matarifes de ganado porcino, que es el arte de aprovecharlo todo, hasta la ganga de apariencia más fútil. Por supuesto, en esta incesante epopeya de desvalijamiento, no iban a descuidar las fortunas, fastuosas o modestas, de las familias judías, que de inmediato empezaron a aprovisionar de divisas las arcas del Tercer Reich. Todavía los judíos no estaban obligados a prenderse visiblemente en sus ropas la estrella de David, pero sus fisonomías escuálidas eran más distintivas que cualquier sambenito.

El lunes de cada semana, Jules se pasaba por una floristería del bulevar Haussmann, antaño la más elegante de París, que en aquel invierno ya declinante se conformaba con ofrecer a su clientela también declinante flores funerarias para conmemorar a sus muertos. En el sótano de la floristería, su dueño, un hombre de bigotillo relamido que se fingía sarasa para no levantar sospechas entre los alemanes (aunque hubiese engendrado en su mujer una prole de hasta ocho hijos), mantenía una imprenta clandestina, apenas abastecida con tres multicopistas que atendían sus hijos varones. Allí se tiraban las octavillas y los periódicos que luego Jules repartía en fábricas y mercados, siempre camuflados en el fondo de unas cestas que se cubrían muy apañadamente de flores. Repartir aquellos papeles lo convertía en reo de muerte; pero idéntico peligro corrían quienes se encargaban de imprimirlos, quienes redactaban los artículos que los llenaban y hasta quienes los leían, y esta solidaridad en el riesgo consolaba a Jules. Eran unas míseras hojas elaboradas con un papel de ínfima calidad, a veces el mismo que se empleaba para embalar, o incluso con la pasta grisácea que se obtenía después de mantener en remojo periódicos atrasados; estaban mal cortadas, nefastamente impresas, a veces con una tinta tan débil que ponía a prueba la paciencia del lector, a veces por el contrario con tipos tan entintados que atravesaban el papel y extendían borrones por doquier. Pero cada una de aquellas líneas maltrechas, casi ilegibles, alumbraba palabras que, repartidas entre muchos, tenían el efecto benéfico de una eucaristía. A la vista de la habilidad que Jules mostraba en el reparto de propaganda, pronto Marcel le encomendó misiones de información: se encargaba de recolectar datos entre los empleados ferroviarios sobre los convoyes de la Wehrmacht que partían rumbo al Este, también chivatazos de los paisanos sobre la ubicación de los depósitos de municiones; y no tardó en conseguir contactos en aeropuertos y fábricas estratégicas que le confeccionaron planos y partes muy detallados con horarios, cantidades, previsiones, proyectos más o menos secretos.

Ahora hacía falta dar salida a ese caudal de información. Marcel había incorporado a la célula dos nuevos combatientes cuyo adiestramiento encargó a Jules. Uno de ellos, Caruso, había trabajado como artificiero de minas en la cuenca hullera de Nord-Pas-de-Calais, hasta que tras su participación en una huelga en mayo del 41 que había paralizado la industria se había visto forzado a ingresar en la clandestinidad; era un comunista brutote y bueno, leal hasta la médula y también impulsivo y aspaventero, siempre con el cabello alborotado y rojo como el penacho del maíz. El sobrenombre de Caruso lo inspiraban sus dotes de barítono, no siempre tempestivas, que según se encargaba de recalcar después de que sus camaradas le aplaudiesen un aria o una romanza, habrían sido mucho mejores si el polvillo de la hulla no le hubiese estropeado la garganta. Junto a Caruso, se había incorporado a la célula Sacha, un provenzal de estirpe campesina, trigueño y chato, que durante su breve paso por una estafeta de correos había saboteado en más de una ocasión las instalaciones de telegrafía; lento y concienzudo dada su condición de hijo de labradores, se preciaba de adaptar sus hábitos a la carrera solar, manía que sólo estaba dispuesto a infringir si se le ofrecía ir al cine. Aunque sabía que se había revelado como un «colabo» cobardón yególatra, no podía reprimir su admiración por el cómico Sacha Guitry, de quien tomaba prestado su nombre de guerra. Caruso y Sacha eran, cada uno a su manera, voluntariosos, como demostraban en los más variopintos quehaceres: elaborando resúmenes de prensa e informes que Marcel elevaba a los mandos; también pasando documentos a través de la línea de demarcación que después eran enviados a Londres; o aportando asesoramiento para planes de sabotaje en las fábricas que trabajaban para el enemigo. Pero a Jules no se le escapaba que si Marcel los había incorporado a su célula era, precisamente, para que aportaran sus conocimientos en aquello que mejor dominaban: Caruso, el manejo de explosivos; Sacha, las emisiones de radio. Por el momento, sin embargo, no disponían de explosivos, tampoco de una estación emisora.

Poco a poco, Marcel fue depositando en Jules mayor confianza, asignándole las misiones más arriesgadas. A medida que aumentaba la actividad de la célula, mayor era la exigencia; pero Jules nunca se había sentido tan cómodo como entonces. Otros tomaban las decisiones; a él únicamente le correspondía ejecutarlas. Se acostumbró a no dormir más de dos noches seguidas en un mismo lugar; también a recibir las encomiendas más peregrinas, a acatar consignas que le resultaban crípticas o abstrusas, a mantenerse en un perenne estado de expectación, aguardando una llamada telefónica o una convocatoria a horas que el resto de los mortales reservaban a su descanso. Este constante ajetreo le resultaba, por otra parte, liberador, pues le permitía mantener la cabeza alejada de pensamientos cuya mera evocación le dolía como una puñalada. No había llegado a penetrar del todo en el intríngulis de la organización a la que pertenecía, ni siquiera compartía sus directrices ideológicas. Pero cada vez que lo asaltaba un escrúpulo de conciencia, cada vez que lo tentaba el deseo de rebelarse contra las directrices recibidas, recordaba las palabras de aquel hombre o ángel moribundo que lo había visitado en la prisión de Fresnes. Dios escribe recto con renglones torcidos; y los comunistas quizá fuesen, sin saberlo, piezas de una partida de ajedrez que ni siquiera ellos mismos columbraban. De modo que rendía cuentas de sus acciones a Marcel, quien a su vez las rendía en un nivel superior; pero hasta dónde alcanzase esa jerarquía era para Jules un enigma completo que no excitaba su curiosidad.

—Viajarás a Cherburgo, Houdini —lo instruyó Marcel cierta tarde de comienzos de marzo—. En la plaza del Ayuntamiento verás una panadería, La Flor de la Besana. La regenta el señor Michaud. Tiene un paquete para ti. Pídele una docena de pastelitos de crema.

Lo había citado en un garaje de la calle Boulets que en las últimas semanas estaban acondicionando como posible arsenal (cuando por fin dispusieran de armas) y estación emisora. El garaje estaba flanqueado a derecha e izquierda por edificaciones bajas que no entorpecerían demasiado la difusión de las ondas radiofónicas; y, además, sus traseras comunicaban con un solar en suave declive, sólo frecuentado por las ratas y las lagartijas, que auguraba una rápida huida en caso de necesidad.

—¿No vas a decirme qué contiene el paquete? —preguntó Jules, sin demasiado énfasis.

En el garaje se alineaban varios coches para el desguace, como cetáceos de herrumbre que se han quedado varados en una playa. El rectángulo de cielo recién amanecido que se atisbaba a través del portón metálico, más allá del solar, tenía un color funerario o cuaresmal.

—Los trenes a Cherburgo parten de Saint-Lazare —dijo Marcel, ignorando la pregunta.

Jules no se encrespó, ni siquiera se inmutó:

—¿Cuándo debo partir?

—Esta misma mañana.

Marcel le tendió el billete de ida y vuelta. Un tanto puerilmente, le regocijaba dosificar a su gusto la información que transmitía a sus subordinados. Cuando Jules ya se disponía a marchar, le confió:

—Hoy puede ser un día grande para nosotros, Houdini. Se trata de un aparato de radio MCR-1 de fabricación británica, el célebre «bizcocho». Con él podremos transmitir por fin a Londres.

Lo llamaban «bizcocho» por su forma apaisada; era el más pequeño de los aparatos de radio de la época, portátil y con un alcance de onda que para sí querrían muchos armatostes. El artilugio por el que suspiraba cualquier grupo de la Resistencia.

—Con la información que tenemos acumulada podríamos tirarnos un mes entero transmitiendo —dijo Jules, enarcando las cejas—. ¿Por dónde empezarás?

Marcel se remetió con desparpajo la camisa en el pantalón, en un gesto que a Jules se le antojó como de satisfacción venérea.

—No será tan sencillo. Habrá que dosificarse. La Gestapo tiene repartidas por todo París camionetas con radiogoniómetros que patrullan la ciudad en busca de señales —se explayó.

Pero su sonrisa tranquila refutaba aquellos impedimentos. Jules insistió, ahora con énfasis:

—¿Por dónde empezarás?

—Por la fábrica Renault, por supuesto —soltó Marcel con inescrutable deleite.

Quizá ansiara borrar de la faz de la Tierra el lugar que había sido el escenario de alguno de sus episodios biográficos menos honrosos.

—¿Por qué la fábrica Renault? —se inquietó Jules—. Están trabajando a medio gas. Tenemos información sobre objetivos mucho más interesantes.

Había un sadismo frío, cerebral y despótico en aquella elección. El cielo tenía una tristeza de domingo repescado del calendario napoleónico.

—Pero ninguna tan detallada como la que podemos darles sobre la fábrica. Podríamos especificarles el sitio donde caga Renault, si quisiéramos, y hasta las horas en que podrían pillarlo en plena faena. —Soltó una risotada, celebrando su broma escatológica—. Cuídate mucho, Houdini, la vigilancia en Saint-Lazare es extrema.

Varios agentes de la Feldgendarmerie solicitaban a los pasajeros la documentación en el acceso a los andenes, en efecto. Pero no descubrió en su labor ningún atisbo de especial diligencia, ningún alarde pesquisidor que excediera la estricta rutina, y además la falsificación de su pasaporte era de un virtuosismo tal que ni el ojo más avezado la habría detectado. Consumió las horas del viaje leyendo una novela de Drieu La Rochelle, que tenía la belleza desalmada y exenta de la maldad, la fascinación hipnótica de un *maelstrom*, su mismo remolino de hirviente furia. En Cherburgo, buscó la plaza del Ayuntamiento, entró en la panadería La Flor de la Besana y solicitó una docena de pastelitos de crema al señor Michaud, un cincuentón abacial y parsimonioso, como se supone que deben ser los panaderos de provincias. Ni siquiera la fragancia tibia de la tahona logró disipar aquel indeclinable y vago horror que le había infundido la lectura de Drieu La Rochelle; un horror al que, inconfesadamente, deseaba regresar con impaciencia. El «bizcocho» que el señor Michaud le había entregado, envuelto en un papel de su establecimiento y liado con una cinta de regalo, pesaba por supuesto mucho más que una docena de pastelitos, pesaba en realidad como un ataúd con su carga fúnebre, o al menos ésa fue la impresión, a buen seguro distorsionada, de Jules, sobre todo cuando a su llegada a la estación Saint-Lazare, ya de anochecida y con la novela de Drieu La Rochelle despachada, avistó, al final del andén, un retén de agentes de la Gestapo que habían relevado a los de la Feldgendarmerie y obligaban a los pasajeros a entregarles todos los bultos, que examinaban exhaustivamente, organizando un barullo de ropas y enseres y alimentos que aquellos pobres infelices pretendían pasar de matute. En unos pocos minutos, la mesa que habían dispuesto para facilitar sus registros ya se había convertido en un mercadillo o almoneda. Algunos pasajeros sorprendidos con mercancías sospechosas eran de inmediato apartados hacia una dependencia de la estación donde no les dispensarían demasiadas carantoñas. Jules se situó en la fila, afectando tranquilidad, pero el paquete ya le pesaba como un planeta, mientras trataba de improvisar alguna argucia que le permitiera salvar el pellejo.

Entonces un niño de no más de tres o cuatro años, al que su madre muy cargada de maletas apenas podía dominar, se desasió de su mano y correteó por el andén, al encuentro de otro tren que en ese momento salía de la estación, cogiendo velocidad. Simultáneamente, Jules descubrió a una pareja de sargentos que pasaban de largo ante el puesto de la Gestapo, con las manos desocupadas pero enfrascados en una conversación que al parecer les impedía reparar en el peligro que corría el niño (o tal vez no, pero les importase un ardite). El niño se acercó peligrosamente al borde del andén, mientras su madre se desgañitaba en vano; entonces Jules abandonó la fila y entregó el paquete de La Flor de la Besana a uno de los sargentos ociosos.

—Sosténgame esto, Feldwebel, si es tan amable —dijo Jules, jugándoselo a la carta más arriesgada.

Y, dejando atrás el puesto de la Gestapo, salió disparado en pos del niño, a quien logró apartar *in extremis* al paso del expreso.

—Que Dios se lo pague, señor —dijo la madre descompuesta, reuniéndose con Jules, después de dejar que los agentes de la Gestapo inspeccionaran sus bultos.

Jules, que había tomado en brazos al niño, se lo entregó a la madre, ya más aliviada.

—Ha sido un placer, señora —correspondió él, regalándole su sonrisa más encantadora.

Y, sin mayor dilación, se encaminó con celeridad hacia el vestíbulo de la estación. Entonces escuchó con descansado júbilo el vozarrón del sargento que lo perseguía a la carrera:

—¡Señor! ¡Que se olvida sus dulces!

Jules se llevó la mano a la frente, recriminándose fingidamente su despiste. Y dispensó al sargento una sonrisa aún más encantadora que a la madre del niño:

—Mil gracias, Feldwebel, no sabe cuantísimo se lo agradezco.

Todavía le rebullía la hilaridad en las tripas, y el orgullo por haber urdido sobre la marcha una añagaza tan ingeniosa, mientras el metro lo acercaba al garaje de la calle Boulets. Allí lo aguardaban Marcel, Sacha y Caruso, expectantes como padres primerizos que esperan el parte de la comadrona. Jules fingió al principio un gesto contrariado que se copió en los rostros de sus camaradas; luego enarboló el paquete con el «bizcocho» y dejó que lo jalearan, arrebatados por el entusiasmo. Sacha se encargó de desliar el paquete; lo hizo muy calmosamente, como si más bien se aprestara a desactivar una bomba. Marcel reparó en el libro que Jules había elegido para el viaje; no se recató de afearle la elección:

—¿Qué haces leyendo a ese fascista?

—Se supone que hay que conocer al enemigo, ¿no? —repuso Jules, que no soportaba el afán fiscalizador de su jefe. Y añadió, cambiando de tercio—: ¿Estás seguro de empezar por la fábrica? Hay muchos amigos trabajando allí.

Marcel adoptó una actitud hierática; en su voz había un deje de inquina:

—Completamente seguro. Quienes todavía siguen trabajando allí son unos putos «colabos» de mierda. Además, el bombardeo será de noche, no habrá más bajas que las de los vigilantes.

A Jules le costaba vencer sus reticencias:

—¿De noche? ¿Y cómo atinarán sin iluminación?

—Por favor, Houdini... —Marcel sonrió con un aire superior—. Estamos hablando de la Royal Air Force, no son aficionados.

Sacha ya se había puesto los auriculares y enviado a Caruso a revisar la instalación de cables y la antena en el patio trasero. Probaba los mecanismos del «bizcocho» como el pianista percute las teclas del piano para comprobar su afinación, antes de comenzar el concierto. «Pianistas», se llamaba en la jerga de la Resistencia a los técnicos en radiofonía.

—Lo que nunca entenderé, Lantier —dijo Jules, con algo de retranca y algo de verdadera perplejidad—, es por qué no transmitiste la información sobre la fábrica de Billancourt antes. Aunque no disponíamos de radio, pudiste haber utilizado un enlace.

Marcel se envaró. Sabía que cuando Jules empleaba el nombre de guerra zolesco para dirigirse a él subyacía alguna razón de índole irónica. Pero él no estaba para ironías:

—No admito que nadie se cuelgue medallas por mí. Además, quiero darme el gustazo de ser yo el que dirija la operación.

Así que era eso. Puro apetito de destrucción dictado por el despecho, un ajuste de cuentas con su propio pasado. Caruso había regresado del patio, después de comprobar las conexiones, y Sacha hacía crujir los nudillos de la mano y sacudía los dedos, para espantar la tensión.

—Estamos listos, jefe —avisó.

Marcel aún lanzó una mirada admonitoria a Jules, advirtiéndole que no abusara más de su confianza.

—¿Cuántas palabras crees que podrás transmitir por minuto, Sacha? —preguntó.

El interpelado se soplaba ahora las yemas de los dedos. Tenía las manos húmedas, impregnadas de esa exudación que anticipa el peligro.

—Calculo que algo más de quince, veinte con un poco de suerte, dependiendo de la extensión.

Había desplegado junto al «bizcocho» una libreta donde tenía anotadas contraseñas y claves de identificación, también los códigos cifrados que le permitirían trabucar sobre la marcha el sentido del mensaje que le fuese a dictar Marcel.

—¿Cuántas veces os tengo dicho que no quiero que pongáis nada por escrito? —bramó Marcel—. Todas esas notas deberías tenerlas en la cabeza.

Sacha agachó la testuz, abochornado:

—La cabeza no me da para tanto —reconoció, con humildad campesina—. Continuamente los ingleses cambian las claves y los códigos. Es un embrollo que no hay Cristo que lo entienda.

Marcel consultó exasperado su reloj.

—En fin, lo tuyo no tiene remedio, Sacha. Algún día nos darás un disgusto, como no te corrijas. Ahora sólo te pido que vayas a toda mecha. La Gestapo está barriendo constantemente las frecuencias. En menos de media hora los tendremos aquí. —Juntó las manos, como si se dispusiera a rezar—. Conque te ruego que por un rato olvides tu pachorra.

Sacha asintió medrosamente y empezó a transmitir los códigos indicativos, presionando el martillito de acero que, al contacto con la base de cobre, transmitía la señal. El sonido agudo del morse los paralizó; nunca habrían supuesto que fuera tan escandaloso. La Gestapo no necesitaría sus camiones radiogoniométricos para detectar la emisión; le bastaría recibir la denuncia de cualquier vecino. Entonces Marcel arbitró una solución de urgencia:

—Caruso, canta.

El pelirrojo pegó un respingo; en el fondo, la petición le complacía.

—¿Qué quieres que cante?

—Lo que te salga de los cojones, con tal de que no sea *La Internacional*. Con voz potente, que tape el ruido del cacharro este.

Y entonces Caruso tomó aire, se aclaró la garganta y atacó *La chanson du maçon* con un ímpetu que, en comparación, hubiese hecho parecer un tibio a Maurice Chevalier:

—Un maçon chantait une chanson, là haut sur le toit d'une maison,
et la voix de l'homme s'envola pour se poser par là comme un oiseau
sur la voix d'un autre maçon qui reprit la chanson sur le toit voisin de la
[*maison...*

Caruso no necesitaba tantos albañiles ni tantos tejados para atronar la calle con su voz caliente de barítono, mientras por debajo, como un río que hasta unos segundos antes parecía estridente y ahora se había tornado sigiloso, se desgranaba el mensaje en código morse, que ya estaría atravesando el Canal de la Mancha, como una bandada de aves migratorias. Marcel dictaba las coordenadas precisas de los lugares que juzgaba neurálgicos: la planta de transformadores eléctricos, la cadena de montaje, los garajes donde se almacenaba la producción en espera de destino, los puentes que conectaban la isla con Meudon y Billancourt, también las residencias de los comisarios alemanes al mando de la fábrica y el barracón donde se alojaba la tropa encargada de su vigilancia. Nada dejaba Marcel al albur, se notaba que durante mucho tiempo se había preparado para aquel trance: sus ojos brillaban con una fiebre oscura y en su gesto había un rasgo de fruición, casi de voluptuosidad, mientras comprobaba cómo sus palabras eran traducidas al morse cifrado, mientras Caruso alcanzaba el clímax de la canción, anticipando un porvenir de dichosa fraternidad fundada en el trabajo, sin luchas de clases ni dictaduras del proletariado ni demás ponzoñas de la propaganda comunista:

—Et quand reviendra la belle saison, nous serons des millions de maçons
à chanter sur le toit de nos maisons.

Cuando ya llevaba casi veinte minutos de transmisión, Sacha notó las primeras interferencias.

—Están barriendo las frecuencias, Lantier —anunció. Ahora el sudor le corría a chorros, empapándole la camisa—. En unos minutos nos habrán localizado.

—Te has portado como un jabato, Sacha —lo felicitó, palmeándole los hombros—. Deséales buena suerte y pídeles que avisen cuando envíen los regalitos.

Recogieron en un periquete el «bizcocho» y la antena instalada en el patio, se abrazaron como solían hacer siempre tras culminar una misión y se desperdigaron en la ciudad de la que ya había desertado la luz, aplastada por un cielo sin estrellas ni teologías, rumbo cada cual al cubículo que le había sido asignado. Una semana más tarde, Marcel los convocó en el mismo lugar, antes del toque de queda. Era una noche anubarrada, preñada de malos auspicios; el miedo era un perro meando en cada esquina, enzarzado en una lucha agónica con sus propios ladridos. Marcel, en cambio, estaba exultante; incluso se había trajeado para la ocasión, algo que en él quedaba incongruente. Había dispuesto en el patio del garaje unas jamugas de lona, para poder disfrutar más gustosamente del espectáculo, y se había procurado un par de botellas de un vino peleón que circuló entre los cuatro, como una pócima de hermandad en la que cada uno iba dejando sus babas, al beber del gollete. Un poco antes de las doce sonaron las sirenas de alarma, entumecidas después de unas largas vacaciones de casi dos años. Su vagido sonó a Marcel como música celestial.

—Sólo por llegar a ver este día ha merecido la pena sufrir tanto —dijo, cerrando los párpados, en un estremecimiento de placer.

Ya se oía a lo lejos, enmadejado entre las nubes, el rugido de los aviones de la RAF. La sinfonía de la guerra cambiaba de movimiento: el *allegro maestoso* que los alemanes habían desplegado durante los tres primeros años se tornaba *adagio* doliente en los motores de aquella escuadrilla que asomaba entre las nubes, alumbrada por las bengalas que se disparaban desde tierra, antes de que los cañones ametralladores de las defensas antiaéreas empezasen a escupir su munición. Pero nada detenía el vuelo de los aviones de la RAF, brillantes como cruces de plata sobre el tapiz de la noche, rayado por las estelas de los proyectiles que trataban en vano de abatirlos. Pronto, al tableteo de las ametralladoras y al estampido de los cañones, al vagido de las sirenas y al rugido de los motores de los aviones, se sumó la conmoción de las primeras bombas, envolviendo Billancourt en un sudario fosforescente, estremeciendo el suelo sobre el que estaban sentados.

El primer estallido fue saludado por Marcel con algo parecido a un bramido de exultación. Jules lo miró con aprensión y algo de amedrentada cólera.

—Te recuerdo, Lantier, que allí viven nuestras familias.

No le hizo caso. La tierra volvía a retemblar con el impacto de nuevas bombas y el fuego ya alzaba pavesas al cielo, mezclando su resplandor rojizo con la fosforescencia pálida de los explosivos. Aún esperó a escuchar media docena más de estallidos, regodeándose en cada uno, antes de contestarle:

—Y yo te recuerdo, Houdini, que un combatiente de la Resistencia no tiene familia.

Las bombas siguieron cayendo sobre Billancourt durante más de dos horas. Ráfagas de luz apresurada, relámpagos avergonzados de sí mismos acalambraban el cielo. Y en las facciones de Marcel se había quedado prendido, como los estragos del vicio en el rostro del libertino, algo que sólo podría describirse como un odio concupiscente.

«Ni una sola arma, ni un solo tanque, ni un solo camión para Hitler», era el mensaje que la Resistencia repetía machaconamente desde sus periódicos y desde los programas de la BBC. Para refutar ese mensaje, el bombardeo de la noche anterior había resultado un completo desastre: la fábrica Renault apenas había resultado afectada; sin embargo, el cementerio de Billancourt había sido arrasado, y ya de paso los bloques de viviendas próximos, y hasta el cercano Hospital Ambroise-Paré, ocasionando más de mil muertos, según el cómputo de la prensa controlada por los nazis. Por supuesto, los ocupantes supieron sacar provecho inmediato de la consternación de los parisinos, transformándola en aborrecimiento hacia los aliados. Varios ases de la Luftwaffe, en declaraciones a los periódicos, aseguraban que un error tan abultado sólo admitía dos explicaciones: o bien los pilotos de la RAF eran una patulea de imbéciles borrachos, posibilidad que no debería descartarse; o bien el propósito del bombardeo había sido precisamente causar una copiosa mortandad entre la población civil. Ambas especies intoxicadoras sirvieron para desprestigiar a los ingleses entre los incautos y los vendidos, que no eran precisamente una minoría. Jules hubiese deseado trasladarse a Billancourt, para comprobar *in situ* el alcance del bombardeo, pero Marcel no se lo permitió, por razones de seguridad; a cambio, lo citó en el café Dupont, en la plaza des Termes, a primera hora de la tarde. La parroquia allí congregada se hacía lenguas de la destrucción originada por el «enemigo»; usaban este término con desparpajo, infectados por la propaganda.

—Han sido cuatrocientos muertos, ni uno más. Esos cabrones multiplican por tres.

Marcel se había sentado en el velador sin saludar siquiera a Jules.

No parecía abrumarlo demasiado el peso de la responsabilidad; más bien le preocupaba que alguien pudiera escuchar lo que hablaban.

—¿Has podido enterarte si mi madre y mi hermana están bien? —preguntó Jules, sin molestarse en disimular su ansiedad.

—Como dos rosas —lo tranquilizó Marcel. Y, antes de que el alivio hiciese efecto, soltó la brutalidad—: Tu hermana podrá seguir follando boches a mansalva.

El sol de la tarde ametrallaba los espejos del café. Marcel aparecía reflejado en ellos de frente y de perfil, como un delincuente común.

—A veces das asco —dijo Jules, por exponer sucintamente su rabia—. ¿Y Kuznetsov?

El café Dupont había sido, en tiempos de paz, un establecimiento más bien señoritingo y cursi, con sus columnitas de yeso y sus mayólicas y sus divanes de terciopelo. Con las penurias de la guerra, aquella pretenciosidad se había ido desvaneciendo en la grisura de la pobretería.

—Ese zorro ya no vive en Billancourt desde hace meses —respondió Marcel, que parecía lamentar que las bombas no lo hubiesen afeitado—. El putón de su hijita se lo llevó a vivir con ella a Boulogne. Será para que le haga las veces de chulo...

—¡Ya basta, Marcel! —exclamó Jules, pegando un puñetazo en el velador.

Tratar de comprender las razones que habían conducido a la claudicación a las personas que amaba aún le resultaba dolorosísimo; sobre todo, porque le recordaba que seguía estando solo, como un astro que ha perdido su órbita. Marcel cambió de tono:

—El que ha quedado hecho puré, en cambio, ha sido Nicolayev, el dueño del garito donde bailaba Olga. Lo pilló una bomba en el cementerio.

—¿Y tú cómo sabes todo eso? —preguntó Jules—. ¿Has estado acaso allí?

Marcel pidió un café al camarero, que se encogió de hombros. Ya sólo quedaba achicoria de recuelo.

—Envié a varios muchachos de la célula —dijo en un murmullo.

—Pero si esta misma mañana he estado con ellos y no tenían ni idea...

A Marcel siempre lo había exasperado la falta de curiosidad de Jules sobre el funcionamiento de la organización:

—¿Cómo puedes ser tan lerdo? —le reprochó—. La célula la componen otros hombres que no conoces, aparte de Sacha y Caruso.

—Entiendo —dijo Jules, sin atisbo de vergüenza o turbación—. Así, cuando me pillen, no habrá riesgo de que me vaya de la lengua.

—Es una norma de oro de la Resistencia. —Marcel había emprendido una vía más jabonosa para restaurar la confianza de Jules—. Pero me gustaría que te implicaras más en la organización. Los informes sobre tus acciones siempre son favorables, y la gente de arriba se muestra muy interesada por ti. He pensado que te los presentaré en una reunión que tendremos los jefes de las distintas secciones de París con un emisario de De Gaulle. —Su voz era ya un secreteo que casi había que descifrar por el movimiento de los labios—. Cada uno podremos ir acompañado por un miembro de nuestra célula, y yo había pensado en ti. ¿Qué te parece?

A Jules le turbaba la absoluta ausencia de remordimientos de Marcel, tras la escabechina de la noche anterior, de la cual quizá fuese culpable: por muy premeditado que tuviera el ataque, no era descartable que hubiese dado mal las coordenadas; aunque también pudiera ser que Sacha, al cifrarlas, se hubiese embarullado. Ya le había advertido Fabien que, para militar en la Resistencia, había que dejar en casa los escrúpulos de conciencia; y Marcel, desde luego, aplicaba a rajatabla este consejo.

—Cuenta conmigo —dijo, por congraciarse con Marcel.

La reunión con el emisario del general De Gaulle se aplazaría, por motivos diversos, unos pocos meses. Las incursiones de la aviación aliada sobre París se intensificarían mientras tanto, así como los atentados y sabotajes de la Resistencia, con el consiguiente rosario de represalias y fusilamientos. Un nuevo aviso de la Kommandantur elevaba hasta cincuenta el número de rehenes que podrían ser fusilados en respuesta a los asesinatos de miembros del ejército alemán; cifra en la que, desde luego, estarían comprendidos «los familiares varones» de los asesinos, «ya sea en línea ascendente o descendente, así como los cuñados y primos mayores de dieciocho años»; siempre tan caballerosos, los ocupantes exceptuaban de los fusilamientos a «las mujeres de igual parentesco», que a cambio serían condenadas a trabajos forzados. Pero la amenaza del exterminio de su parentela no amilanó a los comunistas, que siguieron atentando tan pronto como se les presentaba la oportunidad; de este modo, la represión adquirió dimensiones de matanza. También la Gestapo había endurecido sus métodos inquisitivos, ya de por sí crudelísimos; y puesto que la mayoría de los resistentes estaban inermes —todavía no habían empezado los aviones de la RAF a lanzar en paracaídas armas, municiones y explosivos—, su cacería empezó a convertirse en una variante deportiva sin riesgo. De todo esto querían hablar los resistentes de París con el emisario del general De Gaulle.

El encuentro tendría lugar en el sótano del cine Olympia, en el bulevar des Capucines, que antaño había sido uno de los salones de baile más concurridos de París. Habían dispuesto una mesa ovalada de dimensiones enormes, como si en ella hubiera de congregarse un consejo de administración con mil delegaciones y nulo capital social. Sólo la alumbraban tres lámparas de tulipa traslúcida que arrojaban sobre el cónclave una luz andrajosa y delictiva, propia de un cuadro de Caravaggio. Presidía el emisario del general De Gaulle, que se hacía llamar Max, aunque su nombre de pila era Jean Moulin. Era un hombre apuesto, de mirada incisiva, que irradiaba seguridad en sí mismo; se cubría el cuello con un pañuelo, al parecer para disimular la cicatriz de una herida que él mismo se había infligido en la gorja un par de años atrás, con el propósito de suicidarse, cuando siendo prefecto de Chartres las tropas ocupantes habían pretendido, mediante las consabidas torturas, que firmara un documento donde se responsabilizaba a unos soldados senegaleses de las tropelías perpetradas durante la toma de la ciudad. Tras abandonar clandestinamente Francia, Max se había puesto a disposición del general De Gaulle en Londres, quien le había encomendado la ardua tarea de unificar la Resistencia interior y de conseguir que los combatientes comunistas reconocieran como líder indiscutido al propio De Gaulle, al que mayormente consideraban un reaccionario altivo y fatuo. Los comunistas no parecían muy dispuestos a ceder en tal extremo; no, desde luego, si a cambio no obtenían determinadas contraprestaciones.

—¿No os resulta anormal que en la lucha común contra el enemigo un elemento tan importante como el partido comunista no se haya presentado todavía en Londres? —preguntó Max, en un tono que no se pretendía recriminatorio—. Supongo que los comunistas os consideráis franceses combatientes.

Observó las reacciones de los circunstantes, que asentían sin demasiado entusiasmo, pues sabían que el reconocimiento de tal condición implicaba un indeseado vasallaje al general exiliado. Sólo Fabien, que había sido uno de los últimos en incorporarse a la reunión, respondió resolutivamente:

—Por supuesto que sí.

—Entonces tendréis que reconocer al general como jefe supremo —dijo Max—. ¿Cómo podríamos pasaros consignas y haceros llegar regularmente el dinero y el material que necesitáis si previamente no os habéis presentado en Londres? Todos habéis leído el mensaje de buena voluntad que el general dirigió a la Resistencia interior. En él prometía un futuro mejor para Francia cuando termine la guerra.

Marcel había permanecido hasta entonces atrincherado en un silencio reticente. La mención a ese futuro hipotético estimuló su ira:

—¿Quiere eso decir que podremos instaurar la revolución popular? El partido comunista no aceptará otra forma de gobierno.

Max sacudió la cabeza, contrariado. Su voz se hizo más seca, casi exasperada:

—El general ha sido muy claro a este respecto. Y los aliados no permitirán otra alternativa. Se elegirá por sufragio una nueva Asamblea Nacional.

—Entiendo —repuso Marcel, sarcásticamente—. Nos estás pidiendo que aceptemos la vuelta a Francia de De Gaulle como jefe de Gobierno. Luego él mismo se proclamará jefe de Estado, al estilo de Napoleón. ¿O debo decir al estilo de Luis XIV?

La acusación de Marcel fue acogida con discrepancias. Algunos cabecillas de la Resistencia estaban convencidos, como el propio Marcel, de las aspiraciones absolutistas del general; otros preferían concederle el beneficio de la duda.

—De Gaulle sólo desea la liberación de Francia y la derrota de las potencias del Eje —aseguró Max, ahogando las murmuraciones que había provocado el comentario de Marcel—. Se ha propuesto reinstaurar la democracia y así lo hará. Es un patriota y un soldado.

La protesta de Marcel fue apenas un refunfuño:

—¡Democracia! Ya conocemos esa cantinela. Significa que Francia volverá a ser la finca de los burgueses. O algo todavía peor: una colonia de Estados Unidos.

Pero no fue su línea maximalista la que se impuso. Fabien volvió a tomar la palabra, en medio del guirigay. Lo enaltecían ideales más poderosos que las consignas soviéticas:

—En eso estamos de acuerdo, Max. De Gaulle es un gran soldado. Pero los resistentes luchamos, hacemos la guerra y sabemos morir con el valor de los soldados. Por eso solicitamos al general que no ignore que también nosotros formamos parte de la Francia combatiente. Y los combatientes necesitan armas.

Su petición fue respondida con un aplauso por los otros jefes de la Resistencia. Intervino Pierre Lefaucheux, un ingeniero de gafas profesorales y frente despejada que respondía al nombre de guerra de Gildas; tenía a su cargo los distritos de la orilla izquierda del Sena:

—Hasta la fecha, de Londres sólo nos han enviado propaganda. Mucha emisión de la BBC y un enorme presupuesto para el servicio secreto, pero todavía no hemos visto ni una sola arma.

Max trató de soslayar la principal demanda de los resistentes:

—No debemos subestimar el valor de la propaganda y la información. Gracias a la primera, cada vez es mayor el número de patriotas. Y sin la segunda los bombardeos de la aviación serían impensables...

Jules se atrevió a deslizar, casi en un bisbiseo:

—Convendría que afinaran un poco más la puntería. Cada vez que una bomba mata población civil, todos los esfuerzos de la propaganda quedan anulados.

—Os aseguro que cada francés que muere es una herida en el corazón del general —aseguró Max, con sincera compunción, antes de añadir resignadamente—: Pero estamos en guerra...

—Tal vez no fueran necesarios tantos bombardeos si estuviésemos armados —insistió Gildas—. ¿Puedes decirnos si De Gaulle está haciendo alguna presión sobre los ingleses para que nos envíen armas?

—El general es consciente de la necesidad de armar a la Resistencia. —Aunque no rehuía la mirada de sus interlocutores, aunque procuraba hablarles con franqueza, Max no conseguía ocultar sus reparos—. Desde hace algún tiempo, estudia la posibilidad de organizar un ejército secreto, una guerrilla, si así se prefiere, bajo disciplina militar, que se alzará para apoyar un futuro desembarco aliado. Pero eso sólo será posible si todos los grupos de la Resistencia, con independencia de su adscripción política, lo reconocen como único jefe.

Muy sagazmente, había devuelto la discusión al origen. Max tenía un brillo persuasivo en la mirada, ese poder de convicción que irradian los mártires. Aguardó una respuesta que tardó en llegar: algunos cabecillas no estaban convencidos del todo, dudaban o no parecían determinados a comprometerse.

—Es una decisión que nosotros no podemos adoptar —dijo Fabien, quizá el más predispuesto a acatar el mando de De Gaulle—. Pero informaremos favorablemente al comité central del partido.

Max asintió. Entre él y Fabien se había entablado un vínculo de confianza mutua.

—Hay otra cuestión que desearía plantearos —prosiguió Max, esforzándose por no herir susceptibilidades—. Desde Londres no se ve con muy buenos ojos que se atente contra oficiales y soldados alemanes aislados. Por cada uno que matáis, ellos liquidan a un buen puñado de rehenes...

Marcel no dejó que las reservas de Max ablandaran a sus compañeros. Había vislumbrado la oportunidad de volver a reclamar las armas que De Gaulle se negaba a procurarles:

—No nos queda otra salida. Cada soldado muerto es una pistola que podemos usar.

A la luz menesterosa de las lámparas, las facciones de Max parecían avejentadas por una pesadumbre antigua, casi milenaria:

—Pero esos atentados provocan represalias cada vez más salvajes...

—Lo sabemos —dijo Marcel, sin un titubeo.

—Y, según tengo entendido, entre los rehenes fusilados figuran muchos comunistas. ¿Me equivoco?

Se hizo un silencio funerario en el salón, que por unos segundos pareció acoger el baile espectral de los camaradas muertos. Marcel no flaqueó:

—No te equivocas.

—¿Y os parece provechoso —continuó Max, algo más acalorado— que fusilen a cinco o diez de los vuestros a cambio de una miserable pistola?

Marcel se levantó de la mesa, más acalorado aún. No se dirigía exactamente a Max, sino sobre todo a los cabecillas de la Resistencia más remisos:

—Claro que sí. Cada vez que cinco o diez de los nuestros son fusilados, registramos cincuenta nuevas adhesiones.

La crudeza de sus palabras conmovió a Max. Quizá le desagradara el fanatismo de aquellos hombres, pero no se le escapaba que, además de fanáticos, eran valientes. Tal vez la valentía sólo prenda en los espíritus abonados por el fanatismo. Tal vez Max pensara, como aquel hombre o ángel moribundo que había visitado a Jules en la cárcel de Fresnes, que Dios escribe recto con renglones torcidos.

—Esta bien, tendréis vuestras armas —dijo, rindiéndose a la obstinación de Marcel—. Ordenaremos un lanzamiento en paracaídas de explosivos, metralletas Sten y munición. Proponedme un terreno.

Se acordó que las armas serían lanzadas al norte del Loira, en un bosque de Chaumont. Habría que contar con la connivencia de los lugareños y montar un operativo que organizase su almacenaje en alguna granja de los alrededores y su posterior envío a los diversos grupos de resistentes de París. No iba a resultar una empresa sencilla: al riesgo de la delación se sumaba el reto de pasar controles en estaciones y carreteras sin levantar sospechas. Pero ningún peligro los arredraba, ante la expectativa de poder al fin diseñar golpes que hasta entonces les habían estado vedados. Se aproximaba la hora del toque de queda; uno por uno, los reunidos fueron abandonando el sótano del cine Olympia, rumbo a sus respectivos refugios, después de despedirse del emisario del general De Gaulle, empeñado en abrazar a cada uno de ellos para sellar el pacto de hermandad que se había empezado a fraguar en aquella ocasión. Al día siguiente, Max se aprestaba a cruzar la línea de demarcación, para reforzar el reclutamiento entre los movimientos de oposición al régimen de Vichy; no parecía asustarlo demasiado la dificultad de la misión, quizá porque después de haber mirado de frente a la muerte en Chartres estaba inmunizado contra la tentación de la debilidad. Al despedirse de Jules lo tomó por los hombros, como si se dispusiera a impartirle una bendición; tenía una sonrisa a la vez adusta y hospitalaria, como de galán de cinematógrafo:

—Me contaron cómo lograste introducir una emisora de radio, burlando el control de la Gestapo —dijo—. Te felicito por ello. Habrá que patentar ese método.

—En realidad tuve suerte —respondió Jules, restando importancia al logro—. Supongo que me ayudó la Providencia.

A Max lo descolocó un tanto aquella mención a una ayuda sobrenatural. Se permitió ironizar:

—¿La Providencia? No sabía que los comunistas tuvieseis tan buenas relaciones.

Jules notó cómo se arrebolaban sus mejillas. No sabía si avergonzarse o enorgullecerse de su disidencia:

—No soy comunista. Ni siquiera simpatizo con su doctrina —murmuró tímidamente, procurando que los asistentes a la reunión no lo oyeran.

—¿Y cómo es que combates al lado de ellos? —preguntó Max, sorprendido.

—Nadie me exigió el carné del partido para ingresar. Dígaselo al general De Gaulle: gracias a los comunistas, muchos franceses que hasta hoy se han mostrado pasivos, se sentirán obligados a actuar. Tal vez los fines que los mueven no sean exactamente los mismos que mueven al general; pero sólo con su ayuda esos fines podrán alcanzarse algún día. —Lo acometió cierto sentimiento de abrumado sonrojo, tal vez se estuviese extralimitando en sus atribuciones—. ¿Se lo dirá?

Max lo abrazó muy cordialmente. Había en su mirada un fondo de generosidad y limpieza que espantaba las zozobras:

—Cuenta con ello. Estoy seguro de que al general le gustará escucharlo.

Jules supo que Max cumpliría su palabra; también supo que estaba hecho de esa pasta con que sólo son fabricados algunos hombres, aquellos cuya carne puede ser asesinada, pero jamás su espíritu. Cuando salió al bulevar des Capucines, que esperaba encontrar desierto, se tropezó con gentes apostadas en las aceras contemplando el paso de decenas, acaso cientos de personas, familias enteras avanzando presurosas por la calzada, con la mirada gacha y el gesto apesadumbrado de quienes se han curtido en la diáspora. Algunos aún vestían ropas de estar en casa, pantuflas que arrastraban menesterosamente por los adoquines del bulevar y batas de aspecto poco lustroso que se habían echado sobre los hombros, en un rasgo de recato, para no exhibirse en camiseta o camisón ante la multitud de curiosos que los veía marchar, entre gestos de tímida consternación o, por el contrario, de satisfecha impiedad. Al principio, pensó que serían vecinos de algún barrio próximo, obligados a desalojar sus viviendas ante el aviso de un bombardeo; pero cuando reparó en las estrellas amarillas que la mayoría llevaba cosidas a la altura del pecho, comprendió que se trataba de algo muy distinto. No tardaron en aparecer, cerrando tan luctuosa comitiva, media docena de policías, armados de mosquetones, que ordenaban a los judíos dirigirse hacia el Velódromo de Invierno, donde serían hacinados durante varios días, sin agua ni alimentos, en condiciones infrahumanas de salubridad, antes de ser trasladados a los campos de trabajo que se diseminaban por territorio francés. Entre las víctimas de la redada había ancianos que quizá guardasen, en el tabernáculo de la memoria, el recuerdo de otros éxodos, también mujeres que se mordían pudorosamente las lágrimas, incluso niños que correteaban y trataban en vano de embarcar en sus juegos a los muy ceñudos policías que los custodiaban. Nadie entre los curiosos congregados en las aceras se atrevía a intervenir, ni siquiera a proclamar su vergüenza ante espectáculo tan degradante; si acaso, esbozaban pucheros de contrariedad, como suele hacerse cuando se comenta una catástrofe que ni siquiera nos roza. Alguien entonó a lo lejos, con voz degenerada y beoda, una versión antijudía de *La Marsellesa* que había empezado a circular en los últimos meses; y a esa voz se fueron sumando otras, como un coro blasfemo, como una marea excrementicia, emergida de esas letrinas donde el hombre reniega de su condición:

—*Amour sacré a la Patrie,*
conduis, soutiens nos bras vainqueurs.
France, notre France chérie,
combat avec tes défenseurs,
aux juifs fais mordre la poussière,
fais rendre gorge a ces voleurs

de notre or et de notre honneur,
puis chasse-les hors la frontière.
Aux armes, antijuifs, formez vos bataillons,
marchons, marchons,
qu'un sang impur abreuve nos sillons.

Hacía algún tiempo que el orgullo patriótico de Jules languidecía maltrecho. Aquella noche, mientras veía caminar a los judíos rumbo al matadero, empujados por los acordes de aquella versión obscena de *La Marsellesa*, sintió, por primera vez de forma nítida, intolerablemente nítida, el asco de ser francés; era un asco cósmico, extenso como el cielo de verano, que se inmiscuía en su sangre, que atoraba su respiración, que abarrotaba cada célula de su cuerpo, un asco que no se podía expresar con palabras, porque las palabras se inventaron para enunciar lo enunciable, y aquel asco eludía las palabras, repudiaba las palabras, asesinaba las palabras y se alimentaba con sus despojos, en un gran festín carroñero.

Desde que los aviones ingleses empezaran a arrojar armas y explosivos con paracaídas, los golpes de mano de la Resistencia se intensificaron e hicieron más osados, más mortíferos también: bombas que estallaban en las carreteras al paso de los convoyes militares; descarrilamientos de trenes que transportaban carros blindados al frente del Este; incluso refriegas y emboscadas que sólo unas semanas antes habrían resultado impensables. Por supuesto, las medidas punitivas de los ocupantes se endurecieron en la misma proporción, hasta alcanzar un paroxismo de violencia indiscriminada: los fusilamientos de rehenes se hicieron masivos; ya ni siquiera se observaba el grado de parentesco con los combatientes, ni la filiación política de las víctimas. Al saberse candidatos potenciales al plomo, los civiles se tornaron más recelosos y dispuestos a la delación; y los resistentes, condenados al aislamiento, como fieras recluidas en su madriguera, tuvieron que aprender a sobrevivir en un estado de perpetua vigilancia, tuvieron que aprender a desconfiar hasta de su propia sombra. Acechados por los fantasmas de la paranoia, sus acciones eran cada vez más desesperadas, sobre todo en la zona no ocupada, donde el régimen de Vichy, pese a esforzarse por mantener contento al aliado alemán, se resistía a repercutir el castigo sobre la población indefensa. En represalia por lo que consideraban una muestra de tibieza, y también en desquite por el desembarco aliado en África del Norte, los alemanes cruzaron la línea de demarcación, violando los acuerdos del armisticio, con la excusa de frenar la multiplicación de las redes de la Resistencia. Siempre observante de esos detalles simbólicos que hacen más aflictivas las humillaciones, Hitler ordenó que la invasión de la zona no ocupada —denominada sin rebozo «Operación Atila»— se realizase el 11 de noviembre de 1942, exactamente en el aniversario de la victoria francesa en la Primera Guerra Mundial.

Para esa misma tarde había convocado Marcel una reunión de la célula en el hotel de Lisieux, en la calle Budapest, muy cercana a la estación Saint-Lazare. Dos años atrás, cuando desempeñaba un cargo sindical en la fábrica Renault, Marcel no se había opuesto a que los ocupantes retiraran aquella fiesta del calendario. Muchas cosas habían ocurrido desde entonces: lo que Marcel consideraba un resabio de antiguas glorias imperiales se había convertido en excusa para una celebración clandestina que el movimiento de tropas hacia el Sur no enturbió demasiado, en parte porque las noticias aún eran confusas, en parte porque aquella invasión suponía el fin del embeleco urdido por el traidor Pétain. Aquella tarde de noviembre lucía un vívido cielo azul más propio de la primavera que del otoño, y se respiraba un aire fresco y tonificante, sólo enturbiado por el espectáculo sórdido de las putas que infestaban la calle Budapest, como un enjambre de moscas en torno a los soldados alemanes que se aprestaban a proveer de carne la trituradora del frente oriental. Muchos de aquellos soldados eran supervivientes de la campaña del invierno anterior, enviados a Francia para una cura de reposo antes de regresar al infierno. A casi todos ya se les había notificado la orden de traslado a Stalingrado, donde se había empezado a librar la batalla más atroz de la historia, la batalla donde quedarían sepultadas para siempre, entre una innumerable y pestilente mortandad, las ensoñaciones triunfales de Hitler. Al cruzarse en la acera con aquellos soldados desahuciados, casi tan desahuciados como las putas que a cambio de cinco francos se exponían a aplacar su furia o su miedo cerval, Jules tuvo la impresión de caminar entre espectros. Aunque muchos aún no habían cumplido los veinte años, llevaban esculpido en el rostro, junto a los costurones y cicatrices que pregonaban su veteranía, el arañazo del invierno, que antes de anidar en sus almas había enturbiado sus miradas, había puesto una gota de asfalto en sus retinas.

Como tantos otros hoteles de los alrededores, el hotel de Lisieux ya había renunciado a disfrazar con un barniz de modesta decencia la verdadera naturaleza de su negocio. Las habitaciones sin baño de los primeros pisos se alquilaban por horas para transacciones tan apresuradas como acongojantes; por supuesto, nadie se preocupaba de cambiar las sábanas cuando concluía una de estas transacciones, mucho menos de hacer preguntas a las putas que, entre transacción y transacción, se instalaban en el vestíbulo del hotel, aguardando al siguiente soldado que reclamara sus servicios. Casi media docena se abalanzaron sobre Jules cuando se dirigía hacia la escalera; eran muchachas escuálidas, quizá sifilíticas, que también miraban a través de una gota de asfalto, como si los soldados alemanes les hubiesen contagiado por vía venérea la angustia que los devoraba. Jules subió por la escalera fragante de purulencias y semen marchito. En el último piso Marcel había alquilado por un precio ínfimo una habitación en la que los dueños del hotel le permitían incluso cocinar en un hornillo de alcohol. Antes de golpear la puerta con los nudillos, olfateó los efluvios de la carne de cordero chamuscada, que se tornaban nauseabundos mezclados con los hedores ambientales.

—Adelante, Houdini —lo saludó Marcel, tras franquearle el paso. Parecía extrañamente exultante—. Llegas a tiempo para el primer brindis.

En una mesa sin cubiertos ni mantel, Caruso daba cuenta de su tasajo de cordero y se limpiaba el pringue grasiento de las manos en las perneras del pantalón. Con el cabello más alborotado y bermejo que nunca, como encrespado de ideas incendiarias, parecía participar de aquella alegría infundada de Marcel.

—¿Os habéis enterado? —preguntó Jules, poco dispuesto a celebraciones—. Los boches han cruzado la línea de demarcación.

Marcel —o Lantier, como convenía llamarlo en estas reuniones— asintió profusamente. Se caracterizaba por extraer consecuencias beneficiosas de las calamidades:

—Servirá para que muchos que hasta ahora justificaban a Pétain se pasen a nuestro bando. —Y, con un ademán de anfitrión ceremonioso, le arrimó una silla a la mesa—: ¿Te sirvo un poco de cordero?

Jules denegó con la cabeza, procurando que su rechazo no se interpretara como una descortesía.

—¿Todavía no ha llegado Sacha? Qué raro, siempre suele ser el más puntual.

Marcel y Caruso se intercambiaron una mirada picaruela.

—También lo fue en esta ocasión —dijo Caruso, antes de prorrumpir en una carcajada—. Pero nuestro amigo sucumbió a los encantos de una putilla que le recordaba a la novia que dejó en su pueblo.

A la chacota se incorporó Marcel. Jules, en cambio, tuvo que reprimir un repeluzno. Siempre le habían molestado los alardes viriles de sus camaradas.

—No entiendo cómo tenéis estómago —se quejó—. Esas pobres muchachas...

—Eh, para el carro, Houdini —lo reprendió Marcel—. Si quieres meterte a redentor de putas, mejor será que te busques otro público. Los muchachos necesitan desfogarse, ni siquiera pueden tener novia. Lo que no se entiende es que tú tengas tantos remilgos.

Había descorchado una botella de vino peleón, cuyo contenido distribuyó en cuatro vasos. Absurdamente, el aspecto del vino también repelió a Jules; por un momento, le pareció sangre aguanosa.

—Para empezar, no me gusta pagar por mujeres que se acuestan con los boches —dijo, y antes de que Marcel pudiera recordarle malévolamente que algunas mujeres muy próximas a él también se acostaban con los boches, añadió—: Y, además, se supone que los comunistas lucháis por un mundo en el que las mujeres no tengan que prostituirse nunca más. ¿O me equivoco?

Se oían, a través de los tabiques, los jadeos de algún soldado que en ese momento escupía su semilla. Sonaban como mugidos de una res que está siendo desollada, como gemidos de un alma sometida a condenación eterna. Incluso Marcel se estremeció.

—Tengamos la fiesta en paz —convino, un poco a regañadientes—. Si hay algo que no soporto es pelearme contigo.

Llamaron a la puerta, con el golpeteo de nudillos convenido. Sacha se escurrió a través del exiguo hueco que Marcel le dejó entre la hoja y la jamba. Su gesto, más bien contrito, no era el de un hombre que acaba de obtener alivio; aunque llevaba la gorra calada hasta las cejas, Jules creyó vislumbrar en sus retinas esa turbiedad de asfalto que contagia la proximidad de la muerte.

—¿Satisfecho? —se interesó Marcel, por tratar de recuperar la atmósfera de jolgorio que hubiese deseado que reinara en la reunión—. Nos tienes en ascuas.

Sacha se quitó de un zarpazo la gorra, contrariado, antes de sentarse a la mesa del convite. Se lamentó:

—¿Es que ya no queda una mujer bien alimentada en toda Francia? A mí me gustan las mujeres gordas, hechas para tener hijos, como mi propia novia. Pero aquí están todas más secas que un rábano.

Caruso le palmeó la espalda, jocundo:

—No se puede tener todo en la vida, camarada. Confórmate con que tu novia se mantenga rellenita, cuando regreses al pueblo. A lo mejor te la encuentras también más seca que un rábano.

Soltó una risotada que agravó aún más la tribulación de Sacha.

—Vosotros no lo entendéis. Ha sido una catástrofe. Elegí a la muchacha que me pareció menos flaca. Pero luego, cuando se desnudó, resultó que se le notaban las costillas.

Marcel se sumó a las chanzas:

—Lo tenías merecido, por infiel. ¡Mira que irte de putas mientras tu novia te espera en el pueblo! —Lanzó una mirada entre regocijada y aviesa a Jules—. Nuestro amigo Houdini no lo habría aprobado.

Sacha parpadeó, perplejo. Luego replicó, muy sinceramente indignado:

—¿Infiel yo? Habría sido infiel si mi novia hubiese estado aquí y yo me hubiese encamado con otra. Pero ella no está. ¿Cómo puede llamarse a eso infidelidad? —Parecía convencido de la solidez de su argumentación—. Si mi novia hubiese estado aquí, me habría encamado con ella, no con esa puta.

Ahora las carcajadas fueron unánimes. Ni siquiera Jules supo resistirse a las estrafalarias coartadas morales urdidas por Sacha.

—Valiente traidor estás hecho. ¡Ay, si tu novia te viese por un agujero! —se burló Caruso.

—¡Pero qué traidor ni qué niño muerto! Yo a mi novia la sigo queriendo igual, o más todavía. Estoy seguro de que si supiera que suspiro por mujeres gordas, porque me recuerdan a ella, se sentiría orgullosa de mí. —Su expresión se había tornado beatífica, pero en su mirada seguía anidando una premonición fúnebre—. Os aseguro que nunca dejaré que adelgace. Cuando acabe la guerra, me preocuparé de tenerla bien alimentada. Todos los días la obligaré a tomarse una buena ración de mantequilla.

La hilaridad apenas les permitía hablar. Caruso se abrazaba la tripa con ambos brazos:

—Joder, Sacha, hablas de tu novia como si fuese una gorrina. Espero que al menos no la quieras cebar para luego hacerla salchichones.

Sacha frunció el ceño, mohíno ante las chirigotas de sus camaradas. Jules levantó su vaso de vino peleón y propuso un brindis:

—Por la paz, amigos. Para que llegue pronto y Sacha pueda reunirse con su novia.

—Por la paz —repitieron los demás, alzando sus vasos y trasegando su contenido de un solo trago.

Marcel también había brindado por la paz, aunque enseguida añadió:

—Pero antes habrá que acabar la guerra. —Su rostro enjuto se había afilado, como si diese por concluido el tiempo de la diversión—. Caruso ha obtenido una información muy valiosa. Se la ha facilitado un guardagujas de la estación del Este.

Caruso carraspeó para aclararse la garganta, como si se dispusiera a entonar un aria:

—Pasado mañana parte un tren en dirección a Estrasburgo repleto de soldados para el frente oriental.

Se hizo un silencio apretado de augurios, sólo infringido por los jadeos que se filtraban a través de los tabiques.

—Ha llegado la hora de echarles una mano a los rusos —dijo Marcel, apretando la mandíbula.

Aguardó la reacción de los otros. Las paredes de la habitación, empapeladas con un papel descolorido y mugriento, no incitaban al optimismo.

—Un momento, Lantier —se rebeló Jules—. ¿Estás proponiendo que hagamos descarrilar ese tren? No estamos preparados para eso, jamás hemos pegado un tiro en nuestra vida. Nuestro cometido se supone que consiste en recopilar información y...

—Eso era antes —lo interrumpió Marcel, repentinamente huraño—. Ahora tenemos las armas que nos facilitaron los ingleses.

En el garaje de la calle Boulets, en efecto, guardaban varias cajas con explosivos, munición y metralletas Sten, aguardando la ocasión de ser empleadas. Pero ni siquiera habían hecho prácticas de tiro.

—Deja ese trabajo para los especialistas, no seas loco —insistió Jules.

Caruso sonrió con suficiencia, mientras depositaba sobre la mesa un maletín que hasta entonces había resguardado entre las pantorrillas.

—Si de especialistas se trata, aquí estoy yo. Llevo media vida haciendo barrenos en la mina.

Abrió el maletín ceremoniosamente. En su interior se alineaban, como ladrillos pálidos rescatados de alguna construcción ruinosa, hasta media docena de paquetes de explosivo plástico; desprendían un olor a almendras que perforaba la pituitaria. También había una faltriquera de caucho, de cuyo interior Caruso extrajo con precaución suma unos cilindros metálicos, delgados como lapiceros.

—Son los detonadores —explicó—. Hay que hundirlos en el explosivo y quitar el pasador tirando de la etiqueta. Cuarenta minutos después estallan.

Se había abierto otro silencio, esta vez amedrentado, mientras Caruso manipulaba aquellos delicados artilugios. Sacha estrujaba entre sus dedos la gorra y la usaba a guisa de pañuelo, para enjugarse el sudor que le caía a chorros por la frente.

—Sigo pensando que es una locura —se resistió Jules.

Los ojos de Marcel llamearon, como los de un mastín azuzado por el hambre:

—¿Y dejar que esos soldados lleguen a Stalingrado, pudiendo detenerlos, no te parece una locura? Seríamos unos cobardes, si al menos no lo intentáramos.

Sonrió con una suerte de exhausto desapego, sin separar los labios. Seguramente él también estaba asustado ante la magnitud de la empresa que se proponía abordar, pero contrarrestaba su miedo con una aportación suplementaria de temeridad. Marcel no soportaba la idea de permanecer con los brazos cruzados, cuando se le ofrecía la oportunidad de infligir un daño al enemigo, aunque fuese un daño que desafiara sus habilidades. Jules reparó en el nerviosismo de Sacha; su nuez se movía espasmódicamente por la garganta, como si se le hubiese atragantado su fallida experiencia prostibularia.

—Votemos —propuso Jules—. Y en caso de empate lo echamos a suerte.

Marcel dio un puñetazo en la mesa, exasperado. Por fortuna, Caruso ya había recogido los detonadores.

—Aquí no hay que votar nada. Soy yo quien toma las decisiones.

Jules buscó el apoyo de Sacha y Caruso, pero ambos agacharon la cabeza, como perrillos cohibidos. Dijo:

—Ya oíste al emisario de De Gaulle. Luchamos por restablecer la democracia. Deberíamos irnos entrenando y adoptar nuestras decisiones por mayoría.

La sonrisa de Marcel era ahora crispada. Las profundas arrugas que le nacían en las aletas de la nariz y morían más abajo de las comisuras de los labios habían adquirido una tonalidad purpúrea, como de heridas abiertas, en contraste con su piel atezada:

—A la mierda con De Gaulle y su cháchara democrática. Aquí se hace lo que mando yo. Si tanto te acojonan los boches, ahí tienes la puerta.

Su saliva, atomizada por el enojo, roció el rostro de Jules, que le sostuvo la mirada:

—Nunca me acojonaron los boches, Lantier. Me acojonas tú mucho más. —Desvió la mirada fatigosamente hacia la ventana del cuarto, que se asomaba a los tilos de la calle, cuyas hojas aún se aferraban a las ramas, amarillentas o rojizas, en una agonía claudicante—. Pero acepto tus órdenes.

No se sentía con fuerzas para disuadirlo. Siguió con la vista clavada en la ventana, pero ya ni siquiera veía los tilos, más bien buscaba un horizonte que tapiaban los tejados de las casas, como una empalizada que tratase de conjurar las amenazas del futuro.

—Caruso, explícales el plan —ordenó Marcel, complacido de haber impuesto su autoridad.

Caruso desplegó un mapa ferroviario. Las estaciones y apeaderos del trayecto París-Estrasburgo estaban señalados en rojo. En un punto intermedio entre las localidades de Claye-Souilly y Meaux, en un paso sobre el río Marne, una gran cruz en aspa señalaba el lugar elegido para el atentado.

—Llevo varios días reconociendo la zona —explicó Caruso. En su voz vibraba la emoción del riesgo—. Todas las estaciones están muy vigiladas. En cambio, hay kilómetros de raíles desguarnecidos. Justo antes de cruzar el Marne por un puente, los trenes ingresan en un largo túnel. Colocaremos las cargas explosivas dentro del túnel, para que la onda expansiva, al rebotar contra las paredes, cause más daño.

Hablaba con un jovial ensañamiento. Jules se permitió hacer una objeción:

—¿Y si los detonadores estallan antes o después de que pase el tren? ¿Hay alguna manera de asegurarse que lo hagan justo en el momento debido?

Caruso amusgó los ojos, contrariado.

—Desgraciadamente, no. Eso nos obligaría a tender cables y realizar una instalación muy compleja que nos llevaría horas. No estamos preparados para semejante despliegue; y, además, aumentarían las probabilidades de que nos sorprendiesen. —Chasqueó la lengua—. Sabemos la hora de partida del convoy, y los ferroviarios que nos han dado el soplo han hecho un cálculo exacto de la hora en que alcanzará el túnel... salvo que surja algún contratiempo, claro está. Si las cargas explosivas estallan antes de que pase el tren, todo se habrá ido al garete. En cambio, hay otro plan alternativo en caso de que el tren pase antes de la explosión.

Tamborileó con los dedos sobre la mesa, como si esperase que Jules fuera a adivinar sus propósitos. Marcel paladeó con fruición las palabras:

—Y aquí es donde entra en escena nuestro querido Houdini.

Lo alarmó el retintín sarcástico. Jules no se arredró, sin embargo:

—¿Qué tengo que hacer?

—El puente que viene a continuación del túnel es perfecto para un descarrilamiento —prosiguió Caruso—. Se trataría de desgonzar los raíles en un par de puntos. La locomotora, al carecer de sujeción, caería al río, arrastrando al menos un par de vagones. No morirán tantos soldados, pero el que menos se partirá algunos huesos. El resto de los vagones quedarán en el interior del túnel. Si las cargas estallan cuando los soldados aún no los hayan abandonado, tendrán que hacerles sitio en el infierno.

—O sea, una escabechina —murmuró Jules.

—Una escabechina de nazis piojosos, en efecto —completó Marcel, en un tono desafiante—. ¿Alguna objeción?

—Ninguna, salvo que me sigue pareciendo una locura —contestó Jules, mordiéndose de rabia—. Por muchos que logremos matar, los supervivientes serán aún más. ¿Cómo nos defenderemos contra ellos? ¿Con nuestras ametralladoras, que aún no hemos aprendido a usar?

Marcel habló con alegre ferocidad:

—No tendremos que defendernos de ninguna manera, porque nos habremos marchado al menos media hora antes. He conseguido una furgoneta de gasógeno. Si nada se tuerce, para entonces estaremos de vuelta en París.

Sacha, cuya palidez bañada de trasudores había aumentado mientras duraban las explicaciones de Caruso, respiró con alivio:

—Así que viviremos para contarlo —dijo, buscando la anuencia del pelirrojo.

—Sí, hombre, sí, podrás disfrutar de las carnes de tu novia y engendrar en ella muchos hijos —se rió despreocupadamente Caruso—. Y yo cantaré en vuestra boda. Y ahora, si no te importa, Sacha, vas a decirme quién era esa muchacha a la que se le notaban las costillas. Ya que tú no cumpliste, creo que lo haré yo en tu lugar. La pobre chica se merece esos cinco francos.

Lo tomó del hombro y se dispusieron a salir juntos de la habitación, entre bromas chocarreras. Antes de que abrieran la puerta, Marcel les advirtió:

—Mucho cuidadito con pillaros unas purgaciones. Os necesito en plena forma para pasado mañana. —Cuando se quedó a solas con Jules, lo examinó con parsimonia, como el duelista examina a su adversario. Repartió entre ambos el vino que quedaba en la botella. Alzando su vaso exclamó, con un entusiasmo un poco forzado—: Por nuestro éxito.

Jules accedió con desgana al brindis.

—Por nuestro éxito —musitó, y se trasegó el vino como si fuera aceite de ricino.

—Quizá también a ti te conviniera echar un polvo, para relajarte un poco —lo zahirió Marcel, que en cambio bebía a pequeños sorbos, con delectación de sumiller—. Por cierto, ¿has vuelto a saber algo de Olga?

La asociación de ideas, tan indisimulada y agresiva, lastimó a Jules. El cielo aún conservaba un resplandor rojizo, allá a lo lejos, pero sobre los tejados de París ya descendía esa oscuridad deslustrada y devoradora que sucede al crepúsculo.

—No tengo ningún interés en saber nada de ella —mintió.

Marcel emitió un ruido gutural que no alcanzaba a ser una risa.

—Pues te convendría saberlo. Tu cabaretera se está dedicando a denunciar a viejas amigas de Billancourt, rusas de ascendencia judía. Menuda tipeja.

Como en una reminiscencia lacerante, Jules recordó sus ojos de mosaico bizantino, sus facciones agrestes, casi tártaras, el calor que desprendían sus labios, un calor como de pantera en plena ovulación. Recordaba a Olga como se recuerdan las ensoñaciones de adolescencia, con aflicción y vergüenza y también con despecho.

—Permíteme que lo ponga en duda —murmuró.

—Te sigues resistiendo a aceptar la verdad. No sólo las denuncia, sino que además participa en los interrogatorios y sesiones de tortura. —Paladeaba el vino peleón con el mismo demorado deleite con que ensartaba truculencias—. Los oficiales de la Gestapo le llevan a las muchachas medio muertas para que haga con ellas numeritos lésbicos.

Jules ya había oído con anterioridad barbaridades semejantes sobre la llamada «brigada frívola», un harén de mujeres o bacantes formado por condesas apócrifas, actrices cocainómanas y cortesanas de inclinaciones sáficas que participaban con frenesí dionisíaco en las cuchipandas de la avenida Foch. Aquellos rumores le sonaban a superchería y aburrido sensacionalismo. Pero también el aburrimiento engendra repugnancia.

—Todo eso son calumnias, asquerosas calumnias, y tú lo sabes. Olga no sería capaz de tanto —protestó.

Y enseguida se arrepintió, porque al negar que fuese capaz de tanto estaba, implícitamente, reconociendo que era capaz de algo. Quizá todos seamos capaces de vilezas o hazañas que ni siquiera habríamos imaginado. Jules, por ejemplo, jamás se hubiese creído capaz de atentar contra un tren repleto de soldados alemanes, y ahora se disponía a hacerlo.

—Hay calumnias por exceso y calumnias por defecto, querido Houdini —dijo Marcel—. Espero que algún día te apartes la venda de los ojos.

Eran apenas las ocho de la tarde, pero la oscuridad ya se había abalanzado sobre la ciudad, como una bestia omnívora, y las estrellas emitían su parpadeo allá en lo alto, inmutables ante las nimias tragedias de los hombres, inmutables ante el clamor de la sangre derramada, que quizá formara parte de la secreta sinfonía universal que les permitía seguir brillando, después de tantos millones de años. Eran las mismas estrellas que brillaban como luciérnagas ateridas la noche que habían fijado para la voladura del tren, una noche clara, con una pureza de nieve o puñal helado, que la luna llena envolvía con un temblor nupcial. Sacha condujo la furgoneta de gasógeno por una carretera angosta hasta las estribaciones del monte o promontorio que acogía entre sus gargantas el curso del Marne. No habían cruzado palabra en todo el trayecto, más allá de las muy lacónicas indicaciones que Marcel, sentado a su lado, le hacía al conductor. Jules y Caruso, en el remolque de la furgoneta, se bamboleaban y chocaban entre sí a cada curva o bache de la carretera. Para matar la inquietud, revisaban de vez en cuando el saco donde guardaban el material necesario para el siniestro: Caruso, sus paquetes de explosivo plástico y sus detonadores; Jules, las palancas, llaves inglesas y hasta una alcuza de aceite destinada a ablandar los pernos de los raíles. Aparcaron en el lindero del bosque que trepaba hacia el monte. Al descender de la furgoneta, Jules notó sobre la piel el mordisco del frío; un penacho de vapor le brotaba de los labios al respirar, como si el alma se le estuviese desvaneciendo en cada bocanada. Hacía falta matar el alma para afrontar la misión que los había llevado hasta allí.

—Os estaremos esperando en este mismo lugar. Mucha suerte —los despidió Marcel, desde la cabina de la furgoneta. Cuando ya se disponían a partir, se dirigió a Jules, para respaldar su determinación—: Recuerda que esos cabrones mataron a tu padre.

El Marne tejía su eterna estrofa de agua al otro lado del bosque; era una estrofa intrépida, bautismal, que lavaba los pecados y el miedo. Avanzaron con los sacos a cuestas por un breñal tapizado de hojarasca; la humedad blanda del suelo, el ramaje sarmentoso de los árboles resquebrajando el cielo les transmitía la impresión de estar caminando por un paisaje soñado. Vislumbraron al fin la vía férrea, rielando a la luz de la luna como una serpiente de plata, y la siguieron hasta la embocadura del túnel, del que parecía brotar el resuello de un monstruo mitológico, hibernado desde la época de las glaciaciones.

—Aquí nos separamos. Te estaré esperando —dijo Caruso, fundiéndose en un abrazo con Jules.

Creyó percibir, al rodear su espalda, un temblor vergonzante y contagioso, pero tal vez fuese él mismo el que se lo hubiese contagiado. Mientras Caruso se quedaba en el túnel, instalando en los raíles las cargas de explosivo, Jules avanzó a ciegas, tropezando en los travesaños, hacia el otro extremo del túnel, que se abría a la garganta como un trampolín para los suicidas. El puente que cruzaba el río era, en efecto, muy estrecho y precario, apenas un armazón de madera que los ingenieros de la Wehrmacht habrían mandado construir apresuradamente, después de que algún bombardeo aliado destruyese el originario puente de piedra, cuyas ruinas se atisbaban al fondo, provocando remolinos y festones de espuma en el torrente del río. Jules avanzó hacia la mitad exacta del puente; tumbado sobre la vía, engrasó con aceite los pernos que sujetaban los raíles a los travesaños, y después se aplicó a la ardua tarea de aflojarlos. Cada vez que conseguía que la llave inglesa los removiera, siquiera un milímetro, en sus remaches, sentía como si le estuviesen desgarrando los músculos, como si el corazón reventase, incapaz de bombear más sangre. Tardó casi un cuarto de hora en completar este trámite; con los brazos entumecidos por el dolor, introdujo la palanca por debajo de los raíles, hasta hacer saltar las chavetas que los mantenían clavados a las traviesas. Desgonzó la vía y se quedó postrado durante unos pocos minutos antes de recoger las herramientas en el saco, hasta que el frío aplacó el hervor de su sangre. Aunque el rumor de las aguas se tragaba otros ruidos menos perceptibles, le pareció distinguir una tenue vibración en las vías. El tren ya habría salido de París, cargado de soldados que emprendían un viaje sin regreso, atrapados en los engranajes de una trituradora de carne que no sabían cómo parar. Los imaginó desvelados y silenciosos, con una gota de asfalto en las retinas, resignados a morir por una causa en la que habían dejado de creer, en la que tal vez no habían creído nunca. Para espantar esa visión que amenazaba con remorderle la conciencia, corrió a reunirse con Caruso.

—Vamos, date prisa —lo azuzó—, en menos de veinte minutos explotarán las cargas.

Bajaron a la carrera por los breñales enfangados, sorteando a trancas y barrancas los troncos que surgían a su paso. Al menos la perspectiva de regresar de inmediato a París sin aguardar a contemplar el resultado de la operación los reconfortaba. Llegaron jadeantes a la furgoneta y arrojaron a su interior los sacos, esperando que arrancase al instante. Pero Sacha abrió la portezuela de la cabina y les tendió sendas metralletas Sten y cananas de cartuchos. Les dijo, con sombría docilidad:

—Lantier dice que nos quedamos.

Caruso sacudió la cabeza, como un caballo que espanta el sueño. Jules se rebeló:

—Loco de atar. Lantier está loco de atar.

Se colgó en bandolera la metralleta que ni siquiera sabía empuñar y corrió hacia la ribera, donde había entrevisto la silueta de Marcel, camuflada entre los carrizos. Sacha y Caruso lo siguieron, agarrotados por el desconcierto.

—¿Qué demonios pretendes? —voceó Jules.

Marcel los recibió con una sonrisa esquiva. Hablaba en voz baja, como si en el bosque se agazapara un regimiento de soldados alemanes:

—Vamos a ver cómo revientan esos cabrones.

No parecía alterado, ni siquiera invadido por esa súbita temeridad de quienes improvisadamente alteran los planes que durante días han tramado. Con horror, Jules comprendió que les había ocultado su verdadero propósito.

—Escucha, Lantier —dijo Jules, con el aplomo con el que el médico trata a un orate—. Caerán como moscas, será un éxito. Mañana nos enteraremos por los periódicos.

Marcel le lanzó una mirada piadosa o consternada:

—Tú siempre tan iluso, Houdini. Los periódicos no dirán ni palabra. ¿O es que acaso no sabes quién los controla? Nos quedaremos para poder informar con exactitud a Londres.

Se había levantado una brisa que se afilaba entre los juncos. Jules lo agarró de la pechera de la camisa, enrabietado.

—¿Es que no te das cuenta? No morirán todos, reaccionarán y nos acribillarán a tiros en cuanto nos descubran.

—Haz el favor de apartar esas manos —dijo Marcel en un tono monocorde, más propio de una exigencia que de un ruego—. Llevo esperando más de un año este momento, no me lo perdería ni por todo el oro del mundo. —Volvió a formular aquella sonrisa esquiva y desazonante—. Y eso de que nos acribillarán... Será si nosotros no los acribillamos antes.

Las respiraciones de Caruso y Sacha parecían coagularse en el aire, suspendidas por la estupefacción. Jules estaba decidido a descerrajar un tiro en la rodilla a Marcel o golpearlo en la cabeza con la metralleta para asumir el mando. Pero entonces se oyó, como emergido de un yacimiento de sombra, el jadeo asmático de la locomotora, infamando la pureza de la noche.

—Mierda, llega con un poco de antelación —dijo Caruso, tras consultar su reloj.

Nadie comentó nada. De repente, se había apoderado de los cuatro esa parálisis que asalta al caminante cuando se asoma al abismo que interrumpe su paseo. Ya no había tiempo para huir: el vapor de la locomotora se alzaba sobre los árboles desnudos del bosque, como si el alma de los soldados que transportaba se estuviese desvaneciendo a cada metro que avanzaba. La sangre galopaba en las sienes, ensordecía los tímpanos, dejaba sin riego las piernas. Un silbido rechinante anticipó el ingreso del tren en el túnel.

—Vamos, no os quedéis ahí como unos pasmarotes —los exhortó Marcel, mientras avanzaba hacia la orilla, abriéndose camino entre los juncos.

Fueron apenas cuatro o cinco segundos interminables. El tiempo parecía estirarse como la goma. El tren atravesó el túnel sin que estallaran las cargas explosivas; y la locomotora ya enfilaba impetuosa el puente, arrojando otra vez una nube de vapor entremezclado de hollín. De las bielas brotaron de repente chispas, mientras la locomotora oscilaba, se volcaba como un mulo abatido por el mazo del matarife, antes de despeñarse perezosamente, arrastrando consigo tres vagones. El resto, desenganchados, se habían quedado detenidos en el interior del túnel. Mientras caía la locomotora, se empezaron a oír los alaridos de los soldados que viajaban en los primeros vagones; era un concierto horrísono, apenas diferente de los jadeos que se filtraban por los tabiques del hotel de Lisieux. A ese concierto, entremezclado con los chirridos de la chapa que se retuerce y el rugido de las aguas encrespadas al recibir tal avalancha imprevista, se sucedió un silencio sólo alterado por alguna rueda que aún se obstinaba en seguir girando. Y entonces tembló la tierra: los paquetes de explosivo plástico que Caruso había distribuido estallaron al unísono, ahogando el clamor de los soldados aplastados o abrasados en el interior del túnel, de cuyas embocaduras brotó primero un resplandor fantasmal que ahuyentó la noche por unos segundos, y enseguida un granizo de maderas astilladas, añicos de cristal, hierros incandescentes, y también un picadillo de carne que regó la tierra con su abono. La bofetada de calor de las llamas golpeó a los cuatro hombres; a su luz, Jules volvió a distinguir en las facciones de Marcel ese odio concupiscente que lo transfiguró mientras los aviones de la RAF bombardeaban Billancourt.

—¡Adelante, muchachos! —gritó, adentrándose en las aguas del Marne—. No dejéis ni a uno solo con vida.

De las ventanillas de los vagones que habían caído al río empezaban a salir, contusos y renqueantes, algunos soldados reclamando auxilio. Marcel les lanzó una ráfaga errática; las primeras balas se perdieron entre los juncos de la orilla contraria, pero enseguida rectificó el pulso y empezaron a arañar metal, empezaron a morder carne. Caruso fue el primero en obedecer la orden suicida de su jefe; tras un instante de vacilación, lo siguieron Sacha y el propio Jules, a quien sorprendió la liviandad de la Sten, también su escaso retroceso al disparar. Al principio, los soldados alemanes huían despavoridos, ofreciendo su espalda a los emboscados, pero pronto se recompusieron y empezaron a responder el ataque desde el interior de los vagones. Simultáneamente, del interior del túnel había surgido un grupo de soldados bastante numeroso que, tras apagarse unos a otros el fuego que les había prendido los capotes, montaron en un santiamén una ametralladora sobre un trípode y empezaron a disparar a ciegas, apuntando hacia la orilla de la que parecía proceder el ataque. El silbido de las balas en derredor era muy distinto al que Jules había imaginado, era más bien un siseo sordo, como un enjambre de tábanos furiosos precipitándose sobre el agua, incrustándose en el cieno del fondo. Un proyectil le atravesó la parte mollar del brazo; no sintió apenas dolor, pero en cambio el impacto llevaba acumulada tal cantidad de energía cinética que lo derribó como a un muñeco de feria, justo a tiempo de esquivar otra bala que abrevó en la garganta de Sacha, arrojándolo de espaldas sobre la orilla. Entre el tableteo de las ametralladoras, Jules distinguió la orden de Marcel, menos exultante o desquiciada que la que había lanzado apenas unos minutos antes:

—¡Atrás! ¡Todos a la camioneta! ¡Rápido!

Jules tomó de los sobacos el cuerpo de Sacha, que arrastró entre los carrizos. La sangre le brotaba del cuello con ímpetu de géiser y le empapaba la pechera de la camisa, antes de remitir de sopetón, como si alguien hubiese cerrado el grifo que proveía la carótida. Escuchó el motor de la furgoneta, como una estampida bronca, y el rechinar de las ruedas derrapando sobre el asfalto, pero así y todo probó a arrastrar el cuerpo de Sacha unos cuantos metros más, hasta que comprendió que sus esfuerzos eran estériles. La luna, hinchada como una vejiga de pus, alumbraba los ojos de Sacha, ya invadidos para siempre de asfalto. Jules tuvo un recuerdo conmiserativo para aquella novia opulenta que esperaría en vano su regreso, convertida en viuda antes del tálamo. Aunque la humareda espesa y negruzca que brotaba del túnel le impidiese verlo, los soldados supervivientes del atentado —muchos más de los que Jules se podía figurar—habían iniciado una maniobra envolvente, quizá algo tardía, para tratar de acorralar al enemigo invisible. Jules se percató de la nueva situación cuando varias ametralladoras emplazadas a su espalda abrieron fuego. Supo entonces que estaba rodeado y sin otra posibilidad de escapatoria que la que el río le brindaba. Se arrojó a su corriente, mientras varias ráfagas barrían la orilla, devastaban las panojas de los carrizos, acribillaban el cuerpo exánime de Sacha. Braceó a la desesperada, mientras aquel enjambre de tábanos enfurecidos volvía a zumbar en derredor; enseguida, para evitar que lo delatase la estela que en su huida dejaba sobre la superficie del río, probó a avanzar buceando. Así, mediante inmersiones prolongadas sólo interrumpidas para abastecer de aire sus pulmones, logró alejarse del tableteo de las ametralladoras. Se habían empezado a oír voces de mando que ordenaban una batida del terreno. Empapado y jadeante, Jules salió del río por la orilla contraria, trepó unos riscos entorpecidos de maleza y corrió alocadamente cuesta arriba por un breñal crujiente de pinaza, hasta que, al tratar de cruzar una torrentera, se torció un tobillo, perdió el equilibrio y cayó por un barranco, arrastrando tras de sí un alud de fango y hojarasca. Cuando por fin concluyó su accidentado descenso, comprobó que había encontrado, por chiripa, el mejor escondrijo posible: una hoya en la roca, disimulada por brezos y helechos y suficientemente grande para cobijar el cuerpo de un hombre en posición fetal.

Decidió guarecerse allí, esperando que los alemanes cejaran en la búsqueda. No era, desde luego, un refugio cómodo, y el agua retenida en su concavidad le hacía tiritar, pero abandonarlo constituía una imprudencia temeraria. Durante horas escuchó el trasiego de soldados por los alrededores, removiendo a punta de bayoneta la pinaza, escrutando la espesura con linternas que, de vez en cuando, colaban fugazmente su luz entre la celosía que formaban sobre su cabeza brezos y helechos. Aunque la herida del brazo no parecía grave, no cesaba de sangrar; y la hemorragia le transmitía una suerte de claudicante lasitud, un plácido embotamiento de los sentidos que entorpecía su vigilancia. Entonces ocurrió: el cañón de un fusil hurgó en la hoya, apartó la maleza y permitió a Jules vislumbrar el rostro de un soldado de la Wehrmacht, con el uniforme raído y las facciones consumidas por el miedo o el estupor. Era un soldado ya tallado, frisaría en la treintena, pero en su actitud irresoluta se notaba que también era bisoño, procedente de alguna de esas levas de última hora decretadas por el Tercer Reich entre padres de familia, para abastecer de carne la trituradora del frente oriental. Miró a Jules con ofendido pasmo y también algo de desaliento, como si por encontrarlo le tocara apurar un cáliz que hubiese preferido no probar siquiera. Jules esperó durante un segundo la descarga a bocajarro que le borraría el rostro, o la voz de alarma que alertase a otros soldados que anduviesen por los alrededores; pero el segundo se consumió, y el soldado continuaba sopesando, entre fastidiado y misericordioso, cuál debía ser su reacción. Jules, en cambio, no titubeó: se revolvió como una alimaña acorralada, abalanzándose sobre el soldado que no había querido o sabido matarlo, haciéndole trastabillar y caer. Sus manos se aferraron como tenazas a su cuello; mientras lo estrangulaba, el soldado no opuso apenas resistencia (incluso había soltado su fusil), tan sólo lo miraba con ojos desconcertados, ojos de espanto y de martirio, ojos de abarrotada sorpresa y abrumada melancolía, ojos que acataban el veredicto de la ceguera sin rechistar y que tan sólo segregaron, antes de nublarse para siempre, una exudación líquida que no llegó a ser ni siquiera una lágrima, ni siquiera una protesta. Su estertor final fue apenas un gañido; cuando cesaron las convulsiones de sus miembros, Jules aflojó las manos y, sin conceder una oportunidad a los remordimientos, lo despojó de su uniforme, en una operación penosa que le volvió a recordar su debilidad por la pérdida de sangre. A continuación, se quitó los pantalones de pana, el jersey de basta lana y los zapatones embarrados, que arrojó hechos un gurruño a la hoya, para que sirvieran de lecho al cadáver del soldado, que cayó en una postura indecorosa, como una marioneta arrumbada en el baúl de un ventrílocuo. Mientras se vestía con su uniforme, Jules no lograba apartar de la cabeza su mirada de perpleja tribulación, aquella pudorosa y casi consentidora mirada que le había dirigido, antes de entregar su hálito.

Era la primera vez que mataba a un hombre con sus propias manos. Quizá horas antes, con el descarrilamiento del tren y la posterior refriega en el río, había matado a decenas, pero esa mortandad aleatoria palidecía comparada con el asesinato manual, artesanal, de un hombre al que se sostiene la mirada mientras agoniza. Palpó el uniforme que todavía guardaba el calor de su anterior dueño en busca de un paquete de tabaco; creyó encontrarlo en un bolsillo interior de la guerrera, pero el bulto era en realidad una cartera, escuálida y pobretona, sin más contenido que varias cédulas de identidad y salvoconductos militares y una fotografía muy manoseada, casi amarillenta de tan manoseada, en la que el soldado que acababa de asesinar posaba junto a su esposa, ambos con el atuendo propio de los campesinos bávaros, risueños y orgullosos de sostener en brazos a sus vástagos: uno apenas tendría cuatro o cinco meses de edad, y buscaba el pecho de la madre, que era hermosa y rolliza como seguramente también lo fuese la novia de Sacha; el otro andaría por los dos o tres años y miraba a la cámara con la misma melancólica gravedad que había acudido a los ojos de su padre, mientras agonizaba. El sol había empezado a despuntar, un sol tísico que apenas lograba entibiar la infinita desolación del mundo. Jules se sintió también infinitamente desolado, infinitamente vil, como atrapado en el cuerpo de una bestia.

Echó a andar, siempre de espaldas al sol, rumbo a París. Se detenía de vez en cuando para hurgar con la punta del fusil entre la maleza, fingiendo buscarse a sí mismo, pero en cada peña, en cada matorral, en cada hondonada y promontorio, en la superficie cabrilleante del río, sólo veía repetido el rostro confiado de esa campesina bávara que aguardaría en vano el regreso de su esposo, los rostros de sus hijos condenados para siempre a la orfandad.

Los acontecimientos extraordinarios, luctuosos o felices, no transforman el alma de un hombre, sino que más bien la liberan de adherencias y la hacen más nítida y despojada, sacan a la luz y decantan aquello que permanecía oscuro o apenas formulado, reprimido o subterráneo, hasta enfrentarnos a lo que verdaderamente somos, más allá de lo que deseábamos ser. No bastaba la coartada del miedo invencible, de la ofuscación, del mero instinto de supervivencia, para justificar el estrangulamiento del soldado bávaro; a fin de cuentas, también él habría podido refugiarse en esas coartadas para apretar el gatillo y descerrajar un tiro a Jules, y sin embargo había preferido morir antes que matar. Los acontecimientos extraordinarios habían servido para demostrar a Jules que podía llegar a avergonzarse de sus acciones, sin llegar a renegar de ellas; y esta paradoja le desvelaba su naturaleza más verdadera, con la que tendría que aprender a convivir, le gustase o no. También los acontecimientos extraordinarios estaban mostrando la naturaleza verdadera de los ocupantes: tras la derrota de Stalingrado, que era el anticipo de la derrota definitiva, se entregaron por fin, con denuedo y voluptuosidad, a los desmanes que secretamente habían anhelado perpetrar desde el principio, cuando el curso triunfal de la guerra los obligaba a aparentar magnanimidad. Ahora que ya se sabían perdidos, en lugar de esperar pacíficamente la hora de la rendición, se revolvían como áspides, deseosos de morir matando: su represión se hizo más salvaje que nunca; los fusilamientos de rehenes, más numerosos y arbitrarios; las deportaciones, más masivas y científicas. También su lucha contra los movimientos de la Resistencia se intensificó: infiltraron topos que hicieron caer redes de información, desmantelaron imprentas clandestinas, desarrollaron sus métodos para el desciframiento de emisiones radiotelegráficas y, sobre todo, perfeccionaron (es decir, embrutecieron) sus interrogatorios policiales. La Gestapo multiplicó en progresión geométrica las detenciones, seguidas siempre de torturas; y los tribunales militares, las sentencias de muerte. La policía francesa, además, que hasta entonces se había esforzado por mantener cierta independencia de acción, empezó a entregar automáticamente a los prisioneros que se hallaban bajo su custodia a la autoridad ocupante, que ya no aplicaba otro castigo que no fuese la ejecución inmediata.

Y a la muerte que iba diezmando sus miembros, la Resistencia respondía con más muerte. Por cada combatiente fusilado, surgían otros diez dispuestos a empuñar el fusil. La Resistencia se comportaba como la Hidra de la mitología: cuando se le cortaba una cabeza, surgían diez de cada chorro de sangre. Jules se preguntaba a veces si la satisfacción del deber cumplido justificaba tanta matanza, tantos jóvenes abatidos ante los piquetes de fusilamiento, dilacerados en las mazmorras de Fresnes o de la avenida Foch, pudriéndose en los campos de concentración. Se preguntaba si los periódicos clandestinos, los sabotajes más o menos insignificantes, los atentados aislados, los intercambios de información con Londres compensaban las penalidades y la angustia, las sevicias innombrables, la certeza de la muerte agazapada en cada esquina. Y se preguntaba, sobre todo, si la victoria de los aliados, que para entonces ya parecía indubitable, requería el sacrificio superfluo, o gratuitamente añadido, de los resistentes. A veces, su respuesta era desalentada y claudicante; pero otras, por el contrario, consideraba que si la Resistencia se disolvía, los alemanes derrotados se llevarían de Francia el recuerdo de un país indigno, entregado sin oposición al enemigo. Quizá su lucha fuese innecesaria, pero eso mismo la hacía más hermosa, más generosa, más redentora; pues, a la postre, lo que estaban haciendo unos pocos resistentes no era sino cargar con el pecado de omisión de sus compatriotas, expiar su pecado y mantener encendida la respiración de Francia. Muchos de aquellos combatientes, como diría De Gaulle, creían morir por el comunismo, pero en realidad estaban muriendo por Francia.

Morir o matar, no existían otras opciones. Nunca se supo cuántos soldados alemanes cayeron en la escabechina del tren, pues como Marcel había anticipado, la información se ocultó minuciosamente.

Pero, aunque silenciado, el eco de aquel golpe (el más osado de cuantos había asestado hasta entonces la Resistencia) no tardó en extenderse, hasta adquirir proporciones hiperbólicas. Naturalmente, los ocupantes respondieron con represalias despiadadas; y, durante varios meses, Jules —al igual que Caruso y el propio Marcel— fue obligado por mandato de los jefes de la organización a mantenerse inactivo en un piso franco. En el caso de Jules este período de inactividad fue casi obligado, pues la herida del brazo se le había infectado muy enconadamente y empezado a gangrenar, lo que durante algunas semanas de fiebre y delirios hizo más que probable la expectativa de una amputación. Pero la vitalidad de sus veinte años se impuso sobre la corrupción de los tejidos, y poco a poco la sangre volvió a circular por el brazo necrosado, mientras afuera se prolongaba el invierno, un invierno de nieves casi cárdenas, como si llegara hasta París la reminiscencia del frío y el horror que se respiraban en el frente oriental. El atentado contra el tren militar, por lo demás, había aureolado a sus participantes con una leyenda de arrojo. Y el modo en que Jules había logrado escapar de la batida organizada por los soldados supervivientes le había granjeado fama de escurridizo y también de resolutivo, que era el eufemismo que se empleaba para designar a los combatientes capaces de mirar al enemigo a los ojos, antes de liquidarlo con sus propias manos. En la Resistencia había muchos hombres valerosos, dispuestos a exponer su pellejo; no había tantos preparados para sobrellevar sin traumas y expulsar de sus pesadillas el recuerdo de unos ojos que se apagan sin llegar a comprender su culpa. Cuando Marcel lo convocó en el café La Palette, uno de los muchos que se amontonaban en la confluencia de los bulevares Montparnasse y Raspail, Jules intuyó que le iba a asignar una de esas misiones que, antes que valor, requieren tragaderas y cierta insensibilidad. La primavera ya había florecido los tilos de los bulevares; pero aquel olor polinizado y mareante, casi nutritivo, que se respiraba en el aire contrastaba con el aspecto campamental de la ciudad, abandonada a la incuria. El café La Palette no era demasiado amplio, pero los espejos de las paredes, hábilmente dispuestos para espantar la impresión de angostura, lo hacían parecer extenso como una pista de patinaje. Marcel lo aguardaba en una de las mesas más apartadas del local, junto a la escalera que descendía hasta los lavabos del establecimiento. Una mujerica enteca, algo corcovada, se cuidaba de velar por su higiene, apostada detrás de un mostrador donde los clientes que bajaban a vaciar la vejiga le dejaban una propinilla.

—Tienes una pinta estupenda —lo saludó Marcel.

No hablaba con esa jovialidad extravertida o amoral que solía caracterizarlo. Sobre el mármol del velador reposaba un cartapacio de cartón que parecía atestado de documentos. A Jules le extrañó que hubiese acudido a la cita cargado de papeles: Marcel no se cansaba de advertir a sus hombres que no fijaran nada por escrito.

—Si tú lo dices... —respondió lacónicamente.

Marcel se remejió incómodo en su asiento. Cabizbajo y compungido, murmuró:

—No sabes cuánto siento haberte dejado tirado en el río. No logro quitármelo de la cabeza. —Su contrición parecía sincera—. Pero Caruso te vio caer, abatido por las balas...

También Jules había visto caer abatido por las balas a Sacha, pero no lo había abandonado hasta cerciorarse de que estaba muerto. No le apetecía, sin embargo, enzarzarse en un cruce de estériles recriminaciones:

—Olvídalo. Tomaste la decisión acertada. La culpa la tuve yo, por no obedecer de inmediato tu orden de retirada.

El alivio esponjó el rostro de Marcel, hasta entonces atenazado por los remordimientos:

—La organización está muy orgullosa de ti. Necesitamos gente como tú, decidida y leal.

Traduciéndolo a un lenguaje más descarnado, quería decir que necesitaban gente sin demasiados escrúpulos de conciencia. No supo si interpretarlo como un elogio o como un reconocimiento de su inhumanidad. Se restó importancia:

—Oh, vamos, déjalo. —Hizo un aspaviento amistoso con la mano—. Sobra gente como yo.

—Te equivocas —dijo Marcel, insistiendo en el halago—. Muchos de los resistentes de última hora son en realidad «colabos» camuflados, que se apuntan ahora que han cambiado las tornas, para hacerse perdonar su pasado. O delincuentes que tratan de envolver en los pliegues de la bandera tricolor actos de puro y simple bandidaje. Auténticas ratas de cloaca que asaltan de mejor gana los estancos y las tiendas de comestibles que los depósitos de armas. —Hizo una pausa, entre ofendida y solemne—. Espero que, cuando llegue el momento, se sepa distinguir entre quienes nos batimos el cobre desde el primer momento y esa chusma oportunista.

Jules estuvo tentado de recordarle que tampoco él se había batido el cobre desde el primer momento exactamente, pero lo dejó pasar. Había algo en Marcel que lo seguía subyugando, por muy mezquino o tiránico u olvidadizo que se mostrara, como ya lo subyugase cuando oficiaba de mentor en la fábrica Renault: quizá, con sus ribetes sombríos y todo, colmara su nostalgia de una figura paterna, incluso represora, que llenaba el hueco del padre muerto.

—¿Ves a esa mujer de los lavabos? —prosiguió Marcel. Jules asintió casi imperceptiblemente, temeroso de que le fuese a anunciar que se trataba de una espía a la que tendría que asesinar—. Pues ahí donde la ves, en su insignificancia, de ella depende la comunicación de los grupos de la Resistencia en París. A ella entregamos los jefes de cada célula las cartas dirigidas a otros jefes de célula, o incluso al mando. Se llama madame Gaby. Bastaría que los boches la ganaran para su causa para que toda la organización se fuera al garete.

Marcel se volvió hacia madame Gaby y le dirigió una sonrisa reverenciosa, que ella agradeció púdicamente. A Jules lo desasosegaba aquel súbito rapto de confidencialidad que poseía a su jefe:

—No tenías por qué contármelo.

—Te lo cuento porque cualquier día podrían matarme —dijo Marcel—. En ese caso, me gustaría que fueses tú quien me sucediese.

Nunca lo había notado tan afectuoso y propenso a las efusiones. Trató de restar gravedad a la situación:

—No te preocupes, Lantier. Nos enterrarás a todos.

Marcel le siguió la broma, algo más relajado:

—Espero que no, Houdini. Me horrorizan los cementerios.

—Pues te equivocas —sonrió Jules—. Son lugares muy tranquilos y propicios para la meditación.

Pero nuevamente se derramó sobre las facciones enjutas de Marcel una niebla de inquietud. Le confió de sopetón:

—En el sótano de este café nos reunimos el veinticuatro de cada mes los jefes de célula. Cuando yo falte ya sabes lo que tienes que hacer.

Le chocaba tanta confianza. Enseguida comprendió que constituía una especie de contraprestación, un pago anticipado por la misión que iba a encomendarle:

—Pero de momento sigo siendo tu jefe —continuó Marcel—. Y tengo que darte una orden que hubiese preferido no tener que darte nunca.

Había empezado a manosear el cartapacio que reposaba sobre el velador, para distraer su inquietud. Jules quiso abreviar los trámites:

—¿De qué se trata?

—De Kuznetsov, el contramaestre. Hay que cepillárselo. Órdenes de arriba.

Jules tardó en reaccionar. Marcel sabía hurgar en las heridas abiertas; sabía también que, al adjudicarle ese encargo, estaba forzando al máximo su obediencia y sometiendo su lealtad a una prueba severísima.

—No... no creo ser la persona idónea... —balbució al fin.

—No pienses que lo hago por·ensañarme contigo —se excusó Marcel—. Sé bien lo que sentías por su hija, aunque siempre te advertí que te convenía dirigir tus sentimientos hacia quienes los merecen. Pero le he dado muchas vueltas y creo que yo no podría hacerlo mejor que tú. A Kuznetsov le bastaría verme para echar a correr. A ti todavía puede que te acoja con cierta simpatía.

Le estaba pidiendo, no sin cierto bochorno, que actuase como un judas. Se resistió a tanta degradación:

—Pero, ¿qué ha hecho?

—Durante todos estos años, se ha comportado como el más servil y aplicado sicario de los comisarios nazis que controlan la fábrica. —Marcel esbozó una mueca de hastío o cansada repugnancia—. Kuznetsov ha sido el encargado de elegir a los más de cuatro mil obreros de Renault que los boches han enviado a Alemania, al Servicio de Trabajo Obligatorio. Y ha denunciado a decenas de judíos y camaradas del partido que trabajaban en la fábrica. Ya puedes imaginar cuáles han sido sus destinos: encerrados en Fresnes, deportados a los campos de concentración, muchos de ellos también fusilados en el fuerte de Mont Valérien. —Procuró que su improperio no sonase calenturiento, sino meramente descriptivo—: Un hijo de la grandísima puta.

Jules conocía la animadversión que Marcel profesaba a Kuznetsov, exiliado de la revolución bolchevique y detractor a ultranza del sindicalismo. Le abrumaban los cargos que Marcel acababa de imputarle, pero más aún le abrumaba que tales cargos los inspirase la inquina personal.

—No puedo creerlo —se resistió.

Marcel lo miró entonces con una descomunal, resignada tristeza. Muy delicadamente, le acercó el cartapacio.

—Entonces será mejor que le eches un vistazo a esto. Son copias de informes mecanografiados por Kuznetsov y firmados de su puño y letra. Nuestra red de información consiguió microfilmarlos. Verás que como delator no tiene precio. No se deja nada en el tintero. Un burócrata muy eficaz, bajo su apariencia bondadosa.

Jules abrió el cartapacio muy someramente, lo justo para distinguir, al pie del primer informe, la firma de Kuznetsov que tan bien conocía, pues con ella certificaba los partes de trabajo, al final de cada jornada.

—Te dije en cierta ocasión que había calumnias por exceso y por defecto —prosiguió Marcel. Ahora su tristeza era aleccionadora e impersonal, sin pizca de resentimiento—. Las que atañen a esa familia son siempre por defecto.

Aún le costaba aceptar tales enormidades:

—¿Me permitirás que me lo lleve, para examinarlo con atención? —Marcel accedió, con un gesto condescendiente o atribulado—. ¿Y cómo se supone que tendré que hacerlo?

—Como ya sabrás, Kuznetsov y su hija se han instalado en un hotelito particular de dos plantas, en la mejor zona de Boulogne. Antes de volver a casa, a la salida del trabajo, el viejo miserable se pasa por los jardines de Albert Kahn a darle de comer a los patos. —Rió sardónicamente—. Se creerá así el cabrón que es San Francisco de Asís. En los jardines hay muy poca gente. Creo que podrás hacerlo con discreción.

Jules no podía olvidar el tono afligido y paternal con que el contramaestre Kuznetsov le había advertido que la Gestapo andaba tras su pista, después de perpetrar en vísperas de la fiesta del Armisticio aquel sabotaje que interrumpió la producción de la fábrica; tampoco su ofrecimiento de ayuda, a través de los contactos que Olga había hecho en el cabaré Tabarin. Pero no era del todo descartable que el propio Kuznetsov, muy ladinamente, ya lo hubiese denunciado ante los comisarios de la fábrica, mientras cumplimentaba esa pantomima, para alejar de sí las sospechas de Jules. Se llevó a su piso franco el cartapacio con las pruebas de sus crímenes, como le había solicitado a Marcel. Y entonces se disiparon sus dudas sobre la perfidia de Kuznetsov: nunca habría podido imaginar tanta alevosía, tanta destilada maldad, tras la fachada ruda y la psicología aparentemente rudimentaria del contramaestre; ni siquiera mientras leía aquellos informes exhaustivos, que elaboraban sobre el recelo más endeble, a veces sobre la pura ojeriza, un bilioso mejunje de paranoia y acusaciones inquisitoriales, podía dar crédito a tanta aviesa habilidad para la delación y la purga. Más que un exiliado del horror bolchevique, el contramaestre Kuznetsov parecía uno de sus más esmerados comisarios. Muchos de los obreros allí denunciados, cuyo destino final Kuznetsov se atrevía a proponer irónica o eufemísticamente («nada convendría más a Fulano que un internamiento que le permitiera descubrir las propiedades liberadoras del trabajo»; «en épocas menos benévolas, actitudes como las de Mengano eran juzgadas delitos de lesa patria»), ya trabajaban en la isla Seguin antes de la guerra: Jules los había tratado, eran jóvenes aprendices aturullados, robustos padres de familia sin más preocupación que alimentar a su prole, gentes pacíficas y laboriosas, sin excesivas inquietudes políticas, incluso decididamente adversas a la política. Gentes honestas, incapaces de matar un mosquito, como el campesino bávaro disfrazado con el uniforme de la Wehrmacht al que Jules había estrangulado con sus propias manos. Cuando concluyó la lectura de aquellos informes, apabullado por el despliegue de insidias, siempre disfrazadas de astucia y ecuanimidad, Jules ya sabía lo que tenía que hacer. Nada, por cierto, que entrase en conflicto con lo que verdaderamente era.

Quizá no hubiese en toda Francia una localidad tan paradójica y expresiva de la lucha de clases como Boulogne-Billancourt. Boulogne contaba con mansiones y residencias señoriales; Billancourt con casuchas proletarias, propias del arrabal más menesteroso. Boulogne presumía de la proximidad del célebre bosque que lleva su nombre, presumía de hipódromo y de una arquitectura a la vanguardia de su tiempo; Billancourt tenía que conformarse con la aparatosa planta de la fábrica Renault y un cementerio profanado por los bombardeos aliados. Desde París, se llegaba a Boulogne por una avenida espaciosa y reverdecida; a Billancourt, por una calle apretada de comercios decadentes y polvorientos, como reliquias de un sueño de prosperidad pequeñoburguesa que degeneró en penuria. En Boulogne se sucedían los restaurantes lujosos que la carestía había arruinado; en Billancourt, las tabernas populares que para entonces ya sólo servían carne de gato y de rata. En Billancourt, la vegetación —una vegetación andrajosa y palúdica— crecía entre escombros y ferralla; en Boulogne, un banquero llamado Albert Kahn, pacifista quimérico, había sufragado, medio siglo atrás, unos jardines que eran el orgullo de los señoritingos de los barrios altos y la envidia de los obreros de Billancourt. Tenía la peculiaridad de estar compuesto por «escenas» que lo convertían en una especie de atlas botánico: reunía un jardín francés, frondoso de rosaledas; un jardín japonés, con sus puentes y pabellones de estilo oriental; un estanque donde se congregaban las más variopintas plantas acuáticas; y diversas zonas más o menos boscosas, ordenadas por la tonalidad dominante: un «bosque dorado» que en otoño se teñía de amarillos rojizos; un palmeral que en verano se alzaba como un oasis o un vergel, y así hasta agotar la gama cromática. En los últimos años, el lugar había sido descuidado, por falta de presupuesto o de simpatía entre los ocupantes, que no contemplaban con demasiado agrado un jardín concebido por un banquero con ensoñaciones pacifistas, y para más inri de apellido judío. A falta de jardineros que se encargaran de podar los árboles y los setos y de guardianes que velasen por su adorno, los jardines de Albert Kahn habían cobrado un aspecto silvestre, intrincado, más propicio para el cónclave de mendigos y trapicheadores que para el cortejo amatorio y el solaz del paseante. Pero precisamente este descuido favorecía el advenimiento de la primavera, que adquiría así un esplendor tumultuoso, anárquico, abigarrado, un tropel de colores y fragancias inundando la tarde. Jules vagabundeó durante horas por el recinto, en pos de Kuznetsov. Al fin lo encontró en el jardín inglés, con su corpachón reclinado sobre el pretil de un puente de rocalla que cruzaba un riachuelo artificial. De un fardel extraía mendrugos de pan que lanzaba a los patos, congregados al reclamo de la pitanza.

—Mucha gente se conformaría con menos para comer.

Kuznetsov pegó un respingo, como si hubiese sido pillado en

una falta. Su aspecto no era el de un hombre que goza de los favores del ocupante. Más viejo y derrengado, transmitía esa impresión jibarizada de quienes han disfrutado de una complexión recia y de repente sufren un acceso de raquitismo: se le notaba en la chaqueta del traje, muy desgastada en las coderas, que le hacía bolsas a la altura de los hombros y delataba una flojedad tristona en la botonadura, como si se hubiese desvanecido la barriga que estaba acostumbrada a retener; también en las arrugas y flacideces del rostro, que había extraviado su cualidad granítica. Al incorporarse sobre el pretil del puente, su espalda siguió encorvada. El comentario de Jules ni siquiera alcanzó a soliviantarlo; tuvo que amusgar los ojos para reconocerlo:

—¡Dios Santo! ¿Eres tú, muchacho? Qué cambiado te veo. ¿Cuánto tiempo ha pasado?

Jules sintió la insidiosa cercanía de la piedad. Quizá un sentimiento parecido acometió también a Bruto, antes de asestar su puñalada a César. *Tu quoque, Brute, fili mi?*

—Dos años y medio.

El contramaestre Kuznetsov lo abrazó con menos vigor del que en él hubiese resultado previsible (pero no por desvío, sino por agostamiento de su fortaleza), ante la pasividad de Jules.

—Dos años y medio ya, parece mentira... —Lo había tomado por los brazos y lo contemplaba con una especie de intimidado orgullo—. Te imaginábamos muerto. Olga quiso saber de ti, estuvo revolviendo Roma con Santiago para encontrarte: habló con tu madre, recorrió despachos, incluso consiguió hacer una visita a la prisión de Fresnes, pero le dijeron que te habías evadido. Nunca nos lo creímos. Más bien pensábamos que te habrían asesinado.

Quizá fuese simulación, pero en ese caso Kuznetsov era un actor superdotado. No tenía que resultar nada sencillo lograr esa mezcla de indecisa, incrédula exultación que debe de asaltar a los amigos de un difunto, cuando se lo tropiezan resucitado.

Kuznetsov no lograba dominar su alegría, aunque la impasibilidad de Jules lo desconcertaba. Le palmeó la espalda y sus ojos se humedecieron.

—Lo contenta que se pondrá... Creo que para ella representabas, no sé, la supervivencia de un mundo anterior a toda esta mierda.

Sacudió el fardel, arrojando al río las últimas migas de pan. Los patos se las disputaban, como buitres disfrazados de candidez. Si eso representaba, o había representado, para Olga, se trataba de una figuración errónea: nada quedaba en él de aquel mundo anterior, supuestamente ingenuo y hospitalario. Quizá nunca había existido nada de ese mundo en él.

—Sabrá que se cuentan sobre ella cosas horrendas... —dijo, cediendo por un instante a la blandura.

—¿Y tú vas a creer esas falsedades? —se enojó Kuznetsov—. No te dejes intoxicar por la gentuza.

Lo había invitado con un ademán cortés a caminar a su lado. El contramaestre Kuznetsov se bamboleaba al andar, como un oso enfermo de tabardillo.

—No es cuestión de creer o no creer —replicó Jules con dureza—. Yo mismo la vi en cierta ocasión codeándose con jerarcas nazis y chusma colaboracionista. Se la notaba muy a gusto con la compañía.

El sol declinante incendiaba el follaje, escudriñaba dudosos bultos humanos entre la maleza, alborotaba a los pájaros que buscaban el cobijo de sus nidos. Las excusas de Kuznetsov adolecían de inconsistencia; o quizá el desconcierto que le provocaba la hostilidad de Jules le impedía trabar mejor su defensa:

—Olga quería triunfar en lo suyo —murmuró—. Por desgracia, hoy no existe otro público que ése. No te digo que no se haya mostrado halagada con ellos. Como tanta gente, por otra parte. Pero jamás ha hecho nada de lo que deba arrepentirse. Ella misma podrá explicártelo. —Su voz se tornó casi implorante—: Ni ella ni yo deseamos la victoria alemana. Pero a veces se puede hacer más bien por los demás con una postura en apariencia complaciente.

Si no hubiese tenido la oportunidad de leer los informes en los que lanzaba sus anatemas sobre los desgraciados obreros de la fábrica, tal vez le habría concedido la razón. Una vez leídos, las palabras de Kuznetsov se le antojaban de un cinismo intolerable.

—Ésa es la argucia típica de los «colabos» —dijo Jules—. Decir que no desean la victoria alemana, mientras ayudan a los alemanes en su actividad profesional. Usted mismo es un ejemplo.

Tal vez lo más misericordioso hubiese sido matarlo sin tanto demorado circunloquio, pero Kuznetsov no se merecía la misericordia.

—¿Qué pretendes? —se volvió hacia él, con más atolondramiento que furia—. ¿Que renuncie a mi puesto? Me limito a cumplir con mi deber y mi cometido en la fábrica. Es cierto que a veces resulta penoso, pero si no lo cumpliera me meterían en la cárcel.

Se habían internado por un sendero que conducía hacia el llamado «bosque azul», donde predominaban los cedros y los abetos del Colorado, creando con sus copas una ilusión óptica entre grisácea y azulada que la luz del ocaso tornaba cárdena. Jules casi se rió:

—«Cumplir con el deber.» ¿No es ésa la fórmula que emplea Pétain? Así tranquilizan muchos la conciencia.

La vegetación del bosque azul la completaban azaleas y rododendros, con flores añiles, casi amoratadas, de un aspecto carnívoro o genital, como vulvas de una puta baqueteada por mil coitos mercenarios. El contramaestre Kuznetsov hablaba con una voz de ultratumba, o quizá fuese la luz cerúlea filtrada por los cedros la que le transmitiera un aire cadavérico:

—Tú no sabes lo que fue para mi familia la revolución bolchevique. A mi mujer la abrieron en canal y la ahorcaron con sus propias tripas, después de violarla cien veces. Muchos de mis parientes desaparecieron, como si se los hubiese tragado la tierra. Y eran campesinos, no banqueros ni aristócratas. Su único delito consistía en ser familiares de un oficial del ejército menchevique.

Aquel descargo, con sus ribetes de truculencia, le pareció más extemporáneo que patético:

—¿Y eso qué tiene que ver con lo que estamos discutiendo? A ver si se piensa que los judíos o los polacos masacrados por los boches han hecho algo malo.

Kuznetsov lo miró de hito en hito. Algo parecido al miedo se había infiltrado en su voz:

—¿Tú también estás con los comunistas?

Y antes de escuchar su respuesta, echó a correr, espantado. A Jules no le costó demasiado esfuerzo pillarlo.

—No estoy con ellos —dijo, tomándolo desabridamente por las solapas de la chaqueta—. Pero no creo que el mero hecho de simpatizar con los comunistas sea razón suficiente para enviar a un hombre a la muerte.

El contramaestre había renunciado a ejercer resistencia. Hablaba con una voz derrotada, como desasida de sí misma:

—Hoy nos han proyectado en la fábrica una película sobre unas fosas comunes que los alemanes han hallado en el bosque de Katyn. Más de veinte mil oficiales polacos ejecutados de un disparo en la nuca por el ejército soviético. ¿Sabes lo que significa matar a veinte mil personas, una por una, de un disparo a bocajarro?

Jules lo soltó, asqueado. Refugió las manos en los bolsillos del pantalón. Allí guardaba el punzón que había elegido para ajusticiarlo.

—Propaganda nazi. Calumnias y más calumnias —dijo, sin excesivo convencimiento.

Sabía, además, que hay calumnias por exceso y por defecto. Kuznetsov había recuperado algo de brío, como si aspirara *in extremis* a ganarlo para una causa que no sabía exactamente cuál era:

—No, Jules, no son calumnias. Con el ejército rojo en sus fronteras, los patriotas polacos se levantaron en Varsovia contra los alemanes. Pensaban que los soviéticos acudirían en su ayuda. Pero Stalin ni siquiera se inmutó, incluso impidió que los aliados ayudaran a los polacos. Luego, hizo de matarife para Hitler.

Las flores de los rododendros colgaban de las ramas como pingajos de carne. Casi se podía olfatear la putrefacción. Jules titubeó:

—¿Y por qué actuó así?

—Porque sabía que un patriota que resiste la dominación nazi puede resistir también la dominación soviética. —Levantó la voz, casi estaba chillando—: ¿Es que no lo comprendes? Stalin ha dejado que Hitler se pasee por Europa y la deje hecha un trapo para después poder conquistarla él sin esfuerzo. En poco tiempo, Europa entera, Francia incluida, será la finca de Stalin. —Tragó saliva, como si se avergonzara de lo que iba a decir, aunque no renegara de ello—: Con sinceridad, prefiero a los nazis. Al menos ellos me han dejado en paz. Cuando lleguen los comunistas, tendré que exiliarme de nuevo, esta vez no sé dónde.

Kuznetsov había detectado que algo cedía o se ablandaba en el interior de Jules. Tal vez sólo estuviese tratando de salvar su pellejo.

—Ninguno sabemos qué será de nosotros —murmuró Jules.

—Olga se pondrá tan contenta... —Los ojillos de Kuznetsov se movían nerviosos a derecha e izquierda, como poseídos de azogue, mientras Jules lo acorralaba contra un rododendro—. Nunca dejó de pedirle a Dios por ti, nunca dejó de rezarle para que velase por ti. Todos necesitamos a Dios, Jules, ahora más que nunca. ¿Sabes para qué?

El nerviosismo de Kuznetsov se le había contagiado. Tal vez Jules también necesitara a Dios, pero alzó la vista al cielo y sólo descubrió, más allá del tupido follaje de los cedros, las primeras estrellas que emitían su parpadeo allá a lo lejos, inmutables ante las mínimas tragedias de los hombres, inmutables ante el clamor de la sangre derramada, que quizá formara parte de la secreta sinfonía universal que les permitía seguir brillando, después de tantos millones de años. Jules extrajo parsimoniosamente el punzón del bolsillo, lo empuñó a las claras ante Kuznetsov.

—¿Para qué? —preguntó irónicamente—. ¿Para que salve nuestras almas?

—No, Jules, no lo necesitamos para que salve nuestras almas. —Kuznetsov se había hincado de rodillas en el suelo; no para solicitar clemencia, sino para presentarse ante Dios. Su voz era atribulada, pero de una entereza que amedrentó a Jules—: Lo necesitamos para que nos perdone. Cuando esta guerra termine, necesitaremos que Dios perdone lo que hemos hecho, para poder seguir viviendo.

Lanzó una mirada de agónica y conmovida anuencia a Jules, antes de inclinar la testuz, aceptando su condena.

—Que Dios le perdone, Kuznetsov.

—Que también te perdone a ti, muchacho.

Hundió el punzón en el cuello. Brotó un chorro de sangre, como una rúbrica brusca que respingó el rostro de Jules. Luego, esa misma sangre se agolpó con un gorgoteo en la boca de Kuznetsov, que se desplomó blandamente sobre los muslos de su verdugo, como un niño que busca el regazo materno. Jules lo recostó con doliente delicadeza sobre las azaleas, que fulgían en la sombra como llagas tumefactas, y bajó sus párpados, antes de que su mirada de asfalto lo anegase de remordimientos. Retrocedió varios pasos sin volver la espalda al cadáver de Kuznetsov, asustado de su impiedad, asustado de ser el que era. Nunca deseó con tanta obcecada intensidad que Dios existiera; pero iba a necesitar un Dios infinitamente bondadoso para que le perdonara lo que había hecho, para poder seguir viviendo.

—¿Tú crees que saldremos de ésta, Houdini?

Caruso se lo había preguntado sin mirarlo siquiera, como si más bien interpelase a un oráculo, como si tratara de descifrar en el aire de la mañana, tensa y cálida como una piel de tambor, el secreto de su destino. Jules tampoco se atrevía a mirarlo, por temor a distinguir esa floración oscura, una gota de asfalto que prefigura la muerte, ensuciando sus retinas.

—Por supuesto que sí, Caruso. Que no te quepa duda.

Salió del portal donde se refugiaban, en la esquina de la calle Nicolo con la avenida Paul Doumer, después de dejar por un segundo su metralleta Sten apoyada sobre la pared. Las fachadas de los edificios refulgían como acantilados de piedra caliza a la luz dominical de julio; diríase que hubiesen espantado la mugre de tantos años de postración e incuria, para engalanarse de blanco en aquella mañana en la que Jean Moulin iba a ser vengado.

—A veces lamento no haber llegado a intimar más contigo, Houdini —dijo Caruso, cuando Jules regresó al escondrijo común. Hablaba para exorcizar el miedo, un poco desordenadamente, como el moribundo que evacua sus pecados—. Pero la vida que llevamos no nos lo ha permitido. Y tú nunca has sido muy expansivo, que digamos. Pero para mí siempre has sido un ejemplo de amistad y lealtad a la causa. —Se atragantó, ante la inminencia de las lágrimas—. Joder, Houdini, ni siquiera sabemos cuáles son nuestros verdaderos nombres de pila. Yo me llamo Édouard, Édouard Minart.

Le ofrecía su patronímico como el niño ofrece a su compañero el bocadillo de la merienda, su más preciado tesoro. Jules lo abrazó conmovidamente, con gratitud fraterna, hasta casi estrujarlo.

—Yo me llamo Jules —dijo, correspondiendo a su generosidad—. Pero, maldita sea, deja de hablar en pasado, Édouard. Dentro de un par de horas estaremos en el piso franco de la calle des Berges, celebrando el éxito de la misión.

Allí les había indicado Marcel que se refugiaran, si conseguían sobrevivir, mientras duraban las batidas policiales. Apenas una semana antes, Jean Moulin, el emisario del general De Gaulle a quien Jules había conocido en la reunión del cine Olympia, había muerto, en las proximidades de Metz, durante su deportación en tren a un campo del Este. Jean Moulin presidía el recién formado Consejo Nacional de la Resistencia; mientras celebraba una reunión en Caluire, a las afueras de Lyon, un comando de la Gestapo, encabezado por el arrogante Hauptsturmführer Klaus Barbie, había irrumpido, arrestando a los asistentes. Conducido a las oficinas de la Gestapo de Lyon, Moulin había sufrido el calvario de los interrogatorios y los tormentos sin soltar prenda, investido de un valor más fuerte que su propia voluntad, ese valor que Dios concede tanto a los que creen en Él como a los que lo ignoran. Maltrecho y sostenido por un hilo sutilísimo de vida, Moulin había sido posteriormente trasladado a París por el propio Barbie, con la esperanza de que allí pudiera ser sonsacado. Pero Moulin había perseverado en su mutismo, hasta que sus carceleros, hastiados, resolvieron enviarlo a un campo de concentración. El traqueteo del tren había bastado para quebrar aquel sutilísimo hilo de vida. El asesinato de Moulin era uno más entre muchos, pero ni a los nazis ni a los miembros de la Resistencia se les escapaba su fuerza simbólica. Desde el descabezado Consejo Nacional se había hecho un llamamiento a los combatientes del ejército de las sombras, instándolos a ejecutar atentados de relieve, para vengar la muerte de Jean Moulin, de nombre de guerra Max.

—Todavía no me explico por qué me ofrecí voluntario —dijo Caruso, frotándose el cabello bermejo, como si quisiera extraerle una chispa de electricidad que iluminase sus motivos.

—Porque eres un valiente, Édouard. Porque te subleva que hayan matado a otro valiente como tú.

Jules, por su parte, podría haber alegado que lo hacía en homenaje al hombre de mirada incisiva que tan cordialmente se había dirigido a él durante la reunión del cine Olympia, pero hubiese sido confundir los subterfugios y coartadas con las verdaderas razones. Lo hacía porque matar ya formaba parte de su naturaleza más verdadera, porque hacía ya mucho tiempo que había decidido zambullirse sin reservas en una vorágine de sangre. Habría preferido que Marcel le hubiese encomendado el asesinato de alguna de las hienas que dirigían las mazmorras de la Gestapo en la avenida Foch, pero tampoco hizo ascos al gerifalte que le habían adjudicado. Nada más y nada menos que el general Ernst von Schaumburg, Kommandant del Gross-Paris, un aristócrata prusiano de la vieja guardia, ya provecto pero todavía erguido, que, como casi todos los generales que obtuvieron para Alemania las más resonantes victorias en los primeros años de la guerra, había ido perdiendo ascendiente ante Hitler, cada vez más proclive a otorgar poderes a los cachorros de Himmler. Von Schaumburg había ido desempeñando un papel progresivamente decorativo en París, a medida que la Gestapo asumía el protagonismo de la represión, pero seguía siendo el comandante de las tropas de ocupación, cada vez más mermadas a cuenta de la trituradora de carne del Este. Jules y Caruso habían recibido un muy exhaustivo informe sobre los hábitos del general Von Schaumburg, repetidos con puntualidad cada día. Vivía en una lujosa villa —naturalmente, requisada a sus legítimos propietarios— frente al bosque de Bolonia, por cuyos jardines daba un paseo a caballo cada mañana, para desentumecer los músculos. Después, un coche descubierto iba a recogerlo para llevarlo a la sede de la Kommandantur: a su lado, en el asiento trasero, se sentaba un oficial de su Estado Mayor, con quien despachaba durante el trayecto; al lado del chófer, los acompañaba un suboficial consagrado a su seguridad personal. Detrás del automóvil del general lo escoltaba otro ocupado por cuatro efectivos de la Geheime Feld Polizei, la policía militar de la Wehrmacht. La comitiva atravesaba el distrito decimosexto, enfilando la avenida Paul Doumer, para torcer por la calle Nicolo, en un itinerario que insensatamente no admitía variación. Habían acordado con Marcel que Caruso se encargara de ametrallar el coche de escolta que seguía a Von Schaumburg, a la vez que cubría la intervención de Jules, que se centraría en el automóvil descubierto del general. El asalto tendría que ser fulminante: cuanto más durase, más posibilidades tendrían los agredidos de repelerlo; cuanto más se alargara el tiroteo, más posibilidades habría de que Jules y Caruso fuesen abatidos, o lo que aún resultaba más amedrentador, de que fuesen hechos prisioneros. En previsión de esa eventualidad, Marcel les había suministrado sendas pastillas de cianuro, con la orden de que las engulleran en caso de que no se vieran capaces de afrontar los interrogatorios que se sucederían a la detención. Jules y Caruso se habían cosido las pastillas en el dobladillo del pantalón; ninguno quería verse en la tesitura de ingerirlas, pero ambos sabían que lo harían sin dubitación si no lograban escapar. Desde hacía algún tiempo, de las buhardillas de la avenida Foch sólo había dos maneras de salir: después de cantar (y sólo si la Gestapo consideraba que la liberación del detenido le podría beneficiar) o con los pies por delante. Como no contemplaban la primera opción, estaban decididos a abreviar la segunda.

—¿Crees que merece la pena lo que hacemos? —le preguntó Caruso, cuando ambos abandonaban el portal, con las metralletas Sten escondidas debajo de la chaqueta.

Jules contempló la desierta extensión de la avenida Paul Doumer, donde de un momento a otro aparecería la comitiva del general Von Schaumburg. Sentía como si la tierra faltase bajo sus pies, una difusa impresión semejante a uno de esos deslizamientos en el abismo que se experimentan en los malos sueños.

—Son ellos o nosotros, Édouard. Es una cuestión de supervivencia.

Desde la esquina atisbó la llegada de los dos automóviles, lentos y engreídos como panteras que patrullan sus dominios. Jules y Caruso cruzaron una mirada de connivencia que era a la vez animosa y resignada cuando ya los automóviles iban a torcer hacia la calle Nicolo. El primero en abrir fuego, mientras corría hacia el coche de la escolta, fue Caruso: la primera ráfaga sonó como una traca festiva, taladrando la chapa del automóvil, haciendo añicos los cristales, sacudiendo a los policías militares en sus asientos. El desconcierto que su ataque había causado entre los alemanes permitió a Jules aproximarse a muy pocos metros al coche descapotable del general y asegurar sus disparos. Apuntó al cráneo del suboficial que se sentaba al lado del chófer; un confeti de masa encefálica salpicó el parabrisas. El chófer probó a atropellarlo, mientras Von Schaumburg profería órdenes ininteligibles. El oficial de su Estado Mayor ya empuñaba una pistola; pero la embestida del coche derribó a Jules, que así esquivó las balas. Desde el suelo lanzó una ráfaga al chófer, que cayó de bruces sobre el volante, con el pecho acribillado, mientras el coche sin control se empotraba contra la esquina. Dos policías del segundo vehículo que no habían sido alcanzados por Caruso habían abierto las portezuelas, que usaban a guisa de parapeto; cuando Caruso advirtió que ya estaban en disposición de responder al ataque, lanzó otra ráfaga enloquecida que vació el cargador de su metralleta sin llegar siquiera a rozarlos. Los escoltas fueron menos torpes: de un primer disparo le alcanzaron la rodilla; mientras Caruso trataba de retroceder cojeando, otra bala le atravesó la barbilla y fue a salirle por el pómulo, entre esquirlas de hueso y dientes desmenuzados. Absurdamente, mientras se esforzaba por protegerse de los tiros que le dirigía el oficial del asiento trasero, Jules pensó que Caruso ya nunca podría volver a cantar aquellas hermosas romanzas con su cálida voz de barítono; al verlo gemir en el suelo, escupiendo los añicos de sus dientes, lo acometió un furor vesánico. Se irguió, desafiante, y tras comprobar que el oficial del Estado Mayor había agotado el cargador de su pistola, le descerrajó una ráfaga que abrió un socavón en su frente, limpiándola de ideología nazi y esparciendo su cerebro sobre la tapicería del automóvil. Con las últimas balas que le quedaban, quiso rematar a Von Schaumburg, pero no pudo evitar que el general usara el cadáver de su subordinado como escudo. Los dos policías supervivientes de la escolta, entretanto, ya arreciaban contra él; Jules apretó desesperadamente el gatillo de su Sten, para constatar que se había quedado sin munición. Miró con exasperada frustración a Von Schaumburg, que se sacudió el cadáver que le había salvado la vida y se aprestó a desenfundar su pistola. Miró con lastimada tristeza a Caruso, que se retorcía de dolor llevándose las manos al rostro despedazado y se arrastraba sobre los adoquines, dejando un rastro sanguinolento. Miró con abrumada rabia a los escoltas que le exigían rendirse, y echó a correr, mientras las balas silbaban en su derredor.

Bajó por la calle de la Anunciación, en dirección al río. La escaramuza había durado poco más de un minuto, pero cada segundo había transcurrido en medio de esa ralentización del tiempo que embriaga los sueños y precede a las ejecuciones. Ahora, en cambio, mientras huía con toda la prisa que le permitía el bombeo de sangre en el corazón, el tiempo adquiría una aceleración que parecía que fuese a reventarle en mitad del pecho. A cada zancada, su carrera resonaba como un golpe de aldaba sobre las fachadas de los edificios. Al estrépito del tiroteo, habían salido a la calle curiosos que le abrían paso en su huida, nunca supo si por complicidad o por quitarse de en medio y evitarse problemas. El calor de la mañana se le metía en la boca, en los orificios nasales, como un amasijo estoposo. Cuando cruzó el Sena por un puente próximo a la fábrica Citroën, reducida a escombros por los bombardeos, dejó de escuchar los disparos. Jules, sin embargo, no dejó de correr, entre otras razones porque sospechaba que cuando lo hiciese lo asaltaría la flojera. Al enfilar la calle des Berges, donde se hallaba el piso franco, arriesgó una mirada por encima del hombro, para comprobar que nadie lo seguía. Bruscamente, se sintió acometido por el júbilo, ese júbilo feroz del hombre perseguido que se encuentra casi a salvo. Llegó a creerse, en un fugacísimo rapto de megalomanía, más fuerte que el resto de los hombres, invulnerable como los héroes de las mitologías paganas. Subió las escaleras que lo conducían al piso franco, tambaleándose como un borracho que está a punto de extraviar el sentido, con la vista nublada por el esfuerzo y el pulso desbocado, pero orgulloso de seguir vivo.

—Siempre es un placer reencontrarse con los viejos amigos.

Entre el zumbido de la sangre que golpeaba las paredes de su cráneo, Jules oyó el francés abominable, entreverado de resonancias metalúrgicas, del hombre que lo aguardaba en el rellano de la escalera. Tardó algo más en distinguir la pistola Luger que sostenía en la mano, la gorra de plato con la insignia de la calavera bajo un águila arrogante, las runas en el cuello de la guerrera. El Obersturmführer Hans Döbler sonreía con su boca sin labios; sus ojos, chicos como alfileres, parecían incendiados de odio y de regocijo. A sus espaldas, un par de agentes de la Gestapo surgidos de la sombra del rellano lo encañonaron con sendas metralletas.

—¿Quién le dio esta dirección? —preguntó Jules, acezante.

Döbler soltó una risita a la vez conmiserativa y aviesa. La sombra de la delación se paseó por un instante por el rellano de la escalera.

—Le recuerdo que soy yo el que hace las preguntas —dijo Döbler. Su boca sin labios se había curvado en un mohín de fatiga o disgusto——. Y esta vez le aseguro que las responderá. Hemos mejorado mucho nuestra capacidad persuasiva. Por favor, deje su arma en el suelo, no quisiera tener que privarle de nuestra hospitalidad.

Si hubiese llevado munición en el cargador, habría desoído el requerimiento de Döbler, para morir matando. Pero no le quedaba ni una sola bala. Resignadamente, pensó que quizá hubiese llegado el momento de ingerir la pastilla de cianuro que Marcel le había procurado. Al dejar su Sten sobre el suelo, quiso aprovechar el movimiento para tomar la pastilla del dobladillo del pantalón, pero los agentes de la Gestapo se abalanzaron enseguida sobre él, esposándolo y obligándolo a incorporarse.

—Por favor, Jules, usted primero —lo invitó Döbler, con irónica obsequiosidad—. Un coche nos aguarda en el portal.

Era el mismo Renault Vivastella que ya lo había conducido, tres años atrás, a la avenida Foch, aunque para entonces la chapa hubiese perdido su lustre y el motor rugiese como el de una tartana. Emparedado en el asiento trasero, entre Döbler y uno de los agentes que habían participado en su detención, Jules se atrincheró en el silencio, tratando de explicarse quién podría haberlo traicionado; el candidato más obvio parecía Marcel, pero la mera hipótesis se le antojaba aborrecible y ofensiva. Las redes de la Resistencia estaban infestadas de espías e informadores de la Gestapo, colados de matute entre el aluvión de patriotas de pacotilla y conversos tardíos que se habían incorporado desde que la guerra cambiase de signo.

—La otra vez le pedí que me diera los nombres de los individuos que organizaron con usted el sabotaje en la fábrica Renault y no le ofrecí nada a cambio —comenzó Döbler—. Ahora le ofrezco salvar su vida. Identifique a los cabecillas de la Resistencia que le encargaron el asesinato de Von Schaumburg y ayúdenos a capturarlos.

Jules respondió con desgana:

—Fusíleme. Jamás denunciaré a mis compañeros.

La ciudad tenía algo de decorado teatral abandonado a la intemperie. Los árboles de las aceras formaban una bóveda vegetal al paso del automóvil; algunas monedas de luz lograban filtrarse entre la enramada, moteando el parabrisas. Döbler adoptó un tuteo intimidatorio:

—Lo que quede de ti después de tu paso por la avenida Foch no justificaría un fusilamiento. Más bien habrá que echarte a los perros.

Jules se permitió el sarcasmo:

—Ahora me explico por qué los mastines de la Gestapo tienen un aspecto tan lozano. —Chasqueó la lengua—. No se esfuerce, no logrará arrancarme ni una sola palabra.

—Palabras no sé, pero te aseguro que te arrancaré otras muchas cosas. Cuando termine, tendrán que recogerte con escoba y badil. —Como viera que estas truculencias no inmutaban a Jules, probó por otros derroteros—: Y otros pagarán por tu silencio. Tu hermana, sin ir más lejos. La enviaremos a un burdel de Polonia, para que alivie a los soldados que vuelven del frente ruso. Después de todo, la chica ya ha probado su aptitud para la colaboración horizontal.

Recordó que un combatiente de la Resistencia no puede permitirse el lujo de preservar los afectos familiares. Recordó también las palabras de aquel ángel moribundo que lo había visitado en la cárcel de Fresnes: «Matan la carne, pero no matarán el espíritu.» Las repitió en un bisbiseo, como si fuesen una jaculatoria.

—¿Cómo dices? —preguntó Döbler.

El Vivastella cruzó el Sena con lentitud de carruaje fúnebre. Las aguas, en pleno estiaje, arrastraban una tristeza lóbrega. A Jules lo sacudió, de repente, una iluminación:

—Si sabían la dirección del piso franco donde nos íbamos a refugiar, supongo que también sabrían contra quién íbamos a atentar. ¿Por qué no lo impidieron?

Un temblor que era más bien una vibración maligna agitó por un segundo las mejillas corroídas de Döbler. Habló desapasionadamente, con un sarcasmo protocolario:

—Oh, a veces conviene hacer la vista gorda. Y dejar que otros nos hagan el trabajo sucio.

—¿Trabajo sucio? —Jules no acababa de comprender.

—Esos militares de academia... —dijo Döbler, masticando el desdén—. Todavía creen que las guerras se ganan en el campo de batalla. Viejos fatuos. A los SS nos consideran fanáticos adoctrinados. «Los leones se hicieron para la lucha; las hienas para la carroña», suelen decir. Pero las hienas también sabemos morder. Mucho mejor que los leones desdentados. —El coche ya enfilaba la avenida Foch.

El rugido del motor se había amortiguado, como si el olor de la sangre lo aplacase—. ¿Hablarás?

Jules ni siquiera se molestó en responder. Lo subieron a las buhardillas del edificio, que desde su anterior visita al lugar habían sido acondicionadas para su cometido de matadero o sala de disección. Ahora las paredes estaban forradas de azulejos hasta una altura de casi dos metros, para evitar que las salpicaduras de sangre dejaran su rúbrica sobre el enlucido; del techo pendían garfios y cadenas para colgar a los presos, como reses prestas al descuartizamiento, mientras se les azotaba. Para completar el aspecto intimidatorio de aquella cámara de torturas, una lámpara de quirófano arrojaba una luz desaforadamente blanca sobre los desdichados que iban a ser interrogados. Durante cuatro días con sus noches, Jules permaneció encerrado en uno de aquellos cuartos, sumando sus aullidos de dolor al coro de aullidos de las habitaciones contiguas. Primero le propinaron una tunda de zurriagazos que le dejó pecho, muslos y espalda sembrados de verdugones; luego, con precisión quirúrgica, lo azotaron con varas de abedul en los verdugones, para que las hemorragias fuesen más aparatosas. Aquí sobrevino su primer desmayo: cuando despertó, se sucedieron las descargas eléctricas y los termocauterios; más tarde, le chamuscaron las llagas con un soplete, le extirparon las uñas, le excavaron las encías con una fresa de dentista. Cada vez que perdía el sentido, lo reanimaban con zambullidas en una bañera de agua helada, lo obligaban a respirar amoniaco, le inyectaban soluciones químicas que sobresaltaban los latidos de su corazón, hasta ahogarlo entre taquicardias y amagos de infarto. La mayoría de los detenidos que se negaban a desembuchar no solían aguantar más allá de dos días; así le ocurrió al propio Caruso, a quien las heridas de la refriega en la calle Nicolo lo ayudaron a morir en la primera sesión de torturas. No tuvo la misma suerte Jules, a quien además le fue arrebatada la pastilla de cianuro antes de que pudiera ingerirla; y, aunque su voluntad hubiese sido entregar el hálito, algo más fuerte que su voluntad lo mantenía vivo. Fueron cuatro días con sus cuatro noches, pero igualmente podrían haber sido cuatro meses o cuatro años, pues, sumido en los cenagales del dolor, llegó un momento en que el tiempo quedó abolido, como las percepciones de los sentidos, para fundirse en una amalgama de indistinta oquedad, un vacío sordo en el que se precipitaba sin tocar jamás fondo, como si se hubiese asomado al abismo que señala los confines del universo físico. Y, en medio de aquella noche oscura del alma, sólo llegaba a distinguir, como una batahola de fragua a pleno rendimiento, los andares arrítmicos de Döbler, primero un paso imperioso, después otro renqueante, raspando el suelo como papel de lija, marcando con su cadencia el bataneo de la sangre en las sienes, su sangre cada vez más exhausta que sin embargo seguía perseverando en la función que le había sido asignada.

Lo despertó el traqueteo de un camión que ascendía con un esfuerzo bronco la ladera de una colina. Apenas había amanecido, pero la luz medrosa que con dificultades disolvía las sombras le dañó la vista. Se hallaba tendido en un remolque, entre otra media docena de hombres de rostros tumefactos, emboscados detrás de una barba de puercoespín, cabizbajos o atónitos, con esa cara de muñecos guillotinados que se les pone a los condenados a muerte. A unos treinta metros de distancia atisbó otro camión que ascendía por el camino cargado con cajas oblongas, de tosca madera de pino, y con un grupo de soldados con el uniforme de las SS. Aunque pensaba con torpeza, Jules no tardó en deducir que los soldados componían el piquete que los iba a ejecutar, y las cajas eran los ataúdes que acogerían sus cadáveres. En lontananza, se atisbaba el perfil de París, teñido por los rosicleres de la aurora.

—Nos llevan a Mont Valérien —le informó sucintamente uno de los condenados, antes de sumirse otra vez en reflexiones lúgubres.

El fuerte de Mont Valérien, al oeste de París, cerca de Suresnes, se había convertido en el paraje predilecto de los ocupantes para los fusilamientos. Así que no lo habían arrojado a los perros, después de todo. A medida que recuperaba la consciencia, recordaba también la memoria de los tormentos que le habían sido infligidos; pero, extrañamente, esa memoria le inspiraba un sentimiento de gratitud por estar vivo. Los camiones entraron en el recinto militar, avanzaron a través de un terreno pedregoso y se detuvieron en las estribaciones de un campo de tiro. Al intentar erguirse, descubrió con vivísimo dolor que los músculos apenas le respondían, que las llagas que ulceraban su piel todavía no habían cicatrizado, que las costillas quebradas se le clavaban en la pleura, como puñales de carámbano. Tenía los tobillos sujetos por argollas, unidas entre sí por una cadena, para impedirle la huida; pero Jules no se sentía con fuerzas ni siquiera para echar a andar. Los condenados a muerte habían empezado a entonar con una voz calcinada el estribillo de *Le chant du départ*, como quien reza un responso:

> —*La République nous appelle,*
> *sachons vaincre ou sachons périr;*
> *un Français doit vivre pour elle,*
> *pour elle un Français doit mourir.*

Pero la angustia acababa asfixiando aquel tímido esfuerzo cantor. Se derrumbó sobre los condenados un silencio claudicante, quebrado por los berridos del sargento que organizaba al piquete de ejecución. Más allá del campo de tiro se alzaba un bosque espeso, todavía refractario al alba, que descendía sobre la ladera de poniente de la colina. Nadie los mandó apearse de los camiones por espacio de casi un cuarto de hora; los minutos transcurrían lentos como espinas que se hincan en la carne. Ya ninguno de los presentes se atrevía a aventurar una sola palabra, ensimismados en su miedo o en la oración. De improviso, se abrió la parte posterior del remolque con un rechinar de goznes; los soldados alemanes aullaron una orden, a la vez que con sus fusiles automáticos Schmeisser repartían culatazos entre los más remolones o asustados. Jules olfateó en el aire el olor caliente y escurridizo de los orines; pero no supo si era él quien se había meado, o era cualquiera de los otros hombres que iban a compartir con él aquel trance. Al avanzar unos pasos hacia el campo de tiro, Jules descubrió que los dedos de los pies, aligerados de uñas, le rozaban en los zapatos, provocándole un escozor ardiente; así y todo, tuvo la prevención de atárselos, para no tropezarse con los cordones. Al inclinarse, advirtió que le temblaban las manos, como le tiemblan al artificiero que se dispone a hacer estallar una carga de dinamita; era un temblor que no podía controlar, que no dependía exactamente del miedo, que era anterior al miedo, anterior a la carne que lo cobijaba, anterior a la especie misma, el temblor del barro con que hemos sido fabricados. Al enderezarse, su mirada se cruzó con la de un soldado alemán, imberbe y larguirucho, que se mordía los labios, asqueado de la misión que le habían encomendado. Tenía el uniforme raído y un aire bisoño, como de no haber visto morir jamás a un hombre.

—*Raus! Raus!* —exclamó, como quien trata de exorcizar la tentación del desistimiento.

Ordenaron a los condenados marchar en fila hasta el campo de tiro. Los soldados del pelotón ya se habían colocado en hilera, aguardando la orden de abrir fuego. Döbler, que había preferido no aparecer hasta que por fin los preparativos estuviesen concluidos, se paseó con una sonrisa retozona prendida en su boca sin labios; las mejillas corroídas adquirían, a la luz del alba, la viscosidad de la lepra. Hablaba con la misma deferencia que hubiese empleado en la instrucción de unos cadetes:

—Señores, estoy seguro de que son conscientes de lo que está a punto de ocurrir —empezó, en un francés que se esmeraba por borrar su deje metalúrgico, hasta resultar casi meloso—. El mando que represento me pide, sin embargo, que les transmita que su muerte no es necesaria. Basta con que respondan a unas sencillas preguntas y su terca actitud anterior será de inmediato olvidada. Quienes nos proporcionen la información que les requerimos, serán puestos en libertad en un plazo máximo de doce horas, con plena libertad de movimientos. Doy mi palabra de oficial y caballero.

Esta garantía no parecía la más fiable. Ninguno de los siete hombres condenados respondió. Los vencejos empezaban a rayar el cielo, como saetas confusas, o quizá todavía fuesen murciélagos. Se oyó crotorar a una cigüeña.

—Está bien —dijo Döbler, después de dejar pasar unos pocos segundos—. Era su última oportunidad.

Pasó revista a los miembros del pelotón, que mantenían la mirada gacha, como si se avergonzaran de la pantomima macabra que estaban representando.

—*Achtung! Legt an!* —gritó Döbler.

Jules miró a los otros hombres que iban a ser ejecutados. Casi todos tenían aproximadamente su edad, jóvenes con la veintena recién estrenada reclutados en las fábricas. Probablemente hubiesen sido delatados por sus propios compañeros, o por agentes a sueldo de la Gestapo infiltrados en sus células; y habían resistido, como el propio Jules, las torturas de la avenida Foch sin soltar la información que se les requería, una información que tal vez ni siquiera poseyesen, con una entereza de ánimo que empezaba a desmoronarse. Uno de los condenados sollozaba como un niño abandonado en la inclusa; otro se desgañitaba increpando a sus ejecutores, para enseguida reclamarles clemencia; alguno más se había cagado en los pantalones. La claridad de la mañana, todavía lívida y espectral, ponía una blancura de albayalde en sus rostros.

—*Feuer!* —exclamó Döbler.

Sonó la descarga, provocando la desbandada de todos los pájaros que anidaban en el bosque del fondo, un pentecostés de pájaros batiendo el aire con su aleteo despavorido. Los condenados, incluido el propio Jules, se desplomaron al suelo, como si de repente los huesos que los sostenían se hubiesen reducido a una papilla arenosa. A Döbler lo poseía una risa maniática; sus carcajadas, sin embargo, no se contagiaban a los soldados del piquete, cada vez más pesarosos de participar en un juego nauseabundo.

—¡Levantaos, hatajo de imbéciles! —rugió Döbler, sobreponiéndose a su solitaria hilaridad—. ¡Los cartuchos no tenían bala!

Así mordían las hienas: despojando a sus víctimas del último residuo de dignidad, hasta convertirlas en un gurruño de temblorosa carne a merced de sus dentelladas. Aquellos infelices se habían desvanecido a la simple voz de una hiena; lentamente, se fueron levantando, como resucitados que dejan en el sepulcro los añicos de su alma, incapaces de soportar más humillaciones.

—Os lo repito una vez más, cerdos gabachos —dijo Döbler, sin molestarse en fingir magnanimidad—. Confesad y os dejaré libres.

Ninguno respondió. Sólo los pájaros, desalojados del bosque por la detonación, reaccionaron a su ofrecimiento con graznidos quejosos, mientras revoloteaban en lo alto. Döbler aún no había agotado las diversas modalidades de ensañamiento:

—¿Veis a vuestras espaldas esos árboles, detrás del montículo? Os ofrezco la posibilidad de escapar. Mis hombres no empezarán a disparar enseguida, os darán cierta ventaja. —Los condenados se miraban con exhausta perplejidad, incrédulos de que aún los fuesen a someter a más vejaciones, dilatando el desenlace que ya todos anhelaban—. Es una posibilidad entre mil, pero no se pierde nada por probar.

Un soldado del pelotón, el mismo soldado imberbe y larguirucho que antes había cruzado su mirada con Jules, recorrió la hilera de los condenados, agachándose ante cada uno de ellos y abriendo los candados que sujetaban las argollas de sus tobillos. Ejecutaba la labor con desgana e íntimo bochorno. Jules lo miró con fijeza, como si quisiera exhortarlo: «Vamos, muchacho, no desfallezcas. Apúntame al corazón. No dejes que se prolongue por más tiempo esta farsa. Ten compasión de mí.»

—¿Os habéis enterado? —grito Döbler, paseándose por la línea de tiro con su pierna renga—. Vosotros no hubieseis sido tan misericordiosos conmigo. Tenéis medio minuto que empiezo a contar... ¡ya!

Extrajo un reloj del bolsillo de su guerrera, que contempló con ojos inexpresivos. Inesperadamente, rezagado de la desbandada de pájaros que habían evacuado el bosque, un cisne solitario sobrevoló el campo de tiro, a escasa altura del suelo, moviendo majestuosamente las alas. Jules no supo si interpretar esta aparición onírica como un augurio halagüeño, o si más bien representaba el vuelo de su alma, emigrada ya del cuerpo que en unos segundos sería abatido. Tres de los condenados habían renunciado a servir de bufones a las sádicas diversiones de Döbler; otros tres, en cambio, habían arrancado a correr, volviendo la espalda al piquete. Sus movimientos eran torpes, ridículamente torpes, como corresponde a hombres cuyos miembros han sido lacerados, descoyuntados, molidos como cibera. Aunque intuía que su carrera no sería mucho más gallarda, Jules fue presa de un ansia irresistible de girar sobre sus talones y huir. Los últimos titubeos se esfumaron cuando las primeras balas derribaron a los hombres que se habían negado al escarnio. Jules corrió como un poseso, alcanzando pronto a los otros tres condenados que lo habían precedido en aquella decisión acaso estéril; dos de ellos cojeaban ostensiblemente, y fueron los primeros en caer antes de alcanzar el montículo donde se alineaban los blancos para las pruebas de tiro. Era un terreno pedregoso, sembrado de cardos y abrojos, que dificultaba la carrera; el otro superviviente tropezó, y enseguida los proyectiles de los fusiles Schmeisser lo acribillaron. Jules trepó los últimos metros del montículo casi a gatas, arañando con los dedos sin uñas la tierra mil veces cribada por las balas, aferrándose a los hierbajos que crecían entre el pedregal; coronada su cima, se dejó resbalar por el terraplén, mientras sus costillas quebradas chasqueaban como madera reseca. Los disparos del piquete se empotraban ahora en el montículo que le servía de parapeto con un ruido sordo, como si golpearan contra la corteza de un alcornoque. Jules se alzó sobre sus propias ruinas y siguió corriendo hacia el bosque que todavía guardaba entre su fronda el resplandor pálido de la luna. Sabía que, en el mismo instante en que se detuviese, el dolor se derramaría sobre cada uno de sus músculos, como un licor paralizante.

Corrió a través del bosque, mientras escuchaba, cada vez más remotos, los ladridos de Döbler, abroncando a sus subalternos; corrió alocadamente, siguiendo una ruta rectilínea, sin molestarse en esquivar los árboles. Pero ni siquiera los testarazos contra los troncos bastaban para frenarlo, tampoco las espinas de las zarzas que le arañaban la piel, reavivando antiguas hemorragias, recordándole con su recado punzante que aún podía sufrir, que aún podía ser desgarrado, que aún estaba vivo.

A lo lejos, siempre a lo lejos, los árboles dejaban filtrar los primeros rayos del sol.

—Descanse, Jules. Respire hondo. Lo ha conseguido. Ha conseguido escapar, una vez más. —La voz de Portabella era una salmodia apaciguadora, susurradamente benéfica. Había prestado una mano a Jules, para que le sirviera de asidero firme, mientras se debatía en la niebla de los recuerdos—. Ahora vamos a regresar al presente. Voy a contar hacia atrás de cinco a uno, y cuando llegue a uno usted se sentirá relajado. Recordará todo lo que quiera recordar de lo que acaba de revivir. Cinco...

La respiración de Jules se fue aquietando, como la lluvia que desciende mansa después del chubasco.

—Cuatro...

Sus músculos faciales, hasta entonces contraídos en la rememoración de aquel esfuerzo agónico, se empezaban a ablandar.

—Tres...

Portabella enjugó el sudor que había aflorado a la frente de Jules, como si quisiera borrarle los últimos vestigios de la angustia. Aunque no había en su gesto calidez, se notaba la gratitud satisfecha hacia el paciente que estaba probando la eficacia de sus terapias.

—Dos...

Poco a poco, los médicos que habían opuesto más reparos a la eficacia clínica de la regresión hipnótica habían tenido que replegar velas, ante la tozuda realidad. Portabella no sólo había conseguido con aquellas sesiones que afloraran los recuerdos reprimidos de Jules, sino que, además, su afloramiento y posterior asimilación habían servido para que se disolvieran sus alucinaciones paranoicas, y también para que el propio paciente recuperara la estima en sí mismo, quizá la más ardua labor de todas.

—... Y uno. Está despierto, Jules.

Su despertar fue apacible, sin sombra de perturbación, como el de quien se despereza sobre un prado y aspira el aire polinizado de una tarde primaveral. Portabella tomó las últimas anotaciones en el cuaderno que sostenía sobre las rodillas. La lámpara del escritorio apenas le permitía distinguir su propia letra.

—¿Recuerda la situación que acaba de narrar? —preguntó Portabella, cauteloso—. ¿El atentado al general, el paso por la avenida Foch, el fusilamiento fallido?

Un estremecimiento agitó a Jules, como si lo hubiese acariciado una corriente de aire ártico.

—Perfectamente —dijo.

—Entonces creo que podemos afirmarlo sin vacilación. —La mirada azul de Portabella adquirió una pureza de llama de alcohol—. Se ha curado, Jules. Acabamos de evocar los acontecimientos que hace apenas unos meses era incapaz de revivir. Los mismos que a punto estuvieron de provocarle un infarto en la primera sesión.

Los había evocado, en efecto, exhumándolos de esos sótanos de olvido en los que habían permanecido durante años. Pero aún le faltaba digerirlos, asimilar el recuerdo de tantas vidas cercenadas inútilmente: tantos camaradas abatidos en escaramuzas, fusilados en un desmonte, despedazados en las mazmorras de la Gestapo; y también las vidas que él mismo había desbaratado con sus propias manos, vidas acaso inocentes, como la de aquel soldado bávaro que había dejado en su aldea una viuda inconsolable y un par de huérfanos, vidas que se inmolan dócilmente, en pago de una deuda de sangre, o tan sólo como ofrenda propiciatoria, como la del contramaestre Kuznetsov. Sólo un Dios infinitamente misericordioso podría perdonar sus crímenes.

—Quizá me haya curado —murmuró Jules, con agrio escepticismo—. Pero ahora tendré que aceptar que soy un asesino.

Los remordimientos empezaban a germinar, allá en alguna recóndita cámara de su conciencia, como una semilla largamente hibernada que extiende sus raíces, tentáculos sigilosos removiendo una tierra oscura. Portabella reparó al fin en su pesadumbre, que se le antojó ininteligible. No era hombre que perdiese el tiempo en enojosos conflictos de conciencia:

—Eh, Jules, alegre esa cara —dijo, levantándose del escritorio.

Imprimió una voluntariosa jovialidad a sus palabras—. Usted no es un asesino. Mató porque era su deber, mató por su país. Usted es un héroe.

Aquel calificativo, lejos de aliviar su tribulación, le produjo un vago repeluzno.

—¿Un héroe? ¿Lo dice en serio?

—Por supuesto que sí —contestó Portabella—. Y así lo he hecho constar en mis informes. En los que, por supuesto, recomiendo que le den el alta. Es un triunfo, Jules, un triunfo del que debemos estar orgullosos. —Pero se refería, más que a su recuperación, al éxito de sus terapias, que habían callado muchas bocas en el manicomio de Santa Coloma y, según Portabella intuía, lo encumbrarían al estrellato de la psiquiatría—. Naturalmente, usted y yo seguiremos con nuestras sesiones.

—No es necesario. Prefiero dejarlo en este punto —dijo Jules, cortante.

Portabella no se atrevió a contrariarlo. A fin de cuentas, la eficacia de su tratamiento había sido probada; tendría, a partir de entonces, sobradas oportunidades de perfeccionarlo, con otros pacientes menos díscolos.

—¿Recuerda lo que ocurrió después de su fusilamiento fallido? —preguntó.

Jules se sentó en el diván, en el que hasta entonces había permanecido tumbado. Respondió con triste desmaño, también con un fondo de velada reprobación:

—Me refugié en los establos de una granja. Allí permanecí durante un par de días, mientras duraba el revuelo. —Hizo una pausa dificultosa que resumía las penurias sufridas en aquel escondrijo—. Luego conseguí regresar a París y contactar con la organización. De nuevo me facilitaron un piso franco y atención médica durante mi convalecencia. —Esbozó un tímido rictus doliente—. Ya puede imaginar lo que vino después: otra vez la clandestinidad, otra vez los atentados y las acciones por sorpresa, otra vez los compañeros muertos. Por suerte, aquella pesadilla ya iba a durar poco: en unos meses, los aliados desembarcaron en Normandía. Para entonces, la Gestapo había desarticulado la mayoría de las redes de la Resistencia y asesinado a sus integrantes. Yo sobreviví.

Concluyó con un resabio de compunción, como si hubiera preferido no gozar de esa suerte. Portabella aún hurgó un poco más en su herida:

—¿Llegó a saber quién lo delató? ¿Fue Marcel?

Ahora la mirada de Jules fue francamente reprobatoria:

—¿Marcel? Él no hubiese sido capaz de semejante bajeza. Nunca me gustaron sus métodos, ni su adhesión ciega a las consignas del partido. Puede que fuera un desequilibrado, pero también era un hombre leal a su causa. —Una breve mueca irónica relajó sus labios—. Una causa que él identificaba con el comunismo, pero que en realidad era Francia. Y acabó entregando su vida por Francia. —De súbito, lo abatió una nítida impresión de envilecimiento, de amarga y sombría culpabilidad—. Como tantos otros. No sé si mereció la pena.

Portabella quizá fuese demasiado cínico, o tan sólo desapasionado, como para creer que hubiese muertes fecundas. Pero, en consideración a su paciente, impostó un rasgo de idealismo:

—Claro que sí. Fueron muertes generosas.

—Que no variaron el curso de la guerra —opuso Jules, ganado por el descreimiento—. Los aliados hubiesen ganado de todos modos.

—Precisamente eso es lo que las hace generosas —insistió Portabella. El éxito de las regresiones hipnóticas lo tenía satisfecho, casi eufórico; no iba a dejar que Jules le aguase la fiesta—. Ustedes salvaron el honor de Francia. Pudieron abstenerse y esperar de brazos cruzados la caída del nazismo; pero prefirieron aportar su granito de arena. A la larga, son esos granitos de arena, por acumulación, los que permiten los cambios históricos.

Se preguntó si su apología no habría resultado forzada, casi ampulosa de tan forzada. Jules tardó en reaccionar; finalmente, asintió meditabundo:

—Puede que tenga razón. —Portabella no supo determinar si había logrado convencerlo, o si se limitaba a hacérselo creer, para no prolongar más aquella controversia—. Pero yo ya he cumplido con mi parte del pacto. Ahora le corresponde a usted conseguir lo que prometió.

Portabella detestaba transmitir una sensación de confusión o doblegamiento ante sus pacientes, pero hasta la fecha no había logrado localizar a Lucía, como aseguró que haría cuando iniciaron las sesiones. Un mes atrás, había enviado una carta a la persona que, a juicio de Jules, conocería el paradero de Lucía, un tal padre Lucas, el sacerdote que les había brindado su hospitalidad, cuando llegaron forasteros a Madrid. Pero de aquello hacía casi diez años, tal vez aquel cura hubiese sido mientras tanto destinado a otra parroquia, a otra diócesis, incluso a misiones; tal vez, en contra de lo que Jules suponía, el contacto entre Lucía y el sacerdote se hubiese interrumpido, ni siquiera hacía falta imaginar una ruptura traumática, la mera distancia geográfica basta con frecuencia para erosionar una amistad, hasta condenarla a la difuminación. En la carta que había remitido al padre Lucas incluía otro sobre cerrado, dirigido a Lucía; le había resultado embarazoso presentarse ante una mujer a la que sólo conocía por lo que Jules le había contado sobre ella, tanto más embarazoso cuanto que sabía las circunstancias no demasiado propicias en que dicha mujer había sido abandonada. Cuando trataba de figurarse el destino de Lucía, no podía imaginarlo benigno; y, sobre todo, no podía imaginar que fuese proclive a perdonar a Jules, ni siquiera proclive a permitir que Jules volviera a irrumpir en su vida, cuando tanto esfuerzo le habría costado recomponerla, si es que lo había conseguido. Portabella se esforzó, en las semanas sucesivas, en preparar a Jules para el previsible chasco; se esforzó, incluso, por convencerlo de la injusticia de su pretensión. No tenía derecho, después de tantos años, a trastornar por segunda vez una vida que ya había hecho suficientemente desdichada; ni siquiera lo amparaba el derecho a explicarse ante Lucía, a confesar su culpa y mostrar su arrepentimiento. Una petición de perdón puede encubrir un acto egoísta; y, en el afán de Jules por reparar siquiera simbólicamente el daño que hubiera podido infligir a Lucía, vislumbraba Portabella un residuo de egoísmo. Aunque no la hubiese abandonado por maldad, aunque aquella decisión desquiciada la hubiese dictado la paranoia.

En su carta a Lucía, sin embargo, se había cuidado de emitir juicios condenatorios contra Jules. Por el contrario, había procurado exonerarlo de culpa, atribuyendo aquel episodio al influjo de la enfermedad psíquica que, después de tantos años, Portabella había logrado conjurar (no omitió este mérito, por un prurito de vanidad). También había procurado ennoblecer a su paciente, refiriendo su pasado heroico en la Resistencia; sabía que Lucía, que también había militado en el ejército de las sombras, no sería insensible a este particular. Cuando ya se había resignado a que su carta no obtuviese acuse de recibo, o a que ni siquiera hubiese encontrado a su destinataria, recibió la respuesta de Lucía. El sobre no especificaba la dirección del remitente, y en la carta Lucía le rogaba que no tratara de localizarla; pero el matasellos de Tordesillas establecía su procedencia. La carta tenía un tono aparentemente desabrido; bastaba, sin embargo, leer entre líneas para entender que tales muestras de destemplanza eran en realidad frágiles murallas que escondían una petición de clemencia. Aunque no lo reconociera expresamente, Lucía seguía amando a Jules; lo amaba de ese modo esquinado, aguzado de aristas, ensordecido con una espesa capa de despecho, con que solemos amar a quienes más daño nos han hecho, a quienes en estricta lógica más deberíamos aborrecer. Pero los afectos nunca se rigen por la lógica, a diferencia de las rutinas; y, aunque lo expresaba de forma más delicada o eufemística, Lucía concluía que había llegado a encontrar en las rutinas la única anestesia medianamente eficaz contra los afectos defraudados. Esas rutinas, además, le habían deparado un remedo de felicidad que, con un poco de tesón, lograría confundir con la felicidad misma: tenía un esposo que le había regalado más amor del que merecía, un amor honrado y sin reticencias al que ella sólo podía corresponder, por desgracia, con un sucedáneo de amor; y tenía un hijo que ignoraba su origen y que lo seguiría ignorando durante mucho tiempo, al menos mientras ella sospechase que esa revelación podría quebrar el simulacro de normalidad que se esforzaba por renovar cada día. Ese hijo, que era su bendición, también era su condena, pues no había ocasión que lo mirase que no le recordara los rasgos de su padre, cuyo nombre además prolongaba. Antes de despedirse, Lucía suplicaba a Portabella, como si estuviera a punto de desfallecer, que evitara en lo sucesivo insistir en su petición: deseaba lo mejor para Jules y le enviaba su perdón; pero, a cambio, pedía que también se comprendieran sus razones. La caligrafía de la carta se pretendía aplomada; pero algunos rasgos trémulos, algunas inconsecuencias sintácticas, alguna tachadura premiosa revelaban el estado de ánimo en que había sido escrita.

Portabella ocultó la existencia de esta carta a Jules. Creyó que sería lo más conveniente: el silencio de Lucía siempre se podría justificar como un fracaso de las pesquisas; su negativa a reunirse con Jules quizá fuese aceptada por su paciente con conformidad más o menos lastimada, o, por el contrario, quizá le ocasionase perturbaciones que acabaran por dar al traste con su recuperación. Por aquellos mismos días, además, los informes en los que Portabella exponía los resultados de las sesiones hipnóticas habían empezado a deparar consecuencias halagüeñas. El tribunal que había ordenado el internamiento de Jules en el manicomio de Santa Coloma, a la vista de los preceptivos informes facultativos, estaba a punto de dictaminar su recuperación mental y su reingreso en la vida civil. Portabella creyó que la expectativa de su liberación mantendría a Jules en un estado de zozobra que bastaría para aparcar sus otras preocupaciones; pero, a medida que se aproximaba la resolución judicial, su deseo de reunirse con Lucía se tornaba más terco y perentorio. Cuando por fin el auto le fue notificado, Portabella fue el primero en felicitarlo; aunque se esforzó por contagiarle una alegría postiza, Jules se comportaba como si aquel papelote estuviera dirigido a otra persona, alguien remotísimo con quien ni siquiera guardaba relación.

—Vamos, Jules, en apenas una semana, en cuanto concluyan los trámites burocráticos, estará fuera —lo animó Portabella—. Podrá iniciar una nueva vida en su país.

Jules se encogió de hombros, como si el destino que le anticipaba fuese tan tedioso y desesperante como su actual estado. Clavó en Portabella una mirada más intimidatoria que implorante:

—Usted me lo prometió. Ahora no puede faltar a su palabra.

Hasta entonces Portabella había logrado esquivar los reproches de Jules sin demasiadas molestias, con ese desparpajo profesional del médico que evita la implicación con su paciente. De repente, recordó que el hombre que le recriminaba su deslealtad había asesinado a otros hombres; lo había hecho en circunstancias muy diversas, extraordinarias si se quiere, pero tales circunstancias no habían sido más que el catalizador que había sacado a la luz y decantado aquello que permanecía oscuro o apenas formulado, reprimido o subterráneo, en el meollo mismo de su naturaleza. No parecía verosímil que Jules fuese a emplear con él los mismos métodos que había empleado con colaboracionistas o soldados alemanes, en aquellos años distantes y encarnizados; pero el miedo no atiende a verosimilitudes. Portabella no se tenía por cobarde: nunca le habían faltado arrestos para enfrentarse a la cerrazón y el corporativismo de sus colegas, para desafiar desdeñosamente las inercias que regían su oficio. Pero Jules no pertenecía a su gremio, tampoco al gremio más o menos dócil o levantisco de los pacientes, sobre quienes se preciaba de ejercer un control que nacía de la superioridad mental. Jules era diferente. Bajo su fachada sombría se agazapaba una fiera que nunca podría domeñar, que ni siquiera había llegado a vislumbrar, salvo en la narración de sus crímenes o proezas, pero que estaba ahí, acechante, presta a lanzar su zarpazo.

—Haré una última intentona —musitó, sojuzgado.

A fin de cuentas, Portabella nada debía a Lucía; y, en cambio, Jules le había proporcionado revelaciones suficientes para demostrar empíricamente la certeza de sus especulaciones. Aceptando que Lucía vivía en Tordesillas, la localidad desde la que había remitido la carta, probó a hacer algunas indagaciones telefónicas. Estaba dispuesto a sobornar al encargado del padrón tordesillano, pero el individuo que lo atendió, tal vez el secretario del Ayuntamiento, apenas escuchó el nombre de Lucía Estrada, respondió con esa familiaridad zumbona con que en los pueblos se adjudican motes o famas: «Usted me pregunta por la dulcera, la mujer de Antonio Ballesteros, el dueño de la fábrica de pastas. —Y añadió con un retintín avieso—: Se la trajo de la capital, aquí fue muy sonado.» Siempre le había sorprendido a Portabella la expeditiva maledicencia castellana, tan distinta de la maledicencia catalana, más sinuosa y florentina. El tal Antonio Ballesteros disponía de teléfono particular, lo que en sí mismo ya constituía un signo de distinción para la época y para Tordesillas; sin pensárselo dos veces, Portabella lo combinó. Al otro extremo de la línea se oyó una voz femenina, quizá lastrada por una inconcreta tristeza.

—¿Lucía Estrada? —preguntó de sopetón.

Notó que su interlocutora se ponía en guardia.

—¿Quién pregunta por ella?

—Soy el doctor Enrique Portabella —se identificó con premiosidad—. La llamo desde Santa Co...

—Le pedí que no me molestara más.

Hablaba como si el esfuerzo que hacía para disimular su nerviosismo la hubiese agotado. Portabella, en cambio, no disimuló el suyo:

—Lo sé. Y créame que lo siento. —Enseguida pensó que la formulación habría sonado en exceso retórica e insincera—. Pero Jules insiste en verla. Parece que le va la vida en ello.

Se hizo un silencio difícil, casi angustiado, que a Portabella le llegaba entreverado de interferencias. Se pasó la mano por el cabello y se frotó el cogote, con ojos entrecerrados por el anhelo. Apretó los labios; las dos líneas que se habían formado en torno a su boca podrían haberse confundido con las de una sonrisa torva.

—Tengo una familia, doctor Portabella —dijo Lucía al fin. En su voz viajaba un cansancio milenario—. Se lo expliqué por carta. Jules no puede pretender que diez años después actúe como si no hubiese pasado nada.

Portabella había detectado un flanco desguarnecido:

—Jules es consciente de que han pasado diez años. Sólo desea explicarse. Y despedirse de usted. Concédale esa oportunidad.

Se sintió como un vulgar chantajista; pero quizá esa actitud formase parte de su profesión. Algo próximo a la agonía impedía a Lucía mostrarse tan tajante como hubiera deseado, algo contra lo que no podía luchar:

—¿Qué tal se encuentra? —preguntó en un susurro.

—Ha logrado salir del agujero —resumió Portabella—. Acaban de darle el alta. En menos de una semana nos dejará. —Y añadió, con intención aflictiva—: No hay día que no me pregunte por usted.

Le pareció que Lucía había amagado con un sollozo:

—¿Acaso cree que yo no me pregunto por él? Me basta ver a mi hijo...

Aquí sus palabras se hicieron ininteligibles, un murmullo quejumbroso y humillado. Portabella se sintió miserable, como el tipejo que espía los movimientos de su vecina a través de la ventana, esperando que se desnude.

—Perdone, señora, lamento mucho haberla ofendido.

Las frases de Lucía se quedaban entrecortadas, como si estuviera a punto de desvanecerse:

—¿El sábado todavía estará allí?

—Sí, señora. Calculo que sí.

Lucía respiraba dificultosamente, como si las palabras se resistieran a su voluntad, o viceversa:

—Cogeré el tren nocturno en Medina. Estaré allí antes del mediodía.

—Si lo desea, iré a buscarla a Barcelona.

Pero su cortesía sonaba incongruente, después de la extorsión.

—No se preocupe, tomaré un taxi.

Portabella quiso agradecérselo, en nombre propio y de Jules, pero Lucía ya había colgado, como si se arrepintiera o avergonzara de su debilidad. Corrió a comunicárselo a Jules, pero ya por el camino sintió que su exultación se desvanecía, como suele ocurrir cuando las victorias se obtienen con malas artes. Tampoco la noticia fue saboreada como una victoria por Jules; en su melancolía había una especie de dulzura acre, como la del herido que siente que cicatrizan sus heridas pero persevera el dolor. En los días que faltaban hasta el sábado, se conformó con la compañía de sus cavilaciones, rechazando cualquier otra. Pensaba sólo en Lucía, en la actitud que debía adoptar ante ella, en las previsibles reacciones de una mujer defraudada; pensaba en ella con una tenacidad tal que su ensimismamiento hubiese podido parecer rayano en el olvido. Inevitablemente, revivió sus horas felices al lado de Lucía, también las penurias que juntos habían sobrellevado; inevitablemente, trataba de imaginar a ese hijo que diez años atrás se había empezado a gestar en su vientre, el hijo que podría haber sido el jardín que se atisba al final del camino. Pero ya las huellas de ese camino se habían borrado, ya el jardín que se atisbaba al fondo había sido clausurado; y el regreso a la realidad, después del ensimismamiento, le escocía como una infamia. Portabella no dejó de observarlo en aquellos días desde una discreta distancia: a veces se abandonaba al desasosiego hasta quedarse rendido, pero en general su estado de ánimo era más bien reflexivo, como si tratara de interpretar la moraleja de su existencia, como si tratara de encontrar un oculto sentido a los muchos reveses que la habían jalonado. Quizá llegó a fantasear con la posibilidad perdida de una vida al lado de Lucía; quizá ese juego solitario le deparó algún rato de muda exaltación, de sobria placidez, mientras se acercaba la mañana del sábado fijada para la cita.

Y aquella mañana por fin llegó. Jules había madrugado más que ningún día, aunque no bajase al comedor a desayunar. Seguramente, la convivencia con los otros internos, entrampados en las telarañas de la locura, se le habría hecho insoportable; seguramente, quisiera preservarse lúcido para el encuentro y pensara que el ayuno exacerbaría sus percepciones y su memoria de aquellas horas. Desde muy temprano, salió a pasear por la finca que rodeaba el edificio del manicomio. Todavía marzo arañaba con su frío escueto; todavía los árboles no se atrevían a retoñar; pero la mañana resplandecía con una luminosidad impropia del invierno. Jules, algo presuntuosamente, decidió que aquel cielo despejado, aquel sol menos pálido de lo que exigía la estación, aquel aire que poco a poco se iba entibiando, eran augurios dichosos; no se le ocurrió pensar, en cambio, que los elementos conociesen anticipadamente su derrota y la celebrasen con brillante escarnio. Transcurrieron las horas, como un séquito impertérrito; llegó el mediodía, y Lucía aún no había aparecido. Jules empezó a inquietarse; probó a matar la impaciencia caminando más deprisa, más tarde se sentó en un banco, volvió a emprender su paseo, sin otra brújula que su propia tozudez. El sol había alcanzado su cenit e iniciado su descenso; poco a poco, la tarde se fue ensuciando de una herrumbre que se contagiaba a su ánimo. Casi sin darse cuenta, había empezado a repetir un mismo itinerario a través de la finca, como una mula que hace girar una noria.

Cuando ya empezaba a anochecer, Portabella salió a su encuentro, por hacer más llevadera su decepción, pero Jules lo rehuyó, esquivo. Necesitaba lamerse las llagas en soledad, necesitaba rumiar su desgracia sin interferencias ajenas. Comprendió que Lucía no acudiría a la cita; su primera reacción fue furiosa, luego desolada, ya al fin perpleja. La finca que rodeaba el manicomio, a medida que era colonizada por la oscuridad, se transformaba en un lugar mudo, sordo, inane. Jules dejó que la mirada se le extraviara en las montañas que resguardaban el manicomio de los vientos; era un panorama sin una sola figura humana, como una alegoría de su estado de ánimo. Mientras la noche devoraba el horizonte, sintió una satisfacción extraña, insana si se quiere, pero satisfacción a fin de cuentas: la calma yerma del paisaje parecía querer ayudarlo a desprenderse de su vano anhelo. Supo que Lucía estaba irrevocablemente perdida; supo también que los días y los años venideros serían igual de desolados y silenciosos que aquel paisaje; supo, en fin, que esos días y años venideros caerían sobre el recuerdo de Lucía como las hojas de sucesivos otoños caen sobre una tumba, sin lograr nunca borrar su epitafio, sin conseguir siquiera erosionar la dureza del granito. Resolvió que, puesto que Lucía no iba a venir a verlo (y no se atrevía a reprochárselo), no tenía sentido entregarse a una melancolía gratuita. Se dio media vuelta y enderezó el rumbo hacia el edificio del manicomio.

Ya nada lo ataba a aquel lugar, tampoco a España, ni siquiera a su país, por el que en otro tiempo tantas veces había arriesgado la vida. Pero allende el océano todavía le restaba algo por hacer; algo que había dejado inconcluso, creyendo que en ese estado de inacabamiento podría mantenerlo a buen recaudo en los desvanes del olvido. Pero ese algo en cuestión seguía rebullendo como una carcoma allá donde él lo había dejado, dándolo por muerto o amortizado. Rozaba sin cesar, como una brisa gélida, las fibras de su conciencia y martilleaba su sangre con su cantinela siempre repetida. Le susurraba su insidia en los oídos y revoloteaba continuamente ante sus ojos, como una pareja de polillas en plena ceremonia de apareamiento. Se interponía entre cualquier nuevo propósito que concibiese y su realización, era como un ánima en pena vagando errabunda y reclamando la celebración de unas misas para su eterno descanso. Mientras no respondiera a su llamada, mientras no terminara lo que dejó inconcluso, él tampoco podría descansar. Se dirigió a la capilla del manicomio, en cuya torre, de pretensiones neogóticas, los murciélagos formaban un denso enjambre, como emergidos de esos desvanes de olvido que Jules creía equivocadamente a buen recaudo. Avanzó en la tiniebla, sólo infringida por la luz medrosa del sagrario. No rezó ninguna plegaria; en realidad no sabía qué plegaria rezar, no creía que existiese una plegaria que pudiera convocar la piedad de Dios ante sus muchos errores. Pensó que tal vez fuera designio divino que Lucía no hubiese acudido a la postre a la cita; pensó que tal vez fuese el símbolo de una condena que hasta entonces había logrado soslayar. Se sentó en uno de los escaños de la capilla y se quedó durante horas allí quieto, sintiéndose fuera del mundo, mecido por el hospitalario silencio del lugar. De algún modo irracional, intuyó que la etapa más cruenta de su vida había alcanzado su término; ahora se abría otra de expiación.

En algún pasadizo sepultado de su cerebro se había desatado por fin un nudo gordiano. Se puso en pie y salió de la capilla. No era el suyo el paso renqueante de un derrotado, tampoco desde luego el paso elástico de quien acaba de obtener una victoria, sino más bien el paso sereno del hombre que acata su naturaleza con algo de vergüenza pero sobre todo con sobriedad, el paso decidido de alguien que sabe qué es lo próximo que debe hacer.

Esa imagen última de resuelta serenidad que Portabella había evocado me provocó una vaga aprensión. Nos hallábamos en el despacho de su consulta; por los ventanales irrumpía, con ímpetu decreciente, la luz del crepúsculo, que parecía envejecer el austero mobiliario. Portabella era un virtuoso de la conversación, o más específicamente del monólogo. Hablaba como si esta función le fuera tan precisa como respirar o digerir la comida; lo hacía, además, con extrema precisión, empleando un extenso vocabulario y construyendo las frases con complacencia y exactitud, como quien por su oficio conoce el poder incantatorio del lenguaje. Jamás usaba una palabra vulgar si existía un cultismo alternativo; jamás usaba una palabra imprecisa si podía expresar su pensamiento mediante otra más ceñida. Hablaba y hablaba. No era un torrente lo que brotaba de sus labios, pues nada atropellado ni confuso podía hallarse en su dicción, sino más bien un anchuroso río deslizándose por un valle. Fluía con una fuerza tranquila, pero constante, que se llevaba por delante todo lo que se opusiera a su marcha.

—¿Y nunca volvió a saber nada de él? —pregunté, algo consternado.

La súbita interrupción de su monólogo me había dejado en ascuas, con una sensación de amputación o escamoteo.

—Nunca jamás —dijo Portabella, por primera vez incapaz de satisfacer mi curiosidad—. Prometió escribirme desde la Argentina, donde me anunció que pensaba trasladarse una vez que hubiese reunido el dinero para la travesía, pero nunca lo hizo. Su misma madre, Lucía, me escribió en varias ocasiones, solicitándome noticias sobre él. No pude dárselas, por desgracia. Aunque, cuando le confié la intención de Jules de cruzar el charco, se mostró preocupada. Incluso llegó a manifestar su temor de que ese viaje estuviera dictado por un rebrote de su enfermedad. —Me sondeó con sus ojos azules, como si buscara confirmación de esa sospecha—. Al parecer, durante su estancia en Madrid, además de Döbler, otro hombre estuvo molestando a Jules...

Asentí, merodeado por la zozobra:

—Un tal Fuldner, según tengo entendido. Un funcionario del servicio de migraciones de Perón, encargado de organizar la huida de los nazis del continente europeo.

Portabella adoptó un aspecto torvamente deliberativo:

—Imagino que esos nazis se la tendrían jurada. No es de extrañar: Jules les golpeó duro durante años, y ellos jamás consiguieron castigarlo como hubiesen querido. —Amagó una sonrisa que era casi un rictus de dolor—. Sólo deseo que Jules no volviera a las andadas. Otra recaída en la paranoia podría haber sido definitiva.

Cambié el rumbo de la conversación:

—¿Cree que Lucía se arrepintió de no acudir al encuentro?

—¿Arrepentirse? —Portabella dibujó una mueca de escepticismo, o acaso mi pregunta le hubiese suscitado alguna vacilación—. Quizá usted pueda responder a esa pregunta mejor que yo, más atinadamente, a la luz de lo que acabo de contarle y de sus propios recuerdos. En mi opinión, seguía amándolo; y, por mucho daño que le hubiese causado, se enorgullecía de su amor, como se enorgullecía del pasado heroico de Jules en la Resistencia. —Hizo una pausa, para después afirmar—: Pero no se arrepentía de su decisión final, más bien creo que se habría arrepentido de ceder a mi insistencia. Tenía razones para no exponerse a la tentación del amor, después de tantos años. O, al menos, una razón muy poderosa.

Me miró con una suerte de conmovida amabilidad impropia de su carácter. No supe si sentirme orgulloso de haber sido esa razón preponderante que había inclinado a Lucía a cancelar su viaje a Santa Coloma de Gramenet, o más bien avergonzado por haber sido un impedimento, una atadura que había estorbado su libertad. Pero me constaba que, siquiera al final de su vida, Lucía había llegado a saborear la verdadera dicha al lado de Antonio, el hombre que había sido mi verdadero padre. Portabella parecía seguir el hilo de mis pensamientos; había un rescoldo de envidia, de limpia envidia, en su voz:

—Debió ser una mujer excepcional su madre.

—Puede estar seguro —dije, complacido.

Se removió inquieto detrás del escritorio, como si lo estuviese mortificando alguna incomodidad:

—Tanto como para obsesionar a un hombre de por vida...

—Creo que es demasiado benigno con Jules —me sublevé—. Eso fue lo que le dijo al padre Lucas cuando lo llamó por teléfono, el recado que le dejó para que se lo transmitiera a mi madre: «No ha pasado un solo día de mi vida sin dedicarle un pensamiento.» Qué quiere que le diga, me resulta demasiado pomposo. E improbable.

Portabella denegaba con la cabeza. Al principio interpreté ese gesto como una amonestación.

—No me estaba refiriendo a Jules.

Estudió con una mezcla de prevención e íntimo agrado mi reacción, que fue de natural desconcierto. No podía sustraerse al placer de conducir a su interlocutor por los derroteros que él previamente había elegido.

—¿A quién, entonces?

Portabella se repantigó en su butaca y cruzó las manos sobre su vientre liso, unas manos espiritualizadas, pálidas y sarmentosas, como de caballero pintado por el Greco. La luz del ocaso se interrumpía en sus ojos, que seguían siendo de un azul refulgente.

—Ocurrió hace veinte años, más o menos —empezó, con esa veneración que profesaba a los preliminares—. Me invitaron a dar una conferencia en La Sorbona, en un congreso sobre enfermedades de la memoria organizado por el departamento de neurocirugía. No era aquélla mi época de máximo esplendor; sospecho que si me llamaron fue por aportar un elemento pintoresco, quizá para poder luego burlarse de mis postulados. —Empleaba un tono de amable desdén, como si sus detractores ni siquiera mereciesen la recompensa del sarcasmo—. Titulé mi intervención «Amnesia retrógrada en heridos de guerra». He de reconocerle que la experiencia con su padre, aparte de resultar providencial durante la redacción de mi tesis de doctorado, me ha servido después como argumento de muchas de mis conferencias. Creo que si Jules me hubiera reclamado derechos podría haberse hecho rico. —Tosió, para encubrir una carcajada que juzgó demasiado cínica—. Por supuesto, en estas conferencias nunca aludía a las revelaciones que su padre me hizo en las sesiones de regresión hipnótica, me ceñía a las conclusiones clínicas. Lo mismo hice en aquel congreso de La Sorbona, donde por cierto más de un neurocirujano abandonó la sala mientras yo pontificaba, escandalizado de que tan sacrosanto templo de la sabiduría acogiese las predicaciones de un curandero. Lo que les fastidiaba, en realidad, era mi perfecto francés, digno de Montaigne. —Debió de notar alguna señal de impaciencia en mi rostro, porque ni siquiera me concedió tiempo para reírle la gracia—. No mencioné circunstancia biográfica alguna de su padre, tampoco su nombre, pero describí, como no podía ser de otra manera, su lesión en las regiones mediales del lóbulo temporal, también las circunstancias en que fue operado. Incluso me permití lanzar alguna pullita a los neurocirujanos asistentes, afirmando que, con toda probabilidad, maleados como estaban por los avances tecnológicos, ellos habrían sido incapaces de salvar a aquel hombre en condiciones tan adversas. Por supuesto, estos comentarios provocaron varias reacciones furibundas entre los congresistas; y también que, al final de la conferencia, se suspendiera el turno de preguntas. Tanto mejor para mí, después de todo pagaban una miseria. —Ahora era yo quien comenzaba a remejerme inquieto en el asiento—. Ya me disponía a abandonar la sala cuando me abordó un hombre de cierta edad, aproximadamente de la misma edad que tengo yo ahora, aunque peor llevada, me atrevería a precisar. Me dijo que había trabajado como cirujano en Marsella, ya antes de la guerra, y también después, tras escapar de la persecución nazi, una suerte que no tuvo el resto de su familia, deportada a Auschwitz y allí exterminada. Precisamente esta tragedia lo había impulsado a crear una fundación con sede en París para la memoria del Holocausto, a la que por entonces dedicaba sus desvelos. —Portabella no había necesitado engolar la voz para recuperar mi atención. Tampoco empleó el énfasis para añadir—: Se llamaba André.

—¿André Blumenfeld? —pregunté, pero ya conocía la respuesta.

Portabella asintió despaciosamente. Se inclinó hacia delante, apoyando los codos sobre el escritorio, y arqueó las cejas en un gesto inquisitivo que aún aclaraba más su mirada azul, que casi la hacía fosforescer en el despacho invadido por las sombras.

—André Blumenfeld, en efecto. Ya veo que tiene noticias sobre él —dijo, con una rara solemnidad—. Me confesó que había acudido a mi conferencia atraído por el título. En vísperas de la liberación de París, él mismo había practicado a un combatiente una intervención en circunstancias muy similares a las que yo había descrito. Y, para mayor coincidencia, también a la altura del lóbulo temporal. Antes de que me diera el nombre de Jules, intuí que estábamos hablando de la misma persona. Pero lo negué. Sobre la marcha inventé que en mi conferencia me había referido a un aviador británico, alcanzado por baterías antiaéreas, que se había instalado en Ibiza. Una mentira burda que sin embargo Blumenfeld se tragó. —Esbozó un mohín más teatral que contrito—. Lo noté decepcionado; se había hecho ilusiones que de repente se desvanecían. Me invitó a almorzar en una *brasserie* próxima; era una invitación un poco desganada, enseguida advertí que la había planeado mientras me escuchaba, mientras estuvo seguro de que el amnésico de mi conferencia tenía que ser necesariamente Jules. Pero ahora era yo quien estaba intrigado. Encaucé la conversación hacia donde me interesaba y dejé que Blumenfeld se explayase. Aunque usted se lleve de mí una opinión contraria, también sé callar cuando me conviene y dejar que sean otros quienes hablen.

Lo decía a modo de censura o mortificación. No se le había escapado mi intranquilidad de los últimos minutos.

—Nunca lo he puesto en duda —murmuré.

—André Blumenfeld era abstemio —continuó sin escucharme—. Pero, desde luego, no precisaba del vino para soltar la lengua. No, al menos, si se trataba de hablar de Jules. Me asustó el odio que le profesaba, un odio enquistado, y todo porque le había arrebatado cuarenta años atrás a Lucía.

Quizá quien ama sin esperanza de ser correspondido sea también capaz de odiar sin esperanza de resarcimiento. Objeté:

—Ahí André no le dijo toda la verdad. Jules no le arrebató el amor de mi madre; según tengo entendido, mi madre jamás llegó a amarlo.

—Bueno, ya se sabe que cada cual cuenta las cosas desde su punto de vista —dijo Portabella, comprensivo—. En mi oficio es una premisa con la que siempre funcionamos. Fue entonces cuando me confesó que nunca había dejado de amar a su madre. Algo impúdicamente, me reconoció incluso que se había casado con una mujer de la que nunca había estado enamorado, por la sencilla y enfermiza razón de que guardaba cierto parecido con Lucía. Para entonces ya había enviudado, pero era padre de una jovencita cuya fotografía me mostró, pavoneándose. No soy hombre que se sonroje con facilidad, pero le aseguro que en aquella ocasión lo hice. André me resultaba... ¿cómo decirlo?, demasiado exagerado. Y, sin embargo, no podía evitar compadecerme de él. Su historia era tan patética, tan fuera de lo común... Empezó a hablarme de Lucía como si lo hiciera de una persona que formase parte de su vida cotidiana: era un caso muy evidente de monomanía, o tal vez de sublimación. El estímulo que le permitía mantener intacto el amor hacia ella era, sin embargo, el odio que profesaba a Jules, un odio que lo había empujado a rastrear su pista, en busca de alguna mancha que pudiera ensuciar su figura. Para su desgracia, todo lo que había logrado saber rebatía la imagen que a él le hubiera gustado formarse.

En su declinación, el sol se reflejaba en los ventanales que se hallaban al otro lado del patio, frente al despacho, que así disfrutaba de unos minutos más de luz. Era una luz que hería la mirada, pero Portabella se resistía a parpadear.

—André siempre miró con desconfianza a Jules —dije.

—Entre las actividades de su fundación, había organizado una especie de archivo sonoro de la Resistencia, en la que militaron muchos judíos —prosiguió Portabella—. En los testimonios que había recogido encontró multitud de alusiones admirativas a Jules, por supuesto bajo su nombre de guerra, Houdini. Reconocer que su rival había sido un héroe desde la primera hora de la ocupación le dolió como una afrenta. No debe resultar muy llevadero aborrecer a una persona que sabes digna de admiración.

Aquel sol vicario que llegaba hasta el despacho se eclipsó de súbito, sumiéndonos en una penumbra de celda monástica. La Salomé del cuadro parecía recular, como si deseara volver a cubrirse, arrepentida de su impudicia.

—¿Sería posible localizarlo?

Portabella rebuscó entre las páginas amarillentas del cuaderno donde había anotado las vicisitudes de sus sesiones de hipnosis con Jules. Salomé, entretanto, había dejado de ser visible, había refugiado en la sombra su desnudez y ya sólo se llegaba a vislumbrar su barbilla retadora y lúbrica, que parecía esbozar un mohín de burla, alegre de chasquear a Herodes, tal vez también alegre de comprobar mi decepción, cuando ya creía que el séptimo velo había sido apartado. Portabella me tendió una tarjeta de visita.

—Me pidió que si volvía por París no dejara de llamarlo —dijo, y me lanzó una mirada de connivencia—. Volví muchas veces, pero por supuesto nunca lo llamé. Aquel André Blumenfeld me dejó mal cuerpo: no supe determinar si se trataba de un pobre diablo o de una mala persona. O tal vez la mala persona fuese yo, por engañarlo. —Hizo un gesto cínico y premioso con la mano, como si espantara el aleteo de un remordimiento—. El caso es que lo olvidé, hasta que apareció usted. Recuerde aquella frase de Ribot: «El olvido no es una enfermedad de la memoria, sino una condición de su salud y de su vida.»

TERCERA PARTE

También yo, como el despechado André, asimilaba conflictivamente la figura heroica de mi padre. Pugnaban en mí sentimientos contradictorios: por un lado, la tentación mitificadora; por otro, cierta reticencia u ofendido desvío hacia el hombre que había dejado tirada a mi madre cuando más lo necesitaba, seguramente por razones que escapaban a su control, razones insensatas que desbordaban su maltrecho raciocinio, mas no por ello menos aflictivas. Desde una perspectiva más estrictamente egoísta, no albergaba dudas: al lado de Jules, la existencia de Lucía habría discurrido por cauces acaso más exaltadores, pero desde luego mucho más trabajosos e inhóspitos, mucho más imprevisibles también. La marcha de Jules me había deparado a la postre una infancia pacífica; podía afirmarse, pues, que al abandonarnos nos había hecho un favor, nos había preservado de mil penalidades e infortunios. ¿Qué habría sido de nosotros durante su larga estancia en el manicomio de Santa Coloma? ¿Y qué a su salida, en un mundo en el que sin duda se habría sentido extranjero? Causaba espanto imaginarlo. La aparición de Antonio, mi padre putativo (a quien yo siempre, ignorante de mis orígenes, había juzgado con severidad, y cuya modesta grandeza no hacía sino agigantarse), sólo podía calificarse de benéfica y providencial; pero esta certeza no bastaba para paliar del todo esa amargura sorda que me provocaba el conocimiento de mi verdadera filiación, sobre la que durante tanto tiempo había permanecido engañado.

Sospecho que a muchas personas que cuentan con una figura heroica o meramente ilustre en su familia se les plantea un conflicto parecido al que por entonces me provocaba aquella lacerante perplejidad. ¿Cómo encajar esa figura aureolada de gloria con el conocimiento más íntimo y profundo del personaje, que de puertas adentro era imperfecto como cualquier hombre? La secreta incongruencia llega a resultar intolerable; y, salvo unas pocas personas que se atreven paladinamente a contar la verdad sobre los rasgos menos favorecedores del héroe venerado, haciendo añicos o siquiera perjudicando su fama, la mayoría ceden a la tentación mitificadora, resuelven silenciar lo que saben, incluso llegan a olvidar lo que saben (la represión de la memoria como expresión de un instinto de supervivencia de la que me había hablado Portabella). Me restaba el consuelo de que el propio Jules, según la narración que Portabella me había transmitido, siempre se había resistido a que sus acciones se consideraran heroicas. Quizá las circunstancias que había vivido, y su actitud para afrontarlas, lo hubiesen convertido en un héroe por accidente o un héroe a la fuerza; pero esa condición sobrevenida no había logrado enturbiar su capacidad de discernimiento moral. Quizá los asesinatos que perpetró fueran necesarios para la causa que defendía o para su propia supervivencia, pero eso no le había impedido avergonzarse de haberlos perpetrado. La perspectiva del tiempo transcurrido y su enjuiciamiento global en el contexto de una guerra de liberación convertían aquellos asesinatos en acciones heroicas. Pero mientras estrangulaba con sus propias manos a un soldado que no le oponía resistencia, mientras recostaba blandamente el cadáver del contramaestre Kuznetsov sobre un lecho de rododendros, Jules estaba matando, estaba cometiendo conscientemente un crimen. Justificable, seguramente; pero él nunca había tratado de justificarlo. En esta disposición a afrontar las consecuencias de sus actos quizá subyaciese otra forma de heroísmo mucho menos ostentosa y gratificante, pero no menos ardua. Creo que esta condición de héroe atribulado era la que me resultaba más atractiva en él.

Llamé al teléfono que figuraba en la tarjeta de visita que Portabella me había procurado. A la secretaria o telefonista de la fundación Blumenfeld que atendió mi llamada me presenté anteponiendo mi apellido materno, para enseguida solicitar una entrevista con el señor Blumenfeld, en torno a un combatiente de la Resistencia que, según me constaba, había tratado. Pronuncié su nombre como quien frota un talismán, esmerándome en la correcta pronunciación, confiado de que a su conjuro me serían removidos todos los obstáculos: «Jules Tillon.» La secretaria o telefonista tenía una voz matinal, algo atolondrada o inexperta; vaciló por un instante, antes de rogarme que me mantuviera a la espera mientras transmitía el recado. Me pareció que no lo hacía por una línea interna, sino que más bien se levantaba de la mesa y se alejaba por un pasillo de suelo de madera crujiente, para volver al minuto; al atolondramiento se sumaba ahora cierto sofoco: «Puede venir esta misma tarde», me propuso, acuciante o sugestionada por lo que su jefe acababa de decirle. Tanto apremio desbordaba incluso mi impaciencia, que no era poca ni comedida; pero supuse que, a ciertas edades —André quizá ya fuera nonagenario—, cada minuto se vive angustiosamente como un milagro que acaso sea el último, sobre todo cuando ese minuto puede colmar la espera de toda una vida. Acordé con la secretaria o telefonista que viajaría a París después del fin de semana, con tiempo apenas para organizar mi viaje, con tiempo apenas para asimilar el nuevo quiebro que adoptaba la investigación. Recordé aquella cita evangélica que el padre Lucas me había ofrecido a modo de acicate: «Pedid y se os dará; buscad y hallaréis; llamad y os abrirán.» No esperaba que André pudiera proporcionarme revelaciones que enriqueciesen los testimonios del padre Lucas y de Portabella; pero pensaba que la aportación de un anciano que había rivalizado con Jules por el amor de mi madre podría ser muy distinta de las anteriores —menos complaciente desde luego, quizá incluso rencorosa— y por ello mismo complementaria. Cuando se llama a una puerta que se desconoce, nunca se sabe quién nos abrirá, mucho menos el recibimiento que nos dispensará; puede que una vez franqueada nos depare hallazgos que hubiésemos preferido ignorar, pero cuando los engranajes de la curiosidad se ponen en marcha no hay aldaba que no sacudan, ni timbre que se resistan a pulsar.

Aquellos escasos tres días que faltaban para mi entrevista con André se sucedieron en una aceleración temporal que no me dejó espacio para recapitulaciones o preparativos, mucho menos para tortuosas cavilaciones que permitieran la emergencia de mi mundo tenebroso. Era como si la inminencia de esa cita lo devorase todo —percepciones, miedos, expectativas— en su campo magnético, hasta borrar los contornos mismos de la realidad. Volé a París instalado en esa suerte de aceleración o torbellino, tomé en el aeropuerto Charles De Gaulle un taxi que me llevó hasta el distrito decimocuarto, junto a la puerta de

Chatillon, y sólo cuando estuve ante el portal donde tenía su sede la fundación Blumenfeld, mientras miraba la lista de los residentes, cobré conciencia de hallarme ante la que con toda probabilidad fuese la última estación de mi periplo. La primavera en París tenía una cualidad distinta a la que exhibe en cualquier otra ciudad del mundo; era como si las fachadas de los edificios también compartieran la savia nueva que circulaba por las ramas de los castaños y los tilos, como si su arquitectura, sus calles y también las personas que las habitaban floreciesen tumultuosamente, olvidadas de la muerte y la decrepitud. La fundación Blumenfeld tenía su sede en la tercera planta del edificio; subí por la escalera, sin aguardar el ascensor que se demoraba en los pisos más altos, descargando viejecitas. Sobre una puerta cien veces repintada, una placa de bronce con la estrella de David anticipaba la naturaleza de la fundación. El campanilleo del timbre sonó a lo lejos, como perdido entre los recovecos de una gruta. Se escucharon unos pasos ajetreados que los crujidos de la madera convertían casi en una estampida; desde el vestíbulo, alguien me observaba a través de la mirilla. Enseguida supe que era la misma muchacha que había atendido mi llamada telefónica: vestía unos vaqueros gastados y una camiseta que le dejaba al aire el ombligo, tan atolondrado como ella misma.

—Dígame.

—Soy Estrada, el español —me identifiqué sucintamente—. Venía a entrevistarme con el señor Blumenfeld.

Asintió un poco indecisa y sonrió como sonríen las francesas tímidas, o como al menos sonríen las actrices que hacen de francesas tímidas en las películas de Eric Rohmer, con una cortesía que era a la vez apocada e incitante.

—Acompáñeme, por favor.

Me condujo hasta una habitación sofocada de libros, que ocupaban los estantes en doble o triple hilera, colonizaban el sofá como una hiedra invasora, formaban obeliscos derruidos sobre el suelo entarimado. Eran, todos ellos, libros sobre el Holocausto, catastros del horror que congregaban un enjambre de palabras humilladas, zaheridas, apaleadas, hacinadas en barracones de inmundicia y trenes sonámbulos, muertas de inanición, aventadas como cenizas funerarias, como las cenizas de los hombres que invocaban. Creí escuchar ese enjambre de palabras difuntas girando en mi derredor, como un torbellino de humanidad arrojada al desagüe. La única pared de la habitación que no abarrotaban los libros estaba decorada con documentos originales de aquel exterminio vasto como el océano, listas de ingreso en los campos de concentración, circulares internas de las SS donde se ordenaba el bloqueo de las cuentas bancarias de los judíos, su reclusión en guetos, su deportación y confinamiento en regiones extramuros del atlas. También había retratos dedicados a André Blumenfeld por adalides de la causa judía; reconocí, entre otros muchos rostros anónimos o desconocidos para mí, el rostro fornido y vigilante de Simon Wiesenthal, el célebre cazanazis oriundo de la Galitzia polaca. Entró en la habitación una mujer menuda y, sin embargo, vigorosa, que aún no habría cumplido los cuarenta años; transmitía, además, una impresión de elasticidad que la hacía parecer más joven. Guardaba cierto parecido con Miriam Hopkins, una actriz de comedia que quizá ya nadie recuerde.

—Buenos días, señor Estrada —me saludó, tendiéndome la mano—. Lamento que mi padre no pueda atenderle.

Estrechó la mía con franqueza y un brío casi viril.

—Puedo volver en otro momento... —farfullé, tratando de disimular mi chasco.

—Creo que no me ha entendido. —Formuló una sonrisa muy pudorosamente triste—. Mi padre murió hace casi diez años.

Mi francés, desde luego, no era digno de Montaigne como el de Portabella. Me prometí aguzar la atención, para que en lo sucesivo no se me escaparan los matices.

—No... no sabía... no se me había ocurrido pensar... —balbucí.

En realidad, lo impensable, o al menos improbable, era que estuviese vivo todavía. Pero en la aceleración o turbamulta de acontecimientos que me había golpeado durante los últimos días se habían declarado suspensas hasta las leyes del sentido común.

—Habría cumplido noventa y dos años ya. No es una edad que alcance cualquiera.

Y ahora su risa se distendió, con un punto de travesura o socarronería. El mismo tipo de sonrisa que tan atractiva hacía a mi madre, el mismo tipo de sonrisa que me había enamorado de Nuria, por un complejo edípico seguramente.

—Quizá pueda imaginarse la razón de mi visita —aventuré.

—Puedo hacerme una ligera idea. Mi nombre, por cierto, es Sabine.

Apartó un rimero de libros del sofá y lo dejó sobre el suelo, formando otro obelisco derruido, antes de sentarse e invitarme a hacer lo propio. Sabine Blumenfeld cruzó distraídamente las piernas bien torneadas; la izquierda, que había quedado encima, se movía hacia arriba y hacia abajo, como si un invisible martillito le provocara un intermitente reflejo rotuliano.

—Nuestros padres se conocieron en la juventud —dije.

—Lo sé. Aunque, para no andarnos por las ramas, sería más exacto afirmar que se odiaron en la juventud —me corrigió, sin sombra de acritud, con esa festiva condescendencia que empleamos para juzgar las lacras de nuestros antepasados—. Pero no se alarme, por favor. Le aseguro que no he heredado los sentimientos de mi padre. Más bien al contrario. Me encanta que los hijos de dos rivales puedan ahora estar charlando como si nada.

Y alargó una mano hasta rozar la mía, para transmitirme su vibración amistosa.

—Quizá sepa entonces que Jules sólo fue mi padre en términos biológicos. Ni siquiera lo conozco.

Sabine asintió comprensivamente, casi con dulzura.

—Sé que ante todo eres hijo de Lucía. A André le hubiera gustado mucho conocerte.

La adopción del tuteo me infundió una suerte de paz. Aunque mi francés estaba fosilizado, sabía que era un idioma mucho más remiso que el nuestro al tratamiento familiar. Decidí relajarme yo también:

—¿Tienes mucho trabajo aquí?

—Todo el que quiera y más. —Alzó la mirada a las paredes tapiadas de libros, que transmitían una impresión de angostura—. Si te enseñara los fondos de nuestros archivos, te quedarías pasmado. Todavía no me explico cómo André logró recopilar tanta información. Sé que moriré y no habré conseguido procesarla toda. Quizá nadie lo consiga nunca.

No había desaliento en su voz, tan sólo una tranquila constatación de sus limitaciones. De nuevo creí escuchar una pululación de palabras difuntas, numerosas como las arenas del desierto.

—¿Cómo empezó André esta aventura?

Sabine levantó las cejas, un poco anonadada ante la magnitud de la respuesta que mi pregunta, tan escueta, demandaba:

—Fue después de abandonar el circo de tu abuelo —dijo—. André regresó a Marsella, para descubrir que su familia había desaparecido sin dejar ni rastro: padres, hermanos, tíos, primos, todos habían sido conducidos, a mediados de mil novecientos cuarenta y dos, a un campo de concentración en territorio francés, y desde allí enviados con destino desconocido. Por entonces, nadie podía imaginar lo que en unos pocos meses se iba a descubrir, nadie podía concebir aquel infierno en la Tierra.

Y eso que André se había preparado mentalmente para lo peor. Había previsto que sus familiares hubiesen muerto, incapaces de soportar la dureza de los traslados o las condiciones insalubres de los campos, víctimas del tifus o la inanición. Había previsto también que sus parientes varones hubiesen sido fusilados arbitrariamente sin juicio previo, como ya se sabía que se estaba haciendo en aquella guerra sin reglas. Estaba preparado para afrontar la atrocidad, pero no la atrocidad burocratizada y perfeccionada científicamente. Cuando comprobó que en Marsella nadie podía ofrecerle noticias de su familia, partió hacia el frente, siguiendo el avance de las tropas aliadas, que tras la batalla de las Ardenas ya no hallaron resistencia. Asistió a la liberación del campo de Bergen-Belsen, en la Baja Sajonia, que los soldados americanos y británicos obligaron a visitar a los lugareños de los alrededores, para avergonzarlos de la infamia que se había perpetrado delante de sus narices, con su anuencia o indiferente pasividad. André vio a los reclusos supervivientes, con sus raídos uniformes a rayas, como espectros reducidos al esqueleto, radiografías de hombre sin fuerzas para dar un paso, sin fuerzas siquiera para articular palabra; vio los montículos de cadáveres, como muñecos desmadejados y pestilentes; vio morir ante sus propios ojos a algunos infortunados después de engullir con voracidad las viandas que los liberadores les repartían, porque sus estómagos, amnésicos de sus funciones digestivas, no pudieron soportar el atracón; vio los barracones infestados de parásitos, alfombrados de heces, donde se mezclaban los cadáveres y los agonizantes: sólo se les podía distinguir porque sobre estos últimos burbujeaban a millares las chinches, disputándose la última gota de su sangre expoliada. La mayoría de los internos de Bergen-Belsen eran judíos: primero habían sido despojados de su patrimonio, empleado para sufragar la maquinaria bélica, cuando no para colmar la codicia de sus captores; después habían sido exprimidos hasta el último depósito de sus fuerzas en trabajos extenuadores o abyectos; ya por último, se les había sometido a vejaciones impronunciables, antes de su abandono definitivo, sin provisiones, sin agua, en condiciones de insalubridad extrema, mientras sus carceleros ponían pies en polvorosa. La contemplación de aquel espectáculo de humanidad reducida a viruta provocó en André algo más que una conmoción: fue como si el entero universo se hubiese vaciado de repente, convirtiéndose en una inmensa cáscara habitada por la nada metafísica, una nada que engullía las almas de los hombres, también la suya propia, las masticaba y evacuaba, convertidas en detritus cósmico. Después de aquella experiencia, ya no tuvo arrestos para proseguir la búsqueda de su familia, que sabía inútil.

—Volvió a Marsella, en un estado próximo a la catatonia del que tardaría en recuperarse —proseguía Sabine—. Trató de reanudar su trabajo de cirujano, pero pronto se dio cuenta de que ya nunca más podría meterse en un quirófano con la esperanza de salvar una vida. Le faltaba el aplomo necesario para sostener un bisturí, le faltaba incluso ese mínimo pundonor que nos permite seguir vivos. Durante algún tiempo, pensó que lo mejor sería dejarse apagar lentamente.

Como una vela que se consume. Pero entre los avisos de consunción brotó el recuerdo de Lucía; no es que la hubiese olvidado, pero durante aquellos meses el amor que le profesaba había sido devorado por el mismo vacío que había aniquilado su vitalidad. Poco a poco, aquel recuerdo sepultado entre los escombros de la conciencia empezó a brillar, como un oro que refulge en la oscuridad. Al principio, la supervivencia de ese recuerdo le causó extrañeza; la misma extrañeza que al paralítico debe de causarle comprobar, una mañana cualquiera, que el miembro tullido e inmóvil empieza a rebullir de súbito. Superado ese estupor inicial, descubrió que podía recordarla voluntariamente, hasta que ese recuerdo se hizo idea fija, de tal modo que ni siquiera voluntariamente lograba olvidarla. Ahora que ya sabía que su familia había sido atrapada en las fauces de esa nada que infectaba el aire con sus miasmas, el recuerdo de Lucía se irguió como un último asidero que exorcizaba el acoso de la muerte: se sorprendía pensando en ella a cualquier hora del día y de la noche, se sorprendía constatando que ese recuerdo, lejos de atenuarse con el paso del tiempo, se hacía más pujante y nítido, y a fuerza de pensarlo y repensarlo llegaba a superponerse al vacío del universo. También se sorprendía constatando que ese recuerdo invasor empezaba a ramificarse en otras expresiones sensibles: recordar a Lucía anestesiaba su dolor, pero también avivaba su rencor hacia Jules. A veces, en sus insomnios tenaces, se descubrió deseando calamidades al hombre que se la había arrebatado, el hombre que él mismo había salvado de la muerte. Comprendió que también el odio es una manifestación de vitalidad.

—Fue entonces en busca de Lucía —dijo Sabine, con una pudorosa forma de piedad—. El circo de Estrada había vuelto a instalarse a las afueras de París. Sus antiguos compañeros lo acogieron con hospitalidad; pero, tras el recibimiento caluroso, André no tardó en descubrir que los miembros de la *troupe* estaban a punto de disgregarse. Estrada había fallecido unas pocas semanas antes, y Lucía había partido con Jules a España. No habían vuelto a tener noticias de ellos. André creyó entonces morir. De pena, de rabia, de resentimiento, de fracaso.

Pensó que, si lograba transformar ese torrente venenoso en efusiones fecundas, tal vez lograría redimirse. Por entonces, en la prensa se empezaban a publicar testimonios de supervivientes que habían regresado a Francia, tras un penoso peregrinaje por las geografías alucinadas del exterminio. A André nunca dejó de admirarlo que aquellas personas desposeídas, pisoteadas, amputadas de sus seres queridos, aún tuviesen arrestos para recomponer los añicos de su espíritu y seguir orgullosamente viviendo. Decidió que ese acto supremo de heroísmo merecía su homenaje, un homenaje modesto, seguramente insignificante ante el tamaño de su epopeya. Así se le ocurrió fundar un centro de documentación o archivo sonoro que recogiera aquellos testimonios, una enciclopedia de voces que perpetuara el crepitar de unas almas arrojadas a la hoguera y sin embargo triunfantes, enaltecidas por una fuerza superior a ellas mismas. Era una empresa vasta como el océano; pero André la acometió con el ímpetu de un navegante primerizo, con esa aportación de entusiasmo que le proporcionaba la conversión de sus aflicciones en impulsos generosos. Al principio, circunscribió su pesquisa a los testimonios de judíos que habían logrado regresar de los campos de exterminio; luego consideró que la pertenencia a una raza maldita no agotaba las expresiones de un horror que se había dirigido indiscriminadamente contra toda forma de vida humana que se negase a claudicar. Entrevistó también a resistentes que habían sobrevivido al desmantelamiento de sus redes, a las torturas de la Gestapo y a la deportación. Poco a poco, fue reuniendo testimonios que le permitieron conocer la organización y el funcionamiento de aquel ejército de las sombras, en donde con frecuencia el arrojo personal se anteponía a la mera estrategia. Entre los más arrojados —y escurridizos— miembros de la Resistencia se tropezó varias veces con el nombre de Houdini, alias que —según se encargaría de verificar— encubría la identidad de Jules Tillon, artífice o partícipe de algunas de las acciones más arriesgadas realizadas en la región parisina. Este descubrimiento llenó de consternación y humillada vergüenza a André. Siempre se había consolado pensando que Jules sería uno de aquellos resistentes de última hora, surgidos como setas en una tarde lluviosa, que tras el desembarco de Normandía habían pretendido borrar, en apenas un par de meses, cuatro años de colaboracionismo. Aquella suposición ni siquiera se sostenía sobre barruntos o conjeturas; era tan sólo una especulación alimentada por el deseo.

—Cuando finalmente comprobó que su deseo no se correspondía con la realidad se sintió un perfecto miserable —afirmó Sabine. Sus facciones parecían envueltas en una especie de conmovido misterio—. Durante todo aquel tiempo, había estado odiando a un héroe de la Resistencia.

Recordé entonces la impresión más bien patética que André le había producido a Portabella.

—Y, sin embargo, siguió odiándolo.

Sabine suspiró, como si afrontara la faceta menos benévola de una personalidad que había trazado con rasgos admirables:

—Era algo superior a sus fuerzas. Y te aseguro que ese odio le causaba graves conflictos de conciencia. Le repugnaba que las pasiones personales enturbiaran su juicio. Pero no podía hacer nada por evitarlo —dijo, con una especie de tristeza retrospectiva.

Quizá ese odio vergonzante a Jules lo enfrentaba cada día a lo que verdaderamente era, más allá de lo que creía o deseaba ser. Pregunté, afectando un interés meramente casual:

—¿Y nunca intentó localizar a mi madre?

—Por supuesto que lo intentó —comentó Sabine con jovialidad, como si el giro introducido en la conversación la aliviara—. Y consiguió encontrarla. Los judíos formamos una hermandad en la diáspora, siempre mantenemos abiertos cauces más fuertes que el alejamiento geográfico. Incluso en aquella España tan temerosa de las conjuras judeomasónicas, André encontró personas dispuestas a suministrarle esa información. Cuando supo que Jules había desaparecido del mapa, se envalentonó. Siempre había creído que era el único obstáculo que se interponía entre él y Lucía. Así que fue a visitarla sin previo aviso.

—¿En serio?

—Y tan en serio —repuso Sabine, a quien mi asombro causaba una discreta hilaridad—. Y, por lo que me contó, iba dispuesto a todo, llevaba preparado su discurso para convencerla y traérsela consigo. Ya te puedes imaginar que sería un discurso grotesco. Le habían dicho que por las tardes, después de recogerte en el colegio, Lucía se pasaba un rato en el parque, vigilando tus juegos.

Podía evocar con nitidez aquellos juegos vespertinos. La vigilancia de Lucía no lograba evitar que me revolcase en la arena, que me pegara algún trompazo, que me enzarzara en una pelea de mojicones y patadas en las espinillas con algún compañero de clase. André aguardó la llegada de Lucía sentado en un banco del parque; una y otra vez se había repetido el discurso que pensaba endilgarle, las respuestas que opondría a sus reparos, las promesas que la inclinarían a regresar con él a Francia, abandonando al borroso marido que según se rumoreaba no había conseguido hacerla feliz. La vio llegar con otras madres que parloteaban entre sí, mientras daban la merienda a sus hijos. Lucía sólo participaba de estas charlas de una forma desvaídamente cortés, como quien acepta una vianda insípida por no desairar a su anfitrión. Había cambiado físicamente: el rostro anguloso y audaz, con un punto de travesura o socarronería en la mirada, se había tornado más redondeado y matronal, como su propio cuerpo. André trató de sorprender en su mirada el estigma del fracaso, esa sombría turbiedad de quienes han perdido la fe en el futuro; le habría resultado reparador encontrarla, le habría infundido ese suplemento de arrojo que precisaba para culminar aquella misión insensata. Pero lo que encontró en la mirada de Lucía fue más bien una ensimismada ternura que se volcaba sobre aquel niño que a trompicones trepaba al tobogán o se disputaba un columpio con otros niños acaso más aguerridos o vociferantes; descubrió que ese niño colmaba por entero el futuro de Lucía, que fuera de ese niño nada le importaba, que el mundo circundante sólo existía porque ese niño lo habitaba. André comprendió entonces, con esa lucidez implacable que tienen las revelaciones, que su propósito era estéril, ridículamente estéril. Nunca tendría cabida en ese futuro que Lucía había concebido y circunscrito, mientras veía crecer a su hijo.

—A partir de entonces se dedicó con más denuedo si cabe a su centro de documentación —dijo Sabine, después de buscar en mis ojos esa vocación de futuro que mi madre había tratado de transmitirme, pero quizá sólo se topó con una sombría turbiedad—. Empezó a recibir fondos públicos, se instaló en París, transformó su centro en una fundación. Los testimonios reunidos empezaron a brindar sus frutos: gracias a ellos, muchos criminales de guerra pudieron ser identificados. Por aquella época, los aliados habían puesto en circulación la teoría de la «culpa colectiva» del pueblo alemán, según la cual sesenta millones de personas, incluidos niños, mujeres y ancianos, y por supuesto los militares que se habían limitado a combatir por imperativo del deber, sin participación alguna en el Holocausto, eran solidariamente responsables del genocidio nazi. André se rebelaba contra esta teoría absurda; consideraba que, mientras no se exculpase al pueblo alemán, no se perseguiría seriamente a los auténticos criminales. De hecho, los auténticos criminales se amparaban en esta teoría de la culpa colectiva para diluir la suya. André, como Wiesenthal y tantos otros, lucharon para erradicar esa coartada.

Naturalmente, nunca lo consiguieron del todo: su supervivencia interesaba a demasiada gente. Pero, aunque tuvieron que combatir la remolonería de muchos gobiernos y la connivencia de no pocos, consiguieron que algunos cientos de asesinos dejaran de infectar el aire con su respiración. Cuando ya había sobrepasado los cincuenta años, André se enamoró, o creyó que se había enamorado, de una empleada de su fundación veinte años más joven que él, una mujer laboriosa y vivaracha que le recordaba a la actriz Miriam Hopkins; en realidad, convendría precisar, le recordaba a Lucía, aunque André no se atreviera a reconocerlo. Estaba tratando de resucitar un fantasma; y así su amor nació viciado, era una pasión mórbida y esterilizante que no tardó en agostarse. El nacimiento de Sabine sólo logró diferir el divorcio y prolongar la persecución de un ideal imposible; y, por cada día que la prolongaba, no hacía sino alimentar un recuerdo devorador.

—Seguramente, no quiso nunca a mi madre —afirmó Sabine sin dureza, como si hubiese llegado a esa conclusión mucho tiempo atrás—. O, si la quiso, fue porque vio en ella a Lucía. Pero no a la Lucía palpitante que había amado, sino la Lucía soñada; no un ser terrenal, sino una reminiscencia.

El dolor de ese fracaso trató André de sepultarlo entre los yacimientos de un dolor mucho más ecuménico que excavaba y exponía a la luz a través de su fundación. También la inquina que en otro tiempo había profesado a Jules se fue atemperando, diluyendo, desapareciendo casi entre aquel ímpetu vindicatorio.

—Así hasta que, hará aproximadamente diez años, leyó una curiosa noticia en la prensa. —Había procurado imprimir a su voz un tono menos lastimado, pero curiosamente sonaba todavía más compungida—. En el cementerio de Roissy-en-Brie, mientras se vaciaban de restos sepulturas muy antiguas con destino al osario, descubrieron una arqueta llena de lingotes de oro y fajos de billetes en divisa extranjera.

Calló pudorosamente, como si deseara que yo mismo estableciera las deducciones.

—¿Roissy-en-Brie? ¿No fue a las afueras de ese pueblo donde el circo de Estrada recogió a Jules, donde tu padre lo operó de su herida?

Sabine asintió. En el silencio volvía a congregarse una pululación luctuosa.

—Allí fue. La noticia se publicaba en esas páginas que los periódicos reservan a los asuntos chocantes. Se especulaba con la posibilidad de que el difunto en cuya tumba se halló el tesoro fuera un avaro sin herederos que habría preferido llevarse al otro mundo sus pertenencias, como los faraones de Egipto. Pero, aunque estaban enmohecidos y casi convertidos en una pasta de papel, se pudo determinar que los billetes eran de los años treinta y cuarenta, muy posteriores a la fecha del enterramiento. En los días sucesivos la prensa siguió prestando atención al «misterio de la arqueta». No era la primera vez que aparecía un botín de estas características: muchos oficiales corruptos de las SS que durante años habían estado amasando riquezas procedentes del expolio las habían guardado en los escondrijos más inverosímiles, con la esperanza de poder recuperarlas años más tarde, cuando sus crímenes hubiesen sido olvidados. —Se mordió el labio inferior, con un leve amago de rabia—. Algunos, incluso, las recuperaron.

Me vencía la impaciencia:

—¿Y qué hizo tu padre?

—Enseguida ató cabos. Pensó que la herida de Jules se habría producido en el curso de una refriega con alguno de estos oficiales corruptos. Aunque ya era octogenario, André no había perdido el instinto del sabueso. —Se permitió una sonrisa esquinada, apenas perceptible—. Ni tampoco el del perro de presa. Unos años antes, había asistido a una conferencia de un psiquiatra catalán que defendía la posibilidad de curar la amnesia causada por heridas de guerra. Pensó que tal vez Jules hubiese recobrado la memoria, que tal vez estuviese vivo, que tal vez pudiera ayudarle a identificar a los criminales que enterraron la arqueta en aquel cementerio. Estaba dispuesto a reconciliarse con Jules sin resquemor, con tal de obtener esa información.

La miré a los ojos, de un castaño oscuro, casi negro; había en ellos una inteligencia rápida y nerviosa que me recordaba un poco a mi madre:

—¿Y consiguió encontrarlo? ¿Se reunió con él?

—Para entonces André era ya casi un mito entre la comunidad judía —dijo, con orgullosa vehemencia—. Bastaba que pidiese algo para que de inmediato todos los resortes se pusieran en marcha. En unos pocos meses descubrieron a Jules en un pueblecito de la Argentina, en la provincia de Córdoba.

Me costaba imaginar aquel encuentro, después de tanto odio enquistado, tal vez fosilizado, pero presto a revivir.

—Tuvo que ser duro para él reencontrarse con el viejo rival.

—Puedes estar seguro. —Sabine respiró profundamente—. Aunque la fundación había llenado de sentido su vida, André seguía pensando que la suya no había sido una vida cumplida, puesto que en ella no había estado Lucía. A aquellas alturas, esta idea ya podía considerarse delirante, fruto de un empecinamiento o una idealización, pero te aseguro que en todo caso se trataba de un delirio que André cultivaba sin rebozo. Aunque padecía artrosis, era todavía un hombre vigoroso, o quizá sea más preciso decir un anciano vigoroso; así que se decidió a cruzar el Atlántico. No me extrañaría que durante la travesía concibiera fantasías vengativas. Si fue así, las descartó cuando al fin tuvo ante sí a Jules. De golpe, sintió que toda la ira que había alimentado contra él durante tantos años, que todo el resentimiento y menosprecio que en algunos momentos de su vida le habían servido para no desmayar, se desinflaban como una tarta de merengue. —Su voz se había tornado queda y abstraída—. Eran dos viejos unidos por el recuerdo de Lucía; todo lo demás dejó de repente de importarles. Dos viejos que habían perdido el miedo y las prevenciones, dispuestos a sincerarse, dispuestos a hablar sin ambages.

Un sepulcro se había abierto, exhalando su húmeda oscuridad. Me asustaba asomarme a su interior, donde quizá anidase el mundo tenebroso.

—¿Sin ambages de ningún tipo? —pregunté.

Entró en ese momento en la habitación, después de golpear la puerta, la muchacha que me había recibido, para anunciarnos que salía a almorzar.

—Nosotros también bajaremos enseguida —dijo Sabine. Y añadió, con una especie de coqueta osadía—: El señor Estrada ha tenido la gentileza de invitarme. —Durante un segundo, posó su mano sobre la mía, para transmitirme su calor, como mi madre hacía cuando quería infundirme coraje y exorcizar mis aprensiones. Cuando la secretaria o telefonista de la fundación se hubo marchado, Sabine me miró muy expresivamente, antes de responder—: Sin ambages de ningún tipo.

Supe que entre nosotros tampoco los habría.

Desde que asesinaran a Kuznetsov, Olga no había logrado levantar cabeza, mucho menos conciliar un sueño mínimamente reparador. Mientras compartieron aquella casa en la zona alta de Boulogne, a la que se habían trasladado después de que Olga triunfara como primera bailarina en el cabaré Tabarin, apenas tuvo ocasión de disfrutar de la compañía de su padre como hubiese deseado. Vivían en pisos distintos, y además eran casi opuestos en sus hábitos: Kuznetsov madrugaba mucho, antes de la seis ya se le oía remejer en la cocina; Olga, por el contrario, trasnochaba en exceso, a veces hasta los confines del alba, bien porque alargaba la noche después de su actuación en fiestas privadas que sorteaban el toque de queda (fiestas a las que en principio acudía envanecida de su éxito, fiestas que poco a poco aprendió a detestar, mientras en la calle las madrugadas se teñían de sangre), bien porque el insomnio la trabajaba, a medida que cobraba conciencia del error que había cometido, dejándose arrullar por los halagos de los ocupantes. Solía quedarse dormida cuando su padre se levantaba; y, cuando él regresaba a casa, después de una jornada agotadora en la fábrica, ella ya se estaba preparando para salir al cabaré. El agotamiento, que era de índole moral, no se lo provocaba a Kuznetsov el trabajo en sí, sino las servidumbres que llevaba aparejadas. Desde que Alemania declarara la guerra a la Unión Soviética y los comunistas empezaran a descargar sus golpes contra el invasor, los comisarios de la fábrica Renault habían establecido un implacable y muy exhaustivo plan de purgas que había ido diezmando la plantilla, aligerándola de elementos sindicalistas o subversivos, para extenderse después a cualquier trabajador sospechoso de complicidad o simpatía con la Resistencia. Kuznetsov, que había mostrado su lealtad a los nuevos propietarios de la fábrica, esforzándose por mantener la disciplina entre los trabajadores a su cargo y también los niveles de productividad, que había incluso acogido con alborozo la invasión de la Unión Soviética, se negó sin embargo a denunciar a los hombres que se hallaban a su cargo; negativa que seguramente le habría reportado severas represalias, si Olga no hubiese intercedido por él ante los jerarcas nazis que frecuentaban el cabaré Tabarin. A la postre, los comunistas habían agradecido aquella magnanimidad de Kuznetsov asesinándolo.

Probablemente no se pudiera esperar de aquellos criminales otra reacción. Aunque apenas contaba cuatro años cuando se desató la vesania bolchevique, Olga guardaba una memoria exacta de la noche de aquelarre en que asaltaron la casa de sus tíos, unos campesinos cuyo único delito consistía en haber sufrido en sus parcas cosechas, durante varias generaciones, las exacciones del zar. Allí se habían refugiado ella y su madre, cuando ya se vislumbraba la derrota de los mencheviques, en cuyo ejército militaba Kuznetsov. Unas pocas horas antes de que la chusma bolchevique asaltara la casa de sus tíos, su madre la había escondido en una tina, en la bodega, con la encomienda de que guardara silencio aunque el cielo se desplomara sobre su cabeza. Nunca había sido Olga una niña demasiado obediente; pero el tono que empleó su madre en la advertencia, a la vez represor y desesperado, la inclinó a acatarla a rajatabla. Durante horas oyó un tropel de gentes yendo y viniendo, oyó carreras acorraladas y chillidos que penetraban en la misma médula del dolor, oyó risotadas caníbales y vituperios feroces, oyó los bramidos de un placer bestial y sucesivo y las imprecaciones de su madre, que se iban adelgazando hasta convertirse en súplicas gimoteantes, en alaridos agónicos, en un estertor. Aquel concierto horrísono duró más de dos horas; cuando por fin concluyó, los bolcheviques bajaron a la bodega, que no pudieron saquear puesto que nada en ella había, y se marcharon en tropel, como habían llegado, rumbo quizá a otra casa donde posiblemente repetirían las atrocidades que acababan de perpetrar en aquélla, si el hastío o la desgana no los disuadían. A Olga no le había costado demasiado seguir al dedillo el consejo de su madre, para entonces salvajemente asesinada; en realidad, le había bastado escuchar aquellos chillidos —que sin duda los profería su madre, aunque pulsaran notas que jamás habían brotado de su garganta, notas tan desgarradoras y abismales que parecía increíble que una garganta humana pudiera pulsarlas— para quedar petrificada y muda, incapaz de mover un solo músculo y de emitir el más débil susurro. En semejante estado de catatonia seguía tres días después, desfallecida por el hambre y castañeteando de frío, cuando su padre la rescató de la tina y la abrigó con su capote. Kuznetsov tardó varios meses (ya para entonces se habían instalado en Billancourt) en anunciarle que su madre, al igual que sus tíos, había muerto; nunca se atrevió, en cambio, a narrarle las circunstancias en que había sido asesinada, ni siquiera cuando se hizo mayor y su imaginación ya había probado a figurarse las sevicias más pavorosas.

Sí se había preocupado Kuznetsov, en cambio, de inculcarle un odio numeroso, acendrado, químicamente puro, al comunismo. Primero Lenin y después Stalin habían encarnado en su educación la efigie del mal, el rostro protervo de Satanás, presto siempre a extender su dominio, hasta convertir el orbe entero en una llanura de Armagedón. Ese odio en perpetuo estado de vigilia la había impulsado, como a su propio padre, a celebrar la invasión de la Unión Soviética, a desear la victoria de Hitler, a rezar cada noche, rogando que los alemanes devolvieran centuplicado a los comunistas el daño que éstos le habían infligido a su familia. Nunca se había sentido atraída por la doctrina nazi, mucho menos por sus representaciones y parafernalias; pero, desde que Hitler lanzara la Operación Barbarroja contra los asesinos de su infancia, había vibrado enardecida, llegando incluso a disculpar las cotidianas felonías que los nazis perpetraban ante sus ojos en París. Cuando en la fábrica Renault se instauraron —sin previo juicio— las purgas que condenaban a trabajos forzados a los obreros que en el pasado habían estado afiliados a un sindicato; cuando algunas de sus amigas judías de Billancourt fueron obligadas a identificarse con la oprobiosa estrella amarilla, antes de desaparecer sin dejar ni rastro, aquel enardecimiento originario remitió, se apagó, se removió en sus rescoldos, hasta transformarse en un desengaño vergonzante. Comprendió que el nazismo no era el antídoto contra el mal, sino un avatar más de ese mismo mal, una manifestación en apariencia antípoda del comunismo, pero íntimamente idéntica. La embargó entonces un sentimiento defraudado de repugnancia y frustración. Pero se trataba de una reacción demasiado tardía; y esa misma conciencia de retraso la tornaba estéril.

Ni siquiera la muerte de su padre rectificó ese sentimiento; por el contrario, lo hizo más abrumado y estragador. No se había llegado a determinar si el asesinato era una venganza privada o un atentado de la Resistencia; pero parecía evidente que, en cualquiera de los casos, el móvil habría sido el mismo. Kuznetsov había sido señalado como colaboracionista; y esa misma acusación pesaba, quizá con mayor motivo, sobre Olga, a quien no asustaba tanto la posibilidad de la muerte como la conciencia de haber coqueteado, en su repudio del comunismo, con una ideología igualmente maligna. Ahora que vivía sola, se sentía desabrigada y vacía, como una vasija abandonada a la intemperie; y, aunque seguía acostándose muy tarde, perseguida por el insomnio, se levantaba también muy temprano, incapaz de sobreponerse a la desazón. Desde el mirador de su alcoba, con vistas al bosque de Bolonia, Olga presenciaba cada mañana las cabalgadas del general Von Schaumburg, que ocupaba una mansión frontera a su casa, enclavada entre amenas espesuras que amortiguaban los relinchos de su caballo. El general Von Schaumburg, pese a su edad ya avanzada, conservaba una estampa donosa sobre la silla de montar; era uno de esos militares con vocación de estatua ecuestre, formados en academias de rancio abolengo donde se inculcaba un código de honor que después habían infringido concienzudamente. Más de una vez, mientras seguía las galopadas y los caracoleos de su montura, Olga había pensado que, desde aquel mirador donde ella se hallaba, un francotirador de puntería mediocre habría podido disparar contra el general con más probabilidades de éxito que aquellos pobres diablos que, un par de días atrás, le habían tendido una emboscada fallida en su trayecto en coche a la Kommandantur. La noticia de aquella acción frustrada aún no había aparecido en los periódicos, sometidos a una férrea censura, pero se había propalado en alas del rumor, como solía ocurrir en estos casos, en mil versiones contradictorias que exageraban o minimizaban su envergadura. El general Von Schaumburg, en cualquier caso, no parecía haber variado ni un ápice sus hábitos; y, por el desembarazo que mostraba en sus paseos matutinos a caballo, podía deducirse que estuviese retando al enemigo a probar nuevas modalidades de atentado. En alguna ocasión, el general había alzado la vista hasta el mirador desde el que Olga seguía sus evoluciones; y, pese a la distancia, había creído vislumbrar en su mirada un destello de desafío o petulancia.

La criada había entrado en la alcoba, portando en una bandeja el desayuno y la prensa del día. En apenas tres meses, Olga había tenido que cambiar hasta cinco veces de criada: ya nadie quería ingresar en el servicio de alguien que estuviese señalado como colaboracionista; y quienes lo hacían, por ignorancia de esa condición infamante o por necesidad extrema, no tardaban en recibir recados amenazantes que los impulsaban a abandonar el puesto sin despedirse siquiera, renunciando al finiquito. La muchacha que la servía desde hacía un par de semanas era una campesina apenas púber, seguramente analfabeta y seguramente inconsciente de los riesgos que asumía al aceptar ese trabajo. Aquella mañana Olga creyó distinguir en su gesto encogido y en su mirada huidiza los primeros síntomas del pánico, creciendo como una hiedra venenosa en alguna cámara de su conciencia. Le dio permiso para abandonar la alcoba; mientras la veía marchar, cabizbaja y presurosa, pensó que tal vez nunca más volvería a verla. Hacía mucho tiempo que Olga había perdido el apetito, casi tanto como la alegría; comía menos que frugalmente, lo justo para no morir de inanición. Ya ni siquiera se molestaba en mantener lozana su figura, como le demandaba el propietario del cabaré Tabarin; ya ni siquiera le preocupaba demasiado mantener su puesto como primera bailarina, entre otras razones porque tampoco creía que el cabaré tardase en cerrar, dada la decreciente rentabilidad del negocio. El desayuno constaba de una leche rala, bautizada en el mercado negro, y unas pocas galletas con consistencia y sabor de corcho. Empezó a mordisquearlas sin convicción, como quien ingiere una medicina que se ha revelado ineficaz para mitigar sus dolencias, y desdobló los periódicos, reducidos ya para entonces a un par de pliegos por la carestía de papel.

Entonces vio su fotografía. Bajo un grueso titular a toda plana («No hay esperanza para los asesinos»), enmarcados por un texto sembrado de bravuconerías tremebundas, figuraban los retratos de los dos hombres que habían atentado contra el general Von Schaumburg. Uno de ellos, irreconocible por los destrozos que una bala le había causado en la mandíbula, parecía exánime; el otro, magullado como un *Ecce Homo*, se sobreponía a la hinchazón de los ojos a la virulé para clavar una mirada todavía orgullosa en el objetivo de la cámara. Pese a las excoriaciones y postillas que borraban sus circunstancias fisonómicas, pese a la barba que emboscaba su gesto, pese a la ínfima calidad granulosa del huecograbado, Olga distinguió a Jules, Jules Tillon, el joven que la había requebrado cuando casi era un niño y ella aún trabajaba en el tugurio de Nicolayev, el joven que Olga había dado por muerto, después de inquirir sin resultado su paradero entre los jerarcas nazis. Apenas nada quedaba en él de aquel adolescente desmedrado e ingenuo que la visitaba en su camerino y le hacía disparatadas propuestas nupciales; en cambio, sobrevivía aquilatado aquel rencor que lo había enviscado contra ella el día del entierro de su padre, en vísperas de la caída de París, aquel rencor negro como el hollín que descendía del cielo. Olga sintió que algo se removía dentro de sí; fue una impresión idéntica a la que había experimentado tres años atrás, cuando supo que Jules había sido arrestado por la Gestapo bajo la acusación de sabotaje, una sacudida que apenas duró lo que dura una extrasístole. Pero del mismo modo que el corazón guarda memoria del sobresalto que resintió su cadencia, aquella impresión dejó en Olga un hormiguillo desazonante que la impulsó a levantarse como un resorte de la hamaca donde se hallaba desganadamente repantigada. Quizá Jules no mereciese su desazón; el desabrimiento sarcástico con que la había tratado aquel día en el cementerio de Billancourt la había lastimado como sólo lastima la herida del desamor. Pero seguía guardando, en el cofre de los afectos, como si de una isla de candor, de intrépido candor, se tratase, el recuerdo de sus visitas al tugurio de Nicolayev. Quizá Jules no mereciese su desazón; pero ese recuerdo se negaba a desaparecer, y durante aquellos años se había mantenido incólume, engrandecido por contraste ante el recuerdo mucho más viscoso de las anguilas de alcantarilla que la asediaban en su camerino del cabaré Tabarin. De algún modo alambicado, Jules representaba en su imaginario un sueño de pureza extinta; intentar salvarlo quizá se tratase de un empeño quimérico, pero también era como salvar ese sueño de pureza.

Apresuradamente, se despojó del camisón y se vistió con el primer vestido que encontró en el armario, un tanto festivo para lo que se proponía. Ya cuando su padre le comunicó la detención de Jules, tres años atrás, se había empleado con denuedo en su salvamento; había solicitado audiencias y visitado cárceles en vano, quizá porque no había acudido a las personas adecuadas, quizá porque el caso de Jules se había traspapelado, náufrago en los océanos de una burocracia siniestra. Pero ahora su caso era demasiado notorio como para que nadie pudiera alegar desconocimiento; y, además, Olga sabía perfectamente ante quién podría interceder. La calle aún tenía un aspecto temulento y encogido, como de pordiosero que se refugia en el portal de una iglesia, huyendo de los primeros rayos de luz. Mientras buscaba un velo-taxi que la llevase a la calle de Lille, en el distrito séptimo, se percató de que había olvidado quitarse las zapatillas, pero decidió no perder más tiempo regresando a casa. Cada minuto podía ser precioso.

La residencia de Otto Abetz, el embajador alemán, ostentaba una fachada que recordaba las construcciones ciclópeas del Egipto faraónico. La bandera roja con la cruz gamada pendía como un trapo anémico, olvidada del viento, sobre las columnas del porche, de un estilo pompeyano. Los centinelas le prohibieron el paso; Olga solicitó que le fuera permitido reunirse con el embajador, y cuando le preguntaron si había concertado cita, se limitó a pronunciar su nombre, pensando que actuaría como un ensalmo. Uno de los centinelas accedió a comunicar su petición a un militar de rango superior que en ese momento cruzaba el vestíbulo, estirado como un chambelán, quien a su vez telefoneó por la línea interior a las dependencias del embajador, con la actitud propia de quien ya está habituado a que su superior despache displicentemente a la multitud de gentes atribuladas que trataban de importunarlo con sus requilorios y peticiones. Para sorpresa de aquel chambelán castrense, el nombre de Olga actuó, en efecto, como un ensalmo. Colgó el teléfono, perjudicado aún por el estupor:

—El señor embajador la recibirá de inmediato. Acompáñeme, por favor.

Subieron por una escalinata de estilo Imperio que acrecentaba el barullo decorativo del edificio. En los desconchones y manchas de humedad de las paredes ya se comenzaba a advertir que los ocupantes no podían destinar a los gastos de mantenimiento el dinero que hubiesen deseado. El chambelán condujo a Olga a través de un pasillo abovedado, hasta invitarla a pasar a un estrafalario camarín o *boudoir* turco, que quizá Otto Abetz usase para recibir y manosear a sus fulanas, antes de follárselas en sus aposentos. Estaba ornamentado hasta la asfixia con artesonados de marquetería lacada, arquerías lobuladas, otomanas de cojines recamados, espejos por doquier y una chimenea de jaspe, con su repisita atestada de *bibelots* y relojes de bronce que marcaban una hora unánime. A la impresión de angostura se sumaba un cierto tufillo prostibulario.

—¿Qué la trae por aquí, querida?

Apareció el embajador Otto Abetz por una puerta disimulada en la pared, exhibiendo su mejor sonrisa untuosa. La llegada de Olga había interrumpido sus abluciones matutinas: vestía un batín de moaré sobre el pijama, con las iniciales de su nombre bordadas en el bolsillo de la pechera, y desprendía un olor tibio de loción de afeitado. Olga había seguido viéndolo periódicamente en el Tabarin, adonde acudía para completar sus transacciones con Henri Lafont. También había seguido rechazando sus aproximaciones y requiebros, así como las muy rumbosas promesas que le hacía, a cambio de su entrega.

—Vengo a pedirle clemencia por un joven —dijo Olga con aplomo.

Clavó sus ojos de mosaico bizantino en el rostro todavía risueño de Abetz, explorando su reacción. El embajador esbozó un mohín de disgusto, apenas un fruncimiento de los labios, antes de lanzarle una mirada de gélido deseo:

—Vaya, Olga, usted siempre tan poco delicada —la reconvino sin acritud—. Nunca le pida semejante cosa a un hombre que bebe los vientos por usted. Antes que clemencia, quizá obtenga un mayor ensañamiento. —Alargó una mano a la cintura de Olga y acarició la hondonada del costado, hasta posarla sobre su cadera—. Y, dígame, ¿qué ha hecho ese joven?

Aunque el contacto de su mano se pretendía protocolario, Olga sintió, a través de la tela del vestido, el calor de su sangre, un calor casi ígneo, arracimándose en sus dedos. Abetz rehuyó por un instante la mirada de Olga y la dirigió hacia el suelo. Descubrió entonces que iba en zapatillas, como él mismo; no supo si interpretarlo como una muestra de descortesía o como una incitación.

—Atentó contra el general Von Schaumburg —contestó Olga a bocajarro.

Abetz dio un respingo y apartó la mano de la cadera de Olga. Atónito, sacudió la cabeza en señal de incredulidad; luego, exageró una actitud altanera:

—¿Y en qué se supone que debe consistir mi intervención? ¿Debo pedir que le abrevien los tormentos? ¿O se trata de que pueda elegir el tipo de ejecución que prefiere? El fusilamiento es lo más común; pero, por supuesto, si su protegido, como buen patriota, solicita la guillotina...

—Le estoy pidiendo que salve su vida —lo interrumpió, en un tono impertérrito, seco como el chasquido de una rama.

El embajador retrocedió unos pasos, más divertido que escandalizado. Contempló a Olga buscando el ángulo de luz idóneo, como solía contemplar los cuadros de grandes dimensiones que desfilaban por la embajada, antes de ser embalados y cargados en un tren con destino a Berlín. Otto Abetz, que era un esteta, hubiese deseado quedarse con aquellos cuadros que el Führer le reclamaba imperiosamente; nadie como él les habría dedicado una más rendida veneración contemplativa, nadie como él les habría tributado mayores cuidados y atenciones. Olga tenía algo de la oferente tristeza de un modigliani, algo de la carnalidad silvestre de un renoir. Incluso las zapatillas le añadían un rasgo plebeyo que, por contraste, realzaba la aristocracia de su figura. Habló en un tono disertativo:

—En el fondo, siempre he sentido lástima por esos pobres desesperados. No se dan cuenta de que Londres los utiliza como carnaza, no se dan cuenta de que todos sus esfuerzos son vanos. Un nuevo orden está a punto de imponerse. Y cuando las águilas del Tercer Reich dominen el mundo, nadie recordará su esfuerzo baldío.

Resultaba difícil determinar si sus palabras obedecían a una retórica vetusta, grabada a fuego en su subconsciente, que se imponía sobre la realidad adversa, donde las águilas del Tercer Reich más bien volaban despavoridas en busca de sus nidos. También podían ser fruto del cinismo, o del extravío, o de un conocimiento más profundo, vedado al común de los mortales. Durante las últimas semanas, se había empezado a rumorear que los científicos de Hitler estaban diseñando un arma increíblemente mortífera que cambiaría el signo de la guerra.

—En cierta ocasión, me pidió que bailase sólo para usted... —musitó Olga.

Abetz se acercó otra vez; ahora su sonrisa podía interpretarse como una forma de displicente piedad:

—¿Y piensa que un baile suyo vale la vida de un terrorista? Sinceramente, Olga, creo que posee un concepto demasiado elevado de sí misma.

Olga tomó las manos del embajador y las llevó a sus senos, libres de sostén por debajo de la blusa.

—Yo no he dicho que sólo sea un baile.

El embajador tardó en reaccionar. Decenas, acaso cientos de veces, había imaginado el tacto de aquellos senos que ahora tenía entre sus manos; los había imaginado prietos, pero a la vez poseídos de esa recóndita blandura que consiente a las caricias. Ahora que por fin los tenía entre sus manos comprobaba que quizá los hubiese idealizado en exceso, que quizá fuesen más copiosos de lo que él había imaginado, que la pesantez los hacía más grávidos o desparramados, y que además esa imprevista opulencia contrastaba sobremanera con la extrema delgadez de Olga, cuyas costillas perturbaban la piel. Pero esta incongruencia, lejos de decepcionarlo, enardeció su deseo. Abetz era un esteta, y los estetas saben que no existe belleza sin cierta desproporción.

—¿Quieres decir que serás mía? —le murmuró al oído, mientras besuqueaba el nacimiento de su cuello, la línea pugnaz de su mandíbula, la barbilla en la que, extrañamente, también encontró esa recóndita blandura que antes había indagado en los senos.

—Cuantas veces quieras, como quieras y donde quieras.

Un atributo de lo infernal es la irrealidad. Olga no lograba desprenderse de la impresión de que aquello que estaba sucediendo no le estaba sucediendo a ella. Se sintió desgajada de la realidad, desgajada del tiempo, como un asteroide extraviado de su órbita. No cerró los ojos, para no mitigar la pujanza del horror.

Los disparos del piquete de ejecución ya habían cesado, o tal vez Jules hubiese dejado de oírlos, mientras corría por el bosque, mientras los troncos de los árboles parecían apartarse a su paso, acicateándolo en la huida. A lo lejos, entre la espesura, se filtraban los primeros rayos del sol; las espinas de las zarzas le arañaban la piel, reavivando la memoria de sus heridas. Los pulmones ya habían dejado de oxigenar su sangre, las piernas le flojeaban, pero siguió corriendo sin torcer el rumbo, como los mecanismos siguen girando sobre su eje aunque se hayan roto las correas de transmisión que convierten su movimiento giratorio en fuerza motriz. Hacía un rato que la niebla del agotamiento anegaba sus ojos cuando se despeñó por un talud que cortaba abruptamente el bosque; pensó que ya no tendría fuerzas para incorporarse, pero lo hizo penosamente, como el tullido que prueba a mover sus articulaciones inmovilizadas durante meses o años. Se hallaba en un camino allanado de grava que interrumpía el bosque; antes de que pudiera decidir si lo seguía en cualquiera de sus direcciones o lo cruzaba para continuar su carrera bosque a través, oyó el crujido característico de unos neumáticos deslizándose sobre la grava. Un Mercedes negro se aproximaba muy lentamente; el ronroneo de su motor delataba la calmosa crueldad del depredador. El brillo de su chapa hería la vista; a ambos extremos del capó, sobre los faros, tremolaban sendas banderolas con la cruz gamada. Jules se rindió a su suerte, después de comprobar que ya las piernas no le respondían. Del automóvil bajó un chófer uniformado y circunspecto que le abrió una de las portezuelas traseras, invitándolo con un ademán a pasar dentro. Obedeció, desposeído de su voluntad; trató de mantenerse erguido sobre el asiento, pero enseguida se derrumbó sobre él cuan largo era, incapaz de mantener el equilibrio. La tapicería había sido cubierta con mantas, para evitar que Jules la ensuciase con sus sanguinolencias. El chófer cerró la portezuela y volvió a tomar el volante.

—¿Adónde nos dirigimos? —preguntó Jules en un bisbiseo, cuando el coche ya se ponía en marcha.

El chófer no contestó; a cambio, le dirigió a través del espejo retrovisor una mirada entre compungida y displicente de la que Jules no supo extraer ninguna conclusión. Quiso volver a repetir la pregunta, pero notó que se abalanzaban sobre él todo el cansancio y la debilidad por el esfuerzo realizado; cuando ya se desvanecía, llegó a deducir que había sido un esfuerzo baldío, que otra vez lo habían vuelto a atrapar, para llevarlo de nuevo al campo de tiro de Mont Valérien o a las mazmorras de la avenida Foch, pero aceptó su infortunio con estolidez, incluso con vaga gratitud, como quien acata una condena benigna. Se hundió en el marasmo de la inconsciencia mientras el coche avanzaba por el camino de grava, lento como una carroza fúnebre, y lo acunaba con el bamboleo de sus amortiguadores. A partir de ese instante, el tiempo volvió a quedar abolido, al igual que las percepciones de los sentidos, para fundirse en una amalgama de indistinta oquedad, un vacío sordo en el que se precipitaba sin tocar jamás fondo, como si se hubiese asomado al abismo que señala los confines del universo físico. Pero en algún pasaje de ese descenso algo lo retuvo, algo desaceleró su caída, algo lo sostuvo en volandas y tironeó de él, al principio con timidez voluntariosa, luego con un más decidido tesón, hasta sacarlo a flote. Durante aquellos días en que sus huesos se soldaban y su carne restañaba y sus uñas volvían a crecer, deseosas de arañar la vida, Jules permaneció zambullido en la inconsciencia, con ocasionales y siempre desconcertadas emergencias que el furor de la fiebre enseguida aplastaba. Eran apenas unos segundos, o unas décimas de segundo, lo que duraban aquellos lapsos de lucidez; pero, en lo poquísimo que duraban, Jules acertó a distinguir unas manos que amorosamente lo aquietaban, que delicadamente le apartaban las vendas que envolvían su cuerpo para sustituirlas por otras limpias, que muy abnegadamente limpiaban sus heridas y procuraban su cicatrización con cataplasmas y emplastos. Así hasta que un día por fin abrió los ojos; se hallaba tumbado sobre una cama mucho más mullida que todas las que habían probado con anterioridad sus asendereados huesos, y una lámpara de mesilla iluminaba los contornos de una habitación en penumbra, una habitación mucho más desahogada y espléndida —pero de un esplendor algo ajado y como resignado a su declive— que todas las que hasta entonces había ocupado. Intentó incorporarse, pero notó como si se le atirantaran las costuras de una segunda piel, como si un dolor dormido mordisquease cada una de esas costuras. Unas manos femeninas, las mismas manos que lo habían rescatado del abismo, lo contuvieron en su impulso.

—¿Dónde estoy? —preguntó, con la agitación del caminante que teme haber confundido su ruta—. ¿Quién es usted?

Distinguió en la penumbra los ojos de mosaico bizantino que tanto lo habían subyugado en otro tiempo, cuando aún era un chiquillo, también los labios que habían sido hechos para la tarea de los besos. Tardó más en advertir que esos labios habían perdido algo de su antigua lozanía y que las irisaciones de su mirada casi se habían extinguido.

—¿Es que ya no me reconoces? ¿Tan vieja me ves? —protestó ella—. Nunca pensé que fueras tan descastado.

—¿Olga? ¿Olga Vasilievna?

Extrañamente, su agitación después del reconocimiento no había hecho sino agravarse. Jules recordó los rumores poco benignos que circulaban sobre Olga, convertida en una bacante que participaba con el mismo frenesí dionisíaco en orgías sexuales e interrogatorios de la Gestapo. Recordó también la mirada de agónica y conmovida anuencia que su padre, el contramaestre Kuznetsov, le había lanzado, antes de inclinar la testuz. Tal vez Olga se dispusiera a vengar la muerte de su padre.

—¿Qué ocurre? —dijo ella, incapaz de penetrar las cavilaciones de Jules—. ¿Has visto un fantasma?

Jules contempló las facciones agrestes, casi tártaras de Olga. Se dio cuenta de que la seguía amando, de algún modo enfermizo y sinuoso. Se sintió abyecto por seguir amándola.

—¿Cómo he llegado hasta aquí?

Olga se sentó a su vera sobre el colchón. La nostalgia atravesó a Jules, con un sabor de lenta espina.

—Oficialmente, conseguiste escapar de una ejecución —dijo

Olga, anudando su mano a la de Jules, cuidando de no rozarle los extremos de los dedos, donde lentamente volvían a crecerle las uñas—. ¿Sabes cuáles son las posibilidades reales de que esto ocurra?

Entonces entendió Jules el sentido de la farsa que Döbler había representado en Mont Valérien. Obedecía a razones más oscuras que el mero regodeo en la crueldad.

—No las imagino. ¿Debo agradecerte mi vida, pues?

Se cruzaron una larga mirada de entendimiento que hacía superfluas todas las palabras. La imagen de Kuznetsov, derrumbándose exánime sobre las azaleas de los jardines de Albert Kahn, con una como doliente delicadeza, anegó la conciencia de Jules. Nunca antes se había sentido tan vil.

—Creo que será mejor que me vaya —resolvió impremeditadamente—. No debo comprometerte más.

En realidad, lo animaba la innumerable contrición por el crimen cometido. Olga lo sujetó de los hombros, impidiéndole alzar la cabeza sobre la almohada. Aunque, en honor a la verdad, el esfuerzo de levantarse habría hecho sangrar de nuevo sus cicatrices, demasiado tiernas.

—¿Estás loco? —lo reprendió Olga—. Todavía no te has recuperado. Además, hay un cartel con tu rostro en cada esquina. La Kommandantur ofrece una recompensa por tu cabeza.

—No me reconocerán. —Jules se había llevado una mano a las mejillas, donde durante varias semanas de convalecencia le había crecido una barba frondosa—. Te estaré eternamente agradecido, pero ahora debo marcharme.

Olga posó sobre sus labios el dedo índice, atajando sus excusas o explicaciones. El contacto de aquel dedo en su piel todavía tumefacta bastó para estremecerlo voluptuosamente. El tono que empleó Olga era apenas recriminatorio:

—Nunca pude imaginar que te fueses a juntar con esos asesinos.

—No son asesinos, son patriotas —protestó Jules.

Olga lo miró con desconcierto o presentida indignación. La tristeza estaba incrustada en el fondo de su iris, como un liquen o una diminuta úlcera.

—¿Patriotas? —dijo sin ironía—. ¿Tú sabes lo que le hicieron a mi padre?

Para sentirse todavía más vil, Jules denegó con la cabeza. Esa impresión de vileza no hizo sino acrecentarse, hasta impedir su respiración, mientras Olga le narraba con una voz oxidada, secular como un río que arrastra un agua sucia de limo y de sangre, los pormenores de un suceso que Jules conocía mejor que nadie. Sobre la mesilla, en el medroso círculo de luz que derramaba la lámpara, había un retrato del contramaestre Kuznetsov; era el retrato de un viejo prematuro, pero había algo inquebrantable, casi inmortal, en sus facciones graníticas. Olga había cesado en su monólogo. Un silencio luctuoso, apretado de significaciones, llenó la habitación.

—Y, sin embargo, se contaban sobre él cosas terribles —se atrevió a murmurar Jules, sin afán exculpatorio.

—Sí, claro, casi tantas como sobre mí. —Ahora la ironía asomaba hastiada entre los escombros del dolor—. De mí se ha dicho que he denunciado gente a la Gestapo, que he participado en sus interrogatorios, que disfruto sádicamente torturando a los interrogados. ¿Hace falta que siga? Un montón de calumnias repugnantes.

Pero hay calumnias por exceso y por defecto, según la clasificación de Marcel. Jules siempre había considerado que las enormidades que circulaban sobre Olga no eran sino un cúmulo de patrañas. Más veraces resultaban las imputaciones que pesaban contra su padre. Él mismo había contemplado con sus propios ojos los informes mecanografiados, firmados por Kuznetsov de su puño y letra, donde denunciaba a decenas o cientos de obreros de la fábrica Renault.

—De tu padre se decía que redactaba informes para los comisarios de la fábrica —lanzó la acusación en un rezongo, como si se resistiera a dar pábulo al rumor—. Informes que luego servían para mandar a mucha gente al campo de concentración o al patíbulo.

Aunque había imprimido a su voz un tono impersonal, Olga se revolvió ofendida. Sus facciones casi tártaras se hicieron más agrestes y angulosas:

—¿Acaso a ti te hizo un informe cuando armaste aquel estropicio en la fábrica? Y conste que sabía perfectamente que habías sido tú.

Jules se encogió, avergonzado, en la cama. Iba a necesitar un Dios infinitamente bondadoso para que le perdonase lo que había hecho, para poder seguir viviendo.

—No, no lo hizo —dijo al fin.

Por una fracción de segundo creyó vislumbrar un destello de suspicacia en la mirada de Olga.

—Maldita sea, Jules —protestó. En su voz, sin embargo, no había suspicacia, sino más bien una petición de clemencia—. Mi padre no sabía escribir en francés. Aprendió el idioma, pero jamás fue capaz de escribirlo. Procuraba ocultarlo, porque esa incapacidad lo humillaba. —Hizo una pausa, antes de exaltarse—: ¿Puedes decirme cómo demonios iba a redactar esos informes? ¿Cómo?

Rompió a llorar, refugiando su rostro en la almohada junto a Jules, que llegaba a percibir su temblor de junco, el sabor salobre de sus lágrimas. Jules recordó entonces que Kuznetsov, antes de estampar su firma aprobatoria en el parte de trabajo al final de cada jornada, necesitaba comprobar que la cantidad de chapa prensada era, efectivamente, la que establecían las ordenanzas laborales. Ni siquiera miraba el parte; jocosamente decía que, como Santo Tomás, necesitaba palpar con sus propias manos la cantidad de trabajo declarado. También recordó el odio tenaz que Marcel profesaba al contramaestre Kuznetsov, desde los años anteriores a la guerra. ¿Se habría encargado el propio Marcel de falsificar los informes? ¿Habría utilizado a Jules como instrumento de una venganza personal? Notó físicamente el apremio de las dudas, creciendo como una mata de ortigas en mitad del pecho.

—Oh, Dios, qué sola me siento —se lamentó Olga entre sollozos.

La noche entraba por el mirador, como un ladrón descalzo. A lo lejos, la masa arbórea del bosque de Bolonia se retraía, temerosa del otoño que ya se anunciaba, como un ejército al toque de retreta. La mujer que ahogaba el llanto contra la almohada ya no era la misma que Jules había visto, en la cima de su esplendor, saliendo del cabaré Tabarin, enfundada en un vestido de lamé, envuelta en una aureola blanca, como si la luna se copiase en su cuerpo, de la mano de Henri Lafont, aquel encantador canalla que se enseñoreaba del *milieu*. Ahora vestía una blusa deslucida, hábilmente zurcida en las coderas, y una falda tan pudibunda como modesta, como tantas francesas que apuraban los recursos de su ropero mientras la pobreza se les venía encima. Ahora su cuerpo estaba más sazonado, más macerado también por los muchos hombres que le habían ofrendado su devoción o su lujuria. Pero en el inicio de su deterioro, magullada por la crápula o por los disgustos, flaca y ojerosa, la belleza de Olga le resultaba aún más irresistible, como la fruta que empieza a arrugarse de tan madura resulta más dulce que la fruta que aún pende tersa del árbol. Jules la besó, allá donde el cuello se funde con la nuca, como había hecho en vísperas de la guerra, en el camerino del garito de Nicolayev. Increíblemente, sintió que su carne se desperezaba, como un animal que despierta del letargo.

—No estás sola. Me tienes a mí —dijo Jules, en un susurro.

Quizá al ceder al deseo estuviese actuando con mayor vileza, si cabe. Pero no podía resistirse a la tentación que se le ofrecía; nunca había deseado tanto a una mujer como a Olga, nunca había deseado a otra mujer, salvo a Olga. La mera idea de entregarse a una mujer distinta le provocaba algo parecido a una náusea, un rechazo visceral y también ontológico. Era algo enfermizo convertirse en el amante de la hija, después de haber sido el verdugo del padre, pero encontró en esa concatenación un sentido expiatorio. Jules ya no era el chiquillo de unos años atrás, sino un hombre en la primavera de su vigor (o lo sería tan pronto como se restableciese); Olga ya no era tampoco la joven frívola de antaño, sino una mujer en pleno estío, en la fecunda edad de la cosecha, y Jules sólo deseaba anegarse en ese estío, sin importarle que el mundo en su derredor se desplomase, hecho añicos. La tomó entre sus brazos, procurando no hacerse daño; Olga, todavía llorosa, se apretó contra él. Jules tuvo entonces la sensación de que miles de manos entrecruzadas lo aferraban y oprimían. Pronto sus piernas se entrelazaron, como la enredadera se entrelaza con los esquejes, hasta que no quedó espacio alguno entre ellos, todo era intimidad y fusión. Jules cerró los ojos; tuvo la impresión de que juntos realizaban un lento ascenso que desafiaba las leyes de la gravedad. Entonces Olga se deslizó en el interior de las sábanas, besando en su deslizamiento cada centímetro de su piel.

—¿Qué haces? —le preguntó Jules, estremecido de placer—. ¿Te has vuelto loca?

—Tengo que limpiarte las heridas.

Sintió su lengua, como un animal mínimo e invertebrado, refrescando el ardor de cada llaga, hasta detenerse allá donde su deseo era violento como una angina de pecho. A través del ventanal del mirador, Jules contempló el cielo de París, súbitamente iluminado ante la inminencia de un nuevo bombardeo de la RAF. Los reflectores acosaban las nubes desgarradas, como blancos lebreles que lanzan su dentellada sobre la presa. El frenético tableteo de las baterías antiaéreas hacía temblar la línea del horizonte con su resplandor; y a ese resplandor se sumaba un estruendo cada vez más próximo, cada vez más sibilante, que sin embargo no interrumpió la labor medicinal de Olga, tampoco aquella suerte de estremecida bienaventuranza que se había apoderado de Jules. Los aviones británicos volaban en picado, buscando por enésima vez la fábrica Renault, cuya producción todavía no habían logrado paralizar, y vomitaban fuego por sus ametralladoras, perseguidos por ráfagas graneadas que dejaban en la noche un rastro luminoso, como de cometas erráticos, hasta desaparecer en el infinito. Surcaban también el cielo bengalas que descendían en paracaídas y, tras alumbrar un determinado sector, se hundían en la oscuridad, como en un estanque de aguas profundas. El estallido de las primeras bombas no se hizo esperar; en esta ocasión iban por fin a conseguir arrasar la nave central de la fábrica, inutilizar la cadena de montaje, reducir aquella vasta estructura metálica a un gurruño de hierros retorcidos.

Pero a Jules ya nada le importaba el destino de la fábrica Renault, ni tampoco el curso de la guerra, nada le importaba salvo Olga, su sueño imposible de juventud, convertida ahora en el ángel custodio que velaba su convalecencia, que le curaba las heridas, que le procuraba un placer que arrollaba con su pujanza las palabras y el estrépito de las bombas, el horizonte y la noche y el entero universo y hasta el propio ser.

De común acuerdo, decidieron abstraerse del mundo circundante, de todo lo que no fueran ellos mismos. A fin de cuentas, si las estrellas seguían emitiendo su parpadeo allá en lo alto, inmutables ante las mínimas tragedias de los hombres, inmutables ante el clamor de la sangre, también ellos se entregarían a su mutuo amor, ajenos a un dolor que no habían desatado y que, desde luego, no podían cauterizar. Descubrieron que en el interior de cada hombre y de cada mujer pervive un paraíso íntimo, un huerto clausurado, donde la muerte no filtra su aliento, donde el eco de la guerra no se alcanza a oír, donde el león y el cordero puede retozar en paz, entregados a mil gozosos coloquios, ensimismados en un tesoro de dichas que nunca dimite de su fulgor. Bastaba cerrar los ojos a todo lo demás, bastaba entregarse al éxtasis de la carne y a la voluptuosidad de los sentidos para que esos amenos parajes asomaran entre las ruinas de un mundo que había dejado de existir. Se amaban sin rebozo y sin desconfianza, como se aman los animales, olvidados de sus garras, o usándolas para hacer más encarnizado su amor. Ambos sabían que la razón podía convertirlos en enemigos, a poco que hurgasen en sus respectivos pasados, a poco que probaran a husmear en el desván donde habían arrumbado sus pecados pretéritos, pero sobre esa tentación destructiva prevalecía la pura conformidad de dos corazones latiendo al unísono, un pacto de sangre anheloso de ofrendarse mutuamente que nadie podía romper, esa muda y tan elocuente complicidad que une con un deseo común al hombre que se entrega y a la mujer que consiente.

No faltaban fuerzas externas que conspiraban contra ese refugio de blindada felicidad. A Jules lo abrasaban a fuego lento los remordimientos: cada vez que sostenía entre sus brazos el cuerpo de Olga, trémulo por los transportes del placer, recordaba el cuerpo menos ligero de Kuznetsov desplomándose desmadejado sobre sus muslos; y sólo lograba borrar la persistencia de ese recuerdo entregándose con mayor brío a Olga. Llegó a pensar, absurdamente, que la penitencia que Dios le había impuesto por matar al contramaestre Kuznetsov, la única purificación posible de su crimen, consistía en desagraviar a Olga a través de aquel amor incesante, a la vez idealizado y animal, casi ascético de tan lujurioso, que le tributaba día tras día, sin que ella dejase nunca de consentir. Y el efecto curativo de aquel amor tumultuoso no tardó en percibirse: Olga había engordado (aunque los tickets de alimentación la obligaban a una dieta rigurosísima, el amor de Jules había descendido sobre ella como el abono sobre una tierra en barbecho), su mirada había recuperado las irisaciones de nácar, la juventud había vuelto a asomar a su rostro, también se derramaba sobre su cuerpo, que volvía a ser jubiloso y feraz, que volvía a tener ese furor de la rosa en pleno mes de mayo.

A veces, sin embargo, esa rosa restallante se amustiaba. Las pocas horas que Olga faltaba en su casa de la zona alta de Boulogne, las pocas horas en que Jules quedaba a solas con sus remordimientos y su ansiedad, las empleaba Olga en satisfacer su deuda con el embajador Otto Abetz. Le había prometido que sería suya cuantas veces quisiera, como quisiera y donde quisiera. Abetz, que además de esteta era sedentario, siempre elegía como escenario de sus encuentros la embajada; en cambio, como suele ocurrirles a muchos estetas, no agotaba nunca las fuentes en las que se abastecía su deseo, que dejaba en Olga un poso de indescifrable asco. De vuelta a casa, se encerraba en el cuarto de baño, a veces durante horas, tratando en vano de arrancarse esa suciedad, cuya mancha era indeleble. Jules la oía manipular los grifos, la oía restregarse con exhausta rabia, como si la esponja fuese un estropajo y su piel una cacerola vieja en cuyo fondo permaneciese aferrada una costra de grasa indisoluble, fosilizada casi, que ya sólo se puede quitar raspando con una espátula, y a riesgo de que cada raspadura se lleve jirones de piel. Jules la oía llorar en el baño con un llanto pudoroso, vergonzante, casi inaudible entre el retemblar de las tuberías, ese llanto cautivo de quienes ya saben que no hay agua que lave las manchas del alma. Salía del baño después de permanecer en remojo durante largo rato, después de desangrarse en un llanto secreto y minucioso, cuando se creía preparada para adentrarse en ese huerto clausurado que compartía con Jules, allá donde la muerte no filtraba su aliento.

—¿Lo estás haciendo por mí? —le preguntó cierta noche de sopetón.

Estaban ambos en la cama que había amparado la convalecencia de Jules, la cama que con anterioridad habría acogido a otros muchos hombres, hombres distintos e intercambiables que habían arañado a Olga con su lujuria o su codicia. Pero Olga había sobrevivido a todos ellos como el ave fénix sobrevive al fuego, se había regenerado cada noche para volver a inmolarse a la noche siguiente en una ceremonia repetida y ritual. Tardó mucho en responder, y su voz sonó subterránea:

—Quizá al principio. Pero ahora lo hago por mí. No soportaría perderte. Eres lo único bueno que me ha sucedido en mucho tiempo.

Se arrebujaban debajo de varias mantas y de la colcha, tratando de retener el calor que desprendían sus cuerpos. Arreciaba el invierno, el último invierno de la guerra, y las restricciones de combustible eran tales que no se podía ni encender la calefacción.

—Deja de hacerlo, Olga —dijo, en un tono más conminatorio que suplicante—. Te estás destruyendo.

Olga lo miró con una como lánguida ironía, antes de que un escalofrío le cruzase el rostro con un latigazo de miedo. Se acurrucó contra él:

—Si dejase de hacerlo nos matarían a los dos. Él cumplió su parte del pacto, y ahora me toca cumplir a mí.

La casa, a medida que se rendía al frío, se tornaba lóbrega y esteparia. Ya pronto la respiración les brotaría blanquinosa de los labios, como un alma en fuga.

—¿Hasta cuándo? —preguntó Jules. Ahora su voz se sostenía sobre un hilo, era un quejido abrumado ante la magnitud de esa condena.

—Hasta que se canse de mí. Hasta que se aburra de sus propias marranadas, o encuentre otra que le excite más. —Calló compungida, como si la mera alusión a esas marranadas la asqueara hasta más allá de la náusea—. Puede ser mañana. O nunca.

Jules la besó profusamente en el pelo, en la frente, la besó como si la auscultara, como si con cada beso contribuyese a borrar el recuerdo de tanta degradación.

—Entonces me quitaré de en medio —dijo, resolutivo—. Desapareceré sin dejar ni rastro. Y él te dejará en paz.

—Mi amor, no podrías darles esquinazo —sonrió con una sonrisa cansada—. Si ahora te asomaras al mirador, comprobarías que hay un par de tipos en la calle, haciendo guardia. —Jules ya lo había advertido sobradamente, pero esos vigilantes no lo intimidaban, sabría cómo burlarlos. Antes, sin embargo, de que pudiera decirlo, Olga continuó—: Pero, suponiendo que pudieras, tienen orden de rajarme y arrojar mi cadáver en una cuneta.

El latigazo del miedo cruzó ahora el rostro de Jules.

—Escapemos juntos, entonces.

Olga hundía la cara en la almohada, que tenía ese contacto estremecido, un poco pútrido, de la ropa sudada que se abandona en un cesto.

—Yo sólo sería un estorbo para ti. Acabarían pillándonos por mi culpa. —Su mirada se abismó pensativamente en la contemplación del techo, donde no alcanzaba la luz de la lámpara de mesilla—. Sólo se me ocurre una manera...

Dejó la frase en suspenso, para evitarse el oprobio de completarla. Pensaba que la insinuación le bastaría a Jules, pero se equivocaba:

—¿Cuál?

Olga tragó saliva. Las palabras se le atragantaban en la garganta:

—Que les pasaras información. Que les dieras un soplo que les ayudara a desmantelar las redes de la Resistencia.

Después de soltarlo, se había quedado más aliviada. Jules creyó detectar, incluso, un brillo de incitación en sus pupilas. Olga seguía deseando la ruina para los hombres que habían asesinado a su padre.

—Pero... sabes que eso no lo haré nunca —balbució Jules, desconcertado, casi ofendido, de que se atreviera a proponérselo.

En un instante, aquel fulgor que había incendiado la mirada de Olga se redujo a cenizas. Se encogió avergonzada, como un caracol que se repliega en su concha:

—Perdóname, mi amor. Nunca me perdonaré por habértelo dicho.

El llanto estranguló sus disculpas. Jules la tomó entre sus brazos, apaciguador:

—Olvídalo. Todos decimos cosas de las que luego nos arrepentimos.

Trató de sofocar ese llanto con arrumacos y caricias susurradas. Mientras Olga recuperaba el aliento, Jules pensó que quizá el embajador Abetz nunca se cansaría de ella, como tampoco él se iba a cansar. La expectativa de una condena a perpetuidad lo acongojó.

—Tengo que pedirte un favor —susurró Olga, y aguardó su asentimiento—. La semana que viene Otto Abetz organiza una fiesta de disfraces, con motivo de su cumpleaños. Me gustaría que me acompañases. Necesito sentirme protegida.

La petición se le antojó desquiciada, casi irrisoria de tan desquiciada:

—¿Te has vuelto loca? ¿Quieres que me meta en la boca del lobo? No cuentes conmigo.

—Nadie te reconocerá, es obligatorio ponerse máscara —dijo, un poco cohibida de su ocurrencia—. Y obligatorio no quitársela. Se supone que la gracia está en eso, precisamente. Que la gente se divierta sin saber con quién se está divirtiendo.

Se le revolvieron las tripas, al imaginar lo que aquella gentuza entendería por diversión. Pero, absurdamente, decidió que acompañaría a Olga; no lo animaba ninguna razón inteligible, sino más bien una razón irrazonable, el deseo de comprobar cómo Olga se desenvolvía en ambientes que hasta poco tiempo antes habían sido su hábitat natural. En determinadas condiciones, las razones irrazonables llegan a ser irresistibles, de tan poderosas: hay en todo hombre —ya desde nuestros primeros padres, allá en el jardín del Edén— un deseo de aniquilación, un deseo de probar aquello que le perjudica.

—¿De quién quieres sentirte protegida? ¿De Abetz? —preguntó, procurando que no le asomase el sarcasmo.

Olga denegó con la cabeza; en los ojos enrojecidos se condensaba el pavor:

—No, mi amor, con Abetz me las arreglo sola. De la Resistencia. En las últimas semanas he recibido anónimos amenazantes. —Volvió a apretarse contra Jules—. Dicen que pronto me reuniré con mi padre.

La habitación se llenó de repente con un olor putrefacto, como de azaleas mustias. La culpa lo oprimía:

—¿Dónde será esa fiesta? ¿En la embajada alemana?

—A Abetz no le parecía decoroso —murmuró Olga—. Ha alquilado el One-Two-Two. ¿Lo conoces?

¿Quién no conocía el One-Two-Two? Era el burdel más encopetado de París, un edificio de aspecto atildado en pleno corazón de Montmartre, con los postigos de las ventanas siempre echados. Su dueño había decorado las habitaciones reservadas a la coyunda con los motivos más exóticos o estrafalarios, para atender las fantasías degeneradas o pueriles de su clientela. Así, había una habitación que se pretendía un vagón del Orient Express, donde el cliente podía fingir un encontronazo con una duquesa rusa desposeída y violentarla sobre una litera; otra que aparentaba ser la choza de una aldea africana, con máscaras de ébano en las paredes y una piel de león a guisa de alfombra, donde lo aguardaba una negraza en taparrabos con la nariz perforada por una anilla; y otra más alfombrada de heno y pacas de paja, con su altillo a modo de granero donde el cliente podía refocilarse con una putilla disfrazada de granjera sonrosadota y con los muslos fragantes de bosta de vaca; y otra más a guisa de mazmorra medieval, con sus instrumentos de tortura, sus látigos y argollas y su cruz de San Andrés, donde el cliente podía desaguar sus instintos sádicos o masoquistas; y así hasta veintidós alcobas, cada cual de decoración más grotesca o estupefaciente. Completaba las instalaciones de aquel antro un restaurante frecuentado por los jerarcas nazis, los virreyes del mercado negro y los colaboracionistas de postín, donde todavía era posible encontrar caviar iraní y champán de las mejores bodegas, Bollinger, Dom Ruinart o Pommery. Naturalmente, Jules jamás había visitado aquel lugar, ni hubiese podido sospechar que lo fuera a visitar algún día; pero lo había oído nombrar como ejemplo de esa depravación fofa que corrompe a los ricos, cuando ya no saben qué hacer con su polla y con su dinero. También había oído que, desde que diesen la guerra por perdida, el One-Two-Two era el local elegido por los ocupantes para sus francachelas, que sólo concluían cuando los licores y las pupilas del burdel se agotaban y que, en realidad, no eran sino zambullidas en el Leteo, expediciones por las geografías del olvido que les permitían, siquiera por unas horas, aplazar la conciencia de la derrota.

Ese mismo aplazamiento era lo que anhelaban los invitados a la fiesta de Otto Abetz. Se sabían señalados por el dedo de la muerte; pero antes de acudir a su llamada querían correrse la gran farra. La certeza anticipada de la derrota hacía de su solaz una celebración desesperada; en el modo en que trasegaban champán y se disputaban a las putas que pululaban por el gran salón circular que hacía las veces de recibidor, se percibía una desazón de índole agónica. Eran precisamente las putas del local, en número de hasta sesenta, las únicas que no velaban su rostro, y tampoco otras circunstancias de su anatomía: calzadas con zapatos de tacón, tocadas con una cofia y sin más indumentaria que un exiguo delantal, se paseaban entre la concurrencia portando bandejas con bebidas y canapés. Los invitados, por el contrario, vestían ropas abigarradas y se cubrían el rostro con máscaras de cartón y porcelana. No hacía falta distinguirles las facciones para figurarse su identidad: allí estaban los industriales que se habían beneficiado del saqueo de Francia, los directores de periódicos que actuaban de títeres o voceros de los ocupantes, los actores y faranduleros que habían amenizado sus veladas, los jefes de policía que no habían vacilado en perseguir y entregar a sus compatriotas con tal de disfrutar de ciertas prebendas, los oficiales de la Gestapo y las SS, más el enjambre de cortesanas y aventureras que se los disputaban —marquesas apócrifas, *vedettes* con unas tragaderas anchas como sus sonrisas, actrices cocainómanas—, dispuestas a demostrar que nada tenían que envidiar a las profesionales del lenocinio. Una patulea infecta sobre la que reinaba, altivo y orgulloso de apacentarla, el embajador Otto Abetz, recibiendo felicitaciones y parabienes. Para la ocasión se había disfrazado de gran inquisidor, con un hábito de terciopelo negro y un capuz que apenas dejaba asomar la nariz hipertrofiada de su careta. Se había encaramado sobre una especie de peana, una de las muchas que se diseminaban por la pieza y que, en circunstancias normales, debían de servir para que las putas se exhibiesen ante la clientela.

—Mil gracias por vuestra asistencia —voceó Abetz entre el barullo reinante—. A vuestro lado, los años más bien se restan o descumplen. Antes de que cada uno se disperse por las habitaciones del edificio, quisiera que disfrutarais con el baile de Salomé. Por ella Herodes hubiese entregado con gusto la mitad de su reino. Yo sólo os pido que le entreguéis vuestro aplauso. Con todos vosotros la nueva Salomé, la incomparable, la hermosísima Olga Vasilievna Kuznetsova, mi diosa pagana.

Los invitados no escatimaron los aplausos, en justa correspondencia al ardor empleado por Abetz en la presentación. Se rebajaron las luces de la sala y sonó en un tocadiscos un raro híbrido de música argelina y *jazz*. Las paredes del salón estaban decoradas con frescos de motivos campestres; del techo colgaban, como enredaderas, follajes artificiales que acentuaban el clima bucólico o desaforadamente *kitsch* del local. En el centro del salón, una columnata también circular de cartón piedra pretendía resucitar el estilo de los templos griegos consagrados a Afrodita. Olga apareció al fondo de la columnata, cimbreante y sigilosa; atenuaban su desnudez siete velos de gasa que reproducían los colores del arco iris, distribuidos con escasa lógica indumentaria: dos cubrían sus cabellos y su rostro; otros dos, prendidos de los hombros y extendidos sobre los brazos, le servían a modo de capa vaporosa en sus evoluciones por el escenario; uno más escondía el temblor de sus senos; los dos últimos componían una suerte de taparrabos que caía hasta los tobillos, por delante y por detrás. Avanzó hacia los invitados, que por unos minutos parecían dispuestos a postergar sus libaciones y escarceos eróticos, ondulando los brazos como una reencarnación de la diosa Kali. La música la poseía y atravesaba como la corriente eléctrica atraviesa a un animal invertebrado; Olga no hacía sino entregarse a su embriaguez, dejando que se amansara con contoneos voluptuosos en su vientre y en sus caderas. Cuando se apartó el primer velo, su melena se desmandó con un ímpetu de llama o caballo desbocado. Jules contempló con prevención a los circunstantes, que seguían engolosinados los movimientos de Olga entre las columnas; se preguntó si entre los enmascarados no habría alguno que se hubiese colado, como se había colado él mismo, con la encomienda de matarla. Se prometió extremar la vigilancia. Olga se había retirado el segundo velo, que vedaba sus facciones, enardecidas por el mismo gesto lúbrico que Jules le había sorprendido tantas veces, en el trance del orgasmo. Sus labios, incendiados de sangre, parecían musitar una plegaria o una blasfemia.

—Debe de resultar muy duro compartirla con otro —dijo alguien a sus espaldas.

El desconocido iba disfrazado de diablo, con babuchas turcas, jubón y calzas rojas y una capa de raso del mismo color. De la parte superior de su antifaz brotaban unos cuernos de macho cabrío; sostenía a guisa de báculo un tridente, y lo flanqueaban un par de mastuerzos, con el hábito de sayal de los capuchinos. Jules ya había descubierto hasta a una docena de individuos, todos ellos muy fornidos y envarados, con ese mismo atuendo.

—No sé a qué se refiere —murmuró.

Olga correteaba por el escenario, como una ninfa perseguida por un sátiro. Se desprendió de los velos que cubrían sus brazos, que cayeron al suelo como trapos sórdidos. Se volvió de espaldas al público, para mostrarle aquella prodigiosa arquitectura de huesos que se arqueaban, despertando recónditos hoyuelos en la piel.

—Vamos, vamos, Jules, no hace falta que se enfade —contemporizó el desconocido—. Puede hablar tranquilamente, no estamos en la avenida Foch. Y relájese, mis hombres ya se encargan de la vigilancia. Para eso les pago.

El desconocido le echó una mano por encima de los hombros con tanta jovialidad y determinación que hizo sonar los cascabeles de su gorro. Jules iba disfrazado de arlequín, con mascarilla negra y un traje de losanges que Olga había rescatado del armario y le había arreglado, sacándole de las sisas, para que no reventara las costuras.

—¿Quién es usted? —preguntó Jules.

—Lafont, Henri Lafont. Seguro que ha oído hablar de mí.

Había revelado su identidad engreído de su fama de monarca de los truhanes. Jules lo recordó a la salida del cabaré Tabarin, repartiendo instrucciones entre la cohorte de sus acólitos, cuando llevaba del brazo a una Olga rutilante. Aunque lo inundaba un miedo cauteloso, no desdeñó la oportunidad de zaherirlo:

—Lafont, claro que he oído hablar de usted. Me permitirá decirle entonces que es preferible compartirla a perderla.

Olga había liberado los senos, para solaz del público, que acogió su gesto con un rugido de lascivia. Los pezones, nítidos como medallas, duros y enhiestos sobre el bamboleo de aquella carne gemela que ya empezaba a sucumbir a las leyes de la gravedad, tenían un no sé qué obsceno, perturbadoramente obsceno. Lafont rió a placer, celebrando la pulla de Jules:

—Bravo, muchacho. No crea que esas bromitas se las aguantaría a cualquiera. Pero un tipo que ha soportado los interrogatorios de la Gestapo sin decir ni pío, que ni siquiera ha recurrido a la pastillita de cianuro, puede permitirse eso y más. —Lo apretó contra sí, en un gesto de camaradería—. Me gustan los hombres valientes.

—Me sobrevalora —protestó Jules.

Lafont le lanzó un guiño risueño y le propinó un codazo en el vientre, para que siguiera el baile de Olga. Ahora la música se había hecho menos demoradamente sensual, para adquirir un ritmo bárbaro, casi frenético. Vuelta de nuevo de espaldas al público, amagaba con retirar el velo que impedía la contemplación de sus nalgas. Cuando por fin lo hizo, se desencadenó una salva de aplausos atronadores y silbidos admirativos. Olga hizo vibrar sus nalgas al ritmo enloquecedor de la música, como una bacante en pleno rapto dionisíaco, hasta que, alcanzado el clímax, la música volvió a aquietarse, y la vibración descontrolada se convirtió en un meneo mucho más plácido, más insinuador también.

—¿No se ha parado a pensar que tal vez lo traicionaran? —lo envisció Lafont—. La Gestapo lo estaba esperando en su piso franco, según tengo entendido.

Jules lo miró con desconfianza a través del antifaz:

—¿Y eso qué importa ahora?

Lafont esbozó su mejor sonrisa cínica:

—Al final resultará que en la Resistencia hay más canallas que en la colaboración. Yo mismo hubiese formado parte de la Resistencia, de buena gana. —Había en su voz cierta sinceridad, tamizada por un deje irónico—. Cuando los boches lanzaron su ofensiva, me alisté en el ejército, aunque ya se me había pasado la edad, utilizando un carné de movilización que encontré en un basurero. Pero nos devolvieron a casa sin combatir. Entonces los boches me propusieron hacer negocios y entrar a su servicio. Si me lo hubiesen propuesto los resistentes, hubiese entrado en el suyo. —Hizo una pausa burlona—. Pero, ¿dónde estaban los resistentes entonces?

Olga había caminado casi de puntillas hacia el centro del escenario, ya tan sólo cubierta por el velo que escondía su pubis, mientras se desgranaban las últimas notas de la composición musical. Se sentó en cuclillas en el suelo, después adoptó lánguidamente la postura del loto, que resultaba a la vez púdica y oferente. Se recogió con un brazo los senos, como pájaros resguardados del frío, mientras con la otra mano se acariciaba el vientre núbil. La música ya se desvanecía, ya se apagaban las luces y Olga se recogía sobre sí misma, como una corola que se arrepiente de florecer. Por un instante se hizo el silencio, se hizo también la oscuridad, pero cuando ya el número parecía concluido, volvieron a sonar unos acordes furiosos y se encendió un reflector que ya únicamente iluminaba a Olga, despojada del séptimo velo, mostrando la vulva como una herida abierta, palpitante y húmeda. La exhibición duró tan sólo unos pocos segundos, abreviados además por los vítores de los presentes; pero esos pocos segundos bastaron para arrojar sobre Jules una tristeza viscosa.

—¿Piensa entregarme? —preguntó a Lafont—. ¿O serán sus propios hombres quienes se encarguen de mí?

—Qué equivocado está, Jules —se lamentó Lafont, sacudiendo pesaroso la cabeza—. Mis hombres sólo podrían sentir admiración por alguien como usted. ¡Alguien que logró escapar de Fresnes! Ellos conocen bien esa cárcel. Yo mismo los saqué de allí. Si por mí fuera, concedería una amnistía completa y vaciaría las cárceles. Seré un cerdo, pero no deseo que los demás pasen las penalidades que yo he tenido que pasar.

Mientras Lafont le exponía su rocambolesco plan de reformas sociales, Jules siguió con la mirada a Olga. El embajador Abetz ya la esperaba, al pie de la columnata, con una bata que echó sobre sus hombros. Juntos se dirigieron hacia la escalera que conducía a los pisos superiores, entre risas y cuchicheos. Otros invitados los imitaron, después de elegir una o varias de las pupilas que deambulaban por el salón, en cofia y delantal. El escenario lo ocupaban ahora unos acróbatas a quienes nadie hacía demasiado caso, tras la impresión causada por Olga. El champán fluía a raudales.

—Siempre he adorado el circo —prosiguió Lafont, entregado ahora a la nostalgia—. Siendo adolescente me enrolé en una *troupe*. Allí encontré el calor humano que me faltó en casa. A su manera, los saltimbanquis de circo son también unos desclasados, como yo mismo. —Suspiró, abrumado por los recuerdos—. ¿Le gusta el circo?

—No especialmente —respondió con desgana Jules.

Ardía en deseos de salir en pos de Olga, pero temía encontrarla en una tesitura que agravase aún más la postración que le había causado su danza.

—Una lástima —se lamentó Lafont—. Con su habilidad para las fugas y su resistencia al dolor sería un maravilloso escapista. —Y añadió, con un énfasis malicioso—: A la altura de Houdini.

—Vaya, veo que lo sabe todo sobre mí.

Lafont lo corrigió, restándose importancia:

—Nunca sabemos todo sobre nadie, Jules. Ni siquiera sobre las personas que creemos conocer mejor. —Miró a Jules con una inteligencia que se pretendía cómplice, pero que el antifaz hacía torva—. Olga me pidió hace algún tiempo que investigara la muerte de su padre. El asesino no dejó huellas y la Gestapo se despreocupó enseguida del caso, a fin de cuentas Kuznetsov era un pobre hombre, uno de tantos ajusticiados cobardemente por esos valentones de la Resistencia, amparándose en acusaciones falsas.

Jules sintió en su derredor una oscura, intangible pululación. Por un instante, dejó de preocuparle el paradero de Olga.

—Sé que lo mataron —dijo, tratando de espantar el acoso de esa pululación—. No me consta que fuera la Resistencia, sin embargo. Ni tampoco que las acusaciones fueran falsas.

—Precisamente, sobre eso quería hablarle —continuó Lafont. Su pesadumbre se teñía de hastío—. Para Olga resulta muy doloroso que el hombre al que ama pertenezca, o haya pertenecido, a la misma organización de criminales que asesinó a su padre. Y todavía más que no quiera denunciar a esos criminales. Así que me encargó que reuniera pruebas que demostraran la inocencia de Kuznetsov; pruebas que le ayudarán a usted a cambiar de opinión sobre sus antiguos camaradas. Por una amiga como Olga todavía soy capaz de tomarme ciertas molestias.

La fiesta ya había alcanzado ese grado de deterioro o saturación que anticipaba su decadencia. Los acróbatas del escenario habían concluido sus cabriolas sin que nadie les dispensara un mísero aplauso.

—Aunque no lo sepa todo sobre ella —lo mortificó Jules, con el único propósito de ganar tiempo y sobreponerse a la inquietud.

—Quizá sepa más sobre ella que usted —dijo Lafont, devolviéndole el golpe—. Y no todo me gusta en igual medida. Pero una mujer así justifica cualquier locura. Yo, desde luego, cometí muchas por ella. Y volvería a cometerlas cien veces, como un perrito faldero, si me lo pidiese. —Frunció los labios en un mohín compungido—. Pero no creo que me lo pida. Es usted un hombre afortunado. Lo envidio, créame que lo envidio mucho.

Jules tuvo la enojosa impresión de que algo se le escapaba, entre el cúmulo de sobreentendidos que Lafont deslizaba en su conversación. Lo atajó:

—¿Y consiguió reunir esas pruebas?

Lafont palmeó aprobatoriamente las espaldas de sus secuaces, inmóviles en su disfraz de capuchinos.

—No hay cosa que encargue a mis hombres que no me consigan. Siempre tienen los contactos idóneos, no sé cómo se las arreglan. En este caso, bastó con husmear en los archivos de la fábrica Renault. Encontraron documentos muy esclarecedores.

—Espero poder verlos algún día —dijo Jules, tratando de aplazar la situación.

Volvía a sentir esa pululación tan molesta. Lafont hizo chasquear los dedos, señal a la que sus esbirros, dispersos por el salón, reaccionaron como si se aprestaran a repeler un ataque.

—Podrá verlos ahora mismo. Mis hombres los han preparado en una de las habitaciones de arriba. —Formuló una sonrisa esquinada—. Espero que los decorados de este burdel no le repateen tanto como a mí.

No pudieron utilizar el ascensor, atrancado en los altillos del edificio y convertido en expendeduría de menudeos sexuales por los invitados que no habían conseguido plaza en las habitaciones. Subieron por la escalera, en algunos tramos ya regada por las primeras vomitonas, o entorpecida por cuadros de inconcebible degradación. Al llegar al tercer piso, siempre flanqueado por sus esbirros disfrazados de capuchinos, Lafont cedió ceremoniosamente el paso a Jules, indicándole que avanzase hasta el fondo del pasillo. Atrás fueron dejando habitaciones donde se perpetraban coitos bestiales o ridículos; en alguna sus ocupantes habían dejado, por descuido o exhibicionismo, la puerta entreabierta. Lafont no se privaba de fisgonear los vicios ajenos, que parecía juzgar con indulgencia. A Jules, menos mundano o comprensivo, tanta depravación le provocaba náuseas.

—Si es tan amable...

La untuosidad de sus modales tenía un componente paródico, como no podía ser de otro modo en un apache con ínfulas de *salonnière*. Un par de esbirros se apostaron a ambos lados de la puerta de la habitación reservada por Lafont, que trataba de remedar el camarote de un bajel corsario. Las paredes estaban pintadas con trampantojos que reproducían el maderamen de un barco; del techo colgaba un fanal de hierro forjado, derramando una luz ambarina. Atravesaba la habitación verticalmente un poste de madera a guisa de mástil al que se podía trepar mediante una escala que conducía a una cubierta inexistente. El lecho corsario estaba cubierto por un baldaquino con motivos náuticos; en los montantes del baldaquino, de madera cruda, había esculpidas, a modo de cariátides, sendas sirenas en actitudes lúbricas, contoneando su cola de pescadilla y masajeándose los senos. Completaban la decoración de la pieza hasta media docena de maceteros atestados de orquídeas, amustiadas por la atmósfera de podredumbre que se respiraba en el lugar.

—Las orquídeas son mi única aportación —especificó Lafont, cerrando la puerta tras de sí—. Adoro las flores.

Y, para subrayar su predilección, arrancó una de un macetero y se la prendió en el jubón de su disfraz. A través de los tabiques del burdel, llegaba un runrún de jadeos e imprecaciones blasfemas, disfrazando los quejidos gemebundos de las almas sometidas a condenación eterna. Por un segundo, Jules pensó que no tardaría en incorporarse a ese coro infernal:

—¿Me ha traído hasta aquí para matarme? —preguntó.

Lafont se había apartado la máscara de diablejo, que le había dejado marcas en la frente, y se enjugaba el sudor con un pañuelo de holanda. Tenía unas facciones muy poco aristocráticas, de esa tonalidad cetrina que contagia el culebreo por las alcantarillas.

—¿Se ha vuelto loco? —dijo con extrañeza, mientras extraía de una pitillera de oro un cigarrillo—. Le he traído exactamente para mostrarle lo que le anuncié.

Se había sentado sobre la cama, cuyo somier crujió como las cuadernas de un barco en plena marejada. Ya que no podía imitar los bamboleos del oleaje, el propietario del burdel se había esforzado en garantizar a los clientes que eligieran aquel cuarto unos retozos suficientemente estrepitosos. Sobre la colcha reposaban un par de cartapacios reventones de legajos. Lafont tomó uno de ellos y desató los cordeles que aseguraban su contenido.

—Descubrimos que circulaban falsos informes sobre Kuznetsov —dijo, mientras hojeaba los papeles del cartapacio—. Pero da la casualidad que Kuznetsov no sabía escribir en francés, y mucho menos mecanografía.

Le tendió los informes que Jules ya conocía, infectados de una destilada maldad incongruente con la psicología mucho más rudimentaria del contramaestre. Cuando los examinó por primera vez, Jules sólo pudo asombrarse de que Kuznetsov escondiera depósitos de tan minuciosa alevosía; ahora entendía que aquel asombro originario, que el ofuscamiento no le había dejado interpretar, era en realidad un primer síntoma de incredulidad. Tanto regodeo en la delación resultaba inverosímil en el hombre que le había advertido que la Gestapo le seguía los pasos, después de sabotear la cadena de montaje de la fábrica Renault.

—¿Cómo consiguió este material? —preguntó Jules.

Lafont había prendido un cigarrillo, cuyas primeras bocanadas saboreaba con abstraída delectación.

—¿Qué se creía? Los boches tienen muchos agentes infiltrados en la Resistencia, usted ya ha tenido ocasión de probarlo en sus propias carnes —respondió Lafont desganadamente, como quien formula una obviedad—. No es la primera vez que los comunistas disfrazan de misiones contra el enemigo lo que en realidad son ajustes de cuentas personales. —Contemplaba la evolución de las volutas de humo en el aire con una suerte de aplazada melancolía—. Le ruego que eche un vistazo a esta otra carpeta.

La llenaban informes casi idénticos, redactados con el mismo burocrático desapasionamiento y parecidas precisiones aviesas, pero a diferencia de los otros informes que Jules conocía no eran fotografías reveladas a partir de un microfilm, sino originales con el membrete de la fábrica Renault. El bajorrelieve de la mecanografía sobre el papel no dejaba resquicios a la duda: quien había redactado aquellas denuncias había pulsado las teclas con contundencia, casi con saña. Eran, todos ellos, informes fechados durante el primer año de ocupación; comprobó, con lastimado horror, que todos ellos estaban firmados por Marcel Lalande. En muchos había, grapado a modo de adenda o pliego de descargo, otro informe contradictorio, en el que se trataba de exculpar al obrero denunciado, o siquiera de rebajar su culpa, a veces mediante argumentaciones paternalistas o meras peticiones de clemencia que en la mayoría de los casos no habían resultado demasiado eficaces, frente a las muy astutas insidias deslizadas en las acusaciones mecanografiadas. Estas adendas, por el contrario, estaban manuscritas, y adoptaban la forma de declaración jurada, realizada ante un funcionario alemán (las transcripciones, en francés, estaban sembradas de anacolutos y estropicios ortográficos), que daba fe a través de su firma, adjunta a la firma del declarante, una firma escrita en caracteres rudimentarios, propios de quien apenas domina el alfabeto latino: Vasili Kuznetsov.

—Apreciará las diferencias —lo aleccionó Lafont, pero sus indicaciones resultaban superfluas—. Su amigo Marcel sabía escribir a máquina, estaba habituado a elaborar textos para la propaganda sindical. Kuznetsov, en cambio, necesitaba que alguien le tomara nota. Los informes de su amigo Marcel son propios de un comisario político; los del padre de Olga más bien parecen los de un familiar del expedientado.

Entre el centón de informes biliosos —pero siempre disimulados con una pátina de pretendida imparcialidad—, Jules descubrió uno, fechado en octubre de 1940, que se refería a su persona. «El mencionado Tillon —leyó sin asombro, pues ya su credulidad no era puesta a prueba— ofrece muestras constantes de animadversión a la nueva dirección de la empresa, y con su conducta sediciosa trata de impulsar entre los obreros una huelga que habría de celebrarse el 11 de noviembre próximo, coincidiendo con la llamada fiesta del Armisticio, instituida por el depuesto gobierno burgués de la Tercera República, para celebrar estúpidas y arrogantes glorias imperialistas. Se recomienda el ingreso en prisión del citado Tillon; y se recuerda que, por ser hijo de un obrero fallecido en el bombardeo de la fábrica, quizá conviniera apartarlo definitivamente de su puesto de trabajo, pues parece poco probable que llegue a profesar lealtad a quienes considera asesinos de su padre.» Al informe de Marcel se adjuntaba la declaración jurada del contramaestre Kuznetsov, mucho más embarullada: «Otrosí afirma que Jules Tillon desempeña su trabajo con la acostumbrada eficiencia. Que jamás ha participado en revueltas sindicales. Que tampoco se le conocen afinidades políticas. Y que no le consta que haya promovido ni esté promoviendo huelga o revuelta de ningún tipo para la fecha del 11 de noviembre. Otrosí somete a la consideración de quien competa que la edad del citado Tillon y sus dolorosas circunstancias personales deben hacer más disculpable esa conducta sediciosa de la que, vuelve a repetir, no tiene constancia. Y se atreve a proponer a quien competa que se establezca una festividad alternativa a la llamada del Armisticio, para que los obreros de la fábrica no tengan conciencia de menoscabo en sus derechos adquiridos, ni alimenten agravios que podrían afectar a su rendimiento.» Jules cerró la carpeta, antes de que la ofuscada rabia y la contrición le impidieran seguir leyendo.

—Es suficiente —dijo, devolviéndosela a Lafont—. Ahora todo lo veo claro.

O, al menos, lo veía bajo una luz distinta, como quien descubre que la niebla que difumina los contornos de las cosas la provoca una tupida telaraña. Ahora entendía mejor ciertas actitudes recelosas de Marcel en la fábrica; también su insistencia en atribuir imputaciones calumniosas a Kuznetsov; también su empeño en encargarle misiones de alto riesgo: una vez liquidado el contramaestre, sólo le restaba liquidarlo a él, para que se cerrase el círculo. Y, puesto que Jules sobrevivía una y otra vez a las misiones suicidas, no había vacilado en traicionarlo, filtrando a la Gestapo la dirección del piso franco donde había de refugiarse, tras el atentado fallido al general Von Schaumburg.

—Entienda que Olga no desea culpabilizarlo por haber formado parte de la Resistencia —dijo Lafont. Al no encontrar cenicero alguno, arrojó la colilla al suelo—. Ella considera que, junto a alimañas como ese Marcel, también hay hombres idealistas que militan en ella porque creen que así rinden un servicio al bien. —A sus labios afloró un rictus sardónico—. Pero, ¿dónde está el bien, querido Jules? ¿Acaso el bien existe?

No quiso, o no supo, responder esa pregunta. Ahora ya sabía que ni un Dios infinitamente misericordioso podría perdonar sus crímenes. Su destino, como el de aquella jauría que fornicaba y chillaba en las habitaciones contiguas, era la condenación eterna.

—¿Cómo podré agradecérselo? —preguntó Jules.

Lafont le dedicó su sonrisa más encantadora:

—Mándeme flores a mi domicilio de la calle Lauriston. Allí las flores son siempre bien recibidas. Sobre todo desde que me falta la flor que yo más apreciaba.

Jules creyó distinguir, bajo la coraza del cinismo, un fondo de tristeza por la pérdida. Antes de abandonar la habitación corsaria, se volvió hacia Lafont:

—¿Sabe adónde se fue Olga con Abetz?

—Conociendo las preferencias del embajador, imagino que estarán en la mazmorra medieval —dijo Lafont, con un momentáneo regocijo chismoso. Pero enseguida su rostro se ensombreció—: Sin embargo, Jules, le recomiendo que no ande metiendo las narices. Mis hombres ya se encargan de protegerla, puede irse tranquilamente a casa y esperarla allí. Ella le ama de verdad, y reserva lo mejor de ella para usted. No creo que le guste verla en plena faena con ese pervertido.

Jules salió al pasillo, convertido en una caja de resonancia que amplificaba los ruidos procedentes de las habitaciones y los fundía en una barahúnda ensordecedora. Más que la conciencia de la traición, lo abatía la impresión de haber dilapidado su juventud en una causa que no era la suya, la impresión de haber participado en una estafa. Bajó por la escalera, salvando los cuerpos de algunos invitados que se revolcaban inconscientes en el charco de sus propios vómitos. En el pasillo del segundo piso, apostados ante la puerta de una de las habitaciones más recogidas, avistó a otros dos esbirros de Lafont, disfrazados con el característico sayal capuchino. Supo que su jefe los había destinado allí para vigilar que a Olga no le ocurriese nada. Jules enfiló el pasillo; entre la zarabanda sórdida que llenaba el edificio, creyó distinguir la voz suplicante del embajador Abetz. Los esbirros de Lafont miraron interrogadoramente a Jules; luego, con una especie de pudorosa piedad que resultaba incongruente con su oficio, entreabrieron la puerta y se apartaron, para que Jules pudiera mirar. Jules miró, y vio.

Muy de mañana, hiciera frío o calor, Olga se encaminaba a los jardines de Albert Kahn, para dar de comer a los patos, heredando la costumbre de su padre. Desde el pretil del mismo puente de rocalla que Kuznetsov había elegido para su franciscana acción de cada día, Olga vaciaba el fardel cada vez menos repleto de mendrugos, pues ya el pan se había convertido en un bien de lujo, como el marisco o el caviar. En todo seguía el ceremonial establecido por Kuznetsov, salvo en los horarios; el temor a sufrir un atentado aconsejaba no abandonar la casa al anochecer. Jules la acompañaba invariablemente en aquel peregrinaje que para Olga tenía algo de memento fúnebre y para él constituía una mortificación diaria, a la vez un alivio expiatorio y un recordatorio de su vileza. Aquel invierno de 1944, los patos de los jardines de Albert Kahn no emigraron hacia regiones más templadas; quizá esta alteración de sus ciclos vitales se la dictara la certeza instintiva de que, allá donde fueran, encontrarían tierras arrasadas por la hambruna, sembradas de cadáveres que sólo garantizaban la pitanza a las aves carroñeras. Al menos mientras se quedaran en París tendrían el condumio asegurado; aunque, a cambio, tuvieron que soportar un invierno gélido, casi siberiano, que el ejército rojo parecía enviar como emisario de su avance imparable. No había mañana que Jules y Olga no se tropezasen con un pato fiambre, a veces arrebujado entre los juncos, a veces medio enterrado en la nieve como si antes de morir aterido hubiese intentado empollar sus huevos, otras flotando en el riachuelo artificial, o deslizándose como un espectro bajo la capa de hielo que con frecuencia lo recubría.

Bajo el manto de la nieve, los jardines de Albert Kahn parecían una geografía lunar. Se habían borrado los senderos, los parterres abultaban el suelo como cementerios dormidos, la enramada de los árboles formaba una catedral de carámbanos sobre sus cabezas. Muy de vez en cuando, un pájaro veloz rayaba la grisura uniforme del cielo, como un alma negra de pecados. Caminaban sobre la nieve que amortiguaba sus pisadas con una levísima crepitación, dejando tras de sí una hilera de huellas que cuando regresaban a casa, después de alimentar a los patos supervivientes, ya habían desaparecido, sepultadas por una nueva nevada que, como un delincuente concienzudo, volvía al escenario de su crimen, para borrar los vestigios de su presencia. Jules llevaba varias semanas rumiando su decisión; no lo detenía tanto un escrúpulo de conciencia como la reminiscencia de lo que había llegado a ver o atisbar a través de la puerta entreabierta de aquella habitación del One-Two-Two. Muchas veces, mientras Olga permanecía durante horas encerrada en el cuarto de baño, tratando en vano de arrancarse la suciedad indeleble que le dejaban sus encuentros con el embajador Abetz, Jules había imaginado escenas similares a la que había presenciado en aquella habitación del burdel de la calle Provence. Lo que jamás había llegado a imaginarse era la expresión que entonces había sorprendido en Olga, más propia de una bacante furiosa que de una mujer ausente que cumple forzadamente un pacto que le asquea, por salvar su pellejo y el del hombre que ama. Aquella expresión de orgullosa crueldad infectaba los sueños de Jules, entenebrecía sus cavilaciones, contaminaba con sus miasmas aquel huerto clausurado que había tratado de cercar, para que el león y el cordero pudieran retozar juntos. Pero quizá aquella expresión que había creído detectar en sus facciones no fuera sino un espejismo inspirado por los remordimientos; quizá donde creyó ver un regodeo sádico no hubiera sino hastío y repugnancia, quizá todo fuera el fruto de una alucinación, fruto también de una certeza horrible: Olga merecía una reparación por el asesinato de su padre, Olga estaba en su derecho de clamar venganza y obtener resarcimiento. Desde el preciso instante en que había aceptado sus cuidados, Jules chapoteaba en una cloaca moral; y, con cada esfuerzo por salir de ella, no hacía sino hundirse más en su inmundicia. Nevaba sobre París con esa terquedad que el cielo reserva para las ciudades que ha decidido derogar del mapa.

—¿Conoces a un tal Marcel Lalande, un antiguo obrero de la fábrica Renault? —le preguntó Jules a bocajarro cierta mañana, incapaz de seguir callando por más tiempo—. Durante una temporada trabajó en el departamento de tu padre.

Olga sacudía el fardel desde el pretil del puente, arrojando las últimas migas a los patos, que la miraban con ojos tristes, añorantes de épocas más pródigas.

—¿Marcel Lalande? —Empalideció como si su alma hubiese transmigrado—. ¿Por qué me lo preguntas? ¿Fue él quien mató a mi padre?

—No, pero quizá fue quien ordenara matarlo, aún no estoy seguro —murmuró Jules, tratando de esquivar la curiosidad de Olga. Luego la apremió—: Dime, ¿lo conoces? ¿Crees que puede odiaros por algún motivo especial? Más allá de las diferencias ideológicas, quiero decir.

Se asustó cuando Olga refugió las manos en los bolsillos del abrigo y arrancó a andar en dirección al bosque azul, donde los cedros y los abetos del Colorado resistían las inclemencias del invierno, asomando su fronda bajo el manto de la nieve.

—Me había hecho a la idea de que nunca tendría que volver a oír el nombre de ese tipejo —dijo, enfilando el mismo sendero que había conducido a su padre a la muerte.

—¿Qué ocurrió? Necesito saberlo.

Olga se volvió y le hizo un gesto con la mano, desde la frontera misma del bosque azul, exhortándolo a penetrar con ella en su recinto. Jules obedeció, otra vez impulsado por un deseo de aniquilación.

—Fue durante la huelga del año treinta y seis —inició su confidencia, cuando ya Jules se había situado a su vera—. Los rusos exiliados que trabajaban en la fábrica se negaban a afiliarse a los sindicatos. Como te puedes imaginar, era como mencionar la soga en casa del ahorcado. Pero, como también podrás imaginar, era un contratiempo enorme para los planes del partido comunista: por entonces trabajaban en la fábrica más de tres mil rusos blancos; si no se sumaban a las reivindicaciones, la huelga sería un fracaso. Mi padre no era todavía contramaestre, pero tenía un gran predicamento en la comunidad rusa. Y era de los que más duramente se oponían a la huelga.

La tupida fronda del bosque azul les permitía avanzar por parajes apenas colonizados por la nieve. A ambos lados del sendero, los rododendros alargaban sus ramas sin flores.

—Y Marcel de los que más duramente exigiría que se sumasen —dijo Jules.

—Si supieras hasta qué punto... Los rusos tenían que ir al trabajo en cuadrilla, para que los piquetes no los atacaran. Recuerdo que mi padre volvió más de una vez a casa descalabrado. Y por las noches nos apedreaban las ventanas y nos lanzaban amenazas que ponían los pelos de punta. —Tragó saliva, conturbada—. Y ese Marcel era siempre el que más gritaba, y el que lanzaba las amenazas más salvajes.

—Siempre le gustó gallear —dijo Jules, sin ánimo exculpatorio.

La respiración de Olga se coagulaba en la sombra.

—En esta ocasión hizo algo más que gallear. Una tarde volvía a casa de hacer unos recados. Me rodearon en la calle un grupo de obreros, empezaron a insultarme, a zarandearme, a escupirme. Marcel Lalande los dirigía. —Miró compungidamente a Jules, como rogándole que la exonerase de seguir—. Yo me dejé caer en cuclillas contra un portal; todavía me sacudieron alguna patada y me lanzaron algún escupitajo más, pero pronto se cansaron y se largaron, dejándome allí, llorosa. Todos menos ese Marcel. Antes de que pudiera darme cuenta me metió en el portal, me levantó las faldas y me forzó. Al principio opuse resistencia, pero el primer puñetazo bastó para que entendiera que llevaba las de perder. —Se acurrucó contra Jules, buscando su consuelo—. No le conté a mi padre lo ocurrido, sólo le supliqué que colaborara en la huelga.

Jules la abrazó contra su pecho, besó sus párpados, que tenían un sabor salado y convaleciente. Como un turbión de vergüenza, le golpearon las palabras que en cierta ocasión Marcel había dedicado a Olga, después de que el contramaestre Kuznetsov los abroncara: «A ti lo que te pasa es que su hija te hace tilín. Y no te reprocho el gusto, cabronazo. Tiene un meneo en el culo la tal Olguita que entran ganas de empitonarla.» Los ofendidos pueden olvidar la ofensa; el ofensor, jamás. Sí, Olga estaba en su derecho de clamar venganza. Su voz era un susurro:

—Muchas noches me despierto, como si mi padre me hubiese besado la frente. Es lo mismo que me hacía cuando era pequeña, antes de acostarme, para que mis sueños fueran tranquilos. Pero ahora con ese beso me recuerda que le debo una reparación, que su alma no descansará hasta que obtenga esa reparación.

Jules sintió que en cada bocanada de aire que llenaba sus pulmones se le infiltraba la muerte. Se decidió:

—Tengo que decirte una cosa...

Pero ella lo interrumpió, tomándolo de la mano:

—Ven, quiero enseñarte el lugar en el que lo mataron.

Era un cáliz demasiado amargo, pero Jules estaba dispuesto a apurarlo hasta la última gota. Donde había caído el cuerpo de Kuznetsov los rododendros parecían haber reclinado las ramas, formando una especie de lecho funerario. La tierra exhalaba una humedad espesa, como de sangre que aún no ha aplacado su fervor; una luz desvencijada se colaba entre las copas de los cedros, como la vomitona de un cadáver. Olga no se conformaba con el cáliz que Jules se aprestaba a beber; quería embriagarse de otro licor que participaba más del odio que de la amargura:

—Necesito destruir a esa hiena. Dime cómo puedo hacerlo, te lo suplico.

Pero en su expresión no había atisbo de súplica, era la misma expresión de bacante furiosa que Jules había creído vislumbrar a través de la puerta entreabierta en el One-Two-Two. Su voz era una fusta rasgando el aire y desgarrando su carne, también un tibio ungüento que se derramaba sobre su culpa, aliviándola e irritándola a un tiempo.

—En el café La Palette...

Un segundo después de empezar a hablar ya se arrepentía, pero sabía que no podía retractarse, sabía que tendría que hundirse en la cloaca para perderse del todo, para salvarse del todo.

—¿Qué ocurre en el café La Palette? —lo acució Olga.

—En los lavabos del café La Palette. Había una mujer detrás de un mostrador, encargada de su limpieza. —Hablaba como a través de la cortina de arena de un sueño—. Una tal madame Gaby, una mujer ya anciana, de aspecto inofensivo. Es el «buzón» que usan los mandos de la Resistencia para comunicarse. Bastaría interceptar las cartas que le dejan para llegar hasta Marcel.

Olga alzó el rostro. Tenía los ojos arrasados de lágrimas, un incendio de nácar en cada iris; sus labios volvían a desprender un calor de pantera en plena ovulación:

—¿Estás seguro?

—Completamente seguro. —Le estremeció su voz, sin asomo de temblor—. Al menos así era hace aproximadamente un año.

Enseguida pensó que si la anciana madame Gaby seguía ejerciendo de «buzón», las cartas que le fuesen interceptadas no iban a servir para llegar tan sólo hasta Marcel. Pero el odio es pasión ofuscadora y omnívora, más ofuscadora y omnívora que el amor, que arrambla con cuanto halla a su paso, también a quien lo concibe y alimenta. Siguió nevando durante todo el día, como si se hubiese decretado que cayera una mortaja de silencio sobre el mundo, atónito ante la traición de Jules. Al caer la noche, la nieve se convirtió en cellisca; arreciaba contra el ventanal del mirador como un peregrino que demanda posada. Jules la miraba caer sin llegar a verla, abismado en sus pensamientos; entonces Olga le ciñó la cintura desde atrás, le susurró al oído ternezas que desmentían el espejismo de la mañana, cuando su voz rasgaba el aire como una fusta, besó repetidamente su cuello, lo tomó de la mano y lo condujo hasta la cama donde tantas veces se habían trabado de manos, pies y brazos. A esa misma hora, la anciana madame Gaby subía dificultosamente la escalera que conducía hasta su buhardilla, un cuchitril inmundo, asediado de humedades y avisos de derrumbe; cuando ya se disponía a introducir la llave en la cerradura, escuchó unos andares rengos y una voz que la interpelaba en un francés abominable, entreverado de resonancias metalúrgicas. El amor fluía secular en la sombra, exorcizando las huestes del odio; a medida que se apartaba las últimas ropas que velaban su desnudez, Olga iba recuperando su condición prístina de virgen, era como si los muchos hombres que se habían sucedido sobre ella no hubiesen podido mancharla con su lujuria, como si su virginidad fuese un ave fénix que se regenerase cada noche, lavada en un fuego lustral. Madame Gaby distinguió en la oscuridad del rellano la insignia de la calavera brillando en la gorra de plato, bajo un águila arrogante; distinguió el rostro ametrallado por el aceite hirviendo, la boca que le sonreía sin labios, los ojos chicos como alfileres, incendiados de regocijo; madame Gaby estaba preparada para afrontar esa situación, cientos de veces había anticipado los tormentos que le tendrían reservados para el día en que por fin descubriesen sus tejemanejes, cientos de veces su voluntad le había prometido que no declinaría cuando los garfios del dolor desgarrasen su consumido cuerpo; pero ese baluarte se desmoronó de un plumazo cuando su captor le anunció protocolaria, casi cortésmente, que sus nietos, escondidos desde un par de años atrás en una granja para que no sufriesen las represalias por lo que su abuela hubiese podido hacer, sus nietos de cinco, seis y ocho años, se hallaban bajo la custodia de la Gestapo. Jules la recibió entre sus brazos como quien recibe un don venido del cielo, con muda perplejidad, con íntimo alborozo, con desbordada gratitud; por muchas veces que ese don le fuese concedido, nunca llegaría a convertirse en rutina, nunca el hastío podría apagar el temblor que el mero contacto de su piel le provocaba, la venturosa y repetida dicha de comprobar que su cuerpo encajaba en el suyo, como la cera encaja en el molde que la contiene; Olga tiritaba de frío o presentido placer, tiritaba como un ciervo matinal que se asoma entre la maleza, como un pájaro de fiebre, pero esa tiritona se amansó hasta convertirse en un tibio calambre de voluptuosidad cuando ambos empezaron a respirar un mismo aire, cuando sus sangres se anudaron, allá en las raíces de su vigor. A cambio de que sus nietos no recibiesen ningún daño, madame Gaby se avino a dejar, al final de cada jornada, las cartas que le hubiesen confiado los miembros de la Resistencia en una floristería controlada por la Gestapo; para no levantar sospechas, madame Gaby entregaba a los resistentes que se acercaban hasta los lavabos del café La Palette las cartas que la Gestapo le procuraba, en las que se convocaban con un lenguaje que imitaba a la perfección las consignas y códigos del ejército de las sombras reuniones a las que sólo asistía el destinatario engañado (descubría el engaño cuando ya se le echaban encima), o se proponían atentados que, invariablemente, resultaban fallidos y sus ejecutores, capturados. Jules adunó sus senos, en los que se congregaban y repartían los latidos de su corazón, sus senos por fin jubilosos y ubérrimos como racimos de Jericó, buscó con la lengua el sabor salobre de sus axilas, como nidos que escondiesen la reminiscencia de una lágrima, respiró el olor que ascendía de su vientre, un olor de tahona tibia, de pajar donde germina el heno, de gruta donde se urden secretas liturgias. En las semanas sucesivas, decenas de resistentes cayeron en emboscadas y encerronas, mientras aguardaban en un café al camarada que los había citado, mientras trataban de cruzar la línea de demarcación por un paso que creían expedito, mientras escrutaban el cielo en busca de ese avión que, según lo convenido, arrojaría en paracaídas una nueva remesa de armas; en las cartas que madame Gaby dejaba al final de cada jornada en la floristería los agentes de la Gestapo hallaban información sobre conciliábulos que disolvían al asalto, sobre planes de sabotaje que siempre eran abortados *in extremis*, sobre códigos cifrados que les permitían interceptar las transmisiones radiofónicas que los resistentes se cruzaban con los servicios secretos británicos. Entró en ella con facilidad, como quien entra en un redil familiar, hospitalario, hecho a la medida de su deseo; Olga se había encaramado sobre él, había enarcado las nalgas para favorecer la penetración, ahora las costillas volvían a perturbar su piel, como un arpa donde se modulasen los arpegios del deseo, y sus senos se debatían entre su vocación de gravidez y su voluntad enhiesta, en sus senos repercutían los movimientos de la pelvis y también los estremecimientos más callados de sus entrañas, allá donde la carne tenía la calidez membranosa de una placenta. En las mazmorras de la avenida Foch el trasiego de detenidos se hizo incesante, noche y día llegaban furgonetas cargadas de detenidos que eran repartidos por las buhardillas del quinto piso, convertidas en cámaras de un matadero industrial; pronto los torturadores no dieron abasto con aquel flujo creciente de hombres valerosos o pusilánimes, mudos o locuaces, quebradizos como el cristal o duros como el granito, pronto hubo que institucionalizar la ejecución inmediata, renunciando a los interrogatorios y por supuesto al juicio sumarísimo, para aligerar las listas de espera. Jules no cerró los ojos en el trance del orgasmo, quiso contemplar el rostro de Olga como un vasto incendio, su rostro convulso, arañado por sucesivas oleadas de placer, flujos y reflujos ingobernables que adelgazaban y alumbraban sus facciones hasta tornarlas angélicas o demoníacas, pero desde luego no terrenales; quiso mirarla sin pestañear, copiarse en sus ojos de mosaico bizantino en el instante vertiginoso en que también ella sucumbía a una fuerza que la alzaba en volandas, en un paroxismo de los sentidos, para después dejarla caer sin aliento, exhalando un gemido, bañada en sudor, trémula e incandescente como el hierro en la fragua. Los ejecutaban en cualquier lugar y de cualquier manera, presurosa o desganadamente, los ejecutaban en cualquier cuneta o desmonte, de un tiro en la frente disparado a bocajarro, ya ni siquiera se molestaban en transportarlos hasta Mont Valérien, los ejecutaban en el mismo lugar de detención, o los arrojaban desde las buhardillas de la avenida Foch, para que se destriparan contra los adoquines y los recogiera el camión de la basura, o los lanzaban al Sena encerrados en un saco de estameña, con varias pesas de balanza, para asegurarse que no flotaran, o los enterraban vivos en una fosa que luego espolvoreaban de cal, antes de cubrirla de tierra. Y al vaciarse dentro de ella, mientras recogía su cuerpo trémulo e incandescente que se le venía encima, Jules sintió aquella «pequeña muerte» de la que hablaban los poetas, aquel «morir desvanecido» en que el alma viajera abandona el cuerpo y pugna por juntarse con el alma amada, pugna por alcanzar el dulce amado centro y, cuando al fin lo alcanza, allí se queda recogida, juntas ambas como tórtolas en el nido. Como tórtolas caídas del nido, como escombros humanos extirpados de su alma, pudriéndose bajo la nieve, absortos de luna, arrojados a las tinieblas sin viático ni oración, con la sangre detenida para siempre en las venas. Con la sangre anudada y tumultuosa protegiéndolos del frío exterior, de la cellisca que golpeaba el ventanal reclamando posada, de los remordimientos y de las estrellas que seguían emitiendo su parpadeo allá en lo alto, inmutables ante las mínimas tragedias de los hombres.

Iba a ser un invierno muy largo, largo y longevo como la sangre.

Y al invierno sucedió una primavera huidiza, amedrentada, con algo de flor hibernada y algo de fiera famélica que ya no tiene fuerzas para morder porque se le han caído los dientes. Tampoco los necesitaba, pues hacía ya muchos meses que en París no quedaban víveres: al racionamiento y las restricciones, cada vez más severas a medida que avanzaba el invierno, sucedió una carestía que obligaba a aguzar el ingenio gastronómico. Las peladuras de patata, una vez consumidas las patatas, se convirtieron en un manjar de príncipes; los huesos y ternillas del pollo, una vez roída la carne que los recubría, servían para engañar las tripas. Cuando se acabaron las peladuras de patata y los huesos de pollo y los demás despojos, empezaron los banquetes de aire, que no servían para llenar las tripas pero al menos mantenían la secreción de saliva a pleno rendimiento. No es que hubiesen desaparecido los alimentos porque los ocupantes los reservaran para sí o para el comercio del mercado negro; la época del pillaje ya había quedado atrás. Faltaban los alimentos porque ya no había brazos que cultivasen los campos, ni bestias que procurasen su leche, ni actividad comercial que mantuviera, siquiera de forma languideciente, la producción de riqueza. Francia, simplemente, se había quedado sin recursos naturales y sin capacidad para generarlos; se había declarado en bancarrota y, moribunda, se había encogido en el lecho, aguardando el final, que sería un final por consunción, salvo que alguien llegara a salvarla en el último estertor.

Olga no había vuelto a encontrar trabajo, después de que el cabaré Tabarin cerrase sus puertas a un público ya inexistente. Durante algunos meses, con los ahorros que había logrado reunir en los años de su esplendor, aún consiguió adquirir en el mercado negro algunas latas de conserva y algunas cajas de galletas con consistencia y sabor de corcho. Incluso se empeñó, por aferrarse al espejismo del pasado, en arrojar a los patos de los jardines de Albert Kahn —los pocos, escasísimos patos que habían sobrevivido a los rigores del invierno— las rebañaduras de esas latas y las migas de esas galletas, que apenas servían para entretenerles la hambruna. Llegó el día en que esas provisiones menesterosas también se agotaron; y, antes de morir por inanición, Jules decidió, ante el horror de Olga, que había llegado la hora de que los patos los alimentasen a ellos, en justa correspondencia por tantos años de caridad franciscana. Pero, para entonces, en los jardines de Albert Kahn ya no había patos: quizá hubiesen muerto de inanición, quizá otros vecinos de Boulogne se hubiesen anticipado a Jules. Entonces Olga trató de reanudar sus contactos con los jerarcas nazis, descuidados desde que obtuviese la plena absolución de Jules, una vez que su amante facilitó el modo de desmantelar las células de la Resistencia. Pero ese recurso desesperado no funcionó: los aliados acababan de desembarcar en Normandía, iniciando la invasión del país, y a los ocupantes ya sólo les preocupaba el modo de abandonar Francia sin dejar rastro de su presencia. En su desbandada, estaban dispuestos incluso a desobedecer las órdenes de su Führer, reducido para entonces a los escombros de lo que antaño fue.

—Sólo hay una persona en todo París que nos podría proporcionar un poco de comida —dijo Olga, antes de rendirse al agotamiento—. Y, llegado el caso, los medios para huir.

Jules sabía perfectamente quién era esa persona. Durante los años de la ocupación, Henri Lafont se había convertido en uno de los hombres más adinerados de París. En su oficina de compras de la calle Lauriston, en el distrito decimosexto, se habían acumulado cantidades fabulosas, sobre todo desde que los dignatarios nazis empezaron a comerle en la mano y le propusieron la ampliación de su negocio de compraventa a otros negocios más turbios e infinitamente más rentables. Desde luego, si en París aún había una persona que tuviese avituallada la despensa, esa persona era sin duda Henri Lafont.

—¿Por qué no lo dijiste antes? —se quejó Jules—. Lafont hará por ti lo que haga falta, eras la niña de sus ojos.

—Supuse que no te agradaría la idea. Que antes preferirías que nos muriésemos de hambre que pedirle un favor.

Pero, por esta vez, Olga se equivocaba: cuando un hombre se

hunde en ciertas cloacas morales, los escrúpulos de conciencia se convierten primero en pejigueras, enseguida en fruslerías. Tuvieron que ir andando hasta el hotelito particular de la calle Lauriston que Lafont había reconvertido en sede de sus latrocinios y trapisondas, puesto que no tenían dinero para pagarse un velo-taxi; pero, aunque lo hubiesen tenido, se habrían visto igualmente obligados a caminar, pues de las calles de París había desertado cualquier vestigio de locomoción por ruedas. Pudieron constatar, sin embargo, que entre los viandantes —astrosos, escuálidos, envejecidos después de tantos años de privaciones— resplandecía la esperanza, una esperanza que todavía no se atrevía a ser exultante ni escandalosa, pero que ya humedecía las miradas y afloraba en las sonrisas. Los noticieros radiofónicos sostenían que la defensa alemana se prolongaba en Caen y Cherburgo, y describían con complacencia los aterradores efectos de unas bombas volantes (quizá se tratase de aquella arma que, según los rumores, los científicos de Hitler estaban desarrollando en el más absoluto secreto) que se habían empezado a lanzar contra Inglaterra. Pero tales bombas no parecían inmutar el irresistible avance de los aliados en Normandía y Bretaña, desde donde pronto lanzarían la ofensiva final. Camino de la calle Lauriston se tropezaron con varios tanques camuflados con follaje, que iban o volvían del frente; eran tanques averiados, renqueantes de mil escaramuzas, que reclamaban a gritos que los arrumbasen en una chatarrería. Los soldados que los conducían o escoltaban eran demasiado viejos o demasiado jóvenes, pertenecientes a quintas que habían sido reclutadas a la desesperada y enviadas a guerrear sin haber recibido previamente instrucción, como corderos al matadero. Vestían unos uniformes desharrapados, sucios de barro y de sangre, seguramente heredados de los soldados a los que reemplazaban, que habrían caído batiéndose en cualquiera de los tres frentes que Alemania tenía abiertos. Más que soldados, parecían civiles disfrazados; y, en su desfile cabizbajo al lado de aquellos tanques, semejaban la comparsa que flanquea las carrozas de un carnaval trágico. Para completar aquella impresión, las calles estaban regadas de serpentinas de plata: eran las cintas de estaño que la aviación aliada dejaba caer para confundir los radares de las defensas antiaéreas.

—Es aquí —le indicó Olga—. Parece que no somos los únicos que piden ayuda.

En la acera de la calle Lauriston, ante el edificio que ocupaba la banda de salteadores de Lafont, hacía cola, como ante una casa de beneficencia, un grupo de desdichados en busca de un salvoconducto, un permiso de circulación, un bono de gasolina, cualquier documento que les permitiera abandonar el país a la mayor rapidez. Otros venían a suplicar intercesión por algún amigo o pariente preso en la cárcel de Fresnes o en Drancy. Aunque su facha era grimosa, como de trastos desportillados o prendas de ropavejería, se notaba que eran gentes que en épocas de bonanza habían disfrutado de las ventajas de una vida acomodada. Olga entró en el edificio sin aguardar turno; Jules la siguió titubeante, huyendo de los improperios de los preteridos.

—Os estaba esperando —los saludó Lafont, extendiendo los brazos, como si se dispusiera a impartir una bendición—. Sabía que vendríais.

Se hallaba sentado en mitad del vestíbulo de techos altísimos, al pie de la escalinata que conducía a los pisos superiores, detrás de un bufete de madera noble. En su derredor, se azacaneaban sus secuaces, vaciando los archivos de informes comprometedores, facturas de pago y cualquier otro papelote que pudiera dejar algún rastro material de sus actividades. En medio de toda aquella agitación, impecablemente trajeado, Lafont recordaba a esos príncipes arruinados que, aun en el día del desahucio, se empeñan en cumplir con sus obligaciones mundanas. Al levantarse del bufete, trastabilló como el pasajero del barco que acaba de atracar; tal vez estuviese un poco achispado, tal vez notase que el mundo que hasta entonces había pisado con segura arrogancia se removía en sus cimientos. Abrazó a Olga con una fraterna ternura, después de dirigir a Jules una mirada mohína, como si le pidiese permiso para hacerlo.

—Esto se acaba, Henri —susurró Olga, todavía entre sus brazos.

Había en sus palabras, tan lacónicas, esa melancolía de la amante que anuncia el final de un idilio que las circunstancias impiden prolongar. Lafont trató de animarla, pero lo delataba el brillo herido de sus pupilas:

—Vamos, mi nena, no digas bobadas. ¿No has oído hablar de esos cohetes que Hitler está fabricando en Berlín? En cuatro días le habrá dado la vuelta a la guerra, ya lo verás. —Le hizo una mamola. Por el gesto de Olga debió de comprobar que sus ánimos no resultaban demasiado verosímiles—. Además, tú no has hecho nada que te convierta en sospechosa de colaboracionismo. Hasta eres novia de un resistente.

Volvió a mirar a Jules, buscando su aprobación. Uno de los secuaces de Lafont, cargado con un saco, preguntó al patrón si debía proceder al reparto entre los miembros de la banda. Lafont gritó exasperado:

—¿Es que no podéis esperar ni siquiera cinco minutos, panda de ratas? ¿No veis que estoy ocupado? —Luego, una vez sacudido el cabreo, se volvió otra vez hacia ellos—: ¿Qué os trae por aquí?

Olga no se anduvo con rodeos:

—No tenemos nada que llevarnos a la boca.

Ahora Lafont no pudo contener las lágrimas que hasta ese momento había conseguido mantener a buen recaudo. Eran lagrimones silenciosos y apiadados.

—Mi nena —dijo, acariciando su melena—. Todavía recuerdo cuando no querías comer para no engordar.

Olga asintió compungidamente, como el niño que encaja una reconvención.

—Una hizo tantas cosas de las que ahora se arrepiente...

—Elegimos el bando equivocado, de nada sirven las lamentaciones —la animó Lafont, con estoicismo algo forzado—. Pero hay males que tienen remedio. Venid conmigo.

Repartió órdenes entre sus subalternos, pidiendo que atendieran la fila de solicitantes que ya empezaban a impacientarse, aunque no se atrevieran a demostrarlo. A Lafont siempre le había complacido mostrarse pródigo: dos veces por semana repartía alimentos entre los mendigos del barrio; y se preciaba de atender a todo el que acudía a él en demanda de socorro. En sus delirios megalómanos aspiraba a ser un híbrido de Napoleón Bonaparte y Vidocq; pero, aun chapoteando en el lodazal de sus abyecciones, también tenía su ramalazo de San Vicente de Paúl. Lo siguieron a través de los pasillos de la casa, dejando atrás el tráfago del vestíbulo, y cruzaron la cocina donde antaño se habían preparado las cenas de invitados más fastuosas y exquisitas, ahora convertida casi en un muladar, con los fregaderos atestados de platos que merodeaban las cucarachas. Entraron en una despensa aneja a la cocina, todavía con las alacenas bien abastecidas, aunque ya la abarrotase el hedor de los alimentos corrompidos. Lafont le tendió a Jules un saco de estameña para que guardase los víveres, un saco idéntico a los que la Gestapo empleaba para arrojar a sus víctimas al Sena.

—Veamos qué podemos rescatar —dijo Lafont, pasando revista a los anaqueles—. Aquí tenemos unas latas de sopa de tortuga. No es tan rica como la que preparaban en Maxim's, pero sirve para llenar el buche. Se calienta y listo. Toma tres latas.

Las dejó caer a peso en el saco y prosiguió la revista. Había un jamón de Bayona colgado de un cordel que parecía en buen estado; pero cuando Lafont probó a cogerlo, descubrió que estaba acribillado de unos gusanillos blancos que brincaban como pulgas.

—Mierda, parece que se nos han anticipado otros huéspedes —bromeó asqueado, y se frotó la mano contra la pechera del traje, que quedó condecorado de aquellos bichitos culebreantes. Luego arrambló con media docena de latas oblongas—. Espárragos holandeses. Se deshacen en la boca. Y también hay caballa a tutiplén. ¿Os gusta la caballa?

Jules murmuró, un poco avergonzado:

—Dadas las circunstancias, cualquier cosa es un manjar.

Las tripas le rugían, o tal vez fuesen las de Olga. Lafont seguía arrojando latas al saco: peras en almíbar, sardinas, patés de procedencia dudosa, carne cocida, legumbres. En un barreño de agua, flotaban varias barras de mantequilla de Normandía, puestas en remojo para evitar que se agriaran. Lafont las envolvió en papel de estraza y las incorporó al botín.

—Conviene que os las comáis pronto. Con los calores del verano no creo que aguanten mucho. —Se volvió hacia otra pared donde se alineaban algunas botellas—. El vino hace ya algunos días que se acabó, mis hombres le dan al jarro que es un primor. Pero aquí tenemos un Armagnac excelente. Y champán, todavía quedan un par de botellas. A mí no me gusta, pero dicen que es lo mejor para las justas amorosas. —Su jovialidad, algo compulsiva o postiza, no logró variar los semblantes más bien cariacontecidos de Jules y Olga. Mientras embalaba las botellas, peroró—: La vida es como es, un maldito galimatías. Pilla lo que esté en tu mano y deja que los filósofos se estrujen las meninges tratando de descifrarla. Ése es mi lema.

Después de buscar sitio en el saco a las botellas, trepó a una escalerilla, para alcanzar los anaqueles más altos, donde se apilaban las tabletas de chocolate y los estuches de café molido. El saco ya estaba a punto de reventar.

—Con esto tendréis para una temporada —dictaminó, satisfecho.

—Espero que podamos cargar con todo hasta casa —dijo Olga. No parecía demasiado convencida de esa posibilidad, a la vista de los esfuerzos que Jules hacía para sólo lograr alzar el saco unos centímetros del suelo—. No sé cómo podríamos corresponderte...

De momento, y como anticipo de esa aplazada correspondencia, Olga besó a Lafont en la mejilla, muy castamente. El rostro cetrino de su antiguo amante se tornó más rubicundo y su mirada resplandeció. Tenía la expresión alborozada de un niño que acabase de encontrar un nido de codornices entre los rastrojos.

—Mi nena, ¿es que piensas que por darte un saco de comida merezco tu gratitud? ¿Crees que voy a dejarte partir así, sin más? —Sacudió la cabeza, afectando contrariedad—. Haced el favor de seguirme.

Y esbozó una sonrisa de orgullosa esplendidez. Volvieron a cruzar la cocina y salieron otra vez al pasillo, alfombrado de papelotes en los que quizá se registrara alguna contabilidad venal o delictiva. A trancas y barrancas, Jules trataba de que el saco con los alimentos no se arrastrara por el suelo. Por una puerta acristalada, salieron al patio del edificio; allí se alineaban hasta media docena de automóviles, entre ellos el Bentley blanco que a Lafont le gustaba exhibir en sus noches de farra, ya periclitadas.

—El Renault sedán es para vosotros. Os lo tenía asignado desde hace tiempo.

Sacudió unas palmadas sobre la carrocería del automóvil, que retembló como si se aprestara a escuchar la trepidación del motor.

—¿Te has vuelto loco? No tienes por qué... —empezó Olga.

—¿Pensabas que iba a dejarte en la estacada? —la interrumpió Lafont—. Entonces es que no conoces a monsieur Henri. —Volvió a hacerle una mamola; esta vez Olga inclinó cariñosamente la barbilla, para prolongar y responder a esa caricia—. El depósito está lleno, y en el maletero hay otras dos latas de gasolina repletas. Si las cosas se ponen feas, podréis llegar a la frontera.

Desde el principio, Lafont había mantenido la conversación exclusivamente con Olga, como si Jules fuese un mero fámulo encargado de la intendencia. Cada vez que adoptaba el plural, lo hacía con una sensación de desgarro, como si estuviera renunciando voluntariamente a un derecho adquirido que habría querido ostentar en exclusiva. Después de acariciarle la barbilla, extendió la mano hasta sus pómulos, para borrarle el trazo difícil de una lágrima.

—Hala, echad el saco dentro. Yo he de seguir con lo mío —dijo Lafont, arañado por la nostalgia.

Olga abrió la portezuela del sedán, para facilitar la labor a Jules. Entonces descubrieron en el asiento trasero una arqueta no muy voluminosa, aunque se hundiese sobre la tapicería delatando un peso nada trivial.

—¿Y eso? —preguntó Olga, intrigada.

—Eso os servirá para llegar más lejos aún, una vez que hayáis cruzado la frontera —respondió Lafont. Su rumboso desparpajo se había transformado en un sentimiento de pérdida u orfandad—. O para poder vivir con cierto desahogo durante bastantes años, en caso de que decidáis quedaros. Sólo os pido que lo mantengáis a buen recaudo. Si os lo pillan quizá os toque dar demasiadas explicaciones.

Jules no osó intervenir, el papel de fámulo encargado de la intendencia lo exoneraba de responsabilidades demasiado gravosas. Hizo girar la manivela de la dinamo.

—Espero que nos volvamos a ver pronto... —dijo Olga.

Lafont apuntó un rictus doloroso:

—Quién sabe, la vida da muchas vueltas. —Por un momento parecía que se iba a detener ahí, pero no pudo sustraerse a la nostalgia que desde hacía un rato lo hostigaba—: Eres la mejor, por ti hubiera hecho cualquier locura.

—Algunas hiciste, Henri —dijo Olga, espantando la congoja—. Fue bonito mientras duró.

Jules se refugió en el automóvil, para no escuchar los últimos coletazos de aquel idilio difunto.

—No creo que sea necesario que huyáis —se atrevió a opinar Lafont—. Con un poco de suerte no os pasará nada. Tu novio sigue siendo considerado un héroe por sus camaradas. Tendrá que dar algunas explicaciones cuando esto termine, sobre todo para justificar su desaparición durante estos meses. Pero me consta que no sospechan de él. Podrá avalarte.

Olga asintió, menos convencida que Lafont.

—Y tú, ¿qué harás?

—Mucho me temo que mi suerte esté echada. —Había un fondo de arrogancia en su voz. Con un gesto de la mano, indicó a Jules que encendiera el motor. El ronroneo era limpio y desembarazado, como si el coche estuviese recién salido de la fábrica—. Siempre supe que no llegaría a viejo, mi nena. Como comprenderás, no me voy a acoquinar a estas alturas. —La besó en la frente, antes de empujarla con una carantoña hacia el coche—. Te prometo que serás la última persona en la que piense, antes de diñarla.

Él mismo se encargó de cerrar la portezuela muy caballerosamente, después de que Olga se hubo derrumbado sobre el asiento del copiloto, destrozada por una pena que no acertaba a explicar. Cuando el coche ya enfilaba hacia la calle, hizo girar la manivela que bajaba la ventanilla, para añadir algo. Lafont le selló los labios con su dedo índice y le ordenó, en un tono a la vez dulce y admonitorio:

—Ni se os ocurra volver por aquí. No os conozco de nada.

Había francos, pero sobre todo moneda extranjera, dólares y libras esterlinas en fajos de billetes muy desgastados por el uso, billetes que habrían conocido el tacto de muchas manos fenicias, que habrían servido para pagar transacciones sórdidas o desesperadas, que habrían sorteado vigilancias aduaneras y registros policiales escondidos en el forro de un gabán o enterrados entre la borra de un colchón, que tal vez habrían sido entregados para pagar sobornos, para salvar vidas, para garantizar una huida. Calcularon que, al cambio entonces vigente, podrían superar los cuatro millones de francos. Y había, junto a los fajos de billetes, entreverados con ellos, lingotes de oro de procedencia aún más turbia, quién sabe si saqueados de la cámara acorazada de un banco (algunos habían sido mellados justo donde se suponía que debía de estar grabado el número de serie) u obtenidos mediante fundición de joyas y otros objetos preciosos. Quizá su valor ascendiese a una cantidad similar a la de los billetes. Era, desde luego, un botín reunido en previsión de una victoria aliada; un botín que permitiera comprar silencios y pagar favores en el nuevo mundo que se alzaría sobre las ruinas del Tercer Reich sin levantar sospechas ni dejar pistas demasiado evidentes. Y era, desde luego, un botín que, bien administrado, podía asegurar a sus poseedores una existencia de rentistas hasta el día de su muerte, mucho más que unos años de «cierto desahogo», como modesta o cínicamente había dicho Lafont. A Judas le pagaron mucho menos por su traición.

—Henri estaba en lo cierto —dijo Olga, mientras sorbía desganadamente una sopa de tortuga directamente de la lata—. Si nos pillan con ese dineral, ya podemos irnos preparando.

Aunque no les había faltado comida durante los dos últimos meses, gracias a la dosificación de los víveres de Lafont, se habían tenido que resignar a ingerirlos en frío. Ni siquiera habían podido calentar un pocillo de café: la cocina de Olga funcionaba con gas ciudad, cuyo suministro había cesado meses atrás; al menos quienes tenían cocina de leña podían trocear alguna puerta o algún mueble para alimentar los fogones. La comida enlatada les había llegado a repugnar; la embaulaban como quien ingiere, por prescripción médica, aceite de ricino. A veces, el recuerdo de una sopa humeante, de unos huevos fritos, les golpeaba el paladar con un sabor de horrible delicia.

—¿Y qué propones que hagamos? —preguntó Jules, sin atreverse a alzar la mirada, por no tropezarse en los ojos bizantinos de Olga con esa llama pálida en la que se fundían la avaricia y el miedo.

—Debemos esconderlo. En el lugar más insospechado. Hasta después de la guerra.

Provisionalmente, habían guardado la arqueta en el fondo de un armario ropero, entre mantas apolilladas que aún escondían entre sus pliegues el frío siberiano del último invierno. No la habían vuelto a abrir, después de comprobar por primera y única vez su contenido, temerosos de que la contemplación de tantas riquezas llegase a enajenarlos, temerosos de que la meditación sobre sus orígenes los reconcomiese sin tregua. Pero su mera presencia al fondo del armario infectaba el aire que respiraban. Era como guardar en casa un metal radiactivo, cuyos isótopos poco a poco ulceran la piel de quienes viven en su radio de acción, devoran sus células, introducen ominosas mutaciones en su organismo. Algunos ilusos todavía creían que los científicos de Hitler estaban ultimando en algún laboratorio subterráneo de Berlín un arma nuclear que devastaría a sus enemigos.

—Después de la guerra... —murmuró Jules sarcásticamente—. ¿Qué crees que vendrá después de la guerra? Te recuerdo que estamos marcados. ¿O piensas que nadie dirá que bailabas para los nazis, que fuiste la amante...?

—¿Y qué si bailé para los nazis? —lo interrumpió Olga, iracunda—. De algo tenía que vivir. ¿Acaso Chevalier no ha cantado para ellos? ¿Y Arletty, la actriz, no ha sido amante de un oficial de la Wehrmacht? No creo que los vayan a matar por eso. Aquí quien más y quien menos tiene algo que ocultar. Yo no he hecho nada peor que Arletty o Chevalier.

Se colaba en la casa, haciendo retemblar los cristales, el estruendo de una larga hilera de camiones militares. No sólo iban cargados de soldados, sino también de muebles y alfombras, cajas de vino y aparatos de radio, hasta bañeras y bidés, todo un bazar de objetos incongruentes, el residuo de cuatro años de pillaje. El fragor de los motores ahogó la voz agónica de Jules:

—Yo, en cambio, sí.

Ese reconocimiento de culpa soliviantó a Olga más aún que las imputaciones que acababa de hacerle:

—¿Qué has hecho tú? —gritó—. ¿Me lo puedes decir? —Como Jules no reaccionaba, lo zamarreó—. ¿Ocuparte de que un salvaje asesino recibiera su merecido? ¿Crees que eso te convierte en culpable? —Se aplacó, compungida—: Te recuerdo que ese hijoputa de Marcel me violó y mató a mi padre. ¿No te parecen causas suficientes para hacer lo que hiciste?

El rumor de los camiones ya se alejaba, como un remordimiento mitigado por el olvido. Los remordimientos de Jules, en cambio, no se mitigaban:

—Ni siquiera sé si recibió su merecido. Nadie ha podido confirmármelo. —Hizo una pausa, como si la sopa fría de tortuga que apenas había probado le provocase náuseas—. En cambio, puede que muchos inocentes hayan perdido la vida por lo que hice.

Olga respondió con presteza, antes de que la merodease la sombra de una duda:

—Ningún inocente ha sufrido daño alguno, eso sí que te lo puedo asegurar. Abetz me lo prometió.

Invocó ese nombre como argumento de autoridad, como si la palabra de un manipulador probado tuviese algún valor. Jules no supo si interpretar aquellas palabras de Olga como una muestra de ingenuidad o un alarde de cinismo. Tampoco sabía si contar a Olga en el número de las víctimas o en el de los verdugos, quizá porque en ella coexistían, en abominable coyunda, la víctima y el verdugo, la samaritana que abnegadamente lo había devuelto a la vida y la ménade ebria de crueldad. Menos arduo, pero no menos doloroso, le resultaba calificar su propia conducta y sus repercusiones. No se consolaba tratando de convencerse de que su delación la habían forzado circunstancias extraordinarias; sabía de sobra que las circunstancias extraordinarias no transforman el alma de un hombre, sino que más bien decantan aquello que permanecía oscuro o apenas formulado. Había deseado la muerte de Marcel, la había deseado ardorosamente; y en la ofuscación de ese ardor no había reparado en las consecuencias colaterales de su deseo. Tampoco había calculado los efectos que la satisfacción de ese deseo le acarrearía: ingenua o cínicamente, había llegado a creer que matando a Marcel, o permitiendo que otros lo mataran, mataba de una tacada el nido de áspides del odio y también la culpa que lo corroía, por haberse dejado instigar por sus insidias, ajusticiando al justo Kuznetsov. Pero, aunque había logrado aliviar el odio, no había conseguido espantar el acecho de la culpa, sino más bien al contrario: al cáncer originario que no había llegado a expiar se sumaban ahora, en una metástasis tumultuosa, un hormiguero de culpas añadidas que ya no podía contar ni medir. Culpas que, además, lo mortificaban envueltas en una telaraña de sospechas. ¿Y si los informes que Lafont le había permitido consultar en el One-Two-Two fueran en realidad falsos, tan falsos como los que el propio Marcel le había proporcionado? ¿Y si la providencial intervención de Olga, al salvarlo de una muerte cierta, y su turbio contubernio con Abetz, y el episodio de su violación juvenil, fuesen en realidad artificios de una gran tramoya urdida para sonsacarlo, fingimientos planeados para conducirlo hasta la trampa? No podía apenas concebir que el amor que Olga le había tributado durante aquellos meses fuese también insincero y formase parte de la misma tramoya. Pero, desde que ese enjambre de sospechas empezara a agitarse, hasta lo inconcebible tenía cabida en su enferma mente.

El riesgo de que una bala perdida se colase en las casas, ahora que en París se habían trabado los primeros tiroteos, aconsejaba dormir con los postigos de las ventanas echados. Pero ellos dormían con las ventanas abiertas de par en par, para aliviarse de los sofocos de agosto, para aliviarse también de los sofocos acaso más tenaces de la culpa. Una espada invisible se interponía entre sus cuerpos, sobre el lecho que antaño había acogido sus transportes amorosos. Apenas lograban conciliar el sueño; pero se mantenían mudos e inmóviles boca arriba, bajaban los párpados, incluso respiraban acompasadamente, como respiran quienes duermen despreocupados, para que su insomnio pasara inadvertido al otro; y en esta absurda ceremonia de simulaciones recíprocas pasaban la noche entera, hasta que con los clarores del alba osaban por fin infringirla. En París había comenzado la batalla de las barricadas; amortiguado por la espesura del bosque de Bolonia, llegaba el ruido desvaído de las detonaciones, que a veces arreciaban como un pedrisco y al poco se interrumpían, como si las guiasen el flujo y el reflujo de las mareas. Aquella mañana, apenas asomó la primera luz, el aire se llenó del inequívoco olor de la chamusquina. Jules salió al mirador y pudo contemplar el cielo oscurecido por un humo negro de tinta y de crímenes que esparcía por la ciudad las cenizas de toneladas de archivos; algunos papelorios salvados milagrosamente de la quema flotaban en el aire, como palomas avergonzadas del mensaje que les obligaban a portar. La guarnición alemana desalojaba los hoteles e inmuebles que había ocupado durante los últimos cuatro años, no sin antes borrar el registro de sus tropelías. Ya sólo quedaban unos pocos soldados recluidos sin artillería pesada en el hotel Crillon, en el palacio Bourbon, en el Quai d'Orsay y la Escuela Militar. Atrincherados en sus instalaciones, repelían los ataques de los *fifís*, entre los que, junto con algún resistente de primera hora, se mezclaban muchos valentones que durante los años del plomo habían permanecido escondidos en sus huras. Olga también se había levantado, al olor de la humareda y el eco de los disparos.

—¡Cómo iba a dejar esa escoria comunista que París fuese liberado sin violencia! —dijo con mordacidad—. Para hacer la revolución necesitaban su pequeña matanza, disfrazada de patriotismo. Unos cuantos cadáveres de boches y de franceses sobre los adoquines, para poderse hacer la foto ante la historia.

Pero su análisis estaba demasiado enturbiado por el resentimiento. Desde aquel mismo mirador, Jules había tenido ocasión de contemplar, apenas unos días antes, cómo un soldado alemán había lanzado, desde el remolque de un vehículo militar, una ráfaga de ametralladora sobre los curiosos que se agolpaban en las aceras. Sin mediar provocación, gratuitamente, por descargar su rabia o disfrutar del poder omnímodo que le concedía la posesión de un arma. Semejantes alardes de crueldad arbitraria, superflua, aleatoria, estaban convirtiendo a muchos civiles en combatientes improvisados. El camino que media entre la docilidad dolorosa y la insurrección se había por fin recorrido.

—Las cosas no son tan sencillas como las pintas, Olga.

El reproche no la inmutó. El maniqueísmo es una cómoda trinchera; abandonarla para exponerse a recibir un fuego graneado resultaba demasiado arriesgado. A Olga le faltaban fuerzas para afrontar ese riesgo; quizá también le faltase tiempo. A ambos se les agotaba el tiempo.

—Tenemos que esconder la arqueta, Jules. Cuanto antes mejor.

Jules se sentía como una polilla que revolotea en torno a la llama de una vela. Sabía que sus alas podían prenderse en cualquier momento, pero cuanto más cerca estaba de rozar el fuego, más se acrecentaba la impresión de estar acatando su destino.

—¿Dónde? —preguntó.

Reflexionó, no sin ironía, que su itinerario era justamente el contrario al que había adoptado la mayoría de los franceses: de la insurrección a la dolorosa docilidad.

—En cualquier lugar apartado. En algún escondrijo donde a la vez resulte imposible que la encuentren y sencillo recuperarla, una vez que haya pasado todo esto. —Se notaba que había sopesado todas las posibilidades—. En un cementerio, por ejemplo.

La humareda que vestía de luto el cielo hacía más admisible su propuesta.

—¿Un cementerio?

—Uno de esos cementerios de pueblo. Hay muchas tumbas abandonadas. —Su voz era imperativa—: Esta misma noche podrías hacerlo.

No supo si dejándolo ir solo quiso demostrar su absoluta confianza en él, o más bien su dominio absoluto sobre él. A Jules, desde luego, no se le pasó por la cabeza la idea de escapar con el botín; más bien al contrario, pensó que al deshacerse de aquella arqueta —el estipendio de su traición— su convivencia con Olga sería más respirable. Secretamente, anhelaba desprenderse de esa arqueta para siempre; anhelaba que el escondrijo que le adjudicase fuese tan recóndito que ni siquiera él pudiera recordar su ubicación, cuando llegara la hora de recuperarlo; también anhelaba que esa hora no llegase nunca. Cargaron la arqueta en el asiento trasero del Renault sedán que no habían movido de la cochera desde que Lafont se lo procurase; antes de partir, Olga le tendió, envuelta en un trapo, una pistola, reluciente de grasa o de miedo.

—Ten mucho cuidado —le advirtió—. Está cargada.

Jules miró la pistola con una suerte de consternado desconcierto, como si su mero contacto desenterrase en su conciencia cadáveres que creía sepultados.

—No me habías dicho que estuvieses armada.

—Nunca he tenido que usarla y espero no usarla jamás. A tu lado me siento protegida.

No había zalamería en sus palabras, tan sólo una promesa de beatitud futura quizá demasiado optimista. Se besaron al desgaire, no exactamente con desapego, sino más bien con esa especie de protocolario decoro que emplean los novios en la víspera de su boda, a la hora de la despedida, difiriendo las efusiones para la noche siguiente, cuando por fin se haya desvanecido la tensión de los preparativos y hasta el último invitado haya regresado a casa, dejándolos a solas. Cuando Jules se agachó ante el radiador del coche para accionar la manivela, Olga aún le dijo, para que esa promesa de beatitud resultara menos fantasiosa:

—Quiero que me protejas siempre. Quiero convertirme en una esposa respetable, con niños pegados a mis faldas.

Jules asintió atolondradamente. Por el espejo retrovisor vio la figura de Olga, frágil en la vasta noche, empequeñeciéndose a medida que el coche avanzaba. Decidió dirigirse hacia el Este, siguiendo la misma dirección que los alemanes en su huida, pero rehuyendo las carreteras más concurridas, donde más probabilidades había de tropezarse con puestos de control. La noche tenía una grandeza irreal, opresiva; en lo alto, la luna afilaba su guadaña, preparándose para la siega. Jules no estaba acostumbrado a conducir; hacerlo a oscuras, sin faros, por caminos nunca transitados, se le hacía una experiencia casi onírica, como si faltase la fuerza de gravedad bajo sus pies. Dejó atrás, a su izquierda, París, que tenía un aspecto de ciudad submarina, casi abisal; los tiroteos habían cesado, como si los insurrectos aún obedeciesen por rutina el toque de queda o hubiesen agotado la munición. Cuando el paisaje se hizo campestre, su desorientación aún resultó mayor; en cada encrucijada, torcía al albur, sin otro criterio que elegir siempre el camino más inhóspito. Más de una vez tuvo que recular, cuando el paso lo estrangulaban las malezas. En alguna ocasión apagó el motor, receloso de que otro automóvil lo estuviese siguiendo; pero sólo el cricrí de los grillos, monótono como el zumbido de la sangre en sus sienes, y el ulular de alguna lechuza tan desnortada como él mismo perturbaban el silencio. Por espacio de casi tres horas, deambuló por trochas impracticables, atorándose en las roderas que los carros de bueyes habían excavado en la tierra; poco a poco, lo fue erosionando el desánimo: pensó que lo mejor sería arrojar la arqueta entre los arbustos y esperar que amaneciese, para regresar a Boulogne. Cuando ya estaba a punto de desistir, una de aquellas trochas desembocó en un camino más despejado que lo condujo hasta una pared de pizarra, algo derruida y alfombrada de musgo. Encendió los faros apenas un instante, lo justo para atisbar un portón metálico rematado con una cruz. Apagó el motor y dejó que se pacificase el zumbido de su sangre.

Entonces escuchó nítidamente el rugido de otro motor más descangallado que el de su Renault. Salió a la noche, dispuesto a vender caro su pellejo, después de remeterse la pistola que Olga le había prestado en los fondillos del pantalón; sólo la culata le asomaba a la espalda, presta a ser empuñada. Vislumbró, a menos de cincuenta metros, un camión lleno de alemanes, erizado de fusiles y ametralladoras. Ya era demasiado tarde para escabullirse; pensó que no había mejor modo de inspirarles confianza que quedarse quieto, aun a riesgo de exponerse a una de esas ráfagas con que a veces, aleatoriamente, los derrotados descargaban su rabia. El camión no encendió los faros; desde su remolque, un par de soldados prendieron sus linternas, que dirigieron hacia Jules. Probó a ensayar la expresión y la actitud que pudieran resultar más tranquilizadoras, aunque sabía que su mera presencia en aquel andurrial alejado de la civilización hacía inútil cualquier pretensión tranquilizadora. Esbozó una sonrisa bonachona; pero en aquellos días en que un francés era un enemigo para un alemán y en que el peor enemigo era tal vez el de aspecto más bonachón, esa máscara risueña podía resultar contraproducente. Acudieron a sus labios, como una reminiscencia consoladora, las oraciones que había aprendido en la infancia. Renunció a levantar los brazos para demostrar sus intenciones pacíficas; por el contrario, los mantuvo cruzados sobre el pecho, sintiendo el latido desbocado de su corazón. El camión había reducido su marcha hasta detenerse casi; los soldados del remolque lo apuntaban con sus fusiles automáticos.

Debieron de pensar que cada bala era preciosa en tales circunstancias, debieron de juzgar que aquel tipo que los contemplaba como un pasmarote era un pobre diablo tan asustado como ellos mismos, tan extraviado como ellos mismos, tan deseoso de dejar atrás aquella guerra absurda como ellos mismos. Al fin, el camión cambió la marcha y se perdió en la noche, clandestino como un buque fantasma.

Cuando se extinguió el ronquido de su motor, Jules actuó con rapidez. Tomó la arqueta y una palanca del maletero y entró en el cementerio, empujando la hoja del portón metálico, que rechinó en sus goznes como si protestara de una visita tan intempestiva. Una sutil fosforescencia, como un delgado hálito que brotase de la tierra feraz, aureolaba los túmulos. Al fondo, apartados de las tumbas más plebeyas, se alineaban unos pocos sepulcros y también un par de panteones que las familias más adineradas del lugar habían ordenado erigir para proclamar su pertenencia a un estamento superior. En las lápidas de granito, la rácana luz de la luna se aquietaba como en un espejo; con alguna dificultad —el liquen colonizaba los epitafios— fue descifrando las fechas de los enterramientos. Eligió una tumba con la cruz mutilada en uno de sus brazos; en los últimos cuarenta años nadie la había utilizado, tal vez su único inquilino hubiese muerto sin descendencia. Removió la lápida con ayuda de la palanca; de la tumba brotaba una humedad exhausta, como de bodega donde los vinos alcanzan una graduación de coñá. No se atrevió a descender a la fosa, por miedo a que en su interior se agazapara algún bicho ponzoñoso, una víbora o un alacrán o un alma corrompida de pecados como la suya. Arrojó la arqueta por el hueco; su caída la amortiguó un hojaldre de maderas mohosas y huesos fosilizados. Mientras empujaba la lápida para devolverla a su sitio creyó escuchar unas pisadas subrepticias entre los túmulos. Pensó que se trataría de otra ilusión acústica causada por el zumbido de la sangre en las sienes.

—No me lo podía creer. Cuando los muchachos me dijeron que te habían visto en compañía de esa furcia, paseando por los jardines de Albert Kahn, no me lo podía creer.

Reconoció enseguida aquella voz resolutiva, levemente feroz. Pero tuvo que alzar la vista para convencerse de que no era una voz emergida de ultratumba, o de algún pasadizo de su conciencia torturada. Tardó en distinguir las facciones enjutas y obstinadas, como de monje que un día decide hacerse soldado, las profundas arrugas que dibujaban en las comisuras de sus labios una mueca de perenne insatisfacción, los ojillos vivaces, siempre alerta, como los de un mastín que otea su presa. Marcel llevaba un pañuelo anudado al cuello, un pañuelo que quizá hubiese sido rojo, pero que la mugre o la noche oscurecían hasta tornar casi cárdeno. Sostenía entre las manos una metralleta Sten.

—Pensé que sufrían alucinaciones y ordené que te pusieran vigilancia. Desde entonces, hemos seguido todos tus movimientos —prosiguió, algo incrédulo todavía—. Maldita sea, era cierto. ¡Estás vivo, Jules!

Lo había dicho con una especie de ofendida exultación, como quien constata un milagro que confirma sus más aciagos temores. Sobre el cañón de su Sten portaba una linterna que encendió abruptamente, para enfocar a Jules. Mientras exploraba las circunstancias de su rostro, seguía murmurando con asombro lastimero la misma cantinela: «¡Estás vivo! ¡Estás vivo!» El chorro de luz obligaba a Jules a cerrar los ojos, como en los interrogatorios de la Gestapo.

—Sí, Marcel, estoy vivo. Aunque, si por ti hubiese sido, llevaría mucho tiempo muerto —dijo, con más hastío que acritud—. Me traicionaste después del atentado fallido a Von Schaumburg, como ya antes me habías traicionado, cuando trabajábamos en la fábrica.

Marcel apagó la linterna. Cuando cesaron los efectos del deslumbramiento y Jules pudo distinguir de nuevo su expresión, descubrió que la lastimaba la perplejidad:

—¿Qué mierda estás diciendo? ¿Cómo puedes pensar de mí semejante vileza? —Tampoco había acritud en sus reproches, sino más bien una vehemencia desgarrada—. Los culpables de que te estuvieran esperando en el piso franco fueron los putos ingleses, los amiguitos de tu general De Gaulle, empeñados siempre en jugar a los espías. Al parecer, los boches les habían interceptado y descifrado un mensaje con direcciones de pisos francos de la Resistencia... —La sospecha que Jules había arrojado sobre él lo llenaba de tristeza y de rabia; mientras se debatía con sentimientos tan contradictorios, casi perdía el hilo de su descargo—: ¿Y qué es eso de que te traicioné cuando estábamos en la fábrica? ¿Tú sabes lo que tuve que bregar ante los comisarios para que te mantuvieran en el puesto? —La irritación le iba encrespando la voz, hasta tornarla desgañitada y atronadora—. Di, ¿lo sabes? Querían deshacerse de ti, porque creían que el resentimiento te convertía, tras la muerte de tu padre, en un enemigo en potencia. Kuznetsov era también partidario de despedirte. Y yo fui el único que te defendió. ¿Lo entiendes? ¡El único!

Exasperado, sacudió un puntapié en la tumba donde Jules acababa de esconder la arqueta del botín. Tras el paroxismo de cólera había empezado a resollar; poco a poco, su respiración se fue calmando, sin embargo. Cuando volvió a hablar, ante el silencio desconcertado de Jules, parecía poseído por algo parecido a la ternura:

—Tuve que cargar con el sambenito de ser tu protector. Muchos en el partido pensaron entonces que era un puto maricón... —Tomó aire, para que su voz sonase viril—: Pero yo te quería como un padre quiere a su hijo, Jules. Y te seguía queriendo como un padre mientras estuvimos juntos en la Resistencia. Si fui duro contigo fue porque te quería como un padre.

Se abismó en un silencio atribulado. A Jules comenzaban a resquebrajarlo las dudas:

—Pero los padres no envían a sus hijos a matar inocentes —dijo, sobreponiéndose a la tentación de la credulidad—. Basta, Marcel, lo sé todo. He visto con mis propios ojos los informes que hacías para los comisarios de la Renault. Y sé que violaste a Olga durante la huelga del treinta y seis.

Hasta entonces había permanecido en cuclillas junto a la tumba. Se levantó muy cuidadosamente, evitando que Marcel pudiera interpretar este movimiento como una excusa para abrir fuego. Las acusaciones de Jules habían conturbado a Marcel, que no daba crédito a lo que escuchaba. Retrocedió unos pasos, a la vez que empuñaba con mayor firmeza la metralleta Sten.

—Dios mío... —dijo, en un susurro—. ¿Qué has hecho, Jules?

Ahora era Jules el que había tomado la iniciativa. El contacto de la pistola en la espalda le transmitía un calambre de temeridad.

—Nada de lo que deba arrepentirme —contestó, con insolencia y fatuidad—. Sólo lamento que sigas vivo.

—Fuiste tú... —La sorpresa se congregaba en su voz, como un hormiguillo de horror—. Tú diste el nombre de nuestro buzón en La Palette. La confidencia que te hice la usaste contra nosotros.

En su abatimiento, había estado a punto de tropezar con una tumba.

—Contra ti, Marcel, sólo contra ti.

Marcel se había recompuesto. La rabia volvía a enardecerlo:

—¿Sabes cuántas vidas ha costado tu chivatazo?

Esas vidas invocadas parecían removerse bajo tierra, como un ejército que clamase venganza. Descabaladamente, Jules empezaba a comprender:

—Pero Olga me aseguró...

—¿Cómo puedes ser tan idiota? —lo interrumpió Marcel—. ¿Es que todavía te resistes a aceptar la verdad? Esa furcia es una agente al servicio de los boches. ¿No te das cuenta de que te han utilizado? ¿No te das cuenta de que has sido un pelele en manos de esa gentuza?

Jules se quedó contemplando el perfil de su antiguo amigo, complicado de arrugas y cavilaciones. Luego alzó el rostro al cielo, donde las estrellas emitían su parpadeo, inmutables ante el clamor de la sangre. Sospechó que Dios no le iba a conceder su perdón.

—Me pregunto qué habrás escondido en esa tumba —dijo Marcel, en un murmullo ausente—. Puedo imaginarlo, aunque necesitaré verlo con mis propios ojos, para saber si has llegado tan lejos. —Hizo una pausa dificultosa. La inminencia del llanto le arañaba la garganta—: Pero primero tengo que matarte, Jules. No sabes cuánto siento tener que hacerlo.

Jules aún tuvo tiempo de llevar la mano a la espalda y empuñar la pistola, pero antes de apuntar ya la ráfaga de la Sten lo había alcanzado. Una bala le impactó la sien: en apenas una décima de segundo, acudieron en simultáneo tropel a su memoria millones de recuerdos deleitables o atroces que compendiaban su vida, pero enseguida se sucedió un dolor vivísimo, abrasivo, que lo hundió en las tinieblas. Fue como un apagón de la inteligencia; mientras caía al suelo, sintió que su cerebro había dejado de enviar órdenes al resto de su organismo, que su cerebro ya estaba muerto aunque la sangre persistiera en su misión. La hierba que alfombraba los túmulos lo recibió con su blandura muelle, feliz de acoger un cuerpo que pronto le serviría de sustento. Una noche sin estrellas se derramó sobre sus ojos.

—Te quería como un padre —oyó decir a Marcel, lejanísimo y espectral.

Y, antes de hundirse en esa noche que descendía sobre él y lo tomaba en volandas, Jules alzó el brazo y pulsó tres veces el gatillo de la pistola que aún aferraba en la mano. Las tres detonaciones ya no alcanzó a oírlas. Cuando despertó a la mañana siguiente no lograba acordarse de nada, ni siquiera sabía quién era.

EPÍLOGO

Mientras Sabine hablaba sin ambages, mientras removía pudorosa pero también resueltamente ese séptimo velo que por fin dilucidaba la figura de Jules, mi fortaleza, tan precaria, todavía se sostuvo. Pero apenas calló, la orden de demolición que pesaba sobre mi maltrecho ánimo fue ejecutada. No era tan sólo el chasco de comprobar cómo el héroe acababa convirtiéndose en traidor, ni siquiera el oprobio de saberme hijo de alguien que había sucumbido y pisoteado sus ideales. A fin de cuentas, no lo habría hecho si no hubiese sido engañado; como Marcel le había recriminado en el cementerio de Roissy-en-Brie, lo habían manejado como a un pelele, se habían aprovechado de su ardorosa ingenuidad, y de su amor juvenil por Olga, y de su sentimiento de culpa para envolverlo en una urdimbre de falsedades muy ambiguamente disfrazadas que, a buen seguro, otro en su lugar tampoco habría sido capaz de desenredar. Por lo demás, nunca había concebido demasiadas ilusiones en torno al heroísmo de Jules, nunca había cedido a la tentación mitificadora: que los acontecimientos extraordinarios lo hubiesen empujado al heroísmo (como luego lo empujaron a la traición) no significaba que su naturaleza fuese heroica (ni tampoco traidora). Mi desolación no se debía tan sólo al desvelamiento de aquellos episodios ignominiosos que Jules había protagonizado hacia el final de la guerra, de cuyo recuerdo aflictivo le había librado durante algunos años la amnesia (aunque, a cambio, lo hubiese arrojado a una noche sin fisuras quizá más aflictiva aún). En la indagación de la biografía de Jules había depositado muchas esperanzas, demasiadas esperanzas; había llegado, incluso, a creer que serviría para conjurar mi mundo tenebroso. Por una vez había torcido mi vocación de retraimiento y me había decidido a desvelar un secreto, creyendo que ese desvelamiento serviría para anestesiar mi dolor, creyendo que al aclarar mis orígenes obtendría una especie de reparación por no haber podido aclarar los orígenes del hijo en gestación que Nuria se había llevado consigo a ultratumba, cuando murió —cuando la maté— en aquel accidente de carretera. Ya que nunca sabría si aquel hijo era mío, había pensado que al menos actuaría como un lenitivo de esa zozobra saber de quién era hijo yo. Había acometido esa misión con fe, tal como me había recomendado el padre Lucas; pero, una vez alcanzado el final de mis pesquisas, sentía que esa fe había sido defraudada. Debí de quedarme un largo rato en silencio, ensimismado en la emergencia de mi mundo tenebroso.

—¿Tienes hotel para dormir esta noche?

Sabine me había invitado a subir a su piso, a una distancia de apenas tres o cuatro manzanas de la fundación Blumenfeld, después de la cena. Habíamos almorzado juntos, habíamos proseguido la charla en su despacho durante toda la tarde, habíamos salido a cenar (esta vez me había invitado ella) y, quizá por piedad, por miedo a que la soledad del hotel me infectase de abatimiento o desesperación, me había invitado a tomar una copa en su casa. Ahora que los hielos se habían derretido en el vaso, el licor era un brebaje calentorro y poco incitante.

—Se supone que sí —respondí con desgana—. Aunque olvidé confirmar la reserva, tal vez me la hayan anulado.

La jornada había sido larga, y la naturaleza de las confidencias que me había hecho, estragadora, pero Sabine conservaba aún cierta lozanía. Puede que simplemente estuviera manteniendo la tensión para evitar que me rindiera del todo.

—¿Y qué harás entonces?

—Buscaré otro hotel, o tal vez vaya directamente al aeropuerto. —Consulté el reloj, que ya marcaba una hora posterior a la medianoche—. En unas pocas horas podré tomar un avión de vuelta a Madrid.

Sabine se levantó del sofá donde ambos permanecíamos derrengados, yo más derrengado que ella.

—De eso nada. Te quedas a dormir en casa.

De nada sirvieron mis reparos, que por lo demás el aplanamiento hacía febles o inconsistentes. Mientras trataba de disuadirla sin convicción, Sabine ya me había conducido a una habitación de invitados, había mudado las sábanas de una cama demasiado extensa para cobijar a un solo durmiente y alisaba el embozo con aquellas manos que en más de una ocasión se habían posado sobre las mías, para infundirme su calor y su coraje, cuando juzgaba que las revelaciones sobre mi padre podrían dañarme.

—Si necesitas cualquier cosa, no dejes de avisarme. Duermo al lado —dijo, mientras mullía la almohada.

Yo hubiera necesitado, antes que cualquier otra cosa, que velase mi insomnio y extinguiera mi desazón, hubiera necesitado la aquiescencia de su respiración sobre mi respiración, como un bálsamo que aquietase mis presagios, hubiera necesitado el refugio de su cuerpo junto al mío, pero hay necesidades que no pueden formularse. Cuando Sabine me dejó fui todavía más consciente de mi desolación; ni siquiera tuve fuerzas para desvestirme (o tal vez no lo hice por un absurdo recato), tan sólo me quité la chaqueta y los zapatos. Tan pronto como me hube acostado, me asaltaron muchas, infinitas ideas, un hormiguero de pensamientos de apariencia inconexa, aunque íntimamente ligados entre sí. El cerebro humano, que se muestra incapaz de pensar al mismo tiempo en dos cosas distintas cuando lo hace de forma consciente, piensa simultáneamente en millones de cosas cuando se abandona a la inconsciencia: algunas de ellas se muestran en su nitidez más iluminadora y rotunda, lo mismo que en un cardumen de peces se muestran con gran claridad los que merodean la superficie del agua, en tanto que hay otros pensamientos desdibujados que nadan en las profundidades de la conciencia, como los peces abisales en el fondo del océano. Estos últimos, aunque no son los que determinan al instante nuestras acciones, son los que a la postre acaban explicándolas. El asedio de esos pensamientos abisales, removiendo el cieno de mi mundo tenebroso, me impedía descansar, me impedía también parar quieto en la cama. Sabine debía de estar escuchando mis tejemanejes desde la habitación contigua; tal vez hasta ella también llegase el rumor de mis pensamientos desvelados, como un cónclave de cuervos. Vi en el despertador eléctrico de la mesilla que eran las tres cuando Sabine entró en la habitación de invitados y se sentó en la esquina de la cama demasiado extensa para un hombre solo. Posó una mano sobre mi frente, como si quisiera espantar aquella barahúnda de pensamientos aciagos; extrañamente, el contacto de su mano resultaba ahora refrescante, era una cataplasma que aliviaba mi fiebre. Durante un rato, ninguno de los dos dijo nada, el silencio nos hacía invulnerables.

—¿Cómo consiguió tu padre que Jules le contara la verdad? —le pregunté al fin.

Creí detectar un tenue temblor en su mano, la caricia de un escalofrío.

—Había perdido el miedo a la verdad. Ni siquiera la muerte lo espantaba.

Espantosa sólo es la vida. Tendido sobre la cama, yo miraba la vida, que se espantaba de sí misma.

—¿Desde cuándo crees que supo la verdad? ¿Desde que Portabella le curó la amnesia con aquellas sesiones hipnóticas?

Sabine se tendió a mi lado, cuidando de no rozarme, para que su gesto no pudiera ser malinterpretado. Una espada invisible se interponía entre nuestros cuerpos.

—Quizá cuando abandonó el manicomio aún le faltaba atar algún cabo —susurró—. Quizá su visión de la verdad aún era demasiado confusa. Por eso viajó a la Argentina. Quería aclarar esa confusión.

—¿Y qué hizo allá?

Su voz se había tornado rugosa, apretada de significaciones, como la de una sibila:

—Purgar la culpa. Consideraba que merecía un castigo por lo que había hecho. Si el mundo no se lo imponía, entonces lo haría él mismo.

Por supuesto, no acudió a la embajada británica para que le expidieran otro pasaporte. Habría tenido que ofrecer demasiadas explicaciones; tal vez para entonces, después de casi diez años encerrado en el manicomio de Santa Coloma de Gramenet, los funcionarios que lo habían atendido, recién llegado a Madrid, ya se habrían jubilado, y con toda seguridad habrían sido destinados a otra embajada. Después de vagar durante varias semanas por los malecones del puerto de Barcelona, logró que lo embarcaran como polizón en un buque mercante con destino a Buenos Aires, a cambio de emplearse gratis como fogonero durante la travesía. En Buenos Aires se mezcló con la marinería en los piringundines de la calle 25 de Mayo, unos tugurios así pintorescamente llamados, híbridos de prostíbulo y espectáculo de variedades, animados por malos cantores de tango y peores pianistas y frecuentados por rufianes y coperas (así llamaban por allá a las prostitutas que obligaban a sus clientes a pagarles una copa de whisky apócrifo, que solía ser en realidad té frío). En aquellos quilombos disfrazados de cabaré no tardó Jules en encontrar trabajo como prestidigitador; lo favorecieron sus muy modestas (casi inexistentes) pretensiones económicas, pero sobre todo su castellano castizo con fuerte acento francés, que entre los porteños pasaba por una divertida impostura. Inevitablemente, los números de magia que ofrecía a la clientela de los piringundines, más atenta a la farra que a sus habilidades escamoteadoras, en nada se parecían a los que muchos años antes había probado en el circo de Estrada, y posteriormente en el Pasapoga de Madrid: le faltaban ganas para repetirlos, le faltaba el acicate de un público menos mostrenco, le faltaba sobre todo la inspiración de Lucía. Sus actuaciones resultaban tan repetitivas y rutinarias que no solía durar en cada piringundín más de un par de meses, pero este nomadismo por los antros de la zona portuaria favorecía su designio de aislamiento y misantropía. Alquiló por la mitad de precio una habitación interior, angosta y estremecida de humedades, en una pensión de medio pelo, sobre la barranca de la calle Basavilbaso, pomposamente llamada El Gran Cervantes. Pasaba muchas horas encerrado en aquel tabuco, a solas con sus pensamientos, como un lobo estepario, leyendo libros que repescaba en los kioscos de viejo de plaza Lavalle, o periódicos del día anterior que le pasaban los dueños de la pensión. No hablaba con nadie, a menos que fuese absolutamente necesario; se había propuesto padecer al máximo los rigores de una marginación auto-impuesta, hasta llegar a entender el continuo e implacable dolor de su espíritu.

Las pocas personas que lo trataban lo miraban con desconfianza; inevitablemente, creían que tras la fachada del retraimiento se escondía una trastienda vergonzante de crímenes pasionales. Si probaban a sonsacarlo, se topaban infaliblemente con un muro de hermetismo; si insistían en su asedio, Jules se quitaba de en medio sin aspavientos y buscaba empleo en otro piringundín de los alrededores. Por fortuna, aquellos impertinentes inquisidores constituían una excepción en el ambiente hampón en que se movía: allí quien más y quien menos incorporaba a su biografía algún episodio deshonroso o delictivo que le convenía ocultar; quien más y quien menos aceptaba tácitamente que el mejor modo de preservar su propio pasado consistía en no andar hurgando en el ajeno. Jules solía comenzar su jornada con una cena tempranera en el Dora, una fonda regentada en régimen de cooperativa por exiliados españoles, en la recova del Bajo, antes de que llegasen los clientes habituales. A eso de las nueve comenzaba sus actuaciones en los piringundines de 25 de Mayo; pasada la medianoche, alargaba la madrugada noctambulando por los bares cercanos al Luna Park, frecuentados por boxeadores sonados, bataclanas —así llaman todavía en Buenos Aires a las coristas que utilizan el escenario como escaparate, menos dispuestas a animar un vodevil ínfimo que a calentar la cama de un bacán—, timberos, magos de cabarute, gacetilleros de *La Nación* (la sede del periódico quedaba a escasa media cuadra del Luna Park) y demás especímenes del bajo fondo porteño. A veces participaba remisamente de las peñas o tertulias que en estos antros se formaban, al calor de unas grapas, en las que se sacaba el cuero a los colegas ausentes, se glosaban las últimas hazañas del *ring* o se aireaban las miserias de la corrupta política local; otras veces, por el contrario, buscaba el abrigo de una mesa esquinada y se emborrachaba melancólicamente, hasta amodorrarse con los primeros clarores de la mañana. El día lo pasaba recogido en su cuarto de El Gran Cervantes, que se había convertido en su cárcel gustosa; había aprendido a vivir sin futuro, en un ejercicio de cotidiana supervivencia, esforzándose por aprender los aspectos más callados y lacerantes de la abnegación.

Como no era un superhombre ansiaba la compañía femenina, necesitaba estar de vez en cuando con una mujer que le aliviara la congoja de tanta soledad amurallada. En su día libre se paseaba por las plazas Italia o San Martín, donde las domésticas provenientes del interior del país aprovechaban sus tardes libres para buscar, entre colimbas y desocupados, novios fugaces. También pululaban por allí las cínicamente llamadas flores de fango, minitas de extracción humilde que dieron un mal paso y comerciaban con su cuerpo a precio de liquidación; con algunas de ellas —procurando que siempre fueran distintas— solía meterse en los cines de la calle Corriente o en algún escondido recodo del Rosedal de Palermo, buscando un alivio rápido que, sin embargo, le dejaba un poso de irredenta tristeza. A veces, mientras estaba con ellas, recordaba a las mujeres que en otro tiempo había amado, las mujeres que ya nunca podría volver a amar; un brusco y lacerante calor penetraba entonces en su pecho, como si lo pincharan con una astilla de fuego. Alguna de aquellas minitas, seducida por su acento europeo, llegaba a enamorarse de él, o siquiera a sentirse fatalmente atraída por ese fondo de tranquila desesperación que anidaba en su alma; entonces Jules se quitaba de en medio, volvía a quitarse de en medio, se había acostumbrado a esta nueva forma de escapismo. En uno de sus periódicos tumbos por locales de trasnoche, consiguió trabajo en un cabarute del pasaje Seaver, que unía Libertador y Posadas, un baluarte de la bohemia al que se accedía por una escalera muy parisina y donde se arracimaban talleres de artistas, varios clubes nocturnos y gimnasios de patovicas, que así se denominaba en la jerga porteña a los matones musculosos, fragantes de sudor y testosterona. El cabarute, bautizado sin demasiada originalidad Can Can, acogía a una clientela menos canallesca que los piringundines de 25 de Mayo, entre la que no faltaban turistas en busca de colorido local. En cierta ocasión, mientras ejecutaba sus rutinarias prestidigitaciones, Jules fue requerido por uno de los miembros del público —un gallego medio otario y bastante borracho— para que intentara alguno de los números más elaborados que le había visto completar, quince años atrás, en el Pasapoga de Madrid. Respondió al requerimiento con una sonrisa vacía; era la primera vez que alguien lo reconocía, el primer aviso de alarma. Tendría que esconderse aún más, si quería seguir pasando inadvertido.

Por aquella misma época —principios de los sesenta—, un periodista de *La Nación*, en una de aquellas tertulias de trasnochadores en las que participaba remolonamente, mencionó a Carlos Fuldner, un turbio funcionario de Migraciones, antiguo capitán de las SS, encargado por Perón de coordinar la fuga de nazis desde Europa a finales de los cuarenta y posteriormente creador, con el respaldo de un generoso contrato público, de CAPRI, una empresa presuntamente dedicada a los proyectos hidroeléctricos que en realidad era una tapadera para proporcionar empleo a los criminales de guerra desembarcados en Buenos Aires. La nómina de CAPRI —acrónimo que el periodista de *La Nación*, con jocosa retranca, tradujo como «Compañía Alemana para Recién Inmigrados»— había llegado a incorporar a más de trescientas personas, entre las que alternaban mandos camuflados de las SS y prometedores tecnócratas germanoargentinos que, con el tiempo, se convertirían en destacados empresarios; pero, después de que Perón fuese depuesto, la fortuna de la compañía había empezado a declinar, con la consiguiente diáspora de los empleados, hasta que finalmente hubo de acogerse a un largo proceso de quiebra que por entonces daba sus últimos coletazos. Así y todo, su fundador Carlos Fuldner —a quien el periodista de *La Nación* había tratado de entrevistar en vano— debía de haber encanutado buena guita, puesto que mantenía su domicilio particular en Ombú, 2929, una elegante y semicircular calle de Palermo Chico, el barrio más exclusivo de Buenos Aires, entre residencias de magnates y palacetes de embajadas. Otros nazis notorios habían corrido peor suerte: esquilmados sus ahorros, se habían desperdigado por los suburbios de clase media y montado negocios de medio pelo —lavanderías, tiendas de tejidos, representación de aparatos sanitarios—, para disfrazar su procedencia con la mugre de una llevadera derrota. Algunos seguían albergando la ardiente esperanza de una nueva guerra mundial que les restituyese el honor, pero la mayoría ya se había resignado a enterrar para siempre sus delirios megalómanos, conformándose con escapar de sus perseguidores.

Jules había anticipado mil veces con la imaginación el reencuentro con aquel Carlos Fuldner que tanto tiempo atrás lo había visitado en los camerinos del Pasapoga, reclamándole la satisfacción de una deuda cuya naturaleza por entonces se le escapaba. Desde que abandonara el manicomio de Santa Coloma de Gramenet, ese reencuentro pendiente había roído sin cesar, como una carcoma, las fibras de su conciencia, había martilleado su sangre con una cantinela siempre repetida. Quizá la razón última de su travesía del Atlántico y su establecimiento en Buenos Aires no fuese otra que el reencuentro con Fuldner; si hasta entonces lo había diferido, si no se había preocupado de buscarlo ni de hacerse visible para que Fuldner lo encontrase, no había sido tanto por aplazar lo inaplazable como por saborear las horribles delicias del castigo. De algún modo irracional, Jules consideraba que aquella vida sin futuro constituía una expiación necesaria por los errores del pasado; de algún modo también irracional, consideraba que el reencuentro con Fuldner era la estación última de ese penoso calvario. Como el eremita que llega a obtener cierto placer en las privaciones, Jules había llegado a hacer de su penitencia, de los rigores del extrañamiento y la soledad, una forma de sacrificio indulgente. Decidió que había llegado el momento de asumir plenamente su culpa y arrostrar su destino. Estaba dispuesto, pacíficamente dispuesto, a morir, si la satisfacción de esa deuda que Fuldner le reclamaba así lo exigía; en modo alguno estaba dispuesto a matar, había resuelto reprimir para siempre su verdadera naturaleza.

Eligió para su reencuentro con Fuldner la primera noche que tuvo libre, una noche clara de la primavera austral. Hasta Palermo Chico, como un cogollo de blindada opulencia, no llegaba el tráfago de Buenos Aires; las estrellas parpadeaban en lo alto, inmutables ante las pequeñas tragedias de los hombres. Jules caminó por las veredas solitarias, dejando atrás mansiones engreídas como templos de una religión que hubiese renunciado al proselitismo, atrincherada en unos pocos y selectos feligreses. De vez en cuando se detenía a fisgonear el interior suntuoso de aquellas residencias, con esa perplejidad asombrada y un poco envidiosa del niño que se asoma al escaparate de una confitería, después de una merienda frugal que apenas ha acallado el rugido de sus tripas. Atisbaba mesas lacadas de patas finísimas, divanes que nunca habían sido ofendidos por el gravamen de un culo proletario, arañas que lloraban una luz con vislumbres de piedra preciosa. En su mezcla de clasicismo y boato, aquellas residencias parecían proclamar su desdén hacia quienes nunca habían pisado ni pisarían su suelo; en su orden minucioso y exacto, parecían esconder un repudio del caos que infamaba el resto de la ciudad. Jules se entretuvo imaginando la vida íntima de sus pobladores, con su ejército de mucamas tristes o sumisas, sus liturgias inútiles o protocolarias, sus lujos repetidos y hastiados, sus silencios herméticos como cajas de caudales, sus desolaciones secretas, que sin duda los asaltarían hacia el final de la tarde, cuando el cielo se ponía cárdeno y en el aire se respiraba el perfume tibio del jacarandá, tan parecido al perfume corrompido de un entierro de postín. Llegó por fin a casa de Fuldner, en una calle que se alabeaba como una ensenada en torno a un parque que la noche hacía casi selvático. Pulsó el timbre de lustroso bronce;

su reverberación sonó, cantarina como el agua de una cascada, por dependencias que podrían haber servido como salones de baile. Salió a abrirle un mayordomo rigurosamente trajeado que no mostró señal alguna de sorpresa o inquietud ante su aspecto de atorrante, como si ya estuviese habituado a que semejante patulea importunase a su amo. «Me llamo Jules Tillon —se presentó, exhumando el nombre que desde que desembarcara en Buenos Aires había suplantado con seudónimos más sonoros y teatrales—. Quisiera hablar con el señor Fuldner.» El vestíbulo de la mansión era muy espacioso y antipático, con algo de foyer de ópera y algo de cámara mortuoria; una luz de ópalo se retrataba en los espejos, incorporando a la decoración una tonalidad de presentida decadencia. Para corroborar esta impresión, decenas de cajas de cartón se apilaban contra las paredes, premonitorias de una mudanza que ya pronto se consumaría, premonitorias quizá de un desahucio mil veces aplazado. El mayordomo asintió vagamente y se fue, dejando a Jules en el vestíbulo, como si no le importara demasiado que aprovechase la coyuntura para birlar un candelabro o limpiarse el barro de los zapatos en un cortinón de terciopelo.

Escuchó, proveniente del fondo de la casa, una conversación en alemán, interrumpida por el mayordomo que lo anunció (y que, sin embargo, ya no volvería al vestíbulo, ni siquiera para rogarle que esperase un poco) y enseguida reanudada, en un tono más agrio y perentorio. Jules no podía entender, fuera de alguna palabra suelta, lo que en aquella conversación se solventaba; en cambio, sí pudo distinguir la vibración de malignidad que caracterizaba la voz de Fuldner, que por su tono parecía estar abroncando a su interlocutor, abroncándolo sin contemplaciones, introduciendo incluso algún comentario burlón o despectivo en su reprimenda. El otro hombre, que apenas osaba intervenir, lo hacía siempre con una voz pálida y sojuzgada, como si acatara el pedrisco de reconvenciones que caía sobre él o le faltara el ánimo para rebatirlas. Al cabo de unos minutos, apareció el destinatario de la filípica, un hombrecillo calvo, de rostro demacrado y nariz prominente, que vestía un traje raído y caminaba con esa especie de cansancio humillado de los menestrales que, llegados a fin de mes, después de deslomarse en la ejecución de su trabajo, descubren que no tienen plata ni siquiera para pagar el recibo de la luz. Probablemente no tuviera mucho más allá de cincuenta años, pero semejaba —la mirada gacha y afligida, la espalda encorvada, cierta quebradiza patosería en los andares, como de pájaro con las patas en cabestrillo— un septuagenario que se asoma a los páramos de la decrepitud. Y, sobre esta impresión de vejez prematura, llamaba la atención en aquel don nadie la abrumada conciencia de acabamiento que dejaba traslucir, una conciencia que no poseen quienes nacieron predestinados a la derrota, sino más bien quienes en otro tiempo fueron altaneros y ahora se ven reducidos a la miseria. Apenas hubo salido de la mansión, Fuldner apareció en el vestíbulo. «La verdad, nunca creí que volveríamos a vernos, Jules», dijo, a modo de saludo. Había sorpresa en sus palabras, sincera sorpresa y también un poso de ofendida ironía.

Tampoco Fuldner era aquel hombre untuoso e intimidatorio que había abordado a Jules, quince años atrás, en los camerinos del Pasapoga. Como suele ocurrir con los flacos que hacen vida sedentaria, sus adiposidades —que en un gordo pasarían inadvertidas, o serían síntoma de lozanía— tenían un no sé qué de colgajos mórbidos. Una barriguita blanducha estropeaba su estampa; la papada pendulona y los mofletes descolgados añadían repulsión a su fisonomía, exagerando el efecto viscoso de sus ojos saltones y de su cicatriz satinada; ya no se peinaba hacia atrás el pelo muy ralo y abrasado por el tinte, sino que lo distribuía en una ridícula ensaimada capilar, para disimular muy chapuceramente su calvicie. «En fin —prosiguió, después de mirar con fijeza a Jules, como si no diese crédito a la escena que se desenvolvía ante sus ojos, o como si los cambios físicos que también se habían operado en él dificultaran su identificación—, espero que no venga a pedirme ayuda, como el roñoso ese de Klement. Ya sería lo último.» Extrajo un pañuelo del bolsillo de su americana, que utilizó para enjugarse el sudor que se refugiaba en los repliegues de su papada; echó un vistazo aprobatorio a las cajas que se apilaban en el vestíbulo. «Dígame qué quiere —lo apremió—. No tenemos toda la noche. Como mucho en un par de días tendré que rajarme de acá.» Jules adivinó una trastienda de avisos de desahucio, concursos de acreedores, subastas y liquidaciones. «No vengo pidiendo ayuda, sino una explicación», dijo Jules calmosamente, tratando de combatir la premura de Fuldner, que suspiró: «A ver, qué quiere que le explique.» Aunque impostaba una actitud condescendiente, se le notaba íntimamente desasosegado, como si la presencia de Jules le transmitiera una sensación acuciante de peligro; tal vez temiera correr la misma suerte que Hans Döbler, en aquel callejón del Paralelo. «¿Por qué me perseguían? Se supone que traicioné a mis compañeros, más bien deberían haberme estado agradecidos», protestó Jules sin énfasis, la conciencia de su traición seguía debilitándolo. Fuldner lo miró estupefacto, como si no pudiera concebir tanta desfachatez: «Déjese de macanas. Se salió con la suya y deportivamente lo felicito. —El atuendo más bien menesteroso de Jules le causaba desconcierto y aprensión—. Espero que haya podido disfrutar de su victoria. En lo que a mí respecta, puede estar seguro de que nunca volveré a molestarlo. La guerra se perdió para siempre, no hay vuelta que darle.» Hizo un ademán de premiosa cortesía, invitando a Jules a abandonar su casa. «Pero usted me dijo en cierta ocasión que la derrota es la mejor prueba para la victoria definitiva —se resistió Jules—, que seguirían intentándolo por toda la eternidad.» Aquellas frases ampulosas que, en efecto, Fuldner había formulado tiempo atrás ahora lo abochornaban como una calentura juvenil. «Eso pensaba entonces —murmuró amargamente—. Pero aquel sueño se esfumó. ¿Vio al tipo que salió hace un momento? De su voluntad dependieron millones de vidas. —Se estremeció, como si en esas pocas palabras se compendiase un horror incontable—. Hoy es un pobre diablo, una basura humana que no tiene donde caerse muerto. Me mendiga una ayuda que ya no puedo ofrecerle. —Se volvió hacia Jules, con una sonrisa sarcástica—. No todos pudieron escapar a la debacle con un montón de plata como usted.» Una pululación ominosa crepitó en el aire, como pequeñas descargas de electricidad estática. Jules balbució: «Si se refiere al dinero de Lafont...» «Deje de engañarse de una maldita vez —lo interrumpió Fuldner, exasperado—. Aquél no era dinero de Lafont. Era la parte que Lafont debía a sus amigos de la Gestapo de París, la comisión por haberlo dejado operar libremente. Pero en el último momento Lafont prefirió dárselo a su amiguita. Ustedes, los franceses, siempre han sido muy sentimentales.» Aguardó a que Jules encajara la revelación: sus ojos de besugo brillaban de ensañamiento o complacida crueldad. «Dinero de la Gestapo...», acertó a farfullar Jules, anonadado. «¿Qué creía? —Fuldner no iba a concederle tregua—. ¿Que lo había ganado jugando a la ruleta? Entérese, Jules: plata robada a los judíos que fueron deportados a los campos de concentración, lingotes fundidos con el oro de sus joyas, no tantas como los chismosos atribuyen a los judíos. A lo mejor hubo que despojar a cincuenta familias judías para juntar el oro de cada uno de aquellos lingotes. ¿O creía que los lingotes los nacen de los árboles, como si fueran peras o manzanas?» Un torbellino de humanidad arrojada al desagüe, un crepitar de almas en la hoguera se abalanzó sobre Jules, que tuvo que buscar el apoyo de una pared para sostenerse en pie. «Me lo contó un grupo de oficiales de la Gestapo de París que vinieron a refugiarse a la Argentina —prosiguió Fuldner sin concederle un respiro, como el boxeador que acorrala contra las cuerdas a su adversario tambaleante—. El grupo lo lideraba Hans Döbler, a quien usted conoce de aquellas visitas a la avenida Foch. Estaban malviviendo en un pueblecito de la provincia de Córdoba, La Cumbrecita, y querían recuperar lo que consideraban suyo, muy discutiblemente, por supuesto. —Hizo una pausa irónica. Hablaba sin rebozo, como si se estuviera dirigiendo a un compinche entrampado en los mismos delitos que él—: Se pusieron en contacto conmigo, que estaba en Madrid, enviado por la Dirección Nacional de Migraciones, con el encargo de financiar ciertas operaciones de escape. Y dimos con usted, lo que resultó mucho más fácil de lo esperado. Lo que no esperábamos es que fuese usted tan duro de pelar. Se lo dije antes y se lo repito ahora: se salió con la suya y lo felicito. Puede estar seguro de que no voy a delatarlo. —Asomó una lengua ofidia entre los dientes—. Como comprenderá, yo también tengo muchas cosas que ocultar. Pero convendría que no nos vieran juntos nunca más. Quiero decir que nos convendría a ambos.»

Fuldner le franqueó la puerta y lo invitó a marchar, con un gesto que quizá hubiese copiado de su mayordomo. El cielo de Palermo Chico, que apenas un rato antes era límpido, se había tornado ceniciento y saturado de vapor, barroco de nubes que auguraban tormenta. Ni siquiera las estrellas seguían emitiendo su parpadeo inmutable allá en lo alto, avergonzadas quizá de las revelaciones de Fuldner, que arrojaban sobre Jules una nueva y gigantesca culpa. En las semanas sucesivas, avergonzado él también, no abandonó su cuarto en la pensión El Gran Cervantes; su única conexión con el mundo exterior eran los periódicos atrasados que le pasaban por debajo de la puerta los dueños, un tanto escamados de que hubiera dejado de pagarles por anticipado. Por los periódicos supo de la espantada de Fuldner, que había desaparecido de Buenos Aires sin dejar ni rastro, para escándalo del síndico encargado de liquidar su compañía y enojo furibundo de sus acreedores. También por la prensa conoció la verdadera identidad de aquel decaído Klement con quien había coincidido en la residencia del prófugo. Tratábase en realidad de Adolf Eichmann, quien en otro tiempo había sido un gallardo oficial de las SS, asistente a la Conferencia de Wannsee donde se decretó la llamada Solución Final y encargado personalmente por Himmler de la deportación de cientos de miles, acaso millones de judíos, rumbo a los campos de exterminio. Eichmann, convertido para entonces en un grisáceo oficinista de la fábrica que Mercedes-Benz había instalado en González Catán, un barrio industrial en el conurbano de Buenos Aires, había sido apresado por un equipo de agentes del Mossad, introducidos clandestinamente en la Argentina, cuando regresaba a su casucha de la calle Garibaldi, en las desoladas afueras de San Fernando. En una parada de colectivos de Liniers, donde el genocida devenido en pobre diablo hacía trasbordo, había sido secuestrado por sus captores, que lo empujaron sin miramientos hacia un automóvil y lo condujeron a un lugar secreto, donde permaneció esposado a una cama y con los ojos vendados durante diez días. Disfrazado de ayudante de vuelo de una compañía israelí, Eichmann fue al fin embarcado con destino a Jerusalén, donde pronto sería juzgado. Mientras se dejaba arrastrar sin oponer resistencia por los agentes que habían urdido su secuestro, Eichmann sólo acertó a bisbisear resignadamente: «Toda la vida he temido que esto acabaría ocurriendo.»

A la captura de Eichmann siguió un período de desorientación entre los nazis refugiados en la Argentina, cuyo espejismo de plácida seguridad se hacía añicos de repente. Algunos huyeron a los lugares más insospechados, de Siria a Bolivia; otros, en su atolondramiento, facilitaron su detención, a veces obtenida mediante oscuros trueques. De todo este cambalache tuvo noticia Jules a través de la prensa, que solía orillar los aspectos más ignominiosos para la honra de la nación. A veces se preguntaba si detrás de aquella tremolina no se hallaría Fuldner, obligado a convertirse en confidente de los cazanazis para salvar su pellejo; a veces se preguntaba si no acabaría sacando a relucir su nombre, como beneficiario de los saqueos de Lafont. Esta posibilidad no le infundía miedo; más bien al contrario, pensaba que quizá fuese el justo desenlace de un castigo que él mismo se había impuesto. Pero tal desenlace nunca sobrevino; y en los periódicos que vorazmente leía un día cualquiera se dejó de hablar de los nazis instalados en la Argentina, como si se los hubiese tragado la tierra o más bien la censura gubernativa hubiera decidido tapar su rastro. Fue por entonces cuando Jules decidió marchar de Buenos Aires: había consumido sus exiguos ahorros, pronto lo desalojarían de la pensión y ya no se sentía con fuerzas para seguir rodando por los piringundines de la zona portuaria. Su vocación de misantropía y aislamiento se había tornado aún más exigente, más denodada y destructiva. Decidió que una vida sin futuro como la suya no era suficiente penitencia por lo que había hecho; decidió que matarse era una solución demasiado sencilla y cobarde, casi una recompensa. Más refinadamente aflictivo sería borrarse de la vida, enterrar lo que le restase de vida en algún paraje extramuros del atlas. Notaba que su cabeza se ensombrecía por dentro, tal vez estuviese perdiendo el juicio de nuevo, como cuando, allá en Madrid, la amnesia y la paranoia se habían confabulado para extraviarlo. Pensó que, de todas las torturas que podía imaginar, de todos los dolores que podía infligirse, ninguno era peor que dimitir del mundo, del trato con los demás hombres, del lenguaje incluso. Sus pensamientos se sucedían de un modo caótico, cada pensamiento anulaba el anterior y hacía imposible el siguiente. Al tratar de hilvanarlos de forma consecutiva, sentía como si avanzara a ciegas, tropezando en la oscuridad; y, sin embargo, en su formulación informe había algo demasiado voluntario, demasiado lúcido, demasiado perfecto, como si en última instancia toda su existencia se completara, se decantara a través de aquella decisión desquiciada. La Cumbrecita. Este topónimo se convirtió en el asidero recurrente de su obsesión; sus letras fosforecían en sus noches de insomnio, como signos candentes o fórmulas de un alquimista. Recordó la tarjeta postal que Döbler guardaba en su cartera, con cabañas de madera de tejados muy inclinados, para que la nieve no se acumulase en sus aleros, y regimientos de abetos en las laderas de una montaña que parecía trasplantada de un paisaje alpino. Si aquel lugar había servido de guarida a unos criminales, bien podría ser el refugio de un ermitaño que ha decidido borrarse de la vida para expiar su culpa.

—Y se marchó con lo puesto —dijo Sabine, con una voz de salmodia—. Debió de ser en torno al año mil novecientos sesenta y dos. El mismo año en que juzgaron y ejecutaron a Eichmann en Jerusalén.

Ya la mañana se colaba entre los visillos, sigilosa y descalza, como un marido que vuelve a casa después de una noche de farra y aspira a pasar inadvertido. Las palabras de Sabine me habían pacificado, habían ahuyentado mi mundo tenebroso, eran un bálsamo que conjuraba el dolor. Me había acurrucado contra ella, como si buscara en su regazo protección contra la intemperie. La había besado en la frente.

—¿Todavía vivían allí los oficiales de la Gestapo que lo habían estado buscando? —pregunté.

—Si vivían no se mostraron como tales. Lo más probable es que hubieran marchado tiempo atrás, en busca de otro lugar menos áspero. Piensa que en La Cumbrecita no hubo luz eléctrica, ni teléfono, hasta bien entrados los años setenta; tampoco había caminos para acceder al lugar en coche. Como escondrijo era inmejorable; pero sólo los pioneros podían quedarse a vivir en aquellas condiciones. —Hizo una pausa para tomarme de la mano, como hacía mi madre durante las sesiones de quimioterapia—. Los pioneros o los ermitaños. Tu padre encontró lo que estaba buscando. Y se quedó en La Cumbrecita.

Me acució un temblor de naturaleza casi religiosa:

—¿Quieres decir que sigue viviendo allí?

Asintió, con infinita piedad o infinita pesadumbre, mientras sus dedos se entrelazaban con más ahínco con los míos. Me debatía en el dilema de penetrar en esa cámara cuya puerta por fin se me franqueaba o clausurarla para siempre. Sabine se llevó mi mano a los labios. Su voz tenía una cualidad casi adivinatoria, como la de las sibilas:

—Puedo acompañarte, si lo deseas.

Ninguno de los dos nos referimos explícitamente a lo que había ocurrido entre nosotros. Era un tesoro demasiado precioso y demasiado frágil que no convenía andar moviendo. Ambos creíamos que, con sólo mencionarlo, corríamos el riesgo de destruirlo, de modo que nos conformábamos con rememorarlo de vez en cuando con una mirada cómplice, con una sonrisa furtiva, con una mano cautelosamente puesta en la rodilla o en la mejilla del otro. Sabíamos, por supuesto, que el amor que no se dice a sí mismo acaba pereciendo por asfixia o inanición; pero también sabíamos que, antes de realizar ese amor, yo debía completar la búsqueda que me había llevado hasta Sabine. Aquellas horas que habíamos pasado juntos en la oscuridad de la habitación de invitados me habían colmado de un alivio que quizá fuese un presentimiento de felicidad, o tan sólo un espejismo de algo que nunca llegaría a concretarse.

Tomamos el avión a Buenos Aires. Mientras volábamos a doce mil metros de altura, cruzando el océano que Jules había surcado casi medio siglo atrás en la bodega de un barco, Sabine me contó la historia de los orígenes de La Cumbrecita, cuya fundación se remontaba a 1934, cuando un ingeniero alemán, representante de una compañía eléctrica, decidió instalarse con su familia en aquel fragoso paraje de la provincia de Córdoba, al que por entonces sólo era posible acceder en mula. En los años siguientes fueron llegando hasta La Cumbrecita otros compatriotas suyos, aventureros con vocación de colonos o prófugos de un pasado que pretendían olvidar, atraídos por su intrincada ubicación y dispuestos a prescindir de las conquistas más elementales del progreso. Construyeron cabañas de madera al estilo de su tierra y plantaron en la ladera de la montaña árboles de especies alpinas, hasta formar un ecosistema propio. Cuando Jules llegó a La Cumbrecita, en los años sesenta, la aldea apenas reunía a trescientas personas, casi todas alemanas o descendientes de alemanes. Enseguida descubrió que el rasgo común característico de todas ellas era la falta —o mejor dicho, la represión— de la curiosidad: nunca le inquirieron las razones de su establecimiento en un lugar tan apartado, nunca se preocuparon de disuadirlo o animarlo a permanecer allí. Jules construyó con sus manos una cabaña en lo más alto del promontorio, muy cerca del cementerio que ocupaba su cima: en el aserradero del lugar se proveyó de la madera necesaria para erigirla; él mismo se encargó de levantar su armazón, de ajustar y clavetear las tablas que, poco a poco, fueron deparando un remedo de hogar. Para juntar el escaso dinero que precisaba para adquirir madera y herramientas se empleó en diversas faenas subalternas; en el trabajo físico halló el mejor fármaco contra la memoria, un sucedáneo de la piadosa amnesia que había padecido en su juventud. Poco a poco, se fue especializando en una ocupación que los vecinos de La Cumbrecita rehuían, pero que paradójicamente resultaba más necesaria que cualquier otra. Consistía en cargar los cadáveres de los difuntos desde las estribaciones del monte hasta su cumbre, donde eran enterrados; para facilitar este oficio de porteador fúnebre diseñó unas parihuelas que arrastraba monte arriba, por un camino que a medida que se empinaba se iba haciendo más impracticable, obstaculizado de malezas y peñascos, excavado de torrenteras que en invierno se convertían en trampas o atolladeros, cubiertas por la nieve y las placas de hielo, y en primavera acogían regatos igualmente peligrosos. Los ataúdes, hasta la llegada de Jules, los traían de Villa General Belgrano, un pueblo en la sierra de Córdoba a poco más de treinta kilómetros de La Cumbrecita; pero el transporte en mula por andurriales inhóspitos resultaba extraordinariamente arduo y costoso. Jules añadió pronto a la tarea de porteador fúnebre, que apenas le daba para subsistir, la de carpintero de ataúdes y sepulturero. ¿Acaso cabía concebir empleo más idóneo para alguien que había decidido morir en vida y encomendarse a una vocación de misantropía? Le dejaba mucho tiempo para sus cavilaciones y penitencias; y, además, el trato con los muertos le ayudaba a sobrellevar su destino. Cuando uno acepta que algún día seguramente próximo dejará de vivir vive mejor que cuando se aferra a la idea de seguir viviendo. Jules aprendió a convivir con la idea de la muerte, entregándose a ella con tranquila conformidad. Por lo demás, aquella forma de vida rústica y elemental que había adoptado, en solitario coloquio con una naturaleza increíblemente fértil, increíblemente agreste, que se regeneraba con el curso de las estaciones, le ayudaba a despojar de dramatismo su expedición al más allá. Resulta más fácil morir cuando se advierte que la muerte forma parte natural de los ciclos vitales. Como la semilla que se destruye para rendir fruto o la nieve que se derrite y despeña para nutrir un río, Jules llegó a considerar su propia extinción física como una forma de fecundidad. Sólo lo apartaba de la beatitud el recuerdo de lo que había hecho.

—Ese recuerdo no dejó de martirizarlo nunca —concluyó Sabine.

Nos habíamos instalado en un hotel de Buenos Aires, mientras preparábamos nuestro viaje a La Cumbrecita, que nos exigía tomar otro vuelo a Córdoba y alquilar después un coche que nos llevase, a través de carreteras secundarias y caminos que no figuraban en los mapas, hasta Jules. Se avecinaba el invierno austral, pero Buenos Aires era una ciudad en llamas, sacudida por un caos de proporciones apocalípticas. El colapso del sistema bancario había provocado que millones de argentinos perdieran los ahorros de toda una vida, arrojando a la pobreza a la mitad de la población, que hasta entonces había vivido más o menos holgadamente y ahora, de sopetón, se enfrentaba al espectro de la hambruna. Los mismos políticos que unos años atrás habían decretado la amnistía de los militares asesinos que los precedieron se entregaron a continuación a una orgía de expolios del erario público, fugas de capital y blanqueo de dinero que dejaba al país al borde de la bancarrota. Hasta nuestra habitación del hotel llegaba el rumor de una multitud enardecida que amenazaba con asaltar la Casa Rosada sin otra arma que sus utensilios de cocina (utensilios que ya no podían desempeñar su cometido originario, puesto que las despensas se habían vaciado), ollas y cacerolas que batían con cucharones y espumaderas, en un estrépito enloquecedor. La noche traía un olor de arengas sonámbulas y presentida pólvora.

—¿En qué estado lo encontró tu padre? —pregunté.

Habíamos salido al balcón, desde el que se oteaba la riada de la rebelión popular, lejanas tribus venidas desde los arrabales de la ciudad con un grito de estopa en la garganta. Sonaron las primeras detonaciones de una carga policial, entre el ulular de las sirenas.

—La primera impresión que le transmitió fue de gran vigor físico. André ya era por entonces un anciano de ochenta años, con los achaques propios de la edad; en cambio Jules no parecía un anciano de setenta —dijo Sabine, recostándose en mi pecho, como si quisiera comprobar si yo había heredado el vigor de Jules. Pero el sedentarismo académico no favorece el cultivo de la musculatura—. Había subido con muchísimo esfuerzo hasta la cima del monte, deteniéndose a cada poco para recuperar el aliento. Cuando al fin llegó a la cabaña de Jules estaba al borde del síncope. Jules cortaba leña con un hacha y la apilaba en el porche de su cabaña. Tenía el torso descubierto y una barba frondosa, totalmente cana. André me dijo que era la viva imagen de un profeta bíblico. La barba y el vello blanco del pecho contrastaban con su cuerpo atezado.

Durante unos segundos que a André se le antojaron horas los antiguos rivales se escrutaron despaciosamente, como si se dispusieran a reanudar una pelea aplazada durante décadas. Jules se acercó al forastero, para mejor escudriñar sus facciones; seguía empuñando el hacha, blandiéndola disuasoriamente, como hubiera hecho ante un ladrón o un empleado del fisco. André retrocedió, en un movimiento instintivo de pavor, y tropezó entre unas breñas. Entonces Jules arrojó el hacha al suelo y corrió a socorrerlo; cuando finalmente reconoció a André, lo abrazó con ímpetu, lo abrazó en silencio hasta casi hacerle daño.

—¿Y qué hizo tu padre?

Sabine también me abrazaba a mí, intimidada por el fragor de las algaradas callejeras.

—Reaccionó al principio con estupor. La escena era un poco ridícula, como te puedes imaginar: dos viejos enemistados por un amor juvenil de repente reunidos en un abrazo, en el lugar más apartado del mundo. —Sonrió melancólicamente—. Pero algo se removió dentro de él. Toda la inquina que había alimentado durante décadas contra Jules desapareció. También se borró de su cabeza la razón que lo había llevado hasta allí. De repente, se sorprendió correspondiendo a su abrazo. Supongo que en ese momento se sintieron dos hombres solos.

Cada uno a su manera, habían emprendido misiones sobrehumanas, misiones que los rebasaban, epopeyas un poco insensatas de redención personal. Y, en medio de aquellas misiones que los habían conducido a la soledad, ni siquiera tenían un refugio moral, el refugio de la confidencia. En aquel abrazo quizá se compendiaba el vínculo que ata de forma secreta a todos los hombres, a los muertos con los vivos, a los vivos entre sí, a los vivos con quienes aún no han nacido. Cada hombre necesita anclarse a otro hombre, refugiarse en otro hombre, por contumaz que sea su vocación de misantropía; quizá se trate de una forma de solidaridad en el miedo, o del cumplimiento de un mandato divino. Pero, sea como fuere, allá en aquel remoto paraje de la vasta, vastísima Tierra, Jules sintió la necesidad de convertir a André en el depositario de su secreto; y André, en lugar de asignarle un castigo, sintió la necesidad de acoger ese secreto misericordiosamente.

—De regreso a París, no contó a nadie lo sucedido durante aquel encuentro —dijo Sabine, apretándose contra mí, como si deseara reafirmar esa absolución—. Sólo cuando notó que se acercaba la hora de la muerte me lo confió. Creo que lo hizo para que esa historia me sirviera de enseñanza en la vida.

Sabine dejó bruscamente de hablar para besarme en la boca. Comprendí que me estaba brindando la posibilidad de una segunda vida, la posibilidad de exorcizar mi mundo tenebroso y aferrarme a un futuro distinto al que yo había concebido en mis más aciagas previsiones, a poco que tuviera valor para avanzar hacia él. A la mañana siguiente, volamos a Córdoba; en el aeropuerto alquilamos un coche con el depósito de gasolina lleno. En circunstancias normales, me habría dedicado a la contemplación boquiabierta del paisaje, mientras Sabine conducía; pero en aquella ocasión mis sentidos permanecieron inhibidos, mientras mi atención la acaparaba el esfuerzo por asimilar la enseñanza que André había conseguido transmitir a Sabine, y también tratando de prepararme para el encuentro con Jules. No sabía qué iba a decirle, cuando lo tuviera ante mí: durante todo aquel tiempo, Jules sólo había existido en mi cabeza, me parecía imposible que pudiera tener una existencia real; la posibilidad de constatarlo, tan inminente, me paralizaba y dejaba mudo. En apenas dos horas, llegamos a Villa General Belgrano, un pueblo también fundado por colonos alemanes que durante la Segunda Guerra Mundial había acogido a la tripulación del crucero *Graf Spee*, hundido por su capitán en el Río de la Plata para no rendirse. Desde allí, a través de un camino de tierra flanqueado por regimientos de pinos que abastecen los aserraderos de los alrededores, Sabine enfiló hacia La Cumbrecita. El cielo tenía un color presagioso, como si se hubiera declarado una epidemia de lepra entre la muchedumbre de los bienaventurados. Para completar mi desazón, una culebra cruzó el camino en zigzag ante nuestros ojos, dejando sobre la tierra su escritura exiliada y rencorosa. En las proximidades de La Cumbrecita el paisaje cambió abruptamente, también el clima: si hasta entonces había predominado la vegetación serrana, de súbito fue sustituida por una fronda espesa; sobre las copas de los árboles, la nieve se sostenía en un equilibrio aterido. Un cartelón tallado en madera advertía a los visitantes que estaba prohibido circular en automóvil por La Cumbrecita.

—Creo que te esperaré aquí —dijo Sabine, después de conducir hasta el aparcadero.

Un río truchero se deslizaba entre las peñas, cristalino y arcano como un jeroglífico; había que cruzarlo a través de un puente también de madera, antes de internarse en un camino que ascendía sinuosamente por la montaña.

—¿Dónde vive? —pregunté.

—Es la última cabaña a mano derecha, antes de llegar al cementerio. —Me lanzó una mirada inquisitiva, quizá piadosa—: ¿Qué vas a decirle?

Se hizo el silencio, alto y hostil como un acantilado de hielo. A duras penas podía contener un impulso pánico.

—No tengo ni idea. Quién sabe, a lo mejor ha muerto ya, a lo mejor él no quiere hablar conmigo. —Me armé de valor—. En fin, que sea lo que Dios quiera.

Sabine asintió, aprobando aquella remisión a una voluntad suprema. La Cumbrecita sobrevivía gracias al turismo interior, que la crisis del corralito había extinguido; en la parte baja del pueblo, a ambos lados del camino, se agolpaban media docena de casas de estilo bávaro, de un pintoresquismo *naïf* algo forzado, como copiadas de la carcasa de un reloj de cuco: en ellas se vendían souvenires, camisetas con leyendas patrióticas, tabletas de chocolate y dulces de aspecto revenido, toda esa morralla ornamental o alimenticia que los turistas cargan, al final de la jornada, pensando que así prolongarán la memoria del viaje, y que de regreso a casa acaban confinando en un desván o arrojando a la basura. En una de aquellas casas de aspecto forzadamente rústico se anunciaba un locutorio telefónico; deduje que desde allí habría llamado Jules al padre Lucas, para pedirle que transmitiera a mi madre que no había pasado ni un solo día de su vida en que no le hubiera dedicado un pensamiento. Avancé por el camino, dejando atrás las tiendas desiertas o abarrotadas de fantasmas, hacia la cima de la montaña, sintiendo sobre la espalda, clavadas como garfios, las miradas pesquisidoras, quizá recelosas, de los lugareños, que apartaban los visillos de las ventanas para espiarme. A medida que ascendía el camino, semiocultas entre la fronda, surgían a mi paso residencias de aspecto a la vez señorial y clandestino, con algo de quinta de verano y algo de nido del águila; parecía evidente que, al reclamo de su reconditez, en La Cumbrecita se habían instalado algo más que ermitaños. Poco a poco, el camino empezó a estrecharse, acosado de árboles que formaban sobre mi cabeza una bóveda sombría, casi un pasadizo donde se pudrían la hojarasca y los pecados mortales. Un poco más arriba, la vegetación clareaba, y el camino se hacía trocha, vereda, sendero cada vez más áspero y fragoso. La nieve amortiguaba mis pisadas con una levísima crepitación, como un animal invertebrado que no se atreve a proferir un grito cuando lo aplastan; más de una vez hundí el pie en una torrentera sin darme cuenta, a riesgo de quebrarme el tobillo. Cuando ya empezaba a faltarme el resuello, avisté la cabaña de Jules: a diferencia de los chalés en la ladera de la montaña, proclamaba sus hechuras menesterosas, casi descoyuntadas. Los aleros del tejado tenían distinta inclinación, creando una impresión de asimetría y precariedad similar a la de un barco en pleno naufragio; los tablones de las paredes habían empezado a combarse, y en sus junturas asomaban grietas y hendiduras, fruto de sucesivas dilataciones y contracciones. Ante la fachada, como un parapeto frente al invierno, se apilaba un montón de leña que todavía exhalaba ese aroma valiente, casi nutritivo, de la savia recién derramada. Rodeé la cabaña, en busca de la puerta de entrada; en un cobertizo trasero había un rudimentario taller de carpintería donde varios tablones con la característica forma oblonga de los ataúdes aguardaban, entre virutas y serrín, la caricia de la garlopa. Me pregunté si Jules, a sus seguros ochenta años, todavía conservaría el vigor necesario para desempeñar el oficio que había elegido, o si lo ayudaría en sus labores un mozo o aprendiz. Llamé a la puerta de la cabaña sin resultado; por un ventanuco pude atisbar su interior, un interior despojado, como de celda monástica o garita de un farero, con un mobiliario reducido a lo imprescindible, con paredes desnudas y repisas sin adornos, en las que sólo se almacenaban provisiones. Era el tipo de vivienda que hubiera elegido alguien que deseara exiliarse de sí mismo.

Oí entonces, procedente de la cima de la montaña, un silbido. Tal vez sólo reclamara mi atención, pero, al interrumpir mi espionaje, me pareció que incorporaba alguna intención amonestadora. Proseguí el ascenso siguiendo el rastro de unas huellas en la nieve; huellas humanas, pero también de caballo. Conducían hasta el cementerio de La Cumbrecita, rodeado por una tapia de piedra musgosa. En la blancura de la nieve parecía esconderse el incesante dolor del mundo; había que avanzar apartando las ramas sarmentosas de los árboles y las malezas que se prendían a las perneras del pantalón, como si desesperadamente trataran de retenerme. El cementerio era recoleto y humildísimo, con algo de catacumba a la que se le hubiese derrumbado el techo; la tierra exhalaba un olor de sangre antigua que aún no ha encontrado la quietud. No había allí tumbas de granito, mucho menos mausoleos de engreído mármol; a veces los túmulos estaban rodeados de una especie de arriates que en primavera se colmarían de flores. Un caballo alazán hociqueaba entre la nieve, buscando la hierba mustia que aún sobrevivía a las primeras heladas; era un animal escuálido, de grupa en la que se asomaban los huesos y lomo abrumado de cargar cadáveres. Sus belfos, al tascar la hierba, hacían un ruido casi roedor.

Entonces lo vi, sentado sobre un túmulo. Con una vara que tal vez le sirviera de bastón escarbaba distraídamente la nieve, escribía signos que enseguida emborronaba. Para advertirle de mi presencia, carraspeé; como no parecía inmutarse, dije:

—Este año se adelantó el invierno.

Diez años atrás, a André le había transmitido una impresión de vitalidad que no se correspondía con su edad. A mí, en cambio, me pareció que aparentaba muchos más años de ochenta, ciento por lo menos, o diez veces ciento, si esto fuera posible. Tenía las mejillas apergaminadas, la frente marchita, las manos abultadas por el reúma; bajo el cabello diezmado, se distinguía la cicatriz en la sien derecha. Se había echado sobre los hombros una manta que exageraba su desamparo y fragilidad.

—La tierra se va a helar pronto —dijo, todavía sin mirarme—. Y va a ser más difícil cavarla.

Había envejecido, se había hecho infinitamente viejo, pero todavía en su rostro sobrevivía, enterrado entre las arrugas, algo del Jules que yo había imaginado. Su rostro era un palimpsesto que escondía, allá al fondo, la fisonomía de la juventud, como una escritura antiquísima y ya irreconocible.

—¿Es usted Jules Tillon? —le pregunté, de un modo un tanto abrupto.

Alzó el rostro, sobresaltado. También en él había, como en la tierra que pronto se iba a helar, algo amurallado, inexpugnable, como de esfinge. Quizá estuviese viviendo allí bajo un nombre fingido; quizá hubiese anticipado mil veces con la imaginación el día en que un desconocido se presentase ante él, interpelándolo por su nombre verdadero, para obligarlo a pagar sus deudas del pasado. No hubo, sin embargo, asomo de miedo en su voz:

—¿Quién lo manda?

No había muerto, ni parecía del todo remiso a trabar conversación, pero seguí confiando el curso de la misma a una voluntad suprema. Solté sin pensarlo:

—El padre Lucas. Seguro que lo recuerda. Supo que venía de vacaciones a la Argentina y me pidió que le hiciera una visita.

Un vislumbre de desconfianza centelleó en su mirada. Había amusgado los ojos, tal vez se estuviese quedando ciego, tal vez la luz de la mañana, al refractarse sobre la nieve, le hiriese las retinas acostumbradas a la sombra.

—No recuerdo haberle dicho al padre Lucas dónde podía encontrarme —dijo, algo escamado.

Había perdido en parte el acento francés, o lo había mezclado con el acento de aquellas tierras, hasta lograr una amalgama extrañísima.

—No hizo falta —aduje enseguida, para vencer sus reticencias—. Usted lo llamó hace unos meses desde el locutorio de abajo. El número quedó registrado en el teléfono del padre Lucas. Fue relativamente sencillo localizarlo.

Estaba, por supuesto, improvisando una explicación no del todo convincente y, sobre todo, no exenta de riesgo (Jules podría haber telefoneado desde otro lugar), pero enseguida noté que excedía sus entendederas, poco habituadas a precisiones tecnológicas.

—Supongo que debería haber tomado más precauciones —refunfuñó—. ¿Usted es de su entera confianza?

—¿Del padre Lucas? Por supuesto que sí. Somos amigos desde que yo era un chaval —mentí.

Jules me miró de hito en hito, tal vez sin llegar a verme, tal vez tratando de descifrar en el palimpsesto de mi rostro una escritura que le resultara familiar.

—¿Y para qué lo mandó a verme? —preguntó, tratando en vano de disimular su ansiedad.

Avancé hacia él. El caballo dejó de pastar la raquítica hierba, sacudió el pescuezo, piafó intranquilo, sin llegar a encabritarse. Mi proximidad parecía intimidarlo, tal vez hubiese detectado mi mundo tenebroso, tal vez hubiese descubierto en mí una crueldad muy poco filial.

—Me advirtió que sería correo de mal agüero —dije sin remordimiento—. Pero el padre Lucas consideró que usted debía saberlo. Lucía Estrada falleció hace unos meses.

Un segundo después ya me arrepentía de mi ensañamiento. Jules se encogió dentro de su manta, como si la revelación aún lo tornase más frágil y desamparado. Guardó silencio, como si fuera el único hombre que quedara en el mundo; cuando volvió a hablar, la voz salía de su garganta atenazada por la inminencia de un sollozo:

—¿Está seguro?

—Completamente. Yo mismo acompañé al padre Lucas al entierro.

Asintió, golpeado por la noticia. Cuando por fin habló las palabras salieron de su boca en un tropel espasmódico, una riada de dolor que se hacía añicos apenas entraba en contacto con el aire. Posé una mano sobre su hombro, sobre su tembloroso hombro, para reconfortarlo. Me sentí miserable mientras lo hacía.

—Lo siento de veras —me excusé—. No pensé que pudiera afectarle tanto. ¿La conocía mucho?

—Hace cincuenta años que no la veía —contestó cuando al fin logró recomponerse—. Pero no hubo un solo día en que no me acordara de ella.

Traté ridículamente de reconfortarlo:

—Dicen que el tiempo todo lo cura...

Pero yo sabía de sobra que el tópico no es del todo cierto. El tiempo cura los sentimientos maltrechos cuando la causa de la herida es diagnosticable, cuando se puede elucidar y comprender. Cuando, por el contrario, la causa de la herida escapa a nuestro raciocinio, cuando no acertamos a determinar su naturaleza ni su antídoto, jamás cicatriza. Jules nunca había acertado a explicarse las razones por las que se había convertido en un traidor, del mismo modo que yo nunca sabría si había sido traicionado por mi antigua mujer. En el corazón de mi mundo tenebroso palpitaba una herida que no cesaba de sangrar, una herida que me había espoleado a buscar al anciano que ahora tenía ante mí, pensando que en la resolución de esa búsqueda hallaría el antídoto que necesitaba. Pero la herida seguía supurando, inconsolable. Jules llevaba un rato hablando, hablaba en un murmullo compungido:

—... mientras estaba a oscuras, Lucía fue mi refugio. Pensé que si abandonaba ese refugio encontraría la luz, pero me tropecé con tinieblas más terribles. —Casi se atragantó al tragar saliva—. Ahora sólo me queda la conciencia del daño que le hice. La abandoné cuando más me necesitaba, cuando más nos necesitábamos.

Lo escuchaba como si la tierra me estuviera confiando su secreto, como si los muertos me hablaran desde el interior de sus tumbas. Me venció la piedad:

—No se torture. Ese daño puede que, a la larga, fuera beneficioso. Tengo entendido que Lucía fue una mujer feliz.

—Ojalá que sea cierto —dijo, sin encontrar consuelo—. Pero que haya sido feliz no compensa el daño que le hice.

Se levantó del túmulo muy pesarosamente, como si la gravedad del planeta entero tirara de su cuerpo hacia el suelo, y tomó la brida del caballo. El mero soplo de una brisa lo hubiera derribado.

—Pronto yo también me iré —prosiguió—. Pero no quiero irme

sin dar antes una explicación. ¿Conoce usted a la familia de Lucía?

—Tuve la oportunidad de darles el pésame el día del entierro —contesté precavidamente, sin entender lo que se proponía.

Jules asintió con tímida complacencia. Avanzó un pie medroso y echó a andar sobre la nieve, después de tentarla con el bastón.

—Me gustaría pedirle un favor —aventuró, sopesando mi disponibilidad—. Quisiera hacerle llegar una carta al hijo de Lucía.

No supe cómo seguir improvisando:

—Me temo que no soy la persona adecuada.

Pero Jules no me escuchaba, perseveraba en su designio:

—Todo el mundo tiene derecho a conocer la verdad. También el hijo de Lucía.

—¿Aunque él prefiera no conocerla? —me sublevé, quizá con un énfasis demasiado personal que me delataba—. No me parece justo.

—Tal vez no lo parezca —convino, mas no por ello flaqueaba—. Sin embargo, se lo debo. Me he mantenido alejado de él toda mi vida, pero ahora que voy a morir quiero que sepa la verdad.

En los epitafios de las tumbas, labrados con letras góticas, apenas podían leerse los nombres de los difuntos, borroneados por el liquen. El empeño de Jules, tan tardío, casi llegaba a conmoverme. Lo halagué:

—No creo que vaya a morir tan pronto como dice.

Se volvió hacia mí, con cansancio o serena contrición. Había soltado las bridas del caballo, dejando que él solo se dirigiera hasta la cabaña. En su trote, también cansino, había algo de alma magullada o huérfana.

—Le aseguro que será muy pronto. Lo presiento.

Sonrió con discreto alivio, como si esa proximidad intuida de la muerte le quitase un peso de encima.

—¿Tanto le atrae la muerte?

—Viví tanto tiempo con ella que aprendí a quererla.

Marchaba delante de mí, apartando con el bastón las malezas y ramas sarmentosas que entorpecían nuestro avance. Si unos minutos antes me había sentido miserable, ahora comenzaba a experimentar asco, asco de mí mismo. No quería, sin embargo, que me contase una historia que ya conocía, no quería que sucumbiese a la tentación de edulcorarla, mucho menos que se regodease en sus aspectos menos favorecedores. No quería su arrepentimiento, no quería recibir la ofrenda de su culpa. Me detuve:

—No será posible, Jules. El hijo de Lucía murió cuando aún era muy pequeño.

Tardó en encajar mis palabras, como si le llegaran de un lugar muy remoto, ensordecidas por la distancia. Cuando por fin asimiló su sentido se tambaleó, tartamudeó, dejó caer la manta que descansaba sobre sus hombros; el mundo entero se hacía pedazos bajo sus pies, el jardín que sólo había llegado a vislumbrar a través de un boquete, en mitad de la noche, se agostaba de repente.

—¿Cómo dijo? —articuló a duras penas con una voz exangüe.

—Asistí al entierro y no había ningún hijo entre los familiares. El padre Lucas me contó que el único hijo de Lucía murió de meningitis, cuarenta años atrás.

Al verlo llorar por mí —me avergüenza reconocerlo—, me sentí extrañamente resarcido; fue un sentimiento egoísta y perverso, en el que se fundían de forma nauseabunda la ira y la lástima. La ira de quien, después de tanto tiempo, descubre su verdadera filiación, que le ha sido escamoteada. La lástima por aquel hombre que, habiendo podido ser un héroe, se había dejado engañar ingenuamente; que, habiendo podido olvidar su culpa, había tratado de redimirse, mediante una epopeya de soledad y sufrimiento. Eran, en realidad, ira y lástima, en insidiosa mezcla, dirigidas contra el mundo entero, contra las estrellas que contemplan inmutables las pequeñas tragedias de los hombres, contra mí mismo. Yo también iba a necesitar un Dios infinitamente misericordioso para que mis faltas fueran perdonadas.

—Tal vez sea mejor así —dijo Jules, sacudiendo la cabeza, como si quisiera convencerse de la inutilidad de explicar una historia inexplicable—. Tal vez no tenía derecho a contar la verdad. A nadie le interesa mi historia.

Bajamos por el sendero hasta la cabaña. Observé que, pese a hallarse bastante impedido, Jules había desarrollado una especie de pericia intuitiva que le permitía sortear los peligros del descenso. Absurdamente, quise aliviar el dolor que yo mismo había contribuido a exacerbar al erigirme en heraldo de muertes reales o inventadas:

—También me dijo el padre Lucas que Lucía siempre se había sentido orgullosa de usted, y que inculcó ese orgullo a su hijo, mientras vivió. Incluso le puso su nombre, para que su hijo pudiera recordarlo siempre.

Sin la manta que lo había protegido del frío, Jules casi se quedaba reducido a la osamenta. Olía a madera cruda y recién aserrada, fragante de resina, madera de ataúd.

—El padre Lucas me aseguró que Lucía nunca amó tanto a nadie como a usted —continué—. Y, créame, nunca se sintió traicionada. Sabía que usted tenía sus razones para hacer lo que hizo. Nunca le guardó rencor.

Habíamos llegado a la cabaña. El sol era una moneda ciega en el cielo, la moneda que el barquero Caronte exige a sus pasajeros. Jules pegó un respingo y me miró de hito en hito. Tal vez estuviese descifrando el palimpsesto de mi rostro.

—Un momento —bisbiseó, acuciado por un temblor—. Vos no sos quien decís ser.

No blandía amenazadoramente ningún hacha, pero yo también retrocedí, como el padre de Sabine, en un movimiento instintivo de pavor, y tropecé entre unas breñas.

—No sé a qué se refiere.

En su mirada se refugiaba un fulgor nuevo. Me cogió del brazo; su mano tenía un contacto frío, como de garra, y también imperioso, como si en ese contacto se cifrara su salvación.

—No sos el que decís que sos —repitió—. No te había visto y siento que te conozco de toda la vida.

Su voz se había adelgazado hasta hacerse suplicante. Seguí retrocediendo:

—Debe estar confundiéndome con otra persona.

A mi espalda, los árboles seguían formando un pasadizo donde se pudrían la hojarasca y los pecados mortales. Pero ya sólo deseaba extraviarme en su recinto de sombra.

—Quedate. Dejame que te explique...

Aceleré el paso, mientras sus palabras se iban deshilachando entre la espesura, como pájaros que no encuentran su nido, como pájaros que se han quedado exhaustos y ya no saben remontar el vuelo. Giré la cabeza en una revuelta del camino, pero ya no pude verlo. Sentí cómo mis pulmones se contraían y expandían con el aire cribado por la nieve. Abajo me esperaba Sabine, brindándome la posibilidad de una segunda vida, la posibilidad de exorcizar mi mundo tenebroso y aferrarme a un futuro distinto, un futuro que ya llegaba hasta mí, con la súbita y abrumadora conciencia de que aún estaba vivo.

La mañana tenía una belleza funeral, casi telúrica. Avancé hacia ese futuro con decisión, con esperanza, con jubiloso miedo.

AGRADECIMIENTOS

No creo exagerar si cuento por cientos los volúmenes leídos o consultados para documentar el período histórico en que se desenvuelve esta novela, así como las afecciones que afligen a su protagonista. Citaré aquí sólo aquellos con los que he contraído una deuda impagable. Entre ellos merecen destacarse las excelentes monografías de Herbert Lottman dedicadas a *La caída de París* y *La depuración*, así como el libro *París después de la liberación*, de Antony Beevor y Artemis Cooper. Para recrear las vicisitudes de la ocupación y de la Resistencia francesa durante la Segunda Guerra Mundial me han sido de gran ayuda *La France des années noires*, de Jean-Pierre Azéma y François Bédarida, así como *Histoire de la Résistance*, de François-Georges Dreyfus. Jacqueline Costa-Lascoux y Émile Temine me aportaron un conocimiento exhaustivo sobre la fábrica Renault de Billancourt y Henry Sergg me descubrió la figura canallesca y encantadora de Henri Lafont en *Paris Gestapo*. El papel desempeñado por el régimen peronista durante la desbandada nazi es exhaustivamente analizado en *El cuarto lado del triángulo*, de Ronald C. Newton y *La auténtica Odessa*, de Uki Goñi. No menos útiles me han resultado las enseñanzas sobre la amnesia contenidas en *Memoria y olvido*, de José María Ruiz Vargas, así como las precisiones clínicas sobre el uso de la regresión hipnótica que hallé en *Hypnosis and Memory*, con edición a cargo de Helen M. Pettinati. El título de la novela me lo inspiró, en fin, una vieja película de Compton Bennett.

Menos copioso es el número de las personas a quienes debo rendir gratitud por ayudarme material y sobre todo anímicamente a concluir esta novela, aun en las circunstancias más adversas. Entre ellas, ocupa un lugar preponderante mi abnegado padre, que una vez más (y van...) descifró y transcribió con innumerable paciencia y amor constante el impracticable manuscrito que yo iba emborronando. Fabián Rodríguez Simón, mi queridísimo Pepín, con quien tanto me gusta polemizar sobre cuestiones teológicas, se encargó de argentinizar algunos pasajes, así como de documentar la estancia del protagonista en Buenos Aires. Tampoco puedo olvidarme de mi hermana Transi, que viajó a La Bañeza en busca del padre Lucas. Cuando los negros nubarrones de la angustia me hicieron temer que jamás podría concluir esta novela siempre hallé consuelo y acicate en mi familia, así como en una persona a quien nunca podré —aunque viviera cien vidas— devolver el apoyo que me ha brindado. Quiero que su nombre, que para mí condensa lo que de más sagrado tiene la amistad, clausure esta apostilla: Gonzalo Santonja.

Madrid, febrero de 2007

Esta edición de *El séptimo velo*,
Premio Biblioteca Breve 2007,
ha sido impresa en junio de 2007
en Talleres Brosmac, S. L.
Polígono Industrial Arroyomolinos, 1
Calle C, 31
28932 Móstoles (Madrid)

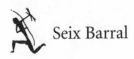 **Seix Barral**

España
Av. Diagonal, 662-664
08034 Barcelona (España)
Tel. (34) 93 492 80 36
Fax (34) 93 496 70 58
Mail: info@planetaint.com
www.planeta.es

P.º Recoletos, 4, 3.ª planta
28001 Madrid (España)
Tel. (34) 91 423 03 00
Fax (34) 91 423 03 25
Mail: info@planetaint.com
www.planeta.es

Argentina
Av. Independencia, 1668
C1100 ABQ Buenos Aires
(Argentina)
Tel. (5411) 4382 40 43/45
Fax (5411) 4383 37 93
Mail: info@eplaneta.com.ar
www.editorialplaneta.com.ar

Brasil
Av. Francisco Matarazzo,
1500, 3.º andar, Conj. 32
Edificio New York
05001-100 São Paulo (Brasil)
Tel. (5511) 3087 88 88
Fax (5511) 3898 20 39
Mail: psoto@editoraplaneta.com.br

Chile
Av. 11 de Septiembre, 2353, piso 16
Torre San Ramón, Providencia
Santiago (Chile)
Tel. Gerencia (562) 431 05 20
Fax (562) 431 05 14
Mail: info@planeta.cl
www.editorialplaneta.cl

Colombia
Calle 73, 7-60, pisos 7 al 11
Bogotá, D.C. (Colombia)
Tel. (571) 607 99 97
Fax (571) 607 99 76
Mail: info@planeta.com.co
www.editorialplaneta.com.co

Ecuador
Whymper, N27-166, y A. Orellana,
Quito (Ecuador)
Tel. (5932) 290 89 99
Fax (5932) 250 72 34
Mail: planeta@access.net.ec
www.editorialplaneta.com.ec

Estados Unidos y Centroamérica
2057 NW 87th Avenue
33172 Miami, Florida (USA)
Tel. (1305) 470 0016
Fax (1305) 470 62 67
Mail: infosales@planetapublishing.com
www.planeta.es

México
Av. Insurgentes Sur, 1898, piso 11
Torre Siglum, Colonia Florida, CP-01030
Delegación Álvaro Obregón
México, D.F. (México)
Tel. (52) 55 53 22 36 10
Fax (52) 55 53 22 36 36
Mail: info@planeta.com.mx
www.editorialplaneta.com.mx
www.planeta.com.mx

Perú
Av. Santa Cruz, 244
San Isidro, Lima (Perú)
Tel. (511) 440 98 98
Fax (511) 422 46 50
Mail: rrosales@eplaneta.com.pe

Portugal
Publicações Dom Quixote
Rua Ivone Silva, 6, 2.º
1050-124 Lisboa (Portugal)
Tel. (351) 21 120 90 00
Fax (351) 21 120 90 39
Mail: editorial@dquixote.pt
www.dquixote.pt

Uruguay
Cuareim, 1647
11100 Montevideo (Uruguay)
Tel. (5982) 901 40 26
Fax (5982) 902 25 50
Mail: info@planeta.com.uy
www.editorialplaneta.com.uy

Venezuela
Calle Madrid, entre New York y Trinidad
Quinta Toscanella
Las Mercedes, Caracas (Venezuela)
Tel. (58212) 991 33 38
Fax (58212) 991 37 92
Mail: info@planeta.com.ve
www.editorialplaneta.com.ve